Último Sacrifício

Último Sacrifício

Richelle Mead

Tradução
Dênia Sad

A

Agir

Título original: LAST SACRIFICE

EDITORA NOVA FRONTEIRA PARTICIPAÇÕES S.A.
Rua Nova Jerusalém, 345 – Bonsucesso – 21042-235
Rio de Janeiro – RJ – Brasil
Tel.: (21) 3882-8200 – Fax: (21) 3882-8212/8313
www.ediouro.com.br

CIP-Brasil. Catalogação na fonte
Sindicato Nacional dos Editores de Livros, RJ

M431u

Mead, Richelle, 1976-
Último sacrifício / Richelle Mead ; tradução Dênia Sad. – 1. ed – Rio de Janeiro : Agir, 2013.
23 cm. (Academia de vampiros; 6)

Tradução de: Last sacrifice
Sequência de: Laços do espírito
ISBN 978-85-220-1293-0

1. Vampiros - Ficção. 2. Ficção americana. I. Sad, Dênia. II.Título. III. Série.

13-01193 CDD: 813
CDU: 821.111(73)-3

Dedicado a Rich Bailey e Alan Doty, os professores que mais influenciaram a minha escrita, e a todos os meus amigos professores por aí que estão ajudando jovens escritores neste momento. Continuem na luta, todos vocês.

Um

Não gosto de jaulas.

Também não gosto de ir a jardins zoológicos. Na primeira vez que fui a um, quase tive um ataque de claustrofobia só de olhar para os pobres animais. Não conseguia imaginar nenhuma criatura vivendo daquele jeito. Às vezes, até me sentia meio mal pelos criminosos condenados a passar a vida inteira presos. Com toda certeza, nunca esperei passar *minha* vida em uma cela.

Nos últimos tempos, porém, a vida parecia me bombardear com muitas coisas que nunca esperei, porque ali estava eu, trancafiada.

— Ei! — gritei, agarrando as grades de aço que me isolavam do mundo. — Por quanto tempo vou ficar aqui? Quando é o meu julgamento? Vocês não podem me manter nesta masmorra para sempre!

Está certo, não era exatamente uma masmorra sombria com correntes enferrujadas. Eu estava numa cela pequena com paredes sem graça, um chão sem graça, enfim... Tudo sem graça. Imaculada. Árida. Fria. Na verdade, era mais deprimente do que uma masmorra qualquer com cheiro de mofo. Eu sentia na pele aquelas grades geladas, duras, inflexíveis. A luz fluorescente fazia o metal brilhar, o que era bem desconfortável e irritava os meus olhos. Avistei o ombro de um homem parado de pé, rígido, ao lado da entrada da cela, e imaginei haver mais quatro guardiões no corredor, fora do meu campo de visão. Sabia que nenhum deles me responderia, mas isso não me impedia de exigir respostas constantemente nos últimos dois dias.

Quando aquele silêncio de sempre chegou, suspirei e me joguei na cama, no canto da cela. Como todo o resto no meu novo lar, a cama era sem cor e dura. É. Eu começava mesmo a desejar estar numa masmorra de verdade. Pelo menos teria ratos e teias de aranha para observar. Ergui a cabeça e de imediato tive a sensação perturbadora que sempre tinha ali: a de que o teto e as paredes se fechavam à minha volta. Como se eu não pudesse respirar. Como se as laterais da cela estivessem vindo na minha direção até não sobrar espaço algum, expulsando dali todo o ar...

Com um movimento brusco, sentei-me, ofegante. *Não encare as paredes e o teto, Rose,* me censurei. Então, olhei para baixo, para minhas mãos entrelaçadas, tentando compreender como tinha me metido naquela confusão.

A primeira resposta que me veio era óbvia: alguém tinha tramado para que eu fosse culpada de um crime que não cometi. Não de um crime qualquer. De um assassinato. Tiveram a audácia de me acusar do pior crime que um Moroi ou um dampiro poderia cometer. É claro que isso não quer dizer que eu não tenha matado antes. Já matei. Também já desrespeitei uma boa quantidade de regras (e até mesmo a lei). Um assassinato a sangue frio, porém, não fazia parte do meu repertório. Muito menos o assassinato de uma rainha.

É verdade que a rainha Tatiana não era minha amiga. Ela havia sido a governante fria e calculista dos Moroi — uma raça de vampiros vivos, usuários de magia, que bebem o sangue de suas vítimas, mas não o suficiente para matá-las. Tatiana e eu tivemos uma relação conturbada por inúmeras razões. Uma delas era o fato de eu namorar seu sobrinho-neto, Adrian. Outra era o quanto eu desaprovava suas políticas sobre como combater os Strigoi — os cruéis vampiros mortos-vivos que perseguiam todos nós. Várias vezes me enganei com relação à Tatiana, mas nunca desejei sua morte. No entanto, ao que parece, alguém desejou, e deixou um rastro de provas que apontava para mim. A pior delas eram as minhas impressões digitais por toda a estaca de prata que matara a rainha. É claro, era a *minha* estaca. Portanto, obviamente tinha as minhas impressões digitais. Ninguém parecia pensar que isso fosse relevante.

Suspirei de novo e tirei um pedaço de papel minúsculo e amassado do bolso. A única coisa que eu tinha para ler. Apertei o papel, sem precisar olhar para as palavras. Já fazia tempo que as havia decorado. O conteúdo do bilhete me fazia questionar o que sabia sobre Tatiana. E sobre muitas outras coisas.

Frustrada com aquela situação, tentei esquecer e resolvi pensar em outra pessoa: minha melhor amiga, Lissa. Ela era uma Moroi, e compartilhávamos um elo psíquico, o qual me permitia entrar na sua mente e ver o mundo por meio de seus olhos. Todos os Moroi manejavam algum tipo de magia elementar. A de Lissa era o espírito, um elemento ligado a poderes psíquicos e curativos. Era raro entre os Moroi, que normalmente usavam elementos mais físicos, e mal compreendíamos suas habilidades — que eram incríveis. Ela havia usado o espírito para me trazer de volta dos mortos alguns anos antes e foi isso o que criou nosso laço.

Estar na mente de Lissa me libertava da cela, mas não ajudava muito a resolver meu problema. Ela vinha dando duro para provar minha inocência, desde a audiência que expusera todas as provas contra mim. Minha estaca ter sido usada no assassinato era apenas o começo. Meus oponentes haviam sido rápidos, lembrando a todos de meu antagonismo com relação à rainha, e também tinham arranjado uma testemunha para depor sobre meu paradeiro durante o assassinato, o que me deixou sem álibi. O Conselho concluiu que existiam provas suficientes para me mandar para um julgamento pleno, em que eu receberia o veredicto.

Lissa vinha tentando desesperadamente conseguir a atenção das pessoas e convencê-las de que haviam tramado contra mim. No entanto, andava tendo problemas para encontrar alguém que a ouvisse, pois todos na Corte Real dos Moroi estavam ocupados com os preparativos para o pomposo funeral de Tatiana. A morte de um monarca era um evento importante. Moroi e dampiros — meio-vampiros, como eu — viriam do mundo todo para ver o espetáculo. Comida, flores, decoração e até mesmo músicos... A cerimônia completa. Se Tatiana tivesse se casado, duvido que o evento fosse tão elaborado. Com tanta atividade e agitação, ninguém se importava comigo naquele momento. Para a maior parte das pessoas, eu estava trancafiada, impossibilitada de matar de novo. O assassino de Tatiana havia sido descoberto. A justiça tinha sido feita. Caso encerrado.

Antes que eu conseguisse uma imagem mental clara dos arredores de Lissa, um movimento repentino me puxou de volta para a cadeia. Alguém havia entrado ali e conversava com os guardas, pedindo para me ver. Era minha primeira visita em dias. Meu coração disparou e fui correndo para as grades, na esperança de ser alguém que me dissesse que tudo aquilo tinha sido um grande engano.

Meu visitante não era *bem* quem eu esperava.

— Velho — disse eu, chateada. — O que está fazendo aqui?

Abe Mazur estava diante de mim. E, como sempre, era uma visão a ser contemplada. O clima quente e úmido que fazia na zona rural da Pensilvânia em meados do verão não o impediu de vestir um terno completo. Era um terno brilhante, bem-cortado, complementado por uma gravata de seda roxa também brilhante e um cachecol combinando, o que parecia simplesmente um exagero. Joias de ouro reluziam em contraste com sua pele parda, e ele parecia ter aparado a barba rente e preta nos últimos dias. Abe era um Moroi e, embora não fosse da realeza, era bastante influente.

Por coincidência, ele também era meu pai.

— Sou seu advogado — disse ele, animado. — Estou aqui para lhe dar aconselhamento jurídico, é claro.

— Você não é advogado — lembrei a ele. — E o seu último conselho não deu muito certo. — Foi mesquinho dizer isso. Abe, apesar de não ter nenhuma prática jurídica, tinha me defendido na audiência.

Obviamente, como eu estava presa e aguardando o julgamento, o desfecho dela não havia sido tão bom. Mas, em meio a tanta solidão, cheguei a me dar conta de que ele tinha razão numa coisa: nenhum advogado, não importava o quanto fosse competente, poderia ter me salvado na audiência. Eu precisava lhe dar crédito por ter abraçado uma causa perdida, embora, levando-se em conta nosso relacionamento superficial, ainda não soubesse ao certo por quê. Minhas teorias mais concretas eram as de que ele não confiava na realeza e de que sentiu que era seu dever de pai fazer isso. Nessa ordem.

— Meu desempenho foi perfeito — argumentou ele. — E seu discurso persuasivo, dizendo "se eu fosse o assassino", não nos ajudou em nada. Pôr essa imagem na cabeça do juiz não foi muito esperto.

Ignorei o comentário e cruzei os braços.

— E então, o que você está fazendo aqui? Sei que não é só uma visita de pai. Você nunca faz nada sem um motivo.

— É claro que não. Por que fazer alguma coisa sem um motivo?

— Não comece com sua lógica circular.

Ele pestanejou.

— Não precisa ficar com inveja. Se der duro e voltar sua mente para isso, pode herdar minhas brilhantes habilidades lógicas um dia.

— Abe! — exclamei. — Ande logo com isso.

— Está bem, está bem — disse ele. — Vim lhe dizer que seu julgamento pode ser remarcado.

— O-o quê? Isso é ótimo! — Ao menos, eu achava que era. A expressão no seu rosto dizia o contrário. Pelas últimas notícias que tive, meu julgamento poderia levar meses para acontecer. Só de pensar naquilo... em passar tanto tempo na cela... eu me sentia claustrofóbica de novo.

— Rose, você sabe que seu julgamento será quase idêntico a sua audiência, não sabe? As mesmas provas e um veredicto de culpada.

— É, mas deve ter alguma coisa que possamos fazer até lá, não acha? Encontrar alguma prova para me inocentar? — De repente, vi com clareza qual era o problema. — Quando você diz "remarcado", de quanto tempo está falando?

— Para eles, o ideal é fazer isso depois da coroação de uma nova rainha ou um novo rei. Como parte das festividades pós-coroação.

Seu tom era um pouco irônico, mas, ao fitar seus olhos obscuros, percebi o que tudo aquilo significava. Números se agitavam na minha mente.

— O enterro é nesta semana e as eleições são logo depois... Você está dizendo que posso ir a julgamento e ser condenada em cerca de duas semanas?

Abe fez que sim com a cabeça.

Voei na direção das grades de novo com o coração disparado

— *Duas semanas*? Está falando sério?

Quando ele disse que o julgamento havia sido remarcado, imaginei que talvez fosse dali a um mês. Eu teria tempo o suficiente para encontrar novas provas. Como conseguiria fazer isso agora? Não tinha a menor ideia. Agora o tempo corria contra mim. Duas semanas não bastavam, ainda mais com tantas atividades na Corte. Momentos antes, lamentei o longo período que teria de enfrentar. Agora ele era curto demais, e a resposta para minha pergunta seguinte poderia piorar as coisas.

— Quanto tempo? — perguntei, tentando controlar o tremor na minha voz. — Quanto tempo leva depois do veredicto até... cumprirem a sentença?

Eu ainda não sabia ao certo tudo o que havia herdado de Abe, mas estava claro que nós dois compartilhávamos uma característica: a capacidade inabalável de dar más notícias.

— É provável que seja imediatamente.

— Imediatamente... — Recuei e, quando estava a ponto de me sentar na cama, senti uma nova onda de adrenalina. — Imediatamente? Então. Duas semanas. Em duas semanas posso estar... morta.

Porque era isso — era isso o que martelava minha cabeça desde o instante em que se tornou óbvio que alguém havia plantado provas para me incriminar. Quem matava rainhas não era mandado para a prisão. Era *executado*. Poucos crimes entre os Moroi e os dampiros eram punidos dessa forma. Tentávamos ser civilizados na nossa justiça, demonstrando sermos melhores do que os Strigoi sanguinários. Determinados crimes, porém, aos olhos da lei, mereciam a morte. Determinadas pessoas — digamos, traidores assassinos — mereciam isso também. Quando o impacto do futuro desabou plenamente sobre mim, senti meu corpo tremer e lágrimas chegarem perigosamente perto de se derramarem.

— Isso não está certo! — reclamei com Abe. — Isso não está certo e você sabe disso.

— Não importa o que eu acho — disse ele, calmo. — Só estou lhe dando as notícias.

— Duas semanas — repeti. — O que podemos fazer em duas semanas? Quero dizer... Você tem uma pista, não tem? Ou... ou... você pode descobrir alguma coisa até lá? Essa é a sua especialidade. — Eu estava enlouquecendo e sabia que soava histérica e desesperada. É claro que isso era porque eu me sentia histérica e desesperada.

— Vai ser difícil conseguir muito — explicou ele. — A Corte está preocupada com o enterro e as eleições. As coisas estão desordenadas. O que é bom e ruim ao mesmo tempo.

Eu sabia de todos os preparativos através de Lissa. Tinha visto o caos prestes a eclodir. Encontrar qualquer tipo de prova naquela confusão não seria apenas difícil. Poderia muito bem ser impossível.

Duas semanas. Duas semanas e eu podia estar morta.

— Não posso... — disse a Abe, com a voz falhando. — Não nasci... para morrer desse jeito.

— Ah? — Ele arqueou uma sobrancelha. — Então você sabe como deve morrer?

— Numa batalha. — Uma lágrima acabou escapando e a enxuguei depressa. Sempre tive uma imagem de durona. Não queria desabar daquele jeito, não agora que isso era mais importante do que tudo. — Lutando. Defendendo aqueles que amo. Não... Não em uma execução planejada.

— Essa é uma luta atípica — refletiu ele. — Só que não é física. Duas semanas ainda são duas semanas. É ruim? É. Mas é melhor do que uma semana. E nada é impossível. Talvez novas provas apareçam. Você simplesmente tem que esperar para ver.

— Detesto esperar. Esta cela... é tão pequena. Não consigo respirar. Isso vai me matar antes de qualquer executor.

— Duvido muito. — A expressão no rosto de Abe ainda era fria, sem sinal de compaixão. Amor severo. — Você já lutou sem medo contra grupos de Strigoi e não consegue lidar com uma cela pequena?

— É mais do que isso! Agora tenho que passar cada dia neste buraco, sabendo que a minha morte se aproxima e quase não há como impedi-la.

— Às vezes, as maiores provas que nossa força enfrenta são as situações que não parecem tão óbvias e perigosas. Às vezes, sobreviver é o mais difícil.

— Ah. Não. *Não.* — Comecei a andar em pequenos círculos, a passos largos, nervosa. — Não comece com essa merda de nobreza. Você está parecendo Dimitri, quando ele resolvia me dar suas profundas lições de vida.

— Ele sobreviveu a essa mesma situação. Está sobrevivendo a outras coisas também.

Dimitri.

Respirei fundo, me acalmando antes de responder. Até essa confusão de assassinato, Dimitri era a maior complicação da minha vida. Um ano antes — apesar de parecer uma eternidade —, ele tinha sido meu instrutor no ensino médio e me treinado para ser um dos dampiros guardiões que protegem os Moroi. Ele conseguiu isso... e muito mais. Nós nos apaixonamos, algo que não era permitido. Tentamos lidar com isso da melhor maneira possível, até que, por fim, encontramos um jeito de ficarmos juntos. Essa esperança desapareceu quando ele foi mordido e se tornou um Strigoi. Para mim, era como viver num pesadelo. Então, por um milagre que ninguém acreditava ser possível, Lissa usou o espírito para transformá-lo de volta num dampiro. Infelizmente, porém, as coisas não voltaram a ser como eram antes do ataque dos Strigoi.

Encarei Abe, irritada.

— Dimitri sobreviveu, mas estava péssimo e deprimido! Ainda está. Por tudo.

Todo o peso das atrocidades que Dimitri cometeu como Strigoi o assombravam. Ele não conseguia se perdoar e jurava que agora jamais seria capaz de amar alguém. O fato de eu ter começado a namorar Adrian não ajudava muito. Depois de inúmeros esforços em vão, aceitei que tudo estava acabado entre nós dois. Segui em frente, na esperança de poder ter algo verdadeiro com Adrian.

— Está bem — disse Abe, num tom seco. — Ele está deprimido, mas você é uma imagem de felicidade e alegria.

Suspirei.

— Às vezes conversar com você é como conversar comigo mesma: extremamente irritante. Você tem algum outro motivo para estar aqui? Algum outro motivo que não seja me dar essa notícia horrível? Eu teria sido mais feliz vivendo na ignorância.

Não nasci para morrer desse jeito. Não nasci para ver isso chegar. Minha morte não é um compromisso qualquer anotado a lápis numa agenda.

Ele deu de ombros.

— Eu só queria ver você. E suas instalações.

Sim, ele realmente queria me ver, como pude perceber. Os olhos de Abe se voltavam insistentemente para mim enquanto conversávamos. Não restavam dúvidas de que eu prendia sua atenção. Não havia nada no nosso bate-papo que pudesse preocupar os guardas. Às vezes, porém, eu via Abe dar uma olhada ao redor, observando o corredor, minha cela e quaisquer outros detalhes que ele achasse interessante. Abe não havia conquistado sua reputação de Zmey — a serpente — à toa. Estava sempre calculando, sempre procurando uma vantagem. Ao que parecia, minha tendência a planos loucos era de família.

— Eu também queria ajudar você a passar o tempo. — Ele sorriu, tirou umas revistas e um livro de debaixo do braço e os entregou para mim, passando-os pelas grades. — Talvez isso melhore as coisas.

Eu duvidava que qualquer distração me ajudasse a lidar melhor com a contagem regressiva de duas semanas para minha morte. As revistas eram sobre moda e penteados. O livro era *O conde de Monte Cristo*. Eu o ergui, precisando fazer uma piada, precisando fazer qualquer coisa para tornar aquilo menos real.

— Vi o filme. Seu simbolismo sutil na verdade não é tão sutil assim. A menos que você tenha escondido uma lima aqui dentro.

— O livro é sempre melhor do que o filme. — Ele começou a se virar. — Talvez tenhamos uma discussão literária na próxima vez.

— Espere. — Joguei aquilo tudo na cama. — Antes de você ir... Em meio a essa confusão toda, ninguém nunca tocou no assunto de quem realmente a matou. — Como Abe não respondeu logo de cara, lancei-lhe um olhar penetrante. — Você acredita *realmente* que eu não fiz isso, não é? — Pelo pouco que eu o conhecia, provavelmente ele achava que eu era culpada, mas estava tentando me ajudar mesmo assim. Isso não seria de se estranhar.

— Acredito que minha doce filha seja capaz de cometer um assassinato — disse ele, por fim. — Mas não esse.

— Então quem foi?

— Isso — respondeu ele antes de se afastar — é algo em que estou trabalhando.

— Você acabou de falar que nosso tempo está passando! Abe! — Eu não queria que ele fosse embora. Não queria ficar sozinha com meu medo. — Não tem como resolver isso!

— Lembre-se do que eu disse na Corte — gritou ele de volta.

Abe saiu do meu campo de visão e me sentei novamente na cama, relembrando aquele dia na Corte. No fim da audiência, ele havia me dito — com muita determinação — que eu não seria executada. E que sequer iria a julgamento. Abe Mazur não era do tipo que fazia falsas promessas, mas eu começava a acreditar que até ele tinha limites, ainda mais agora que nossa agenda acabava de ser reajustada.

Mais uma vez, peguei o pedaço de papel amassado e o desdobrei. Ele me foi entregue disfarçadamente no tribunal por Ambrose — o criado e brinquedinho de Tatiana.

Rose,

Se você está lendo isto é porque algo horrível aconteceu. Você deve me odiar, e não a culpo por isso. Só posso pedir que você acredite que o que fiz com o decreto da idade era melhor para seu povo do que o que os outros planejam. Há alguns Moroi que pretendem obrigar todos os dampiros a servir, eles querendo ou não, usando compulsão. O decreto da idade acalmou essa facção.

No entanto, escrevo para lhe contar um segredo que você deve usar bem; um segredo que deve compartilhar com o mínimo de pessoas possível. Vasilisa precisa assumir seu lugar no Conselho, e isso pode ser feito. Ela não é a última Dragomir. Outro membro da família está vivo: um filho ilegítimo de Eric Dragomir. Não sei mais nada a respeito disso, mas, se você conseguir encontrar o filho ou a filha dele, dará a Vasilisa o poder que ela merece. Não importam seus erros nem seu temperamento perigoso, você é a única a quem sinto que posso confiar essa missão. Não perca tempo para cumpri-la.

Tatiana Ivashkov

As palavras não tinham mudado desde as outras centenas de vezes que as li, nem as perguntas que elas sempre desencadeavam. Aquele bilhete era verdadeiro? Será que Tatiana o havia escrito mesmo? Apesar de sua postura aparentemente hostil, ela teria confiado essa informação perigosa a mim? Havia 12 famílias da realeza que tomavam as decisões pelos Moroi, mas, para todos os efeitos, poderia muito bem haver apenas 11. Lissa era a última de sua linhagem e, sem outro membro da família Dragomir, a lei dos Moroi dizia que ela não tinha o poder de se sentar e votar com o Conselho que tomava nossas decisões. Umas leis muito ruins já tinham sido feitas e, se o bilhete fosse verdadeiro, mais viriam.

Lissa poderia lutar contra essas leis — e algumas pessoas não iriam gostar disso, pessoas que já tinham se mostrado dispostas a matar.

Outro Dragomir.

Outro Dragomir significava que Lissa poderia votar. Mais um voto no Conselho poderia mudar muita coisa. Poderia mudar o mundo dos Moroi. Poderia mudar meu mundo — ou seja, se eu seria considerada culpada ou não. E com certeza poderia mudar o mundo de Lissa. Ela passou esse tempo todo pensando que estava sozinha. No entanto... Eu me perguntava, inquieta, se ela receberia bem um meio-irmão. Eu aceitava o fato de meu pai ser um canalha, mas Lissa sempre pôs o dela num pedestal, acreditando no melhor sobre ele. Essa notícia seria um choque, e embora eu tivesse passado minha vida inteira treinando para mantê-la a salvo de ameaças físicas, começava a acreditar que existiam outras coisas das quais ela também precisava ser protegida.

Primeiro, porém, *eu* precisava da verdade. Tinha que saber se aquele bilhete era mesmo de Tatiana. Estava certa de que poderia descobrir, mas isso envolvia algo que eu odiava fazer.

Bem, por que não? Não que eu tivesse qualquer outra coisa para fazer agora.

Levantei da cama, virei de costas para as grades e encarei a parede branca, usando-a como foco. Tratei de me preparar, lembrando que eu era forte o bastante para manter o controle, e me libertei das barreiras subconscientes em torno da minha mente. Senti sair de mim uma grande pressão, como o ar que escapa de um balão.

E, de repente, eu estava cercada de fantasmas.

Dois

Como sempre, aquilo era desconcertante. Rostos e caveiras translúcidos e luminescentes, todos pairando ao meu redor. Eram atraídos por mim, aglomerando-se numa nuvem como se precisassem desesperadamente dizer alguma coisa. E, na verdade, deviam precisar. Os fantasmas que vagam neste mundo são almas inquietas com motivos que as impedem de seguir adiante. Quando Lissa me trouxe de volta dos mortos, desenvolvi uma conexão com o mundo deles. Foi necessário muito trabalho e autocontrole para aprender a bloquear os fantasmas que me seguiam. Os escudos mágicos que protegiam a Corte dos Moroi de fato mantinham grande parte dos fantasmas longe de mim, mas, dessa vez, eu os queria ali. Dar esse acesso a eles, trazê-los para perto... Bem, era perigoso.

Alguma coisa me dizia que, se existia um espírito inquieto, seria o de uma rainha que havia sido assassinada na própria cama. Eu não via rostos conhecidos naquele grupo, mas não perdi as esperanças.

— Tatiana — murmurei, concentrando meus pensamentos no rosto da rainha morta. — Tatiana, venha até mim.

Uma vez, consegui invocar um fantasma com facilidade: meu amigo Mason, que havia sido morto por um Strigoi. Apesar de não ter sido tão íntima de Tatiana quanto fui de Mason, por certo éramos ligadas.

Por um momento, nada aconteceu. O mesmo borrão de rostos girava ao meu redor, na cela, e comecei a me desesperar. De repente, do nada, ela estava ali.

Tatiana estava vestida com as roupas que usava quando foi assassinada: uma camisola comprida e um robe cobertos de sangue. Estava pálida e tremeluzia como a tela de uma TV com defeito. Apesar disso, a coroa na sua cabeça e a postura majestosa lhe davam o mesmo ar de rainha de que eu me lembrava. Depois de se materializar, ela não falou nem fez nada. Simplesmente me encarou, com seu olhar obscuro quase penetrando minha alma. Uma mistura de sentimentos apertou meu peito. Aquela reação instintiva que eu sempre tinha perto de Tatiana — de raiva e ressentimento — começou a aflorar. Então, se confundiu com uma surpreendente onda de compaixão. A vida de ninguém deveria acabar como a dela.

Hesitei com medo de os guardas me ouvirem. Mas, de alguma maneira, eu tinha a impressão de que o volume da minha voz não importava e de que nenhum deles conseguia ver o que eu via. Ergui o bilhete.

— Você escreveu isso? — perguntei. — Isso é verdade?

Ela continuou me encarando. O fantasma de Mason tinha se comportado de um jeito parecido. Invocar os mortos é uma coisa, se comunicar com eles é outra completamente diferente.

— Tenho que saber. Se existe outro Dragomir, irei encontrá-lo. — Não fazia sentido chamar a atenção para o fato de que eu não estava em condição alguma de encontrar nada nem ninguém. — Mas você precisa me dizer. Você escreveu este bilhete? Isso é verdade?

Sua única resposta era aquele olhar que me enlouquecia. Minha frustração aumentou, e a pressão de todos aqueles espíritos começou a me dar dor de cabeça. Ao que parecia, Tatiana era tão irritante morta quanto havia sido em vida.

Eu estava prestes a reerguer minhas barreiras e expulsar os fantasmas dali quando Tatiana fez um movimento bem discreto. Foi um aceno mínimo com a cabeça, que mal dava para notar. Seus olhos duros, então, se voltaram para o bilhete na minha mão e, do nada... ela se foi.

Elevei as barreiras, usando toda minha vontade para me fechar para os mortos. A dor de cabeça não desapareceu, mas aqueles rostos, sim. Fui me afundar na cama e olhei fixamente para o bilhete sem conseguir enxergá-lo. Ali estava a minha resposta. O bilhete era real. Tatiana o tinha escrito. De alguma maneira, eu duvidava que seu fantasma tivesse razão para mentir.

Depois de me esticar, descansei a cabeça sobre o travesseiro e esperei aquele latejamento horrível passar. Fechei os olhos e usei o laço do espírito para voltar e ver o que Lissa fazia. Desde a minha prisão, ela andava ocupada, suplicando e argumentando por mim. Portanto, eu esperava encontrar mais do mesmo. Em vez disso, ela estava... comprando um vestido.

Eu já me sentia quase ofendida com a futilidade da minha melhor amiga quando me dei conta de que ela procurava um vestido para o velório. Lissa estava em uma das lojas tranquilas da Corte, uma loja que atendia as famílias da realeza. Para a minha surpresa, Adrian estava com ela. Ver aquele rosto bonito e conhecido atenuou um pouco o medo em mim. Uma rápida vasculhada na sua mente me contou por que ele estava ali: ela o havia convencido a ir porque não queria que ele ficasse sozinho.

Dava para entender por quê. Ele estava completamente bêbado. Era de se admirar que conseguisse ficar de pé e, na verdade, eu desconfiava de que a parede em que ele se apoiava fosse tudo que o mantinha erguido. Seu cabelo castanho estava despenteado — e não era de propósito, no estilo que ele costumava usar. Os olhos verdes e intensos estavam vermelhos. Como Lissa, Adrian era um usuário do espírito. Ele tinha uma habilidade que ela ainda não tinha: conseguia visitar os sonhos dos outros. Eu esperava que ele viesse até mim desde a minha prisão, e agora estava explicado por que ele não o fez. O álcool atrapalha o espírito. Às vezes, isso é bom. Espírito em excesso cria uma escuridão que leva seus usuários à insanidade. No entanto, passar a vida inteira bêbado também não é tão saudável.

Vê-lo através dos olhos de Lissa desencadeou uma confusão emocional quase tão intensa quanto o que eu havia vivenciado com Tatiana. Me senti mal por Adrian. Era claro que ele estava preocupado comigo e chateado, e os acontecimentos impactantes da semana anterior o haviam surpreendido tanto quanto a todos nós. Além do mais, ele tinha perdido a tia com quem se importava, ainda que ela fosse rude.

No entanto, apesar de tudo isso, senti... desprezo. Devia ser injusto, mas não consegui evitar. Me importava muito com ele e entedia que estivesse chateado, só que havia maneiras melhores de lidar com a perda. Aquele comportamento era quase covarde. Ele se escondia dos problemas numa garrafa, algo que contrariava cada pedaço da minha natureza. E eu? Eu não era capaz de deixar meus problemas vencerem sem lutar.

— Veludo — disse a atendente a Lissa, sem hesitar. A Moroi enrugada erguia um volumoso vestido longo de magas compridas. — É tradição usar veludo para acompanhar o cortejo de um membro da realeza.

Em meio a tanto alarde, o velório de Tatiana envolveria um cortejo cerimonioso que seguiria ao lado do caixão, com um representante de cada família. Ao que parecia, ninguém se importava que Lissa fizesse esse papel por sua família. Mas votar? Essa era outra questão.

Lissa deu uma olhada no vestido. Estava mais para uma fantasia de Dia das Bruxas do que para um traje de luto.

— Está fazendo 32° C lá fora — disse Lissa. — E está úmido.

— A tradição exige sacrifícios — disse a mulher, melodramática. — Assim como a tragédia.

Adrian abriu a boca, sem dúvida pronto para fazer algum comentário inapropriado e zombador. Lissa, porém, balançou a cabeça para ele o reprimindo, fazendo-o ficar quieto.

— E vocês não têm, sei lá, alguma opção sem manga?

A vendedora arregalou os olhos.

— Ninguém nunca usou vestido de alça no velório de um monarca. Isso não seria certo.

— E quanto a shorts? — perguntou Adrian. — Tem problema se combinarem com a gravata? Porque é assim que vou.

A mulher parecia horrorizada. Lissa lançou um olhar de desdém para Adrian, nem tanto pelo comentário — que ela até achou engraçado —, mas porque ela também estava incomodada com seu constante estado de embriaguez.

— Bem, ninguém me trata como um legítimo membro da realeza — disse Lissa, voltando-se para os vestidos. — Não tenho motivos para me comportar como um agora. Me mostre os de alça e manga curta.

A vendedora fez uma careta, mas obedeceu. Ela não tinha problema algum em aconselhar os membros da realeza sobre moda, porém não se atreveria a mandá-los fazer ou vestir qualquer coisa. Era parte da estratificação social do nosso mundo. A mulher andava pela loja para encontrar os vestidos pedidos no exato instante em que o namorado de Lissa e sua tia entraram ali.

Christian Ozera, pensei. Era como ele que Adrian deveria estar agindo. O fato de eu ser capaz de pensar assim já era impressionante. Os tempos realmente tinham mudado, já que agora eu considerava Christian um exemplo. Mas era verdade. Eu o havia observado com Lissa na semana anterior, e admirei sua lealdade e determinação, fazendo tudo o que podia para ajudá-la diante da morte de Tatiana e da minha prisão. Pelo olhar que trazia no rosto agora, era óbvio que tinha algo importante a revelar.

Sua tia, Tasha Ozera, era outro exemplo de força e graça sob pressão. Ela criou o rapaz depois que seus pais viraram Strigoi — e a atacaram, deixando-a com uma cicatriz em um dos lados do rosto. Os Moroi sempre contaram com os guardiões para defendê-los, mas, depois daquele ataque, Tasha decidiu cuidar do problema com as próprias mãos. Aprendeu a lutar, treinando todos o tipos de combate mano a mano e com armas. Ela era mesmo muito determinada, e alertava constantemente os outros Moroi, estimulando-os a aprender a lutar também.

Lissa largou um vestido que estava olhando e se virou para Christian, ávida. Depois de mim, não existia ninguém em que ela confiasse mais no mundo. Ele havia sido sua fortaleza para aguentar tudo aquilo.

Christian olhou ao redor da loja, sem parecer muito entusiasmado por estar cercado de vestidos.

— Vocês estão fazendo compras? — perguntou, olhando para Lissa e depois para Adrian. — Dando uma de mulherzinha?

— Ei, uma renovada no guarda-roupa não lhe faria mal — disse Adrian. — Além do mais, aposto que você ficaria ótimo com uma frente-única.

Lissa ignorou o papo dos garotos e se concentrou nos Ozera.

— O que você descobriu?

— Decidiram não agir — respondeu Christian. Seus lábios se curvaram de desprezo. — Bem, não agir com nenhum tipo de punição.

Tasha assentiu.

— Temos tentado insistir na ideia de que ele simplesmente pensou que Rose corresse perigo e se envolveu antes de perceber o que de fato estava acontecendo.

Meu coração parou. Dimitri. Estavam falando de Dimitri.

Por um momento, eu não estava mais com Lissa. Eu não estava mais na minha cela. Estava de volta ao dia em que fui presa. Discutia com Dimitri numa cafeteria, criticando-o por sua constante recusa em conversar comigo e em prosseguir com nosso antigo relacionamento. Decidi então que já bastava, que o que houve entre nós tinha acabado mesmo e que eu não deixaria que ele continuasse a me fazer sofrer. Foi quando os guardiões vieram me buscar, e, embora tenha alegado que o tempo que passou como Strigoi o tornara incapaz de amar, Dimitri reagiu na velocidade da luz para me defender. Estávamos irremediavelmente em desvantagem, mas ele não ligou para isso. O olhar no seu rosto — aliado à misteriosa percepção que eu tinha dele — me disse tudo o que eu precisava saber. Eu estava diante de uma ameaça. Ele tinha que me defender.

E foi o que fez. Lutou como o deus que havia sido no tempo da Escola São Vladimir, quando me ensinou a combater um Strigoi. Derrotou mais guardiões naquela cafeteria do que um homem seria capaz de fazê-lo. A única coisa que acabou com aquilo — e realmente acredito que ele teria lutado até seu último suspiro — foi minha intervenção. Naquela época, eu não sabia o que estava acontecendo nem por que uma legião de guardiões iria querer me prender. No entanto, me dei conta de que Dimitri corria o sério perigo de comprometer seu status já fragilizado na Corte. Um Strigoi ser restaurado era algo de que nunca tinham ouvido falar, e muitos ainda não confiavam nele. Implorei que Dimitri parasse, com mais medo do que aconteceria com ele do que comigo. Mal sabia o que estava reservado para mim.

Ele compareceu à minha audiência — vigiado —, mas nem Lissa nem eu o tínhamos visto desde então. Lissa vinha se esforçando muito para impedir que ele cometesse qualquer infração, temendo que o trancafiassem de novo. E eu? Eu andava tentando dizer a mim mesma para não pensar demais no que ele tinha feito. Minha prisão e possível execução eram prioridade. No entanto... eu ainda me perguntava. Por que ele fez aquilo? Por que arriscou sua vida pela minha? Teria sido uma reação instintiva diante de uma ameaça? Ou ele fez aquilo como um favor para Lissa, pois jurou ajudá-la por ela tê-lo libertado? Ou, na verdade, fez aquilo porque ainda sente alguma coisa por mim?

Eu ainda não sabia a resposta, mas vê-lo daquele jeito, como o feroz Dimitri do meu passado, trouxe à tona sentimentos que eu me esforçava desesperadamente para superar. Eu tentava me convencer de que se recuperar de um relacionamento leva tempo. Que é natural que alguns sentimentos permaneçam. Infelizmente, leva mais tempo para esquecer um cara que se arrisca por você.

De todo jeito, as palavras de Christian e Tasha me deram esperança quanto ao destino de Dimitri. Afinal, eu não era a única caminhando sobre uma linha tênue entre a vida e a morte. Os que estavam convencidos de que Dimitri ainda era um Strigoi queriam ver uma estaca perfurar seu coração.

— Estão mantendo Dimitri confinado de novo — disse Christian.
— Mas não numa cela. Só no quarto dele, com alguns guardas. Não querem que ele saia pela Corte até as coisas se acalmarem.

— Isso é melhor do que a prisão — admitiu Lissa.

— Ainda assim, é um absurdo — disse Tasha com rispidez, mais para si mesma do que para os outros. Dimitri e ela haviam se aproximado com o passar dos anos e, certa vez, Tasha quis que esse relacionamento se tornasse algo mais. Ela se conformou em serem apenas amigos, e sua indignação pela injustiça feita a ele era tão forte quanto a nossa. — Deviam ter deixado Dimitri em paz logo que ele voltou a ser um dampiro. Quando as eleições se estabelecerem, vou cuidar para que ele seja libertado.

— E é isso o que é estranho... — Os olhos azul-claros de Christian se estreitaram, pensativos. — Soubemos que Tatiana tinha dito aos outros antes de... antes de... — Christian hesitou e olhou, incomodado, para Adrian. Aquela hesitação não era nada comum para Christian, que costumava falar o que pensava ab-ruptamente.

— Antes de ela ser assassinada — completou Adrian, sem se abalar nem olhar para nenhum deles. — Continue.

Christian engoliu em seco.

— Humm, é. Acho que... não em público... ela declarou que acreditava que Dimitri tinha mesmo voltado a ser um dampiro. Seu plano era ajudá-lo a obter mais aceitação depois que a outra coisa fosse resolvida. — A "outra coisa" era a lei da idade mencionada no bilhete de Tatiana, que dizia que os dampiros, ao completar 16 anos, seriam obrigados a se formar e a começar a defender os Moroi. Isso me enfureceu, mas, como tantas outras coisas agora... Bem, estava meio que em segundo plano.

Adrian fez um barulho estranho, como se estivesse limpando a garganta.

— Minha tia não declarou isso.

Christian deu de ombros.

— Vários conselheiros dela disseram que sim. Esse é o boato.

— Também acho difícil acreditar nisso — disse Tasha a Adrian. Ela nunca aprovou as políticas de Tatiana e se pronunciou com veemência contra elas em mais de uma ocasião. No entanto, a descrença de Adrian não era política; vinha simplesmente das ideias que sempre teve a respeito de sua tia. Ela nunca deu qualquer sinal de que quisesse ajudar Dimitri a recuperar seu antigo status.

Adrian não fez mais nenhum comentário, mas eu sabia que esse assunto atiçava faíscas de ciúme dentro dele. Eu lhe disse que Dimitri era passado e que me sentia pronta para seguir em frente, mas Adrian — como eu — devia estar se perguntando sobre as motivações por trás da corajosa defesa de Dimitri.

Lissa começava a especular sobre como poderiam tirar Dimitri da prisão domiciliar, quando a vendedora voltou com um monte de vestidos que ela claramente desaprovava. Mordendo o lábio, Lissa ficou em silêncio. Trataria da situação de Dimitri depois. Agora, desgastada, preparava-se para experimentar roupas e fazer o papel de uma boa moça da realeza.

Adrian se animou ao ver os vestidos.

— Tem alguma frente única aí?

Voltei para minha cela, refletindo sobre os problemas que pareciam se acumular numa pilha cada vez maior. Estava preocupada, tanto com Adrian quanto com Dimitri. Estava preocupada comigo mesma. O suposto desaparecimento de Dragomir também me deixava aflita. Começava a acreditar que a história poderia ser verdadeira, mas não existia nada que eu pudesse fazer a respeito, o que me frustrava. Mas agora precisava agir quanto a ajudar Lissa. Tatiana me disse no seu bilhete para ser cuidadosa ao escolher alguém com quem conversar sobre isso. Será que eu devia passar essa missão para outra pessoa? Queria me encarregar dela, mas as grades e as paredes sufocantes a meu redor diziam que eu poderia não ser capaz de me encarregar de nada por um tempo, nem mesmo da minha própria vida.

Duas semanas.

Como precisava me distrair, acabei cedendo e comecei a ler o livro de Abe, que era justamente a história sobre uma prisão por engano, como eu esperava que fosse. *Era* muito boa e me ensinou que fingir a própria morte não era um meio de fuga. De maneira inesperada, o livro despertou recordações antigas. Um arrepio subiu por minha espinha quando me lembrei da leitura de cartas de tarô que uma Moroi chamada Rhonda fizera para mim. Ela era tia de Ambrose, e uma das cartas mostrava uma mulher amarrada a espadas. *Prisão por engano. Acusações. Calúnias.* Merda. Eu estava mesmo começando a odiar aquelas cartas. Sempre insisti em acreditar que faziam parte de um esquema. No entanto, elas tinham uma irritante tendência a se tornarem realidade. O final da leitura mostrou uma viagem, mas para onde? Uma prisão de verdade? Minha execução?

Perguntas sem respostas. Bem-vindo ao meu mundo. Sem opções naquele momento, imaginei que deveria tentar descansar um pouco. Me estiquei na cama, tentando me livrar daquelas preocupações constantes. Não era fácil. Toda vez que fechava os olhos, via um juiz batendo o martelo, me condenando à morte. Via meu nome nos livros de história, não como uma heroína, mas como uma traidora.

Deitada ali, asfixiada com o próprio medo, pensei em Dimitri. Visualizei seu olhar firme e praticamente o ouvi me instruindo. *Não se preocupe agora com o que você não pode mudar. Descanse enquanto pode para estar pronta para as batalhas de amanhã.* O conselho imaginário me acalmou. O sono chegou, por fim, pesado e profundo. Eu tinha me mexido e me virado muito de um lado para outro naquela semana. Por isso, um descanso de verdade não seria de todo mau.

Então... acordei.

Sentei na cama, com o coração disparado. Olhei ao redor, procurando perigo — qualquer ameaça que pudesse ter me assustado, me tirando daquele sono. Não havia nada. Escuridão. Silêncio. O leve ranger de uma cadeira no fim do corredor me fez perceber que os guardas ainda estavam por perto.

Foi o laço, como me dei conta. O laço tinha me acordado. Eu havia sentido uma chama penetrante e intensa de... quê? Intensidade. Ansiedade. Uma onda de adrenalina. O pânico percorreu meu corpo e mergulhei mais fundo em Lissa, tentando descobrir o que tinha causado aquela emoção repentina que vinha dela.

O que descobri foi... nada.

O laço estava desfeito.

Três

Bem, não exatamente desfeito.

Desativado. Mais ou menos como aconteceu logo depois de ela ter recuperado Dimitri, fazendo com que ele se tornasse um dampiro de novo. A magia foi tão intensa que "queimou" nosso elo. Não houve qualquer explosão de magia agora. Era quase como se a escuridão fosse intencional da parte de Lissa. Como sempre, eu ainda conseguia senti-la: ela estava viva; ela estava bem. Então, o que me impedia de senti-la ainda mais? Ela não estava dormindo, pois eu conseguia perceber uma sensação de consciência alerta do outro lado. O espírito estava lá, escondendo-a de mim... e ela fazia isso acontecer.

O que é que era aquilo? Já era fato que nosso laço funcionava numa via de mão única. Eu podia senti-la; ela não podia me sentir. Do mesmo jeito, eu podia controlar quando entrar na sua mente. Com frequência, tentava me manter fora dela (com exceção do tempo de cativeiro na prisão), para preservar sua privacidade. Lissa não tinha esse tipo de controle, e sua vulnerabilidade às vezes a enfurecia. De vez em quando, ela conseguia usar seu poder para se proteger de mim, mas isso era raro, difícil, e requeria um esforço considerável de sua parte. Hoje, ela estava conseguindo, e à medida que essa situação persistia, era possível sentir seu desgaste. Não era fácil me manter de fora, só que ela estava conseguindo. É claro que não me importei com o modo que ela estava fazendo isso. Queria saber o *porquê*.

Aquele devia ser meu pior dia na prisão. Temer por mim mesma era uma coisa. Mas por ela? Era uma agonia. Se fosse minha vida ou a dela, eu teria partido para a execução sem hesitar. Precisava saber o que estava acontecendo. Será que ela havia descoberto alguma coisa? O Conselho teria decidido pular o julgamento e me executar? Lissa estaria tentando me proteger dessa notícia? Quanto mais espírito ela manejava, mais arriscava sua vida. Essa barreira mental requeria muita magia. Mas por quê? Por que ela corria esse risco?

Naquele momento, foi impressionante perceber o quanto eu contava com o laço para monitorá-la. E verdade seja dita: nem sempre eu recebia bem as ideias dos outros na minha cabeça. Apesar do controle que aprendi a exercer, sua mente às vezes penetrava a minha em momentos que eu preferiria não vivenciar. Nada disso me preocupava agora — apenas sua segurança. Ser bloqueada era como ter uma parte do corpo arrancada.

Passei o dia inteiro tentando entrar na cabeça de Lissa. E toda vez ela me mantinha fora. Aquilo era enlouquecedor. Além do mais, ninguém foi me visitar, e eu já tinha perdido o interesse pelo livro e pelas revistas. A sensação de animal enjaulado me atingia de novo, e passei horas gritando com os guardas — em vão. O velório de Tatiana era no dia seguinte, e o relógio que marcava o tempo para meu julgamento estava cada vez mais rápido.

Chegou o momento de ir para a cama e a barreira no laço, enfim, caiu — porque Lissa adormeceu. O elo entre nós estava firme, mas seu inconsciente estava fechado. Eu não encontraria nenhuma resposta ali. Como não me restava mais nada, fui me deitar também, perguntando-me se seria cortada de novo pela manhã.

Não fui. Lissa e eu estávamos ligadas de novo, e eu era capaz de ver o mundo através de seus olhos mais uma vez. Ela havia se levantado cedo e se preparava para o enterro. Não vi nem senti qualquer sinal do motivo de eu ter sido bloqueada. Ela me deixava voltar a sua mente, como de costume. Quase me perguntei se não havia imaginado ter sido cortada por ela.

Não... Ali estava. Quase imperceptível. Dentro de sua mente, percebi pensamentos que ela ainda escondia de mim. Eles eram escorregadios. Toda vez que eu tentava pegá-los, eles escapavam das minhas mãos. Eu estava impressionada por ela ainda ser capaz de usar magia o bastante para conseguir aquilo, e isso era também uma clara indicação de que ela havia me bloqueado de propósito. O que estava acontecendo? Por que ela precisaria esconder algo de mim? O que eu poderia fazer a respeito de qualquer coisa, trancada num lugar horrível? Mais uma vez, minha inquietação aumentou. O que havia de tão terrível que eu não sabia?

Observei Lissa se aprontar e não notei sinal algum de anormalidade. O vestido que ela acabou escolhendo tinha mangas bufantes e ia até o joelho. Preto, é claro. Não era um vestido para ir a boates, mas ela sabia que ele faria com que algumas sobrancelhas se arqueassem. Sob circunstâncias diferentes, isso teria me deleitado. Lissa decidiu usar o cabelo solto, e seu tom louro-claro brilhou em contraste com o preto do vestido quando ela se olhou num espelho.

Christian se encontrou com Lissa do lado de fora. Eu tinha que admitir que aquela camisa social e a gravata, o deixaram muito elegante, o que era atípico. Ele achou que um paletó seria demais, e sua expressão era uma mistura estranha de nervosismo, sigilo e o sarcasmo de sempre. Ao ver Lissa, porém, seu rosto se transformou por um momento, assumindo um ar radiante e impressionado. Christian deu um pequeno sorriso para ela, a recebendo nos seus braços para um breve abraço. Aquele toque a deixou contente e reconfortada, acalmando sua ansiedade. Fazia pouco que os dois haviam reatado, e o tempo que passaram separados foi angustiante para ambos.

— Tudo vai ficar bem — murmurou ele, voltando a parecer preocupado. — Vai dar certo. Vamos conseguir.

Ela não disse nada, só o apertou ainda mais antes de dar um passo para trás. Nenhum dos dois falou enquanto andavam até o começo da procissão do velório. Concluí que aquilo era suspeito. Ela pegou na mão dele e se sentiu fortalecida.

Os procedimentos para velórios de monarcas Moroi eram os mesmos havia anos, não importando se a Corte era na Romênia ou na sua nova sede, na Pensilvânia. Esse era o costume dos Moroi. Eles misturavam o tradicional com o moderno, magia com tecnologia.

O caixão da rainha seria levado por carregadores para o lado de fora do palácio e conduzido com grande cerimônia por toda a Corte, até chegar à catedral imponente. Ali, só um grupo seleto poderia entrar. Depois do velório, Tatiana seria enterrada no cemitério da igreja, tomando seu lugar junto de outros importantes monarcas e membros da realeza.

Era fácil identificar a rota do caixão. Postes com bandeiras de seda vermelhas e pretas marcavam um lado e outro. Pétalas de rosa haviam sido jogadas no chão por onde o caixão passaria. Nas laterais, os súditos se aglomeravam, na esperança de avistar sua antiga rainha. Muitos Moroi tinham vindo de lugares distantes. Alguns para acompanhar o velório e outros para acompanhar as eleições do novo monarca, algo que aconteceria logo, ao longo das semanas seguintes.

O cortejo da família real — que em grande parte usava veludo preto aprovado por uma vendedora — já seguia para o prédio do palácio. Lissa parou do lado de fora para se separar de Christian, pois, por certo, ele nunca teve esperanças de representar sua família num evento tão prestigiado. Ela lhe deu outro abraço apertado e um beijinho. Ao se afastarem, havia um lampejo de mistério nos olhos azuis dele — aquele segredo escondido de mim.

Lissa atravessou a multidão que se aglomerava ali, tentando chegar à entrada e encontrar o ponto de partida da procissão. O prédio não era como os dos palácios ou castelos da Europa antiga. Sua impressionante fachada de pedras e janelas altas combinavam com as outras estruturas da Corte, mas algumas características — a altura, os degraus de mármore — o distinguiam com sutileza das outras construções. Um puxão no braço de Lissa interrompeu sua caminhada e quase a fez esbarrar num Moroi idoso.

— Vasilisa?

Era Daniella Ivashkov, mãe de Adrian. Para um membro da realeza, até que Daniella não era tão ruim e, na verdade, não se incomodava com meu namoro com Adrian — ou, pelo menos, não até eu ser acusada de assassinato. Grande parte da aceitação de Daniella vinha do fato de ela acreditar que Adrian e eu iríamos nos separar de qualquer jeito quando eu recebesse minha missão de guardiã. Daniella também convenceu um de seus primos, Damon Tarus, a ser meu advogado — uma oferta que recusei ao escolher Abe para me representar. Eu ainda não sabia ao certo se tinha tomado a melhor decisão, mas era provável que tivesse manchado a maneira como Daniella me via, o que eu lamentava.

Lissa deu um sorriso nervoso. Estava ansiosa para se juntar à procissão e acabar logo com aquilo.

— Oi — disse ela.

Daniella estava toda vestida de veludo preto e tinha até pequenos grampos com diamantes brilhando no seu cabelo escuro. Preocupação e agitação marcavam seu belo rosto.

— Você viu Adrian? Não consigo encontrá-lo em lugar algum. Já checamos os aposentos dele.

— Ah — fez Lissa, desviando o olhar.

— O quê? — Daniella quase a sacudiu. — O que você sabe?

Lissa suspirou.

— Não sei bem onde ele está, mas o vi ontem à noite, voltando de uma festa. — Lissa hesitou, como se estivesse constrangida demais para contar o resto. — Ele estava... muito bêbado. Mais do que o normal. Estava com umas garotas... É tudo que sei. Lamento, lady Ivashkov. Ele deve ter... Bem, desmaiado em algum lugar.

Daniella esfregava as mãos, e compartilhei de sua angústia.

— Espero que ninguém perceba. Talvez possamos dizer... que ele está arrasado pelo luto. Tem tanta coisa acontecendo. Com certeza, ninguém irá notar. Você vai dizer isso, não é? Vai falar que ele está tristíssimo?

Eu gostava de Daniella, mas aquela obsessão da realeza por aparências começava mesmo a me irritar. Eu sabia que ela amava o filho, porém, sua maior preocupação ali não parecia ser o descanso de Tatiana, e sim o que os outros iriam pensar da quebra de um protocolo.

— Claro — respondeu Lissa. — Eu não gostaria que ninguém... Bem, eu detestaria que isso vazasse.

— Obrigada. Agora vá. — Daniella apontou para as portas, ainda parecendo ansiosa. — Você precisa tomar seu lugar. — Para a surpresa de Lissa, Daniella lhe deu um delicado tapinha no ombro. — E não fique nervosa. Você vai se sair bem. É só manter a cabeça erguida.

Os guardiões posicionados na porta reconheceram Lissa como alguém que tinha acesso à cerimônia e a deixaram entrar. Ali, no salão, estava o caixão de Tatiana. Lissa ficou paralisada de repente, e quase se esqueceu do que estava fazendo ali.

O caixão em si era uma obra de arte. Havia sido feito de madeira preta lustrosa e polido para brilhar bastante. Elaboradas pinturas de cenários em jardins com cintilantes cores metálicas de todos os tons adornavam um lado e outro. Ouro reluzia por toda parte, inclusive nas varas que os carregadores de caixão segurariam. Essas varas estavam decoradas com rosas cor de malva. Ao que parecia, os espinhos e as folhas dificultariam o trabalho dos carregadores de caixão, mas isso era problema deles.

Do lado de dentro, descoberta e deitada numa cama de mais rosas cor de malva, estava Tatiana. Era estranho. Eu via corpos de mortos o tempo todo. Aliás, eu os criava. No entanto, ver um corpo que havia sido preservado, deitado em paz e ornamentado... Bem, me dava arrepios. Era estranho para Lissa também, ainda mais por ela não lidar com a morte tanto quanto eu.

Tatiana usava um vestido de seda com um brilho suave num belo tom de roxo — a cor tradicional para se enterrar um membro da realeza. As mangas compridas do vestido eram decoradas com um desenho elaborado de pequenas pérolas. Eu costumava ver Tatiana de vermelho — uma cor associada à família Ivashkov —, e fiquei satisfeita com a tradição do roxo para o enterro. Um vestido vermelho teria sido uma lembrança forte demais de suas fotografias sangrentas que eu vi na audiência, fotografias que eu tentava esquecer. Cordões de pedras preciosas e mais pérolas envolviam seu pescoço, e uma coroa de ouro com diamantes e ametistas repousava sobre seu cabelo grisalho. Alguém havia feito um ótimo trabalho na maquiagem de Tatiana, mas nem mesmo isso conseguiu esconder a brancura de sua pele. Os Moroi eram pálidos por natureza. Mortos, eram como giz — como os Strigoi. Aquela imagem atingiu Lissa com tanta intensidade que ela chegou a bambear um pouco, e teve que desviar o olhar. O perfume das rosas tomava o ar, mas havia um toque de decomposição misturado com aquela doçura.

A coordenadora do velório avistou Lissa e mandou que ela tomasse sua posição — depois de reclamar de sua escolha do vestido. As palavras afiadas atingiram Lissa, trazendo-a de volta à realidade, e ela entrou na fila com outros cinco membros da realeza, à direita do caixão. Lissa tentava não olhar muito de perto para o corpo da rainha e direcionava os olhos para outro lugar. Os carregadores logo apareceram e ergueram seu fardo, usando as varas decoradas com rosas para repousar o caixão sobre os ombros e, devagar, levá-lo em meio à multidão que aguardava. Os carregadores de caixão eram todos dampiros. Usavam trajes formais, o que me confundiu à primeira vista, mas então me dei conta de que todos eram guardiões da Corte — menos um. Ambrose. Como sempre, ele estava muito bonito olhando com firmeza para frente enquanto fazia seu trabalho, com o rosto vago, inexpressivo.

Me perguntei se Ambrose lamentava a morte de Tatiana. Estava tão concentrada nos meus problemas que insistia em esquecer que uma vida havia sido perdida ali, a vida de alguém que muitos tinham amado. Ambrose defendeu Tatiana quando me enfureci por causa da lei da idade. Ao observá-lo através dos olhos de Lissa, desejei estar lá para falar com ele pessoalmente. Ele devia saber mais alguma coisa sobre o bilhete que tinha me entregado no tribunal. Com certeza, não era apenas um garoto de recados.

A procissão seguiu, pondo fim às minhas reflexões sobre Ambrose. Na frente e atrás do caixão, estavam outras pessoas do cerimonial. Membros da realeza em trajes elaborados, compondo uma exibição esplendorosa. Guardiões uniformizados levando bandeiras. Músicos com flautas vinham de trás, tocando uma canção de luto. Lissa, por seu turno, portava-se muito bem em público, e conseguiu seguir o ritmo lento e cerimonioso com elegância e graça, e com um olhar estável e confiante. Eu não tinha uma perspectiva do lado de fora de seu corpo, é claro, mas era fácil imaginar o que os espectadores viam. Ela era bonita e majestosa, digna de herdar o legado dos Dragomir, e esperava-se que cada vez mais pessoas se dessem conta disso. Se alguém mudasse as leis da votação por meio de procedimentos-padrão, de modo que não tivéssemos que depender de uma missão em busca de um irmão perdido, não teríamos tanto trabalho.

Caminhar pela rota do velório levou bastante tempo. Até mesmo quando o sol começou a se pôr no horizonte, o calor do dia ainda pairava no ar. Lissa começou a suar, mas sabia que seu desconforto não era nada, se comparado ao dos carregadores do caixão. Se a multidão de espectadores sentia aquele calor, não demonstrava. Eles esticavam e viravam o pescoço para dar uma olhada no espetáculo que passava a sua frente. Lissa não prestava tanta atenção nos curiosos, mas, no rosto deles, eu via que o caixão não era seu único interesse. Também observavam Lissa. As notícias sobre o que ela havia feito por Dimitri tinham se espalhado pelo mundo dos Moroi e, apesar de muitos serem céticos quanto a sua capacidade de cura, outros tantos acreditavam nela. Vi expressões de admiração e respeito na multidão e, por um segundo, perguntei-me quem *de fato* tinham ido ver: Lissa ou Tatiana?

Finalmente, avistou-se a catedral, o que era uma boa notícia para Lissa. O sol não matava os Moroi como matava os Strigoi, mas o calor e a luz ainda eram desconfortáveis para qualquer vampiro. A procissão estava quase no fim, e ela, por ser uma dos que tinham permissão para assistir ao serviço fúnebre, logo apreciaria o ar-condicionado.

Enquanto estudava os arredores, não pude deixar de pensar no ciclo de ironia que era minha vida. De ambos os lados do amplo terreno da igreja, havia duas estátuas gigantes de monarcas Moroi lendários: um rei e uma rainha que tinham ajudado os Moroi a prosperar. Muito embora estivessem a uma boa distância da igreja, as estátuas pareciam agourentas, como se inspecionassem tudo. Perto da estátua da rainha, um jardim que eu conhecia bem. Eu havia sido obrigada a cuidar dele como punição por ter fugido para Las Vegas. Meu verdadeiro propósito naquela viagem — que ninguém ficou sabendo — foi libertar Victor Dashkov da prisão. Victor era inimigo nosso de longa data, mas ele e seu irmão Robert, um usuário do espírito, detinham o conhecimento de que precisávamos para salvar Dimitri. Se algum guardião tivesse descoberto que eu tinha libertado Victor — e que mais tarde o perdi —, minha punição teria sido muito pior do que trabalhar com arquivos e jardinagem. Pelo menos fiz um bom trabalho no jardim, pensei com amargura. Se fosse executada, deixaria um marco na Corte.

Os olhos de Lissa demoraram em uma das estátuas por bastante tempo antes de se voltarem para a igreja. Ela suava muito agora, e me dei conta de que parte disso não se devia apenas ao calor. Ela se sentia ansiosa também. Mas por quê? Por que ela estava tão nervosa? Era apenas uma cerimônia. Tudo o que ela precisava fazer ali era dançar conforme a música. No entanto... ali estava de novo. Algo mais a incomodava. Lissa ainda mantinha um punhado de pensamentos escondidos de mim, mas alguns vazaram enquanto ela se preocupava.

Perto demais, perto demais. Estamos indo rápido demais.

Rápido? Não pelos meus cálculos. Eu jamais teria conseguido seguir naquele ritmo lento e cerimonioso. Me sentia especialmente mal pelos carregadores de caixão. Se eu fosse um deles, teria mandado as convenções para o inferno e começado a correr em direção ao meu destino. É claro que talvez isso sacudisse o corpo de Tatiana. Se a coordenadora do velório tinha se decepcionado com o vestido de Lissa, não haveria palavras para descrever como ela reagiria se a rainha caísse do caixão.

A visão da catedral se tornava mais nítida, com os domos emitindo um brilho âmbar e alaranjado sob o sol que se punha. Lissa ainda estava a vários metros de distância, mas dava para ver com clareza o padre parado na entrada. Seus trajes quase nos cegavam. Eram compridos, feitos de brocado dourado reluzente e pesado. Um chapéu arredondado com uma cruz, também dourada, repousava na sua cabeça. Achei de mau gosto da parte dele ofuscar o brilho dos trajes da rainha. Talvez fosse isso o que os padres faziam em ocasiões formais. Talvez chamasse a atenção de Deus. Ele ergueu os braços, dando as boas-vindas, exibindo ainda mais aquele tecido luxuoso. O resto da multidão e eu não conseguíamos deixar de encarar aquela exibição impressionante.

Então, talvez dê para imaginar nossa surpresa quando as estátuas explodiram.

Quatro

E quando digo que explodiram, quero dizer que *explodiram*.

Chamas e fumaça se espalharam como pétalas de uma flor recém-desabrochada, e aqueles pobres monarcas foram reduzidos a blocos de pedra. Por um momento, fiquei chocada. Era como assistir a um filme de ação, com a explosão tomando o ar e sacudindo o chão. Então, o treinamento de guardiã veio à tona. Cálculos e observações críticas assumiram o comando. De imediato, notei que a parte principal do material das estátuas explodiu em direção ao outro lado do jardim. Pequenos pedaços de pedra e poeira caíram como chuva sobre a procissão, mas nenhum bloco grande de pedra atingiu Lissa ou qualquer um que estivesse ali perto. Presumindo-se que as estátuas não haviam entrado em combustão espontaneamente, quem quer que as tivesse explodido havia feito isso com precisão.

Deixando a logística de lado, enormes pilares de chamas e poeira ainda são muito assustadores. O caos emergiu quando todos tentavam escapar. Só que cada um ia para um lado. Portanto, aconteceram colisões e confusões. Até mesmo os carregadores do caixão depositaram seu precioso fardo no chão e correram. Ambrose foi o último a fazer isso, boquiaberto e com os olhos arregalados enquanto encarava Tatiana, mas, depois de dar outra olhada nas estátuas, se juntou à multidão. Alguns guardiões tentaram manter a ordem, reunindo as pessoas e fazendo-as voltar pelo caminho da procissão, só que não adiantou muito. Todos estavam fora si, em pânico e apavorados demais para serem razoáveis.

Bem, todos menos Lissa.

Para minha surpresa, ela *não estava* surpresa.

Já esperava pela explosão.

Não correu logo de cara, apesar dos esbarrões e de ser empurrada para o lado. Permaneceu enraizada onde estava no momento da explosão, estudando as estátuas e os escombros que elas produziram. Ela parecia preocupada com a possibilidade de alguém na multidão ter sido ferido pelos destroços. Mas como eu já tinha observado, não parecia haver feridos. E, se houvesse, seria por causa da debandada.

Satisfeita, Lissa se virou e começou a ir embora com os outros. (Bem, ela caminhava; eles corriam). Ela havia percorrido uma pequena distância quando avistou um enorme grupo de guardiões com uma cara séria se apressando *em direção* à igreja. Alguns pararam para ajudar os que escapavam da destruição, mas grande parte estava a caminho do local da explosão para ver o que havia acontecido.

Lissa parou de novo, fazendo com que o cara que vinha atrás dela batesse nas suas costas, mas ela mal sentiu o impacto. Observou os guardiões com atenção, registrando quantos eram, e então prosseguiu. Seus pensamentos escondidos começavam a se revelar. Finalmente, passei a enxergar partes do plano que ela andava escondendo de mim. Lissa estava satisfeita. Nervosa, também. De modo geral, porém, se sentia...

Um tumulto na cadeia me fez voltar de repente para minha mente. A tranquilidade costumeira da área de detenção havia sido desfeita e agora dava lugar a grunhidos e exclamações. Com um pulo, me levantei de onde estava sentada e pressionei o corpo contra as grades, usando toda minha força para ver o que estava acontecendo. Aquele prédio também estaria prestes a explodir? Minha cela dava apenas para uma parede da entrada, sem vista para o resto do corredor nem para a porta. Vi, porém, os guardiões que costumavam ficar na extremidade mais distante do corredor passarem apressados por mim, dirigindo-se a uma discussão acalorada que estava acontecendo.

Eu não sabia como aquilo me afetaria, e me preparei para qualquer coisa, amigo ou inimigo. Até onde sabia, poderia ser alguma facção política atacando a Corte para protestar contra o governo dos Moroi. Espiando ao redor da cela, xinguei em silêncio, desejando algo com que pudesse me defender. O mais próximo disso que eu tinha era o livro de Abe, o que não era nada bom. Se ele fosse o cara esperto que fingia ser, teria escondido uma lima ali dentro. Ou me arranjado algo maior, como *Guerra e paz*.

A discussão se esvaiu e ouvi passos apressados na minha direção. Cerrando os punhos, me afastei um pouco, pronta para me defender de qualquer um.

"Qualquer um" acabou sendo Eddie Castile. E Mikhail Tanner.

Rostos amigos *não* eram o que eu esperava. Eddie era um amigo de longa data, do tempo da São Vladimir, outro jovem guardião como eu e alguém que ficou ao meu lado em muitas desventuras, inclusive quando fui libertar Victor Dashkov da prisão. Mikhail era mais velho que nós, tinha uns 25 anos, e nos ajudou a recuperar Dimitri na esperança de que Sonya Karp — uma mulher que Mikhail amara e que se tornara Strigoi — também fosse salva. Olhei para um e para outro.

— O que está acontecendo? — perguntei, intrigada.

— É bom rever você também — disse Eddie. Ele estava suado e tenso devido ao fervor da luta, e alguns hematomas no rosto mostravam que ele havia se encontrado com o punho de alguém naquela noite. Na mão, segurava uma arma que eu já tinha visto no arsenal dos guardiões: uma espécie de bastão usado para incapacitar pessoas sem matá-las. Mikhail, porém, possuía algo muito mais valioso: o cartão e a chave para abrir minha cela.

Meus amigos protagonizavam uma invasão à prisão. Inacreditável. Loucura costumava ser *minha* especialidade.

— Vocês dois... — Franzi a testa. A ideia de fugir me encheu de alegria, mas a logística me fez ponderar. Era claro que eles tinham sido responsáveis pela luta com meus guardas que eu acabava de ouvir. Chegar até ali também não era fácil. — Vocês dois simplesmente enfrentaram todos os guardiões deste prédio?

Mikhail terminou de destrancar a porta e não perdi tempo: saí logo dali. Depois de passar dias me sentindo tão oprimida e sufocada, aquilo era como pisar na beira de uma montanha, com vento e espaço ao meu redor.

— Rose, não tem nenhum guardião neste prédio. Bem, talvez um. E esses caras. — Eddie gesticulou em direção à discussão de antes, onde presumi que meus guardas estivessem caídos, desacordados. Por certo, meus amigos não haviam matado ninguém.

— Os outros guardiões estão todos investigando a explosão — presumi. As peças começaram a se encaixar... inclusive a falta de surpresa de Lissa quanto ao tumulto. — Ah, não. Vocês fizeram Christian explodir um antigo artefato dos Moroi.

— Claro que não — disse Eddie. Ele parecia chocado por eu ter sugerido tamanha atrocidade. — Outros usuários de fogo poderiam notar se ele tivesse feito isso.

— Bem, já é alguma coisa — disse eu. Deveria ter confiado mais na sanidade deles.

Ou talvez não.

— Usamos C4 — explicou Mikhail.

— E onde é que vocês...

Minha língua travou quando vi quem estava no fim do corredor. Dimitri.

Não saber como ele andava durante minha prisão havia sido frustrante. O que Christian e Tasha disseram me deixou ainda mais instigada. Bem, ali se encontrava a resposta. Dimitri estava parado perto da entrada do corredor em toda sua glória de dois metros de altura, tão majestoso e intimidador quanto qualquer deus. Seus olhos castanhos e penetrantes avaliaram tudo num instante, e seu corpo forte e esbelto estava tenso, pronto para enfrentar qualquer ameaça. Dimitri tinha um olhar tão concentrado, tão repleto de paixão que não pude acreditar como alguém pode ter achado um dia que ele era um Strigoi. Vida e energia ardiam dentro dele. Ao olhar para Dimitri agora, lembrei-me mais uma vez de como ele me defendeu quando fui presa. Estava com aquela mesma expressão. De fato, era a mesma expressão que vi inúmeras vezes. Era aquela pessoa que os outros temiam e admiravam. Era aquela pessoa que eu tinha amado.

— Você também está aqui? — Tentei lembrar a mim mesma que minha complicada história de amor não era a coisa mais importante no mundo. — Você não estava em prisão domiciliar?

— Ele fugiu — disse Eddie, astuto. Entendi o verdadeiro significado: Mikhail e ele tinham *ajudado* Dimitri a fugir. — É o que esperariam que um cara violento que ainda deve ser um Strigoi fizesse, não é?

— Também esperariam que ele viesse libertar você — acrescentou Mikhail, entrando na brincadeira. — Ainda mais se levarmos em conta como ele lutou por você na semana passada. Na verdade, todo mundo vai pensar que ele libertou você *sozinho*. E não com nossa ajuda.

Dimitri não disse nada. Seus olhos, apesar de ainda atentos, observando nossos arredores, também me avaliavam. Ele se certificava de que eu estava bem, sem ferimentos. Parecia aliviado ao ver que sim.

— Venha — disse Dimitri, por fim. — Não temos muito tempo. — O comentário não expressava a gravidade da situação, mas algo me incomodava no plano "brilhante" dos meus amigos.

— Não tem como pensarem que *ele* fez isso sozinho! — exclamei, percebendo o que Mikhail queria dizer. Os dois armaram para que Dimitri fosse o responsável por minha fuga. Apontei para os guardas desacordados aos nossos pés. — Eles viram vocês.

— Na verdade, não — disse uma nova voz. — Não depois de um pouco de amnésia induzida por espírito. Quando acordarem, a única pessoa que lembrarão ter visto é aquele russo desequilibrado. Sem querer ofender.

— Não me ofendeu — disse Dimitri enquanto Adrian passava pela entrada.

Encarei os dois, tentando não deixar meu queixo cair. Ali estavam eles, juntos, os dois homens da minha vida. Adrian mal parecia ser capaz de partir para um embate físico, mas se encontrava tão alerta e sério quanto os outros lutadores. Seus olhos adoráveis estavam claros e repletos da astúcia que eu sabia que podiam possuir quando ele tentava de verdade. Foi quando me dei conta de algo: ele não exibia nenhum sinal de embriaguez. Será que o que eu tinha visto no outro dia era um truque? Ou ele teria se forçado a assumir o controle? De um jeito ou de outro, senti um grande sorriso aparecer aos poucos no meu rosto.

— Lissa mentiu para sua mãe mais cedo — contei. — Disse que você estava desmaiado e bêbado num lugar qualquer.

Ele retribuiu com um de seus sorrisos cínicos.

— É, bem, isso teria sido a coisa mais inteligente... e mais prazerosa... a se fazer agora. E tomara que todos pensem que é isso mesmo que estou fazendo.

— Temos que ir — disse Dimitri, ficando agitado.

Viramos na direção dele. Nossas piadas desapareceram. Aquela postura que eu havia notado em Dimitri, aquela que dizia que ele era capaz de qualquer coisa e sempre nos levaria à vitória fazia com que os outros quisessem segui-lo de maneira incondicional. As expressões de Mikhail e Eddie — gradualmente mais sérias — mostravam que era exatamente assim que os dois se sentiam. Aquilo me parecia natural também. Até mesmo Adrian dava a impressão de confiar em Dimitri e, naquele momento, eu o admirei por deixar qualquer ciúme de lado — e também por se arriscar daquele jeito. Ainda mais que Adrian havia deixado claro em mais de uma ocasião que não queria se envolver em qualquer aventura perigosa nem usar o espírito escondido. Em Las Vegas, por exemplo, ele apenas nos acompanhou como um observador. É claro que também passou a maior parte do tempo bêbado, mas isso não deve ter feito a menor diferença.

Dei alguns passos para a frente, porém, de repente, Adrian ergueu uma das mãos para me deter.

— Espere... Antes de ir com a gente, você precisa saber de uma coisa. — Dimitri começou a protestar, com os olhos brilhando de impaciência. — Ela *precisa saber* — argumentou Adrian, encarando Dimitri com firmeza. — Rose, se você fugir... estará meio que confirmando sua culpa. Será uma fugitiva. Se os guardiões encontrarem você, não precisarão de um julgamento nem de uma sentença para matá-la logo que a virem.

Quatro pares de olhos se voltaram para mim enquanto eu assimilava o significado pleno de tudo aquilo. Se eu fugisse dali agora e fosse pega, estaria morta, com certeza. Se ficasse, tinha uma chance mínima de, no pouco tempo que faltava para o julgamento, encontrarmos uma prova que me salvasse. Não era impossível. No entanto, se nada aparecesse, eu também estaria morta com toda certeza. As duas opções eram uma aposta. As duas representavam uma grande possibilidade de eu não sobreviver.

Adrian parecia estar tão em conflito quanto eu. Nós dois sabíamos que eu não tinha nenhuma boa escolha. Ele só estava preocupado e queria que eu soubesse o risco que eu estava correndo. Dimitri, porém... Para ele, não havia discussão. Dava para ver isso estampado no seu rosto. Ele era sempre a favor de cumprir as regras e fazer a coisa certa. Mas como, nesse caso? Como, diante de chances tão ruins? Era melhor correr o risco de viver como uma fugitiva e, se a morte viesse, encará-la lutando.

Minha morte não será anotada a lápis na agenda de alguém.

— Vamos — disse eu.

Corremos para fora do prédio, ansiosos para dar andamento ao plano. Não consegui evitar e comentei com Adrian:

— Você só pode estar usando muito espírito para provocar todas essas ilusões nos guardas.

— Estou, sim — concordou ele. — E, na verdade, não tenho o poder de fazer isso por muito tempo. Lissa deve ser capaz de fazer uma dúzia de guardiões pensarem que viram fantasmas. Já eu mal posso fazer alguns se esquecerem de Eddie e Mikhail. É por isso que precisávamos de alguém de quem se lembrassem para chamar a atenção, e Dimitri é o bode expiatório ideal.

— Bem, obrigada. — Apertei sua mão com delicadeza. Enquanto um calor fluía entre nós, não me dei ao trabalho de dizer a ele que eu ainda estava longe de ser livre. Isso desvalorizaria seu heroísmo. Tínhamos muitos obstáculos pela frente, mas, ainda assim, eu apreciava o fato de ele colaborar daquela maneira e respeitar minha decisão de prosseguir com o plano de fuga.

Adrian me olhou de soslaio.

— É, bem, devo ser louco, não devo? — Um lampejo de afeto brilhou nos seus olhos. — E não existe muita coisa que eu não faria por você. Quanto mais idiota, melhor.

Chegamos ao andar principal e vi que Eddie tinha razão quanto à segurança feita pelos guardiões. As salas e os corredores estavam quase desertos. Sem pestanejar, corremos lá para fora, e o ar fresco pareceu renovar minha energia.

— E agora? — perguntei a meus resgatadores.

— Agora levamos você para o carro de fuga — respondeu Eddie.

As garagens não ficavam longe dali, mas também não ficavam perto.

— É muita área aberta para percorrermos — exclamei. Não mencionei o problema óbvio: eu seria morta se fosse vista.

— Estou usando o espírito para manter todos nós com uma aparência vaga e indeterminada — disse Adrian. Mais um teste para sua magia. Ele não aguentaria muito mais. — Não vão nos reconhecer, a menos que parem e olhem diretamente para nós.

— O que é provável que não façam — acrescentou Mikhail. — Se é que alguém irá nos notar. Todo mundo está preocupado demais consigo mesmo para prestar atenção nos outros em meio a todo esse caos.

Ao olhar ao redor, vi que ele tinha razão. A cadeia ficava longe da igreja, mas, àquela altura, os que estavam perto da explosão já se encontravam a caminho daquela parte da Corte. Alguns corriam para dentro de suas casas. Alguns procuravam os guardiões, na esperança de serem protegidos. E outros... Outros seguiam na mesma direção que nós, para as garagens.

— As pessoas estão assustadas o bastante para realmente tentarem deixar a Corte — constatei. Nosso grupo andava o mais rápido possível com Adrian, que não tinha um desempenho como o dos dampiros. — As garagens vão estar lotadas. — Tanto os veículos oficiais da Corte quanto os dos visitantes estacionavam na mesma área.

— Isso pode nos ajudar — disse Mikhail. — Mais caos.

Com tantas distrações na minha realidade, não consegui penetrar por completo na de Lissa. Ao tocar o laço com leveza, encontrei minha amiga a salvo, lá no palácio.

— O que Lissa está fazendo enquanto tudo isso acontece? — perguntei.

Acredite, fiquei feliz por ela não estar envolvida em toda essa loucura de me libertar da cadeia. No entanto, como Adrian havia comentado, a habilidade dela com espírito poderia ter ido muito mais longe do que a dele. E agora, revendo tudo, era óbvio que ela sabia daquele plano. Esse era seu segredo.

— Lissa precisa permanecer inocente. Não pode ser ligada a nenhuma parte da fuga nem à explosão — respondeu Dimitri, com os olhos fixos na sua meta à frente. Seu tom de voz era firme. Ele ainda a considerava sua salvadora. — Ela tem que se manter à vista, em meio aos outros membros da realeza. E Christian também. — Ele quase sorriu. Quase. — Esses dois com certeza seriam os meus primeiros suspeitos se alguma coisa explodisse.

— Mas os guardiões não vão suspeitar deles quando se derem conta de que a explosão não foi provocada por magia — refleti. As palavras que Mikhail havia dito mais cedo voltaram a minha mente. — Ei, onde *foi* que vocês conseguiram C4? Explosivos de uso exclusivo dos militares é um exagero, mesmo se tratando de vocês.

Ninguém me respondeu porque três guardiões surgiram de repente no nosso caminho. Ao que parecia, nem todos estavam na igreja.

Dimitri e eu passamos à frente do nosso grupo, andando como se fôssemos um, como sempre fizemos juntos nas batalhas. Adrian tinha dito que a ilusão com que ele havia encoberto nosso grupo não permaneceria se alguém nos encarasse diretamente. Eu queria garantir que Dimitri e eu fôssemos a primeira linha de contato com aqueles guardiões, na esperança de eles não reconhecerem os que vinham atrás de nós. Parti para a luta sem hesitar, com os instintos de defesa vindo à tona. No entanto, naqueles milésimos de segundo, me dei conta do que de fato estava fazendo.

Já havia enfrentado guardiões antes e sempre me sentia culpada por isso. Lutei contra os da prisão Tarasov e também contra a guarda da rainha, ao ser detida. Na verdade, porém, não conhecia nenhum deles. O simples fato de pensar que eram meus colegas ali já era ruim o bastante... Mas e agora? Agora eu estava diante de um dos maiores desafios da minha vida, por menor que ele parecesse. Afinal, derrotar três guardiões era fácil para mim e para Dimitri. O problema era: eu *conhecia* aqueles guardiões. Tinha me encontrado por acaso com dois deles pouco tempo depois da formatura. Eles trabalhavam na Corte e sempre foram legais comigo.

A terceira guardiã não era apenas uma conhecida — era uma amiga minha. Meredith, uma das poucas meninas da minha turma na São Vladimir. Vi o desassossego brilhar nos seus olhos, um sentimento que espelhava o meu. Aquilo parecia errado para ela também. No entanto, Meredith era uma guardiã agora e, como eu, havia sido treinada para cumprir seu dever pela vida toda. Ela acreditava que eu era uma criminosa. Podia ver que eu estava livre e pronta para atacar. O regulamento mandava Meredith me deter e, para ser sincera, eu não esperava que ela fizesse diferente. É o que eu teria feito se estivesse no lugar dela. Era vida ou morte.

Dimitri partiu para cima dos outros dois caras, tão ágil e determinado quanto sempre. Meredith e eu nos enfrentamos. Primeiro, ela tentou me derrubar usando o próprio peso, provavelmente na esperança de me prender no chão até os reforços chegarem e ajudarem a me prender. Só que eu era mais forte. Ela devia saber disso. Quantas vezes praticamos boxe juntas na educação física da escola? Eu quase sempre vencia. E aquilo não era brincadeira, não era treinamento. Reagi ao ataque, atingindo a lateral de sua mandíbula e torcendo, desesperada, para não ter quebrado nada. Ela continuou se mexendo, apesar da dor, porém — mais uma vez —, levei vantagem. Agarrei seus ombros e a empurrei para baixo. Sua cabeça bateu com força no chão, só que ela permaneceu consciente. Eu não sabia se ficava feliz ou não. Ainda segurando-a com força, dei um mata-leão nela e esperei até seus olhos fecharem. Soltei-a assim que tive certeza de que ela havia apagado, com o coração apertado.

Olhei ao redor e vi que Dimitri também havia derrotado seus oponentes. Nosso grupo seguiu em frente, como se nada tivesse acontecido, e me virei para Eddie, sabendo que havia pesar no meu rosto. Ele parecia sofrer também, só que procurou me apoiar enquanto nos apressávamos.

— Você fez o que precisava fazer — disse ele. — Ela vai ficar bem. Destruída, mas bem.

— Bati nela com força.

— Os médicos podem cuidar das concussões. Nossa, lembra quantas já tivemos nos treinos?

Torci para que ele tivesse razão. A linha entre o certo e o errado começava a se embaralhar. Uma coisa boa, como supus, foi que Meredith ficou tão ocupada, com os olhos voltados para mim, que não deve ter notado Eddie nem os outros. Eles haviam recuado da luta, felizmente mantendo-se sob o véu de espírito de Adrian enquanto Dimitri e eu atraíamos a atenção para nós.

Por fim, chegamos às garagens, que de fato estavam mais tumultuadas do que de costume. Alguns Moroi já tinham partido. Vimos uma mulher da realeza histérica porque seu motorista havia ficado com as chaves do carro e ela não sabia onde ele havia se metido. Gritava para quem passasse, tentando arranjar alguém que pudesse fazer uma ligação direta no carro para ela.

Sem hesitar, Dimitri foi nos levando em frente, de propósito. Ele sabia exatamente para onde íamos. Houve muito planejamento, como percebi. E grande parte deve ter acontecido no dia anterior. Por que Lissa tinha escondido isso de mim? Não teria sido melhor se eu já soubesse do plano?

Tratamos de desviar dos outros a passos apressados, seguindo em direção à garagem mais distante. Ali, bem do lado de fora e parecendo pronto para partir, havia um Honda Civic cinza opaco. Um homem estava de pé perto do carro, de braços cruzados enquanto examinava o para-brisa. Ao ouvir que nos aproximávamos, se virou.

— Abe! — exclamei.

Meu pai ilustre se virou e deu um daqueles sorrisos charmosos capazes de atrair os desavisados para a desgraça.

— O que você está fazendo aqui? — perguntou Dimitri. — Você vai entrar para a lista de suspeitos também! Devia ter ficado com os outros.

Abe deu de ombros. Ele parecia não dar a mínima para a raiva de Dimitri. Eu não iria querer aquela fúria direcionada para mim.

— Vasilisa irá cuidar para que algumas pessoas no palácio jurem que me viram no momento da explosão. — Ele voltou seus olhos escuros para mim. — Além do mais, eu não poderia ir embora sem me despedir, não é?

Balancei a cabeça, exasperada.

— Isso fazia parte dos seus planos como meu advogado? Não me lembro de fugas explosivas fazerem parte do curso de direito.

— Bem, tenho certeza de que não fez parte do curso de direito de Damon Tarus. — O sorriso de Abe nunca vacilava. — Eu falei, Rose. Você nunca irá enfrentar uma execução... nem mesmo um julgamento, se eu puder evitar. — Ele fez uma pausa. — O que, é claro, eu posso.

Hesitei, olhando em direção ao carro. Dimitri estava ao lado dele com uma penca de chaves, impaciente. As palavras de Adrian ecoaram na minha cabeça.

— Se eu fugir, vou assumir minha culpa.

— Já acham que você é culpada — disse Abe. — Você definhar naquela cela não vai mudar nada. Isso só nos garante mais tempo para fazer o que precisamos sem a sua execução nos assombrando.

— E o que vocês vão fazer exatamente?

— Provar que você é inocente — respondeu Adrian. — Ou, bem, que você não matou minha tia. Já faz um tempo que sei que você não é tão inocente.

— Vocês vão destruir as provas? — perguntei, ignorando a brincadeira.

— Não — respondeu Eddie. — Temos que descobrir quem, na verdade, a matou.

— Vocês não deviam se envolver nisso, agora que estou livre. É problema meu. Não foi por isso que vocês me libertaram?

— É um problema que você não pode resolver enquanto estiver na Corte — observou Abe. — Precisamos de você a salvo, longe daqui.

— É, mas eu...

— Estamos perdendo tempo com essa discussão — disse Dimitri. Seu olhar pairou sobre as outras garagens. As multidões ainda estavam caóticas, ocupadas demais com o próprio medo para nos notar. Isso não afetava a preocupação de Dimitri. Ele me entregou uma estaca de prata e não perguntei o porquê. Era uma arma, algo que eu não podia recusar. — Sei que tudo parece desorganizado, mas você ficará impressionada com a rapidez com que os guardiões conseguem restabelecer a ordem. E quando isso acontecer, vão cercar este lugar.

— Eles não precisarão fazer isso — disse eu, devagar, com a mente girando. — Já vamos ter problemas para sair da Corte. Seremos parados... Isso se conseguirmos chegar ao portão. Haverá quilômetros de filas de carros!

— Ah, bem — disse Abe, estudando as pontas dos dedos. — Eu soube de uma fonte segura que um novo "portão" será aberto logo depois do lado esquerdo do muro.

Foi então que me dei conta da verdade.

— Meu Deus. É você quem anda distribuindo C4.

— Você faz parecer tão fácil — retrucou ele, franzindo a testa. — É difícil arranjar isso.

A paciência de Dimitri chegava ao fim.

— Ei, todos vocês: Rose precisa ir *agora*. Ela corre perigo. Vou arrastá-la para fora daqui se for preciso.

— Você não tem que ir comigo — disparei de volta, me sentindo um pouco ofendida pela presunção. Emergiram na minha mente algumas lembranças das nossas discussões recentes, de Dimitri dizendo que não era capaz de me amar e que sequer queria ser meu amigo. — Vou cuidar de mim mesma. Ninguém mais precisa se meter em encrenca. Me dê as chaves.

Em vez de fazer isso, Dimitri me deu um daqueles olhares sentidos, mostrando que achava que eu estava sendo completamente ridícula. Como se tivéssemos voltado ao tempo das aulas na Escola São Vladimir.

— Rose, não tenho como me encrencar ainda mais. Alguém tem que ser responsável por ajudar você, e eu sou a melhor escolha. — Eu não tinha tanta certeza disso. Se Tatiana tivesse de fato feito algum progresso em convencer os outros de que Dimitri não era uma ameaça, aquela fuga estragaria tudo.

— Vá — disse Eddie, me surpreendendo com um breve abraço. — Manteremos contato através de Lissa. — Então me dei conta de que não adiantava lutar contra aquele grupo. Estava mesmo na hora de partir.

Abracei Mikhail também, sussurrando no seu ouvido:

— Obrigada. Muito obrigada pela ajuda. Juro que iremos encontrá-la. Vamos encontrar Sonya. — Ele me deu aquele seu sorriso triste e não respondeu.

Adrian foi o mais difícil de deixar para trás. Dava para notar que era duro para ele também, mesmo que seu sorriso parecesse descontraído. Ele não podia se sentir feliz por eu estar indo embora com Dimitri. Nosso abraço durou um pouco mais do que os outros e ele me deu um beijo doce e breve nos lábios. Quase tive vontade chorar depois de ele ter sido tão corajoso naquela noite. Queria que ele pudesse ir comigo, mas sabia que estaria mais seguro ali.

— Adrian, obrigada por...

Ele ergueu uma das mãos.

— Isso não é uma despedida, dampirinha. Vejo você nos seus sonhos.

— Se você se mantiver sóbrio o bastante.

Ele piscou.

— Por você, eu faço isso.

Um barulho alto de explosão nos interrompeu e vimos um clarão à direita. Os que estavam perto das outras garagens gritaram.

— Aí, estão vendo? — perguntou Abe, bem satisfeito consigo mesmo. — Um novo portão. Bem na hora.

Também lhe dei um abraço meio relutante e fiquei surpresa por ele não ter se afastado logo de cara. Abe sorriu para mim... com carinho.

— Ah, minha filha — disse. — Dezoito anos e já foi acusada de assassinato, de formação de quadrilha e provocou mais mortes que grande parte dos guardiões jamais verá. — Ele fez uma pausa. — Eu não poderia estar mais orgulhoso.

Revirei os olhos.

— Tchau, velho. E obrigada. — Não me dei ao trabalho de perguntar sobre a questão da "quadrilha". Abe não era idiota. Depois de eu ter lhe perguntado sobre uma prisão que mais tarde havia sido invadida, ele deve ter imaginado quem estava por trás da fuga de Victor Dashkov.

E então, ali estávamos Dimitri e eu no carro, acelerando em direção ao "novo portão" de Abe. Lamentei não ter podido me despedir de Lissa. Na verdade, com o laço, nunca nos separávamos, mas ele não podia substituir a comunicação cara a cara. Mesmo assim, era reconfortante saber que ela estaria a salvo e livre de qualquer envolvimento com a minha fuga. Era o que eu esperava.

Como sempre, Dimitri dirigiu, o que eu ainda achava totalmente injusto. Quando eu era sua aluna tudo bem, mas agora? Será que ele *nunca* abriria mão daquele volante? No entanto, aquela não parecia ser a hora de discutir isso — ainda mais que eu não planejava que passássemos muito mais tempo juntos.

Algumas pessoas tinham saído para ver onde o muro havia explodido, mas, até então, nenhum oficial havia aparecido. Dimitri acelerou, atravessando a abertura; foi tão impressionante quanto Eddie quando passou pelo portão da prisão Tarasov, só que o Civic não se saiu tão bem no terreno com mato e buracos quanto o utilitário no Alasca. O problema de se criar a própria saída é que ela não vinha com uma estrada de verdade. Nem mesmo Abe conseguia fazer isso.

— Por que nosso carro de fuga é um Civic? — perguntei. — Ele não é muito bom para fazer *off-road*.

Dimitri não olhou para mim e continuou pilotando sobre o terreno acidentado em direção a uma área melhor para se dirigir.

— Porque o Civic é um dos carros mais comuns e não chama a atenção. E este deve ser o único *off-road* que vamos fazer. Quando chegarmos a uma rodovia, vamos nos distanciar o máximo que pudermos da Corte... antes de abandonar o carro, é claro.

— Abandonar... — Balancei a cabeça, deixando aquilo para lá. Chegamos a uma estrada de terra que parecia a superfície mais plana do planeta depois daquele começo cheio de solavancos. — Escute, agora que já saímos de lá, quero que saiba que estou falando sério: você não precisa vir comigo. Fico grata por você ter ajudado na minha fuga. De verdade. Mas andar comigo não será nada bom para você. Eu serei mais visada do que você. Se você fugir, pode viver em algum lugar perto dos humanos e não ser tratado como uma cobaia de laboratório. Talvez até seja capaz de voltar às escondidas para a Corte. Tasha lutaria por você.

Dimitri passou um bom tempo sem responder. Aquilo me enlouqueceu. Eu não era do tipo que lidava bem com o silêncio, que me fazia querer tagarelar para preencher o vazio. Além disso, quanto mais tempo eu passava sentada ali, mais me dava conta de que *estava sozinha com Dimitri*. Estava real e verdadeiramente sozinha pela primeira vez desde que ele havia voltado a ser um dampiro. Me sentia uma boba, mas apesar dos perigos que ainda corríamos... Bem, eu ainda ficava mexida por causa dele. Sua presença era algo tão intenso... Até quando ele me irritava, eu o achava atraente. Talvez a adrenalina que percorria meu corpo estivesse confundindo meu cérebro.

O que quer que fosse, o que me consumia não era apenas sua aparência — embora ela fosse por certo desconcertante. O cabelo, o rosto, toda aquela proximidade, seu cheiro... Eu sentia tudo aquilo e isso fazia meu sangue arder. O Dimitri interior, porém, o Dimitri que tinha acabado de liderar um pequeno exército numa invasão à cadeia, me cativava tanto quanto o outro. Levei um instante para perceber por que aquilo era tão intenso: eu via o velho Dimitri de novo, o Dimitri que eu temia ter desaparecido para sempre. Ele não tinha desaparecido. Estava de volta.

Depois de muito tempo, Dimitri enfim respondeu:

— Não vou deixar você. Nenhum desses argumentos que seguem a lógica da Rose vai adiantar. E se tentar fugir de mim, vou achá-la.

Não duvidei de que ele fosse capaz disso, o que só deixava a situação mais confusa.

— Mas por quê? Não quero você comigo. — É, eu ainda sentia uma atração por Dimitri, só que isso não mudava o fato de ele ter me magoado ao terminar tudo entre nós. Ele me rejeitou, e eu precisava endurecer meu coração, ainda mais se quisesse seguir em frente com Adrian. Limpar meu nome e levar uma vida normal parecia muito distante agora, mas, se acontecesse, eu queria ser capaz de voltar para Adrian de coração aberto.

— Não importa o que você quer — disse ele. — Nem o que eu quero. Lissa me pediu para proteger você.

— Ei, não preciso que ninguém...

— E... — continuou ele — era sério o que eu disse a ela. Jurei servi-la e ajudá-la pelo resto da minha vida. Farei qualquer coisa que ela pedir. Se ela quer que eu seja seu guarda-costas, é o que vou ser. — Ele me lançou um olhar assertivo. — Não tem como você se livrar de mim tão cedo.

Cinco

Me livrar de Dimitri não tinha a ver apenas com nosso passado romântico conturbado. Era sério quando falei que não queria que ele se encrencasse por minha causa. Se os guardiões me encontrassem, meu destino não seria muito diferente do que o que eu já vinha enfrentando. Mas Dimitri? Ele estava começando a engatinhar rumo à aceitação. Com certeza, isso já estava arruinado agora, porém, suas chances de ter uma vida não haviam acabado. Se ele não quisesse viver na Corte nem com os humanos, podia voltar para a Sibéria e para sua família. Lá longe, no meio do nada, seria difícil encontrá-lo. E do jeito que aquela comunidade era unida, todos fariam de tudo para escondê-lo, se alguém um dia tentasse persegui-lo. Ficar comigo era definitivamente a escolha errada. Eu só precisava convencê-lo disso.

— Sei o que você está pensando — disse Dimitri, após mais ou menos uma hora de termos pegado a estrada.

Não tínhamos conversado muito. Estávamos perdidos nos nossos próprios pensamentos. Depois de passar por mais algumas estradas do interior, por fim, chegamos a uma interestadual e seguíamos bem em direção a... Bem, eu não fazia a menor ideia. Vinha olhando pela janela, refletindo sobre todos os problemas a minha volta e tentando achar um meio de resolvê-los sozinha.

— Hã? — Olhei para ele.

Pensei ter visto o mais discreto esboço de um sorriso no seu rosto, o que parecia absurdo, levando-se em conta que aquela devia ser a pior situação em que ele se encontrava desde que deixou de ser Strigoi.

— E não vai dar certo — acrescentou ele. — Você está planejando como se livrar de mim, provavelmente quando pararmos para abastecer o carro. Está pensando que talvez tenha uma chance de fugir nesse momento.

A loucura é que eu *estava* mesmo pensando muito em algo nessa linha. O velho Dimitri era um bom companheiro na estrada, mas eu não sabia bem se gostava daquela sua capacidade de adivinhar meus pensamentos.

— Isso tudo é uma perda de tempo — disse eu, fazendo um gesto que abrangia o carro e tudo que estava a seu redor.

— Ah, é? Você tem alguma coisa melhor para fazer do que fugir de quem quer mantê-la trancada e executá-la? Por favor, não me diga de novo que isso é perigoso demais para mim.

Fiz uma cara de brava para ele.

— Não tem a ver só com você. Fugir não deveria ser minha única preocupação. Eu deveria estar ajudando a limpar meu nome e não me escondendo em qualquer que seja o lugar remoto para onde você, sem dúvida, está me levando. As respostas estão na Corte.

— E você tem vários amigos na Corte que irão trabalhar nisso. Vai ser mais fácil para eles se souberem que você está a salvo.

— O que quero saber é por que ninguém me contou nada disso... Ou melhor, por que Lissa não me contou. Por que ela escondeu isso de mim? Você não acha que eu teria ajudado mais se estivesse preparada?

— Nós é que lutamos, e não você — disse Dimitri. — Tínhamos receio de que, se você soubesse, talvez entregasse que estávamos armando alguma coisa.

— Eu jamais teria contado!

— Não de propósito. Isso não. Mas se você estivesse tensa ou ansiosa... Bem, seus guardas seriam capazes de perceber esse tipo de coisa.

— Bom, agora que saímos de lá, você pode me dizer para onde estamos indo? Eu estava certa? É para algum lugar absurdo e remoto?

Não houve resposta. Estreitei os olhos para ele.

— Detesto não fazer parte do grupo que toma as decisões.

Aquele sorriso minúsculo nos seus lábios aumentou um pouco.

— Bem, tenho uma teoria de que, quanto mais você não souber, mais sua curiosidade vai garantir que você permaneça comigo.

— Isso é ridículo — respondi, apesar de, na verdade, aquela teoria não ser tão insensata assim. Suspirei. — Quando foi que as coisas se descontrolaram tanto? Quando vocês passaram a ser os cabeças? Sou eu quem aparece com os planos loucos e impossíveis. Eu devia ser a general aqui. Agora, mal passo de uma tenente.

Ele começou a dizer alguma coisa, mas, então, paralisou por alguns segundos. No mesmo instante, aquele olhar de guardião atento e letal surgiu no seu rosto. Ele xingou em russo.

— O que foi? — perguntei. Sua postura enérgica me fez esquecer todos os pensamentos sobre planos loucos.

Com o brilho inconstante dos faróis vindos dos carros que seguiam pela pista oposta, pude ver seus olhos mirarem depressa o retrovisor.

— Estão nos seguindo. Não pensei que isso fosse acontecer tão cedo.

— Você tem certeza? — Tinha escurecido e o número de carros na estrada havia aumentado. Eu não sabia como alguém poderia avistar um carro suspeito em meio a tantos, mas, bem... era Dimitri.

Ele xingou mais uma vez e, de repente, numa manobra que fez com que eu me agarrasse ao painel, cortou duas vias bruscamente, desviando por pouco de uma minivan cujo motorista expressou sua indignação metendo a mão na buzina. Havia uma saída bem ali, e ele mal conseguiu pegá-la sem bater no parapeito da rampa. Ouvi mais buzinas e, quando olhei para trás, vi os faróis de um carro que tinha feito uma manobra tão louca quanto a nossa para nos seguir por aquela saída.

— As notícias devem ter se espalhado pela Corte bem depressa — disse ele. — Já puseram alguém para vigiar as interestaduais.

— Talvez tivesse sido melhor passar pelas estradas da zona rural.

Ele balançou a cabeça.

— São muito lentas. Não teríamos problemas depois que trocássemos de carro, mas nos acharam cedo demais. Vamos ter que arranjar outro aqui. Esta é a maior cidade por onde vamos passar antes da fronteira com Maryland.

Uma placa informava que estávamos em Harrisburg, na Pensilvânia, e, enquanto Dimitri nos conduzia com habilidade por uma rua tumultuada, repleta de comércio, eu via o outro carro imitando tudo o que fazíamos.

— Como é que você planeja arranjar outro carro? — perguntei, com cuidado.

— Escute com atenção — disse ele, ignorando minha pergunta. — É muito, *muito* importante que você faça exatamente o que eu disser. Nada de improviso. Nada de discussão. Há guardiões naquele carro e, a esta altura, já avisaram todos os outros guardiões por aqui. Talvez até a polícia dos humanos.

— Se a polícia nos pegar, isso não geraria alguns problemas?

— Os alquimistas dariam um jeito nisso e cuidariam para que acabássemos nas mãos dos Moroi.

Os alquimistas. Eu já devia saber que eles seriam envolvidos. Eram uma sociedade secreta de humanos que ajudava a proteger os interesses dos Moroi e dos dampiros, nos mantendo fora do fluxo principal dos humanos. É claro que os alquimistas não faziam isso por gentileza. Achavam que éramos malvados e anormais, e grande parte deles queria cuidar para que permanecêssemos às margens de sua sociedade. Uma "criminosa" fugitiva como eu por certo seria um problema com os Moroi que eles iriam querer evitar.

A voz de Dimitri era dura e autoritária, embora seus olhos não estivessem em mim. Estavam ocupados avaliando as margens da estrada.

— Não importa o que você acha das escolhas que todos andam fazendo por você, não importa o quanto você está infeliz com essa situação, você sabe... Eu sei que sabe... que nunca falhei com você quando nossas vidas estiveram em risco. Você confiou em mim no passado. Confie em mim agora.

Eu queria dizer a Dimitri que o que ele falou não era inteiramente verdade. Ele *tinha* falhado comigo. Ao ser levado pelos Strigoi, ao mostrar que não era perfeito, ele tinha falhado comigo destruindo a imagem divina que eu fazia dele. Mas e quanto a minha vida? Não, ele sempre me manteve a salvo. Nem mesmo como Strigoi conseguiu me convencer inteiramente de que seria capaz de me matar. Na noite em que a escola foi atacada e ele foi transformado, Dimitri também me disse para obedecer sem questionar. O que significava deixá-lo lutando contra os Strigoi, e foi o que eu fiz.

— Está bem — assenti, baixinho. — Vou fazer tudo o que você disser. Mas lembre-se de não falar comigo de forma autoritária. Não sou mais sua aluna. Agora, sou igual a você.

Ele tirou os olhos da estrada apenas por tempo suficiente para me lançar um olhar surpreso.

— Você sempre foi igual a mim, Roza.

O uso do carinhoso apelido russo me deixou abobada demais para responder, mas não importava. Instantes depois, ele já tinha voltado ao outro assunto:

— Olhe ali. Está vendo aquele letreiro de cinema?

Percorri a rua com os olhos. Havia tantos restaurantes e tantas lojas que seus letreiros formavam uma névoa luminosa na noite. Por fim, vi o tal letreiro a que ele se referia: Cinema Westland.

— Estou.

— É lá que vamos nos encontrar.

Iríamos nos separar? Eu queria seguir por caminhos diferentes, mas não daquele jeito. Diante do perigo, nos separarmos de repente me pareceu uma péssima ideia. No entanto, eu havia prometido não discutir e continuei ouvindo.

— Se eu não estiver lá em meia hora, ligue para este número e vá sem mim. — Dimitri me deu um pedacinho de papel que tirou do bolso. Havia um número de telefone rabiscado nele e não era nenhum que eu reconhecesse.

Se eu não estiver lá em meia hora. As palavras eram tão chocantes que não consegui evitar um protesto dessa vez.

— O que você quer dizer com se não estiver... Ah!

Dimitri fez outra curva ab-rupta, e avançou um sinal vermelho, por pouco não batendo em vários carros. Mais buzinas vieram, porém a manobra havia sido repentina demais para que o outro carro nos seguisse. Vi nossos perseguidores passarem acelerados pela estrada principal, com as luzes de freio acesas, procurando por um lugar para virar.

Dimitri tinha nos levado para o estacionamento de um shopping. O lugar estava repleto de carros e dei uma olhada no relógio para ter uma noção do horário dos humanos. Quase oito da noite. Era cedo no dia dos Moroi e hora de se divertir para os humanos. Dimitri dirigia, passando por algumas entradas para o shopping e, por fim, escolheu uma, estacionando numa vaga para deficientes. Saiu do carro de um salto e fiz o mesmo, tão rápida quanto ele.

— É aqui que nos separamos — disse ele, dando uma corridinha em direção a um conjunto de portas. — Seja rápida, mas não corra quando estiver lá dentro. Não chame a atenção. Misture-se. Dê algumas voltas e depois passe por qualquer saída que não seja esta. Saia perto de um grupo de humanos e vá para o cinema. — Entramos no shopping. — Vá!

Como se tivesse receio de eu não me mexer, ele me deu um empurrãozinho em direção à escada rolante e seguiu pelo andar principal. Havia uma parte de mim que queria apenas paralisar e permanecer ali, que estava perplexa diante da repentina confusão de pessoas, luzes e atividades. Logo deixei essa parte estarrecida de lado e comecei a subir pela escada rolante. Reações instintivas e reflexos rápidos faziam parte de meu treinamento. Eu os havia aprimorado na escola, nas viagens e com Dimitri.

Tudo o que me ensinaram sobre esquivar-se de alguém voltou a minha mente depressa. O que eu queria fazer mais do que qualquer outra coisa era olhar ao redor para ver se estavam me seguindo, mas isso, definitivamente, teria chamado a atenção. Só me restava imaginar que, na melhor das hipóteses, dispúnhamos de alguns minutos de vantagem com relação a nossos perseguidores. Eles precisariam fazer o retorno para chegar ao shopping e depois circular para encontrar nosso carro, isso se tivessem descoberto que havíamos entrado no shopping. Eu não achava que a presença dos Moroi em Harrisburg fosse expressiva o bastante para conseguirem convocar tantos guardiões de última hora. Os que havia ali deviam ter que se separar. Alguns procurariam no shopping enquanto outros vigiariam as entradas. Aquele lugar tinha portas demais, e os guardiões não conseguiriam vigiar todas. Minha escolha de fuga seria pura sorte.

Andei o mais rápido que pude, costurando por entre casais, famílias com carrinhos de bebê e adolescentes dando risadinhas, grupo que despertou minha inveja. Suas vidas pareciam tão tranquilas se comparadas à minha... Também passei pelas lojas típicas de shoppings, registrando seus nomes, mas não muito mais que isso: Ann Taylor, Abercrombie & Fitch, Forever 21... À minha frente, avistei o centro do shopping, de onde diversos corredores se ramificavam. Eu teria que fazer uma escolha em breve.

Ao me deparar com uma loja de acessórios, entrei disfarçadamente e fingi estar interessada nas tiaras. Ao fazer isso, olhei, discretamente, para trás, para a parte principal do shopping. Não vi nada de estranho. Ninguém tinha parado. Ninguém tinha me seguido até a loja. Ao lado da seção de tiaras, havia um cesto de peças em liquidação que de fato mereciam estar em liquidação. Uma das peças era um boné de beisebol "de menininha" rosa-shocking, que tinha uma estrela de strass com as cores do arco-íris na frente. Era horroroso.

Comprei o boné, agradecida pelos guardiões não terem me tomado o pouco dinheiro que eu possuía quando fui presa. Devem ter imaginado que não era o bastante para subornar alguém. Também comprei um prendedor de cabelo, sempre atenta à entrada da loja. Antes de sair, prendi o cabelo bem no alto e então pus o boné. Era meio tolo ter que apelar para disfarces, mas era fácil me identificar pelo cabelo. Ele era de um castanho intenso, quase preto, e batia no meio das costas, já que não era cortado havia um bom tempo. Na verdade, com isso e a altura de Dimitri, seríamos uma dupla muito chamativa andando por ali.

Tornei a me misturar com os outros compradores e logo cheguei ao centro do shopping. Sem querer demonstrar qualquer hesitação, virei à esquerda em direção a Macy's. Enquanto caminhava, fiquei um pouco envergonhada por causa do boné e lamentei por não ter tido tempo de arranjar um mais estiloso. Minutos depois, quando avistei um guardião, fiquei satisfeita por ter escolhido um adereço tão depressa.

Ele estava perto de um desses estandes que sempre vemos no centro dos shoppings, fingindo se interessar por capas para celulares. Eu o reconheci, em primeiro lugar, por causa de seu porte e do jeito como conseguia fingir interesse por uma capa para celular com estampa de zebra e, ao mesmo tempo, ficar procurando algo a seu redor. Além do mais, os dampiros sempre se distinguiam dos humanos, se fossem examinados de perto o bastante. Em grande parte, nossas duas raças pareciam quase idênticas, mas eu era capaz de reconhecer um dos meus.

Tratei de não olhar diretamente para ele e senti seus olhos passarem por mim. Eu não o conhecia, o que significava que ele não devia me conhecer também. Era provável que estivesse se baseando em uma foto que havia visto uma vez e que esperasse que meu cabelo me entregasse com facilidade. Mantendo um ar casual, passei pelo guardião num ritmo descontraído, olhando para as vitrines, ficando de costas para ele, mas sem deixar transparecer que estava fugindo. Durante aquele tempo todo, meu coração batia acelerado no peito. Os guardiões podiam me matar assim que me vissem. Será que isso se aplicava também ao centro de um shopping? Eu não queria descobrir.

Quando me afastei do estande, acelerei o passo um pouco. A Macy's devia ter uma saída própria e agora seria uma questão de sorte eu ter feito uma boa escolha ou não ao seguir por aquela direção. Entrei na loja, desci pela escada rolante e me dirigi à saída da porta principal — passando por uma bela coleção de boinas e chapéus de "diplomata". Parei perto deles, não porque planejava comprar um chapéu melhor, mas porque isso me permitiu seguir um grupo de meninas que também estava saindo.

Deixamos a loja juntas e meus olhos logo se ajustaram à mudança de luz. Havia muita gente por ali, mas, de novo, não vi nada de ameaçador. As meninas pararam para bater papo, me dando uma oportunidade de me situar sem parecer completamente perdida. À minha direita, avistei a rua movimentada em que Dimitri e eu tínhamos entrado, e dali sabia como chegar ao cinema. Suspirei, aliviada, e atravessei o estacionamento, ainda olhando ao redor.

Quanto mais eu me afastava do shopping, menos movimentado ficava o estacionamento. Postes de iluminação impediam que o lugar estivesse um breu, mas ainda assim havia algo de sinistro no ar, com tudo se tornando cada vez mais quieto. Meu primeiro impulso foi seguir pela direita até aquela rua e pegar a calçada que levava diretamente ao cinema. Ela era bem-iluminada e havia pessoas ali. Um instante depois, porém, concluí que isso era óbvio demais. Tinha quase certeza de que conseguiria atravessar as vagas muito mais depressa para chegar ao cinema.

E era isso mesmo — mais ou menos. Eu já avistava o cinema quando percebi que, no fim das contas, havia sido seguida. Não muito à minha frente, a sombra de um poste de luz não se projetava corretamente. Estava larga demais. Havia alguém atrás do poste. Eu duvidava que algum guardião tivesse escolhido aquele lugar intencionalmente, na esperança de que Dimitri ou eu aparecesse. O mais provável é que fosse um guarda que tivesse me visto e passado à frente para armar uma emboscada.

Continuei andando, tentando não desacelerar de um jeito óbvio, embora cada músculo do meu corpo se preparasse para atacar. *Eu* teria que ser a primeira a atacar. Teria que estar no controle.

Minha vez chegou segundos antes de eu desconfiar de que meu oponente tinha se mexido. Dei um pulo, jogando-o — no fim das contas, era um dampiro que não reconheci — num carro parado ali perto. Peguei o cara de surpresa. É claro que a surpresa foi mútua quando o alarme do carro disparou, fazendo um ruído estridente que se espalhava noite adentro. Estremeci, tentando ignorar o barulho enquanto atingia meu prisioneiro no lado esquerdo da mandíbula. Precisava aproveitar ao máximo o fato de tê-lo dominado.

A força de meu punho fez sua cabeça bater contra o carro, mas ele reagiu de modo admirável, empurrando-me de volta no mesmo instante, tentando se libertar. Ele era mais forte e eu cambaleei um pouco, só que não o bastante para perder o equilíbrio. Eu compensava a força que não tinha com velocidade. Consegui me esquivar de cada tentativa dele, mas isso me deixou pouco satisfeita. Aquele alarme idiota ainda soava alto e acabaria chamando a atenção de outros guardiões ou de autoridades humanas.

Contornei correndo pela lateral do carro e ele me seguiu, parando quando nos encontrávamos em lados opostos. Estávamos como duas crianças brincando de pique. Imitávamos um ao outro enquanto ele tentava prever em que direção eu iria. Sob a luz fraca, vi algo surpreendente enfiado no seu cinto: uma arma de fogo. Meu sangue gelou. Os guardiões eram treinados para usar armas de fogo, mas raramente andavam com uma. A estaca era a arma que escolhíamos. Nos dedicávamos a matar Strigoi, afinal, e armas de fogo não adiantavam. Mas contra mim... É claro, uma arma de fogo simplificava o trabalho dele, só que eu tinha a sensação de que ele hesitaria em usá-la. O alarme poderia ter sido disparado por alguém que acidentalmente chegou perto demais do carro, já um tiro... Isso faria com que chamassem a polícia. Aquele cara não iria atirar, se pudesse evitar, mas *iria*, se não tivesse escolha. Aquilo precisava acabar logo.

Por fim, me mexi em direção à frente do carro. Ele tentou me interceptar, mas eu o surpreendi ao subir no capô depressa (porque, sinceramente, não teria como o alarme ficar mais alto). Na fração de segundo que eu tinha de vantagem, pulei do carro em cima dele, derrubando-o de vez no chão. Caí sobre seu estômago e o segurei, com a ajuda de todo meu peso, e com as mãos agarrei seu pescoço. Ele resistiu, tentando me empurrar para longe e quase conseguiu. Finalmente, a falta de ar venceu. Ele parou de se mexer e ficou inconsciente. Soltei-o.

Por um breve instante, me lembrei da nossa fuga da Corte, quando usei a mesma técnica em Meredith. Eu a vi deitada no chão outra vez e senti novamente uma onda de culpa. Depois, deixei isso para lá. Meredith estava bem. Meredith sequer estava ali. Nada disso importava. O que importava agora era que aquele cara estava incapacitado e eu precisava sair dali. Imediatamente.

Sem me virar para ver se outros vinham, saí apressada do estacionamento em direção ao cinema. Parei quando já existia uma certa distância entre mim e o carro barulhento, me escondendo atrás de outro carro. Ainda não via ninguém se aproximar do cara, mas, lá na frente do estacionamento, perto da entrada, parecia acontecer alguma coisa. Não fiquei ali para ver melhor. Seja lá o que fosse, não podia ser bom para mim.

Cheguei no cinema poucos minutos depois, ofegante, mais por medo do que por exaustão. Eu tinha muita resistência para correr, graças a Dimitri. Mas onde *estava* Dimitri? Os frequentadores do cinema se misturavam, alguns olhando de cara feia para o meu estado desgrenhado enquanto esperavam para comprar ingressos ou conversavam sobre o filme a que tinham acabado de assistir. Não vi sinal de Dimitri em lugar nenhum.

Eu não tinha relógio. Quanto tempo havia se passado desde que nos separamos? Por certo, menos de meia hora. Andei pelo cinema, me escondendo em meio à multidão, procurando qualquer indício de Dimitri ou de mais perseguidores. Nada. Os minutos passavam. Inquieta, enfiei a mão no bolso e toquei no pedaço de papel com o telefone. Vá, havia dito ele. Vá e ligue para esse número. É claro que eu não tinha um celular, mas aquele era o menor dos meus problemas agora...

— Rose!

Um carro encostou no meio-fio, onde outros veículos deixavam as pessoas. Dimitri se inclinava pela janela do motorista e quase caí no chão de tanto alívio. Bom, está bem, quase, não. Na verdade, não perdi tempo. Corri até ele e me joguei no banco do carona. Sem dar uma palavra, ele pisou no acelerador, nos levando para longe do cinema e de volta à via principal.

Num primeiro momento, não dissemos nada. Ele estava tão tenso e no limite que dava a impressão de que a menor das provocações o partiria em dois. Ele dirigiu o mais rápido que pôde sem chamar a atenção da polícia, olhando pelo retrovisor o tempo todo.

— Tem alguém atrás de nós? — perguntei, por fim, quando ele voltou para a rodovia.

— Parece que não. Vão demorar um pouco para descobrir em que carro estamos.

Eu não tinha prestado muita atenção ao entrar, mas estávamos num Honda Accord — outro carro de aparência comum. Também notei que não havia chave na ignição.

— Você fez ligação direta neste carro? — E, em seguida, reformulei a pergunta: — Você *roubou* este carro?

— Você tem valores interessantes — observou ele. — Fugir da prisão, tudo bem. Mas é só roubar um carro que você parece completamente indignada.

— Estou mais surpresa do que indignada — retruquei, recostando-me no banco. Suspirei. — Tive medo... Bem, por um momento, ali, tive medo de você não aparecer. De você ter sido pego ou coisa do tipo.

— Não. Passei a maior parte do tempo às escondidas procurando um carro apropriado.

Houve alguns minutos de silêncio.

— Você não perguntou o que aconteceu comigo — comentei, um pouco chateada.

— Não preciso fazer isso. Você está aqui. É o que importa.

— Tive que lutar.

— Dá para notar. Sua manga está rasgada.

Olhei para baixo. É, rasgada. Eu também havia perdido o boné na minha fuga enlouquecida. Não foi uma grande perda.

— Você não quer saber nada sobre a luta?

Seus olhos permaneceram na estrada a nossa frente.

— Já sei. Você derrotou seu inimigo. Fez isso depressa e fez isso muito bem. Porque você é boa a esse ponto.

Refleti sobre aquelas palavras por um momento. Eram impassíveis, protocolares apenas... e, ainda assim, sua declaração trouxe um pequeno sorriso a meus lábios.

— Está bem. E agora, general? Você não acha que podem examinar os boletins de carros roubados e pegar o número da nossa placa?

— É provável. Mas até lá, já teremos outro carro... Um carro de que não terão a menor pista.

Franzi a testa.

— Como é que você vai conseguir isso?

— Vamos nos encontrar com alguém daqui a algumas horas.

— Merda. Eu *realmente* odeio ser a última a saber de tudo.

"Algumas horas" nos levaram a Roanoke, na Virgínia. A maior parte da nossa viagem havia se passado sem grandes acontecimentos até aquele ponto. No entanto, quando avistamos a cidade, notei Dimitri observando as placas de saída até encontrar a que queria. Saindo da interestadual, ele continuou procurando perseguidores, mas não encontrou nenhum. Chegamos a outra rua repleta de comércio, e ele dirigiu até um McDonald's, que se destacava claramente dos outros estabelecimentos.

— Imagino — comentei — que esta não seja uma parada para o lanche.

— Aqui — respondeu ele — é onde pegamos nosso próximo carro.

Ele dirigiu pelo estacionamento do restaurante, procurando alguma coisa com os olhos, embora, no início, eu não soubesse o quê. Avistei aquilo uma fração de segundo antes dele. No canto mais distante do estacionamento, vi uma mulher debruçada sobre um utilitário marrom-claro, de costas para nós. Não dava para ver muito dela, a não ser que usava uma blusa escura e que tinha um cabelo louro despenteado quase na altura dos ombros.

Dimitri parou na vaga ao lado do veículo dela e saí do nosso no instante em que ele pisou no freio. Eu a reconheci antes mesmo de ela se virar.

— Sydney? — O nome saiu como uma pergunta, embora eu estivesse certa de que fosse ela.

Ela virou a cabeça e vi um rosto conhecido — o rosto de uma humana —, com olhos castanhos que, ao sol, podiam ficar cor de âmbar, e uma discreta tatuagem dourada na bochecha.

— Ei, Rose — disse Sydney, com um sorriso pesaroso nos lábios. Ela segurava um saco de papel do McDonald's. — Imaginei que você estivesse com fome.

Seis

Realmente, pensando bem, o fato de Sydney ter aparecido não é muito mais estranho do que metade das outras coisas que costumavam acontecer comigo. Sydney era uma alquimista que conheci na Rússia enquanto tentava encontrar e matar Dimitri. Ela era da minha idade e odiou ser mandada para lá, apesar de eu ter apreciado muito sua ajuda. Como Dimitri havia comentado mais cedo, os alquimistas iriam querer ajudar os Moroi a me encontrar e a me capturar. No entanto, julgando pela tensão que emanava tanto dele quanto de Sydney no carro, era óbvio que ela estava colaborando com aquela fuga.

Com um grande esforço, deixei meus questionamentos de lado naquele momento. Ainda éramos fugitivos. Ainda estávamos, sem dúvida, sendo perseguidos. O carro de Sydney era um Honda CR-V novinho com placa da Louisiana e um adesivo indicando que o veículo era alugado.

— O quê? — perguntei. — Essa fuga audaciosa está sendo patrocinada pela Honda? — Como não me responderam, passei para a pergunta seguinte mais óbvia: — Estamos indo para Nova Orleans? — Era onde Sydney trabalhava agora. Um passeio turístico era a última coisa que eu tinha em mente naquele momento, mas, já que precisava fugir, podia muito bem ser para algum lugar legal.

— Não — respondeu ela, dando ré para sair da vaga. — Vamos para a Virgínia Ocidental.

Lancei um olhar penetrante para Dimitri, que estava no banco de trás, na esperança de que ele negasse aquilo. Ele não negou.

— Imagino que com "Virgínia Ocidental" você queira dizer "Havaí" — concluí. — Ou algum lugar tão empolgante quanto.

— Para ser sincera, acho melhor você evitar empolgação por enquanto — comentou Sydney. O GPS do carro a direcionou para a virada seguinte, nos levando de volta para a I-81. Ela franziu um pouco a testa. — E, na verdade, a Virgínia Ocidental é muito bonita.

Me lembrei de que Sydney era de Utah e não devia conhecer quase nada. Como fazia muito tempo que eu já havia desistido de ter qualquer controle sobre o roteiro dessa fuga, fiz mais uma rodada de perguntas óbvias.

— Por que você está nos ajudando?

Tive a impressão de que ela fazia uma careta no escuro.

— Por que você acha que estou?

— Abe.

Sydney suspirou.

— Estou realmente começando a me perguntar se Nova Orleans valeu a pena.

Descobri recentemente que Abe — com aquela sua vasta influência inexplicável — tinha sido o responsável por tirá-la da Rússia. Como ele fez isso, não sei. O que eu sabia era que isso deixou Sydney com uma dívida em aberto, uma dívida que ele vivia usando para obter favores. Às vezes, eu me perguntava se o acordo envolvia mais do que uma transferência no trabalho, como se ele tivesse feito outra coisa que nenhum dos dois me contou. De todo jeito, comecei a criticá-la de novo, dizendo que já deveria esperar por isso, pois fez um pacto com o diabo, mas logo reconsiderei. Com um punhado de guardiões na minha cola, não seria inteligente da minha parte provocar alguém que me ajudava. Fiz uma pergunta diferente:

— Está bem. Então, por que vamos para a Virgínia Ocidental?

Sydney abriu a boca para responder, mas Dimitri a interrompeu:

— Ainda não.

Me virei de novo e olhei para ele, enfurecida.

— Estou tão cansada disso! Estamos fugindo há seis horas e ainda não conheço todos os detalhes. Sei que estamos nos mantendo longe dos guardiões, mas vamos mesmo para a Virgínia Ocidental? Vamos usar uma cabana como base de operação? Daquelas nos pés de uma montanha, sem encanamento?

Sydney deu um de seus típicos suspiros exasperados.

— Você sabe mesmo alguma coisa *sobre* a Virgínia Ocidental?

Eu não estava satisfeita em saber que Dimitri e ela se uniram para me manter na escuridão. É claro que, em se tratando de Sydney, sua reticência poderia vir de inúmeras coisas. Ainda poderiam ser as ordens de Abe. Ou talvez ela só não quisesse conversar comigo. Como grande parte dos alquimistas considerava os dampiros e vampiros a desova do inferno, eles não costumavam ser muito amigáveis conosco. O tempo que passou comigo na Sibéria mudou um pouco seu ponto de vista. Era o que eu esperava. Às vezes eu sentia que ela continuava a mesma.

— Você sabe que armaram para a gente, não é? — perguntei a ela. — Na verdade, não fizemos nada. Dizem que matei a rainha, mas...

— Eu sei — interrompeu Sydney. — Já ouvi essa história. Todos os alquimistas estão sabendo. Vocês dois estão no topo da nossa lista de procurados. — Ela tentou manter um tom formal, mas não conseguiu esconder seu desassossego. Eu sentia que Dimitri a deixava mais nervosa do que eu, o que era compreensível, já que ele deixava alguns da nossa própria raça nervosos também.

— Não faria uma coisa dessas — insisti. De algum jeito, era importante que ela soubesse.

Sydney não ligou para meu comentário. Em vez disso, falou:

— Você devia comer. Seu lanche está esfriando. Ainda faltam mais de três horas de viagem e não vamos parar, a não ser para abastecer.

Na sua fala havia um propósito, uma lógica. Ela não queria conversar mais. Dentro do saco, encontrei duas porções gigantes de batata frita e três *cheeseburgers*. Ao que parecia, ela ainda me conhecia muito bem. Precisei de muito autocontrole para não encher a boca de batata frita no mesmo instante. Em vez disso, ofereci um cheeseburger a Dimitri.

— Você quer um? Tem que se manter forte.

Ele hesitou por vários segundos antes de aceitar. Parecia olhar para o sanduíche com algum tipo de admiração, e me dei conta de que comer ainda era algo novo para ele, depois dos últimos meses. Os Strigoi subsistiam apenas de sangue. Passei um pouco de batata frita para ele também, e então me virei para devorar o resto. Não me dei ao trabalho de oferecer a Sydney. Ela era conhecida por sua falta de apetite e, além do mais, imaginei que já tivesse comido, se quisesse, enquanto esperava por nós.

— Acho que isto é para você — disse Dimitri, me entregando uma pequena mochila. Ao abri-la, encontrei algumas mudas de roupa e uns itens básicos de toalete. Dei mais uma olhada nos trajes.

— Shorts, blusas e um vestido. Não dá para lutar com isso. Preciso de jeans. — O vestido era bonito, eu admito: um vestido de verão longo, feito de um tecido fino com uma estampa de aquarela em tons de preto, branco e cinza. Mas nada prático.

— De nada — disse Sydney. — Tudo aconteceu meio rápido. Foi o que consegui juntar.

Dei uma olhada para trás e vi Dimitri desfazendo a mochila dele. Nela havia roupas básicas, como na minha, e também...

— Um sobretudo? — perguntei ao vê-lo tirar o longo casaco de couro da mochila. Como o casaco coube ali era um desafio à física. — Você conseguiu um sobretudo para ele, mas não conseguiu um jeans para mim?

Sydney parecia não se preocupar com minha indignação.

— Abe disse que era o básico. Além do mais, se tudo correr como deve, você não irá lutar. — Não gostei do que ouvi. *A salvo e isolada.*

Como eu tinha os que deviam ser os companheiros de viagem mais quietos do mundo, sabia que não devia esperar nenhuma conversa profunda pelas três horas seguintes. Acho que foi bom, porque isso me permitiu dar uma olhada em Lissa. Eu ainda estava nervosa demais com minha fuga para passar muito tempo na cabeça dela, então, fiz apenas uma rápida avaliação do que estava acontecendo na Corte.

Exatamente como Dimitri havia previsto, os guardiões tinham restabelecido a ordem rapidamente. A Corte estava sob confinamento, e aqueles que tinham qualquer tipo de ligação comigo eram interrogados de maneira exaustiva. Acontece que todos eles tinham álibis. Todo mundo viu meus aliados no velório — ou, no caso de Abe, *pensou* ter visto. Algumas meninas juraram que estiveram com Adrian, o que eu só podia supor que era o resultado de mais compulsão. Dava para sentir a satisfação de Lissa através do laço à medida que a frustração dos guardiões aumentava.

Embora ela não fizesse a menor ideia de quando eu poderia checar sua mente, mandou-me um recado pelo laço: *Não se preocupe, Rose. Vou cuidar de tudo. Vamos limpar seu nome.*

Me recostei de novo no banco do carro, sem saber ao certo como me sentir naquela situação. Passei a vida inteira cuidando dela. Eu a protegia do perigo e me esforçava muito para mantê-la longe de qualquer ameaça. Agora, os papéis tinham se invertido. Ela me ajudou a salvar Dimitri e eu me via nas suas mãos — e, ao que parecia, nas de todos os outros — no que dizia respeito àquela fuga. Isso contrariava cada instinto meu e me perturbava. Eu não estava acostumada a ser protegida pelos outros, muito menos por ela.

Os interrogatórios ainda aconteciam, e a vez de Lissa não tinha chegado, mas algo me dizia que meus amigos escapariam dessa. Não seriam punidos por minha fuga e, então, eu seria de fato a única que corria perigo — como preferia que fosse.

A Virgínia Ocidental pode ser tão bonita quanto Sydney havia afirmado, mas, na verdade, eu não saberia dizer, pois já estava no meio da noite quando chegamos. Em grande parte do trajeto, tive a sensação de cruzarmos as montanhas, sentindo as subidas e descidas enquanto atravessávamos trechos em zigue-zague e túneis. Depois de quase três horas, entramos numa cidadezinha que era um buraco, com apenas um semáforo e um restaurante, cujo letreiro dizia simplesmente RESTAURANTE. No entanto, não havia movimento algum na estrada fazia uma hora, o que era de fato o mais importante. Não tínhamos sido seguidos.

Sydney nos levou para um prédio com uma placa que dizia HOTEL. Ao que parecia, aquela cidadezinha gostava de se manter no básico quando o assunto era nomes. Eu não me surpreenderia se, na verdade, ela fosse chamada apenas de CIDADEZINHA. Enquanto caminhávamos pelo estacionamento do hotel, me espantei ao perceber como minhas pernas estavam doloridas. Cada parte do meu corpo doía, e dormir seria fantástico. Já fazia mais de 12 horas que aquela aventura tinha começado.

Sydney fez nosso check-in com nomes falsos e o recepcionista sonolento não perguntou nada. Passamos por um corredor que não era exatamente sujo, mas também não era nada de que um membro da realeza chegaria perto. Um carrinho de limpeza estava encostado numa parede como se alguém tivesse desistido de usá-lo e o abandonado ali. Sydney parou de repente diante de um quarto e nos entregou uma chave. Me dei conta, então, de que ela se dirigia a outro cômodo.

— Não vamos ficar todos juntos? — perguntei.

— Ei, se vocês forem pegos, não quero estar nem perto — disse ela, sorrindo. Tive a sensação de que ela também não queria dormir no mesmo quarto que as "criaturas malignas da noite". — Mas ainda vou estar por aqui. Conversamos pela manhã.

Aquilo me fez perceber mais uma coisa. Olhei para Dimitri.

— Nós dois vamos ficar no mesmo quarto?

Sydney deu de ombros.

— É melhor para vocês se defenderem.

Ela nos deixou daquele seu jeito ab-rupto, e Dimitri e eu olhamos um para o outro por um instante antes de seguirmos até lá. Como o resto do hotel, o cômodo não era elegante, mas servia. O tapete estava gasto, mas intacto, e apreciei a parca tentativa de decoração representada por um quadro muito ruim de algumas peras. Havia uma pequena e triste janela. E uma cama.

Dimitri fechou o trinco e a corrente da porta e então se sentou na única cadeira do quarto. Ela era feita de madeira com o encosto reto, mas ele parecia considerá-la a coisa mais confortável do mundo. Dimitri ainda mantinha aquele eterno olhar vigilante, mas, apesar de tudo, dava para perceber que estava exausto. Aquela havia sido uma noite longa para ele também.

Me sentei à beira da cama.

— E agora?

— Agora esperamos — respondeu ele.

— O quê?

— Que Lissa e os outros limpem seu nome e descubram quem matou a rainha.

Esperei por mais explicações, mas tudo o que consegui foi silêncio. Uma descrença começou a crescer em mim. Eu tinha sido o mais paciente que podia naquela noite, presumindo que Dimitri estava me levando numa missão misteriosa para ajudar a solucionar o assassinato. Quando ele falou que iríamos esperar, por certo não quis dizer que iríamos apenas... Bem, esperar, não é?

— O que *nós* vamos fazer? — perguntei, exigindo uma resposta. — Como vamos ajudá-los?

— Já lhe dissemos mais cedo: você não tem como sair procurando por pistas na Corte. Precisa ficar longe de lá. Precisa permanecer a salvo.

Fiquei de queixo caído, gesticulando por aquele cômodo sem graça.

— O quê? Então é isso? Você vai me manter aqui, como num depósito? Pensei... Pensei que houvesse alguma coisa aqui. Alguma coisa que pudesse ajudar.

— Isso *está* ajudando — disse ele, daquele seu jeito calmo e irritante. — Sydney e Abe pesquisaram este lugar e concluíram que é fora de mão o bastante para evitar ser detectado.

Me levantei da cama num pulo.

— Está bem, companheiro. Só que tem um problema sério com sua lógica. Vocês agem como se o fato de eu ficar fora do caminho fosse *ajudar*.

— Não entendo por que precisamos ter essa conversa toda hora. As respostas para "quem matou Tatiana?" estão na Corte e é onde seus amigos estão. Eles vão resolver isso.

— Não me envolvi numa perseguição em alta velocidade e atravessei estados para acabar enfurnada numa porcaria de hotel! Quanto tempo você planeja "ficar fora de mão" aqui?

Dimitri cruzou os braços sobre o peito.

— Pelo tempo que for preciso. Temos dinheiro para ficar aqui por tempo indeterminado.

— Eu devo ter bastante trocado no meu bolso para ficar aqui por tempo indeterminado! Mas isso não vai acontecer. Preciso fazer alguma coisa. Não vou simplesmente sair pelo caminho mais fácil e ficar à toa.

— Sobreviver não é tão fácil quanto você pensa.

— Ah, meu Deus — exclamei. — Você tem andado com Abe, não tem? Sabe, quando você era um Strigoi, me disse para ficar longe dele. Talvez devesse seguir o próprio conselho.

Me arrependi daquelas palavras tão logo elas saíram da minha boca, e vi nos olhos dele que eu havia feito um estrago sério. Ele podia vir agindo como o velho Dimitri naquela fuga, mas o tempo que passou como Strigoi ainda o atormentava.

— Me desculpe — principiei. — Eu não queria...

— Já chega de discutir isso — interrompeu ele com dureza. — Lissa disse para ficarmos aqui, então, vamos ficar aqui.

Uma raiva expulsou minha culpa, deixando-a de lado.

— É por *esse* motivo que você está fazendo isso? Por que Lissa lhe disse para fazer?

— Claro. Jurei que iria servi-la e ajudá-la.

Foi então que explodi. Já havia sido ruim o bastante, quando Lissa transformou Dimitri num dampiro de novo, ele ter pensado que não tinha problema andar com ela o tempo todo e me desprezar. Apesar de *eu* ter ido até a Sibéria e de *eu* ter descoberto que Robert, o irmão de Victor, sabia como recuperar um Strigoi... Bem, ao que parecia, essas coisas não importavam. Só o fato de Lissa ter empunhado a estaca importava. Agora Dimitri a via como algum tipo de deusa angelical e fez um voto arcaico de servi-la, como o de um cavaleiro.

— Pode esquecer — retruquei. — *Não* vou ficar aqui.

Dei três passos para chegar até a porta e consegui soltar a corrente, mas, segundos depois, Dimitri já havia levantado da cadeira e me jogado contra a parede. Na verdade, foi um tempo de reação muito lento. Eu esperava que ele me detivesse antes de dar dois passos.

— Você *vai* ficar aqui — disse ele, calmo, agarrando meus punhos. — Gostando ou não disso.

Agora eu tinha algumas opções. Eu *poderia* ficar, é claro. Eu poderia passar dias — talvez meses — naquele hotel, até Lissa limpar meu nome. Isso significava presumir que Lissa seria capaz de limpar meu nome e que eu não teria intoxicação alimentar com a comida do restaurante RESTAURANTE. Essa era a opção mais segura. E também a mais chata para mim.

Outra opção era lutar para passar por Dimitri. Isso não seria seguro nem fácil. Também seria desafiador em especial porque eu teria que tentar lutar de um jeito que me permitisse escapar, mas que não o matasse nem provocasse ferimentos graves em nenhum de nós.

Ou eu poderia simplesmente deixar a cautela de lado e não maneirar. Ah, o cara lutou contra os Strigoi e metade dos guardiões da Corte. Era capaz de lidar comigo, mesmo eu dando tudo de mim. Está certo que já havíamos tido encontros um tanto brutos na época da São Vladimir. O melhor de mim seria o suficiente para escapar? Estava na hora de descobrir.

Dei uma joelhada no estômago de Dimitri, o que era óbvio que ele não esperava. Seus olhos se arregalaram, em estado de choque — e com um pouco de dor —, me dando abertura para me libertar de suas mãos. Essa abertura durou apenas o bastante para que eu destrancasse a porta. Antes que eu alcançasse a maçaneta, Dimitri já me segurava de novo. Ele me agarrou com força e me jogou na cama de barriga para baixo, me prendendo com seu peso e impedindo que minhas pernas dessem mais algum chute surpresa. Esse sempre foi meu maior problema nas lutas: oponentes — normalmente homens — mais fortes e pesados. Minha velocidade era meu melhor recurso em situações como aquela, mas o fato de estar presa por baixo me deixava sem opções de esquiva e evasão. Ainda assim, cada parte minha lutava, tornando difícil para ele me manter ali.

— Pare com isso — disse ele no meu ouvido, quase o tocando com os lábios. — Seja sensata pelo menos uma vez. Você não consegue passar por mim.

Senti aquele corpo quente e forte contra o meu e prometi me dar uma baita bronca mais tarde. *Pare com isso,* pensei. *Concentre-se em sair daqui e não em senti-lo.*

— Não sou eu que não estou sendo sensata — resmunguei, tentando virar meu rosto na direção de Dimitri. — É você quem está preso numa nobre promessa que não faz o menor sentido. E sei que você não gosta de ficar de fora da ação tanto quanto eu. Me ajude. Me ajude a descobrir quem é o assassino e fazer alguma coisa de útil. — Parei de resistir e fingi que nossa discussão tinha me distraído.

— Não gosto de ficar de fora, mas também não gosto de me precipitar e cair numa situação impossível!

— Situações impossíveis são nossa especialidade — argumentei.

Nesse meio-tempo, tentei avaliar como Dimitri me segurava. Ele não havia relaxado as mãos, porém, eu esperava que a conversa o distraísse. Dimitri costumava ser bom demais para perder o foco. Mas eu sabia que ele estava cansado. E talvez, apenas talvez, ele estivesse um pouco descuidado, já que era eu e não um Strigoi.

Nada.

Reagi ab-ruptamente, tentando me soltar e sair depressa de debaixo dele. O máximo que consegui fazer foi rolar o corpo até que ele me segurasse de novo, agora me deixando de costas para a cama. Estar tão perto dele... Seu rosto, seus lábios... o calor de sua pele na minha. Bem. Ao que parecia, tudo o que eu tinha conseguido era me pôr numa desvantagem ainda maior. Por certo, ele não se mostrava afetado pela proximidade dos nossos corpos. Exibia aquela sua típica determinação de aço e, embora fosse idiotice da minha parte, embora eu soubesse que não deveria me importar mais com o fato de ele estar em cima de mim... Bem, me importei, sim.

— Um dia — disse ele. — Você não pode esperar nem um dia?

— Talvez, se tivéssemos ido para um hotel melhor. Com TV a cabo.

— Não é hora para brincadeira, Rose.

— Então me deixe fazer alguma coisa. Qualquer coisa.

— Eu... não posso.

Pronunciar aquelas palavras obviamente doeu nele, e me dei conta de uma coisa: eu estava tão brava com Dimitri, tão furiosa por ele tentar me fazer ficar à toa e a salvo, mas ele também não gostava nada daquilo. Como eu podia ter esquecido o quanto éramos parecidos? Nós dois desejávamos ação. Nós dois queríamos ser úteis, ajudar aqueles com quem nos importávamos. Só sua resolução de ajudar Lissa o mantinha ali, naquele trabalho de babá. Dimitri alegava que voltar correndo para a Corte era imprudência, mas eu tinha a sensação de que se ele não fosse o responsável por mim — ou, bem, se não *pensasse* que era — também teria corrido de volta para lá no mesmo instante.

Então, o estudei, estudei seus olhos escuros determinados e sua expressão suavizada pelo cabelo castanho que tinha escapado do rabo de cavalo. O cabelo pendia em torno de seu rosto agora, quase encostando no meu. Eu poderia tentar me libertar de novo, mas perdi as esperanças de isso funcionar. Ele era feroz demais e estava determinado demais a me manter a salvo. Percebi que falar sobre minha suspeita de que ele também queria voltar para a Corte não ia adiantar. Verdade ou não, ele esperaria que eu argumentasse com a lógica da Rose. Era Dimitri, afinal. Ele esperaria por *tudo*.

Bem, quase tudo.

Uma ideia me veio à mente tão depressa que não parei para analisá-la. Simplesmente agi. Meu corpo podia estar preso, mas minha cabeça e meu pescoço estavam livres o bastante apenas para se erguerem — e beijá-lo.

Meus lábios encontraram os dele e descobri algumas coisas. Uma foi que era possível pegá-lo totalmente de surpresa. Seu corpo paralisou e travou, chocado diante da repentina reviravolta. Também me dei conta de que ele beijava tão bem quanto eu me lembrava. A última vez que tínhamos nos beijado havia sido quando ele era Strigoi. Houve uma sensualidade estranha naquilo, mas não se comparava ao calor e à energia de estar vivo. Seus lábios eram exatamente como eu me lembrava da nossa época na São Vladimir, macios e ávidos ao mesmo tempo. Uma eletricidade se espalhou pelo resto do meu corpo enquanto ele me beijava. Era reconfortante e excitante ao mesmo tempo.

E essa foi a terceira coisa que descobri. *Ele estava me beijando*. Talvez, apenas talvez, Dimitri não fosse tão determinado quanto alegava ser. Talvez, sob toda aquela culpa e certeza de que não seria capaz de amar de novo, ele ainda me quisesse. Eu gostaria de ter descoberto. Mas não dava tempo.

Em vez de descobrir, bati nele.

É verdade: já bati em vários caras que estavam me beijando, só que nunca em um que eu realmente *quisesse* continuar beijando. Dimitri ainda me segurava com firmeza, mas o choque do beijo havia baixado sua guarda. Meu punho se libertou e se juntou à lateral de seu rosto. Sem esperar um segundo sequer, o empurrei com toda minha força, tirando-o de cima de mim, e me levantei da cama num pulo, indo em direção à porta. Ouvi Dimitri ficar de pé enquanto eu a abria. Saí em disparada do quarto e bati a porta antes que pudesse ver o que ele fez em seguida. Não que isso fosse preciso. Ele vinha atrás de mim.

Sem hesitar por um instante sequer, empurrei o carrinho de limpeza abandonado para a frente da porta do quarto e acelerei pelo corredor. Alguns segundos depois, a porta se abriu e ouvi um grito irritado — bem como uma palavra muito, muito feia em russo — quando ele tropeçou no carrinho. Dimitri levaria apenas alguns segundos para jogá-lo para o lado, mas era tudo do que eu precisava. Num piscar de olhos, desci o lance de escadas e cheguei ao lobby precário onde um recepcionista entediado lia um livro. Ele quase pulou da cadeira quando passei, apressada.

— Tem um cara me perseguindo! — gritei, enquanto saía pela porta.

O recepcionista não parecia de jeito nenhum alguém que tentaria deter Dimitri, e eu tinha a sensação de que, de qualquer maneira, Dimitri não iria parar se o cara pedisse. Na pior das hipóteses, o homem chamaria a polícia. Naquela cidadezinha, a Polícia devia ser apenas um cara e um cachorro.

De todo jeito, isso não era mais da minha conta. Eu tinha fugido do hotel e agora estava no meio de uma cidadezinha montanhosa adormecida, nas suas ruas repletas de sombras. Dimitri poderia estar bem atrás de mim, mas, quando me enfiei numa mata perto dali, sabia que seria fácil me perder dele na escuridão.

Sete

O problema foi, é claro, que logo me perdi na escuridão.

Depois de viver nas regiões selvagens de Montana, eu sabia que a noite podia nos engolir por completo ao nos afastarmos do menor traço de civilização. Estava acostumada até com as voltas e curvas das florestas escuras. No entanto, o terreno da São Vladimir era conhecido, ao passo que a mata da Virgínia Ocidental era nova e estranha, e fiquei completamente confusa.

Quando tive certeza de que já estava distante o suficiente do hotel, parei e olhei ao redor. Insetos noturnos zumbiam e cantavam, e a umidade opressiva do verão pairava sobre mim. Ao olhar para cima, através de um dossel folhoso de árvores, pude ver um brilhante céu estrelado, totalmente intocado pelas luzes da cidade. Me sentindo uma verdadeira sobrevivente na selva, estudei as estrelas até avistar a Ursa Maior e deduzir em que direção ficava o norte. As montanhas por onde Sydney havia nos conduzido estavam a leste, então, por certo, eu não iria querer ir por ali. Talvez, se caminhasse rumo ao norte, eu acabaria chegando a uma interestadual e poderia pegar uma carona ou andar de volta para a civilização. Não era um plano infalível, mas também não era o pior que eu já tinha feito, nem de longe.

Eu realmente não estava vestida para caminhar, porém, à medida que meus olhos se ajustavam à escuridão, conseguia desviar de grande parte das árvores e de outros obstáculos. Seguir pela estrada minúscula para fora da cidade teria sido mais fácil — mas também era o que Dimitri esperava que eu fizesse.

Segui em direção ao norte, num ritmo estável e automático. Concluí que era uma boa hora para dar uma checada em Lissa, agora que eu tinha o tempo nas mãos e nenhum guardião tentava me prender. Penetrei na mente dela e a encontrei nas profundezas do quartel dos guardiões, sentada numa das cadeiras enfileiradas na entrada. Outros Moroi sentados ali também aguardavam, inclusive Christian e Tasha.

— Eles serão duros com vocês no interrogatório — sussurrou Tasha, e dirigindo-se a Christian: — Especialmente com *você*. Você seria minha primeira opção se alguma coisa explodisse ilegalmente. — Aquela parecia ser a opinião de todos. Pelo olhar preocupado no seu rosto, pude ver que Tasha estava tão surpresa com relação à minha fuga quanto eu. Mesmo que meus amigos ainda não tivessem lhe contado a história toda, ela já devia ter juntado grande parte das peças, pelo menos as de quem estava por trás disso.

Christian lhe deu o sorriso mais charmoso que pôde, como um garotinho tentando escapar do castigo.

— A essa altura, já sabem que a explosão não foi provocada por magia — disse ele. — Os guardiões devem ter vasculhado cada milímetro daquelas estátuas. — Christian não expôs seus argumentos, não em público, mas a mente de Lissa trabalhava na mesma linha que a dele. Agora, os guardiões já saberiam que a explosão não havia sido elementar. E mesmo que meus amigos fossem os maiores suspeitos, as autoridades teriam que se perguntar, exatamente o que me perguntei: como jovens conseguiriam um carregamento de C4.

Lissa assentiu, concordando, e repousou a mão sobre a de Christian.

— Vamos ficar bem.

Seus pensamentos se voltaram para Dimitri e para mim, e ela se perguntava se tínhamos conseguido seguir com o plano e escapar.

Não seria capaz de se concentrar em descobrir o assassino de Tatiana até saber que estávamos a salvo. Como no meu caso, a fuga havia sido uma decisão difícil: ficar livre me expunha mais ao perigo do que se estivesse presa. Seus sentimentos estavam exaltados. Ela se encontrava sensível e um pouco mais irritadiça do que eu gostaria. *Muito espírito,* pensei. *Ela está usando demais.* Na época da escola, Lissa o administrava com uma medicação e, depois, por meio do autocontrole. No entanto, em algum momento, à medida que nossas situações se tornavam mais complicadas, ela se permitiu manejá-lo cada vez mais. Nos últimos tempos, vinha usando quantidades espantosas, mas não demos a devida importância a isso. Mais cedo ou mais tarde, o fato de Lissa recorrer ao espírito se voltaria contra ela. Contra nós.

— Princesa? — Uma porta do outro lado, de frente para Lissa, se abriu, e um guardião pôs a cabeça para fora. — Estamos prontos para ouvi-la.

O guardião deu um passo para o lado e, dentro da sala, Lissa ouviu uma voz conhecida dizer:

— É sempre um prazer conversar com você, Hans. Devíamos fazer isso de novo qualquer hora dessas. — Então, Abe apareceu, deixando a sala com a cabeça erguida, o peito estufado e o andar confiante de sempre. Passou pelo guardião na entrada e deu, para Lissa e os Ozera, um sorriso triunfante, que parecia dizer "está tudo certo no mundo". Sem uma palavra, passou por eles em direção à saída.

Lissa quase sorriu, mas se controlou, assumindo um semblante sóbrio ao entrar com seus companheiros. A porta se fechou depois de passarem e ela se viu diante de três guardiões sentados a uma mesa. Um deles eu só conhecia de vista. Acho que seu sobrenome era Steele. Os outros dois eu conhecia bem. Um era Hans Croft, que comandava as operações dos guardiões na Corte. Ao seu lado — para meu espanto — estava Alberta, encarregada dos guardiões e novatos da São Vladimir.

— Que maravilha — resmungou Hans. — Uma comitiva completa. — Christian havia insistido em estar presente quando Lissa fosse interrogada, e Tasha havia insistido em estar presente ao lado de Christian. Se Abe soubesse a hora do interrogatório, é provável que tivesse se juntado ao grupo também, sem dúvida acompanhado da minha mãe... Hans não se dava conta de que tinha escapado de uma verdadeira comitiva.

Lissa, Christian e Tasha se sentaram de frente para os guardiões.

— Guardiã Petrov — disse Lissa, ignorando a reprovação de Hans. — O que está fazendo aqui?

Alberta deu um sorrisinho para Lissa, mas se portou como uma guardiã profissional.

— Vim para o enterro e o Guardião Croft chegou à conclusão de que gostaria da opinião de alguém de fora na investigação.

— E de alguém que conheça bem Hathaway e seus..., hum... comparsas — acrescentou Hans. Ele era do tipo de cara que ia direto ao ponto. Sua postura costumava me incomodar (essa era minha reação normal a grande parte das figuras de autoridade, mas era admirável a maneira como ele comandava as operações ali). — Esta reunião era apenas com a *senhorita*, princesa.

— Não vamos dar uma palavra — disse Christian.

Lissa assentiu com a cabeça e manteve um semblante suave e educado, muito embora sua voz estivesse trêmula:

— Quero ajudar... Ando tão... Não sei. Ando tão chocada com tudo o que aconteceu.

— Tenho certeza disso — disse Hans num tom seco. — Onde a senhorita estava quando as estátuas explodiram?

— Na procissão do enterro — respondeu ela. — Fiz parte do cortejo.

Steele possuía uma pilha de papéis à sua frente.

— É verdade. Existem muitas testemunhas.

— Muito conveniente. E *depois*? — perguntou Hans. — Para onde a senhorita foi quando a multidão entrou em pânico?

— Voltei para o prédio do Conselho. Era lá que todos os outros estavam se reunindo e achei que seria mais seguro. — Eu não conseguia ver o rosto de Lissa, mas dava para sentir que ela tentava parecer intimidada. — Tive medo quando as coisas começaram a sair do controle.

— Também temos testemunhas que comprovam isso — disse Steele.

Hans bateu com os dedos na mesa.

— A senhorita já tinha conhecimento de alguma coisa? Das explosões? Da fuga de Hathaway?

Lissa balançou a cabeça.

— Não! Eu não fazia a menor ideia. Nem sabia que era possível sair das celas. Achei que houvesse mais segurança.

Hans ignorou a alfinetada em suas operações.

— Vocês têm aquela coisa do laço, não é? Você não percebeu nada através dele?

— Eu não leio Rose — explicou Lissa. — Ela vê meus pensamentos, mas não vejo os dela.

— Isso — é verdade — disse Alberta, por fim.

Hans não a contradisse, mas ainda não acreditava na inocência da minha amiga.

— Você se dá conta de que, se for pega escondendo informações, ou ajudando Hathaway, irá enfrentar consequências quase tão sérias quanto as dela? *Todos* vocês. Ser da realeza não a isenta de traição.

Lissa baixou os olhos, como se aquela ameaça a tivesse assustado.

— Eu simplesmente não consigo acreditar... Não consigo acreditar que Rose faria isso. Ela era minha amiga. Pensei que a conhecesse. Não pensei que ela fosse capaz de fazer nada disso... Nunca pensei que ela fosse capaz de matar alguém. — Se não fosse pelas emoções através do laço, eu poderia ter me sentido ofendida. No entanto, eu sabia a verdade. Ela estava fingindo, tentando se distanciar de mim. Era esperta.

— É mesmo? Porque não faz muito tempo que a senhorita andou para cima e para baixo jurando que ela era inocente — argumentou Hans.

Lissa olhou para a frente e arregalou os olhos.

— Eu pensei que fosse! Aí... Aí ouvi dizer o que ela fez com aqueles guardiões na fuga... — Sua angústia não era totalmente fingida dessa vez. Lissa ainda precisava agir como se acreditasse que eu fosse culpada, mas as notícias da situação de Meredith tinham chegado até ela, o que a deixou chocada de verdade. Éramos duas, mas, pelo menos, agora eu sabia que Meredith estava bem.

Hans ainda se mostrava cético com relação à mudança de opinião de Lissa, só que deixou isso para lá.

— E quanto a Belikov? Você jurou que ele não era mais um Strigoi, mas é óbvio que algo deu errado nisso também.

Christian se mexeu ao lado de Lissa. Como um defensor de Dimitri, se tornava tão irritado quanto nós diante das suspeitas e acusações. Lissa falou antes que ele pudesse dizer qualquer coisa.

— Ele não é um Strigoi! — O remorso que Lissa sentia pelo que eu havia feito desapareceu e deu lugar à sua velha e feroz defesa de Dimitri. Ela não esperava aquela linha de perguntas sobre ele. Estava preparada para me defender e ter um álibi. Hans parecia satisfeito diante daquela reação e a observou de perto.

— Então, como a senhorita explica o envolvimento dele?

— Não foi por ele ser um Strigoi — respondeu Lissa, se forçando a se controlar de novo. Seu coração batia depressa. — Dimitri voltou a ser um dampiro. Não restou nada de Strigoi nele.

— Mas ele atacou vários guardiões... em mais de uma ocasião.

Ao que parecia, Tasha queria interromper o interrogatório também e defender Dimitri, só que se conteve visivelmente mordendo o lábio. Era impressionante. Os Ozera gostavam de falar o que pensavam, nem sempre com tato.

— Não foi por ele ser um Strigoi — repetiu Lissa. — E ele não matou nenhum desses guardiões. Nenhum. Rose fez o que fez... Bem, não sei por quê. Porque ela odiava Tatiana, acho. Todo mundo sabia disso. Mas Dimitri... Estou dizendo, ser um Strigoi não tem nada a ver com isso. Ele a ajudou porque foi seu professor. Pensou que ela estava encrencada.

— Foi uma atitude muito extrema para um professor, ainda mais um que, antes de se tornar um Strigoi, era conhecido por ser sensato e racional.

— É, mas ele não estava sendo sensato porque...

Lissa interrompeu a si mesma, pega de repente numa situação ruim. Hans parecia ter percebido logo naquela conversa que, se Lissa estivesse envolvida nos acontecimentos recentes — e acho que ele ainda não tinha certeza disso —, ela teria um álibi infalível. Conversar com ela, porém, lhe deu a oportunidade de tentar desvendar outro mistério na minha fuga: o envolvimento de Dimitri. Ele tinha se sacrificado para assumir a culpa, mesmo que isso significasse que não voltariam a acreditar nele. Lissa pensou em fazer com que concluíssem que ele havia agido pelo instinto protetor de um ex-professor, mas, ao que parecia, nem todos estavam caindo nessa.

— Ele não estava sendo sensato porque... — instigou Hans, com um olhar penetrante. Antes do assassinato, Hans acreditava que Dimitri de fato havia se tornado um dampiro de novo. Algo me dizia que ele ainda pensava dessa forma, mas com o pé atrás.

Lissa permaneceu calada. Ela não queria que acreditassem que Dimitri era um Strigoi, e sim nos poderes dela de recuperar os mortos-vivos. No entanto, se a ideia de Dimitri ajudar uma aluna não soasse convincente o bastante para os outros, toda aquela desconfiança poderia emergir de novo.

Encarando seus interrogadores, Lissa se deparou de repente com os olhos de Alberta. A guardiã mais velha não disse nada. Mantinha aquela expressão neutra e escrutinadora tão característica dos guardiões. Ela também tinha um ar de sabedoria, e Lissa permitiu que o espírito lhe mostrasse a aura de Alberta por um instante. Sua energia e suas cores eram estáveis e boas e Lissa jurava que podia ver nos seus olhos uma mensagem, um brilho de quem a compreendia.

Conte, parecia dizer a mensagem. *Isso irá gerar problemas, mas não serão tão ruins quanto os que você tem agora.* Lissa manteve o olhar, se perguntando se estaria apenas projetando os próprios pensamentos em Alberta. Não importava de quem havia sido a ideia. Lissa sabia que era o certo a se fazer.

— Dimitri ajudou Rose porque... os dois estavam envolvidos.

Como eu imaginava, Alberta não se surpreendeu, e pareceu aliviada por a verdade ter sido exposta. Hans e Steele, porém, ficaram muito surpresos. Eu só tinha visto Hans chocado algumas vezes.

— Com "envolvidos" a senhorita quer dizer... — Ele fez uma pausa para estruturar as palavras. — Quer dizer romanticamente envolvidos?

Lissa assentiu com a cabeça, se sentindo péssima. Ela acabava de revelar um grande segredo, um segredo que jurou guardar por mim, mas não a culpei. Não naquela situação. O amor — eu esperava — defenderia as ações de Dimitri.

— Ele a amava — disse Lissa. — Ela o amava. Se ele a ajudou a fugir...

— Belikov *realmente* a ajudou a fugir — interrompeu Hans. — Atacou guardiões e explodiu estátuas centenárias de valor inestimável, trazidas da Europa!

Lissa deu de ombros.

— Bem, como eu disse, Dimitri não estava sendo sensato. Ele queria ajudá-la e deve ter pensado que ela é inocente. Ele faria qualquer coisa por ela... e isso não tem nada a ver com os Strigoi.

— O amor não justifica tanto. — Hans não era romântico, é claro.

— Ela é menor de idade! — exclamou Steele. Essa parte não tinha lhe escapado.

— Ela tem 18 anos — corrigiu Lissa.

Hans lançou um olhar cortante para Lissa.

— Posso fazer as contas, princesa. A menos que esses dois tenham conseguido viver um belo romance tocante nas últimas semanas, enquanto ele passava a maior parte do tempo isolado, havia coisas acontecendo na sua escola que alguém deveria ter relatado.

Lissa não disse nada, mas, do canto do olho, avistou Tasha e Christian. Os dois tentavam manter uma expressão neutra, mas era óbvio que a notícia não os surpreendia, o que sem dúvida confirmava as suspeitas de Hans de que coisas ilícitas vinham acontecendo. Na verdade, eu não tinha me dado conta de que Tasha sabia sobre mim e Dimitri, o que fez com que eu me sentisse um pouco mal. Será que ela sabia que o fato de ter sido rejeitada em parte havia sido por minha causa? E se a resposta era sim, quem mais sabia? Christian provavelmente havia lhe contado, mas algo me dizia que outras pessoas começavam a descobrir também. Depois do ataque à escola, minha reação deve ter sido um baita indício de meus sentimentos por Dimitri. Talvez contar a Hans agora não fosse grande coisa, afinal. O segredo não seria segredo por muito mais tempo.

Alberta pigarreou e, por fim, disse:

— Acho que temos coisas mais importantes com o que nos preocuparmos agora do que um romance que pode ou não ter acontecido.

Steele lançou um olhar incrédulo para ela e bateu na mesa com uma das mãos.

— Isso é muito sério. *Você* sabia disso?

— Só sei que estamos nos desviando da questão aqui — respondeu ela, se esquivando da pergunta com esperteza. Alberta era uns vinte anos mais velha do que Steele, e o olhar duro que ela lhe lançou dizia que ele era uma criança que a fazia perder tempo. — Pensei que estivéssemos aqui para descobrir se a srt.ª Hathaway tinha algum cúmplice, e não para remoer o passado. Até agora, o único que podemos afirmar com certeza que a ajudou é Belikov, e ele agiu dessa maneira por conta de um afeto irracional. Isso faz dele um fugitivo e um tolo, não um Strigoi.

Eu nunca tinha pensado no meu relacionamento com Dimitri como "um afeto irracional", mas o argumento de Alberta foi aceito. Alguma coisa na cara de Hans e na de Steele me fez pensar que logo o mundo inteiro saberia de nós, só que isso não era nada, se comparado a um assassinato. E assim ficava esclarecido que Dimitri não era um Strigoi, o que significava que ele seria preso em vez de ter uma estaca cravada no peito, caso um dia fosse capturado. Pequenas bênçãos.

O interrogatório de Lissa continuou por mais algum tempo, até que os guardiões concluíram que ela estava livre e isenta de qualquer participação na minha fuga (que eles pudessem provar). Ela fez um bom trabalho, bancando a surpresa e a confusa o tempo todo, e até conseguiu derramar algumas lágrimas quando disse que não sabia como podia ter se enganado tanto a meu respeito. Também usou um pouco de compulsão nessa sua encenação — não o bastante para fazer uma lavagem cerebral em alguém, mas o suficiente para que a indignação que Steele havia demonstrado antes se transformasse em compaixão. Hans era mais difícil de se decifrar, mas, enquanto meu grupo saía, aproveitou para lembrar a Tasha e Christian que conversaria com cada um deles mais tarde, de preferência sem uma comitiva.

Naquele momento, o próximo a se sentar na "cadeira elétrica" aguardava na entrada: Eddie. Lissa lhe deu o mesmo sorriso que daria para qualquer amigo. Não havia indicação alguma de que os dois faziam parte de uma conspiração. Eddie retribuiu com um aceno enquanto era chamado para ser interrogado na sala. Lissa ficou ansiosa por ele, mas eu sabia que seu autocontrole de guardião garantiria que ele confirmasse a história. Eddie provavelmente não derramaria as lágrimas que Lissa derramou, mas fingiria estar tão chocado por minha "traição" quanto ela.

Tasha deixou Christian e Lissa logo que saíram, depois de avisá-los para tomarem cuidado.

— Vocês escaparam disso por enquanto, mas não acho que os guardiões tenham inocentado vocês por completo. Ainda mais Hans.

— Ei, sei me cuidar — disse Christian.

Tasha revirou os olhos.

— É. Sei o que acontece quando você está por conta própria.

— Ah, não fique toda irritada só porque não lhe contamos — disse ele. — Não tivemos tempo e não podíamos envolver mais ninguém. Além disso, você já esgotou sua cota de planos loucos.

— É verdade — admitiu Tasha. Dificilmente ela seria um exemplo de alguém que segue as regras. — É que tudo se tornou muito mais complicado. Rose está foragida. E agora Dimitri... — Tasha suspirou, e eu não precisava que ela terminasse a frase para adivinhar seus pensamentos. Havia uma profunda tristeza nos seus olhos, uma tristeza que fazia com que eu me sentisse culpada. Assim como todos nós, Tasha queria que a reputação de Dimitri se restabelecesse. Ao libertar a acusada pelo assassinato da rainha, ele acabou seriamente com qualquer chance de ser aceito. Eu *de fato* desejava que ele não tivesse se envolvido nisso e torcia para que meu atual plano de fuga funcionasse.

— Tudo isso irá se resolver — disse Christian. — Você vai ver. — Ele não parecia tão confiante, e Tasha deu um sorrisinho divertido para o sobrinho.

— Tome cuidado. Por favor. Não quero ver você numa cela também. Não tenho tempo para visitá-lo na cadeia com tudo o que está acontecendo. — Sua brincadeira se esvaiu e seu jeito de ativista sincera e objetiva veio à tona. — Nossa família tem sido ridícula, sabia? Você acredita que estão mesmo falando em eleger Esmond para nos representar? Meu bom Deus. Já temos uma tragédia atrás da outra por aqui. Pelo menos devíamos tentar salvar alguma coisa nessa confusão.

— Acho que não conheço Esmond — disse Christian.

— Idiota — disse ela, impassível. — Estou me referindo a ele, não a você, claro. Alguém tem que trazer um pouco de bom senso para a nossa família antes que eles passem vergonha.

Christian sorriu.

— E me deixe adivinhar: é você quem vai fazer isso.

— Claro — disse ela, com um brilho malicioso nos olhos. — Já fiz uma lista de candidatos ideais. Nossa família só precisa de um pouco de persuasão para enxergar o quanto eles são ideais.

— Eu me sentiria mal por eles se não fossem tão idiotas com a gente — comentou Christian, observando sua tia ir embora. O estigma de seus pais terem se transformado em Strigoi ainda permanecia depois de todos aqueles anos. Tasha aceitava isso com mais diplomacia (apesar de suas reclamações) apenas para ser capaz de participar das grandes decisões da família Ozera. Christian não tentava ser tão civilizado. Já era horrível o bastante ser tratado com diferença pelos outros Moroi, lhe ser negada a proteção dos guardiões e outros direitos dos membros da realeza. Mas pela própria família? Era ainda mais duro. Ele se recusava a fingir que isso era aceitável.

— Eles vão acabar mudando de opinião — disse Lissa, parecendo mais otimista do que se sentia.

Qualquer que fosse a resposta de Christian, ela foi sufocada quando um novo companheiro os alcançou: meu pai. Sua aparição ab-rupta assustou meus dois amigos, porém, não me surpreendi. Era provável que ele já soubesse do interrogatório de Lissa e tivesse se mantido às escondidas na saída do prédio, esperando para conversar com ela.

— Está agradável aqui fora — disse Abe, amigável, olhando as árvores e flores ao redor, como se os três estivessem num passeio ao ar livre pela Corte. — Mas vai ficar escaldante quando o sol sair.

A escuridão que me criava tanto problema nas matas da Virgínia Ocidental gerava condições do "meio-dia" agradáveis para os que seguiam os horários vampirescos. Lissa olhou de soslaio para Abe. Com olhos bem-sintonizados devido à pouca luz, ela não teve a menor dificuldade em notar a camisa social num tom de verde azulado cintilante por baixo do casaco bege. Um cego devia ser capaz de vê-lo com aquela cor.

Lissa zombou da falsa casualidade de Abe. Era um hábito dele começar uma conversa com algo sem importância antes de passar para tópicos mais sinistros.

— Você não está aqui para falar do tempo.

— Só estou tentando ser civilizado. — Abe fez silêncio enquanto algumas Moroi passavam. Quando elas já não podiam mais ouvi-los, ele falou em voz baixa: — Imagino que tudo tenha corrido bem na sua pequena reunião.

— Tudo bem — disse Lissa, sem se dar ao trabalho de lhe contar sobre o "afeto irracional". Ela sabia que ele se interessava apenas pelo fato de nenhum dos comparsas ter se comprometido.

— Os guardiões estão com Eddie agora — acrescentou Christian. — E querem me interrogar mais tarde, mas acho que será só isso para todos nós.

Lissa suspirou.

— Para ser sincera, tenho a sensação de que o interrogatório é a parte fácil, se comparado ao que está por vir. — Ela se referia a descobrir quem de fato matou Tatiana.

— Um passo de cada vez — murmurou Abe. — Não faz sentido deixar a situação como um todo nos oprimir. Vamos começar pelo início.

— Esse é o problema — disse Lissa, chutando, irritada, um galho caído no caminho de pedras arredondadas diante dela. — Não faço a menor ideia de por *onde* começar. Quem quer que tenha matado Tatiana fez um bom trabalho ao encobrir as pistas e direcionar tudo para Rose.

— Um passo de cada vez — repetiu Abe.

Ele falou com aquele seu tom astuto que me incomodava às vezes, e que também irritou Lissa. Até agora, toda a sua energia tinha se voltado para me tirar da cadeia e me levar para um lugar seguro. Essa era a meta que a havia guiado e mantido firme para enfrentar as consequências da minha fuga.

Agora que parte da intensidade se esvaía, a pressão de tudo aquilo começava a atingi-la. Christian passou o braço ao redor de seus ombros, percebendo sua preocupação. Ele se virou para Abe, numa seriedade atípica.

— Você tem alguma ideia? — perguntou. — Com certeza não temos nenhuma prova.

— Temos algumas suposições razoáveis — respondeu Abe. — Como a de que o assassino de Tatiana tinha acesso a seus aposentos. Não é uma lista longa.

— Também não é curta. — Lissa contou as pessoas nos dedos. — Os guardas da realeza, os amigos e a família de Tatiana... Isso se considerarmos que ninguém alterou os registros feitos pelos guardiões de seus visitantes. E, pelo que sabemos, algumas visitas nunca foram registradas. Ela devia ter reuniões secretas de negócios o tempo todo.

— É pouco provável que ela tenha tido reuniões de negócios no quarto, de camisola — refletiu Abe. — É claro que isso depende de que negócios são esses, suponho.

Lissa tropeçou, chocada com o que acabava de perceber.

— Ambrose.

— Quem?

— É um dampiro... muito bonito... Tatiana e ele estavam, humm...

— Envolvidos? — completou Christian com um sorriso, repetindo o termo dito no interrogatório.

Abe parou. Lissa fez o mesmo, e os olhos escuros dele encontraram os dela.

— Já vi esse cara. É um daqueles sujeitos musculosos, limpadores de piscinas, que sempre fazem um trabalhinho extra para a patroa...

— Ele tinha acesso ao quarto dela — disse Lissa. — Mas eu simplesmente não consigo... Não sei. Não consigo imaginá-lo fazendo uma coisa dessas.

— As aparências enganam — observou Abe. — Ele estava muito interessado em Rose no tribunal.

Mais surpresas para Lissa.

— Do que você está falando?

Abe acariciou o queixo como um vilão.

— Ele falou com Rose... ou fez algum sinal para ela. Não sei bem, mas houve algum tipo de interação entre os dois.

Esperto e atento, hein, Abe. Ele notou Ambrose me entregando o bilhete, só não entendeu direito o que estava acontecendo.

— Então devíamos conversar com ele — disse Christian.

Lissa assentiu. Sentimentos conflitantes a percorriam. Ela estava empolgada com essa pista, mas decepcionada com o fato de isso significar que o gentil e delicado Ambrose pudesse ser um suspeito.

— Vou cuidar disso — disse Abe, tranquilo.

Senti seu olhar cair, pesado, sobre ele. Não podia ver sua expressão, mas vi Abe dar um passo involuntário para trás com o mais fraco dos lampejos de surpresa nos olhos. Até mesmo Christian se retraiu.

— E eu vou estar lá quando isso acontecer — disse ela, com dureza na voz. — *Não* tente nenhum interrogatório insano, estilo tortura, sem mim.

— Você quer estar lá para a tortura? — perguntou Abe, se recuperando.

— Não vai ter tortura nenhuma. Vamos conversar com Ambrose como pessoas civilizadas, entendeu? — Ela o encarou com dureza de novo, e Abe, por fim, deu de ombros, aquiescendo, como se ser dominado por uma mulher com metade da sua idade não fosse grande coisa.

— Está bem. Vamos fazer isso juntos.

Lissa desconfiou um pouco da boa vontade de Abe, e ele deve ter percebido isso.

— Vamos, *sim* — disse ele, continuando a andar. — Esta é uma boa hora... Bem, tão boa quanto qualquer hora... Para uma investigação. A Corte vai ficar caótica quando as eleições para o novo monarca tiverem início. Todos estarão ocupados e outras pessoas começarão a chegar.

Uma brisa pesada e úmida agitou o cabelo de Lissa. A promessa de calor estava ali e ela sabia que Abe tinha razão quanto ao nascer do sol. Valia a pena ir para a cama mais cedo.

— Quando serão as eleições? — perguntou ela.

— Logo que puserem a estimada Tatiana para descansar. Essas coisas acontecem depressa. Precisamos do nosso governo restabelecido. Ela será enterrada amanhã na igreja com uma cerimônia e uma missa, mas a procissão não vai se repetir. Ainda estão preocupados demais.

Eu me sentia meio mal por Tatiana não ter recebido um enterro completo típico de uma rainha, mas talvez ela tivesse preferido que fosse assim, se isso significasse que o verdadeiro assassino seria encontrado.

— Quando o enterro for realizado as eleições começarão — prosseguiu Abe. É o que todas as famílias que quiserem apresentar um candidato à coroa vão fazer... e é óbvio que vão querer. Você nunca viu um monarca ser eleito, não é? É um espetáculo e tanto. É claro que, antes de a votação acontecer, todos os candidatos devem ser testados.

Havia algo de agourento no jeito como ele disse "testados", mas os pensamentos de Lissa estavam em outro lugar. Tatiana havia sido a única rainha que ela já tinha conhecido, e a ideia do impacto de uma mudança no regime era perturbadora.

— Um novo rei ou uma nova rainha pode afetar tudo... para melhor ou para pior. Espero que seja alguém bom. Um dos Ozera, talvez. Alguém do grupo de Tasha. — Ela olhou, esperançosa, para Christian, que apenas deu de ombros. — Ou Ariana Szelsky. Gosto dela. Não que importe quem quero — acrescentou ela com amargura, já que não posso votar. — Os votos do Conselho determinavam o vencedor da eleição. Então, mais uma vez, ela estava excluída do processo legal dos Moroi.

— Muito trabalho será dedicado às nomeações — explicou Abe, esquivando-se do último comentário de Lissa. — Cada família vai querer alguém que promova seus interesses, mas que também tenha chances de obter votos de...

— Ai!

Fui bruscamente expulsa do mundo de análises políticas dos Moroi e mandada de volta para as matas da Virgínia Ocidental de um jeito muito doloroso. Algo sólido e feroz me derrubou na terra dura, cheia de folhas e galhos que cortavam meu rosto e minhas mãos. Mãos fortes me seguraram no chão e a voz de Dimitri ecoou no meu ouvido:

— Você devia ter se escondido na cidade — disse ele, se divertindo um pouco. Seu peso e a posição em que estava não permitiam que eu me mexesse. — Teria sido o último lugar em que eu iria procurar. Eu sabia exatamente para onde você iria.

— Tanto faz. Não banque o esperto — disse eu, entre dentes, tentando me libertar de suas mãos. Merda. Ele *era* esperto. E, mais uma vez, ficar tão perto dele era desconcertante. Mais cedo, tive a impressão de que isso o havia afetado também, mas ele parecia ter aprendido a lição. — Você teve sorte. Só isso.

— Não preciso de sorte, Roza. Sempre a encontrarei. Então, só depende de você querer ou não que essa situação seja difícil. — Sua voz assumiu um tom quase de conversa, o que se tornava ainda mais ridículo pela situação em que nos encontrávamos. — Podemos fazer isso várias vezes ou você pode ser sensata e ficar comigo e com Sydney.

— Isso não é sensato! É um desperdício.

Ele suava por causa do calor e, sem dúvida, porque tinha corrido muito para me alcançar. Adrian usava um perfume que sempre me deixava extasiada, mas o cheiro natural da pele quente de Dimitri também era inebriante. Me impressionava o fato de eu ser capaz de continuar notando essas pequenas coisas — e me sentir atraída por elas — até mesmo quando estava muito irritada com Dimitri por ele me manter presa. Talvez a raiva me excitasse.

— Quantas vezes tenho que explicar a lógica por trás do que estamos fazendo? — perguntou ele, exasperado.

— Até você desistir. — Eu o empurrei, tentando me soltar, mas só consegui nos deixar ainda mais juntos. Tinha a sensação de que o truque do beijo não iria funcionar dessa vez.

Ele me pôs de pé, mantendo meus braços e mãos para trás. Agora eu tinha um pouco mais de espaço para fazer manobras do que quando estava no chão, mas não o suficiente para me libertar. Devagar, ele começou a tentar me fazer andar, voltando pela direção em que eu tinha seguido.

— *Não* vou deixar você e Sydney correrem o risco de se encrencarem comigo. Vou cuidar de mim mesma, então, me deixe ir! — exclamei, literalmente arrastando os pés. Ao ver uma árvore alta e fina, estiquei uma das pernas e me agarrei ao tronco, o que nos fez parar.

Dimitri gemeu e mudou a posição das mãos para me tirar da árvore. Isso quase me deu uma oportunidade de escapar, mas não consegui dar nem dois passos até ele me agarrar de novo.

— Rose — disse ele, desgastado. — Você não pode vencer.

— Como está seu rosto? — perguntei. Não conseguia ver nenhuma marca sob a luz fraca, mas sabia que o soco que tinha lhe dado deixaria uma marca no dia seguinte. Era uma pena machucar seu rosto daquele jeito, mas Dimitri se recuperaria e talvez aprendesse a lição quando pensasse em mexer com Rose Hathaway.

Ou não. Dimitri começou a me arrastar de novo.

— Falta pouco para eu jogar você sobre meus ombros — avisou ele.

— Eu gostaria de ver você tentar.

— Como acha que Lissa se sentiria se você fosse morta? — Dimitri me segurou com mais força e, embora eu tivesse a impressão de que ele cumpriria a ameaça de me carregar sobre os ombros, também achava que ele estava querendo me assustar. Ele estava bem chateado. — Você pode imaginar como seria para Lissa se ela perdesse você?

Por um instante, nenhuma resposta me veio à mente. Eu não queria morrer, mas arriscar minha vida era exatamente isso: arriscar *minha* vida. E a de mais ninguém. Ainda assim, eu sabia que ele tinha razão. Lissa ficaria arrasada se alguma coisa me acontecesse. No entanto... era um risco que eu precisava correr.

— Tenha um pouco de fé, companheiro. Não vão me matar — disse eu, teimosa. — Vou continuar viva.

Não era a resposta que Dimitri queria. Ele me segurou de um jeito diferente.

— Existem outras maneiras de ajudá-la sem apelar para essas loucuras em que você está pensando.

De repente, perdi as forças. Dimitri vacilou, pego de surpresa diante da minha súbita falta de resistência.

— O que foi? — perguntou ele, tanto intrigado quanto desconfiado.

Eu encarava a noite. Meus olhos não se focavam em nada. Em vez disso, eu via Lissa e Abe na Corte, e me lembrava do sentimento de impotência da minha amiga e de seu desejo de votar. O bilhete de Tatiana me veio à mente e, por um momento, pude ouvir sua voz na minha cabeça. *Ela não é a última Dragomir. Outro membro da família está vivo.*

— Você tem razão — cedi, por fim.

— Razão em...? — Dimitri estava totalmente perdido. Costumavam reagir dessa maneira quando eu concordava com algo sensato.

— Voltar correndo para a Corte não vai ajudar Lissa.

Silêncio. Não dava para ver sua expressão por completo, mas ele devia estar chocado.

— Vou voltar para o hotel com você e não vou sair correndo para a Corte. — Outro Dragomir. Outro Dragomir que precisava ser encontrado. Respirei fundo. — Mas não vou ficar sentada, sem fazer nada. *Vou* fazer uma coisa por Lissa... e você e Sydney vão me ajudar.

Oito

Acabou que eu estava enganada quanto ao departamento de polícia da região se reduzir a um cara e um cachorro. Quando Dimitri e eu voltamos para o hotel, avistamos luzes vermelhas e azuis piscando no estacionamento e alguns espectadores tentando ver o que acontecia.

— A cidade inteira veio — observei.

Dimitri suspirou.

— Você tinha que dizer alguma coisa para o recepcionista, não é?

Paramos a uma certa distância, escondidos na sombra de um prédio em ruínas.

— Pensei que isso fosse atrasar você.

— Isso vai nos atrasar agora. — Seus olhos percorreram a cena, assimilando todos os detalhes sob a luz tremeluzente. — O carro de Sydney não está ali. Já é alguma coisa.

Minha arrogância de antes se esvaiu.

— É mesmo? Acabamos de perder nossa carona!

— Sydney não nos deixaria para trás, mas foi esperta o bastante para ir embora antes de a polícia bater na porta dela. — Ele se virou e examinou a rua principal da cidadezinha. — Venha. Ela deve estar por perto e existe uma boa chance de a polícia começar a procurar nos arredores se achar que uma garota indefesa estava sendo perseguida.

— O tom com que falou "indefesa" disse muito.

Dimitri tomou a decisão arbitrária de caminhar de volta pela estrada que havia nos levado à cidade, presumindo que Sydney gostaria de sair dali agora que eu tinha estragado nosso disfarce. O envolvimento da polícia complicava as coisas, mas eu não me arrependia muito do que havia feito. Estava empolgada com o plano que me veio à mente na mata e queria, como sempre, pô-lo em prática logo. Se eu havia contribuído para nos tirar daquele buraco, melhor ainda.

Os instintos de Dimitri com relação a Sydney estavam certos. A cerca de oitocentos metros da saída da cidade, avistamos um Honda CR-V parado no acostamento. O carro estava com o motor desligado e as luzes apagadas, mas consegui enxergar bem o bastante para identificar a placa de Louisiana. Fui até a janela do lado do motorista e bati no vidro. Lá dentro, Sydney recuou. Ela abaixou o vidro, incrédula.

— O que vocês fizeram? Deixem pra lá. Não interessa. Entrem logo.

Dimitri e eu obedecemos. Me senti como uma criança malcriada por causa do olhar reprovador de Sydney. Ela ligou o carro sem dar uma palavra e começou a dirigir seguindo o caminho de onde tínhamos vindo, em direção à pequena rodovia estadual e de volta à interestadual. Era promissor. Só que, depois de ter dirigido por alguns quilômetros, Sydney parou de novo, dessa vez numa saída escura onde não parecia haver nada.

Desligou o carro e se virou para me encarar no banco de trás.

— Você correu de lá, não foi?

— É, mas tive uma...

Ela ergueu uma das mãos para me fazer calar.

— Não, não faça isso. Ainda não. Eu queria que você tivesse se saído bem nessa sua fuga audaciosa sem atrair as autoridades.

— Eu também — disse Dimitri.

Franzi a testa para os dois.

— Ei, eu voltei, não voltei? — Dimitri arqueou uma sobrancelha ao ouvir aquilo, parecendo questionar o quanto isso havia sido voluntário. — E agora sei o que temos que fazer para ajudar Lissa.

— O que temos que fazer — disse Sydney — é arranjar um lugar seguro para ficar.

— É só voltar para a civilização e escolher um hotel. Um hotel com serviço de quarto. Podemos fazer dele nossa base de operações enquanto trabalhamos no próximo plano.

— Pesquisamos aquela cidade em particular! — exclamou ela. — Não podemos ir para qualquer lugar... pelo menos não aqui por perto. Duvido que tenham anotado a minha placa, mas podem enviar um alerta para que procurem por este tipo de carro. Se tiverem isso e as nossas descrições, se isso chegar à polícia estadual, vai chegar até os alquimistas e então...

— Calma — interrompeu Dimitri, tocando no braço de Sydney. Não havia intimidade alguma naquele gesto, mas, mesmo assim, senti uma faísca de inveja, ainda mais depois daquela demonstração de carinho truncado que eu tinha acabado de receber ao ser quase arrastada pela mata. — Não sabemos se nada disso vai acontecer. Por que você não liga para Abe?

— É — disse ela, insatisfeita. — É isso mesmo o que eu quero fazer. Contar a ele que avacalhei o plano em menos de 24 horas.

— Bem — falei —, se isso faz você se sentir melhor, o plano está prestes a mudar mesmo...

— Quietos — disse ela com rispidez. — Vocês dois. Preciso pensar.

Dimitri e eu trocamos olhares, mas nos calamos. Quando lhe contei que sabia um jeito de dar uma grande ajuda a Lissa, ele ficou intrigado. Eu sabia que ele queria detalhes agora, só que nós dois tínhamos que esperar por causa de Sydney.

Ela acendeu a luz do teto e pegou um mapa do estado. Depois de estudá-lo por um minuto, dobrou-o e apenas olhou fixamente para a frente. Eu não conseguia ver seu rosto, mas desconfiava de que estivesse franzindo a testa. Por fim, Sydney suspirou daquele seu jeito aflito, apagou a luz e ligou o carro. Observei ela digitar *Altswood, Virgínia Ocidental,* no GPS.

— O que tem em Altswood? — perguntei, desapontada por ela não ter digitado algo como *Atlantic City.*

— Nada — respondeu ela, voltando para a estrada, mas é o lugar mais próximo na direção em que estamos indo que o GPS pode localizar.

Os faróis de um carro que passava iluminaram o perfil de Dimitri por um instante, e vi curiosidade no seu rosto também. É, parece que eu não era mais a única que estava por fora. O GPS informava que faltava quase uma hora e meia para chegarmos ao nosso destino. Dimitri, porém, não questionou a escolha de Sydney e se virou de novo para mim.

— Então, o que está acontecendo com Lissa? Que grande plano é esse? — Ele encarou Sydney. — Rose disse que tem uma coisa importante que precisamos fazer.

— Disso eu já sei — retrucou Sydney, seca. Dimitri olhou para mim com expectativa.

Respirei fundo. Estava na hora de revelar o segredo que eu vinha guardando desde a audiência.

— Bem, acontece, humm, que Lissa tem um irmão ou uma irmã. E acho que devíamos encontrá-lo.

Consegui dizer isso de forma tranquila e casual. Por dentro, porém, meu coração se retorceu. Muito embora eu tivesse tido tempo de sobra para digerir o bilhete de Tatiana, pronunciar as palavras em voz alta as tornava *reais* de um jeito que não eram até então. Aquilo me chocou, atingindo-me com todo o impacto do que realmente representava aquela informação e de como ela mudava tudo o que todos nós chegamos a acreditar.

É claro que meu estado de choque não era nada, se comparado ao dos outros. Um ponto para Rose e o elemento surpresa. Sydney não fez tentativa alguma de esconder seu espanto e arquejou. Mesmo Dimitri parecia um tanto admirado.

Quando se recuperaram, notei que preparavam seus protestos. Iriam exigir provas ou simplesmente considerar a ideia ridícula. Agi de imediato, antes que pudessem começar a argumentar. Peguei o bilhete de Tatiana e o li em voz alta, deixando Dimitri dar uma olhada. Contei aos dois sobre meu encontro fantasmagórico em que o espírito atormentado da rainha me fez acreditar que aquilo era verdade. Apesar disso, meus companheiros estavam céticos.

— Você não tem nenhuma prova de que foi Tatiana quem escreveu o bilhete — disse Dimitri.

— Os alquimistas não têm nenhum registro de outro Dragomir — acrescentou Sydney.

Cada um disse com exatidão o que pensei que diria. Dimitri era o tipo de cara sempre pronto para um truque ou uma armadilha. Ele desconfiava de qualquer coisa que não tivesse uma bela prova. Sydney vivia num mundo de fatos e dados, e confiava plenamente nos alquimistas e nas suas informações. Se os alquimistas não acreditavam nisso, ela também não. Evidências fantasmagóricas não convenciam nenhum dos dois.

— Na verdade, não sei por que o espírito de Tatiana gostaria de me enganar — argumentei. — E os alquimistas não são oniscientes. O bilhete diz que esse é um segredo muito bem-guardado para os Moroi. Faz sentido que seja um segredo para os alquimistas também.

Sydney riu com escárnio, desaprovando meu comentário "onisciente"; no mais, permaneceu em silêncio. Foi Dimitri quem prosseguiu, se recusando a aceitar qualquer coisa sem mais evidências.

— Você já falou antes que nem sempre fica claro o que os fantasmas estão tentando dizer — argumentou ele. — Talvez você tenha se enganado.

— Não sei... — Pensei de novo no rosto solene e translúcido de Tatiana. — Acho que ela escreveu mesmo esse bilhete. Meu pressentimento diz que sim. — Estreitei os olhos. — Você sabe que ele já acertou antes. Pode confiar em mim quanto a isso?

Dimitri me encarou por uns instantes e mantive meus olhos nos dele com firmeza. Daquele nosso jeito misterioso, consegui perceber o que estava acontecendo. Aquela situação toda era improvável, mas ele sabia que eu tinha razão quanto aos meus instintos. Eles já haviam se comprovado úteis antes. Não importava o que Dimitri havia passado, não importava o atual antagonismo entre nós, ele ainda me conhecia bem o bastante para confiar nisso.

Devagar, quase relutante, ele assentiu com a cabeça.

— Mas se decidirmos procurar esse suposto irmão, vamos contrariar as instruções de Lissa para ficarmos quietos.

— Você acredita nesse bilhete? — perguntou Sydney em tom de exclamação. — Você está *considerando* a hipótese de levá-lo a sério?

Uma faísca de raiva se acendeu dentro de mim, uma faísca que eu me esforçava para esconder. É claro. É claro que esse seria o obstáculo seguinte: a incapacidade de Dimitri de desobedecer Lissa. Sydney temia Abe, o que eu meio que conseguia entender, mas a preocupação de Dimitri ainda era o nobre voto de cavaleiro que ele tinha feito a Lissa. Respirei fundo. Dizer o quanto achava seu comportamento ridículo não me levaria a lugar algum.

— Teoricamente, sim. Mas se conseguirmos mesmo provar que Lissa não é a última da família dela, isso a ajudaria muito. Não podemos ignorar essa chance, e se você for capaz de me manter a salvo enquanto fazemos isso — tentei não fazer uma careta naquele momento —, então, não deve ter problema.

Dimitri refletiu sobre aquilo. Ele me conhecia. Também sabia que eu usaria uma lógica circular, se preciso fosse, para conseguir o que queria.

— Está bem — disse ele, por fim. Vi a mudança nas suas feições. A decisão estava tomada e ele a seguiria agora. — Mas por onde começamos? Você não tem nenhuma outra pista além de um bilhete misterioso.

Tive um *déjà-vu* e me lembrei da conversa que Lissa e Christian haviam tido com Abe mais cedo, quando tentavam descobrir por onde começar a investigação. Ela e eu levávamos vidas paralelas, ao que parecia, ambas insistindo em desvendar um enigma impossível com uma pista incompleta. Enquanto eu relembrava a discussão, experimentei o mesmo raciocínio que Abe havia usado: quando não tiver pistas, comece a trabalhar pelas conclusões óbvias.

— É óbvio que isso é um segredo — principiei. — Dos grandes. Um segredo que, ao que parece, os outros vêm tentando encobrir... Tanto que chegaram a tentar roubar registros sobre isso para manter os Dragomir fora do poder. — Alguém invadiu um prédio dos alquimistas e roubou papéis que indicavam que Eric Dragomir de fato sustentava uma mulher misteriosa. Argumentei com meus companheiros que achava muito provável que essa mulher fosse a mãe de seu filho bastardo. — Você poderia investigar esse caso um pouco mais. — Essas últimas palavras foram para Sydney. Talvez ela não se importasse com a existência de outro Dragomir, mas os alquimistas ainda queriam saber quem tinha lhes roubado.

— Ei, calma. Como é que nem cheguei a fazer parte desse processo de decisão? — Sydney ainda não tinha se recuperado do fato de a conversa de repente fluir sem ela. Do jeito que nossa noite ia, até então, ela não parecia muito satisfeita por ser arrastada para mais um de meus esquemas escusos. — Talvez descumprir as ordens de Lissa não seja grande coisa para vocês dois, mas *eu* estaria contrariando Abe. Ele pode não ser tão tolerante.

Era um bom argumento.

— Isso irá contar como um favor para a filha dele — garanti. — Além do mais, o velho *ama* segredos. Ele entraria nessa. Pode acreditar. E você já descobriu a maior pista de todas. Quero dizer, se Eric dava dinheiro para uma mulher anônima, então por que não seria para uma amante secreta e um filho?

— Anônima é a palavra-chave — observou Sydney, ainda claramente cética quanto à "tolerância" de Zmey. — Se a sua teoria estiver certa... e é meio que um tiro no escuro... ainda não fazemos a menor ideia de quem seja essa amante. Os documentos roubados não diziam.

— Existem outros registros que tenham alguma relação com os roubados? Ou será que você poderia investigar o banco para onde ele mandava dinheiro? — A preocupação inicial dos alquimistas vinha sendo apenas o fato de alguém ter roubado cópias autênticas de seus registros. Os colegas de Sydney haviam descoberto que alguns itens tinham sido levados, mas não tinham refletido muito sobre o conteúdo. Eu estava inclinada a apostar que não haviam procurado quaisquer outros documentos relacionados ao mesmo tópico. Foi o que ela afirmou.

— Você não faz mesmo a menor ideia de como funciona essa coisa de "investigar registros", faz? Não é tão fácil assim — disse ela. — Pode levar um tempo.

— Bem... Acho que por isso é bom estarmos indo para um lugar, humm, seguro, não é? — perguntei. Atingidos pela percepção de que poderíamos precisar de tempo para planejar nosso passo seguinte, eu meio que conseguia ver a desvantagem de ter perdido nosso esconderijo.

— Seguro... — Ela balançou a cabeça. — Bem, vamos ver. Espero não estar fazendo uma idiotice.

Depois daquelas palavras agourentas, veio o silêncio. Eu queria saber mais sobre o lugar para onde estávamos indo, porém, senti que não deveria pressioná-la, já que havia conquistado uma pequena vitória. Ou que pensava ter conquistado, pelo menos. Não tinha certeza de que Sydney havia topado por completo, mas estava certa de ter convencido Dimitri. Era melhor não perturbá-la agora. Dei uma olhada no GPS. Quase uma hora. Tinha tempo o bastante para voltar a checar Lissa.

Levei um minuto para reconhecer onde ela estava. Deve ter sido porque esperava que ela voltasse para seu quarto. Mas não, ela estava num lugar em que eu estive apenas uma vez: a casa dos pais de Adrian. Surpreendente. Em poucos instantes, porém, li o raciocínio na sua mente. Seus aposentos atuais ficavam na casa de hóspedes e, por causa do pânico decorrente da minha fuga, o prédio estava repleto de visitantes que tentavam ir embora. A casa da cidade dos Ivashkov, situada numa área residencial permanente, estava um pouco mais tranquila — não que não houvesse alguns vizinhos saindo apressados de lá também.

Adrian se recostava numa poltrona, apoiando os pés com descuido sobre uma mesa de centro cara que algum decorador de interiores deve ter ajudado sua mãe a escolher. Lissa e Christian tinham acabado de chegar, e ela percebeu um cheiro de fumaça no ar que a levou a pensar que Adrian tinha se comportado mal às escondidas pouco tempo antes.

— Se tivermos sorte — dizia ele a Lissa e Christian —, as unidades parentais passarão um tempo ocupadas e nos darão paz e tranquilidade. Seu interrogatório foi muito difícil?

Lissa e Christian sentaram naquele sofá que era mais bonito do que confortável. Ela se inclinou em direção a ele e suspirou.

— Não foi tão ruim assim. Não sei se estão convencidos de que não tivemos nada a ver com a fuga de Rose... mas com certeza não têm nenhuma prova.

— Acho que arranjamos mais problemas com tia Tasha — disse Christian. — Ela ficou meio irritada por não termos lhe contado o que estava acontecendo. Devia estar querendo explodir as estátuas pessoalmente.

— Para mim, Tasha está mais chateada por termos envolvido Dimitri nisso — comentou Lissa. — Ela pensa que estragamos as chances de ele voltar a ser aceito um dia.

— Ela tem razão — disse Adrian. Ele pegou o controle remoto e ligou uma TV de plasma enorme. Pôs no mudo e passou pelos canais ao acaso. — Mas ninguém o forçou a fazer isso.

Lissa assentiu com a cabeça, mas, no fundo, se perguntou se havia forçado Dimitri sem querer. Sua dedicação e a promessa de protegê-la não eram segredo algum. Christian parecia ter percebido a preocupação dela.

— Ei, pelo que sabemos, ele nunca teria...

Uma batida à porta o interrompeu.

— Merda — xingou Adrian, levantando-se. — E lá se vão a paz e a tranquilidade.

— Seus pais não bateriam à porta — disse Christian.

— É verdade, mas deve ser um dos amigos deles querendo tomar um vinho do porto e fofocar sobre o terrível estado da juventude homicida dos dias de hoje — gritou Adrian de longe.

Lissa ouviu a porta se abrir e uma conversa abafada. Poucos instantes depois, Adrian retornou com um jovem Moroi que Lissa não reconheceu.

— Escute... — dizia o cara, olhando ao redor, incomodado. — Posso voltar mais tarde. — Ele ficou paralisado ao avistar Lissa e Christian.

— Não, não — disse Adrian, passando do mau humor à cordialidade tão depressa que parecia que alguém havia pressionado um interruptor. — Tenho certeza de que ela chegará a qualquer momento. Vocês todos se conhecem?

O cara assentiu. Seus olhos passavam de um a outro.

— Claro.

Lissa franziu a testa.

— Não conheço você.

Aquele sorriso não chegou a deixar o rosto de Adrian, mas Lissa logo percebeu que algo importante acontecia.

— Este é Joe. Ele é o zelador que me ajudou ao testemunhar que eu não estava com Rose quando tia Tatiana foi assassinada. O que trabalhava no prédio de Rose.

Tanto Lissa quanto Christian se endireitaram.

— Por sorte, você apareceu antes da audiência — disse Christian com cuidado. Por um tempo, houve um certo pânico diante da possibilidade de Adrian ser incriminado comigo, mas Joe ofereceu ajuda bem a tempo de testemunhar que o havia visto comigo no meu prédio.

Joe deu alguns passos para trás em direção ao *foyer*.

— Eu realmente preciso ir. Diga à lady Ivashkov que passei aqui... e que estou deixando a Corte. Mas que tudo está arranjado.

— O que está arranjado? — perguntou Lissa, levantando-se devagar.

— Ela... Ela vai entender. — Lissa, como eu sabia, não parecia intimidadora. Era fofa, esbelta e bonita, porém, pelo medo no rosto de Joe... Bem. Ela só podia estar lançando um olhar amedrontador para ele. Isso me fez lembrar do encontro que havia tido mais cedo com Abe. — É verdade — acrescentou ele. — Preciso ir.

Joe começou a se mexer de novo, mas, de repente, senti uma onda de espírito queimar através de Lissa. Ele parou, e ela deu alguns passos na sua direção.

— Sobre o que você precisava conversar com lady Ivashkov? — perguntou Lissa.

— Calma, prima — murmurou Adrian. — Você não precisa de tanto espírito para conseguir respostas.

Lissa usava tanta compulsão em Joe que ele mais parecia uma marionete.

— O dinheiro — respondeu Joe, ofegante e com os olhos arregalados. — O dinheiro está arranjado.

— Que dinheiro? — perguntou ela.

Joe hesitou, como se pudesse resistir, mas logo se entregou. Não conseguia lutar contra tanta compulsão, não contra a vinda de um usuário do espírito.

— O dinheiro... O dinheiro para testemunhar... sobre onde *ele* estava. — Joe mexeu a cabeça em direção a Adrian.

A expressão tranquila de Adrian oscilou um pouco.

— O que você quer dizer com onde eu estava? Na noite em que minha tia morreu? Você está dizendo que...

Christian assumiu de onde Adrian não conseguia.

— Lady Ivashkov está lhe oferecendo suborno para você afirmar que viu Adrian?

— Eu o vi, *sim* — afirmou Joe. Era visível o quanto ele suava. Adrian tinha razão: Lissa estava usando espírito demais. Isso machucava Joe fisicamente. — Só que eu... Só que eu... Eu não me lembro da hora. Não me lembro de hora nenhuma. Foi o que falei para o outro cara também. Ela me pagou para estabelecer uma hora para quando você esteve lá.

Adrian não gostou daquilo, nem um pouco. Justiça seja feita, ele se manteve calmo.

— O que você quer dizer com falou "para o outro cara"?

— Quem mais? — repetiu Lissa. — Quem mais estava com ela?

— Ninguém! Lady Ivashkov só queria garantir que o filho dela fosse inocentado. Forjei os detalhes para ela. Era o cara... O outro cara que apareceu depois... que queria saber quando Hathaway esteve por ali.

Ouviu-se um clique vindo do *foyer*, o som da porta da frente se abrindo. Lissa se inclinou para a frente, intensificando a compulsão.

— Quem? Quem era ele? O que ele queria?

Joe parecia sentir muita dor agora. Engoliu em seco.

— Não sei quem ele era! Ninguém que eu já tivesse visto. Um Moroi. Ele só queria que eu testemunhasse sobre quando tinha visto Hathaway. Ele me pagou mais do que lady Ivashkov. Não custava... — Ele olhou para Lissa, desesperado. — Não custava ajudar os dois... ainda mais depois que Hathaway fez aquilo.

— Adrian? — A voz de Daniella percorria o corredor. — Você está aí?

— Solte-o — Adrian alertou Lissa em voz baixa. Não havia brincadeira nenhuma no seu tom.

Lissa baixou a voz, mas manteve a atenção voltada para Joe.

— Como ele era? O Moroi. Descreva o cara.

O salto alto fazia barulho no piso de madeira do corredor.

— Como ninguém! — respondeu Joe. — Eu juro! Simples. Comum. A não ser pela mão... Por favor, me deixe ir embora...

Adrian empurrou Lissa para o lado, quebrando o contato entre ela e o zelador. Joe quase caiu no chão. Em seguida, se enrijeceu ao fixar os olhos nos de Adrian. Mais compulsão, só que muito menos do que Lissa tinha usado.

— Esqueça isso — sussurrou Adrian. — Nunca tivemos essa conversa.

— Adrian, o que você está...

Daniella parou na entrada da sala, tentando entender aquela cena estranha. Christian ainda estava no sofá, mas Adrian e Lissa estavam a poucos centímetros de Joe, que estava com a camisa encharcada de suor.

— O que está acontecendo? — perguntou Daniella.

Depois de dar um passo para trás, Adrian voltou-se para a mãe e exibiu um daqueles seus sorrisos charmosos, que cativavam tantas mulheres.

— Este cara passou aqui para ver você, mamãe. Dissemos a ele que iríamos esperar até você voltar. Estamos de saída agora.

Daniella olhava ora para o filho, ora para Joe. Era visível o quanto ela estava incomodada e confusa com aquela cena. Lissa ficou surpresa ao ouvir que estavam "de saída", mas seguiu Adrian. Christian fez o mesmo.

— Foi bom ver você — disse Lissa, tentando dar um sorriso como o de Adrian. Joe parecia completamente atordoado. Depois do último comando de Adrian, o pobre zelador também deve ter esquecido como tinha ido parar na casa dos Ivashkov.

Lissa e Christian saíram logo atrás de Adrian, antes que Daniella pudesse dizer mais alguma coisa.

— O que é que foi aquilo? — perguntou Christian, quando já estavam lá fora. Eu não sabia ao certo se ele se referia à compulsão assustadora de Lissa ou ao que Joe havia revelado.

— Não sei bem — respondeu Adrian, com uma expressão obscura. Não havia mais sorrisos animados agora. — Mas devíamos conversar com Mikhail.

— Rose.

A voz de Dimitri era delicada, me trazendo de volta para ele, Sydney e o carro. Sem dúvida, ele tinha reconhecido a expressão no meu rosto e sabia por onde eu andava.

— Tudo bem por aí? — perguntou.

Percebi que "por aí" significava Corte e não o banco de trás. Assenti com a cabeça, embora "bem" não fosse exatamente a palavra certa para descrever o que eu acabara de testemunhar. O que eu *acabara* de testemunhar? Uma confissão de falso testemunho. Uma confissão que contradizia parte das provas contra mim. Não me importei muito com o fato de Joe ter mentido para manter Adrian a salvo. Adrian não estava envolvido no assassinato de Tatiana. Eu o queria livre e inocentado. Mas e quanto à outra parte? Um Moroi "comum" que tinha pagado para que Joe mentisse sobre quando estive no prédio, deixando-me sem um álibi na hora do assassinato?

Antes que eu pudesse ponderar todas as implicações dessa história, notei que o carro havia parado. Forçando para que as informações vindas de Joe ficassem no fundo da minha mente, tentei avaliar nossa nova situação. O laptop de Sydney reluzia no banco da frente e ela checava alguma coisa.

— Onde estamos? — Espiei pela janela. Os faróis iluminavam um posto de gasolina fechado e melancólico.

— Altswood — respondeu Dimitri.

Pelo que percebi, não havia mais nada além do posto de gasolina.

— Faz nossa última cidade parecer Nova York.

Sydney fechou o laptop. Em seguida, o passou para mim, e o acomodei no banco ao meu lado, perto das mochilas que ela havia apanhado milagrosamente ao sair do hotel. Ela virou o carro e saiu do estacionamento. Não muito longe dali, avistei a rodovia, esperando que ela virasse naquela direção. Em vez disso, ela passou pelo posto de gasolina, se aprofundando na escuridão. Como no último lugar, estávamos cercados de montanhas e florestas. Seguimos às escondidas, no ritmo de uma lesma, até que Sydney avistou uma minúscula estrada de cascalhos que adentrava a mata. Era grande o bastante apenas para um carro atravessá-la, mas, de alguma forma, eu não esperava que fôssemos encontrar muito trânsito por ali. Uma estrada parecida nos levava cada vez mais para dentro e, embora eu não pudesse ver o rosto de Sydney, sua ansiedade era palpável.

Os minutos pareceram horas até o nosso caminho estreito se abrir numa clareira enorme de terra batida. Outros veículos — que aparentavam ser muito velhos — estavam estacionados ali. Era um lugar estranho para um estacionamento, levando-se em conta que tudo o que eu conseguia ver ao nosso redor era uma floresta escura. Sydney parou o carro.

— Estamos numa área para acampamento? — perguntei.

Ela não respondeu. Em vez disso, olhou para Dimitri. — Você é tão bom quanto dizem que é?

— Em quê? — perguntou ele, abismado.

— Na luta. Todo mundo fala que você é perigoso. É verdade? Você é tão bom assim?

Dimitri ponderou.

— Mais ou menos.

Dei uma risada irônica.

— *Muito* bom — disse eu.

— Espero que o bastante — disse Sydney, empurrando a maçaneta.

Também abri minha porta.

— Você não vai perguntar sobre mim?

— Sei que você é perigosa — respondeu ela. — Já vi isso.

O elogio não me reconfortou, e começamos a andar pelo estacionamento da área rural.

— Por que paramos?

— Porque temos que continuar a pé agora. — Ela pegou uma lanterna e iluminou ao longo do perímetro do estacionamento. Por fim, a lanterna tremeluziu em meio a uma trilha que serpeava pelas árvores. A trilha era pequena e fácil de perder, pois ervas daninhas e outras plantas a encobriam. — Por ali. — Ela começou a seguir naquela direção.

— Espere — disse Dimitri. Ele passou à frente, liderando e, no mesmo instante, assumi a última posição no nosso grupo. Era uma formação padrão dos guardiões. Flanqueávamos Sydney como faríamos com um Moroi. Todos os pensamentos de antes, sobre Lissa, deixaram minha mente. Minha atenção se voltava totalmente para aquela situação e todos os meus sentidos estavam alertas ao perigo em potencial. Dava para ver que Dimitri agia da mesma forma, e nós dois segurávamos nossas estacas.

— Para onde estamos indo? — perguntei, enquanto evitávamos com cuidado as raízes e os buracos ao longo do caminho. Galhos raspavam meus braços.

— Até pessoas que garanto que não vão entregar você — disse ela com uma voz preocupante.

Mais perguntas estavam na ponta da minha língua quando uma luz ofuscante de repente me cegou. Meus olhos tinham se adaptado à escuridão, e a claridade inesperada foi uma mudança muito ab-rupta. Ouviu-se um farfalhar entre as árvores, uma sensação de vários corpos ao nosso redor e, quando recuperei a visão, vi rostos de vampiros em toda parte.

Nove

Por sorte, eram rostos de Moroi.

Aquilo não me impediu de erguer minha estaca e chegar ainda mais perto de Sydney. Ninguém nos atacava. Portanto, mantive minha posição — não que isso tivesse tanta importância. Ao assimilar cada vez mais aquela cena, vi que estávamos completamente cercados por umas dez pessoas. Tínhamos dito a Sydney que éramos bons e era verdade: Dimitri e eu devíamos ser capazes de derrotar um grupo como aquele, apesar de o precário campo de batalha dificultar as coisas. Também percebi que ali não tinha apenas Moroi. Os que estavam mais perto de nós, sim, mas, ao redor deles, havia dampiros. E a luz que eu achava que vinha de tochas ou lanternas na realidade vinha de uma bola de chamas mantida nas mãos de um dos Moroi.

Um deles deu alguns passos à frente. Ele tinha mais ou menos a idade de Abe, uma barba castanha e farta e uma estaca de prata na mão. Uma parte de mim notou que a estaca era feita de maneira rudimentar, se comparada à minha, mas a ponta abrigava a mesma ameaça. O olhar do homem passou por mim e por Dimitri, e baixou a estaca. Sydney se tornou o objeto de escrutinação do cara e, de repente, ele estendeu o braço para alcançá-la. Dimitri e eu nos mexemos para impedi-lo, só que outras mãos se estenderam para *nos* impedir. Eu poderia ter lutado contra elas, mas paralisei quando Sydney sussurou:

— Esperem.

O Moroi barbudo agarrou o queixo de Sydney e virou a cabeça dela para que a luz batesse na bochecha, iluminando a tatuagem dourada. Ele a soltou e recuou.

— Menina do lírio — grunhiu ele.

Os outros relaxaram um pouco, apesar de manterem as estacas posicionadas e ainda parecerem prontos para atacar, se provocados. O líder dos Moroi voltou sua atenção de Sydney para Dimitri e para mim.

— Vocês estão aqui para se juntar a nós? — perguntou ele, desconfiado.

— Precisamos de abrigo — respondeu Sydney, tocando a garganta com delicadeza. — Eles estão sendo perseguidos pelos... pelos contaminados.

A mulher que segurava a chama parecia cética.

— Estão mais para espiões enviados pelos contaminados.

— A rainha dos contaminados está morta — disse Sydney. Ela apontou com a cabeça na minha direção. — Acham que foi ela.

Meu lado questionador começou a falar, mas logo se calou, sábio o bastante para reconhecer que seria melhor deixar aquela bizarra reviravolta nas mãos de Sydney. Eu não entendia o que ela estava dizendo. Quando ela disse que os contaminados nos perseguiam, pensei que tentasse fazer com que aquele grupo pensasse que tínhamos Strigoi atrás de nós. Agora, depois de ela mencionar a rainha, eu não estava tão certa disso. Também não estava tão certa de que me identificar como uma possível assassina fosse muita esperteza de sua parte. Pelo que parecia, o Barba Castanha estaria propenso a me entregar e a tentar receber uma recompensa. A julgar pelas roupas que ele usava, uma recompensa viria a calhar.

Para a minha surpresa, aquilo pôs um sorriso no rosto dele.

— E, então, mais um usurpador se vai. Já existe outro?

— Não — respondeu Sydney. — Eles terão eleições em breve para escolher.

Os sorrisos do grupo deram lugar a olhares de desdém e resmungos que desaprovavam as eleições. Não consegui me conter.

— E de que outro jeito escolheriam um novo rei ou uma nova rainha?

— Do jeito certo — respondeu um dampiro que estava ali perto. — Do jeito que costumava ser, há muito tempo. Numa batalha até a morte.

Esperei pelo final da piada, mas percebi que o cara falava sério. Eu queria perguntar a Sydney no que ela havia nos metido, porém, àquela altura, parecíamos ter passado pela inspeção inicial. O líder se virou e começou a andar pela trilha. O grupo o seguiu, nos levando junto. Ao ouvir aquela conversa, não consegui evitar uma leve franzida na testa — e não apenas porque nossas vidas podiam estar por um fio. Fiquei intrigada com o sotaque deles. O recepcionista do hotel tinha um carregado sotaque do Sul, exatamente como se espera naquela parte do país. Esses caras, embora falassem de um jeito semelhante, misturavam algumas outras pronúncias. Lembrava um pouco o sotaque de Dimitri.

Eu estava tão tensa e ansiosa que mal conseguia me dar conta do quanto tínhamos andado. O caminho acabou nos levando ao que aparentava ser um acampamento bem escondido. Uma fogueira enorme crepitava numa clareira com pessoas sentadas ao seu redor. No entanto, havia uma estrutura de ambos os lados, se estendendo para dentro da mata, ao longo de um caminho agora mais amplo. Ainda não era bem uma estrada, mas dava a impressão de ser uma cidadezinha ou, pelo menos, um vilarejo. As construções eram pequenas e precárias, porém, pareciam permanentes. Do outro lado da fogueira, a terra se erguia com nitidez nos Apalaches, encobrindo as estrelas. Em meio àquela luz tremeluzente, avistei a face de uma montanha texturizada por pedras ásperas e umas árvores esparsadas, salpicada de buracos escuros.

Minha atenção se voltou para os vivos. A multidão reunida ao redor da fogueira — umas duas dúzias, mais ou menos — fez silêncio enquanto nossa escolta nos conduzia. No começo, eu só enxergava números. Era a guerreira que havia em mim, contando os oponentes e se preparando para um ataque. Então, exatamente como antes, observei os rostos com maior atenção. Mais Moroi misturados com dampiros. E — fiquei chocada ao descobrir — humanos.

No entanto, aqueles humanos não eram fornecedores de sangue. Bem, não como os que eu conhecia. Mesmo no escuro, dava para ver relances de marcas de mordida no pescoço de alguns, mas, a julgar por suas expressões curiosas, eu poderia dizer que eles não forneciam sangue com regularidade. Não estavam doidões. Estavam misturados aos Moroi e dampiros, sentados, de pé, conversando, se envolvendo — o grupo inteiro claramente unido em algum tipo de comunidade. Me perguntei se aqueles humanos eram como os alquimistas. Talvez tivessem algum tipo de relação de negócios com minha raça.

A densa formação ao nosso redor começou a se espalhar e cheguei mais perto de Sydney.

— Meu Deus, o que é tudo isso?

— Os conservadores — respondeu ela, em voz baixa.

— Conservadores? O que isso quer dizer?

— Quer dizer — atalhou o Moroi barbado — que, ao contrário do seu povo, ainda conservamos os velhos costumes, como de fato devemos fazer.

Olhei para os "conservadores" nas suas roupas gastas e para as crianças sujas e descalças. Refletindo sobre o quanto estávamos longe da civilização — e com base no quanto era escuro longe do fogo —, eu seria capaz de apostar que eles não tinham eletricidade. Estava prestes a dizer que não acreditava que era assim que alguém devesse viver. Então, ao me lembrar da casualidade com que aquela gente tinha falado sobre lutas até a morte, decidi guardar minhas opiniões para mim mesma.

— Por que eles estão aqui, Raymond? — perguntou uma mulher sentada ao lado da fogueira. Ela era humana, mas falou com o Moroi barbado de um jeito perfeitamente comum e familiar. Não era o tom ávido que um fornecedor de sangue costumava usar com um Moroi. Não era nem como as conversas formais e artificiais que minha raça tinha com os alquimistas. — Eles vão se juntar a nós?

Raymond balançou a cabeça.

— Não. Os contaminados estão atrás deles por causa da morte de sua rainha.

Sydney me deu uma leve cotovelada antes que eu pudesse negar a declaração. Cerrei os dentes, já esperando o ataque. Em vez disso, fiquei surpresa ao ver que a multidão olhava para mim com uma mistura de respeito e admiração, como nossos anfitriões.

— Vamos oferecer refúgio a eles — explicou Raymond. Ele deu um grande sorriso para nós, embora eu não soubesse se sua aprovação vinha de sermos assassinos ou se ele simplesmente gostava da atenção que recebia. — Mas vocês *são* bem-vindos para se juntar a nós e morar aqui. Temos espaço nas cavernas.

Cavernas? Virei a cabeça em direção aos penhascos mais além da fogueira, me dando conta, agora, de o que eram aqueles buracos escuros. Enquanto eu observava, algumas pessoas se retiravam para ir dormir e desapareciam nas profundezas escuras da montanha.

Sydney respondeu, ao passo que eu me esforcei para não deixar transparecer um olhar horrorizado.

— Só precisamos ficar aqui... — Ela hesitou, o que não me surpreendia, considerando o quanto nossos planos tinham se tornado falhos. — Por alguns dias, provavelmente.

— Você pode ficar com a minha família — disse Raymond. — Vocês também. — Aquilo foi direcionado para Sydney e ele falou como se fosse um favor e tanto.

— Obrigada — disse ela. — Ficaremos agradecidos por passar a noite na sua *casa*. — A ênfase na última palavra foi para mim, como percebi. As construções de madeira ao longo da estrada de terra não pareciam luxuosas nem muito elaboradas, mas é claro que eu preferia ficar numa delas a numa caverna.

O vilarejo ou a comunidade, ou o que quer que fosse, se tornava cada vez mais empolgado à medida que ia tomando conhecimento das novidades que trazíamos. Eles nos bombardearam com um turbilhão de perguntas, começando por coisas comuns, como nossos nomes, e passando logo para detalhes específicos de como exatamente eu havia matado Tatiana.

Fui poupada de ter que responder quando a humana que tinha falado com Raymond mais cedo, Sarah, se levantou de repente e mudou o rumo da conversa.

— Já chega — disse ela, repreendendo os outros. — Está ficando tarde e tenho certeza de que nossos convidados estão com fome.

Eu estava faminta, na verdade, porém, não sabia se minha fome era tão grande assim a ponto de eu querer comer ensopado de gambá ou o que quer que eles comessem por ali. A declaração da mulher foi recebida com um certo desapontamento, mas ela garantiu aos outros que poderiam conversar conosco no dia seguinte. Olhando ao redor, vi um leve arroxeado do que devia ser o céu do Oriente. O nascer do sol. Um grupo de Moroi presos aos costumes "tradicionais" com certeza seguiria o horário noturno, o que significava que aquela gente tinha apenas mais algumas horas antes de ir para a cama.

A mulher disse que se chamava Sarah e nos conduziu pela trilha de terra. Raymond gritou que nos encontraria em breve. Enquanto caminhávamos, vimos outras pessoas vagando em torno de lares abandonados e em ruínas, indo para a cama ou talvez despertando com toda aquela agitação. Sarah olhou para Sydney.

— Você trouxe alguma coisa para nós?

— Não — respondeu Sydney. — Só estou aqui para acompanhá-los.

Sarah parecia decepcionada, mas assentiu com a cabeça.

— Uma missão importante.

Sydney franziu a testa e se mostrou ainda mais incomodada.

— Quando foi a última vez que meu povo lhes trouxe alguma coisa?

— Há alguns meses — respondeu Sarah depois de pensar por um momento.

A expressão de Sydney obscureceu diante daquilo, mas ela não disse mais nada.

Sarah, por fim, nos levou para dentro de uma das casas, que parecia maior e melhor, embora ainda fosse simples e feita de placas de madeira que não haviam sido pintadas. O interior estava um breu, e esperamos enquanto Sarah acendia lanternas ultrapassadas. Eu tinha razão. Nada de eletricidade. Isso de repente me deixou curiosa quanto ao encanamento.

O piso era de madeira resistente como as paredes e coberto por tapetes enormes com estampas vívidas. Parecíamos estar num híbrido de cozinha, sala de estar e sala de jantar. Havia um fogão à lenha bem grande no meio, uma mesa de madeira e cadeiras de um lado, e almofadões do outro, que presumi servirem como sofás. Ganchos com ervas secando pendiam perto do fogão, preenchendo o cômodo com um aroma condimentado que se misturava ao cheiro de madeira queimada. Havia três portas na parede dos fundos, e Sarah indicou uma delas com a cabeça.

— Vocês podem dormir no quarto das meninas — disse ela.

— Obrigada — respondi, sem saber ao certo se queria ver como eram as acomodações de hóspedes. Quase sentia falta do Hotel. Analisei Sarah com curiosidade. Ela parecia ter a idade de Raymond e usava um vestido azul simples, até os joelhos. O cabelo louro estava puxado para trás e preso na altura do pescoço, e ela me parecia baixa como os humanos.

— Você é a empregada de Raymond? — Foi a única função para Sarah que pude deduzir. A mulher tinha algumas marcas de mordida, mas estava óbvio que não era uma fornecedora de sangue. Pelo menos não em tempo integral. Talvez, por ali, os fornecedores também ajudassem no serviço doméstico.

Ela sorriu.

— Sou a mulher dele.

Foi o auge do meu autocontrole o fato de eu ter conseguido dar algum tipo de resposta.

— Ah.

Os olhos penetrantes de Sydney se fixaram em mim, como que avisando: *deixe para lá*. Mais uma vez, travei a mandíbula, me calando, e lhe dei um breve aceno com a cabeça para que ela soubesse que eu havia entendido.

Só que eu não havia entendido. Dampiros e Moroi ficavam juntos o tempo todo. Os dampiros precisavam fazer isso. Relacionamentos mais permanentes eram um escândalo — mas não se encontravam completamente fora do leque de possibilidades.

Mas Moroi e humanos? Era algo que não dava para entender. Essas raças não se uniam fazia séculos. Elas geraram os dampiros havia muito tempo, porém, à medida que o mundo moderno progredia, os Moroi tinham deixado de se relacionar por completo — de forma íntima — com os humanos. Vivíamos entre eles, por certo. Moroi e dampiros trabalhavam ao lado de humanos mundo afora, compravam casas nos seus bairros e, ao que parecia, tinham acordos bizarros com sociedades secretas como os alquimistas. E, é claro, os Moroi se alimentavam de humanos — e era isso. Se você mantinha um humano por perto, era só pelo fato de ele ser um fornecedor de sangue. Esse era o nível de intimidade. Os fornecedores eram comida, pura e simplesmente. Comida bem-tratada, sim, mas não do tipo que se tornava sua amiga. Um Moroi transar com uma dampira? Excitante. Um Moroi transar com uma dampira *e* chupar sangue? Sujo e humilhante. Um Moroi transar com uma humana — com ou sem fornecimento de sangue? Incompreensível.

Poucas coisas me chocavam ou me ofendiam. Eu tinha opiniões bem liberais quando o assunto era relacionamento, mas a ideia de um casamento entre uma humana e um Moroi me espantava. Não importava se a humana era um tipo de fornecedora — como Sarah parecia ser — ou alguém "acima" disso, como Sydney. Humanos e Moroi não se juntavam. Isso era primitivo e errado, e por esse motivo não acontecia mais. Bem, pelo menos não na minha terra.

Ao contrário do seu povo, ainda conservamos os velhos costumes.

O engraçado é que não importava o quanto eu achava tudo aquilo errado, Sydney devia encarar o fato com ainda mais intensidade, pois tinha ressalvas quanto aos vampiros. No entanto, imaginei que ela já estivesse preparada e que por essa razão conseguia manter o semblante tranquilo. Ela não havia sido pega de surpresa, como Dimitri e eu, pois senti com alguma certeza que ele concordava comigo. Mas ele sabia esconder, melhor do que eu, seu espanto.

Um tumulto à porta me tirou do meu estado de choque. Raymond tinha chegado e não estava sozinho. Vinha com um dampiro, de uns oito anos, sentado nos seus ombros e uma dampira mais ou menos da mesma idade, que se apressava para acompanhá-los. Uma bela Moroi, que aparentava vinte e poucos anos, os seguia e, atrás dela, um dampiro bonito que não devia ser muito mais velho do que eu, se não tivesse a minha idade.

E vieram as apresentações. As crianças eram Phil e Molly, e a Moroi se chamava Paulette. Todos pareciam morar ali, mas não consegui descobrir o que um era do outro, a não ser o cara da minha idade. Ele era Joshua, o filho de Raymond e Sarah. Estava sempre sorrindo para nós, especialmente para mim e Sydney — e seus olhos me lembravam o azul penetrante e cristalino dos Ozera. Só que, enquanto as pessoas da família de Christian tinham cabelo escuro, o de Joshua era de um tom de areia com reflexos mais claros e dourados. Eu precisava admitir que era uma combinação atraente, porém, a parte chocada do meu cérebro me lembrou mais uma vez que ele tinha nascido da união de uma humana com um Moroi e não da de uma dampira com um Moroi, como eu. O produto final era o mesmo, mas os meios eram bizarros.

— Vou acomodá-los no seu quarto — disse Sarah a Paulette. — Os demais podem dividir o sótão.

Levei um instante para perceber que "os demais" significava Paulette, Joshua, Molly e Phil. Ao olhar para cima, vi que de fato havia o que parecia o espaço de um sótão, cobrindo metade da extensão da casa, mas não aparentava ser grande o bastante para quatro pessoas.

— Não queremos incomodar — disse Dimitri, pensando o mesmo que eu. Até então, ele havia passado quase toda aquela aventura na mata em silêncio, economizando energia para as ações e não para as palavras. — Vamos ficar bem lá fora.

— Não se preocupe com isso — falou Joshua, mais uma vez, me dando aquele sorriso bonito. — Não nos importamos. Angeline também não vai se importar.

— Quem? — perguntei.

— Minha irmã.

Reprimi uma careta. Cinco deles amontoados ali em cima para que pudéssemos ter um quarto.

— Obrigada — disse Sydney. — É muito gentil da sua parte. E não vamos mesmo ficar por muito tempo. — Deixando o fato de não gostarem de vampiros de lado, os alquimistas conseguiam ser educados e charmosos quando queriam.

— Que pena — comentou Joshua.

— Pare de flertar, Josh — repreendeu Sarah. — Vocês três querem comer alguma coisa antes de ir para a cama? Posso esquentar um ensopado. Comemos mais cedo com um pouco de pão feito por Paulette.

Diante da palavra *ensopado*, todos os meus medos de comer gambá voltaram depressa.

— Não precisa — apressei-me em responder. — Para mim, pão está bom.

— Para mim também — disse Dimitri. Me perguntei se ele tentava dar menos trabalho ou se também tinha medo da comida. Não devia ter medo. Dimitri aparentava ser do tipo de cara que poderia ser jogado na selva e que sobreviveria comendo qualquer coisa.

Ao que parecia, Paulette havia assado muito pão e nos deixaram fazer um piquenique no nosso quartinho com uma porção inteira e uma tigela de manteiga que a própria Sarah devia ter preparado. O quarto era mais ou menos do tamanho de meu dormitório na São Vladimir, com dois colchões recheados de pena no chão. Colchas bem esticadas os cobriam; elas não deviam ser usadas havia meses, devido às altas temperaturas. Mastigando ruidosamente um pedaço de pão que, para minha surpresa, estava muito bom, deslizei a mão por uma das colchas.

— Isso me lembra de alguns desenhos que vi na Rússia — comentei.

Dimitri também avaliou a estampa.

— São parecidos. Mas não é a mesma coisa.

— É a evolução da cultura — disse Sydney. Ela estava cansada, só que não o bastante para abandonar o modo enciclopédia. — Estampas russas tradicionais que foram trazidas para cá e acabaram se fundindo com um típico *patchwork* americano.

— Humm, bom saber. — A família tinha nos deixado a sós enquanto se aprontava para ir deitar, e observei nossa porta rachada, atenta. Com o barulho e a atividade lá fora, era pouco provável que escutassem nossa conversa, mas falei baixo mesmo assim. — Você está pronta para explicar quem são essas pessoas?

Ela deu de ombros.

— Os conservadores.

— É, isso eu entendi. E nós somos os contaminados. Me parece um nome melhorado para Strigoi.

— Não. — Sydney se recostou na parede de madeira. — Os Strigoi são os perdidos. Vocês são contaminados porque se juntaram ao mundo moderno e deixaram para trás os modos retrógrados em troca dos próprios costumes confusos.

— Ei — retruquei. — Não somos nós os que têm jalecos e banjos.

— Rose — repreendeu Dimitri, dirigindo o olhar para a porta. — Cuidado. E, além do mais, vimos apenas uma pessoa com jaleco.

— Se isso faz vocês se sentirem melhor — disse Sydney —, gosto mais dos seus costumes. Ver humanos se misturando com tudo isso... — O semblante agradável e profissional que ela havia mostrado aos conservadores tinha desaparecido. Sua natureza ríspida estava de volta. — É nojento. Sem querer ofender.

— E não ofendeu — disse eu, arrepiada. — Pode ter certeza, me sinto do mesmo jeito. Não consigo acreditar... Não consigo acreditar que eles vivam desse jeito.

Sydney assentiu, mostrando-se agradecida por eu concordar com ela.

— Prefiro que vocês fiquem com a própria raça. Só que...

— Só que o quê? — indaguei.

Ela parecia constrangida.

— Mesmo que o povo de onde vocês vêm não se case com humanos, vocês ainda interagem com eles e vivem nas cidades deles. Esse pessoal daqui, não.

— E os alquimistas preferem que seja assim — supôs Dimitri. — Vocês não aprovam os costumes desse grupo, mas gostam de tê-los convenientemente às margens do fluxo principal da sociedade.

Sydney assentiu com a cabeça.

— Quanto mais vampiros se isolarem, ficarem sozinhos, nas matas, melhor... Mesmo que tenham um estilo de vida louco. Esse pessoal se mantém isolado... E mantêm os outros longe daqui.

— Através de meios hostis? — perguntei. Fomos recebidos por um batalhão, e Sydney esperava por aquilo. Todos eles estavam prontos para lutar: Moroi, dampiros e humanos.

— Espero que não tão hostis — respondeu ela, evasiva.

— Eles deixaram você entrar — disse Dimitri. — Conhecem os alquimistas. Por que Sarah perguntou sobre vocês trazerem coisas para eles?

— Porque é o que fazemos — respondeu ela. — Às vezes, para grupos como este, deixamos suprimentos... Comida para todo mundo, remédios para os humanos. — Mais uma vez, ouvi aquele desdém na sua voz, mas, então, ela pareceu incomodada. — Acontece que, se Sarah estiver certa, deve estar na hora de eles receberem uma visita dos alquimistas. Seria muita sorte nossa estar aqui justamente quando isso acontecer.

Eu estava prestes a garantir a Sydney que só precisávamos permanecer escondidos por mais alguns dias quando uma frase anterior me chamou a atenção.

— Espere aí. Você disse "grupos como este"? Quantas dessas comunidades existem por aí? — Voltei-me para Dimitri. — Isso não é como os alquimistas, é? Uma coisa que apenas alguns de vocês sabem e escondem de nós?

Ele negou com a cabeça.

— Estou tão impressionado com tudo isso quanto você.

— Alguns de seus líderes devem saber dos conservadores, ainda que vagamente — disse Sydney. — Sem detalhes. Nem localizações. Esses caras se escondem muito bem e, se forem avisados, podem se mudar no mesmo instante. Eles ficam longe do seu povo. Não gostam dele.

Suspirei.

— É por isso que não vão nos entregar. E porque estão bem empolgados com a possibilidade de eu ter matado Tatiana. Por falar nisso, muito obrigada.

Sydney não cogitou se desculpar.

— Isso nos dá proteção. E tem nos dado até agora — Ela interrompeu um bocejo. — Mas quer saber? Estou exausta. Não serei capaz de seguir os planos loucos de ninguém, nem os seus nem os de Abe, agora se não dormir um pouco.

Eu sabia que Sydney estava cansada, porém, só agora me dava conta de quanto. Ela não era como nós. Precisávamos dormir, mas tínhamos força para resistir, se fosse necessário. Ela havia passado a noite inteira acordada e sido obrigada a enfrentar situações que estavam fora de sua zona de conforto. Parecia ser capaz de adormecer recostada na parede, ali mesmo. Me virei para Dimitri. Ele já estava olhando para mim.

— Turnos? — perguntei. Sabia que nenhum de nós dois permitiria que nosso grupo ficasse desprotegido naquele lugar, mesmo que fôssemos, supostamente, heróis assassinos de rainhas.

Ele assentiu com a cabeça.

— Você primeiro e eu vou...

A porta se abriu e tanto Dimitri quanto eu quase demos um pulo para atacar. Uma menina dampira estava parada ali, encarando todos nós. Ela era alguns anos mais nova do que eu. Devia ter a idade da minha amiga Jill Mastrano, uma aluna da época da São Vladimir que queria ser uma Moroi lutadora. Por sua postura, aquela menina parecia querer o mesmo. Tinha o porte esbelto e forte de grande parte dos dampiros e o corpo inteiro preparado, como se fosse enfrentar qualquer um de nós. Seu cabelo era liso e ia até a cintura, num tom de castanho-escuro com reflexos dourados e acobreados adquiridos pela exposição ao sol. A menina tinha os mesmos olhos azuis de Joshua.

— Então — disse ela —, vocês são os grandes heróis que ficaram com o meu quarto.

— Angeline? — supus, me lembrando que Joshua havia comentado sobre a irmã.

A menina estreitou os olhos, não gostando de eu saber quem ela era.

— Sim. — Ela me avaliou, inabalável, e não parecia aprovar o que descobriu. Aquele olhar penetrante passou para Dimitri em seguida. Eu esperava que ela amolecesse, que se rendesse à sua beleza, como grande parte das mulheres fazia. Mas não. Ele também foi recebido com desconfiança. A atenção da menina se voltou para mim.

— Não acredito nisso — declarou ela. — Você é mole demais. Arrumadinha demais.

Arrumadinha? É mesmo? Eu não me sentia assim, não com meus jeans e minha camiseta marcados pela batalha. Olhando para os trajes de Angeline, porém, talvez eu pudesse entender sua atitude. Suas roupas eram limpas, mas seus jeans já estavam bem surrados. Havia remendos nos dois joelhos. A camiseta era simples e de um branco encardido, parecendo ter sido feita em casa. Nem dava para saber se ela havia sido branca um dia. Talvez eu fosse arrumadinha em comparação a ela. É claro que, se alguém merecia o título de arrumadinha, seria Sydney. Suas roupas passariam por uma reunião de negócios e ela não tinha estado em nenhuma luta ou fuga da prisão nos últimos dias.

Angeline, porém, nem sequer olhou para ela uma segunda vez. Eu começava a ter a sensação de que os alquimistas eram uma categoria estranha por ali, um tipo de humano diferente dos que se casavam com os conservadores. Os alquimistas traziam suprimentos e iam embora. Eram quase uma espécie de fornecedor de sangue para aquela gente, o que, na verdade, me deixava pasma. Os conservadores demonstravam respeito por alguns tipos de humanos que minha cultura menosprezava.

De todo jeito, eu não sabia o que dizer a Angeline. Não gostava de ser chamada de mole nem de ter minhas proezas de combate questionadas. Uma chama de meu temperamento se acendeu, mas me recusei a causar problemas partindo para a luta com a filha do nosso anfitrião. Também não iria começar a inventar detalhes sobre o assassinato de Tatiana. Simplesmente dei de ombros.

— As aparências enganam — disse a ela.

— É — rebateu Angeline com frieza. — Enganam, sim.

Ela deu passos largos e pomposos até uma pequena cômoda localizada no canto do quarto e pegou o que parecia ser uma camisola.

— É melhor você não bagunçar minha cama — me avisou. Depois olhou para Sydney, que estava sentada no outro colchão. — Não ligo para o que você fizer com a de Paulette.

— Paulette é sua irmã? — perguntei, ainda tentando entender aquela família.

Não parecia haver nada que eu pudesse dizer sem ofender a menina.

— É claro que não — respondeu Angeline com rispidez, batendo a porta ao sair. Arregalei os olhos, impressionada.

Sydney bocejou e se esticou na cama.

— Paulette deve ser... humm... sei lá, a amante, a concubina de Raymond.

— O quê? — perguntei, espantada. Um Moroi casado com uma humana e tendo um caso com uma Moroi? Eu não sabia ao certo o quanto mais poderia aguentar. — E ela mora com a família dele?

— Não me peça para explicar isso. Não quero saber nem um pouco mais do que preciso sobre seus costumes distorcidos.

— Não são *meus* costumes — retruquei.

Sarah veio logo depois para se desculpar por Angeline e ver se necessitávamos de mais alguma coisa. Garantimos a ela que estávamos bem e agradecemos imensamente por sua hospitalidade. Quando ela se foi, Dimitri e eu estabelecemos turnos para dormir. Eu preferiria que nós dois ficássemos alerta, ainda mais por ter quase certeza de que Angeline seria capaz de cortar a garganta de qualquer um enquanto estivesse dormindo. No entanto, precisávamos descansar, e sabíamos que nós dois reagiríamos de imediato se alguém entrasse de repente no nosso quarto.

Então, deixei Dimitri fazer a primeira vigília enquanto eu me aconchegava na cama de Angeline e tentava não "bagunçá-la". Seu conforto me surpreendeu. Ou talvez eu só estivesse muito cansada. Fui capaz de deixar de lado minhas preocupações com execuções, irmãos desaparecidos e vampiros matutos. Um sono profundo me envolveu e comecei a sonhar... mas não um sonho qualquer. Vinha de meu mundo interior, uma sensação de estar tanto dentro quanto fora da realidade. Eu era atraída para um sonho induzido por espírito.

Adrian!

Aquela ideia me empolgou. Eu andava com saudade dele e estava ávida para conversar com alguém diretamente depois de tudo o que tinha acontecido na Corte. Não houve muito tempo para conversar durante minha fuga e, depois daquele mundo bizarro por trás da mata em que estava agora, eu precisava muito de um pouco de normalidade e civilização ao meu redor.

O mundo do sonho começou a se formar a minha volta, tornando-se cada vez mais claro. Era um lugar que eu nunca tinha visto, uma sala formal com poltronas e sofás cobertos de almofadas com estampa caxemira cor de lavanda. Havia ainda pinturas a óleo penduradas nas paredes e uma harpa enorme no canto. Eu tinha aprendido havia muito que não era possível prever para onde Adrian iria me mandar — nem o que ele me faria usar. Felizmente, eu vestia jeans e uma camiseta, com meu *nazar* azul pendurado no pescoço.

Me virei, ansiosa, procurando Adrian para lhe dar um baita abraço. No entanto, ao percorrer o cômodo com os olhos, não foi o rosto de Adrian que vi.

Foi o de Robert Doru.

E Victor Dashkov estava com ele.

Dez

Quando seu namorado caminha por sonhos, você aprende algumas lições. Uma das mais importantes é que, ao fazer movimentos físicos nos sonhos, sentimo-nos exatamente como quando os fazemos no mundo real. Como beijar alguém, por exemplo. Adrian e eu compartilhamos em sonhos inúmeros beijos intensos o bastante para fazer meu corpo arder e querer muito mais. Embora eu nunca tivesse atacado alguém num sonho, aposto que um golpe ali doeria tanto quanto na realidade.

Sem hesitar, parti para cima de Victor, em dúvida se deveria socá-lo ou estrangulá-lo. As duas opções me pareciam boas. Acabei não fazendo nem uma coisa nem outra. Antes que pudesse alcançá-lo, choquei-me contra uma parede invisível — com força. Ela me impediu de atingi-lo e quiquei diante do impacto. Cambaleei, tentando recuperar o equilíbrio, mas, em vez disso, caí no chão, toda doída. É... sonhos são exatamente como a vida real.

Encarei Robert, sentindo uma mistura de raiva e inquietação. Tentei esconder esse último sentimento.

— Você é um usuário do espírito com telecinesia?

Sabíamos que isso era possível, mas era uma habilidade que nem Lissa nem Adrian dominavam ainda. Eu não gostei nem um pouco de saber que Robert tinha o poder de atirar objetos por aí e criar barreiras invisíveis. Era uma desvantagem de que não precisávamos.

Robert permaneceu enigmático.

— Eu controlo o sonho.

Victor me olhava de cima com aquela sua expressão presunçosa e calculista. Ao me dar conta da posição indigna em que me encontrava, dei um pulo e fiquei de pé. Mantive uma postura enrijecida, com o corpo tenso e preparado enquanto me perguntava se Robert continuaria mantendo o muro erguido.

— Você já acabou de fazer sua pirraça? — perguntou Victor. — Se você se comportar como uma pessoa civilizada, vai tornar nossa conversa muito mais agradável.

— Não estou nem um pouco interessada em conversar com você — repliquei com rispidez. — A única coisa que vou fazer é caçá-lo no mundo real e arrastá-lo de volta para as autoridades.

— Encantador — disse Victor. — Podemos compartilhar uma cela.

Estremeci.

— É — prosseguiu ele. — Sei de tudo o que aconteceu. Pobre Tatiana. Que tragédia. Que perda.

Seu tom debochado e melodramático me fez ter uma ideia alarmante.

— Você... você não teve nada a ver com isso, teve? — A fuga de Victor da prisão desencadeou muito medo e muita paranoia entre os Moroi. Estavam convencidos de que ele iria atrás de todos. Como sabia a verdade sobre a fuga, eu havia descartado aquela hipótese, supondo que ele iria apenas permanecer escondido. Agora, ao me lembrar de que, certa vez, Victor quis começar uma revolução entre os Moroi, perguntei-me se o assassino da rainha de fato *seria* o vilão mais cruel que conhecíamos.

Victor bufou.

— Dificilmente. — Ele pôs as mãos para trás enquanto andava de um lado para o outro e fingia analisar a obra de arte. Mais uma vez, me perguntei o quanto o escudo de Robert se estendia. — Tenho métodos muito mais sofisticados para conquistar meus objetivos. Não me rebaixaria a esse ponto... nem você.

Eu estava prestes a argumentar que mexer com a mente de Lissa não havia sido nada sofisticado, mas aquelas últimas palavras chamaram minha atenção.

— Você não acha que fui eu?

Ele se virou, olhando para um homem de cartola e bengala que estava observando.

— É claro que não. Você nunca faria nada que requeresse tanta antecipação. E, se o que ouvi sobre a cena do crime for verdade, você nunca deixaria tantas provas para trás.

Havia tanto um insulto quanto um elogio ali.

— Bem, obrigada pelo voto de confiança. Eu andava preocupada com o que você iria pensar. — Isso me rendeu um sorriso e cruzei os braços sobre o peito. — Como é que vocês sabem o que acontece na Corte? Vocês têm espiões?

— Esse tipo de coisa se espalha pelo mundo dos Moroi depressa — disse Victor. — Não estou tão isolado assim. Soube do assassinato logo depois que ele aconteceu. De sua fuga impressionante também.

Minha atenção se voltava em grande parte para Victor, mas cheguei a dar uma breve olhada em Robert. Ele permanecia em silêncio e, a julgar por seu olhar vago e distraído, eu me perguntava se ele sequer estava ciente do que era dito ao seu redor. Vê-lo sempre fazia um arrepio percorrer minha espinha. Ele era um exemplo extremo de espírito no seu pior estado.

— Por que você se importa com isso? — perguntei. — E por que você está me incomodando nos meus sonhos?

Victor continuava andando de um lado para o outro, parando para passar as pontas dos dedos ao longo da superfície de madeira lisa da harpa.

— Porque tenho um grande interesse pela política dos Moroi. Gostaria de saber quem foi o responsável pelo assassinato e qual é o objetivo dele.

Dei um sorriso malicioso.

— Acho que está com inveja porque mais alguém anda puxando as cordas além de você. Não tive a intenção de fazer o trocadilho.

Ele tirou a mão da harpa, deixou o braço pender ao lado do corpo e fixou seu olhar penetrante em mim. Seus olhos eram do mesmo tom de verde-claro que os de Lissa.

— Seu comentário engraçadinho não irá levá-la a lugar algum. Você pode nos deixar ajudar ou não.

— Você é a *última* pessoa de quem quero ajuda. Não preciso disso.

— É. As coisas parecem ir muito bem na sua vida, agora que é uma fugitiva procurada que desapareceu com um homem que muitos ainda acreditam ser um Strigoi. — Victor fez uma pausa calculada. — É claro que tenho certeza de que você não se importa tanto com essa última parte. Sabe, se encontrasse vocês dois, *eu* poderia matá-los e ser recebido de volta como um herói.

— Não aposte nisso. — Uma fúria ardente me percorria, tanto por sua insinuação quanto por ele ter causado tantos problemas para Dimitri e para mim no passado. Com uma enorme força de vontade, respondi numa voz baixa e mortal. — Vou encontrar *você*. E não vai viver para ver as autoridades.

— Já estabelecemos que assassinato não está entre suas habilidades. — Victor se sentou em uma das poltronas almofadadas, acomodando-se. Robert continuou de pé, ainda com aquele semblante de "fora do ar" no rosto. — Agora, a primeira coisa que precisamos fazer é determinar por que alguém iria querer matar nossa última rainha. A personalidade explosiva de Tatiana dificilmente seria uma motivação, apesar de eu ter certeza de que isso não deixou de contribuir. As pessoas fazem esse tipo de coisa por poder e vantagens, para impor sua vontade. Pelo que ouvi dizer, a atitude mais controversa de Tatiana nos últimos tempos foi a lei da idade... É, essa mesmo. A que faz com que você mostre essa careta para mim. É claro que o assassino se opunha a isso.

Eu não queria compactuar com Victor de jeito nenhum. Não queria ter uma conversa razoável com ele. O que eu queria era alguma indicação de onde ele estava na vida real e, em seguida, correr o risco de me chocar contra aquela parede invisível de novo. O risco valeria a pena se eu conseguisse fazer algum estrago. Então, fiquei um pouco surpresa ao me pegar dizendo:

— Ou quem quer que tenha feito isso talvez quisesse propor alguma coisa pior... alguma coisa ainda mais severa para os dampiros. Acharam o decreto de Tatiana suave demais.

Admito que pegar Victor Dashkov desprevenido era uma das maiores alegrias da minha vida. Tive essa satisfação naquele momento, ao ver suas sobrancelhas arquearem diante da surpresa. Não era fácil propor algo que um mestre em armadilhas como ele ainda não tivesse pensado.

— Interessante — disse Victor, por fim. — Posso ter subestimado você, Rose. É uma dedução brilhante da sua parte.

— Bem, humm, não fui eu quem deduziu isso.

Victor aguardou com expectativa. Até Robert saiu de repente de seu estado atordoado e focou em mim. Era de dar arrepios.

— Foi Tatiana. Quero dizer, ela não deduziu isso. Falou abertamente... Bem, na verdade, o bilhete que ela deixou para mim falou. — Por que estava tagarelando tanto na presença daqueles caras? Pelo menos surpreendi Victor de novo.

— Tatiana Ivashkov deixou um bilhete para *você* com informações clandestinas? Para quê?

Mordi o lábio e voltei minha atenção para uma das telas. Era a de uma Moroi elegante com aqueles mesmos olhos verdes cor de jade que grande parte dos Dashkov e Dragomir tinham. De repente me perguntei se Robert teria construído aquele sonho em alguma mansão dos Dashkov de sua infância. Um movimento ao meu redor me fez voltar para os irmãos no mesmo instante.

Victor se levantou e deu alguns passos na minha direção, tomado de curiosidade e astúcia.

— Mais uma coisa. O que mais ela lhe contou? Ela sabia que corria perigo. Sabia que essa lei tinha a ver com esse perigo... mas não era só isso, era?

Permaneci em silêncio. No entanto, uma ideia louca começou a se formar na minha mente. Eu estava de fato considerando a hipótese de Victor me ajudar. É claro que, pensando bem, aquela não era uma noção tão louca, levando-se em conta que eu o tinha tirado da prisão para obter sua ajuda.

— Tatiana disse... — Eu deveria contar aquilo? Deveria revelar o segredo que nem Lissa sabia? Se Victor soubesse da existência de outro Dragomir, era provável que usasse essa informação para um de seus estratagemas. Como? Eu não sabia ao certo, mas fazia tempo que tinha aprendido a esperar o inesperável da parte dele. No entanto, Victor conhecia muitos segredos dos Moroi. Eu teria gostado de vê-lo compartilhar espertezas com Abe. E não duvidava de que muito do conhecimento interior de Victor envolvia os Dragomir e os Dashkov. Engoli em seco. — Tatiana disse que existe outro Dragomir. Que o pai de Lissa teve um caso e que se eu conseguir descobrir quem quer que seja essa pessoa, isso devolverá a Lissa seu poder no Conselho.

Quando Victor e Robert trocaram olhares chocados, eu soube que o tiro havia saído pela culatra. Victor não iria esclarecer as coisas para mim. Em vez disso, era eu quem acabava de revelar uma informação valiosa. Merda, merda, merda.

Ele me encarou com um semblante especulativo.

— Então Eric Dragomir não era o santo que costumava bancar com tanta frequência.

Cerrei os punhos.

— Não critique o pai dela.

— Nem em sonhos. Eu gostava muito de Eric. Mas, sim... Se for verdade, Tatiana tem razão. Vasilisa teoricamente teria o apoio da família e suas visões liberais com certeza provocariam atrito num Conselho que nunca parece mudar seus costumes. — Ele deu uma risadinha. — É, posso de fato ver isso chateando muita gente... Inclusive um assassino que deseja oprimir os dampiros. Imagino que ele ou ela não iria querer que essa informação vazasse.

— Alguém já tentou se livrar dos registros que ligam o pai de Lissa a uma amante. — Mais uma vez, falei sem pensar e me odiei por isso. Não queria dar mais nenhuma informação aos irmãos. Não queria agir como se todos nós estivéssemos trabalhando juntos.

— E me deixe adivinhar — disse Victor. — É isso o que você está tentando fazer, não é? Encontrar esse Dragomir bastardo.

— Ei, não...

— É só uma expressão — interrompeu ele. — Se conheço vocês duas, e acredito que conheça, Vasilisa está desesperada, tentando limpar seu nome na Corte, enquanto você e Belikov partem numa aventura sensual para encontrar o irmão ou a irmã dela.

— Você não sabe nada sobre nós — resmunguei. Sensual, de fato.

Ele deu de ombros.

— Sua cara diz tudo. E, na verdade, não é má ideia. Também não é ótima, mas nada má. Arranje um quorum para a família Dragomir e você terá uma voz falando em seu nome no Conselho. Imagino que você não tenha nenhuma pista.

— Estamos trabalhando nisso — respondi, evasiva.

Victor olhou para Robert. Eu sabia que os dois não possuíam nenhuma comunicação psíquica, mas, ao trocarem olhares, tive a sensação de que ambos pensavam na mesma coisa, confirmando um o outro. Por fim, Victor assentiu e se virou para mim.

— Então, muito bem. Vamos ajudar vocês. — Victor falou como se tivesse relutado e, por fim, aceitado me fazer um grande favor.

— Não precisamos da sua ajuda!

— É claro que precisam. Esse não é seu forte, Rose. Você está vagando para dentro de um ninho de política complexa e feia... e não tem a menor experiência nesse tipo de coisa. Não é vergonha alguma admitir isso, assim como não tenho vergonha de admitir que numa luta de punhos irracional e precariamente planejada, você, por certo, se mostraria superior.

Mais um elogio às avessas.

— Estamos indo muito bem. Uma alquimista está nos ajudando.

— Pronto. Isso mostraria o que não era o forte de quem. E, para meu mérito, ele de fato pareceu um pouco impressionado. Um pouco.

— Melhor do que eu esperava. Sua alquimista já descobriu alguma localização ou alguma pista?

— Ela está trabalhando nisso — repeti.

Ele suspirou, frustrado.

— Então, vamos precisar de tempo, não é? Tanto para Vasilisa investigar a Corte quanto para você começar a rastrear esse filho.

— É você quem age como se soubesse tudo — argumentei. — Pensei que você soubesse algo sobre isso também.

— Para a minha tristeza, não. — Na verdade, Victor não parecia tão decepcionado assim. — Mas logo que conseguirmos uma linha de investigação, garanto a você, serei essencial para desemaranhá-la. — Ele se aproximou do irmão e lhe deu um tampinha no ombro para reconfortá-lo. Robert o encarava com adoração.

— Vamos lhe fazer outra visita. Nos avise quando tiver algo de útil e iremos encontrá-la.

Arregalei os olhos.

— Você não vai fazer... — hesitei. Tinha deixado Victor escapar em Las Vegas. Agora, ele se oferecia para vir até mim. Talvez eu pudesse reparar esse erro e cumprir a ameaça que lhe havia feito antes. Depressa, tentei disfarçar minha falha de discurso. — Como vou saber que posso confiar em você?

— Você não pode — disse ele, objetivo. — Terá que acreditar que o inimigo de seu inimigo é seu amigo.

— Sempre odiei esse ditado. Você será sempre meu inimigo.

Fiquei um tanto surpresa quando Robert ganhou vida de repente. Ele me encarou e deu um passo à frente.

— Meu irmão é um homem bom, garota das sombras! Se você machucá-lo... se você machucá-lo, pagará por isso. E da próxima vez não vai voltar. O mundo dos mortos não desistirá de você pela segunda vez.

Eu sabia o bastante para não levar a sério as ameaças de um louco, mas suas últimas palavras fizeram com que um arrepio me percorresse.

— Seu irmão é um psico...

— Já chega. Já chega. — Mais uma vez, Victor deu um tapinha reconfortante no braço de Robert. Ainda emburrado comigo, o mais jovem dos irmãos Dashkov recuou, porém, eu estava disposta a apostar que aquela parede invisível tinha voltado para o lugar. — Isso não nos faz bem algum. Estamos perdendo tempo... Algo que não temos sobrando. Precisamos de mais. As eleições para escolher o novo monarca irão começar a qualquer momento, e o assassino de Tatiana pode ter um dedo nisso, se é que realmente havia uma pauta sendo seguida. Precisamos desacelerar as eleições... não só deter o assassino, mas também dar a todos nós tempo para cumprir nossas tarefas.

Eu estava ficando cansada de tudo aquilo.

— É mesmo? E como você sugere que façamos isso?

Victor sorriu.

— Lançando Vasilisa como candidata a rainha.

Tendo em vista que era com Victor Dashkov que estávamos lidando, eu realmente não deveria ter me surpreendido com nada que ele dissesse. Era um atestado de seu grau de loucura o fato de ele continuar me pegando desprevenida.

— Isso — declarei — é impossível.

— Na verdade, não — respondeu ele.

Ergui as mãos, exasperada.

— Você não está prestando atenção no que discutimos? Tudo gira em torno de conseguir que Lissa tenha plenos direitos familiares entre os Moroi. Ela não pode nem votar! Como poderia se candidatar a rainha?

— Na realidade, a lei diz que Vasilisa pode. De acordo com a maneira como a política de nomeação está escrita, uma pessoa de cada linhagem da realeza pode se candidatar ao cargo de monarca. É só o que ela diz. Que uma pessoa de cada linhagem pode se candidatar.

Não há nenhuma menção a quantos membros deve haver na família dela, como há para que ela vote no Conselho. Ela simplesmente precisa de três nomeações, e a lei não especifica de que família elas devem vir.

Victor falou com tanta propriedade e confiança que poderia muito bem estar citando um livro sobre leis. Eu me perguntava se ele sabia todas de cor. Imaginava que, para fazer carreira desrespeitando-as, deve ser preciso conhecê-las muito bem.

— Quem quer que tenha escrito essa lei deve ter presumido que os candidatos teriam membros na família. Só que não se deram ao trabalho de mencionar esse detalhe. É o que dirão se Lissa se candidatar. Vão lutar contra isso.

— Podem lutar contra isso o quanto quiserem. Os que negam a ela uma vaga no Conselho agem com base numa linha de livros sobre leis que mencionam outro membro na família. Se esse for o argumento, o de que cada detalhe *tem* que ser levado em conta, então, terão que fazer o mesmo quanto às leis sobre as eleições, que, como já falei, não mencionam o apoio da família. Aí é que está a beleza dessa brecha. Os oponentes de Vasilisa não podem ter a lei a seu favor de um jeito e de outro. — Um sorriso se retorceu nos lábios de Victor, confiante ao extremo. — Garanto a você, não existe absolutamente nada que a impeça de fazer isso.

— E quanto à idade dela? — argumentei. — Os príncipes e princesas que se candidatam são sempre mais velhos. — O título de príncipe ou princesa ia para o membro mais velho de uma família e, por tradição, aquela era a pessoa que se candidatava a rei ou rainha. A família podia decidir nomear outro membro mais apropriado, mas, mesmo assim, pelo que eu sabia, era sempre alguém mais velho e experiente.

— A única restrição diz respeito a se ter atingido a maioridade — disse Victor. — Ela tem 18. Preenche esse requisito. As outras famílias têm grupos muito maiores de onde tirar um candidato, então, naturalmente, escolhem alguém que pareça mais experiente. No caso dos

Dragomir, bem, não é uma opção, é? Além do mais, há precedentes de jovens monarcas. Houve uma rainha muito famosa, Alexandra, que não era muito mais velha do que Vasilisa. Muito amada, extraordinária. Sua estátua fica ao lado da igreja da Corte.

Eu me mexi, desconfortável.

— Na verdade... ela, humm, não está mais lá. Meio que explodiu.

Victor apenas me encarou. Ao que parecia, ele tinha ouvido sobre minha fuga, mas não sabia de todos os detalhes.

— Não tem importância — acrescentei depressa, sentindo-me culpada por ter sido a responsável indireta pela explosão de uma rainha renomada. — Essa ideia toda de usar Lissa é ridícula.

— Você não será a única a pensar assim — disse Victor. — Eles irão discutir. Eles irão brigar. No final, a lei prevalecerá. Terão que deixá-la se candidatar. Ela fará as provas e é provável que passe. Então, quando a votação chegar, as leis que regulam esses procedimentos indicam que um membro da família deverá ajudar na votação.

Minha cabeça girava àquela altura. Eu me sentia mentalmente cansada por ouvir todas aquelas brechas e especificidades nas leis.

— Seja objetivo e fale numa linguagem simples — mandei.

— Quando a votação chegar, Vasilisa não será elegível. Ela não tem ninguém da família para preencher o papel requisitado na verdadeira eleição. Em outras palavras, a lei diz que ela pode se candidatar e fazer as provas. No entanto, na verdade, as pessoas não podem votar em Vasilisa porque ela não tem família.

— Isso é... idiotice.

— Concordo. — Ele fez uma pausa. Acho que nenhum de nós dois esperava concordar em alguma coisa um dia.

— Lissa odiaria isso. Ela nunca, jamais, iria querer ser rainha.

— Você não está entendendo? — perguntou Victor meio exasperado. — Vasilisa não será rainha. Ela *não pode*. Trata-se de uma lei mal-escrita para uma situação que ninguém previu. É uma confusão. E isso irá atrasar tanto as eleições que nós teremos mais tempo para encontrar o irmão de Vasilisa e descobrir quem matou Tatiana.

— Ei! Já falei: nada de "nós". Não vou...

Victor e Robert trocaram olhares.

— Faça com que Vasilisa seja nomeada — disse Victor ab-ruptamente. — Entraremos em contato em breve para combinar o ponto de encontro para começarmos a busca pelo Dragomir.

— Isso não é...

Acordei.

Minha reação imediata foi xingar, mas, então, lembrando-me de onde estava, mantive meus palavrões na própria mente. Identifiquei a silhueta de Dimitri no canto, alerta e observador, e não quis que ele soubesse que eu estava acordada. Fechei os olhos e passei para uma posição mais confortável, na esperança de um verdadeiro sono, que bloqueasse os irmãos Dashkov e seus esquemas ridículos. Lissa se candidatar a rainha? Loucura. No entanto... na verdade, não era uma loucura muito maior das que eu costumava fazer.

Deixando isso de lado, permiti que meu corpo relaxasse e senti o verdadeiro sono chegar, começando a me dominar. Mas só *começando*. Pois, de repente, senti outro sonho induzido por espírito se materializando ao meu redor.

Ao que parecia, a noite seria agitada.

Onze

Me preparei, já esperando ver os irmãos Dashkov voltando com algum tipo de "conselho" de última hora. Em vez disso, vi...

— Adrian!

Corri pelo jardim de onde ele havia aparecido e o envolvi em meus braços. Ele me abraçou também, na mesma intensidade, e me levantou.

— Dampirinha — disse ele, ao me pôr no chão de novo. Seus braços permaneceram ao redor da minha cintura. — Senti sua falta.

— Eu também. — E falava sério. Os últimos dias e seus acontecimentos bizarros tinham tumultuado minha vida por completo, e estar com ele, mesmo num sonho, era reconfortante. Fiquei na ponta dos pés e o beijei, desfrutando um pequeno momento de calor e paz quando nossos lábios se encontraram.

— Você está bem? — perguntou ele quando me afastei. — Ninguém me conta muito sobre você. Seu velho diz que você está a salvo e que a alquimista iria avisá-lo se alguma coisa desse errado.

Não me preocupei em dizer a Adrian que aquilo não devia ser verdade, já que Abe não sabia que estávamos seguindo outros planos por conta própria com alguns vampiros do mato.

— Estou bem, sim — garanti a ele. — Muito entediada. Estamos escondidos nessa espelunca de cidadezinha. Acho que ninguém virá nos procurar. Não vão querer vir aqui.

Um olhar aliviado se espalhou por seu belo rosto, e me dei conta de como ele devia estar preocupado.

— Fico feliz por isso. Rose, você não imagina como está sendo. Não estão apenas interrogando quem pode estar envolvido. Os guardiões estão fazendo todo tipo de plano para encontrar você. Tem toda uma conversa sobre "força letal".

— Bom, não irão me encontrar. Estou num lugar bem remoto. *Muito* remoto.

— Eu queria ter podido ir com você.

Ele ainda parecia preocupado, e pressionei um dos dedos sobre seus lábios.

— Não. Não diga isso. Você está melhor aí... E é melhor não ser associado a mim ainda mais do que já é. Você foi interrogado?

— Fui, mas não arrancaram nada de útil de mim. Tenho um álibi muito bom. Eles me chamaram quando fui procurar Mikhail porque conversamos com...

— Eu sei. Joe.

A surpresa de Adrian durou pouco.

— Dampirinha, você anda espionando.

— É difícil não fazer isso.

— Sabe, por mais que eu goste da ideia de alguém sempre saber quando estou com problemas, ainda me sinto meio que satisfeito por não ter um laço com ninguém. Não acho que iria querer que vasculhassem minha cabeça.

— Acho que, de todo jeito, ninguém iria querer vasculhar a sua cabeça. Uma pessoa vivendo a vida de Adrian Ivashkov já é difícil o bastante. — Houve um lampejo de diversão nos seus olhos, mas que se esvaiu quando voltei a falar sério. — Pois é. Ouvi o... humm... interrogatório que Lissa fez com Joe. Isso é coisa séria. O que Mikhail disse? Se Joe mentiu, isso acaba com metade das provas contra mim. — Na teoria, isso também matava o álibi de Adrian.

— Bom, não exatamente a metade. Teria sido melhor se Joe tivesse dito que você estava no seu quarto durante o assassinato em vez de admitir que não se lembrava de nada. Também teria sido melhor se ele não tivesse dito isso devido à compulsão de Lissa. Mikhail não poderá reportar isso.

Suspirei. Por passar muito tempo com usuários de espírito, já achava a compulsão normal. Era fácil esquecer que, entre os Moroi, isso era um tabu, o tipo de coisa que meteria alguém numa grande encrenca. Na verdade, Lissa não se meteria numa encrenca apenas por usar o espírito de maneira ilícita. Também poderia ser acusada de simplesmente fazer Joe dizer o que quer que ela quisesse. Qualquer coisa que ele dissesse a meu favor seria suspeita. Ninguém acreditaria.

— Além do mais — acrescentou Adrian, parecendo desapontado —, se o que Joe disse vazar, todo mundo ficará sabendo do gesto de amor infeliz da minha mãe.

— Sinto muito — disse eu, o envolvendo em meus braços. Adrian reclamava dos pais o tempo todo, mas se importava muito com a mãe. Descobrir que ela havia subornado alguém parecia difícil para ele, e eu sabia que Adrian ainda sofria pela morte de Tatiana. Parecia que eu andava cercada de muitos homens agoniados nos últimos tempos. — Apesar de tudo, estou muito feliz por ela ter inocentado você.

— Foi uma estupidez. Se alguém descobrir, ela terá problemas sérios.

— Então, o que Mikhail aconselha?

— Ele vai procurar Joe e interrogá-lo em particular. Vai partir daí. Por enquanto, não há muito que se possa fazer com a informação. Ela é útil para nós, mas não para o sistema judiciário.

— É — concordei, tentando não me sentir desanimada. — Acho que é melhor do que nada.

Adrian assentiu e então deixou de lado o humor sombrio daquele seu jeito tranquilo. Ainda me envolvendo com os braços, ele recuou um pouco, sorrindo ao reparar em mim.

— Belo vestido, a propósito.

A mudança de assunto me pegou de surpresa, embora, àquela altura, vindo dele, eu já devesse estar acostumada com isso. Ao acompanhar seu olhar, notei que estava com um velho vestido, o preto e sexy que usava quando Victor lançou o encanto da luxúria em Dimitri e em mim. Como Adrian não tinha escolhido minhas roupas naquele sonho, meu subconsciente havia ditado minha aparência. Fiquei um tanto impressionada por aquele ter sido o escolhido.

— Ah... — De repente, fiquei envergonhada, mas não sabia por quê. — Minhas roupas estão meio batidas. Acho que quis alguma coisa diferente.

— Fica bem em você. — Os dedos de Adrian deslizaram pela alça. — *Muito* bem.

Mesmo num sonho, seu toque deixou minha pele arrepiada.

— Cuidado, Ivashkov. Não temos tempo para isso.

— Estamos dormindo. O que mais vamos fazer?

Meus protestos foram calados com um beijo, ao qual me entreguei. Uma de suas mãos deslizou pela lateral da minha coxa, perto da barra do vestido, e precisei de muita energia mental para me convencer de que o fato de ele levantar o vestido provavelmente não iria limpar meu nome. Relutante, recuei.

— Vamos descobrir quem matou Tatiana — contei, tentando recuperar o fôlego.

— Nada de "nós" — disse Adrian, ecoando a frase que eu havia usado com Victor. — Seremos eu. E Lissa. E Christian. E nossos outros amigos desenturmados. — Ele acariciou meu cabelo e, então, me puxou para perto de novo, me dando um beijo no rosto. — Não se preocupe, dampirinha. Se cuide. Fique onde está.

— Não dá. Você não entende isso? Não posso simplesmente não fazer nada. — As palavras saíram da minha boca antes que eu pudesse detê-las. Uma coisa era reclamar da minha falta de atividade com Dimitri, mas, com Adrian, eu precisava levá-lo a pensar, assim como todos os outros na Corte, que eu estava fazendo "a coisa certa".

— Você tem que fazer isso. Vamos cuidar de você. — Ele não entendia, como percebi. Ele não entendia o quanto eu precisava ajudar de alguma maneira. Em sua defesa, suas intenções eram boas. Ele achava que cuidar de mim era uma grande coisa. Queria me manter a salvo. No entanto, não entendia de fato o quanto a inatividade era agonizante para mim. — Vamos encontrar essa pessoa e impedi-la de fazer seja lá o que ela queira fazer. Pode levar muito tempo, mas vamos resolver isso.

— Tempo... — murmurei contra o peito dele, deixando a discussão para lá. Eu não chegaria a lugar algum tentando convencê-lo de que precisava ajudar meus amigos e, de todo jeito, tinha minha própria missão agora. Tanto para fazer, tão pouco tempo. Olhei fixamente para o cenário que ele havia criado. Tinha notado árvores e flores mais cedo, mas só agora me dava conta de que estávamos no pátio da igreja, como era antes do ataque de Abe. A estátua da rainha Alexandra permanecia intacta, com o cabelo comprido e os olhos gentis imortalizados na pedra. A investigação do assassinato estava mesmo nas mãos de meus amigos agora, mas Adrian tinha razão: isso poderia levar um tempo. Suspirei. — Tempo. Precisamos de mais tempo.

Adrian se afastou um pouco.

— Hã? O que você disse?

Encarei Adrian, mordendo o lábio inferior enquanto um milhão de pensamentos percorria minha mente. Olhei de novo para Alexandra e tomei uma decisão, me perguntando se estava prestes a bater novos recordes de tolice. Me virei de novo para Adrian e apertei sua mão.

— Eu disse que precisamos de mais tempo. E sei como podemos conseguir isso, mas... Bem, você tem que fazer uma coisa para mim. E, humm, não deve comentar isso com Lissa ainda.

Tive tempo apenas o bastante para dar minhas instruções a Adrian — que ficou tão chocado quanto eu esperava —, até que Dimitri me acordou para meu turno. Pouco conversamos durante a troca. Ele tinha a dureza de sempre no rosto, mas dava para ver as linhas de cansaço em meio a suas feições. Eu não queria incomodá-lo — ainda — a respeito de meu encontro com Victor e Robert. Sem contar o que acabava de pedir a Adrian. Haveria tempo de sobra para recapitular mais tarde. Dimitri adormeceu com aquela sua tranquilidade, e Sydney não se mexeu em momento algum. Tive inveja dela pela noite inteira de sono, mas não consegui deixar de dar um sorriso à medida que o cômodo se tornava cada vez mais claro. Ela tinha entrado no horário dos vampiros, sem ser avisada, depois das nossas aventuras que duraram a noite toda.

É claro que Lissa seguia o mesmo horário, o que significava que eu não poderia visitá-la durante meu turno. Tudo bem. Eu precisava ficar de olho naquela comunidade de dar arrepios em que tínhamos ido parar. Os conservadores podiam não querer nos entregar, mas isso não os tornava inofensivos. Além do mais, eu não havia esquecido os receios de Sydney quanto a visitas-surpresa dos alquimistas.

Quando chegou o fim da tarde para o resto do mundo, ouvi um movimento dentro da casa. Toquei no ombro de Dimitri com delicadeza e ele se mexeu, acordando no mesmo instante.

— Calma — disse eu, incapaz de esconder um sorriso. — É só para você despertar. Parece que nossos amigos matutos estão se levantando.

Dessa vez, nossas vozes acordaram Sydney. Ela se virou para nós, estreitando os olhos diante da luz que entrava pela janela malvedada.

— Que horas são? — perguntou ela, esticando os braços e as pernas.

— Não sei bem. — Eu estava sem relógio. — Já deve ter passado do meio-dia. Três? Quatro?

Ela se sentou quase tão depressa quanto Dimitri.

— Da tarde? — A luz do sol lhe deu a resposta. — Malditos sejam vocês e seus horários profanos.

— Você nos amaldiçoou? Isso não contraria as regras dos alquimistas? — provoquei.

— Às vezes, é preciso. — Ela esfregou os olhos e se virou para a porta. Os pequenos barulhos que eu tinha ouvido no resto da casa estavam mais altos agora, audíveis até mesmo para seus ouvidos. — Acho que precisamos de um plano.

— Já temos um — repliquei. — Encontrar o irmão de Lissa.

— Nunca cheguei a concordar totalmente com isso — me lembrou ela. — E vocês continuam acreditando que posso sair digitando num passe de mágica, como um hacker de filme, para descobrir todas as respostas que querem.

— Bem, pelo menos é um lugar para... — Um pensamento me veio à mente, um pensamento que poderia atrapalhar muito as coisas. — Merda. Seu laptop não funciona aqui.

— Ele tem um modem via satélite, mas é com a bateria que precisamos nos preocupar. — Sydney suspirou e se levantou, esticando suas roupas amarrotadas, aborrecida. — Preciso de uma cafeteria ou algo do tipo.

— Acho que vi uma numa caverna, descendo a rua — disse eu.

Isso quase lhe arrancou um sorriso.

— Tem que existir alguma cidadezinha aqui por perto onde eu possa usar meu laptop.

— Mas não deve ser uma boa ideia sair com o carro para qualquer lugar deste estado — comentou Dimitri. — Alguém no hotel pode ter anotado a placa.

— Eu sei — disse ela, chateada. — Estava pensando nisso também.

Nosso brilhante planejamento foi interrompido por uma batida à porta. Sem esperar a resposta, Sarah pôs a cabeça para dentro e sorriu.

— Ah, que bom. Vocês estão todos acordados. Estamos preparando o café, se quiserem se juntar a nós.

Aromas do que parecia um café da manhã normal tomavam o ar: bacon, ovos... O pão tinha me sustentado durante a noite, mas eu estava pronta para a comida de verdade e disposta a aceitar o que a família de Raymond tivesse para oferecer.

Nos deparamos com várias atividades domésticas. Raymond parecia cozinhar algo num fogão a lenha enquanto Paulette arrumava a mesa comprida. Ali, já havia uma travessa de ovos mexidos perfeitamente comuns e mais fatias do pão do dia anterior. Raymond veio do fogão, segurando uma assadeira de metal enorme coberta de bacon crocante.

Um sorriso marcou seu rosto barbado quando ele nos avistou. Quanto mais eu conhecia os conservadores, mais notava diferenças. Eles não tentavam esconder suas presas. Desde a infância, ensinavam a meus Moroi a sorrir e a falar de uma maneira que minimizasse a exposição das presas, para o caso de eles irem até as cidades dos humanos. Não havia nada daquele tipo ali.

— Bom dia — disse Raymond, despejando o bacon com cuidado em outra travessa sobre a mesa. — Espero que todos estejam com fome.

— Vocês acham que é, tipo, bacon *de verdade*? — sussurrei para Sydney e Dimitri. — E não esquilo ou alguma coisa assim?

— Me parece de verdade — disse Dimitri.

— Eu também diria que sim — confirmou Sydney. — Mas garanto que é dos porcos deles, e não do mercado.

Dimitri riu de qualquer que fosse a cara que eu estava fazendo.

— Sempre adoro ver o que preocupa você. Strigoi? Não. Comida duvidosa? Sim.

— O que tem os Strigoi?

Joshua e Angeline entraram na casa. Ele estava com uma tigela de amoras nas mãos enquanto ela trazia as crianças pequenas para dentro. A julgar pelas carinhas sujas e retorcidas, estava claro que queriam voltar lá para fora. Era Angeline quem havia feito a pergunta.

Dimitri tentou amenizar aquela antipatia.

— Só estávamos falando sobre alguns dos Strigoi que Rose matou.

Joshua parou e me encarou com aqueles belos olhos azuis arregalados de espanto.

— Você já matou os perdidos? Quer dizer... um Strigoi? — Admirei sua tentativa de usar "nosso" termo. — Quantos?

Dei de ombros.

— Na verdade, nem sei mais.

— Vocês não têm as marcas? — criticou Raymond. — Não pensei que os contaminados tivessem abandonado isso também.

— As marcas... Ah. É. Nossas tatuagens? Temos, sim. — Me virei e levantei o cabelo. Ouvi passos apressados, e então senti um dedo tocar minha pele. Recuei e me virei logo, bem a tempo de ver Joshua abaixando a mão, envergonhado.

— Me desculpe — disse ele. — É que eu nunca tinha visto uma dessas. Só as marcas *molnija*. É assim que contamos quantos Strigoi matamos. Você tem... muitas.

— A marca em forma de S é a única para *eles* — disse Raymond, num tom de desaprovação. Aquele olhar logo deu lugar à admiração. — A outra é a *zvezda*.

Isso provocou suspiros em Joshua e Angeline e um "O quê?" vindo de mim.

— A marca da batalha — disse Dimitri. — Muitos não a chamam mais de *zvezda*. Significa "estrela".

— Ah. Faz sentido — concluí. A tatuagem lembrava, de fato, uma estrela, e era concedida quando alguém havia lutado numa batalha grande o bastante para perder a conta de quantos Strigoi matou. Afinal, existia um limite de marcas *molnija* a serem amontoadas no pescoço.

Joshua sorriu para mim de um jeito que me deu um pequeno frio na barriga. Talvez ele fizesse parte de uma seita pseudo-Amish, mas isso não mudava o fato de ele ser bonito.

— Agora entendo como você pode ter matado a rainha dos contaminados.

— Deve ser falsa — disse Angeline.

Eu estava prestes a protestar contra a parte de matar a rainha, mas aquele comentário me fez tomar outro rumo.

— Não é, não! Recebi esta marca quando os Strigoi atacaram nossa escola. E já derrotei muitos outros depois disso.

— Essa marca não pode ser tão incomum assim — disse Dimitri. — Seu povo deve ter grandes lutas contra os Strigoi de vez em quando.

— Na verdade, não — disse Joshua, ainda de olho em mim. — A maior parte de nós nunca lutou contra os perdidos ou sequer os viu. Eles não costumam nos incomodar.

Aquilo era surpreendente. Se havia um alvo que os Strigoi quisessem atingir, este seria um grupo de Moroi, dampiros e humanos no meio do nada.

— Por que não? — perguntei.

Raymond piscou para mim.

— Porque reagimos.

Refleti sobre sua declaração enigmática enquanto a família se sentava para comer. Mais uma vez, pensei em como a comunidade inteira estava preparada para lutar quando chegamos. Aquilo bastava mesmo para espantar os Strigoi? Não era muito o tipo de coisa que os assustava, mas talvez certas situações fossem inconvenientes demais para serem encaradas. Fiquei me perguntando o que Dimitri achava daquilo. Sua família vinha de uma comunidade que se afastou bastante da principal corrente da vida Moroi, mas não era nem um pouco como aquela.

Tudo isso girava na minha mente enquanto comíamos e conversávamos. Os conservadores ainda tinham muitas perguntas sobre nós e Tatiana. A única que não participava era Angeline. Ela comia tão pouco quanto Sydney e ficava me olhando com uma cara emburrada.

— Precisamos de alguns suprimentos — disse Sydney ab-ruptamente, me interrompendo no meio de uma história chocante. Não me importei, mas os outros pareciam desapontados. — Onde fica a cidade mais próxima que tenha uma cafeteria... ou algum restaurante?

— Bem — respondeu Paulette —, Rubysville fica a pouco mais de uma hora ao norte. Mas temos muita comida aqui para vocês.

— Não tem a ver com comida — atalhei depressa. — A sua tem sido ótima. — Olhei para Sydney. — Uma hora não é tão ruim assim, certo?

Ela assentiu e então se virou, hesitante, para Raymond.

— Teria como... Teria como pegarmos um carro emprestado? Deixo... — Estava claro que as palavras seguintes lhe causaram dor. — Deixo as chaves do meu até voltarmos.

Ele arqueou uma das sobrancelhas.

— Você tem um belo carro.

Sydney deu de ombros.

— Quanto menos dirigi-lo por aqui, melhor.

Raymond nos disse que poderíamos pegar sua caminhonete e que era "provável" que nem precisasse usar o Honda CR-V. Sydney agradeceu a ele com um sorriso sem graça, mas eu sabia que imagens de vampiros roubando seu carro para dar um passeio dançavam na sua cabeça.

Partimos logo depois disso, pretendendo voltar antes que o sol se pusesse. As pessoas já se movimentavam pela comunidade, com seus afazeres ou com o que mais fizessem de suas vidas. Um grupo de crianças estava sentado ao redor de uma dampiro que lia um livro para elas, e me perguntei que tipo de processo educacional existiria ali.

Todos os conservadores paravam o que estivessem fazendo quando passávamos, nos dando olhadas curiosas ou sorrisos sinceros. Uma vez ou outra, eu sorria de volta, mas mantinha os olhos no que havia à frente na maior parte do tempo. Joshua nos acompanhou até o "estacionamento" e conseguiu caminhar ao meu lado quando pegamos a trilha estreita.

— Espero que não demore muito — disse ele. — Queria conversar mais com você.

— Claro — concordei. — Isso seria divertido.

Ele se iluminou e, como um cavalheiro, empurrou um galho comprido para o lado. — Talvez eu possa lhe mostrar a minha caverna.

— Sua... Espere aí. O quê? Você não mora com o seu pai?

— Por enquanto. Estou arranjando uma casa só para mim. — Havia orgulho na sua voz. — Não tão grande quanto a dele, claro, mas é um bom começo. Está quase limpa.

— Isso é mesmo, humm, ótimo. Me mostre sua casa, sim, quando voltarmos. — As palavras vieram com facilidade à minha boca, porém, minha mente ponderava o fato de a casa de Raymond ser considerada "grande".

Joshua se separou de nós quando chegamos à caminhonete de Raymond, uma picape vermelha grande com um banco que mal comportava nós três. Levando-se em conta que os conservadores não costumavam sair muito da mata, a caminhonete parecia já ter visto muitos quilômetros. Ou talvez isso se devesse apenas a ela estar muitos anos sem uso.

— Você não devia alimentar as esperanças do rapaz desse jeito — falou Dimitri, quando estávamos na estrada fazia uns dez minutos. Para minha surpresa, Sydney havia deixado que ele dirigisse. Supus que ela pensasse que uma caminhonete de macho merecia um motorista macho.

Agora que estávamos em movimento, minha mente tinha voltado a se concentrar na nossa missão: encontrar o outro Dragomir.

— Hein?

— Joshua. Você estava flertando com ele.

— Eu, não! Só estávamos conversando.

— Você não está com Adrian?

— Estou! — exclamei, encarando Dimitri. Seus olhos se fixavam na estrada. — E é por isso que eu não estava flertando. Como é que você pôde ver tanto naquilo? Joshua nem gosta de mim desse jeito.

— Na verdade — disse Sydney, sentada entre nós —, gosta, sim.

Direcionei meu espanto para ela.

— Como é que você sabe? Ele mandou um bilhetinho para você durante a aula ou algo do tipo?

Ela revirou os olhos.

— Não. Mas você e Dimitri são como deuses aqui.

— Somos forasteiros — lembrei a Sydney. — Contaminados.

— Não. Vocês são desertores, matadores de Strigoi e da rainha. Apesar de ter sido só hospitalidade e charme sulista por lá, essa gente pode se tornar selvagem. Dão muito valor a ser capaz de derrotar os outros. E, levando-se em conta que a maior parte deles é suja e desarrumada, vocês são... Bem... Digamos apenas que vocês dois são os mais excitantes que já passaram por aqui nos últimos tempos.

— Você não é excitante? — perguntei.

— Não importa — disse ela, atrapalhada por causa do comentário. — Os alquimistas não estão na mira deles. Não lutamos. Eles nos acham fracos.

Pensei de novo naqueles rostos fascinados e precisei admitir que muitos realmente tinham uma aparência gasta e desbotada. Quase.

— A família de Raymond é muito bonita — argumentei. Ouvi um grunhido de Dimitri, que, sem dúvida, interpretou isso como prova de que flertei com Joshua.

— É — disse ela. — Porque deve ser a família mais importante da comunidade. Eles comem melhor e não devem ter que trabalhar tanto no sol. Esse tipo de coisa faz diferença.

Não se falou mais em flerte enquanto seguíamos. Fizemos um bom tempo de viagem até Rubysville, que era estranhamente similar à primeira cidadezinha em que ficamos. Quando paramos no que parecia ser o único posto de gasolina dali, Sydney correu lá para dentro a fim de fazer algumas perguntas. Ela voltou contando que de fato havia algo como uma cafeteria onde poderia ligar o laptop e tentar pesquisar o que precisávamos.

Sydney pediu um café e nos sentamos lá com ela, satisfeitos demais com o tanto que havíamos comido na casa de Raymond para pedir qualquer coisa substancial. Depois de a garçonete nos olhar de cara feia algumas vezes, como se fôssemos vagabundos, Dimitri e eu decidimos dar uma volta pela cidade. Sydney se mostrou quase tão feliz com isso quanto a garçonete. Acho que ela não gostava de nos ter por perto, ansiosos.

Eu tinha amolado Sydney por causa da Virgínia Ocidental, mas precisava admitir que a paisagem era bonita. Árvores enormes, cheias de folhas no verão, cercavam a cidade no que parecia um abraço. Mais além, avistamos montanhas muito diferentes das de onde cresci, perto da São Vladimir. Essas eram verdes e repletas de declives, cobertas de mais árvores. Grande parte das montanhas que rodeava a escola era pedregosa e irregular, quase sempre com picos encobertos por neve. Fui tomada por uma estranha sensação de nostalgia, pensando na época de Montana. Havia uma grande possibilidade de eu nunca mais vê-la. Se passasse o resto da vida como fugitiva, a São Vladimir seria o último lugar para onde poderia ir. Se fosse pega, bem... Aí, definitivamente, eu nunca mais veria Montana de novo.

— Nem qualquer outro lugar — murmurei, falando em voz alta antes que pudesse perceber.

— Hã? — perguntou Dimitri.

— Só estava pensando no que aconteceria se os guardiões nos encontrassem. Nunca me dei conta do quanto ainda quero ver e fazer. De repente, tudo isso está ameaçado, sabe? — Dirigimos pelas margens da estrada quando uma picape alaranjada se aproximou. Crianças curtindo as férias de verão gritavam e riam na parte de trás. — Está bem. Imagine só. Se não conseguirmos limpar meu nome nem descobrir o verdadeiro assassino, qual seria o segundo melhor cenário? Para mim: sempre correndo, sempre me escondendo. Essa seria minha vida. Até onde sei, *terei* que viver com os conservadores.

— Acho que não chega a esse ponto — disse Dimitri. — Abe e Sydney ajudariam você a encontrar um lugar seguro.

— E existe um lugar seguro? De verdade? Adrian falou que os guardiões estão aumentando os esforços para nos encontrar. Eles têm os alquimistas e talvez autoridades dos humanos nos procurando. Não importa para onde iremos, correremos o risco de sermos vistos. E, nesse caso, teremos que seguir em frente. Será assim para sempre.

— Você estará viva — argumentou ele. — É o que importa. Aprecie o que você tem, cada pequeno detalhe de onde quer que você esteja. Não se concentre em onde *não está*.

— É — admiti, tentando seguir seu conselho. O céu me parecia um pouco mais azul, e os passarinhos davam a impressão de voar mais alto. — Acho que não devo choramingar pelos lugares dos sonhos que nunca conseguirei ver. Devo me sentir agradecida por já conseguir ver alguma coisa. E por não estar morando numa caverna.

Ele olhou para mim e sorriu com algo impossível de se interpretar nos olhos.

— Para onde você quer ir?

— O quê, agora? — Olhei ao redor, avaliando nossas opções. Havia uma loja de iscas e equipamentos de pesca, uma farmácia e uma sorveteria. Tive o pressentimento de que a sorveteria seria uma parada necessária antes de deixar a cidade.

— Não, no mundo.

Olhei para ele com atenção.

— Sydney ficará furiosa se partirmos para Istambul ou algum outro lugar.

Isso o fez dar uma gargalhada plena.

— Não era o que eu tinha em mente. Venha.

Segui Dimitri em direção ao que parecia ser a loja de iscas e equipamentos de pesca, e então notei uma pequena construção atrás dela. Naturalmente, seus olhos aguçados tinham visto o que não percebi — talvez por estar obcecada pelo sorvete. Biblioteca Pública de Rubysville.

— Ei, calma — disse eu. — Uma das poucas vantagens de se formar é evitar lugares como esse.

— Lá dentro deve ter ar-condicionado — argumentou ele.

Olhei para a minha camiseta encharcada de suor e notei um tom rosa-claro na minha pele. Com minha aparência bronzeada, eu raramente me queimava, mas estava um sol de rachar — mesmo já sendo tão tarde.

— Vá na frente — pedi.

A biblioteca era piedosa e fresca, apesar de ainda menor do que a da São Vladimir. Com algum senso misterioso (ou talvez apenas por conhecer o Sistema Decimal de Dewey), Dimitri nos levou até a seção de viagem — que consistia nuns dez livros, três dos quais eram sobre a Virgínia Ocidental. Ele franziu a testa.

— Não era bem o que eu esperava. — Dimitri examinou a prateleira duas vezes e, então, pegou um livro enorme, em cores vivas, chamado *Os 100 melhores lugares para se visitar no mundo.*

Nos sentamos com as pernas cruzadas no chão e ele me entregou o livro.

— Nem pensar, camarada — exclamei. — Sei que os livros são uma viagem para a imaginação, mas acho que não estou a fim disso hoje.

— Pegue logo — disse ele. — Feche os olhos e abra numa página qualquer.

Parecia uma bobagem, levando-se em conta tudo o que estava acontecendo na nossa vida, porém, seu rosto mostrou que ele falava sério. Para agradá-lo, fechei os olhos e escolhi uma página do meio. Abri.

— Mitchell, na Dakota do Sul? — perguntei, admirada. Me lembrando que estava numa biblioteca, falei mais baixo. — Dentre todos os lugares do mundo, esse está entre os cem?

Ele sorriu de novo, e percebi que havia me esquecido de como sentia saudade disso.

— Leia.

— Localizada a noventa minutos das Cataratas Sioux, Mitchell é a terra do Palácio de Milho. — Olhei para ele, incrédula. — *Palácio de Milho*?

Ele chegou mais perto de mim, se inclinando para ver as fotografias.

— Eu imaginava que fosse feito de palha de milho — observou ele. As figuras na verdade mostravam o que parecia um estilo de construção do Oriente Médio, ou até mesmo da Rússia, com torres pequenas e domos em forma de cebola.

— Eu também. — Relutante, acrescentei: — Eu visitaria esse lugar. Aposto que eles têm camisetas bem legais.

— E — disse ele, com um olhar cúmplice — aposto que nenhum guardião iria nos procurar por lá.

Nem tentei esconder minha gargalhada, imaginando nós dois vivendo como fugitivos no Palácio de Milho pelo resto da vida. Meu divertimento nos redeu uma bronca do bibliotecário e fizemos silêncio quando chegou a vez de Dimitri. São Paulo, Brasil. Então, minha vez: Honolulu, Havaí. Indo e voltando, passamos pelo livro e não demorou muito até que nos deitamos no chão, lado a lado, compartilhando uma mistura de reações enquanto seguíamos no nosso "tour global da imaginação". Nossos braços e pernas se tocaram um pouco.

Se alguém tivesse me contado, 48 horas antes, que eu estaria deitada numa biblioteca com Dimitri, lendo um livro de viagens, eu teria dito que isso era uma loucura. Uma loucura quase tão grande quanto a percepção de estar fazendo algo perfeitamente comum e casual com ele. Desde o momento em que nos conhecemos, nossas vidas tinham sido repletas de segredos e perigo. E, na realidade, esses ainda *eram* os temas dominantes nas nossas vidas. Naquelas poucas horas tranquilas, porém, o tempo parecia ter parado. Estávamos em paz. Éramos amigos.

— Florença, Itália — li. Fotografias de galerias e igrejas rebuscadas preenchiam a página. — Sydney quer ir até lá. Na verdade, ela queria estudar lá. Se Abe tivesse conseguido isso, acho que ela serviria a ele pelo resto da vida.

— Ainda assim, ela é muito obediente — comentou Dimitri. — Não a conheço bem, mas tenho quase certeza de que ela deve alguma coisa a Abe.

— Ele a tirou da Rússia e a trouxe de volta para os Estados Unidos.

Dimitri balançou a cabeça.

— Tem que ser mais do que isso. Os alquimistas são leais à sua ordem. Não gostam de nós, são treinados para isso. Ela tenta esconder, mas cada minuto com os conservadores é uma agonia. Para ela nos ajudar e trair seus superiores, deve ser por motivos sérios. — Nós dois fizemos uma pausa por um instante, nos perguntando que acordo estranho meu pai teria com ela. — Mas não importa. Ela está nos ajudando. Isso é o que vale. É melhor voltarmos para encontrá-la.

Eu sabia que ele tinha razão, mas odiava ter que ir. Queria ficar ali, naquela ilusão de tranquilidade e segurança, me permitindo acreditar que talvez conseguisse mesmo visitar o Partenon ou até o Palácio de Milho um dia. Devolvi o livro para ele.

— Mais uma.

Ele escolheu uma página ao acaso e abriu o livro. Seu sorriso se esvaiu.

— São Petersburgo.

Uma estranha mistura de sentimentos se retorceu no meu peito. Nostalgia, porque a cidade é bonita. Pesar, porque minha visita havia sido manchada pela horrível missão que fui até lá para cumprir.

Dimitri olhou fixamente para a página por muito tempo, com saudade no rosto. Então, pensei que, apesar de suas palavras de encorajamento mais cedo, ele só devia sentir o que eu sentia com relação a Montana: nossos velhos lugares preferidos estavam perdidos para nós agora.

Eu o cutuquei com delicadeza.

— Ei, aprecie o lugar onde está, lembra? Não o lugar para onde você não pode ir.

Relutante, Dimitri fechou o livro, afastando os olhos dali.

— Como foi que você ficou tão sábia? — provocou ele.

— Tive um bom professor. — Sorrimos um para o outro. Algo me veio à mente. Eu havia passado todo aquele tempo pensando que ele tinha me ajudado a fugir por ordem de Lissa. Talvez fosse mais do que isso. — Foi por isso que você fugiu comigo? — perguntei. — Para ver as partes do mundo que você puder?

Sua surpresa foi breve.

— Você não precisa de mim para ser sábia, Rose. Está se saindo muito bem sozinha. É, em parte, sim. Talvez eu seja bem-recebido de volta um dia, mas existe o risco de eu não ser. Depois... depois de ser um Strigoi... — Ele tropeçou nas palavras um pouco — Ganhei um novo jeito de apreciar a vida. Levou um tempo. Ainda não cheguei lá. Estamos falando sobre focar no presente, não no futuro. Mas é meu passado que me assombra. Rostos. Pesadelos. Quanto mais me distancio daquele mundo de morte, mais quero abraçar a vida. O cheiro desses livros e o perfume que você usa. O jeito como a luz penetra por aquela janela. Até o sabor do café da manhã com os conservadores.

— Você é um poeta agora.

— Não, só estou começando a perceber a verdade. Respeito a lei e a maneira como nossa sociedade funciona, mas de jeito nenhum eu poderia correr o risco de perder a vida numa cela depois de acabar de encontrá-la de novo. Eu queria fugir também. Foi por isso que ajudei você. Por isso e...

— O quê? — Estudei Dimitri, desesperada, desejando que ele não fosse tão bom em esconder suas emoções e em expulsá-las do rosto. Eu o conhecia bem. Eu o compreendia. No entanto, ele ainda conseguia esconder coisas de mim.

Dimitri se sentou, sem me olhar nos olhos.

— Não importa. Vamos voltar para Sydney e ver se ela descobriu alguma coisa, o que, por mais que eu odeie dizer isso, acho pouco provável.

— Sei disso. — Me levantei também, ainda me perguntando o que mais ele teria dito. — Ela deve ter desistido e começado a jogar *Campo Minado.*

Seguimos em direção à cafeteria, parando por um instante para tomar um sorvete. Comer enquanto andávamos se mostrou um desafio e tanto. O sol se aproximava do horizonte, colorindo tudo de laranja e vermelho, mas o calor permanecia. *Aproveite, Rose,* disse a mim mesma. *As cores. O gosto do chocolate.* É claro que sempre amei chocolate. Minha vida não precisava correr risco para que eu apreciasse uma sobremesa.

Chegamos à cafeteria e encontramos Sydney debruçada sobre o laptop, com um bolo que mal havia sido mordido e o que devia ser sua quarta xícara de café. Nos acomodamos em cadeiras ao seu lado.

— Como está... Ei! Você *está* jogando *Campo Minado*! — Tentei espiar a tela mais de perto, mas ela a virou no sentido oposto. — Era para você estar descobrindo uma pista sobre a amante de Eric.

— Já descobri — disse ela, apenas.

Dimitri e eu trocamos olhares impressionados.

— Mas não sei se isso será muito útil.

— Qualquer coisa será útil — declarei. — O que descobriu?

— Depois de tentar rastrear todas aquelas transações e os registros bancários, e, fiquem sabendo, isso *não* tem a menor graça, finalmente encontrei uma pequena informação. A conta bancária da qual temos conhecimento é recente. Ela foi transferida para outro banco cerca de cinco anos atrás. A conta antiga era de uma tal de Jane Doe, *mas* havia uma referência a um parente mais próximo para o caso de alguma coisa acontecer com o titular da conta.

Eu mal podia respirar. Não entendia nada sobre transações financeiras, mas estávamos prestes a conseguir algo concreto.

— Um nome de verdade?

Sydney assentiu.

— Sonya Karp.

Doze

Tanto Dimitri quanto eu paralisamos quando o choque daquele nome nos atingiu. Sydney, olhando para o rosto de um e de outro, nos deu um sorriso seco.

— Pelo que vejo, vocês sabem quem ela é.

— Claro! — exclamei. — Ela foi minha professora. Ficou louca e se transformou em Strigoi.

Sydney assentiu.

— Eu sei.

Meus olhos se arregalaram ainda mais.

— Não é ela... Não é ela quem teve um caso com o pai de Lissa, é? — Ah, meu Deus. Esse seria um dos desfechos mais inesperados na montanha-russa que era a minha vida. Eu não conseguia nem começar a avaliar as consequências disso.

— É pouco provável — respondeu ela. — A conta foi aberta muitos anos antes de Sonya ser acrescentada como beneficiária, o que aconteceu logo que ela completou 18 anos. Então, se supusermos que a conta tenha sido criada perto da data de nascimento do bebê, então, ela seria jovem demais. Sonya deve ser um parente.

Meu espanto de antes dava lugar ao entusiasmo, e pude ver que o mesmo acontecia com Dimitri.

— Vocês devem ter registros sobre a família dela — disse ele. — Ou, se não tiverem, é provável que algum Moroi tenha. Quem é próximo de Sonya? Ela tem irmã?

Sydney negou com a cabeça.

— Não, mas essa seria uma escolha óbvia. Infelizmente, ela tem outros familiares, *toneladas* de parentes. Tanto o pai quanto a mãe de Sonya vieram de famílias enormes, então, ela tem vários primos. Até algumas de suas tias teriam a idade certa.

— Podemos investigá-las, não é? — perguntei. Um arrepio de expectativa me percorria. Para ser sincera, não esperava uma informação como aquela. É verdade, era pouco, mas era alguma coisa. Se Sonya Karp tivesse alguma relação com a amante de Eric, seria algo que conseguiríamos rastrear.

— São muitas. — Sydney deu de ombros. — Quero dizer, é, podemos. Levaria muito tempo para descobrir a história de vida de todas elas e mesmo assim... Ainda mais se isso tiver sido encoberto o bastante... Seria difícil descobrir se alguma delas é a mulher que procuramos. Ou até se alguma sabe quem Sonya é.

A voz de Dimitri estava baixa e pensativa quando ele falou:

— Uma pessoa sabe quem é Jane Doe.

Sydney e eu olhamos para ele com expectativa.

— Sonya Karp — respondeu ele.

Ergui as mãos.

— É, mas não podemos falar com Sonya. Ela é uma causa perdida. Mikhail Tanner passou mais de um ano procurando essa mulher e não conseguiu encontrá-la. Se ele não conseguiu, então, nós também não conseguiremos.

Dimitri se virou de costas para mim e olhou fixamente pela janela. Tinha os olhos castanhos tomados de tristeza e os pensamentos distantes de nós por um instante. Eu não entendia por completo o que estava acontecendo, mas aquele momento de paz na biblioteca — em que ele havia sorrido e compartilhado comigo seu sonho acordado de uma vida comum — tinha desaparecido. E não apenas o momento.

Aquele Dimitri tinha desaparecido. Ele havia voltado para o modo feroz, carregando o peso do mundo sobre os ombros de novo. Por fim, suspirou e olhou de novo para mim.

— É que Mikhail não tinha as pistas certas.

— Mikhail era namorado dela — argumentei. — Ele tinha mais pistas do que qualquer outra pessoa.

Dimitri não deu importância ao meu comentário. Em vez disso, ficou pensativo de novo. Dava para ver a tensão por trás de seus olhos, uma guerra interior. Finalmente, ela pareceu ter concluído.

— O seu telefone está com sinal aqui? — perguntou ele a Sydney.

Ela assentiu, enfiou a mão na bolsa e lhe entregou o aparelho. Dimitri o segurou por um instante, dando a impressão de sentir muita agonia ao tocá-lo. Então, suspirando mais uma vez, ele se levantou e foi em direção à porta. Sydney e eu trocamos olhares de interrogação e o seguimos. Ela ficou para trás, pois teve que deixar o dinheiro da conta na mesa e pegar o laptop. Cheguei lá fora quando Dimitri tinha acabado de discar um número e levar o telefone ao ouvido. Sydney se juntou a nós e, pouco depois, a pessoa do outro lado da linha deve ter atendido.

— Boris? — perguntou Dimitri.

Só entendi isso porque o resto foi um fluxo acelerado em russo. Uma sensação estranha se espalhava por mim enquanto ele falava. Eu estava confusa, perdida por causa daquela língua... mas era mais do que isso. Senti calafrios. Minha pulsação disparou de medo. Aquela voz... Eu conhecia aquela voz. Era a voz dele e ao mesmo tempo não era. Era a voz dos meus pesadelos, uma voz de frieza e crueldade.

Dimitri estava brincando de Strigoi.

Bem, "brincando" era de fato uma palavra leve demais. "Fingindo" seria um jeito melhor de descrever aquilo. O que quer que fosse, soava muito convincente.

Ao meu lado, Sydney franziu a testa, porém, acho que ela não vivenciava o mesmo que eu. Nunca chegou a conhecê-lo como Strigoi. Não tinha aquelas lembranças horríveis. A mudança no comportamento de Dimitri devia ser óbvia, mas, quando olhei para o rosto de Sydney, percebi que ela se concentrava para acompanhar a conversa. Tinha me esquecido de que ela sabia russo.

— O que ele está dizendo? — sussurrei.

Sua testa se franziu ainda mais, pela conversa ou pelo fato de eu tê-la distraído.

— Parece... Parece que ele está falando com alguém com quem não fala há algum tempo. Dimitri está acusando essa pessoa de ter amolecido na ausência dele. — Ela ficou em silêncio, continuando a fazer uma tradução mental. Num determinado momento, a voz de Dimitri se elevou, furiosa, e tanto Sydney quanto eu recuamos. Me virei para ela intrigada. — Ele está bravo por ter sua autoridade questionada. Não sei bem, mas agora... Parece que a outra pessoa está se rebaixando.

Eu queria saber cada palavra, só que devia ser difícil para Sydney traduzir para mim e ouvir ao mesmo tempo. A voz de Dimitri voltou para um volume normal — embora ainda estivesse repleta daquele tom de ameaça horrível — e, em meio a várias palavras, ouvi "Sonya Karp" e "Montana".

— Ele está perguntando sobre a srt.ª Kar... Sonya? — murmurei. Já fazia muito tempo que ela não era minha professora. Eu poderia muito bem chamá-la de Sonya agora.

— É — respondeu Sydney, ainda de olho em Dimitri. — Ele está pedindo... Quer dizer, mandando, que essa pessoa localize outro cara e veja se ele consegue encontrar Sonya. Essa pessoa... — Ela fez uma pausa para ouvir de novo. — Esse cara sobre quem ele está perguntando parece conhecer muita gente na área em que ela foi vista pela última vez.

Eu sabia que "gente" naquele contexto significava "Strigoi". Dimitri havia chegado depressa ao topo deles, impondo sua vontade e seu poder sobre os outros. Grande parte dos Strigoi agia sozinha. Era raro trabalharem em grupo, mas até mesmo os mais solitários reconheciam ameaças de Strigoi mais dominantes. Dimitri recorria a seus contatos, exatamente como havia dito antes. Se algum Strigoi tivesse ouvido falar de sua transformação — e acreditado nela —, não conseguiria espalhar a notícia depressa, não em meio a tanta desorganização. Daquele jeito, Dimitri já estava tendo que se desdobrar para encontrar fontes que conhecessem outras fontes que talvez soubessem o paradeiro de Sonya.

Dimitri falou alto e ficou bravo de novo, com a voz se tornando — se é que era possível — ainda mais sinistra. De repente, me senti acuada, e até Sydney parecia assustada. Ela engoliu em seco.

— Dimitri está dizendo ao cara que se ele não conseguir respostas até amanhã à noite, irá encontrá-lo, estraçalhá-lo e... — Sydney não se deu ao trabalho de terminar. Seus olhos estavam arregalados. — Use sua imaginação. É horrível. — Então, concluí que sentia um certo alívio por não ter ouvido a conversa na minha língua.

Quando Dimitri desligou e devolveu o telefone para Sydney, a máscara de malícia se esvaiu de seu rosto. Mais uma vez, aquele era o meu Dimitri; Dimitri, o dampiro. Ele irradiava desânimo e desespero, e se apoiou na parede do café, olhando para o céu. Eu sabia o que ele estava fazendo. Tentava se acalmar, assumir o controle das emoções que deviam estar em conflito dentro dele. Dimitri acabava de fazer algo que poderia nos dar as pistas de que precisávamos... Mas havia pagado um preço horrível por isso. Meus dedos se mexeram. Eu queria reconfortá-lo, envolvê-lo com os braços ou pelo menos lhe dar um tapinha no ombro para que ele soubesse que não estava sozinho. No entanto, me segurei, desconfiando de que ele não iria gostar disso.

Por fim, Dimitri voltou o olhar para nós. Tinha recuperado o controle — pelo menos por fora.

— Mandei alguém perguntar por ela — disse ele, desgastado. — Pode não funcionar. Os Strigoi não são do tipo que mantém um banco de dados. Mas às vezes ficam de olho um no outro, nem que seja pela própria preservação. Se tivermos sorte, logo receberemos alguma informação.

— Eu... uau. Obrigada — falei, me atrapalhando com as palavras. Sabia que ele não precisava de agradecimento algum, mas senti necessidade de fazer aquilo.

Dimitri assentiu.

— É melhor voltarmos para os conservadores. A menos que vocês achem que este é um lugar seguro para ficarmos.

— Prefiro ficar fora do alcance da civilização — disse Sydney, seguindo na direção da caminhonete. — Além do mais, quero recuperar as chaves do meu carro.

A viagem de volta pareceu dez vezes mais longa. O humor de Dimitri preencheu a cabine inteira, quase nos sufocando com seu desespero. Até Sydney sentiu isso. Ela o deixou dirigir de novo, e eu não conseguia concluir se isso era bom ou ruim. Será que a estrada o distrairia do tormento dos Strigoi? Ou será que sua agonia o distrairia da estrada, nos fazendo cair numa valeta?

Felizmente, chegamos a salvo e encontramos dois conservadores esperando por nós no estacionamento: uma mulher Moroi e um humano que pareciam ferozes. Eu ainda não conseguia me livrar da estranheza de ambas as raças estarem prontas para lutar. Fiquei imaginando se aqueles dois eram um casal.

De volta ao acampamento, encontramos a fogueira comunitária em chamas e pessoas sentadas em torno dela, algumas comendo e outras apenas socializando. Eu havia aprendido no café da manhã que a fogueira ficava sempre ali para os que queriam confraternizar, mas que muitas famílias também se mantinham nos próprios lares.

Retornamos à casa de Raymond, porém, só Sarah e Joshua estavam lá. Ela lavava louças e ele estava sentado, inquieto, numa cadeira. Logo que me viu à porta, se levantou com um sorriso radiante e o rosto iluminado de novo.

— Rose! Você voltou. Estávamos começando a nos preocupar... Quero dizer, não que alguma coisa tivesse acontecido com você... Não com suas habilidades... Mas achamos que talvez você tivesse simplesmente partido.

— Não sem nosso carro — disse Sydney, pondo as chaves da caminhonete sobre a mesa. As do seu já estavam lá, e um alívio inundou seu rosto quando ela as agarrou.

Sarah nos ofereceu as sobras do jantar, que recusamos, pois tínhamos estocado aperitivos no posto de gasolina em Rubysville.

— Bem — disse ela —, se vocês não vão comer, podem se juntar aos outros na fogueira. Jess McHale deve cantar hoje se conseguirem que ela beba o bastante e, bêbada ou sóbria, essa mulher tem a melhor voz que já ouvi.

Olhei nos olhos de Dimitri e de Sydney por um instante. Admito que estava um pouco curiosa para ver como aquele grupo selvagem se divertia, muito embora canções ao luar na verdade não fossem minha primeira escolha de entretenimento. Dimitri ainda tinha nos olhos aquele assombro do telefonema.

Eu desconfiava de que ele se contentaria em se isolar no nosso quarto, mas, quando Sydney disse que iria para a fogueira, sua resposta foi automática:

— Também vou.

No mesmo instante, percebi o que ele estava fazendo. Seus dias de Strigoi o atormentavam. Conversar com os Strigoi o atormentava. E talvez — não, com certeza — ele quisesse se esconder e tentar esquecer tudo aquilo, mas era Dimitri. Ele protegia quem precisava de proteção e, apesar de ouvir canções ao redor da fogueira não ameaçar a vida de ninguém exatamente, ainda era uma situação um tanto perigosa para uma civil como Sydney. Ele não seria capaz de permitir aquilo. Além do mais, sabia que Sydney se sentiria mais segura se nós dois estivéssemos por perto.

Comecei a dizer que me juntaria a eles, mas Joshua me interrompeu antes que eu concluísse:

— Você ainda quer conhecer minha caverna? Ainda tem um pouco de luz lá fora. Você verá melhor assim do que se tivermos que usar uma tocha.

Eu havia me esquecido da última conversa com Joshua e estava pronta para recusar o convite. Mas, naquele momento, vi um lampejo nos olhos de Dimitri, uma reprovação. Ele não queria que eu saísse com um cara jovem e bonito. Seria por uma legítima preocupação com relação aos conservadores? Seria ciúme? Não, por certo, não era a última hipótese. Já tínhamos estabelecido — muitas e muitas vezes — que Dimitri não queria nenhum relacionamento romântico comigo. Ele havia até defendido Adrian mais cedo. Será que aquilo era alguma coisa de ex-namorado? Em Rubysville, acreditei que Dimitri e eu pudéssemos ser amigos, mas não aconteceria se ele pensasse que isso lhe dava o direito de controlar a mim ou minha vida amorosa. Eu conhecia umas garotas com ex-namorados assim. Não seria uma delas. Podia andar com quem quisesse.

— Claro — respondi. A expressão de Dimitri obscureceu. — Eu adoraria.

Joshua e eu saímos, deixando os outros para trás. Eu sabia que parte da minha decisão era para provar minha independência. Dimitri havia dito que éramos iguais. No entanto, lamentavelmente, tinha tomado diversas decisões sem mim nos planos daquela fuga. Foi bom me sentir no comando uma vez e, além do mais, eu gostava de Joshua e estava meio que curiosa para aprender mais sobre como seu povo vivia. Acho que Sydney não queria que eu fosse, mas Dimitri tomaria conta dela.

Enquanto Joshua e eu caminhávamos, encontramos muitos conservadores que passeavam por ali. Como antes, recebi uma boa quantidade de olhadas. Em vez de nos levar pela estrada para onde seu pai vivia, Joshua me conduzia ao redor da pequena montanha. Esta tinha um tamanho bom, mas depois de viver perto das Montanhas Rochosas, tudo nos Apalaches parecia "pequeno" para mim. Acho que, quando o assunto é montanha, sou esnobe.

Ainda assim, a montanha se estendia por um longo caminho, e nos afastávamos cada vez mais da sede dos conservadores. A floresta se tornou mais densa e a luz, escassa, quando o sol, por fim, começou a se pôr no horizonte.

— Vivo meio que na periferia — disse Joshua, se desculpando. — Crescemos cada vez mais e não tem muito espaço no centro da cidade. — Considerei "cidade" um termo otimista, mas fiquei calada.

É, definitivamente eu era esnobe. — Mas as cavernas continuam aí. Então, ainda temos espaço.

— Elas são naturais? — perguntei.

— Algumas, sim. Outras são minas abandonadas.

— É bonito aqui — observei. Gostei de todas aquelas árvores desfolhadas. Aquelas folhas largas dali contrastavam muito com as pontudas presentes nos pinheiros, devia estar com saudade de Montana. — Ei, pelo menos você tem muita privacidade, não é?

— É verdade. — Ele sorriu. — Imaginei que você fosse achar... Não sei. Rústico demais. Ou selvagem. Você deve pensar que todos nós somos.

Sua observação me impressionou. Grande parte dos conservadores defendia seu estilo de vida com tanta ferocidade que eu não supunha que alguém sequer cogitasse a hipótese de um forasteiro questionar isso — ou que algum conservador se importaria com isso, se questionássemos.

— É só diferente — disse eu, com diplomacia. — Muito diferente do que estou acostumada a ver. — Senti um lampejo de saudade de todas as pessoas e de todos os lugares dos quais eu estava longe agora. Lissa. Adrian. Nossos outros amigos. A Corte. A São Vladimir. Me livrei desse sentimento depressa. Não tinha tempo para me lamentar, e pelo menos podia dar uma olhada em Lissa mais tarde.

— Já estive em algumas cidades dos humanos — continuou Joshua. — E em outros lugares onde os contaminados vivem. Dá para ver por que você gosta desses lugares. — Ele ficou um pouco acanhado. — Eu não me importaria de ter eletricidade.

— E por que vocês não têm eletricidade?

— Teríamos, se pudéssemos. Mas estamos longe demais e, na verdade, de todo jeito, ninguém sabe que estamos aqui. O povo dos lírios diz que é melhor para nos escondermos.

Não havia me ocorrido que eles simplesmente suportavam aquelas condições porque eram obrigados a fazê-lo para se esconderem. Fiquei me perguntando quantas de suas escolhas tinham a ver com o fato de preservarem os chamados velhos costumes... e quantas eram influência dos alquimistas.

— Chegamos — disse Joshua, me tirando das minhas reflexões.

Ele indicou um buraco escuro no nível do chão. A abertura era grande o bastante para um adulto entrar.

— Legal — exclamei. Tinha notado mais cedo que algumas das cavernas ficavam em pontos mais altos das montanhas e visto os moradores escalarem a rocha ou usarem escadas feitas por eles mesmos. Uma entrada de fácil acesso parecia um luxo.

Joshua se mostrou surpreso diante de meu elogio.

— Acha mesmo?

— Acho.

Acabamos perdendo muita luz do dia. Ele parou para acender uma tocha e, então, entramos. Tivemos que nos abaixar um pouco no começo, porém, ao nos embrenharmos mais na caverna, o teto se expandiu e se abriu num espaço amplo e circular. O chão era de terra batida, e as paredes eram de pedra, ásperas e irregulares. Aquela era uma caverna natural, mas pude notar os esforços para torná-la civilizada. O chão havia sido limpo e nivelado, e vi umas pedras e rochas num canto que pareciam ter sido amontoadas para abrir espaço. Alguns móveis já haviam sido levados para lá: uma estreita cadeira de madeira e um colchão que mal dava para uma pessoa.

— Você deve achar pequeno — disse Joshua.

Ele tinha razão, porém, na verdade, o lugar era maior do que meu dormitório na São Vladimir.

— Bem... é, mas, quero dizer, quantos anos você tem?

— Dezoito.

— Eu também — comentei. Aquilo parecia ter lhe deixado bem feliz. — Ter a própria, humm, caverna, aos 18 anos é muito legal. — Seria ainda mais legal com eletricidade, internet e encanamento, mas não era necessário lhe dizer isso.

Seus olhos azuis quase brilharam. Não pude deixar de notar o belo contraste que faziam com sua pele bronzeada. Me livrei desse pensamento no mesmo instante. Não estava ali em busca de um namorado. No entanto, ao que parecia, era a única a acreditar nisso.

De repente, Joshua deu um passo à frente.

— Pode ficar, se quiser — disse ele. — Os outros contaminados nunca achariam você aqui. Podíamos nos casar e, quando tivéssemos filhos, construir uma casa como a dos meus pais e...

A palavra *casar* fez com que eu me dirigisse à entrada tão chocada e apavorada quanto me sentiria num ataque Strigoi. Só que eu costumava ter bons sinais de alerta antes dos ataques.

— Ei, ei, calma. — Não. Eu não sabia que estava prestes a ouvir um pedido de casamento. — Acabamos de nos conhecer!

Ainda bem que ele não se aproximou.

— Eu sei, mas, às vezes, é assim que as coisas são.

— O quê? Casamentos entre pessoas que mal se conhecem? — perguntei, incrédula.

— Claro. Isso acontece o tempo todo. E é sério. Nesse pouco tempo, já sei que gosto de você. Você é impressionante. É bonita e, obviamente, uma boa lutadora. E o jeito como você se porta... — Ele balançou a cabeça, com admiração no rosto. — Nunca vi nada parecido.

Eu queria que ele não fosse tão fofo e legal. Era muito mais fácil lidar com caras estranhos se declarando do que com alguém de quem eu gostava. Me lembrei de Sydney dizendo que eu era um artigo excitante por ali. Estava mais para apimentado, ao que parecia.

— Joshua, eu realmente gosto de você, mas — acrescentei depressa, vendo uma esperança tomar suas feições — sou nova demais para me casar.

Ele franziu a testa.

— Você não disse que tem 18 anos?

Está bem. A idade não devia ser um bom argumento por ali. Eu tinha visto como os jovens tinham filhos na terra de Dimitri. Num lugar como aquele, era provável que existisse casamento entre crianças. Tentei outra abordagem.

— Nem sei se quero me casar.

Aquilo não abalou Joshua. Ele assentiu como se compreendesse a situação.

— Isso é inteligente. Podíamos morar juntos primeiro, para ver como nos saímos. — Sua expressão séria se transformou num sorriso. — Mas é muito fácil conviver comigo. Eu deixaria você ganhar todas as discussões.

Não consegui evitar. Dei uma gargalhada.

— Bem, então, vou ter que ganhar esta e lhe dizer que simplesmente não estou pronta para... para nada disso. Além do mais, já estou envolvida com alguém.

— Dimitri?

— Não. Com outro cara. Ele está na Corte dos contaminados. — Não consegui sequer acreditar que estava dizendo aquilo.

Joshua franziu a testa.

— Então, por que ele não está aqui, protegendo você?

— Porque... ele não é assim. E posso cuidar de mim mesma. — Nunca gostei da suposição de que precisava ser protegida. — E, escute, ainda que ele não existisse, vou embora logo, de todo jeito. Nunca daria certo entre nós dois.

— Eu entendo. — Joshua se mostrava decepcionado, mas parecia lidar bem com a rejeição. — Talvez, depois de resolver tudo, você volte.

Pensei em lhe dizer para não esperar por mim e que ele deveria se casar com outra pessoa (apesar de achar aquilo ridículo para a sua idade), porém, me dei conta de que o meu discurso não adiantaria. Nas fantasias de Joshua, ele se casaria com outra pessoa agora e me acrescentaria a seu harém mais tarde, como aconteceu com Sarah e Paulette. Então, eu lhe disse apenas:

— Talvez. — Tentando mudar de assunto, procurei algo para nos distrair. Meus olhos se depararam com a cadeira e o entalhe de folhas feito nela. — Isso é muito bonito.

— Obrigado — disse Joshua, se afastando. Para meu alívio, ele não insistiu no assunto de antes. Passou a mão com afeto sobre a madeira entalhada e ornamentada. O desenho parecia ser de folhas trançadas.

— Fui eu que fiz.

— É mesmo? — perguntei, realmente surpresa. — É... É impressionante.

— Já que você gosta... — Sua mão se mexeu e temi que um beijo ou um abraço estivesse por vir. Em vez disso, ele enfiou a mão no bolso da camisa e pegou um bracelete de madeira com entalhes elaborados. O desenho era simples e sinuoso, e era realmente maravilhoso ver todo aquele traçado fino e delicado feito numa única peça. A madeira havia sido polida até brilhar. — Tome — disse, me passando o bracelete.

— Isso é para mim? — Deslizei o dedo ao longo da extremidade lisa.

— Se você quiser. Fiz hoje, enquanto você esteve fora. Para que você se lembrasse de mim depois que fosse embora.

Hesitei, me perguntando se aceitar aquilo seria encorajá-lo. Concluí que não. Já tinha deixado minha opinião sobre o casamento entre adolescentes muito clara e, de todo jeito, ele parecia tão nervoso que eu não suportaria a ideia de ferir seus sentimentos. Pus o bracelete no punho.

— É claro que vou me lembrar. Obrigada.

Pelo olhar feliz no seu rosto, aceitar o bracelete compensou a recusa de antes. Ele me mostrou mais alguns detalhes da caverna e em seguida aceitou minha sugestão de nos juntarmos aos outros ao redor do fogo. Dava para ouvir a música ecoando em meio às árvores muito antes de chegarmos e, apesar de estar longe de ser meu estilo, havia algo de aconchegante e amistoso na vida daquela comunidade. Nunca estive num acampamento de verão, mas imaginava que seria assim.

Sydney e Dimitri estavam sentados perto de uma das pontas do grupo, quietos, observando. Os demais, porém, cantavam, batiam palmas e conversavam. Mais uma vez, fiquei impressionada com a facilidade com que dampiros, humanos e Moroi se relacionavam. Havia casais mistos em toda parte, e um deles — uma humana e um Moroi — se beijavam sem cerimônia. Às vezes, ao beijar o pescoço dela, ele também mordia e tomava um pouco de sangue. Tive que olhar para o outro lado.

Voltei para meus amigos. Sydney notou minha presença e parecia aliviada. Não dava para interpretar o semblante de Dimitri. Como sempre, os olhos dos outros acompanharam meus movimentos e, para a minha surpresa, vi ciúmes explícitos nos rostos de alguns caras. Torci para que não pensassem que Joshua e eu tivéssemos tido um encontro pelados na caverna. Essa não era a reputação que eu queria deixar por ali.

— Preciso conversar com Sydney — disse a Joshua, tentando superar o barulho. Concluí que seria melhor manter distância antes que qualquer rumor começasse e, sinceramente, Sydney parecia me querer ao seu lado. Joshua assentiu e me virei. Tinha dado dois passos quando um punho de repente veio bem em direção ao meu rosto.

Eu não estava preparada para me defender e por muito pouco tive presença de espírito para virar a cabeça e tomar o soco na bochecha em vez de acabar com o nariz quebrado. Depois da surpresa inicial, todo meu treinamento veio à tona. Dei um passo para o lado depressa, saindo da linha de ataque, e assumi a postura de lutadora. A música e a cantoria pararam e virei o rosto para o agressor.

Angeline.

Ela estava numa posição parecida com a minha. Tinha os punhos cerrados e os olhos completamente focados em mim.

— Está bem — disse ela. — Está na hora de descobrir o quanto durona você é.

Estava na hora de alguém — digamos, um dos pais dela — chegar, arrastá-la dali e puni-la por bater em convidados. O impressionante é que ninguém se mexeu nem tentou detê-la. Não — isso não é bem verdade. Uma pessoa se levantou. Dimitri estava pronto para agir no instante em que me viu em perigo. Eu esperava que ele viesse e puxasse Angeline dali, mas um grupo de conservadores foi logo para perto dele, lhe dizendo algo que não consegui ouvir. Não tentaram contê-lo fisicamente, porém, o que haviam dito o manteve onde estava. Eu teria exigido saber o que tinha sido, mas Angeline veio para cima de mim de novo. Ao que parecia, eu estava por conta própria.

Angeline era baixa, até mesmo para uma dampira, mas tinha muita força em todas as partes do corpo. Era também muito rápida, só que não o bastante para me atingir outra vez. Desviei com habilidade e mantive distância, sem querer partir para a ofensiva com aquela garota. Com certeza, ela poderia fazer um belo estrago numa luta, mas tinha seus limites, que eram como um abismo — não, estavam mais para um terreno irregular. Ela arranhava, como alguém que já havia brigado muito, só que sem qualquer treinamento apropriado.

— Você é louca? — perguntei, me esquivando de outro ataque. — Pare com isso. Não quero machucar você.

— Claro — disse ela. — É o que você quer que todo mundo pense, não é? Se não tiver que lutar para valer, todos continuarão acreditando que essas marcas são de verdade.

— Elas *são* de verdade! — A insinuação de que eu tinha falsificado minhas tatuagens me deixou furiosa, mas me recusei a ser atraída para aquela briguinha ridícula.

— Então prove — disse ela, vindo para cima de mim de novo. — Prove que você é quem diz que é.

Era como uma dança, em que eu me mantinha longe dela. Poderia ter feito isso a noite toda, mas alguns gritos desapontados da multidão exigiam que "andássemos logo com aquilo".

— Não tenho que provar nada — retruquei.

— Então é mentira. — Ela estava ofegante agora. Se esforçava muito mais do que eu. — Tudo o que vocês, contaminados, fazem é mentira.

— Não é verdade — rebati. Por que Dimitri deixava aquilo continuar? E, juro por Deus, olhando com o rabo do olho, vi que ele estava *sorrindo*.

Enquanto isso, Angeline prosseguia com suas alfinetadas e tentava me atingir.

— Todos vocês mentem. Todos vocês são fracos. Ainda mais os membros da sua realeza. Esses são os piores.

— Você não os conhece. Não sabe nada sobre eles.

Talvez ela fosse capaz de continuar uma discussão, mas notei que ficava cada vez mais frustrada. Se não fosse pelo fato de eu ter certeza de que ela me atingiria pelas costas, eu teria agido com nobreza, e simplesmente saído andando.

— Sei o bastante — disse ela. — Sei que são egoístas, mimados e que não fazem nada sozinhos. Não ligam para mais ninguém. São todos iguais.

Eu de fato concordava com Angeline quanto a alguns membros da realeza, mas não gostava de generalizações.

— Não fale do que você não entende — vociferei. — Nem todos são assim.

— São, *sim* — disse ela, satisfeita em me ver nervosa. — Eu queria que estivessem todos mortos.

Aquilo estava longe de bastar para que eu partisse para a ofensiva, mas o comentário anuviou meus pensamentos o suficiente para que eu a deixasse passar por minha guarda, só um pouco. Eu nunca teria permitido que isso acontecesse com um Strigoi, mas havia subestimado aquela garota selvagem. Sua perna serpenteou o bastante para atingir meu joelho e foi como jogar fósforo em gasolina. Tudo explodiu.

Com aquele golpe, cambaleei um pouco, e ela abriu vantagem. Meus instintos de combate assumiram o comando e não tive escolha se não bater de volta antes que ela pudesse me atingir. Os outros começaram a torcer agora que a luta era "para valer". Eu atacava, tentando rendê-la, o que significava que o contato físico havia aumentado de modo exponencial. Eu ainda era melhor do que ela, sem dúvida, porém, ao tentar pegá-la, ela conseguiu me alcançar. Acertou então alguns socos em mim, não muito fortes, antes que eu conseguisse derrubá-la no chão. Eu esperava que tudo acabasse ali, mas ela me empurrou antes que eu pudesse contê-la por completo. Rolamos, e ela tentou assumir a posição dominante. Eu não podia permitir aquilo, e consegui lhe dar um soco na bochecha muito mais forte do que o anterior.

Pensei que aquele seria o fim da luta. Meu golpe a havia acertado, a afastando de mim. Comecei a me levantar, mas, então, a filha da mãe agarrou meu cabelo e me puxou de volta para o chão. Torci o corpo, escapando de suas mãos — apesar de ter certeza de que ela levou um pouco de cabelo consigo —, e dessa vez consegui prendê-la totalmente, pondo todo o meu peso e toda a minha força, pressionando-a para baixo. Sabia que devia estar doendo, mas não me importei. Ela havia começado. Além do mais, aquela luta tinha ido além do instinto de defesa. Puxar o cabelo era jogar sujo.

Angeline fez mais algumas tentativas de se libertar, mas, quando se tornou claro que não conseguiria, os que estavam ao nosso redor começaram a assoviar e torcer. Poucos instantes depois, aquele olhar obscuro e furioso desapareceu do rosto de Angeline, dando lugar à resignação. Olhei para ela, desconfiada, sem baixar a guarda.

— Está bem — disse ela. — Acho que tudo bem. Vá em frente.

— Hã? Tudo bem o quê? — perguntei, exigindo uma resposta.

— Tudo bem se você se casar com meu irmão.

Treze

— Não é engraçado!

— Você tem razão — concordou Sydney. — Não é engraçado. É *hilário.*

Estávamos de volta à casa de Raymond, na privacidade do nosso quarto. Tínhamos levado uma eternidade para escaparmos das festividades em torno da fogueira, ainda mais depois de saber de algo horrível sobre os costumes dos conservadores. Bem, pelo menos eu achava aquilo horrível. É que, quando alguém quer se casar com outra pessoa por ali, tanto a noiva quanto o noivo em potencial têm que lutar por isso com o parente do mesmo sexo mais próximo do outro. Angeline havia percebido o interesse de Joshua por mim desde o momento em que cheguei e, ao ver o bracelete, presumiu que algum tipo de compromisso tivesse sido assumido. Portanto, cabia a ela, como irmã dele, se certificar de que eu valia a pena. Ela ainda não ia com minha cara nem confiava em mim totalmente, mas provar que eu era capaz de lutar havia aumentado sua estima por mim, permitindo que ela consentisse nosso "noivado". Então, foi preciso muita lábia para desfazer depressa essa ideia, convencendo a todos — inclusive Joshua — de que não existia noivado algum. Se existisse, pelo que fiquei sabendo, Dimitri teria que se apresentar como meu "parente" e lutar com Joshua.

— Pare com isso — repreendi. Dimitri estava encostado em uma das paredes do quarto, de braços cruzados, observando enquanto eu esfregava o rosto, onde Angeline havia me atingido. Estava longe de ser o pior ferimento que eu já tinha sofrido, mas, com certeza, haveria um hematoma no dia seguinte. Ele dava um pequeno sorriso.

— Eu falei para você não encorajar o rapaz — foi a resposta tranquila de Dimitri.

— Que se dane. Você não previu isso. Você só não queria que eu... — engoli minhas palavras. Não iria dizer o que tinha em mente: que Dimitri estava com ciúmes. Ou era possessivo. Ou o que quer que fosse. Eu só sabia que ele andava irritado por me ver amigável com Joshua, e estava se divertindo muito com minha fúria diante do ataque de Angeline. Num movimento ab-rupto, me virei para Sydney, que se divertia tanto quanto Dimitri. Na verdade, eu tinha quase certeza de que nunca a havia visto rir tanto. — *Você* sabia desse costume?

— Não — admitiu ela —, mas não estou surpresa. Eu avisei que eles são selvagens. Vários problemas comuns são resolvidos com lutas como essa.

— Que estupidez — observei, sem me importar por estar reclamando. Toquei o topo da cabeça, desejando ter um espelho para ver se Angeline havia arrancado uma mecha de cabelos considerável. — Até que... ela não é ruim. É bem rústica, mas não ruim. Todos eles são durões assim? Os humanos e os Moroi também?

— Pelo que sei, sim.

Ponderei aquilo. Eu estava incomodada e constrangida com o que havia acontecido, mas tinha que admitir que, de repente, os conservadores se tornaram muito mais interessantes. Como era irônico um grupo tão retrógrado ter tido o esclarecimento de ensinar todos a lutar, não importando a raça. Enquanto isso, minha cultura "esclarecida" ainda se recusava a ensinar defesa.

— E é por isso que os Strigoi não incomodam essa gente — murmurei, me lembrando do café da manhã. Não tinha me dado conta do que havia dito até o sorriso de Dimitri desaparecer. Ele olhou pela janela com uma cara triste.

— É melhor eu falar com Boris de novo para ver o que ele descobriu. — Dimitri se virou de novo para Sydney. — Não vai demorar. Não precisamos ir todos. Posso pegar seu carro, já que preciso andar só um pouco?

Ela deu de ombros e lhe entregou as chaves. Havíamos descoberto mais cedo que o telefone de Sydney conseguia captar sinal a cerca de dez minutos do vilarejo. Ele tinha razão. De fato não existia motivo algum para todos nós sairmos para dar um telefonema rápido. Depois da minha luta, Sydney e eu estávamos razoavelmente a salvo. Ninguém mexeria comigo agora. De todo jeito, eu não gostava da ideia de Dimitri reviver seus dias de Strigoi sozinho.

— Mesmo assim, você deveria ir — disse a Sydney, pensando rápido. — Preciso dar uma olhada em Lissa. — Não era totalmente mentira. O que meus amigos tinham ouvido de Joe pesava sobre mim. — Costumo ser capaz de rastrear o que acontece ao meu redor ao mesmo tempo, mas seria melhor se você fosse, ainda mais se os alquimistas aparecerem mesmo.

Minha lógica era falha, apesar de seus colegas serem mesmo uma preocupação.

— Duvido que viessem no escuro da noite — disse ela —, mas não quero continuar por aqui se você vai ficar apenas olhando para o nada. — Sydney não admitiu e não precisei dizer nada, mas desconfiei de que ela não quisesse outra pessoa dirigindo seu carro.

Dimitri disse que a ida de Sydney era desnecessária e, porém, ao que parecia, ele não se sentia no direito de mandar nela tanto quanto em mim. Então, os dois saíram, me deixando sozinha no quarto. Observei, melancólica. Apesar de as provocações de Dimitri terem sido muito irritantes, eu estava preocupada com ele. Havia visto o efeito da última ligação e desejava poder confortá-lo. Imaginei que ele não fosse permitir isso. Portanto, achei que o fato de ele aceitar a companhia de Sydney era uma pequena vitória.

Quando os dois partiram, decidi de fato dar uma olhada em Lissa. Eu havia dito aquilo mais como uma desculpa, mas, na verdade, isso era melhor do que voltar lá para fora e socializar. Não queria mais ninguém me cumprimentando e, pelo visto, Joshua tinha interpretado meu "talvez" e o fato de eu ter aceitado o bracelete como um compromisso sério. Eu ainda o achava devastadoramente fofo, mas não conseguia lidar com sua adoração.

Sentada com as pernas cruzadas sobre a cama de Angeline, eu me abri para o laço e o que Lissa vivia. Ela andava pelos corredores de um prédio que não reconheci de imediato. Um momento depois, consegui me situar. Era um prédio da Corte que abrigava um salão e um spa enorme — bem como o esconderijo de Rhonda, a cigana. Estranhei Lissa estar indo a uma cartomante, mas, ao avistar quem a acompanhava, percebi que ela foi até lá por outro motivo.

Os suspeitos de sempre estavam com ela: Adrian e Christian. Meu coração disparou quando vi Adrian de novo — ainda mais depois do incidente com Joshua. Meu último sonho induzido por espírito havia sido breve demais.

Christian estava de mãos dadas com Lissa enquanto eles caminhavam, e seu toque era firme e reconfortante. Ele parecia confiante e determinado — apesar de ostentar aquele seu meio sorriso sarcástico. Era Lissa quem estava nervosa e claramente se preparava para alguma coisa. Dava para sentir que ela estava ansiosa quanto à tarefa seguinte, muito embora acreditasse que fosse necessária.

— É aqui? — perguntou ela, parando diante de uma porta.

— Acho que sim — respondeu Christian. — Aquela recepcionista disse que era a vermelha.

Lissa hesitou apenas por um instante e, então, bateu. Nada. Ou o cômodo estava vazio ou a ignoraram. Ela ergueu a mão de novo e a porta se abriu. Ambrose apareceu ali, estonteante como sempre, apesar de estar vestido apenas com um jeans e uma camiseta azul casual. As roupas envolviam seu corpo de um jeito que exibia cada músculo. Ele poderia ter saído direto da capa de uma revista de moda.

— Oi — disse ele, claramente surpreso.

— Oi — disse Lissa também. — Estamos querendo conversar com você.

Ambrose fez um leve gesto com a cabeça em direção ao interior do cômodo.

— Estou meio ocupado agora.

Atrás dele, Lissa avistou uma maca de massagem com uma Moroi deitada de barriga para baixo. Metade de seu corpo era coberta por uma toalha, mas as costas estavam expostas, brilhando com óleo sob a luz fraca. Velas aromáticas estavam acesas no cômodo e uma relaxante música New Age tocava ao fundo.

— Uau — disse Adrian. — Você não perde tempo, não é mesmo? Ela está no túmulo há poucas horas e você já arranjou outra. — Por fim, Tatiana tinha sido sepultada mais cedo, naquele dia, pouco antes do pôr do sol. Dessa vez, houve muito menos alarde do que da primeira tentativa.

Ambrose lançou um olhar penetrante para Adrian.

— Ela é minha cliente. Esse é o meu trabalho. Não se esqueça de que alguns de nós têm que trabalhar para se sustentar.

— Por favor — pediu Lissa, passando, apressada, à frente de Adrian. — Não vai demorar.

Ambrose olhou para meus amigos por um instante e suspirou. Ele se virou para trás.

— Lorraine? Tenho que dar um pulo lá fora. Já volto, está bem?

— Está — respondeu a mulher. Ela se mexeu, se virando para ele. Era mais velha do que eu esperava, tinha uns 45 anos. Acho que, se você está pagando por uma massagem, não há razão para não ter um massagista com metade da sua idade. — Não demore.

Ambrose deu um sorriso sedutor para ela ao fechar a porta, um sorriso que desapareceu logo que ele ficou sozinho com meus amigos.

— Está bem. O que está acontecendo? Não estou gostando da cara de vocês.

Ambrose podia ter se desviado radicalmente da vida normal de um dampiro, mas teve o mesmo treinamento que qualquer guardião. Era observador. Estava sempre atento a possíveis ameaças.

— Nós, humm, queríamos conversar com você sobre... — Lissa hesitou. Conversar sobre investigações e interrogatórios era uma coisa. Conduzi-los era outra. — Sobre o assassinato de Tatiana.

As sobrancelhas de Ambrose arquearam.

— Ah. Entendi. Não sei bem o que há para ser dito além do fato de eu não achar que Rose tenha feito uma coisa dessas. Acho que vocês também não acreditam nisso, apesar de tudo o que anda acontecendo. Todos falam do quanto você está chocada e decepcionada. Você tem despertado muita compaixão por ter sido enganada por uma "amiga" tão perigosa e sinistra.

Lissa sentiu suas bochechas enrubescerem. Ao renunciar nossa amizade e me condenar publicamente, se mantinha fora da confusão. Havia sido um conselho de Abe e Tasha, e Lissa sabia que isso era sensato. No entanto, muito embora fosse fingimento, ela se sentia culpada. Christian se intrometeu para defendê-la.

— Já chega. Não é sobre isso que viemos conversar.

— Então, sobre *o que* vocês vieram conversar? — perguntou Ambrose.

Lissa interveio, preocupada com a possibilidade de Christian e Adrian aborrecerem Ambrose e dificultarem a obtenção de respostas.

— Abe Mazur nos contou que, no tribunal, você disse ou, humm, fez alguma coisa a Rose.

Ambrose parecia chocado e admito que foi bem convincente.

— Fiz alguma coisa? O que isso significa? Mazur acha que eu, por exemplo, bati nela na presença de toda aquela gente?

— Não sei — admitiu Lissa. — Ele viu alguma coisa. Só isso.

— Desejei boa sorte a Rose — disse Ambrose, ainda parecendo ofendido. — Está bem?

— Está, está. — Lissa queria conversar com Ambrose antes que Abe conseguisse fazer isso, temendo que os métodos dele envolvessem ameaças e muita força física. Agora, se perguntava se estaria fazendo um trabalho tão bom. — Escute, só estamos tentando descobrir quem realmente matou a rainha. Você tinha intimidade com ela. Se souber de qualquer coisa, *qualquer coisa* mesmo, que possa nos ajudar, ficaremos agradecidos. Precisamos disso.

Ambrose olhou para eles com curiosidade. Então, de repente, entendeu.

— Vocês acham que fui eu! É isso. — Ninguém falou nada. — Não consigo acreditar! Já passei por isso com os guardiões, mas com vocês? Pensei que me conhecessem melhor.

— Não conhecemos você nem um pouco — disse Adrian, indiferente. — Só sabemos que você tinha muito acesso a minha tia. — Ele apontou para a porta. — E é óbvio que não levou muito tempo para seguir em frente.

— Você perdeu a parte em que eu disse que esse é o meu trabalho? Estou fazendo uma massagem nela. É isso. Nem tudo é sórdido e sujo. — Ambrose balançou a cabeça, frustrado, e passou a mão pelo cabelo castanho. — E o meu relacionamento com Tatiana não era sujo. Eu me importava com ela. Nunca faria nada para machucá-la.

— As estatísticas não mostram que grande parte dos assassinatos é cometida pelas pessoas mais próximas? — perguntou Christian.

Lissa olhou brava para ele e Adrian.

— Parem com isso. Vocês dois. — Ela se voltou para Ambrose. — Ninguém está acusando você de nada. Mas você estava sempre perto dela. E Rose me contou que você estava chateado com a lei da idade.

— Quando fiquei sabendo disso, sim — disse Ambrose. — E mesmo assim, comentei com Rose que existia algum engano, que devia haver alguma coisa que não sabíamos. Tatiana jamais poria aqueles dampiros em perigo sem um bom motivo.

— Seria um bom motivo ficar bem perante todos aqueles membros da realeza apavorados? — perguntou Christian.

— Olhe como fala! — avisou Adrian. Lissa não conseguia decidir o que era mais irritante: os dois caras ao seu lado se juntando para confrontar Ambrose ou um alfinetando o outro.

— Não! — A voz de Ambrose ecoou no corredor estreito. — Ela não queria fazer aquilo. Mas, se não fizesse, coisas piores iriam acontecer. Havia quem quisesse, e ainda quer, ir atrás de todos os dampiros que não lutam e forçá-los a lutar. Tatiana aprovou a lei da idade para impedir isso.

Houve silêncio. Eu já tinha lido aquilo no bilhete de Tatiana, porém, as notícias eram chocantes para meus amigos. Ambrose prosseguiu, vendo que conquistava um espaço.

— Na verdade, ela estava aberta a várias alternativas. Queria explorar o espírito. Era a favor de os Moroi aprenderem a lutar.

Isso fez Adrian reagir. Ele ainda tinha aquela expressão sarcástica, mas também pude ver suaves linhas de dor e tristeza no seu rosto. O enterro mais cedo devia ter sido duro para ele, e ouvir os outros revelando informações que desconhecia sobre um ente querido devia magoar.

— Bem, é óbvio que eu não dormia com ela como você — disse Adrian —, mas também a conhecia muito bem. Ela nunca deu uma palavra sobre isso.

— Não em público — concordou Ambrose. — Nem mesmo em particular. Só alguns sabiam. Ela cuidava para que um pequeno grupo Moroi treinasse em segredo... Homens e mulheres, de idades diferentes. Queria ver o quanto os Moroi eram capazes de aprender. Se era possível eles se defenderem. Mas ela sabia que alguns se incomodariam com isso. Então, fez com que o grupo e seu treinador mantivessem segredo.

Adrian não respondeu àquilo e notei que ficou mais introspectivo. A revelação de Ambrose não era exatamente uma má notícia. Adrian, porém, ainda estava magoado por sua tia ter deixado de lhe contar tantas coisas. Lissa, por outro lado, devorava a notícia, se agarrando a cada informação e analisando tudo.

— Quem eram eles? Os Moroi em treinamento?

— Não sei — respondeu Ambrose. — Tatiana não falava sobre isso. Eu nunca soube os nomes deles, só o do instrutor.

— Que é...? — induziu Christian.

— Grant.

Christian e Lissa trocaram olhares impressionados.

— O meu Grant? — perguntou ela. — O que Tatiana designou a mim?

Ambrose assentiu.

— Foi por isso que Tatiana designou Grant a você. Ela confiava nele.

Lissa não disse nada, mas ouvi seus pensamentos altos e claros. Ela ficou satisfeita e surpresa quando Grant e Serena — os guardiões que haviam substituído Dimitri e a mim — se ofereceram para ensinar a Christian e a ela os movimentos básicos de defesa. Lissa havia pensado apenas que estava diante de um guardião com uma mentalidade evoluída, sem se dar conta de que tinha como instrutor um dos pioneiros em ensinar combate aos Moroi.

Tanto ela quanto eu tínhamos certeza de que uma parte daquilo era importante, mas nenhuma das duas conseguia perceber como uma coisa se ligava à outra. Lissa refletia sobre isso e não se opôs quando Adrian e Christian lançaram perguntas próprias. Ambrose ainda estava claramente ofendido com aquela inquisição, mas respondeu tudo com uma paciência forçada. Tinha álibis, e seu afeto e sua consideração por Tatiana nunca vacilavam. Lissa acreditava nele, apesar de Christian e Adrian ainda parecerem céticos.

— Todo mundo anda em cima de mim por causa da morte dela — disse Ambrose —, mas ninguém interrogou Blake por muito tempo.

— Blake? — perguntou Lissa.

— Blake Lazar. Outra pessoa com quem ela estava...

— Envolvida? — sugeriu Christian, revirando os olhos.

— *Aquele cara*? — perguntou Adrian, enojado. — De jeito nenhum. Ela não se rebaixaria a esse ponto.

Lissa quebrou a cabeça tentando lembrar quem era quem na família Lazar, mas não conseguiu. Havia muitos.

— Quem é ele?

— Um idiota — respondeu Adrian. — Ele me faz parecer um respeitável membro da sociedade.

Aquilo de fato trouxe um sorriso ao rosto de Ambrose.

— Concordo. Mas ele é um idiota bonito, e Tatiana gostava disso. — Percebi o afeto na sua voz quando ele pronunciou o nome dela.

— Tatiana dormia com ele também? — perguntou Lissa. Adrian estremeceu diante da menção à vida sexual de sua tia-avó, porém, um mundo inteiro e novo de possibilidades se abria. Mais amantes significavam mais suspeitos. — Como você se sentia com relação a isso?

A diversão de Ambrose se esvaiu. Ele lançou um olhar penetrante para ela.

— Não tinha ciúmes o bastante para matá-la, se é aí que você quer chegar. Tínhamos um acordo. Éramos íntimos, sim, "envolvidos", mas também saíamos com outras pessoas.

— Espere aí — disse Christian. Tive a impressão de que agora ele estava gostando mesmo daquilo. O assassinato de Tatiana não era nada engraçado, mas uma novela de fato se desenrolava diante deles. — *Você* estava dormindo com outras pessoas também? Está ficando difícil acompanhar isso.

Não para Lissa. Na verdade, se tornava cada vez mais claro que o assassinato de Tatiana podia ter sido um crime passional em vez de político. Como Abe havia dito, alguém que tivesse acesso ao quarto dela era um suspeito provável. Uma mulher com ciúmes por dividir um amante com Tatiana: talvez essa fosse a motivação mais convincente até então — se ao menos soubéssemos quem eram essas mulheres.

— Com quem? — perguntou Lissa. — Com quem mais você estava dormindo?

— Ninguém capaz de matá-la — respondeu Ambrose, sério, desaprovando aquele comportamento. — Não vou lhe dar nomes. Tenho direito a um pouco de privacidade. E elas também.

— Não se uma delas tiver matado minha tia por ciúmes — resmungou Adrian. Joshua havia desmerecido Adrian por não me "proteger", mas, naquele momento, ao defender a honra da tia, ele parecia tão feroz quanto qualquer guardião ou guerreiro conservador. Era bem sexy.

— Nenhuma delas matou Tatiana. Tenho certeza — pontificou Ambrose. — E por mais que eu o despreze, também não acho que Blake tenha feito uma coisa dessas. Ele não é esperto o bastante para ter planejado tudo isso e ainda incriminar Rose. — Ambrose gesticulou em direção à porta. Seus dentes se cerraram e linhas de frustração marcaram seu belo rosto. — Escutem, não sei o que mais posso dizer para convencê-los. Preciso voltar lá para dentro. Lamento se pareço difícil, mas isso tem sido meio complicado para mim, está bem? Acreditem, eu adoraria que vocês descobrissem quem fez isso com ela. — Um lampejo de dor cruzou seus olhos. Ele engoliu em seco e olhou para baixo por um momento, como se não quisesse que soubessem o quanto se importava com Tatiana. Quando tornou a olhar para a frente, sua expressão era feroz e determinada de novo. — *Quero* que vocês descubram, e vou ajudar se puder. Estou dizendo. Procurem alguém com motivação política. E não romântica.

Lissa ainda tinha mais um milhão de perguntas. Ambrose podia estar convencido de que o assassinato não tinha a ver com ciúmes e sexo, mas ela não estava. Lissa realmente gostaria de saber os nomes das outras amantes, porém, não queria forçar demais a barra. Por um instante, pensou em usar compulsão, como havia feito com Joe. Mas não. Não passaria dos limites de novo, ainda mais com alguém que considerava um amigo. Pelo menos, não por enquanto.

— Está bem — disse ela, relutante. — Obrigada. Obrigada por nos ajudar.

Ambrose parecia surpreso pela educação dela, e seu rosto amoleceu.

— Vou ver se consigo descobrir alguma coisa para ajudar vocês. Estão mantendo os aposentos e os pertences de Tatiana trancados, mas, mesmo assim, devo ser capaz de entrar lá. Aviso vocês.

Lissa sorriu com uma gratidão genuína.

— Obrigada. Isso seria ótimo.

Um toque no meu braço me levou de volta ao quartinho pouco iluminado da Virgínia Ocidental. Sydney e Dimitri estavam de pé, olhando para mim.

— Rose? — chamou Dimitri. Tive a sensação de que não era a primeira vez que ele tentava atrair minha atenção.

— Ei — disse eu. Pisquei algumas vezes, retornando àquela realidade. — Vocês voltaram. Conseguiu ligar para o Strigoi?

Dimitri não demonstrou nenhuma reação à palavra, mas eu sabia que ele odiava ouvi-la.

— Liguei. Consegui referências sobre um contato de Boris.

Sydney se envolveu com os próprios braços.

— Que conversa louca. Parte dela foi na nossa língua. Ainda mais assustadora do que antes.

Tremi, num gesto involuntário, feliz por ter perdido aquilo.

— Você descobriu alguma coisa?

— Boris me deu o nome de um Strigoi que conhece Sonya e deve saber onde ela está — disse Dimitri. — Na verdade, é alguém que conheci. Mas os telefonemas não conseguirão muito mais com os Strigoi. Não tem como entrar em contato com ele, a não ser pessoalmente. Boris só tinha o endereço.

— E onde é? — perguntei.

— Em Lexington, Kentucky.

— Ah, pelo amor de Deus — reclamei. — Por que não nas Bahamas? Ou no Palácio de Milho?

Dimitri tentou esconder uma risada, provavelmente pelo que falei, mas, se eu havia melhorado seu humor, ficava feliz.

— Se partirmos agora, podemos alcançá-lo antes de amanhecer.

Olhei à minha volta.

— Que escolha difícil. Vamos deixar tudo isso para ter eletricidade e encanamento?

Agora foi Sydney quem abriu um sorriso.

— E lá se vão os pedidos de casamento.

— E é provável que tenhamos que lutar contra Strigoi — acrescentou Dimitri.

Fiquei de pé no mesmo instante.

— De quanto tempo precisamos para sair?

Catorze

Os conservadores não sabiam muito como se sentir em relação à nossa partida. Costumavam ficar felizes ao verem os forasteiros irem embora, especialmente no nosso caso, que trouxemos Sydney conosco. Depois da luta, porém, passaram a me considerar um tipo de super-heroína, e se encantavam com a ideia de eu me casar e entrar para a "família". Algumas mulheres também começaram a olhar para Dimitri depois de me ver em ação. Eu não estava a fim de ver ninguém flertando com ele — até porque, ao que parecia, de acordo com as regras de cortejo, seria eu quem teria que lutar com alguma noiva em potencial.

Naturalmente, não revelamos nossos planos com exatidão aos conservadores, mas comentamos que era provável que nos deparássemos com Strigoi — o que provocou uma reação e tanto, em grande parte de entusiasmo e admiração, o que continuava fortalecendo nossa reputação de guerreiros ferozes. A atitude de Angeline, porém, foi de fato inesperada.

— Me leve com você — disse ela, agarrando meu braço logo que comecei a descer pela trilha da floresta em direção ao carro.

— Sinto muito — respondi, ainda estranhando aquele comportamento tão pouco tempo depois da hostilidade de antes. — Temos que fazer isso sozinhos.

— Posso ajudar! Você me derrotou, mas viu o que sou capaz de fazer. Sou boa. Poderia lutar contra um Strigoi.

Com tanta ferocidade, percebi que Angeline não fazia a menor ideia do que enfrentaria se um dia se deparasse com um Strigoi de verdade. Os únicos conservadores que possuíam marcas *molnija* falavam pouco sobre tais encontros, e com uma cara séria. Eles entendiam. Angeline, não. Ela também não se dava conta de que qualquer iniciante no ensino médio da São Vladimir devia ser capaz de vencê-la. A garota tinha potencial, é verdade, mas era crua, e isso precisaria ser muito trabalhado.

— Deve poder, sim — assenti, sem querer ferir seus sentimentos. — Acontece que simplesmente não é possível você vir conosco. — Eu teria mentido e mandado um vago "Quem sabe um dia?", mas como isso havia levado Joshua a pensar que estávamos seminoivos, concluí que era melhor não.

Eu esperava que Angeline se gabasse mais de suas proezas em combate. Havíamos ouvido que ela era considerada uma das melhores lutadoras jovens do complexo e, como era bonita, tinha vários admiradores. Muito disso havia subido à sua cabeça, e ela gostava de falar sobre como era capaz de derrotar qualquer um ou qualquer coisa. Mais uma vez, aquilo me fez lembrar de Jill. Ela ainda tinha muito o que aprender sobre o verdadeiro significado de uma batalha, mas, mesmo assim, estava ávida para começar. No entanto, era mais quieta e cautelosa do que Angeline, cujo o comentário seguinte me pegou desprevenida.

— Por favor. Não é só pelos Strigoi! Quero ver o mundo. *Preciso* ver alguma coisa além deste lugar! — Ela falava baixo, para que os outros não ouvissem. — Só estive em Rubysville duas vezes, e dizem que não é nada, se comparada a outras cidades.

— E não é mesmo — concordei. Nem considerava aquele lugar uma cidade.

— Por favor — ela implorou de novo, dessa vez com uma voz trêmula. — Me leve com você.

De repente, fiquei triste por ela. Seu irmão também tinha demonstrado um certo interesse pelo mundo fora dali, mas nada como aquilo.

Havia brincado que seria bom ter eletricidade, mas eu sabia que ele era feliz o bastante sem os benefícios do mundo moderno. Para Angeline, porém, a situação era muito mais desesperadora. Eu também sabia como era se sentir presa numa vida, e lamentei profundamente o que precisei dizer.

— Não posso, Angeline. Temos que ir sozinhos. Sinto muito. Muito mesmo.

Seus olhos azuis tremeluziram, e ela saiu correndo mata adentro antes que eu pudesse vê-la chorar. Fiquei péssima depois disso e não consegui parar de pensar nela enquanto nos despedíamos dos outros. Estava tão distraída que até deixei Joshua me dar um abraço.

Voltar para a estrada foi um alívio. Fiquei satisfeita por estar longe dos conservadores, me sentindo pronta para a ação e para começar a ajudar Lissa. Lexington era nosso primeiro passo. Tínhamos uma viagem de seis horas pela frente, e Sydney, como sempre, parecia irredutível em ceder a direção do seu carro a outra pessoa. Dimitri e eu protestamos em vão, e acabamos desistindo quando nos demos conta de que, como enfrentaríamos os Strigoi em breve, devia ser melhor descansar e preservar nossas forças. O endereço de Donovan — o Strigoi que supostamente conhecia Sonya — era apenas o local onde ele poderia ser encontrado à noite. Isso significava que precisávamos chegar a Lexington antes do amanhecer para não perdê-lo quando ele se escondesse no covil, com a luz do dia. Isso também significava que encontraríamos Strigoi no escuro. Certos de que quase nada aconteceria durante a viagem — ainda mais agora que estávamos fora da Virgínia Ocidental —, Dimitri e eu concordamos que poderíamos cochilar um pouco, já que nenhum dos dois havia dormido por uma noite inteira.

Muito embora o aconchego do carro acalmasse, eu dormia e despertava, num sono desassossegado. Depois de passar algumas horas assim, simplesmente me acomodei no estado de transe que me levou até Lissa. Foi uma boa coisa também: me deparei com um dos maiores acontecimentos para os Moroi. O processo de nomeação para eleger o novo rei ou a nova rainha estava para começar. Seria a primeira de várias etapas, e todos se sentiam empolgados, dado o quanto as eleições de monarcas eram raras. Aquela era uma situação que nenhum de meus amigos esperava presenciar tão cedo na vida e, levando-se em conta os últimos ocorridos... Bem, todos nós tínhamos um interesse especial. O futuro dos Moroi estava em jogo ali.

Lissa se sentava à beira de uma cadeira em um dos salões de baile da realeza, um espaço enorme e circular com o teto abobadado e detalhes dourados em toda parte. Eu já tinha estado naquele lugar impressionante antes, com seus murais e molduras elaborados, lustres reluzindo acima. O salão havia sediado o almoço da graduação, em que guardiões recém-formados faziam suas melhores caras e esperavam conseguir uma boa designação. Agora, o cômodo estava arrumado para a câmara do Conselho, com uma mesa comprida de um lado, posta com 12 cadeiras, e do outro, no lado oposto ao da mesa, fileiras e mais fileiras de outras cadeiras, onde a audiência se sentava quando o Conselho se encontrava em sessão. Só que agora havia quatro vezes mais cadeiras do que o de costume, o que devia explicar a necessidade de as eleições ocorrerem ali. Todos os assentos estavam ocupados. Na verdade, havia pessoas até de pé, se amontoando da melhor maneira que conseguiam. Guardiões, que pareciam agitados, se movimentavam ao longo da multidão, mantendo-a fora das entradas e cuidando para que os espectadores se acomodassem de um jeito que permitisse a máxima segurança.

Christian estava sentado ao lado de Lissa, e Adrian, atrás de Christian. Para minha agradável surpresa, Eddie e Mia também estavam ali por perto. Mia era uma Moroi amiga nossa que tinha frequentado a São Vladimir e que era quase tão radical quanto Tasha com relação aos Moroi precisarem se defender. Meu amado pai não estava à vista. Ninguém dizia nada. Conversar seria difícil em meio ao murmúrio e ao zumbido de tanta gente. Além disso, meus amigos se encontravam admirados demais com o que estava para acontecer. Havia tanto para ver e vivenciar, e nenhum deles tinha se dado conta do quanto a multidão seria vasta. Abe havia dito que as coisas andariam depressa depois que Tatiana fosse enterrada e, de fato, andaram.

— Você sabe quem eu sou?

No meio daquele burburinho, uma voz alta se fez ouvir, chamando a atenção de Lissa. Ela olhou ao longo da fileira de Adrian, alguns assentos depois do dele. Dois Moroi, um homem e uma mulher, sentados um ao lado do outro, olhavam para cima, para uma mulher muito nervosa. Ela estava com as mãos na cintura, e seu vestido de veludo cor-de-rosa pareceu bem exótico, se comparado aos jeans e às camisetas do casal. Seu traje não seria muito apropriado quando ela saísse do ambiente com ar-condicionado.

Um olhar bravo retorcia seu rosto.

— Sou Marcella Badica. — Como isso não fez com que o casal reagisse, ela acrescentou: — O príncipe Badica é meu irmão e nossa última rainha era minha prima de terceiro grau, duas gerações mais velha do que eu. Não sobraram assentos, e alguém como eu *não pode* ficar em pé, se apoiando na parede com aquela gentinha.

O casal trocou olhares.

— Acho que a senhora deveria ter chegado mais cedo, lady Badica — disse o homem.

Marcella o encarou, indignada.

— Você não acabou de me ouvir dizer quem sou? Não sabe quem são seus superiores? *Insisto* para que me cedam seus assentos.

O casal ainda parecia inabalado.

— Esta sessão é aberta a todos e não havia assentos reservados até a última vez que conferi — informou-lhe a mulher. — Temos direito aos nossos tanto quanto a senhora.

Marcella se virou para o guardião ao seu lado, furiosa. Ele deu de ombros. Seu trabalho era protegê-la de ameaças. Não iria expulsar os outros de suas cadeiras, ainda mais porque não desrespeitavam regra alguma. Marcella deu um suspiro esnobe antes de se virar com rispidez e sair andando, irritada, sem dúvida para atormentar outra pobre alma.

— Isso — disse Adrian — vai ser divertido.

Lissa sorriu e voltou a observar o resto do salão. Enquanto fazia isso, me tornei consciente de algo impressionante. Não conseguia distinguir exatamente quem era quem, mas a multidão não se compunha apenas de membros da realeza — como costumava ser em grande parte das sessões do Conselho. Havia diversos "plebeus", como o casal que se sentou perto dos meus amigos. A maioria dos Moroi não se preocupava com a Corte. Eles se espalhavam pelo mundo, vivendo suas vidas e tentando sobreviver enquanto os membros da realeza desfilavam por ali e faziam as leis. Mas não hoje. Um novo líder seria escolhido e isso interessava a todos os Moroi.

O movimento de pessoas de um lado para o outro e o caos continuaram por um tempo, até que um guardião, por fim, declarou que o salão estava lotado. Os que não conseguiram entrar ficaram indignados, mas suas queixas logo foram silenciadas, quando os guardiões fecharam as portas.

Pouco depois, os 11 membros do Conselho tomaram seus postos e — o que me deixou chocada — o pai de Adrian, Nathan Ivashkov, se sentou na 12ª cadeira. O arauto da Corte falou alto, atraindo a atenção de todos. Ele havia sido escolhido por sua voz notável, apesar de eu sempre ter me perguntado por que simplesmente não usavam um microfone em situações como aquela. Mais tradições do velho mundo, supus. Isso e uma acústica excelente.

Nathan falou quando a multidão se acalmou:

— Na ausência da nossa amada rainha... — Em sinal de respeito, ele fez uma pausa, olhando para baixo, pesaroso, antes de prosseguir.

Se fosse qualquer outra pessoa, talvez eu desconfiasse de que seus sentimentos fossem fingidos, ainda mais depois de vê-lo puxar tanto o saco de Tatiana. Mas não. Nathan amava sua tia irritadiça tanto quanto Adrian.

— E diante dessa tragédia horrível, serei o moderador das eleições e dos julgamentos que estão por vir.

— O que foi que eu disse? — sussurrou Adrian. Ele não tinha nenhum afeto especial pelo pai. — Divertido.

Nathan fez um discurso monótono sobre a importância do que estava prestes a ocorrer e sobre outros pontos relacionados às tradições dos Moroi. Era óbvio, porém, que, como eu, o que todos no salão queriam mesmo era partir para o acontecimento principal: as nomeações. Ele parecia ter se dado conta disso também e agilizou as formalidades. Por fim, chegou à parte boa.

— Cada família, se assim escolher, poderá nomear alguém, que irá passar pelas provas que todos os monarcas enfrentaram desde o começo dos tempos. — Achei a parte do "começo dos tempos" uma audácia e, provavelmente, um exagero não averiguado, mas que seja. — A única exceção é os Ivashkov, já que a sucessão de monarcas da mesma família não é permitida. Para a candidatura, são necessárias três nomeações feitas por Moroi de sangue nobre e idade apropriada. — Então, ele acrescentou mais alguma coisa sobre o que aconteceria se mais de uma pessoa da mesma família fosse nomeada, mas até eu sabia que as chances de isso acontecer eram inexistentes. Cada lar da realeza queria obter a maior vantagem ali, e isso envolveria um apoio unificado a um candidato.

Satisfeito por todos terem entendido, Nathan assentiu e gesticulou com cerimônia para o público.

— Que comecem as nomeações.

Por um momento, nada aconteceu. Aquilo meio que me fez lembrar da época da escola, quando um professor perguntava algo do tipo "Quem gostaria de apresentar o trabalho primeiro?". Todos esperavam que outra pessoa desse andamento nas coisas, o que, por fim, acontecia.

Um homem que não reconheci se levantou.

— Eu nomeio a princesa Ariana Szelsky.

Ariana, por ser princesa, era membro do Conselho e uma escolha previsível. Ela acenou com a cabeça num movimento gracioso para o homem. Um segundo homem, que supus ser da família, também se levantou e fez a segunda nomeação. A terceira e última nomeação — muito inesperada — veio de outro Szelsky. Ele era irmão de Ariana, um cara que viajava pelo mundo e que quase nunca estava na Corte, e também de quem minha mãe era guardiã. Era bem provável que Janine Hathaway estivesse naquele salão, como me dei conta. Desejei que Lissa olhasse ao redor e a encontrasse, mas ela estava concentrada demais nos procedimentos. Depois de tudo o que eu havia passado, de repente, tive uma vontade desesperadora de ver minha mãe.

Com três nomeações, Nathan declarou:

— A princesa Ariana Szelsky entra como candidata. — Ele rascunhou alguma coisa numa folha de papel à sua frente com movimentos pomposos. — Continuem.

Depois disso, as nomeações vieram numa rápida sucessão. Muitos eram príncipes e princesas, mas outros eram respeitados membros das famílias que ainda ocupavam altos cargos. O candidato dos Ozera, Ronald, não era o membro do Conselho da família nem alguém que eu conhecesse.

— Ele não é um dos candidatos "ideais" de tia Tasha — murmurou Christian para Lissa. — Mas ela reconhece que ele não é um idiota.

Eu não sabia muito sobre grande parte dos outros candidatos. De alguns, como Ariana Szelsky, tinha uma boa impressão. Havia também os que sempre achei desagradáveis. O décimo candidato foi Rufus Tarus, o primo de Daniella. Ela havia se casado com um Ivashkov vindo da família Tarus, e parecia se deleitar ao ver o primo ser nomeado.

— Não gosto desse cara — disse Adrian, fazendo uma careta. — Ele sempre me diz para fazer alguma coisa útil da minha vida.

Nathan anotou o nome de Rufus e então enrolou o papel como um pergaminho. Apesar de manterem a aparência de costumes antigos, desconfiei de que houvesse uma secretária em meio à audiência digitando tudo o que era dito ali num laptop.

— Bem — declarou Nathan —, isso encerra...

— Eu nomeio a princesa Vasilisa Dragomir.

Lissa se virou para a esquerda e, através de seus olhos, avistei uma figura conhecida. Tasha Ozera. Ela havia se levantado e pronunciado as palavras em voz alta, confiante, olhando ao redor com aqueles olhos azuis como o gelo, como se desafiasse qualquer um a discordar.

O salão paralisou. Nenhum sussurro, ninguém se mexendo nas cadeiras. Apenas um silêncio absoluto. A julgar por aquelas caras, o nomeado pela família Ozera era a segunda pessoa mais impressionada do salão ao ouvir Tasha falar. A primeira, é claro, era a própria Lissa.

Nathan levou um instante para fazer sua boca funcionar.

— Isso não é...

Ao lado de Lissa, Christian se levantou de repente.

— Eu apoio a nomeação.

E antes que Christian tivesse se sentado, Adrian já estava de pé.

— Eu confirmo a nomeação.

Todos os olhos do salão se voltaram para Lissa e seus amigos e, em seguida, ao mesmo tempo, a multidão se virou em direção a Nathan Ivashkov. Mais uma vez, ele parecia ter problemas para encontrar sua voz.

— Essa — conseguiu ele, por fim — não é uma nomeação válida. De acordo com o posicionamento do Conselho atual, a linhagem Dragomir, lamentavelmente, não se qualifica para apresentar um candidato.

Tasha, que nunca temia falar em público nem apostar no impossível, se levantou de novo, num pulo. Dava para ver que ela estava ávida para fazer isso. Era boa em discursar e desafiar o sistema.

— Os nomeados a monarcas não precisam de uma posição no Conselho nem de quorum para concorrer ao trono.

— Isso não faz o menor sentido — disse Nathan. Houve sussurros de aprovação.

— Verifique os livros de direito, Nate... Quero dizer, lorde Ivashkov.

É, ali estava ele, enfim. Meu diplomático pai tinha se juntado à conversa. Abe se apoiava numa parede perto da entrada, vestido de maneira esplêndida com um terno preto, uma camisa e uma gravata que eram exatamente do mesmo tom de verde-esmeralda. Minha mãe estava a seu lado, com um leve esboço de sorriso no rosto. Por um momento, fiquei fascinada ao observar os dois lado a lado. Minha mãe: a imagem perfeita de excelência e decoro num guardião. Meu pai: sempre capaz de alcançar suas metas, não importando o quanto seus meios eram distorcidos. Desassossegada, comecei a entender de onde tinha herdado minha personalidade bizarra.

— Não existe exigência alguma para os nomeados com relação ao número de membros da família — prosseguiu Abe, ardoroso. — A nomeação só precisa ser feita por três membros da realeza para ser confirmada.

Nathan gesticulou com braveza para onde seu filho malcriado e Christian estavam sentados.

— Eles não são da família dela!

— Não precisam ser — contra-argumentou Abe. — Só precisam ser de *uma* família real. E são. A candidatura dela está dentro da lei... Desde que a princesa aceite.

Todas as cabeças se viraram depressa para Lissa, como se de repente a notassem. Ela não havia se mexido desde o início daqueles surpreendentes acontecimentos. Estava chocada demais. Seus pensamentos pareciam ser rápidos e lentos ao mesmo tempo. Uma parte sua não conseguia nem começar a processar o que ocorria ao seu redor. O resto de sua mente girava com perguntas.

O que estava acontecendo? Seria uma brincadeira? Ou talvez uma alucinação induzida por espírito? Ela havia finalmente enlouquecido? Estava sonhando? Era um truque? Se era, por que seus amigos o fariam? Por que fariam isso com ela? E, pelo amor de Deus, não daria para todo mundo parar de olhar para ela?

Lissa podia lidar com a atenção. Tinha nascido e sido criada para isso e, como Tasha, era capaz de se referir a uma multidão e fazer declarações destemidas — quando concordava com elas e estava preparada para tal. Nada disso se aplicava àquela situação. Ser nomeada era a última coisa que ela esperava ou queria no mundo. Portanto, não conseguiu reagir nem pensar numa resposta. Permaneceu onde estava, em silêncio e completamente chocada.

Então, algo tirou Lissa do transe. A mão de Christian. Ele havia pegado na dela, entrelaçado seus dedos e dando um aperto delicado. O calor e a energia que ele emanou a trouxeram de volta à vida. Devagar,

Lissa fitou o salão, se deparando com os olhos dos que a observavam. Viu a expressão determinada de Tasha, o semblante astuto de meu pai e até a expectativa da minha mãe, que se mostrou a mais impressionante de todas. Como Janine Hathaway — que sempre fazia o certo e mal conseguia entender uma piada — poderia estar envolvida naquilo? Como qualquer um dos amigos de Lissa poderia estar envolvido naquilo? Eles não a amavam e se importavam com ela?

Rose, pensou Lissa. *Eu queria que você estivesse aqui para me dizer o que fazer.*

Eu também. Merda de laço de mão única.

Ela confiava mais em mim do que em qualquer outra pessoa no mundo, mas logo se deu conta de que confiava em todos aqueles amigos também — bem, talvez menos em Abe, mas isso era compreensível. E se eles estavam fazendo aquilo, então, por certo — *por certo* — havia uma razão, não é?

Não é?

Aquilo não fazia o menor sentido para Lissa. Ainda assim, ela sentiu suas pernas se mexerem e se levantarem. E, apesar do medo e da confusão que ainda a percorriam, ela se deparou com a própria voz inexplicavelmente clara e confiante ressoando pelo salão:

— Aceito a nomeação.

Quinze

Eu não gostava de ver a comprovação de que Victor Dashkov tinha razão. Mas, ah, ele sempre tinha.

Com a declaração de Lissa, o salão que vinha prendendo a respiração explodiu de repente. Me perguntei se um dia houve uma sessão pacífica no Conselho na história dos Moroi ou se eu insistia em comparecer, por coincidência, nas controversas. O que aconteceu naquele dia me lembrou muito a data em que o decreto sobre a idade dos dampiros foi aprovado. Gritos, discussões, pessoas fora de seus assentos... Os guardiões que costumavam formar uma fila ao longo das paredes e observar estavam em meio às pessoas, com olhares preocupados, se preparando para qualquer disputa que pudesse ir além das palavras.

Do mesmo modo que Lissa de uma hora para outra havia estado no centro de tudo, assim também o salão pareceu esquecê-la. Ela se sentou de novo, e Christian pegou sua mão mais uma vez. Ela apertou a dele com tanta força que me perguntei se estaria prendendo a circulação dele. Olhava fixamente para a frente, ainda abalada. Sua mente não se concentrava em todo aquele caos, mas tudo o que seus olhos e ouvidos percebiam chegavam até mim. De fato, a única atenção que meus amigos receberam foi quando Daniella se aproximou e criticou Adrian por nomear alguém que não era da família. Ele deu de ombros, como de costume, e ela bufou, se dando conta — como muitos de nós —, de que realmente não adiantava tentar argumentar com Adrian.

É de se esperar que num salão onde um passava por cima do outro para forçar a vantagem da própria família, todos iriam, portanto, alegar que a nomeação de Lissa era inválida. Todavia, esse não foi o caso — até porque nem todos que estavam ali *eram* da realeza. Como eu havia notado mais cedo, os Moroi de toda parte tinham ido testemunhar os acontecimentos que determinariam seu futuro. E vários deles observavam aquela menina Dragomir com interesse, aquela princesa de uma linhagem quase desfeita que supostamente operava milagres. Não clamavam seu nome com avidez, mas muitos se envolviam na discussão, dizendo que Lissa tinha todo direito de representar sua família. Uma parte de mim também desconfiava de que parte de seus apoiadores "comuns" apenas gostava da ideia de tumultuar a pauta da realeza. O jovem casal que havia sido incomodado por lady Badica não era o único ali que tinha sido destratado pelos seus "superiores".

O que mais surpreendia era que alguns membros da realeza também defendiam Lissa. Podiam ser leais às próprias famílias, mas nem todos eram egoístas coniventes e sem coração. Muitos tinham um senso de justiça — e se Lissa contava com a lei a seu favor, então ela se encaixava no que era certo. Além do mais, vários membros da realeza simplesmente gostavam dela e a respeitavam. Ariana foi uma dos que defenderam a nomeação de Lissa, apesar da disputa que isso geraria. Ela conhecia bem as leis e, sem dúvida, percebia que a brecha que permitia que a minha amiga se candidatasse falharia quando chegasse o momento da eleição. Ainda assim, permaneceu irredutível, o que me fez estimá-la ainda mais. Quando a verdadeira votação chegasse, eu esperava que ela ganhasse a coroa. Ela era inteligente e justa — exatamente o que os Moroi precisavam.

É claro que Ariana não era a única que conhecia as leis. Outros perceberam a brecha e argumentaram que a nomeação de um candidato em que ninguém poderia votar não fazia sentido. Normalmente, eu teria concordado com isso. O debate esquentava cada vez mais enquanto meus amigos estavam sentados, quietos, no olho do furacão. Muito tempo depois, o problema foi resolvido como grande parte das decisões deveria ser: por meio de uma votação. Como Lissa ainda tinha seu lugar no Conselho negado, restavam 11 membros para determinar seu futuro. Seis deles aprovaram sua candidatura, tornando-a oficial. Ela poderia competir. Eu desconfiava de que alguns dos que votaram a favor de Lissa, na verdade, não queriam que ela competisse, mas seu respeito pela lei prevaleceu.

Muitos Moroi não ligavam para o que o Conselho dizia. Deixaram claro que consideravam a questão longe de ser concluída, comprovando o que Victor havia dito: que aquilo iria esquentar por um tempo e piorar se ela de fato passasse nas provas e conseguisse chegar ao estágio da votação. Agora, a multidão se dispersava, parecendo aliviada — não só porque queria fugir da gritaria, mas também porque queria espalhar aquela notícia sensacional.

Lissa continuou falando pouco com nossos amigos ao sair dali. Ao passar pelos que a encaravam, permaneceu um exemplo de majestade e calma, como se já tivesse sido declarada rainha. No entanto, quando, por fim, se livrou de tudo aquilo e voltou para seu quarto com os outros, todos aqueles sentimentos trancafiados e paralisados explodiram.

— *O que é* que vocês estavam pensando? — gritou ela. — O que vocês fizeram comigo?

Além de Adrian, Christian e Eddie, os demais conspiradores tinham aparecido: Tasha, Abe e a minha mãe. Todos ficaram tão surpresos com aquela reação da doce Lissa que ninguém conseguiu responder imediatamente. Lissa se aproveitou do silêncio deles.

— Vocês armaram para mim! Me puseram no meio de um pesadelo político! Acham que eu quero isso? Acham mesmo que eu quero ser rainha?

Abe se recuperou primeiro, naturalmente.

— Você não será rainha — disse ele numa voz atípica e tranquilizadora. — Os que argumentam sobre o outro lado da lei têm razão:

na verdade, ninguém pode votar em você. Você precisa da família para isso.

— Então, para que tudo isso? — perguntou Lissa, em tom de exclamação. Ela estava furiosa. E tinha todo direito de estar. Mas aquela indignação, aquela fúria era alimentada por algo pior do que a situação em si. O espírito vinha cobrar seu preço e a deixava ainda mais chateada do que ela teria ficado normalmente.

— Para provocar toda aquela loucura que você acabou de ver no salão do Conselho — respondeu Tasha. — A cada argumento, a cada vez que alguém recorre aos livros da lei de novo, ganhamos mais tempo para salvar Rose e descobrir quem matou Tatiana.

— Quem quer que tenha feito isso só pode ter interesse no trono — explicou Christian. Ele pôs uma das mãos no ombro de Lissa e ela se esquivou. — Para si mesmo ou algum conhecido. Quanto mais adiarmos os planos dessa pessoa, mais tempo teremos para descobrir quem ela é.

Lissa passou as mãos pelo cabelo comprido, frustrada. Tentei extrair aquela espiral de fúria, puxando-a para mim mesma. Consegui um pouco, o suficiente para ela deixar as mãos penderem ao longo do corpo. Mas ela ainda estava irritada.

— Como vou poder procurar o assassino ocupada com todas aquelas provas idiotas? — perguntou ela.

— Você não vai procurar — respondeu Abe. — Nós vamos.

Os olhos de Lissa se arregalaram.

— Isso nunca fez parte do plano! Não vou perder tempo com besteiras da realeza enquanto Rose precisa de mim. Quero ajudá-la!

Era quase cômico. Quase. Nem Lissa nem eu conseguíamos ficar "paradas" quando achávamos que a outra precisava de ajuda. Queríamos estar ali, ativas, fazendo o que podíamos para resolver a situação.

— Você está ajudando Rose — disse Christian. Ele esticou a mão, porém, não tentou tocá-la de novo. — É de um jeito diferente do que você esperava, mas, no fim das contas, irá ajudá-la.

O mesmo argumento que todo mundo vivia usando comigo. Aquilo também a deixava tão brava quanto a mim e, desesperada, eu puxava a onda de instabilidade que o espírito insistia em fazer percorrê-la.

Lissa olhou pelo cômodo, mirando cada rosto com ar de acusação.

— Quem foi que teve essa ideia?

Houve mais silêncio desconfortável.

— Foi Rose — respondeu Adrian, por fim.

Lissa se virou depressa e o encarou.

— Não foi, não! Ela não faria isso comigo!

— Foi, sim — disse ele. — Conversei com ela num sonho. Foi uma ideia dela e... das boas. — Eu realmente não gostava que aquilo parecesse uma surpresa para ele. — Além do mais, você meio que a pôs numa situação ruim também. Rose ficou falando sobre o quanto a cidadezinha onde ela está é um saco.

— Está bem — disse Lissa com rispidez, ignorando a parte do meu suplício. — Supondo que isso seja verdade, que Rose tenha passado essa "brilhante" ideia para você, então, por que ninguém se deu ao trabalho *de me contar*? Vocês não imaginaram que um pequeno aviso poderia ajudar? — Mais uma vez, era exatamente como eu, reclamando por terem escondido de mim a fuga da prisão.

— Nem tanto — disse Adrian. — Imaginamos que você fosse reagir dessa forma e que teria tempo de planejar uma recusa. Meio que apostamos que, se você fosse pega de surpresa, aceitaria.

— Isso foi arriscado — disse ela.

— Mas deu certo — concluiu Tasha, bruscamente. — Sabíamos que você nos acompanharia. — Ela piscou. — E, se quer saber, acho que você daria uma ótima rainha.

Lissa lançou um olhar penetrante para ela, e fiz mais uma tentativa de sugar parte daquela obscuridade. Me concentrei naquele turbilhão de emoções, imaginando-o em mim em vez de nela. Não puxei tudo, mas consegui o bastante para tirar a raiva de dentro dela. Uma fúria passou a arder em mim de repente, me cegando por um momento, porém, fui capaz de empurrá-la para um canto da mente. De súbito, Lissa ficou exausta. E eu também.

— A primeira prova é amanhã — disse ela, baixinho. — Se eu for reprovada, estou fora. E o plano já era.

Christian fez outra tentativa de envolvê-la com o braço e, dessa vez, ela deixou.

— Isso não vai acontecer.

Lissa não disse mais nada, e pude ver o alívio no rosto de todos. Ninguém acreditou nem por um segundo que ela gostasse daquilo, mas pareciam pensar que ela não renunciaria a sua nomeação, o que era o máximo que poderiam esperar.

Minha mãe e Eddie haviam passado aquele tempo todo sem dizer nada. Como era comum nos guardiões, eles se mantinham em segundo plano, como sombras, enquanto as questões dos Moroi eram conduzidas. Quando a tempestade inicial passou, minha mãe deu um passo à frente. Ela acenou com a cabeça em direção a Eddie.

— Um de nós dois irá tentar ficar perto de você o tempo todo.

— Por quê? — perguntou Lissa, surpresa.

— Porque sabemos que existe alguém por aí que não tem medo de matar para conseguir o que quer — disse Tasha. Ela acenou com a cabeça em direção a Eddie e a minha mãe. — Esses dois e Mikhail são os únicos guardiões em que podemos confiar.

— Tem certeza? — Abe lançou um olhar para Tasha como quem sabia de alguma coisa. — Estou surpreso por você não ter envolvido seu "amigo" especial guardião nisso.

— Que amigo especial? — perguntou Christian, percebendo a insinuação no mesmo instante.

Tasha, para o meu espanto, enrubesceu.

— É só um cara que conheço.

— Que segue você com olhos de filhote de cachorro — continuou Abe. — Como ele se chama? Evan?

— Ethan — corrigiu ela.

Minha mãe, parecendo incomodada com uma conversa tão ridícula, acabou logo com aquilo — o que foi muito bom, já que Christian parecia ter algumas coisas a dizer.

— Deixe Tasha em paz — avisou ela a Abe. — Não temos tempo para isso. Ethan é um cara legal, só que quanto menos gente souber disso, melhor. Como Mikhail tem um posto permanente, Eddie e eu faremos a segurança.

Concordei com tudo o que ela acabara de dizer, mas me dei conta de que, para envolver minha mãe naquilo, alguém — provavelmente Abe — a havia deixado a par de todas as atividades ilícitas que tinham acontecido nos últimos tempos. Ou ele era extremamente convincente ou ela me amava muito. Com alguma relutância, eu desconfiava de que as duas coisas fossem verdade. Quando os Moroi estavam na Corte, seus guardiões não precisavam acompanhá-los a toda parte, o que significava que era mais provável que minha mãe estivesse livre de sua designação enquanto o lorde Szelsky permanecesse ali. Eddie ainda não havia sido designado, o que também lhe dava flexibilidade.

Lissa começava a dizer alguma coisa quando um solavanco fez com que eu me separasse dela.

— Me desculpem — disse Sydney. Sua pisada forte no freio era o que havia me trazido de volta. — Aquele idiota se enfiou na minha frente.

Não foi culpa de Sydney, mas fiquei irritada com a interrupção e quis gritar com ela. Respirando fundo, lembrei a mim mesma que estava apenas sentindo os efeitos colaterais do espírito e que não podia permitir que aquilo me fizesse agir de maneira irracional. Passaria, como das outras vezes, apesar de uma parte de mim saber que eu não poderia continuar sugando aquela escuridão de Lissa eternamente. Nem sempre seria capaz de controlá-la.

Agora, de volta a mim mesma, olhei pelas janelas, assimilando nossos novos arredores. Não estávamos mais nas montanhas. Havíamos chegado a uma área urbana e, embora o tráfego não fosse nada pesado (já que ainda era o meio da madrugada dos humanos), com certeza encontramos mais carros na estrada do que tínhamos visto por um tempo.

— Onde estamos? — perguntei.

— Nos arredores de Lexington — respondeu Sydney. Ela parou num posto de gasolina ali perto, tanto para abastecer quanto para que pudéssemos inserir o endereço de Donovan no GPS e descobrir que o lugar ficava a uns oito quilômetros de distância.

— Não é uma parte muito boa da cidade, pelo que já ouvi falar — disse Dimitri. — Donovan tem uma loja de tatuagem que só abre à noite. Mais alguns Strigoi trabalham com ele. Recebem festeiros, garotos bêbados... O tipo de pessoa que pode desaparecer com facilidade. O tipo de gente que os Strigoi amam.

— A polícia vai acabar descobrindo que toda vez que alguém vai fazer uma tatuagem, desaparece — argumentei.

Dimitri deu uma risada áspera.

— Bem, o "engraçado" é que eles não matam todos que vão lá. Realmente tatuam alguns e os deixam ir embora. Também usam o ponto para distribuir drogas.

Olhei para ele, curiosa, enquanto Sydney entrava no carro.

— Você sabe muita coisa.

— Eu me esforçava para saber muita coisa, e os Strigoi também precisavam de proteção. Na verdade, estive com Donovan uma vez e consegui grande parte disso direto na fonte. Só não sabia exatamente onde ele tinha se instalado até agora.

— Está bem. Então, já temos as informações sobre ele. O que fazemos com elas?

— Vamos atraí-lo para o lado de fora. Mandamos um "cliente" com um recado meu, dizendo que preciso me encontrar com ele. Não sou o tipo de pessoa que ele pode ignorar... Bem, que Donovan costumava não... Deixe para lá. Quando ele sair, o pegamos e levamos para um lugar escolhido por *nós*.

Assenti.

— Posso fazer isso.

— Não — disse Dimitri. — Não pode, não.

— Por quê? — perguntei, querendo saber se ele achava aquilo perigoso demais para mim.

— Porque irão saber que você é dampira no instante em que a virem. Devem farejar isso logo de cara. Nenhum Strigoi teria um dampiro trabalhando para ele... Só humanos.

Um silêncio desconfortável tomou o carro.

— Não! — exclamou Sydney. — *Não* vou fazer isso!

Dimitri balançou a cabeça.

— Também não gosto da ideia, mas não temos muitas opções. Se ele achar que você trabalha para mim, não vai machucá-la.

— Ah, é? E o que acontece se ele não acreditar em mim? — perguntou ela.

— Acho que Donovan não vai correr esse risco. Ele deve sair com você para dar uma olhada no lado de fora, presumindo que, se for mentira, matam você ali mesmo.

Aquilo não parecia fazê-la se sentir melhor. Ela gemeu.

— Você não pode mandar Sydney — disse eu. — Eles vão saber que ela é alquimista. Um alquimista também não trabalharia para um Strigoi.

Para a minha surpresa, Dimitri não havia pensado nisso. Ficamos quietos de novo, e foi Sydney quem, inesperadamente, encontrou uma solução.

— Quando eu estava no posto de gasolina — disse ela, devagar —, vi que vendiam maquiagem. Deve dar para cobrir a maior parte da minha tatuagem com pó compacto.

E foi o que fizemos. O único pó que o posto vendia não era do tom da pele de Sydney, mas o usamos para formar uma boa camada sobre o lírio dourado na sua bochecha. Pentear seu cabelo para a frente ajudou um pouco. Satisfeitos por termos feito tudo o que podíamos, partimos para a loja de Donovan.

Era de fato numa parte decadente da cidade. A alguns quarteirões da loja de tatuagens, avistamos o que parecia ser uma casa noturna, mas, tirando isso, a vizinhança aparentava estar deserta. No entanto, não me enganei. Aquele não era um lugar por onde você iria querer passar sozinho à noite. Ele gritava "assalto". Ou coisa pior.

Averiguamos a área até Dimitri encontrar um ponto de que gostasse. Era um beco nos fundos a dois prédios da loja. Uma cerca de arame farpado toda retorcida se erguia num canto, e uma construção de tijolos baixa ladeava o outro. Dimitri instruiu Sydney sobre como levar os Strigoi até nós. Ela assimilou tudo, assentindo, mas pude ver medo nos seus olhos.

— Você deve parecer meio intimidada — disse ele. — Os humanos que servem os Strigoi os veneram, se sentem ávidos para agradar. Como passam tanto tempo perto de Strigoi, não se impressionam nem se apavoram. Ainda sentem um pouco de medo, é claro, mas não tanto quanto você demonstra agora.

Ela engoliu em seco.

— Não consigo mesmo evitar.

Estava me sentindo mal por Sydney. Ela de fato acreditava que todos os vampiros eram malvados, e estávamos a mandando para um ninho do pior tipo, fazendo-a correr um grande risco. Eu também sabia que ela só tinha visto um Strigoi vivo e, apesar das recomendações de Dimitri, ver mais alguns poderia deixá-la completamente chocada. Se ela paralisasse diante de Donovan, tudo estaria perdido. Por impulso, lhe dei um abraço. Para a minha surpresa, ela não resistiu.

— Você consegue — incentivei. — Você é forte... E eles têm muito medo de Dimitri. Está bem?

Depois de respirar fundo algumas vezes, Sydney assentiu. Dissemos mais algumas palavras de encorajamento e, então, ela virou na esquina do prédio, seguindo na direção da rua, e desapareceu do nosso campo de visão. Olhei para Dimitri.

— Podemos ter acabado de mandar Sydney para a morte.

Havia preocupação no seu rosto.

— Eu sei... mas não podemos fazer nada agora. É melhor você se posicionar.

Com sua ajuda, cheguei ao telhado da construção baixa. Não havia intimidade alguma na maneira como ele me ergueu, só que não consegui evitar o mesmo sentimento de eletricidade que todo contato com ele despertava em mim nem deixar de notar como era fácil trabalharmos juntos. Quando eu já estava posicionada com segurança, Dimitri partiu para o lado oposto ao prédio que Sydney havia contornado. Ele se escondia logo na esquina e não restava nada a fazer a não ser esperar.

Era uma agonia — e não só porque estávamos prestes a lutar. Eu ficava pensando em Sydney, no que tínhamos lhe pedido para fazer. Minha missão era proteger os inocentes do mal, e não jogá-los no meio dele. E se nosso plano fracassasse? Vários minutos se passaram e, por fim, ouvi passos e murmúrios e imediatamente uma náusea que me era familiar percorria meu corpo. Tínhamos atraído os Strigoi para fora.

Três deles passaram pela esquina do prédio, com Sydney à frente. Pararam e avistei Donovan. Ele era o mais alto — um ex-Moroi —, tinha cabelo escuro e uma barba que me lembrava a de Abe. Dimitri fez uma descrição dele para que (ao menos, era a esperança que tinha) eu não o matasse. Os capangas de Donovan pairavam atrás dele, todos alerta e em guarda. Fiquei tensa, apertando minha estaca na mão direita com força.

— Belikov? — chamou Donovan, com uma voz áspera. — Cadê você?

— Estou aqui — foi a resposta de Dimitri, naquela voz fria e horrível de Strigoi. Ele surgiu do contorno da esquina do lado oposto ao prédio, se mantendo nas sombras.

Donovan relaxou um pouco, reconhecendo Dimitri, mas até mesmo na escuridão a verdadeira aparência dele se materializou. Donovan se enrijeceu, vendo uma ameaça de repente, ainda que fosse uma ameaça que o confundia e desafiava o que ele sabia. Exatamente no mesmo instante, um de seus capangas olhou ao redor.

— Dampiros! — exclamou.

Não foram as feições de Dimitri que o alertaram. Foi nosso cheiro e, suspirando, fiz uma oração em silêncio, agradecendo por eles terem demorado tanto para perceber.

Então, pulei do telhado. Não era fácil saltar daquela altura, porém, nada que me mataria. Além do mais, minha queda foi amortecida por um Strigoi.

Caí em cima de um dos capangas de Donovan, derrubando-o. Mirei a estaca no seu coração, mas seus reflexos foram rápidos. Como eu pesava menos, era fácil me arremessar. Eu já esperava isso, e consegui manter os pés firmes no chão. Pelo canto do olho, vi Sydney saindo dali depressa e às escondidas, seguindo nossas instruções. Queríamos mantê-la longe do fogo cruzado. Tínhamos lhe dito para ir para o carro e se preparar para partir se as coisas ficassem feias.

É claro que, com os Strigoi, as coisas eram sempre feias. Donovan e seu outro capanga haviam partido para cima de Dimitri, considerando-o a maior ameaça. Meu oponente, a julgar pelo sorriso que exibia suas presas, não parecia me ver como ameaça de jeito nenhum. Ele veio na minha direção e me esquivei, mas não antes de dar um chute que o acertou no joelho. Meu golpe não parecia tê-lo machucado, só que de fato acabou com seu equilíbrio. Fiz mais uma tentativa de cravar a estaca e fui atirada de novo, caindo no chão com força. O cimento áspero arranhou minhas pernas, rasgando a pele. Como meus jeans estavam muito sujos e gastos, eu havia sido obrigada a usar os shorts da mochila que Sydney tinha levado para mim. Ignorei a dor, me levantando numa velocidade que o Strigoi não esperava. Minha estaca encontrou seu coração. O golpe não foi tão forte quanto eu queria, mas foi o bastante para detê-lo, me permitindo, em seguida, cravar a estaca ainda mais e dar um fim nele. Sem querer sequer vê-lo cair, puxei a estaca e me virei em direção aos outros.

Eu não havia hesitado nem uma vez na batalha que acabava de lutar, mas agora, parei diante do que vi. O rosto de Dimitri. Era... apavorante. Feroz. Ele exibiu um olhar parecido quando me defendeu da prisão — aquela expressão de deus guerreiro determinado que dizia que ele era capaz de derrotar o próprio inferno. Seu semblante agora... Bem, elevava aquela ferocidade a outro nível. Eu me dei conta de que aquilo era pessoal. Lutar contra aqueles Strigoi não tinha a ver apenas com encontrar Sonya e ajudar Lissa. Tinha a ver com redenção, uma tentativa de destruir seu passado aniquilando o mal que estava no seu caminho.

Fui me juntar a Dimitri no instante em que ele cravou a estaca no segundo capanga. Havia força naquele golpe, muito mais do que ele precisava usar ao jogar o Strigoi na parede de tijolos e perfurar seu coração. Era impossível, mas dava para imaginar a estaca atravessando o corpo e atingindo a parede. Dimitri dedicou mais atenção e esforço àquela morte do que era preciso. Ele deveria ter reagido como eu e se virado de imediato para a ameaça seguinte, já que o Strigoi estava morto. No entanto, Dimitri estava tão obcecado por sua vítima que não notou Donovan se aproveitando da situação. Felizmente para Dimitri, eu lhe dava cobertura.

Bati meu corpo contra o de Donovan, jogando-o para longe de Dimitri. Ao fazer isso, vi Dimitri puxar a estaca e jogar o corpo contra a parede de novo. Nesse meio-tempo, eu havia conseguido atrair a atenção de Donovan, e agora tinha dificuldades para me defender sem matá-lo.

— Dimitri! — gritei. — Venha me ajudar. Preciso de você!

Não pude ver o que Dimitri estava fazendo, mas, alguns segundos depois, ele já se encontrava ao meu lado. Com o que quase soou como um rugido, partiu para cima de Donovan, segurando a estaca, e derrubou o Strigoi no chão. Suspirei, aliviada, e me mexi para ajudá-lo a detê-lo. Então, vi Dimitri alinhar a estaca com o coração de Donovan.

— Não! — Me joguei no chão, tentando segurar Donovan e afastar o braço de Dimitri ao mesmo tempo. — Precisamos dele! Não o mate!

Pela expressão no rosto de Dimitri, não ficou claro se ele sequer me ouviu. Havia morte nos seus olhos. Ele queria matar Donovan. De repente, aquele desejo passou a ser prioridade.

Ainda tentando segurar Donovan com uma das mãos, dei um tapa no rosto de Dimitri com a outra — mirando no lado em que eu não havia batido na outra noite. Acho que ele não sentiu dor na sua fúria repleta de adrenalina, mas o golpe atraiu sua atenção.

— Não o mate! — repeti.

O comando atingiu Dimitri. Nosso conflito, infelizmente, permitiu que Donovan se mexesse. Ele começou a se livrar de nós, porém, juntos, Dimitri e eu nos jogamos para detê-lo. Aquilo me fez lembrar da vez em que interroguei um Strigoi na Rússia. Havia sido preciso um grupo inteiro de dampiros para dominar um Strigoi, mas Dimitri parecia ter uma força extraordinária.

— Quando estávamos interrogando, costumávamos...

Minhas palavras foram interrompidas quando Dimitri decidiu usar o próprio método de interrogação. Ele agarrou Donovan pelos ombros e o sacudiu com força, fazendo com que o Strigoi batesse a cabeça no cimento várias vezes.

— Onde está Sonya Karp? — esbravejou Dimitri.

— Eu não... — começou Donovan. Dimitri, porém, não tinha a menor paciência com Strigoi evasivos.

— Onde está ela? Sei que você a conhece!

— Eu...

— *Onde está ela*?

Vi algo no rosto de Donovan que nunca tinha visto num Strigoi antes: medo. Até então, eu achava que era um sentimento que eles simplesmente não tinham. Ou, se tivessem, seria apenas nas batalhas que travavam uns com os outros. Não perderiam tempo tendo medo de dampiros de baixo escalão.

Mas Donovan estava com medo de Dimitri, sim. E, para ser sincera, eu também.

Aqueles olhos com anéis vermelhos estavam arregalados — arregalados de desespero e pavor. Quando Donovan deixou escapar as palavras seguintes, algo me disse que eram verdadeiras. Seu medo não lhe dava a oportunidade de mentir. Ele estava chocado demais e despreparado para lidar com tudo aquilo.

— Paris — disse ele, ofegante. — Ela está em Paris!

— Jesus Cristo! — exclamei. — *Não* podemos ir de carro para Paris.

Donovan balançou a cabeça (o máximo que pôde com Dimitri o sacudindo).

— É uma cidadezinha... a uma hora daqui. Tem um lago minúsculo. Quase ninguém lá. Casa azul.

Eram indicações muito vagas. Precisávamos de mais.

— Você tem um ende...

Ao que parecia, Dimitri não compartilhava da necessidade de mais informações. Antes que eu pudesse acabar de falar, ele já tinha pegado a estaca... e a cravado no coração de Donovan. O Strigoi deu um grito horrível, de arrepiar, que se esvaiu quando a morte o tomou. Estremeci. Quanto tempo levaria para que alguém que tivesse ouvido tudo aquilo chamasse a polícia?

Dimitri puxou a estaca e então a cravou em Donovan de novo. E de novo. Olhei fixamente com descrença e horror, paralisada por alguns instantes. Então, agarrei o braço de Dimitri e comecei a sacudi-lo, apesar de sentir que teria feito mais efeito sacudir a construção atrás de mim.

— Ele está morto, Dimitri! Ele está morto! Pare com isso. Por favor.

O rosto de Dimitri ainda abrigava aquela expressão terrível, de fúria, agora marcada por um pouco de desespero, o qual lhe dizia que, se ao menos ele pudesse destruir Donovan por completo, talvez conseguisse destruir todo o mau na sua vida.

Eu não sabia o que fazer. Precisávamos sair dali. Tínhamos que pegar Sydney para desintegrar os corpos. O tempo passava e fiquei apenas me repetindo.

— Ele está morto! Deixe para lá. *Por favor.* Ele está morto.

Então, em algum lugar, de alguma maneira, atingi Dimitri. Seus movimentos desaceleraram e, por fim, pararam. A mão que segurava a estaca pendia, fraca, ladeando os flancos enquanto ele encarava o que havia sobrado de Donovan — uma visão nem um pouco bonita. A fúria no rosto de Dimitri deu lugar à angústia... E então isso deu lugar ao desalento.

Peguei no seu braço com delicadeza.

— Acabou. Você já fez o bastante.

— Nunca é o bastante, Roza — sussurrou ele. O pesar na sua voz me matava. — Nunca será o bastante.

— Por agora, é — disse eu. Puxei Dimitri para mim. Sem resistir, ele largou a estaca e enterrou o rosto no meu ombro. Também soltei minha estaca e o abracei, puxando-o para mais perto. Ele me envolveu nos seus braços, procurando o contato com outro ser vivo, o contato que fazia tempo que eu sabia que ele precisava.

— Você é a única. — Ele se agarrou ainda mais a mim. — A única que entende. A única que viu como eu era. Eu nunca poderia explicar isso para ninguém... Você é a única. É a única para quem posso contar isso...

Fechei os olhos por um momento, tomada pelo que Dimitri dizia. Ele podia ter jurado lealdade a Lissa, mas isso não significava que havia aberto seu coração por inteiro para ela. Durante tanto tempo, ele e eu tínhamos estado em perfeita sintonia, sempre entendendo um ao outro. Ainda era o caso, não importando se estávamos juntos, não importando se eu estava com Adrian. Dimitri manteve seu coração e seus sentimentos guardados até me encontrar. Eu achava que ele os havia trancafiado de novo, mas, ao que parecia, ainda confiava em mim o bastante para revelar o que o matava por dentro.

Abri os olhos e me deparei com seu olhar escuro e sincero.

— Tudo bem — disse-lhe. — Tudo bem agora. Estou aqui. Sempre vou estar aqui para você.

— Sonho com eles, sabe? Com todos os inocentes que matei. — Seus olhos se voltaram para o corpo de Donovan. — Fico pensando... Talvez, se eu destruir Strigoi o bastante, os pesadelos passem. E eu vou ter certeza de que não sou um deles.

Peguei no seu queixo, virando seu rosto de novo para mim, desviando-o de Donovan.

— Não. Você tem que destruir Strigoi porque eles são cruéis. Porque é o que fazemos. Se você quer que os pesadelos passem, tem que *viver.* Esse é o único jeito. Podíamos ter morrido agora. Não morremos. Talvez morramos amanhã. Não sei. O que importa é que estamos vivos agora.

Eu insistia naquele ponto. Nunca havia visto Dimitri tão para baixo, não desde que ele foi recuperado. Dimitri alegava que ser um Strigoi havia matado muitos de seus sentimentos. Não matou. Eles estavam ali, como percebi. Tudo o que ele havia sido ainda estava ali dentro e só saía em explosões — como naquele momento de cólera e angústia. Ou como quando ele tinha me defendido dos guardiões que me prenderam. O velho Dimitri não tinha ido embora. Só estava trancafiado e eu não sabia como libertá-lo. Não era isso o que eu fazia. Era sempre ele quem vinha com palavras de sabedoria e esclarecimento. Não eu. Ainda assim, ele me escutava agora. Eu tinha sua atenção. O que poderia dizer? O que poderia tocá-lo?

— Você se lembra do que disse mais cedo? — perguntei. — Lá em Rubysville? Viver está nos detalhes. Você tem que apreciar os detalhes. Esse é o único jeito de combater o que os Strigoi fizeram com você. O único jeito de trazer de volta quem você realmente é. Foi você mesmo quem disse: você fugiu comigo para sentir o mundo de novo. A beleza do mundo.

Dimitri começou a se virar para Donovan mais uma vez, mas não deixei.

— Não tem beleza nenhuma aqui. Só morte.

— Isso só é verdade se você *deixá-los* fazer com que seja — disse-lhe, desesperada, ainda sentindo a pressão do tempo. — Descubra alguma coisa. Alguma coisa que tenha beleza. Qualquer coisa. Qualquer coisa que mostre que você não é um deles.

Seus olhos estavam de volta em mim, estudando meu rosto em silêncio. Um pânico me percorreu. Não estava dando certo. Eu não conseguia fazer aquilo. Tínhamos que sair dali, não importando o estado em que ele se encontrava. Eu sabia que ele também iria embora. Se eu havia aprendido alguma coisa, era que os instintos de guerreiro de Dimitri ainda funcionavam. Se eu dissesse que um perigo se aproximava, ele reagiria no mesmo instante, atormentado ou não. No entanto, eu não queria isso. Não queria que ele fosse embora naquele estado. Queria que ele saísse dali um passo mais perto de ser o homem que eu sabia que ele poderia ser. Queria que ele tivesse um pesadelo a menos.

Todavia, isso estava além das minhas habilidades. Eu não era terapeuta. Estava prestes a lhe dizer que tínhamos que sair dali, a fazer seus reflexos de soldado emergirem, quando ele falou de repente. Sua voz não chegava nem a um sussurro:

— Seu cabelo.

— O quê? — Por um segundo, me perguntei se meu cabelo pegava fogo ou coisa parecida. Toquei numa mecha solta. Não, nada de errado a não ser o fato de eu estar descabelada. Eu havia prendido o cabelo para lutar e evitar que os Strigoi o puxassem, como Angeline tinha feito. No entanto, grande parte havia se soltado durante o combate.

— Seu cabelo — repetiu Dimitri. Seus olhos estavam arregalados, quase admirados. — Seu cabelo é tão bonito.

Eu não achava, não naquele estado. É claro que, levando-se em conta que estávamos num beco escuro cheio de corpos, as escolhas eram meio que limitadas.

— Está vendo? Você não é um deles. Os Strigoi não veem beleza. Só morte. Você descobriu alguma coisa bonita. Uma coisa que é bonita.

Hesitante, nervoso, ele deslizou os dedos pelas mechas que eu havia tocado mais cedo.

— Mas isso basta?

— Por enquanto, sim. — Dei um beijo na sua testa e o ajudei a se levantar. — Por enquanto, sim.

Dezesseis

Levando-se em conta que Sydney destruía cadáveres com frequência, foi meio que surpreendente ela ter ficado tão chocada com nossa aparência depois da luta. Talvez Strigoi mortos fossem apenas objetos para ela. Dimitri e eu éramos pessoas vivas de verdade e estávamos em cacos.

— Espero que vocês não manchem o carro — disse ela, após descartar os corpos, quando já seguíamos nosso caminho. Acho que foi sua melhor tentativa de fazer uma brincadeira, se esforçando para disfarçar o desconforto que sentia diante das nossas roupas cheias de cortes e sangue.

— Estamos indo para Paris? — perguntei, me virando para olhar de novo para Dimitri.

— Paris? — perguntou Sydney, admirada.

— Ainda não — respondeu Dimitri, recostando a cabeça no banco. Ele tinha voltado a parecer um guardião controlado. Todos os sinais da crise haviam desaparecido, e eu não tinha a menor intenção de revelar o que havia acontecido antes de irmos buscar Sydney. Tão pequeno... mas tão monumental. E muito íntimo. Agora, o que ele mais demonstrava era estar cansado. — Devíamos esperar até o dia clarear. Tivemos que ir atrás de Donovan durante a noite, mas, se

Sonya possuir uma casa, deve passar o tempo todo lá. É mais seguro para nós com a luz do dia.

— Como você sabe que ele não estava mentindo? — perguntou Sydney. Ela dirigia sem um destino específico, apenas nos tirando daquelas redondezas o mais rápido possível, antes que relatassem gritos e ruídos de briga.

Relembrei o terror na cara de Donovan e me arrepiei.

— Não acredito que ele estivesse mentindo.

Sydney não fez mais perguntas, a não ser sobre a direção que deveria tomar. Dimitri sugeriu que arranjássemos outro hotel onde pudéssemos nos lavar e descansar um pouco para a missão do dia seguinte. Felizmente, Lexington tinha uma quantidade muito mais ampla de hotéis do que a última cidadezinha. Não fizemos questão de luxo, mas o lugar com aspecto do moderno e grande que escolhemos fazia parte de uma cadeia e era limpo e estiloso. Sydney fez o check-in e depois nos conduziu para os quartos por uma porta lateral para não impressionar nenhum hóspede que pudesse estar acordado no meio da noite.

Pegamos um quarto com duas camas de casal. Ninguém comentou, mas acho que todos nós compartilhávamos uma necessidade de ficarmos juntos depois do nosso encontro com os Strigoi mais cedo. Dimitri estava muito mais acabado do que eu, graças ao fato de ter mutilado Donovan, então, o mandei para o banho primeiro.

— Você se saiu muito bem — disse a Sydney enquanto esperávamos. Eu me sentei no chão (que era muito mais limpo que o do último quarto) para não sujar as camas. — Foi muito corajoso da sua parte.

Ela deu um sorriso meio enviezado para mim.

— Isso é a sua cara. Você apanha e quase morre, mas sou eu quem recebe elogios?

— Ei, passo por esse tipo de coisa o tempo todo. Entrar ali sozinha como você fez... Bom, foi muito radical. E não apanhei *tanto* assim.

Eu ignorava meus ferimentos, exatamente como Dimitri faria. Sydney, olhando para mim, sabia disso também. Minhas pernas estavam mais arranhadas do que eu tinha me dado conta, com a pele lacerada e sangrando. Um dos meus tornozelos reclamava do salto do telhado e havia inúmeros cortes e hematomas espalhados por meu corpo inteiro. De onde vinha grande parte deles, eu não fazia a menor ideia.

Sydney balançou a cabeça.

— Como vocês não gangrenam com mais frequência está além da minha compreensão. — No entanto, nós duas sabíamos por quê. Fazia parte de uma resistência natural de nascença; como era uma dampira, obtive o melhor das características das duas raças. Na verdade, os Moroi também eram muito saudáveis, apesar de às vezes contraírem doenças específicas de sua raça. Victor era um exemplo. Ele sofria de uma doença crônica e, uma vez, forçou Lissa a curá-lo. A magia da minha amiga o recuperou, lhe dando plena saúde na época, mas a enfermidade voltava aos poucos, silenciosa.

Tomei um banho depois que Dimitri terminou e, então, Sydney empurrou seu kit de primeiros socorros para nós dois. Quando já estávamos com curativos e desinfetados o bastante para satisfazê-la, ela pegou o laptop e abriu um mapa de Paris, em Kentucky. Nós três nos juntamos de frente para a tela.

— Vários córregos e rios — refletiu ela, deslizando a barra de rolagem. — Não tem muita coisa com cara de lago.

Apontei.

— Você acha que é este? — Era uma minúscula massa de água com o nome de LAGOA APPLEWOOD.

— Talvez. Ah, tem outra lagoa aqui. Pode ser esta também ou... Ah! Será aqui? — Ela deu um tapinha na tela em outra porção de água um pouco maior do que as lagoas: LAGO MARTIN.

Dimitri se recostou e passou a mão nos olhos enquanto bocejava.

— Me parece a opção mais provável. Se não for lá, acho que não levaríamos muito tempo para ir de carro até as outras.

— É esse o seu plano? — perguntou Sydney. — Simplesmente dirigir por lá, procurando uma casa azul?

Troquei olhares com Dimitri e dei de ombros. Sydney podia mostrar bravura naquela viagem, mas eu sabia que sua ideia de "plano" era um pouco diferente da nossa. Para ela, ele deveria ser estruturado, bem-pensado, com um propósito claro. E também com detalhes.

— É mais concreto do que a maioria dos nossos planos — disse eu, por fim.

O sol nasceria dali a mais ou menos uma hora. Eu estava ansiosa para ir atrás de Sonya, mas Dimitri insistiu em dormir até meio-dia. Ele ficou com uma cama e Sydney e eu dividimos a outra. Na verdade, eu não achava que precisasse do descanso por que ele clamava, mas meu corpo discordava. Adormeci quase no mesmo instante.

E como vinha acontecendo recentemente, acabei sendo atraída para um sonho induzido por espírito. Torci para que fosse Adrian, para terminar nossa última conversa. Em vez disso, o conservatório se materializou ao meu redor, com harpa, móveis almofadados e tudo mais. Suspirei e me deparei com os irmãos Dashkov.

— Que ótimo — exclamei. — Mais uma chamada para uma conferência. Tenho *mesmo* que começar a bloquear seu número.

Victor fez uma pequena reverência para mim.

— É sempre um prazer, Rose. — Robert apenas encarava o nada mais uma vez. Bom saber que algumas coisas nunca mudavam.

— O que você quer? — perguntei.

— Você sabe o que queremos. Estamos aqui para ajudar você a ajudar Vasilisa. — Não acreditei naquilo nem por um instante. Victor tinha algum esquema em mente, mas minha esperança era a de capturá-lo antes que ele pudesse fazer mais algum estrago. Ele me estudava com expectativa. — Você já encontrou o outro Dragomir?

Eu o encarei, incrédula.

— Faz só um dia! — Quase tive que refazer as contas. Parecia mais de dez anos. Não. Apenas um dia desde que eu havia falado com Victor pela última vez.

— E? — perguntou Victor.

— E o quanto você acha que somos bons?

Ele ponderou.

— Muito bons.

— Bem, obrigada pelo voto de confiança, mas não é tão fácil quanto parece. E, na verdade, levando-se em conta o quanto isso tem sido mantido em segredo, não tem sido nada fácil.

— Mas você descobriu alguma coisa? — pressionou Victor.

Não respondi.

Uma centelha ávida iluminou seus olhos e ele deu um passo à frente. De imediato, dei um para trás.

— Você *já* descobriu alguma coisa.

— Talvez. — De novo, passei pela mesma indecisão de antes. Será que Victor, com todos os seus esquemas e as suas manipulações, sabia de algo que pudesse nos ajudar? Na última vez, não havia revelado nada, mas agora tínhamos mais informações. O que ele havia dito? Que se encontrássemos uma linha de investigação, ele seria capaz de desemaranhá-la?

— Rose. — Victor falava comigo como se eu fosse uma criança, como costumava falar com Robert. Aquilo me deixou emburrada. — Já disse isso antes: não importa se você confia em mim e nas minhas intenções. Por enquanto, nós dois estamos interessados na mesma meta a curto prazo. Não permita que preocupações futuras estraguem suas chances aqui.

Era engraçado, mas aquilo se parecia com o princípio em que eu vinha operando na maior parte da minha vida. Viver o agora. Mergulhar de cabeça e se preocupar com as consequências depois. Naquele momento, hesitei e tentei refletir sobre as coisas antes de tomar uma decisão. Por fim, decidi arriscar mais uma vez, na esperança de que Victor pudesse ajudar.

— Achamos que a mãe... a mãe do irmão ou da irmã de Lissa... é parente de Sonya Karp. — As sobrancelhas de Victor se arquearam. — Você sabe quem é ela?

— Claro. Ela se transformou em Strigoi, supostamente porque enlouqueceu. Mas nós dois sabemos que foi um pouco mais complicado do que isso.

Assenti, relutante.

— Ela era usuária do espírito. Ninguém sabia disso.

A cabeça de Robert se virou tão depressa que quase dei um pulo.

— Quem é usuária do espírito?

— *Ex*-usuária do espírito — disse Victor, passando para o modo tranquilizador no mesmo instante. — Ela se transformou em Strigoi para se livrar disso.

O foco penetrante que Robert tinha dirigido a nós dois se transformou em alienação e calma mais uma vez.

— É, tem sempre uma fascinação nisso... Matar para viver, viver para matar. Imortalidade e liberdade dessas correntes, mas, ah, que perda...

Eram devaneios loucos, mas tinham uma misteriosa semelhança com algumas das coisas que Adrian dizia às vezes. Não gostei nada daquilo. Tentando fingir que Robert não estava ali, me virei de novo para Victor.

— Você sabe alguma coisa sobre Sonya? De quem ela é parente?

Ele balançou a cabeça.

— Ela tem uma família enorme.

Ergui as mãos, irritada.

— Tem como você ser mais inútil? Você fica agindo como se soubesse de um monte de coisas, mas só nos conta o que já descobrimos! Não está ajudando!

— A ajuda vem de várias formas, Rose. Vocês já encontraram Sonya?

— Já. — Reconsiderei. — Bem, mais ou menos. Sabemos onde ela está. Vamos atrás dela amanhã para interrogá-la.

O olhar no rosto de Victor disse muito sobre o quanto ele achava aquilo ridículo.

— E tenho certeza de que ela estará louca para ajudar.

Dei de ombros.

— Dimitri é muito persuasivo.

— Foi o que ouvi dizer — disse Victor. — Mas Sonya Karp não é uma adolescente que se impressiona com facilidade. — Pensei em lhe dar um soco, mas me preocupei com a possibilidade de Robert ter ativado o campo de força de novo. Victor parecia não notar minha raiva. — Me conte onde vocês estão. Iremos até aí.

Mais uma vez, um dilema. Eu achava que não havia muito que os irmãos Dashkov pudessem fazer. Aquela, porém, poderia ser uma oportunidade de recapturá-lo. Além do mais, se estivéssemos com Victor pessoalmente, talvez ele parasse de interromper meus sonhos.

— Estamos em Kentucky — respondi, por fim. — Paris, Kentucky. — E lhe dei as outras informações que tínhamos sobre a casa azul.

— Estaremos aí amanhã — disse Victor.

— Então, onde vocês estão agora...

E como na última vez, Robert acabou com o sonho de maneira ab-rupta, me deixando ali. No que eu havia me metido com eles? Antes que pudesse refletir sobre isso, fui levada de imediato para outro sonho induzido por espírito. Meu bom Senhor. Era mesmo um *déjà-vu*. Todo mundo queria conversar comigo enquanto eu dormia. Felizmente, como na última vez, a segunda visita que recebi foi de Adrian.

Dessa vez, foi no salão onde o Conselho tinha se reunido. Não havia cadeiras nem pessoas, e meus passos ecoavam no chão de madeira maciça. O cômodo que exibia tanta grandiosidade e poder quando era usado agora tinha um clima solitário e agourento.

Adrian estava de pé, perto de uma das janelas altas e arqueadas, e me deu um de seus sorrisos travessos quando o abracei. Quando comparado ao mundo real, sujo e ensanguentado, ele parecia puro e perfeito.

— Você conseguiu — disse eu, lhe dando um breve beijo nos lábios. — Fez com que nomeassem Lissa. — Depois do nosso último encontro em sonhos, quando me dei conta de que poderia existir algum sentido na sugestão de Victor, havia precisado me esforçar muito para convencer Adrian de que a ideia da nomeação era boa... ainda mais por eu mesma não ter certeza disso.

— É, fazer o grupo embarcar nessa foi fácil. — Ele parecia gostar da minha admiração, mas seu rosto se entristecia à medida que refletia sobre minhas palavras. — Mas Lissa não está feliz. Nossa, ela deixou isso muito claro para nós depois.

— Eu vi. Você tem razão quando diz que ela não gosta dessa situação... Mas era mais do que isso. Era escuridão induzida por espírito. Suguei um pouco para mim, mas é... Foi ruim. — Me lembrei de como puxar a raiva dela fez com que esse sentimento ardesse em mim por um momento. O espírito não me atingia com tanta intensidade quanto a ela, mas era uma questão de tempo. Se eu o sugasse demais com o passar dos anos, ele acabaria me dominando. Peguei na mão de Adrian e lancei para ele o olhar mais suplicante que pude. — Você tem que cuidar dela. Farei o que puder, mas você sabe tão bem quanto eu como o estresse e as preocupações podem agitar o espírito. Tenho medo de ele voltar, como antes. Queria estar aí para cuidar dela. Por favor... ajude Lissa.

Ele pôs uma mecha solta de cabelo para trás da minha orelha e percebi uma preocupação nos seus olhos verde-escuros. No começo, pensei que fosse apenas por causa de Lissa.

— Vou ajudar — disse ele. — Farei o que puder. Mas Rose... Isso vai acontecer comigo? É assim que vou ficar? Como ela e os outros?

Adrian nunca tinha apresentado os efeitos colaterais extremos que Lissa tinha, em grande parte porque não usava tanto espírito quanto ela e também por se automedicar tanto com álcool. Só que eu não sabia quanto tempo aquilo iria durar. Pelo que já tinha visto, existiam apenas algumas coisas para retardar a insanidade: autodisciplina, antidepressivos e estabelecer um laço com alguém beijado pelas sombras. Adrian não me parecia interessado em nenhuma dessas opções.

Era estranho, só que, naquele momento de vulnerabilidade, me lembrei do que tinha acabado de acontecer com Dimitri. Aqueles dois eram tão fortes e confiantes, cada um a seu modo, mas estavam precisando do meu apoio. *Você é a forte, Rose,* sussurrou uma voz dentro da minha cabeça.

Adrian desviou os olhos de mim.

— Às vezes... Às vezes acredito que a insanidade seja pura imaginação, sabe? Nunca a senti como os outros... Como Lissa ou o velho Vlad. Mas, de vez em quando... — Ele fez uma pausa. — Sei lá. Me sinto tão perto, Rose. Tão perto do limite. Como se eu fosse mergulhar e nunca mais voltar, caso me permita dar um pequeno passo em falso. É como se eu fosse me perder.

Eu já tinha ouvido Adrian dizer coisas como aquelas antes, quando ele costumava arranjar desculpas que não faziam muito sentido. Foi o mais perto que um dia ele chegou de mostrar que o espírito poderia estar mexendo com sua mente também. Nunca havia me dado conta de que ele estivesse ciente desses momentos ou do que eles poderiam significar.

Ele olhou de novo para baixo, e depois para mim.

— Quando bebo, não me preocupo com isso. Não me preocupo com ficar louco. Mas aí penso... Talvez eu já seja. Talvez eu já seja, mas ninguém consiga perceber a diferença quando estou bêbado.

— Você não é louco — disse-lhe com ferocidade, puxando-o para mim. Eu adorava o calor de seu corpo e o jeito como o sentia na minha pele. — Você vai ficar bem. É forte.

Ele pressionou o rosto na minha testa.

— Sei lá — prosseguiu. — Acho que você é minha força.

Foi uma declaração doce e romântica, mas algo nela me incomodou.

— Não é bem assim — repliquei, me perguntando como poderia expressar os sentimentos com palavras. Eu sei que podemos ajudar alguém num relacionamento. Que podemos dar força para uma pessoa e apoiá-la. No entanto, não podemos de fato fazer *tudo* por ela. Não podemos resolver todos os problemas dela. — Você tem que encontrar essa força dentro...

O despertador do quarto do hotel disparou e me arrancou do sonho, me deixando frustrada, tanto porque sentia saudade de Adrian quanto porque não tinha conseguido dizer tudo o que queria. Bem, não havia nada que eu pudesse fazer por ele agora. Só podia torcer para que conseguisse lidar com aquilo sozinho.

Sydney e eu estávamos lentas e com os olhos entreabertos. Fazia sentido ela se sentir exausta, já que seu horário de dormir — quando chegava a dormir — andava todo atrapalhado. E eu? Minha fadiga era mental. Tantas pessoas, pensei. Tantas pessoas precisavam de mim... mas era tão difícil ajudar todas elas.

Naturalmente, Dimitri já estava de pé e pronto para sair. Ele tinha acordado antes de nós. Era como se a crise da noite anterior não tivesse acontecido. Ele estava morrendo de vontade de tomar café e havia esperado por nós, paciente, pois não queria nos deixar dormindo, indefesas. Mandei Dimitri ir logo e, vinte minutos depois, ele voltou com café e uma caixa de rosquinhas. Também tinha comprado uma corrente industrial numa loja de ferragens do outro lado da rua "para quando encontrássemos Sonya", o que me deixou incomodada. Àquela altura, Sydney e eu estávamos prontas para partir e decidi adiar meus pedidos. Não estava louca para usar shorts de novo, não com minhas pernas naquele estado, mas estava tão ávida para encontrar Sonya que passar num shopping estava fora de cogitação.

Concluí, porém, que estava na hora de contar as novidades a meus companheiros.

— Pois é — comecei, casual —, Victor Dashkov deve se juntar a nós em breve.

Tenho que dar crédito a Sydney por não ter saído da pista.

— *O quê*? Aquele cara que fugiu?

Pude ver nos olhos de Dimitri que ele estava tão chocado quanto ela, mas se manteve tranquilo e sob controle, como sempre.

— Por que — começou ele, devagar — Victor Dashkov vai se juntar a nós?

— Bem, é uma história meio engraçada...

E com essa introdução, recapitulei tudo do jeito mais breve e completo que pude, começando com o histórico de Robert Doru e terminando com as visitas que os irmãos vinham me fazendo nos sonhos nos últimos tempos. Evitei falar sobre a "misteriosa" fuga de Victor algumas semanas antes, mas daquela maneira inexplicável que tínhamos de adivinhar o pensamento um do outro, algo me dizia que Dimitri, devia estar juntando as peças. Tanto Lissa quanto eu tínhamos lhe contado que passamos por muitas coisas para descobrir como recuperar Victor, mas nunca explicamos a história toda — muito menos a parte sobre libertá-lo para que ele nos ajudasse a encontrar o irmão dela.

— Escutem, não importa se ele pode ajudar ou não, essa é a nossa chance de capturá-lo — acrescentei depressa. — Isso é bom, não é?

— É um problema com que vamos ter que lidar... mais tarde. — Reconheci o tom na voz de Dimitri. Era o mesmo que usava muitas vezes na São Vladimir. Costumava significar que haveria uma conversa em particular no futuro, em que eu seria interrogada para dar mais detalhes.

Kentucky acabou se mostrando muito bonito no caminho rumo a Paris. O caminho era repleto de colinas e áreas verdes, e era fácil imaginar que alguém quisesse viver numa casinha por ali. Fiquei me perguntando, apenas por perguntar, se essa teria sido a motivação de Sonya e, então, a ficha caiu. Acabava de dizer a Dimitri que os Strigoi não viam beleza alguma. Será que estava enganada? Belos cenários teriam importância para ela?

Descobri a resposta quando nosso GPS nos levou ao lago Martin. Havia apenas algumas casas espalhadas ao redor dele e, entre elas, só uma era azul. Parando a uma boa distância da casa, Sydney estacionou o carro o mais perto da margem da estrada que pôde. Ela era estreita e o acostamento, repleto de árvores e mato alto. Saímos todos do carro e andamos um pouco, ainda mantendo distância.

— Bem. É uma casa azul — declarou Sydney, pragmática. — Mas será que é dela? Não estou vendo uma caixa de correio nem nada.

Olhei mais de perto para o jardim. Roseiras, repletas de botões cor-de-rosa e vermelhos, cresciam na varanda da frente. Vasos cheios de flores brancas das quais eu não sabia o nome pendiam do telhado e bons-dias azuis subiam por uma treliça. Ao redor da casa, mal dava para avistar uma cerca de madeira. Uma trepadeira com flores alaranjadas em forma de trompete se arrastava sobre ela.

Então, uma imagem tremeluziu na minha mente e se foi tão depressa quanto havia surgido. A sr.ª Karp regando vasos de flores na sala de aula, flores que pareciam crescer numa rapidez e até uma altura impossível. Como uma adolescente mais interessada em escapar do dever de casa, eu não pensava muito nas flores. Só mais tarde, depois de ver Lissa fazendo plantas crescerem e florescerem em experimentos com espírito, é que compreendi o que acontecia na sala de aula da sr.ª Karp. E agora, apesar de privada do espírito e possuída pelo mal, Sonya Karp ainda cuidava de suas flores.

— É — disse eu. — Esta é a casa dela. — Dimitri se aproximou da varanda da frente, estudando cada detalhe. Comecei a acompanhá-lo, mas me segurei. — O que você está fazendo? — Mantive a voz baixa. — Ela vai ver você.

Ele voltou para perto de mim.

— Aquelas cortinas são para vedar a luz. Não deixam passar luz nenhuma, então, ela não vai ver nada. Isso também quer dizer que é provável que ela passe mais tempo no andar principal da casa e não no porão.

Pude seguir sua linha de raciocínio com facilidade.

— É uma boa notícia para nós. — Quando fui capturada por Strigoi, no ano anterior, meus amigos e eu ficamos presos num porão. Isso era bem conveniente para os Strigoi, que queriam evitar o sol, mas também significava poucas opções de fuga e entrada. Era fácil para os Strigoi manter suas presas num porão. Quanto mais portas e janelas tivéssemos, melhor.

— Vou examinar o outro lado — disse ele, começando pelo quintal dos fundos.

Eu me apressei para alcançá-lo e peguei no seu braço.

— Me deixe ir. Vou sentir a presença de qualquer Strigoi... Não que ela vá sair, mas, bem, para prevenir.

Dimitri hesitou e me enfureci, pensando que ele não acreditava que eu fosse capaz. Então, ele disse:

— Está bem. Tome cuidado. — Então eu me dei conta de que só estava preocupado comigo.

Eu me movia da maneira mais leve e silenciosa que podia, contornando a casa, e logo descobri que a cerca de madeira criaria dificuldades para ver o quintal. Se pulasse poderia chamar a atenção de Sonya, o que me fez refletir sobre o que fazer. A solução veio por meio de uma pedra enorme ali perto. Arrastei a pedra e fiquei de pé sobre ela. Não era o bastante para olhar completamente por cima, mas fui capaz de pôr as mãos no topo da cerca com facilidade e projetar o corpo para cima para dar uma espiada fazendo o mínimo de barulho.

Era como olhar para o Jardim do Éden. As flores da frente tinham sido apenas o começo de um espetáculo. Aqui havia mais rosas, magnólias e macieiras, íris e um bilhão de outras flores que não reconheci. O quintal de Sonya era um paraíso de cores exuberantes. Vasculhei o que precisava e voltei depressa para encontrar Dimitri. Sydney ainda estava perto do carro.

— Uma porta corrediça de vidro e duas janelas — reportei. — Todas com cortinas. Tem também uma cadeira de madeira, uma pá e um carrinho de mão.

— Algum forcado?

— Infelizmente, não, mas tem uma pedra imensa do lado de fora da cerca. Só que vai ser difícil levá-la para o quintal. É melhor a usarmos para nos ajudar a pular. Não tem portão na cerca. Ela construiu uma fortaleza.

Ele assentiu com a cabeça, compreendendo, e, sem qualquer conversa, eu soube o que fazer. Pegamos a corrente no carro e a confiamos a Sydney. Falamos para ela nos esperar do lado de fora com instruções estritas para ir embora se não voltássemos em trinta minutos. Eu odiava dizer aquele tipo de coisa — e o rosto de Sydney indicava que ela não gostava de ouvir —, mas era inevitável. Se não tivéssemos rendido Sonya nesse tempo, não seríamos capazes de rendê-la de jeito nenhum — nem de sairmos vivos dali. Se de fato conseguíssemos dominá-la, daríamos algum sinal para Sydney entrar com a corrente.

Os olhos cor de âmbar de Sydney se encheram de ansiedade enquanto ela nos observava voltar para os fundos da casa. Quase a provoquei por se importar com criaturas malignas da noite, mas me detive bem a tempo. Ela podia detestar todos os dampiros e Moroi do mundo, mas, em algum ponto ao longo do caminho, passou a gostar de Dimitri e de mim. Isso não era algo de que se debochar.

Dimitri ficou de pé sobre a pedra e inspecionou o quintal. Murmurou algumas instruções de última hora para mim antes de pegar minhas mãos e me erguer sobre a cerca. Sua altura contribuiu muito para tornar a manobra o mais fácil e tranquila possível — embora não silenciosa. Ele veio logo após, caindo ao meu lado com um pequeno baque.

Depois disso, seguimos em frente sem demora. Se Sonya tivesse nos ouvido, não fazia sentido perdermos tempo. Precisávamos de todas as vantagens que pudéssemos obter. Dimitri agarrou a pá e a bateu com força na vidraça — uma, duas vezes. O primeiro golpe foi mais ou menos na altura da minha cabeça, e o segundo, mais para baixo. A vidraça se trincava mais a cada impacto. Logo depois do segundo golpe, fiz força para a frente e empurrei o carrinho de mão contra a porta. Erguê-lo e jogá-lo na vidraça teria sido muito mais legal, mas ele era pesado demais para ser levantado muito alto. Quando o carrinho atingiu a vidraça já enfraquecida, as partes trincadas se quebraram e despedaçaram, criando um buraco grande o bastante para nós dois passarmos. Tivemos que nos abaixar — ainda mais Dimitri.

Um ataque simultâneo pelos dois lados da casa teria sido o ideal, mas Sonya não poderia sair correndo pela porta da frente. Uma náusea começou a me atingir logo que nos aproximamos do quintal e essa sensação veio com força total quando entramos na sala. Ignorei meu estômago o máximo que pude e me preparei para o que estava por vir. Tínhamos invadido a casa bem depressa, mas não o bastante para obter vantagens sobre os reflexos de um Strigoi.

Sonya Karp estava bem ali, pronta para nós, fazendo tudo o que podia para evitar que a luz do sol entrasse na sala. Quando vi Dimitri como Strigoi pela primeira vez, fiquei tão chocada que paralisei, e isso permitiu que ele me capturasse. Então, eu havia me preparado mentalmente dessa vez, sabendo que ficaria chocada do mesmo jeito ao ver minha ex-professora como Strigoi. E *foi* chocante. Exatamente como no caso de Dimitri, várias das feições de Sonya eram as mesmas de antes: o cabelo castanho-avermelhado, as maçãs do rosto proeminentes... mas sua beleza era distorcida por todas as outras condições horríveis: a pele cor de giz, os olhos vermelhos e a expressão de crueldade que todos os Strigoi pareciam ter.

Se ela nos reconheceu, não deu nenhum sinal disso, e partiu para cima de Dimitri, rosnando. Era uma tática comum dos Strigoi atacar a maior ameaça primeiro, e me incomodava o fato de eles sempre acreditarem que fosse Dimitri. Ele havia enfiado a estaca no cinto para levar a pá para o lado de dentro. A pá não mataria um Strigoi, mas, com a força e precisão certas definitivamente manteria Sonya à distância de um braço. Depois de sua primeira tentativa, ele a atingiu no ombro e, apesar de ela não ter caído, esperou para tentar atacar de novo. Os dois ficaram se cercando, como lobos que se preparavam para brigar, enquanto ela avaliava suas chances. Um ataque ágil e sua força superior o derrubaria, com ou sem pá.

Tudo isso aconteceu em questão de segundos e os cálculos de Sonya tinham me deixado de fora da equação. Fiz meu ataque, me chocando contra seu outro lado, mas ela me viu chegando pelo canto do olho e reagiu no mesmo instante, me jogando no chão sem nunca tirar os olhos de Dimitri. Desejei estar com a pá para poder atingi-la pelas costas, a uma distância segura. Tudo o que eu tinha era minha estaca, e precisava ser cuidadosa com ela, já que poderia usá-la para matar Sonya. Dei uma olhada rápida na sala estranhamente normal e não consegui avistar nenhuma arma em potencial.

Sonya fingiu atacar, e Dimitri partiu para cima. Ele mal teve tempo para fazer alguma coisa, pois ela já pulava para a frente, se aproveitando da situação. Ela o jogou contra a parede, prendendo-o ali e tirando a pá de seu alcance. Dimitri lutou contra Sonya, tentando se libertar ao mesmo tempo em que as mãos dela encontraram o pescoço dele. Se eu tentasse puxá-la, minha força em conjunto com a de Dimitri o libertaria. No entanto, eu queria acabar com aquilo o mais rápido possível, e decidi fazer uma manobra mais intensa.

Corri em direção a ela com a estaca na mão e a cravei na escápula direita, torcendo para não ter atingido nenhum ponto perto do coração. A prata encantada, tão agonizante para a pele dos Strigoi, a fez gritar. Frenética, ela me empurrou com uma força impressionante até mesmo para um Strigoi. Caí para trás, cambaleando, e bati a cabeça numa mesa de centro. Minha visão falhou um pouco, mas meus instintos e a adrenalina me fizeram levantar.

Meu ataque deu a Dimitri o meio segundo de que ele precisava. Ele derrubou Sonya no chão e agarrou minha estaca, pressionando-a na garganta dela. Sonya gritava e se debatia, e me aproximei para ajudá-lo, sabendo o quanto era difícil segurar um Strigoi.

— Vá chamar Sydney... — grunhiu ele. — A corrente...

Fui o mais rápido que pude, vendo estrelas e sombras dançando diante de mim. Destranquei a porta da frente e a abri com um chute, um sinal para Sydney. Então, corri de volta para Dimitri. Sonya fazia um belo progresso na luta contra ele. Eu me joguei de joelhos, ajudando Dimitri a mantê-la presa. Ele tinha de novo nos olhos aquele desejo por batalha, um olhar que dizia que queria destruí-la bem ali, naquele momento. Mas havia algo mais também. Algo que me fazia acreditar que ele tinha mais controle, que minhas palavras no beco o haviam impactado. Ainda assim, alertei:

— Precisamos dela... Lembre-se de que precisamos dela.

Ele fez um leve aceno com a cabeça para mim no exato instante em que Sydney apareceu trazendo a corrente. Ela olhou fixamente para a cena, com os olhos arregalados, parando por um momento antes de correr até nós. *Ainda vamos fazer dela uma guerreira,* pensei.

Dimitri e eu passamos para a tarefa seguinte. Já tínhamos avistado o melhor lugar para amarrar Sonya: uma pesada poltrona reclinável no canto do cômodo. Erguendo-a — o que era perigoso, pois ela ainda tentava atacar, enfurecida — a jogamos na poltrona. Então, mantendo a estaca no pescoço de Sonya, Dimitri tentou pressioná-la para baixo enquanto eu pegava a corrente.

Não havia tempo de pensar num sistema preciso. Simplesmente comecei a envolvê-la, primeiro em torno das pernas e em seguida da melhor maneira que pude ao redor do dorso, tentando prender seus braços junto ao corpo. Ainda bem que Dimitri tinha comprado uma *enorme* corrente a qual usei para enrolar depressa na poltrona de um jeito louco, fazendo tudo o que podia para mantê-la ali.

Quando, por fim, a corrente acabou, Sonya estava muito bem-presa. Ela seria capaz de escapar dali? Com certeza. Mas sob a mira de uma estaca de prata? Não seria tão fácil. Com as duas coisas... Bem, ela estava presa por enquanto. Era o melhor que podíamos fazer.

Dimitri e eu trocamos olhares breves e desgastados. Eu me sentia tonta, mas lutei contra isso, sabendo que nossa missão estava longe de chegar ao fim.

— Hora de fazer umas perguntas — disse eu, preocupada.

Dezessete

O interrogatório não correu tão bem.

Ah, claro, fizemos várias ameaças e usamos as estacas como instrumentos de tortura, mas não deu em muita coisa. Dimitri ainda era assustador ao lidar com Sonya, mas depois de sua crise com Donovan, tomou cuidado para não enlouquecer de tanta fúria de novo. Isso era melhor para ele a longo prazo, mas não tão bom para assustar Sonya e arrancar respostas. Não ajudava em nada o fato de não termos uma pergunta concreta para lhe fazer. Tínhamos, na verdade, uma série de questionamentos, que eram atiradas nela. Ela sabia da existência de outro Dragomir? Tinha algum parentesco com a mãe dele? Onde estavam mãe e filho? As coisas também pioraram quando Sonya percebeu que precisávamos demais dela para matá-la, não importando o quanto a torturássemos com uma estaca de prata.

Já estávamos naquilo havia uma hora e começávamos a ficar exaustos. Pelo menos, eu começava. Me recostei numa parede perto de Sonya e, apesar de ter minha estaca em punho e preparada, contava com a parede um pouco mais do que gostaria de admitir para me manter de pé. Ninguém falou por um tempo. Até mesmo Sonya tinha parado de rosnar ameaças. Ela apenas esperava e observava, sem dúvida planejando fugir, supondo que nos cansaríamos antes dela. Aquele silêncio era mais assustador do que todas as ameaças do mundo. Eu estava acostumada com os Strigoi usando palavras para me intimidar. Nunca imaginei o poder que simplesmente se calar e encarar de um jeito ameaçador poderia ter.

— O que aconteceu com sua cabeça, Rose? — perguntou Dimitri, percebendo o ferimento de repente.

Eu tinha me virado um pouco e me dei conta de que ele falava comigo.

— Hã? — Puxei para o lado uma mecha de cabelo que encobria parte da testa. Meus dedos ficaram pegajosos, sujos de sangue, desencadeando a vaga lembrança de ter batido na mesa. Dei de ombros, ignorando a tontura que vinha sentindo. — Estou bem.

Dimitri lançou o mais rápido dos olhares para Sydney.

— Vá deitá-la e fazer um curativo. Não a deixe dormir até conseguirmos descobrir se é uma concussão.

— Não, não posso — argumentei. — Não posso deixar você sozinho com ela...

— Estou bem — disse ele. — Descanse para poder me ajudar mais tarde. Não adianta tê-la comigo se você for desmaiar.

Ainda assim, reclamei, mas quando Sydney pegou no meu braço com delicadeza, meu desequilíbrio me entregou. Ela me levou para o único quarto da casa, para a minha enorme insatisfação. Havia algo de horripilante em saber que eu estava na cama de um Strigoi — mesmo que ela estivesse coberta por uma colcha com uma estampa floral azul e branca.

— Cara — disse-lhe, recostando a cabeça no travesseiro depois de Sydney limpar minha testa. Apesar de ter me recusado antes, era ótimo descansar. — Não consigo me acostumar com a bizarrice de um Strigoi vivendo num lugar tão... normal. Como é que você está conseguindo lidar com isso?

— Melhor do que vocês — disse Sydney. Ela se envolveu com os próprios braços e olhou o aposento, incomodada. — Ter contato com os Strigoi está começando a fazer vocês dois não parecerem tão ruins.

— Bem, pelo menos isso serviu para alguma coisa boa — comentei.

Apesar da brincadeira, eu sabia que ela só poderia estar apavorada. Comecei a fechar os olhos e tomei um susto, despertando quando Sydney cutucou meu braço.

— Nada de dormir — repreendeu ela. — Fique acordada e converse comigo.

— Não é uma concussão — murmurei. — Mas acho que podemos discutir os planos para fazer Sonya falar.

Sydney se sentou aos pés da cama e fez uma careta.

— Sem querer ofender, não acho que ela vá ceder.

— Vai, sim, depois de passar alguns dias sem sangue.

Sydney empalideceu.

— Alguns dias?

— Bem, o que for preciso para...

Uma onda de emoção me atingiu através do laço e paralisei por um momento. Sydney deu um pulo, e ficou observando ao redor como se um grupo de Strigoi tivesse invadido o cômodo.

— O que está acontecendo? — perguntou ela em tom de exclamação.

— Preciso dar uma olhada em Lissa.

— Você não pode dormir...

— Não é dormir — disse, objetiva. E com isso, deixei o quarto de Sonya e passei para a perspectiva de Lissa.

Ela estava numa van junto de mais cinco pessoas que reconheci no mesmo instante como os nomeados da realeza. Era uma van de oito lugares, que também levava um guardião como motorista e outro no banco dos passageiros, que olhava para Lissa e seus companheiros.

— Cada um de vocês será deixado num ponto diferente dos arredores de uma floresta e receberá um mapa e uma bússola. A meta é chegar ao destino que consta no mapa e esperar sob a luz do dia até irmos buscá-los.

Lissa e os outros nomeados trocaram olhares e, então, quase todos juntos, espiaram pelas janelas da van. Faltava pouco para o meio-dia e o sol rachava. "Esperar sob a luz do dia" não seria agradável, mas não parecia impossível. Sem se dar conta, ela coçou um pequeno curativo no braço e logo se deteve. Li nos seus pensamentos do que se tratava: um ponto minúsculo, que mal dava para notar, tatuado na pele. Na verdade, se assemelhava ao de Sydney: sangue e terra misturados com compulsão. A compulsão podia ser um tabu entre os Moroi, mas aquela era uma situação especial. O encanto na tatuagem impedia que os candidatos a monarca revelassem a quem não estava envolvido no processo o conteúdo das provas a que precisavam se submeter. Essa era a primeira prova.

— Para que tipo de terreno vocês estão nos mandando? — perguntou Marcus Lazar. — Nem todos têm o mesmo preparo físico. Não é justo alguns de nós obterem vantagens. — Enquanto falava, seus olhos se voltavam para Lissa.

— *Requer* muita caminhada — disse o guardião com uma cara séria. — Só que não é nada que qualquer candidato, de qualquer idade, não deva ser capaz de enfrentar. E, para ser sincero, parte dos requisitos para se tornar um rei ou uma rainha é uma certa quantidade de resistência. A idade traz sabedoria, porém, um monarca precisa ser saudável. Não um atleta, de forma alguma — acrescentou o guardião depressa, vendo Marcus começar a abrir a boca. — Acontece que não é nada bom para os Moroi eleger um monarca adoentado que irá morrer em um ano. É duro, mas é verdade. E vocês também precisam ser capazes de suportar situações desconfortáveis. Se não conseguem enfrentar um dia sob o sol, não conseguirão enfrentar uma reunião do Conselho. — Acho que ele pretendia que isso soasse como uma brincadeira, mas era difícil dizer, já que não sorriu. — No entanto, não é uma corrida. Levem o tempo que precisarem para chegar até o fim. Marcados no mapa há pontos onde determinados itens estão escondidos. Itens que tornarão tudo isso mais suportável, se você conseguir decifrar as pistas.

— Podemos usar nossa magia? — perguntou Ariana Szelsky. Ela também não era jovem, mas parecia durona e preparada para aceitar um desafio de resistência.

— Podem, sim — respondeu o guardião, cerimonioso.

— Corremos perigo lá fora? — perguntou outro candidato, Ronald Ozera. — Além do gerado pelo sol?

— Isso — respondeu o guardião, misterioso — é algo que vocês terão que descobrir por conta própria. Mas se quiserem sair... — Ele pegou uma sacola de celulares e os distribuiu. Os mapas e as bússolas vieram em seguida. — Liguem para o número programado a qualquer momento e iremos até vocês.

Ninguém precisou perguntar sobre a mensagem escondida por trás daquilo. Ligar para o número livraria o nomeado de um longo dia de resistência. Também significaria que ele havia sido reprovado e estava fora da competição pelo trono. Lissa deu uma olhada no celular, meio surpresa por haver sinal ali. Fazia uma hora que tinham deixado a Corte e estavam em pleno campo. Uma fileira de árvores a fez acreditar que se aproximavam de seu destino.

Então. Uma prova de resistência física. Não era bem o que ela esperava. As provas por que os monarcas passavam vinham sendo mantidas em segredo havia muito tempo, conquistando uma reputação quase mística. Aquela era bem prática, e Lissa compreendia o raciocínio, mesmo que Marcus resistisse à ideia. Na verdade, não era uma competição atlética, e o guardião tinha razão ao dizer que o futuro monarca deveria possuir um certo nível de preparo físico. Olhando o verso do mapa, que listava as pistas, Lissa se deu conta de que aquilo também testaria sua capacidade de raciocínio. Tudo muito básico — mas essencial para governar uma nação.

A van os deixou, um por um, em pontos de partida diferentes. A cada candidato que partia, a ansiedade de Lissa aumentava. *Não há nada com o que me preocupar*, pensou ela. *Só tenho que suportar um dia de sol.* Ela foi a penúltima a ser deixada e apenas Ariana ficou para trás. Ariana deu um tapinha no braço de Lissa quando a porta da van se abriu.

— Boa sorte, querida.

Lissa deu um breve sorriso para ela. Aquelas provas podiam não passar de um truque para Lissa, mas, para Ariana, eram para valer, e

Lissa torcia para que a mulher mais velha conseguisse suportar aquilo com sucesso.

Sozinha, depois que a van partiu, Lissa sentiu um desassossego percorrer seu corpo. A simples prova de resistência de repente se tornou muito mais intimidadora e difícil. Ela estava por conta própria, algo que não acontecia com muita frequência. Estive ao seu lado em grande parte de sua vida e, mesmo quando fui embora, ela ainda tinha os amigos por perto. Mas e agora? Eram apenas ela, o mapa e o celular. E o celular era seu inimigo.

Ela caminhou até a entrada da floresta e estudou o mapa. O desenho de um carvalho enorme marcava o começo, com instruções para seguir em direção ao noroeste. Examinando as árvores, Lissa viu três bordos, um pinheiro e... um carvalho. Pegando aquela direção, ela não conseguiu deixar de dar um sorriso. Se mais alguém tivesse marcos botânicos e não conhecesse as plantas e as árvores, poderia perder a candidatura bem ali.

A bússola era clássica. Nada da conveniência de um GPS. Lissa nunca tinha usado uma bússola como aquela, e meu lado protetor desejou ser capaz de se meter e ajudar. No entanto, eu já devia saber. Lissa era esperta e logo descobriu como usá-la. Apontando para o noroeste, entrou na mata. Apesar de não haver uma trilha clara, o chão da floresta não era coberto *demais* de vegetação e obstáculos.

O lado bom de estar na floresta era que as árvores bloqueavam parte do sol. Ainda não era uma condição ideal para os Moroi, mas era melhor do que ser deixado num deserto. Pássaros cantavam e a paisagem era exuberante e verde. Atenta ao marco seguinte, Lissa tentou relaxar e fingir que estava num passeio agradável.

No entanto, era difícil fazer aquilo com tanta coisa em mente. Agora, Abe e nossos amigos se encarregavam de trabalhar e investigar o assassinato. Todos dormiam naquele momento — era o meio da noite dos Moroi —, mas Lissa não sabia quando voltaria, e não conseguia deixar de se lamentar por aquela prova tomar seu tempo. Não, *desperdiçar* seu tempo. Ela havia finalmente aceitado a lógica por trás da nomeação por seus amigos, porém, ainda não gostava disso. Queria ajudá-los de maneira ativa.

Seus pensamentos retorcidos quase a levaram a passar batido pelo marco seguinte: uma árvore há muito tempo caída. Musgos a encobriam e grande parte da madeira estava podre. Uma estrela no mapa a marcava como um lugar com uma pista. Ela virou o mapa e leu:

Cresço e encolho. Corro e rastejo.
Siga minha voz, mas nenhuma tenho.
Não saio daqui, mas viajo de montão...
Flutuo no céu e me escondo no chão.
Escondo minhas provisões sem riqueza alguma ter,
Procure minha decomposição para sua saúde proteger.

Humm.

Na minha mente, deu um branco bem naquele instante, mas a de Lissa girava. Ela leu aquilo repetidas vezes, examinando as palavras de maneira isolada e como cada linha jogava com a outra. *Não saio daqui*. Esse era o ponto de partida, concluiu ela. Algo permanente. Lissa olhou ao redor, considerou as árvores e então as descartou. Elas sempre poderiam ser cortadas e retiradas dali. Com cuidado para não se afastar muito da árvore caída, ela circulou pela área, procurando mais. Tudo era, em teoria, transitório. O que permanecia?

Siga minha voz. Lissa parou e fechou os olhos, assimilando os sons ao seu redor. Em grande parte, de pássaros. Um ou outro farfalhar de folhas. E...

Ela abriu os olhos e caminhou, animada, para a direita. O som que havia ouvido se tornou mais alto, borbulhando e gotejando. Ali. Um riacho percorria a mata e mal dava para notá-lo. Na verdade, parecia minúsculo demais para o leito esculpido ao seu redor.

— Aposto que você aumenta quando chove — sussurrou ela, sem se importar por conversar com um riacho. Olhou de novo para a pista e senti sua mente esperta juntar tudo depressa. O fluxo era permanente, mas viajava. Mudava de tamanho. Tinha voz. Corria em partes profundas, rastejava quando havia obstáculos. E, ao evaporar, flutuava no ar. Ela franziu a testa, ainda refletindo sobre o enigma em voz alta. — Mas você não se decompõe.

Lissa estudou a área mais uma vez, pensando, inquieta, que a decomposição poderia se aplicar a qualquer planta. Seu olhar passou por um bordo enorme e então voltou. Na sua base, crescia uma moita de cogumelos brancos e marrons e vários deles murchavam e enegreciam. Ela se apressou e se ajoelhou e foi quando viu aquilo: um pequeno buraco cavado na terra ali perto. Se inclinando para chegar mais perto, viu um colorido de relance: um saco roxo com uma corda na ponta.

Triunfante, Lissa o puxou e se levantou. O saco era feito de lona e tinha cordas longas, permitindo que ela o pendurasse no ombro enquanto caminhava. Ela abriu o saco e espiou lá dentro. Ali, enfiado no forro macio e felpudo, encontrou o melhor de tudo: uma garrafa de água. Até aquele momento, Lissa não tinha se dado conta do calor que sentia nem do quanto desidratava — ou quanto o sol era desgastante. Os candidatos haviam sido avisados para usar sapatos resistentes e roupas práticas, mas não podiam levar nenhum tipo de suprimento. Encontrar aquela garrafa era inestimável.

Sentada no tronco, ela fez uma parada, tomando o cuidado de economizar a água. Apesar de o mapa indicar mais algumas pistas e "recompensas", ela sabia que não poderia necessariamente contar com mais sacos úteis. Então, depois de descansar por vários minutos, guardou a água e pendurou a pequena carga no ombro. O mapa indicava que Lissa deveria seguir diretamente para o oeste e foi para lá que ela foi.

O calor a castigava enquanto ela continuava sua caminhada, forçando-a a fazer mais algumas paradas (econômicas) para tomar água. Ela persistia em lembrar a si mesma de que não era uma corrida e de que deveria ir com calma. Depois de mais algumas pistas, descobriu que o mapa não obedecia exatamente a uma escala e que, portanto, nem sempre era óbvia a extensão de cada parte da caminhada. Todavia, se deleitava por desvendar cada pista com sucesso, apesar de as recompensas se tornarem cada vez mais intrigantes.

Uma delas era um feixe de gravetos sobre uma pedra, algo que ela teria jurado ser um engano, mas alguém da civilização havia claramente amarrado o feixe ali. Ela o pôs no saco, junto com uma impermeável lona verde dobrada com precisão. Àquela altura, o suor escorria, e dobrar as mangas da camisa social de algodão em pouco ajudou. Ela fez paradas mais frequentes. As queimaduras se tornaram uma preocupação séria, portanto, foi um grande alívio quando a pista seguinte a levou a um frasco de protetor solar.

Depois de mais algumas horas lutando contra o intenso calor do verão, Lissa se sentiu tão quente e cansada que não tinha mais energia mental para se incomodar por perder o que estivesse acontecendo na Corte. Tudo o que importava era terminar aquela prova. O mapa mostrava mais duas pistas, o que ela interpretou como um sinal promissor. Lissa chegaria ao fim em breve e então poderia apenas esperar que alguém fosse buscá-la. Um lampejo de percepção a atingiu. A lona. A lona era para bloquear o sol, concluiu. Ela poderia usá-la no final.

Aquilo a deixou animada, assim como o prêmio seguinte: mais água e um chapéu maleável de abas largas que a ajudava a manter os raios solares longe do rosto. Infelizmente, depois disso, o que parecia uma parte curta do trajeto acabou sendo o dobro da distância que ela esperava. Quando Lissa, por fim, chegou à pista seguinte, estava mais interessada em fazer uma parada para tomar água do que em desenterrar qualquer coisa que os guardiões tivessem deixado para ela.

Fiquei com o coração apertado por Lissa. Queria tanto, tanto poder ajudar. Essa era minha missão: protegê-la. Ela não deveria estar sozinha. Ou deveria? Aquilo também fazia parte da prova? Num mundo em que os membros da realeza viviam cercados por guardiões, aquela solidão só podia ser um choque completo. Os Moroi eram resistentes e tinham sentidos excelentes, mas não haviam sido feitos para o calor extremo e terrenos desafiadores. Eu devia ser capaz de correr pelo trajeto com facilidade. Admito que não sei ao certo se teria tido as habilidades da minha amiga para desvendar as pistas.

A última recompensa de Lissa foi aço e pederneira. Não que ela tivesse ideia do que fossem. Eu os reconheci no mesmo instante como as ferramentas para fazer fogo, mas não conseguia, por nada, descobrir por que ela precisaria fazer uma fogueira num dia como aquele. Lissa deu de ombros, pôs os itens no saco e seguiu em frente.

E foi quando as coisas começaram a esfriar. Esfriar muito.

Lissa não processou isso logo de cara, até porque o sol ainda brilhava muito. Seu cérebro dizia que o que ela sentia era impossível, mas sua pele arrepiada e seu queixo batendo diziam o contrário. Ela desdobrou as mangas e acelerou o passo, torcendo para que o frio repentino ao menos tivesse vindo com nuvens para cobri-la. Caminhar mais depressa e se esforçar mais ajudavam a aquecer o corpo.

Até que começou a chover.

Começou com uma neblina, passando para garoa e, por fim, transformou-se numa uniforme cortina de água. Seu cabelo e suas roupas se encharcaram, deixando a temperatura fria ainda pior. No entanto, o sol ainda brilhava e os raios incomodavam sua pele sensível, mas não ofereciam calor algum em compensação.

Magia, percebeu ela. *Esse clima é provocado por magia.* Fazia parte da prova. De algum jeito, os Moroi usuários da magia do ar e da água haviam se unido para desafiar o clima quente e ensolarado. Por isso, Lissa tinha uma lona — para bloquear o sol e a chuva. Ela pensou em pegá-la agora e usá-la como uma capa, mas logo decidiu esperar até chegar ao fim. No entanto, não fazia a menor ideia do quanto faltava. Trinta metros? Trinta quilômetros? O frio da chuva a tomava, penetrando sua pele. Era horrível.

O celular no saco era o ingresso para sair dali. Não era nem o fim da tarde. Lissa teria que esperar muito até aquela prova acabar. Tudo o que precisava era dar um telefonema... Um telefonema e estaria fora daquela confusão e voltaria a trabalhar no que deveria, na Corte. *Não.*

Uma semente de determinação ardeu dentro dela. Aquele desafio não tinha mais a ver com o trono dos Moroi nem com o assassinato de Tatiana. Era uma prova que ela cumpriria por si mesma. Lissa levava uma vida tranquila e protegida, permitindo que os outros cuidassem dela. Iria suportar aquilo sozinha — e venceria.

Essa determinação a conduziu até o fim do mapa, a uma clareira redonda cercada de árvores. Duas das árvores eram pequenas e próximas o bastante para Lissa acreditar que fosse capaz de estender a lona, formando algum tipo de abrigo razoável. Com os dedos frios e desajeitados, conseguiu tirar do saco e desdobrar por completo a lona — que, por sorte, era muito maior do que ela esperava. Seu humor começou a melhorar enquanto descobria como montar um pequeno dossel. Quando terminou, rastejou para dentro, satisfeita por não pegar mais a chuva que caía.

Isso, porém, não mudava o fato de ela estar molhada. Nem o de o chão também estar molhado — e lamacento. A lona não chegava a protegê-la do frio. Ela sentiu uma faísca de amargura, se lembrando dos guardiões dizendo que a magia era permitida na prova. Naquele momento, não pensou que a magia seria útil, mas, agora, com certeza conseguia enxergar as vantagens de ser um usuário da água para controlar a chuva e mantê-la longe. Ou ainda melhor: ser um usuário do fogo. Lissa desejou que Christian estivesse ali. O calor de sua magia e de seu abraço seriam muito bem-vindos. Para aquele tipo de situação, o espírito era um saco — a menos que, talvez, ela sofresse hipotermia e precisasse tentar se curar (o que nunca funcionava tão bem quanto nos outros). Não, concluiu ela. Não tinha como questionar: usuários da água e do fogo levavam vantagem naquela prova.

Foi quando ela percebeu.

Fogo!

Lissa se endireitou, deixando de se encolher. Não tinha se dado conta da finalidade do aço e da pederneira, mas agora vagas lembranças de como fazer fogo voltavam à sua mente. Nunca tinham lhe ensinado aquelas habilidades diretamente, mas ela estava quase certa de que bater uma pedra na outra provocaria faíscas — se ao menos tivesse lenha seca. Tudo ali fora estava encharcado...

A não ser o feixe de gravetos no saco. Dando uma gargalhada alta, ela desamarrou os gravetos e os acomodou num lugar protegido da chuva. Depois de dispô-los no que parecia uma fogueira de acampamento, tentou descobrir como usar o aço e a pederneira. Nos filmes, pensava ter visto os personagens simplesmente baterem um no outro para provocar centelhas. Então, foi o que fez.

Nada aconteceu.

Lissa tentou mais três vezes e seu entusiasmo de antes deu lugar à frustração obscurecida por espírito. Puxei um pouco daquilo para mim, precisando que ela se mantivesse concentrada. Na quarta tentativa, uma centelha brilhou e se apagou, mas era do que ela precisava para compreender o princípio. Não demorou muito para que ela conseguisse provocar faíscas, que, no entanto, não geravam efeito algum quando atingiam a madeira. Subindo e descendo: seu humor era uma montanha-russa de esperança e decepção. *Não desista,* eu queria dizer enquanto sugava mais pessimismo. *Não desista.* Eu também queria lhe dar uma aula sobre gravetos, mas isso era forçar meus limites.

Observando-a, eu começava a perceber o quanto subestimava a inteligência de Lissa. Sabia que ela era brilhante, mas sempre a imaginei incapaz em situações como aquela. Ela não era. Conseguia refletir sobre as coisas. Aquela centelha minúscula não penetrava na madeira dos gravetos. Ela precisava de uma chama maior. Precisava de alguma coisa para as centelhas queimarem. Mas o quê? Com certeza, nada naquela floresta inundada.

Seus olhos se depararam com o mapa escapando do saco. Ela hesitou apenas por um momento até picá-lo e formar uma pilha sobre os gravetos. Supunha ter chegado ao fim do trajeto e não precisar mais do mapa. Supunha. Agora, porém, era tarde demais, e Lissa levou o plano adiante. Primeiro, puxou parte do forro macio do saco, acrescentando os pedaços de felpa ao papel. Então, pegou a pederneira e o aço de novo.

Uma centelha pulou e de imediato alcançou um pedaço de papel. Brilhou, alaranjada, antes de se apagar, deixando um rastro de fumaça. Lissa tentou de novo, se inclinando para a frente para soprar o papel com delicadeza quando a centelha o tocou. Uma chama minúscula apareceu, pegou num pedacinho de papel ao lado e então se apagou. Se preparando, Lissa tentou pela última vez.

— Vamos lá, vamos lá — murmurou ela, como se pudesse obrigar o fogo a existir.

Dessa vez, a centelha se manteve, se transformando numa pequena chama e então numa chama maior que logo consumiu os pedaços de papel. Torci para que pegasse na madeira ou ela estaria ferrada. A chama crescia, maior e mais brilhosa, consumindo o resto do papel e das felpas... e então se espalhando pelos gravetos. Lissa soprou com cuidado para manter o fogo aceso e não demorou muito para que a fogueira ganhasse força total.

A fogueira não mudava o frio penetrante, mas, para Lissa, ela possuía o calor do sol inteiro nas mãos. Lissa sorriu e a sensação de orgulho que não sentia fazia tempo se espalhou dentro dela. Então, conseguindo finalmente relaxar, olhou para a floresta chuvosa e avistou os mais fracos lampejos de cor ao longe. Canalizando o espírito, usou a magia para intensificar sua capacidade de ver auras. Como era de se esperar — escondidas ao longe, em meio às árvores, ela avistou duas auras repletas de cores fortes e estáveis. Seus donos permaneciam imóveis, quietos e cobertos. O sorriso de Lissa aumentou. Guardiões. Ou talvez os usuários do ar e da água que controlavam o clima. Nenhum dos candidatos estava sozinho ali. Ronald Ozera não tinha motivos para se preocupar — mas, naquele momento, não sabia disso. Só ela. Talvez o espírito não fosse tão inútil naquela prova, afinal.

A chuva começou a enfraquecer, e o calor do fogo continuou a tranquilizá-la. Não dava para adivinhar a hora olhando para o céu, mas, de alguma maneira, ela sabia que não teria problema algum para esperar ali ao longo do dia e...

— Rose? — Uma voz me invocou, me afastando da sobrevivência na selva de Lissa. — Rose, acorde ou... o que seja.

Pisquei, focando o rosto de Sydney, a poucos centímetros do meu.

— O que foi? — perguntei. — Por que você está me incomodando?

Ela recuou e se virou para o lado, sem voz por um momento. Sugar a escuridão de Lissa enquanto eu estava com ela não tinha me afetado na hora, mas agora, consciente e no meu corpo, senti raiva e irritação me inundarem. *Não é você, não é Sydney,* eu disse a mim mesma. *É o espírito. Acalme-se.* Respirei fundo, me recusando a deixar o espírito me dominar. Eu era mais forte do que ele. Eu esperava que sim.

Enquanto lutava para deixar aqueles sentimentos de lado, olhei ao redor e lembrei que estava no quarto de Sonya Karp. Todos os meus problemas voltaram depressa. Havia uma Strigoi amarrada na sala, uma Strigoi que mal conseguíamos manter presa e que não parecia que nos daria respostas tão cedo.

Olhei de novo para Sydney, que ainda se mostrava com medo de mim.

— Me desculpe. Não tive a intenção de ser ríspida com você. Só me assustei. — Ela hesitou por alguns instantes e, então, assentiu com a cabeça, aceitando minhas desculpas. Quando o medo desapareceu de seu rosto, pude ver que algo mais a incomodava. — O que foi? — perguntei. Desde que estivéssemos vivos e Sonya ainda estivesse presa, as coisas não poderiam ser *tão* ruins assim, não é?

Sydney deu um passo para trás e cruzou os braços.

— Victor Dashkov e o irmão dele estão aqui.

Dezoito

Pulei da cama, aliviada por não ter caído no chão. Minha cabeça ainda doía, mas eu não me sentia mais tonta, o que esperava significar que tivesse mesmo escapado de uma concussão. Ao dar uma olhada no despertador enquanto saía do quarto de Sonya, vi que havia passado algumas horas na cabeça de Lissa. Sua prova tinha sido muito mais longa do que eu havia me dado conta.

Na sala, me deparei com uma cena quase cômica. Victor e Robert estavam sentados ali, em carne e osso, assimilando os detalhes dos arredores. Até mesmo Robert parecia estar mentalmente conosco dessa vez. Só que, enquanto Victor estudava tudo de seu jeito calculista, a atenção do irmão se fixava em Sonya. Seus olhos estavam arregalados e impressionados. Dimitri, nesse meio-tempo, não tinha mudado de posição perto de Sonya, nem afastado a estaca da garganta dela. Estava claro, por sua postura e seu olhar atento, porém, que ele considerava os irmãos uma nova ameaça e tentava — em vão — ficar em guarda contra tudo. Parecia aliviado em me ver e ter reforços.

Sonya havia permanecido perfeitamente imóvel nas correntes, o que não gostei nem um pouco. Isso me levava a pensar que ela planejava alguma coisa. Seus olhos vermelhos se estreitavam.

Aquela situação toda era tensa e perigosa, mas uma minúscula parte de mim sentia uma satisfação presunçosa enquanto estudava Victor mais de perto. Os encontros em sonhos enganavam. Assim como eu podia mudar a minha aparência nos sonhos, Victor tinha se passado por mais forte e mais saudável naquelas visitas do que aparentava na vida real. A idade, a doença e viver fugindo pesavam. Sombras escuras contornavam seus olhos e seu cabelo grisalho parecia mais fino do que um mês antes. Ele se mostrava abatido e cansado, mas eu sabia que ainda era perigoso.

— Então — observei, com as mãos na cintura. — Você conseguiu nos encontrar.

— Tem um lago nesta cidade — disse Victor. — Uma casa azul. Talvez você tenha tido problemas com essas indicações, mas, para nós, não foi tão difícil assim.

— Bem, já que você é tão esperto, qual é o seu plano agora? — perguntei. Tentava ganhar tempo enquanto pensava, frenética, em qual era o *meu* plano. Queria capturar Victor e Robert, mas não sabia como. Como tínhamos que dividir nossa atenção entre os dois e Sonya, Dimitri e eu não podíamos nos juntar. Desejei que tivéssemos correntes sobressalentes. Além de render os irmãos, também teríamos que prender suas mãos para reduzir a capacidade de usar magia.

— Já que *você é* tão esperta — contra-argumentou Victor —, presumi que já tivesse conseguido a informação de que precisa.

Gesticulei em direção a Sonya.

— Ela não é muito comunicativa.

Os olhos de Victor se voltaram para ela.

— Sonya Karp. Você mudou desde a última vez que a vi.

— Vou matar todos vocês — vociferou Sonya. — E consumir um por um. Normalmente, eu começaria pela humana e seguiria até os Moroi, mas... — Ela olhou para Dimitri e para mim com o rosto tomado de fúria. — Acho que vou deixar vocês dois por último e prolongar seu sofrimento. — Ela fez uma pausa e, quase que de um jeito cômico, acrescentou: — Vocês foram os que mais me irritaram.

— Todos os Strigoi vão treinar em algum acampamento e aprendem as mesmas ameaças? É de se admirar o fato de você não cacarejar também. — Me virei de novo para Victor. — Está vendo? Não é tão fácil assim. Já tentamos de tudo. Bater, torturar. Sydney passou pelos nomes de todos os parentes dela. Nenhuma reação.

Victor estudou Sydney em detalhes pela primeira vez.

— Então esta é a sua alquimista de estimação...

Sydney não se mexeu. Eu sabia que ela devia estar com medo de ficar frente a frente com alguém que era vampiro e um criminoso perigoso. Tive que lhe dar uns pontos por encará-lo com firmeza.

— Jovem — refletiu Victor. — Mas é claro que seria. Imagino que seja o único jeito de você convencer a moça a participar dessa pequena aventura.

— Estou aqui por escolha própria — respondeu Sydney. Sua expressão permaneceu calma e confiante. — Ninguém teve que me convencer. — A chantagem de Abe não importava mesmo naquele momento.

— Escute, se você queria continuar me torturando com seus comentários sem graça, poderia ter continuado invadindo meus sonhos — disse eu com rispidez. — Se não tem nada de útil para oferecer, saia daqui e nos deixe esperar até a fome enfraquecer Sonya. — E com *saia daqui*, eu quis dizer: *seu tolo, vá pensando que irá sair daqui para que eu possa bater a cabeça de um na do outro e arrastá-los de volta para os guardiões.*

— Podemos ajudar — disse Victor. Ele tocou no braço do irmão de leve. Robert recuou, passando os olhos de Sonya para Victor. — Seus métodos estão predestinados a falhar. Se quer respostas, só existe um jeito de...

Sonya fez sua tentativa de escapar. Dimitri ainda estava bem ao lado dela, mas também observava todos nós. E, é claro, eu me concentrava por completo na conversa com Victor. Devia ser a melhor abertura por que Sonya poderia esperar.

Com uma força louca de Strigoi, ela fez um movimento brusco na cadeira. A corrente dava várias voltas no seu corpo, mas seu movimento rápido e sua força bastaram para quebrá-la em duas partes. O resto ainda a envolvia, mas eu sabia muito bem que até uma abertura era o suficiente para ela acabar fugindo. Distraído ou não, Dimitri partiu para cima dela no mesmo instante e, um segundo depois, eu também. Ela se debatia na cadeira, usando toda a força e a velocidade que tinha para tentar se libertar. Se conseguisse se soltar, eu sabia que ela provocaria outra luta feroz. Meus olhos encontraram os de Dimitri por um instante e eu soube que pensávamos nas mesmas coisas. Primeiro, como iríamos imobilizá-la de novo? Devia dar para consertar a corrente, mas precisaríamos desamarrá-la e começar outra vez, o que seria quase impossível. Também sabíamos que nós dois podíamos não ser capazes de derrotá-la novamente, e agora tínhamos inocentes por perto. Eles não lutavam, e Sonya poderia usá-los para obter alguma vantagem.

Tudo o que nos restava fazer era tentar mantê-la presa. Segurá-la contra uma superfície plana como o chão teria sido muito mais fácil do que numa poltrona reclinável desajeitada. A poltrona balançava enquanto Sonya lutava contra nós e nos esforçávamos para nos posicionar bem sobre ela. Dimitri empunhou sua estaca — eu havia largado a minha mais cedo — e a usou para rasgar a pele da Strigoi, nos dando alguma vantagem na luta. Ela gritou de raiva e me agarrei à esperança de que iríamos cansá-la. Talvez não. Cederíamos primeiro. Minha cabeça dolorida já bastava como prova de que eu não estava na minha melhor forma.

Vi um lampejo de movimento ao meu redor, disparando novos alarmes. Robert Doru vinha na nossa direção — e tinha uma estaca de prata nas mãos. A visão era tão bizarra e inesperada que demorei para alertar Dimitri. Quando minha mente lenta de repente voltou à vida, era tarde demais.

— Não! — berrei, vendo Robert erguer a estaca. — Não mate Sonya!

Então, Dimitri se virou e viu Robert, mas não havia nada que pudesse fazer. Ele e eu tínhamos criado uma oportunidade perfeita.

Nós dois segurávamos Sonya, imobilizando-a e deixando seu peito vulnerável. O caminho estava livre para Robert. Frenética, eu me perguntava o que fazer. Se o detivesse, soltaria Sonya. Se não o detivesse, ele poderia matar nossa única chance de descobrir quem...

Tarde demais. A estaca penetrou com uma força que me impressionou. Lissa teve muita dificuldade para cravar a estaca em Dimitri e imaginei que o mesmo aconteceria com alguém como Robert, que era mais velho e parecia tão frágil. Mas não. Ele teve que usar as duas mãos, mas a estaca entrou firme no peito de Sonya, perfurando seu coração.

Sonya deu um grito intenso. De repente, uma brilhante luz branca que nos cegava preencheu o cômodo, no exato instante em que uma força invisível me empurrou. Me choquei contra a parede e meu cérebro mal registrou a dor. A casinha tremeu e, com uma das mãos, tentei agarrar alguma coisa e me preparar. Mantive os olhos bem fechados, mas ainda via raios brilhantes, como se saíssem de uma estrela. O tempo desacelerou. Meus batimentos cardíacos desaceleraram.

Então... tudo parou. Tudo. A luz. Os tremores. Respirei normalmente. Tudo estava quieto e imóvel, como se eu tivesse imaginado o que acabava de acontecer.

Pisquei, tentando fazer com que meus olhos recuperassem o foco e avaliassem a situação. Me esforcei ao máximo para ficar de pé, desajeitada, e vi que Dimitri fazia o mesmo. Ele também parecia ter sido atingido, mas se apoiou na parede em vez de se chocar contra ela. Robert estava deitado no chão, e Victor correu para ajudá-lo. Sydney apenas permanecia paralisada.

E Sonya?

— Inacreditável — sussurrei.

Sonya ainda estava na poltrona e, pelo jeito que se recostava, era óbvio que tinha sido empurrada pela mesma força que havia atingido todos nós. As correntes ainda a envolviam, mas ela havia parado de se debater. No seu colo, estava a estaca de prata que Robert empunhara momentos antes. Sonya conseguiu soltar uma das mãos da corrente, apenas o bastante para que seus dedos deslizassem pela superfície da estaca. Seus olhos se arregalaram, admirados — olhos que tinham um belo tom de azul-celeste.

Robert tinha trazido Sonya de volta à vida. Ela não era mais uma Strigoi.

Quando Lissa salvou Dimitri, senti o poder da magia através do laço, experimentando tudo aquilo com intensidade e plenitude. Testemunhar isso agora, sem o conhecimento em primeira mão fornecido por Lissa, foi igualmente incrível. Victor se preocupava com Robert, mas os demais não conseguiam deixar de encarar Sonya, admirados. Fiquei procurando por qualquer coisa — *qualquer coisa* — que pudesse dar o menor indício de sua existência como Strigoi.

Não havia nada. Sua pele aparentava a típica palidez dos Moroi, mas ainda estava repleta do calor da vida, com leves traços de cor — não era mais como a dos Strigoi, completamente desprovidas de pigmento. Seus olhos estavam vermelhos, mas era por causa das lágrimas que se formaram depressa. Não havia mais nenhum anel vermelho em torno de suas íris. E naquele olhar... não havia crueldade nem malícia. Não eram os olhos de alguém que tinha acabado de ameaçar matar todos nós. Eram apenas choque, medo e confusão. Não consegui tirar os meus dela.

Um milagre. Mais um milagre. Mesmo depois de ver Lissa recuperar Dimitri, uma parte secreta de mim acreditava que eu nunca testemunharia nada como aquilo de novo. É assim que os milagres funcionam. Uma vez na vida. Muito se discutiu sobre o uso do espírito para salvar os Strigoi de toda parte, uma discussão que se esvaiu quando outro drama — o assassinato da rainha — passou a ser prioridade na Corte. O pequeno número de usuários do espírito também tornou a ideia impopular e, além do mais, todos sabiam das dificuldades envolvidas na tarefa de um Moroi cravar uma estaca num Strigoi. Se guardiões treinados morriam lutando contra Strigoi, como um Moroi poderia cravar uma estaca em um? Bem, ali estava a resposta: um Strigoi dominado. Um Moroi conseguia cravar uma estaca usando as duas mãos, ainda mais com a ajuda de guardiões. As possibilidades me deixaram confusa. A magia de Robert era forte, mas ele estava velho e frágil. No entanto, se ele conseguiu, qualquer usuário do espírito seria capaz de fazer? Ele quase fez aquilo parecer fácil. Adrian seria capaz de fazer uma coisa dessas? Lissa seria capaz de fazer aquilo de novo?

Um milagre. Sonya Karp era um milagre que vivia e respirava.

E, de repente, ela começou a gritar.

No início era um tipo de lamento baixo, mas o volume logo aumentou. O barulho me deixou atenta, mas eu não sabia exatamente como reagir. Dimitri sabia. Sua estaca caiu da mão e ele correu para perto de Sonya, tentando libertá-la das correntes. Ela se atrapalhou com o toque dele, mas seus esforços não continham mais a força sobrenatural de um monstro morto-vivo querendo vingança. Aqueles eram movimentos de alguém com um medo terrível e desesperador.

Eu havia enrolado aquelas correntes com muita segurança, mas Dimitri as tirou em segundos. Quando Sonya ficou livre, ele se sentou na poltrona e a puxou para si, permitindo que ela enterrasse o rosto no seu peito e soluçasse. Engoli em seco. Dimitri também tinha chorado ao ser transformado de volta. Uma imagem estranha de recém-nascidos percorreu minha mente. Chorar seria a reação natural de qualquer um que nascesse — ou, nesse caso renascesse — no mundo?

Um movimento repentino chamou minha atenção. Os olhos de Sydney estavam arregalados, e ela seguia na direção de Dimitri — para detê-lo.

— O que você está fazendo? — gritou. — Não a liberte!

Dimitri ignorou Sydney e a peguei, puxando-a de volta.

— Tudo bem, tudo bem — disse eu. Sydney era o fator mais estável naquela operação toda. Eu não podia permitir que ela surtasse. — Ela não é uma Strigoi. Veja. Olhe para ela. É uma Moroi.

Sydney balançou a cabeça devagar.

— Não pode ser. Acabei de vê-la...

— É o que aconteceu com Dimitri. Exatamente a mesma coisa. Você não acha que ele é um Strigoi, acha? Você confia nele. — Soltei Sydney, e ela permaneceu atenta, receosa.

Olhando para os irmãos no chão, me dei conta de que a situação deles era mais grave do que eu imaginava. Robert, apesar de não ser um Strigoi, estava pálido o bastante para parecer um. Tinha os olhos vagos e uma baba escorria de sua boca meio aberta. Reconsiderei minha observação de antes sobre ele fazer a restauração de um Strigoi parecer fácil. Havia cravado a estaca em Sonya como um profissional, mas era óbvio que existiam alguns efeitos colaterais. Victor tentava amparar o irmão, murmurando palavras para acalmá-lo e encorajá-lo. E no rosto de Victor... Bom, havia um olhar de compaixão e medo que eu nunca tinha visto antes. Eu não sabia ao certo como conciliar aquilo com a imagem tão definida de vilão que eu tinha dele. Victor parecia uma pessoa de verdade.

Ele olhou para cima, para mim, e seus lábios se retorceram num sorriso amargo.

— O quê, nada de gracejos espertinhos agora? Você devia estar feliz. Nós lhe demos o que você queria. Você precisa de respostas de Sonya Karp? — Ele acenou com a cabeça em direção a ela. — Vá buscá-las. Com certeza, elas estão nos custando caro.

— Não! — exclamou Dimitri. Ele ainda segurava Sonya contra o peito, mas sua expressão gentil se endureceu diante das palavras de Victor. — Você está louco? Não viu o que acabou de acontecer?

Victor arqueou uma das sobrancelhas.

— É, percebi.

— Ela não está em condições de responder nada! Está em choque. Deixe-a em paz.

— Não aja como se fosse *ela* que estivesse sofrendo aqui — disse Victor com rispidez. Se virando de novo para Robert, ele ajudou o irmão a se levantar e ir em direção ao sofá. Robert mal conseguiu fazer isso, e suas pernas trêmulas fraquejaram quando ele se sentou. Victor envolveu Robert com um dos braços.

— Você vai ficar bem. Vai ficar tudo bem.

— Vai mesmo? — perguntei, incerta. Robert não parecia estar em muito boa forma. Meus pensamentos de antes sobre usuários do espírito salvando Strigoi continuavam em conflito. — Ele... Ele fez isso antes e se recuperou, não é? E Lissa está bem.

— Robert era muito mais jovem... como Vasilisa é — respondeu Victor, dando um tapinha no ombro do irmão. — E isso está longe de ser um encantamento simples. Fazer uma coisa dessas uma vez já é monumental. Duas vezes? Bem, você e eu sabemos como o espírito funciona, e esse feito pesa tanto sobre o corpo quanto sobre a mente. Robert fez um grande sacrifício por você.

Fez mesmo, supus.

— Obrigada, Robert — disse-lhe. As palavras vieram hesitantes à minha boca. Robert não pareceu ouvi-las.

Dimitri se levantou, erguendo Sonya com facilidade nos braços. Ela ainda chorava, mas seus soluços tinham diminuído agora.

— Sonya precisa descansar — disse ele, num tom áspero. — Acredite, você não faz ideia do que está acontecendo dentro dela agora.

— Acredito em você — respondi.

— Vocês são uns idiotas — disse Victor com rispidez. — Vocês dois.

Era de se admirar que o olhar de Dimitri não tivesse derrubado Victor no chão.

— Nada de interrogatórios ainda.

Assenti, concordando, sem saber o que mais fazer. Quando Lissa restaurou Dimitri, assumiu uma postura protetora e feroz, parecida com aquela. Ele podia não ser o responsável pela transformação de Sonya, mas era o único que fazia alguma ideia do que ela estava sentindo. Eu sabia que ele havia passado por uma dura adaptação, e que os efeitos iniciais da restauração o haviam desorientado. Isso sem sequer contar a consequente depressão.

Ele passou por nós, levando Sonya para o quarto. Sydney observou a cena, e então olhou para o sofá, onde Victor ainda abraçava o irmão. Os olhos da alquimista, intrigados, encontraram os meus.

— Já tinha ouvido falar disso... mas não acreditava.

— Às vezes — comentei —, ainda não acredito. Isso vai contra todas as regras do universo.

Para a minha surpresa, ela tocou na pequena cruz dourada em torno do pescoço.

— Algumas regras são maiores do que o universo.

Victor se levantou do sofá, se mostrando satisfeito por Robert estar descansando. Fiquei tensa. Milagres à parte, ele ainda era um criminoso, um criminoso que eu pretendia capturar. Deu um passo na minha direção, falando em voz baixa:

— Lamento interromper a discussão metafísica, mas você precisa me ouvir — disse ele. — Tome cuidado, Rose. Muito cuidado. Muita coisa depende de você agora. Não deixe seu lobo de estimação impedir você de descobrir o que Sonya sabe.

— Mas ele tem razão! — exclamei. — Faz cinco minutos! O que ela passou... O que os dois passaram... Bem, é coisa demais para assimilar. É uma mudança muito drástica. Ele também precisou se recuperar e se adaptar à salvação. Assim que ela fizer isso, irá nos ajudar.

— Tem certeza? — perguntou Victor, estreitando os olhos. — Será que *Sonya* irá pensar que foi salva? Você está se esquecendo: Belikov foi transformado em Strigoi contra a vontade. Ela, não.

— O-o que você está dizendo? Que ela vai tentar se transformar em Strigoi de novo?

Ele deu de ombros.

— Estou dizendo para você conseguir suas respostas logo. E não a deixe sozinha.

Com isso, Victor se virou e seguiu em direção à cozinha. Logo voltou com um copo de água. Robert bebeu, ávido, e então caiu num sono pesado. Suspirei e me apoiei numa parede perto de Sydney, completamente exausta. Ainda estava dolorida por causa da luta de antes.

— E agora? — perguntou Sydney.

Balancei a cabeça.

— Não sei. Temos que esperar, eu acho.

Dimitri voltou pouco tempo depois e deu uma pequena olhada em Robert.

— Ela está dormindo também — disse ele. — A transformação... é difícil. — Pude ver assombro nos seus olhos, e me perguntei que lembrança o atormentava agora. A lembrança de ser transformado? A lembrança de ser um Strigoi?

— Acho que não devemos deixar Sonya sozinha — observei. Do canto do olho, vi Victor dar um sorriso malicioso. — Alguém devia ficar perto para o caso de ela acordar. Ela não vai saber o que está acontecendo.

Dimitri não respondeu durante alguns segundos, me examinando com cuidado. Ele me conhecia bem o bastante para perceber que devia haver algo mais na minha mente. Por sorte, não conseguiu encontrar uma falha na minha lógica.

— Tem razão. Você se importa de se sentar perto dela? — perguntou ele a Sydney.

Fiquei tentando encontrar alguma coisa para dizer. Não, não. Sydney, não. Se Sonya se voltasse mesmo contra nós, precisaríamos de alguém em guarda, alguém que pudesse reagir. Sydney, provavelmente percebendo minha apreensão, me poupou de mentir para Dimitri — ou de contar a ele a verdade sobre minhas preocupações.

— Sonya não me conhece. Isso pode piorar as coisas quando ela acordar. Além do mais... — Sydney assumiu aquela expressão de desgosto que era especialidade dos alquimistas. — Para ser sincera, não me sinto muito confortável com alguém que era um monstro cinco minutos atrás.

— Ela não é uma Strigoi — exclamou ele. — É absolutamente, totalmente, uma Moroi de novo! — Até eu me senti intimidada pela dureza de sua voz, mas sua reação veemente não me surpreendeu por completo. Dimitri teve dificuldades para convencer os outros de que havia mudado. Seu rosto se suavizou um pouco. — Sei que é difícil acreditar, mas ela mudou mesmo.

— Eu fico com ela, então — ofereci.

— Não, não. — Dimitri balançou a cabeça. — Sydney tem razão em uma coisa: Sonya pode estar confusa. É melhor se alguém que compreende o que aconteceu estiver lá.

Comecei a argumentar que eu era a única que Sonya conhecia de verdade, mas acabei concluindo que era melhor ficar com os irmãos. Os dois pareciam inofensivos agora, mas eu não confiava neles. Ao que parecia, Dimitri também não. Ele deu alguns passos para a frente e se abaixou, falando a apenas um centímetro da minha orelha.

— Fique de olho neles — murmurou. — Robert está apagado agora, mas pode se recuperar mais cedo do que imaginamos.

— Sei disso.

Ele começou a se virar e então olhou de novo para mim. Sua voz de comando havia suavizado, se tornando pensativa e impressionada.

— Rose?

— Oi...

— Foi... Foi assim quando Lissa me transformou?

— Mais ou menos.

— Não me dei conta... isso foi... — Ele se esforçava, procurando as palavras. Aquilo não era nada comum. — O jeito como a luz tomou a sala, o jeito como ela se transformou. Ver essa vida emergir da morte... Isso foi...

— Bonito?

Ele assentiu.

— Uma vida como essa... Você não... Não, você *não pode* desperdiçá-la.

— Não — concordei. — Não pode.

Então, vi algo se transformar dentro dele. Foi pequeno, como no beco, mas percebi que mais uma camada do trauma de Strigoi havia sido removida.

Dimitri não deu mais nenhuma palavra, e observei enquanto ele voltava pelo corredor. Sem mais nada para fazer, Sydney se sentou no chão com as pernas cruzadas, apoiando um livro no colo. O livro estava fechado e seus pensamentos se encontravam claramente em outro lugar. Nesse meio-tempo, Victor se recostou na poltrona e a reclinou. Ele não parecia tão mal quanto Robert, mas marcas de fadiga se mostravam nos dois irmãos. Que bom. Quanto mais tempo passassem incapacitados, melhor. Peguei uma cadeira na cozinha e a levei para a sala para poder me sentar e avaliar o cômodo. Tudo em paz.

Eu me senti como uma babá, e acho que era mais ou menos isso mesmo. O dia havia sido longo e a noite logo enegreceu por trás das janelas. Aquilo me preocupou. Pelo que sabia, Sonya tinha uns amigos Strigoi que poderiam passar lá. O fato de Donovan conhecê-la com certeza indicava que ela não era totalmente excluída entre eles. Isso me deixou ainda mais alerta, mas, ao mesmo tempo, eu estava exausta. Os irmãos já haviam adormecido. Sydney, talvez numa tentativa de se manter no horário dos humanos, acabou arranjando um cobertor e um travesseiro sobressalentes e se acomodou numa cama improvisada no chão.

E eu? Eu estava entre o horário dos vampiros e o dos humanos. Tive a impressão de que Dimitri também. Na verdade, estávamos no horário do "faça o que for preciso", em que um sono prolongado não era uma opção.

Sons de agitação e espanto de repente ecoaram através do laço. Não senti nenhum perigo ou ameaça, mas a curiosidade me fez decidir dar uma olhada em Lissa de todo jeito. Mesmo que eu estivesse na sua mente, sabia que meu corpo permaneceria alerta, e eu queria saber como havia sido o fim da prova.

Uma beleza, é claro. Ela voltava para a Corte, exausta, mas orgulhosa de si mesma. Não era a única. Seus outros companheiros todos tinham semblantes parecidos... Todos menos Ava Drozdov. Ela havia sido a única a ceder e usar o celular para pedir socorro. Lissa se surpreendeu com a desistência de Ava. Depois das reclamações de mais cedo, Marcus Lazar havia aparentado ser o mais propenso a pular fora. Mas não, o velho tinha conseguido de alguma maneira, o que significava que ele continuaria participando das provas para monarcas. Ava se recusava a estabelecer contato visual com os outros e, em vez disso, desolada, olhava fixamente pela janela na volta para a Corte. Ela ainda ocuparia um lugar no Conselho, mas sua chance de ser rainha já era.

Lissa se sentia mal por Ava, mas não podia se preocupar demais com ela. Aquilo fazia parte das provas, fazia parte de como determinavam os melhores candidatos. Além do mais, Lissa tinha os próprios problemas. Ficar ao ar livre durante o dia havia contrariado os horários normais dos vampiros. Agora, ela queria apenas voltar para a Corte, ir para o quarto e dormir por algumas horas. Queria um pouco de paz.

Em vez disso, se deparou com uma multidão esperando por ela.

Dezenove

As vans estacionaram numa região um tanto remota da Corte, então, ver aquele lugar repleto de Moroi ansiosos foi meio que um choque para Lissa. Os guardiões passavam em meio às pessoas feito fantasmas, como na sessão de nomeação, mantendo o máximo de ordem possível. A multidão insistia em ficar no caminho enquanto as vans tentavam chegar até as garagens, e rostos olhavam pelas janelas, tentando ver os candidatos.

Lissa encarava a massa em choque, quase com medo de sair. Ariana deu um sorriso reconfortante para ela.

— Isso é normal. Todos eles querem saber quem conseguiu e quem não conseguiu. *Eles*, principalmente, querem saber. — Ela inclinou a cabeça para a frente da van. Olhando pelo para-brisa, Lissa viu os outros seis candidatos. Como o trajeto da floresta não comportava tanta gente, o grupo havia sido dividido pela metade. Os outros candidatos irão fazer a mesma prova no dia seguinte e, sem dúvida, estavam curiosos para saber quem, entre seus adversários, tinha passado naquele dia.

Lissa estava acostumada com ordem e decoro em meio aos membros da realeza, portanto, ficou impressionada ao ver tanta avidez e agitação entre eles agora. E, é claro, os Moroi "comuns" que chegavam à Corte se misturavam à multidão também. Todos empurravam, espiando por sobre a cabeça dos outros para descobrir o que havia acontecido. As pessoas gritavam os nomes de alguns candidatos e fiquei meio surpresa por não terem aparecido com canções e pôsteres.

Lissa e seus companheiros saíram da van e foram recebidos por uma onda de animação que percorria a multidão. Logo se tornou óbvio quem tinha passado e quem não tinha. Aquilo deixou as pessoas ainda mais agitadas. Lissa ficou de pé, enraizada no lugar, olhando ao redor e se sentindo perdida. Uma coisa era discutir de maneira racional com os amigos os prós de ela se candidatar a rainha. Outra coisa completamente diferente era ser lançada de repente no que as eleições significavam de verdade.

Seu foco havia se limitado a algumas coisas: minha segurança, descobrir o assassino e sobreviver às provas. Agora, à medida que assimilava tudo aquilo, Lissa se dava conta de que a eleição era maior do que ela, maior do que qualquer coisa que poderia ter imaginado. Para aquelas pessoas, não era brincadeira. Não era um esquema para distorcer a lei e ganhar tempo. De certa forma, suas vidas estavam em jogo. Moroi e dampiros viviam em vários países e seguiam suas próprias leis, mas também obedeciam *àquele* governo, que operava fora da Corte. Seu alcance se espalhava pelo mundo e afetava cada dampiro e Moroi que escolhesse permanecer na nossa sociedade. Tínhamos alguma escolha, sim, mas o rei ou a rainha moldava nosso futuro.

Os guardiões encarregados das multidões, por fim, permitiram que as famílias atravessassem as massas e se encontrassem com seus nomeados. Lissa não tinha ninguém. Janine e Eddie — apesar das alegações de antes — costumavam receber missões temporárias que os impediam de passar 24 horas por dia e 7 dias por semana com Lissa e, com certeza, ela não tinha um familiar para ir apanhá-la. Sem rumo, ficou tonta naquele caos, ainda chocada pelo momento de clareza. Sentimentos conflitantes guerreavam dentro dela. Enganar a todos fazia com que se sentisse indigna, como se devesse renunciar à candidatura naquele instante. Ao mesmo tempo, ela queria ser digna das eleições. Queria manter a cabeça erguida e participar das provas com orgulho, ainda que as fizesse por motivos escusos.

Uma mão forte, por fim, pegou no seu braço. Christian.

— Venha. Vamos sair daqui. — Ele a puxou, passando pelos espectadores. — Ei — gritou para alguns guardiões nos arredores. — Pode dar uma ajudinha aqui para a princesa?

Foi a primeira vez que o vi agir como um membro da realeza, exibindo a autoridade de sua linhagem. Para mim, ele era o sarcástico e cínico Christian. Na sociedade dos Moroi, aos 18 anos, agora, em teoria, ele poderia ser tratado como lorde Ozera. Eu tinha me esquecido disso. Os dois guardiões, não. Eles correram para perto de Lissa e ajudaram Christian a abrir caminho pela multidão. Os rostos ao redor dela eram um borrão, e o barulho era um murmurinho monótono. No entanto, às vezes, algo a atingia. Seu nome sendo clamado. Declarações sobre o retorno do dragão, o símbolo da família Dragomir. *Isso é real*, era o que ficava pensando. *Isso é real.*

Os guardiões a conduziram com eficiência, tirando-a de toda aquela confusão, atravessando a Corte, até seu prédio. Eles a soltaram quando consideraram que Lissa estava a salvo, e ela, graciosa, agradeceu pela ajuda. Quando Lissa e Christian chegaram ao quarto, ela se jogou na cama, impressionada.

— Ah, meu Deus — disse. — Isso foi loucura.

Christian sorriu.

— Que parte? Sua festa de boas-vindas? Ou a prova em si? Você parece que acabou de... Bem, não sei ao certo *o que* você acabou de fazer.

Lissa deu uma rápida olhada em si mesma. Tinham lhe dado toalhas secas no caminho de volta para casa, mas suas roupas ainda estavam úmidas e enrugavam à medida que secavam. Seus sapatos e jeans estavam cobertos de lama e ela não queria nem pensar no estado de seu cabelo.

— É, nós...

As palavras ficaram presas na sua língua — e não porque ela de repente decidiu não lhe contar.

— Não posso dizer — murmurou ela. — Funcionou mesmo. O encanto não deixa.

— Que encanto? — perguntou ele.

Lissa dobrou a manga e levantou o curativo para mostrar a Christian o minúsculo ponto tatuado no seu braço.

— É um encanto com compulsão para me impedir de falar sobre a prova. Como o dos alquimistas.

— Uau — disse ele, realmente impressionado. — Na verdade, nunca achei que isso funcionasse.

— Acho que sim. É muito estranho. Quero falar sobre isso, só que... não consigo.

— Tudo bem — disse Christian, acariciando uma mexa do cabelo úmido de Lissa e a empurrando para o lado. — Você passou. É o que importa. Se concentre nisso.

— A única coisa em que quero me concentrar agora é num banho... o que é meio irônico, levando-se em conta o quanto estou molhada. — No entanto, ela não se mexeu e, em vez disso, encarou a parede mais distante.

— Ei — falou Christian com delicadeza. — O que foi? A multidão assustou você?

Ela se virou de novo para ele.

— Não. É isso. Quero dizer, me intimidou, sim. Mas é que acabo de me dar conta... Não sei. Me dei conta de que estou participando de um grande processo, um processo que acontece desde...

— O começo dos tempos? — provocou ele, citando a declaração sem sentido de Nathan.

— Quase — respondeu ela, com um sorrisinho que logo desapareceu. — Isso vai além da tradição, Christian. A eleição é uma parte essencial da nossa sociedade. Está arraigada. Podemos falar sobre mudar a lei da idade, sobre lutar ou sobre o que quer que seja, mas isso é ancestral. E de longo alcance. Sabe aquelas pessoas ali fora? Nem todas são dos Estados Unidos. Elas vieram de outros países. Às vezes, esqueço que, apesar de a Corte ser aqui, ela governa os Moroi em toda parte. O que acontece aqui afeta o mundo inteiro.

— Aonde você quer chegar com isso? — perguntou ele. Ela estava perdida nos próprios pensamentos e não conseguiu interpretar Christian com tanta objetividade quanto eu. Ele conhecia Lissa. Ele a compreendia e amava. Os dois tinham uma sintonia parecida com a que Dimitri e eu compartilhávamos. Às vezes, porém, os pensamentos de Lissa giravam em direções que ele não conseguia adivinhar. Christian nunca admitiria isso, mas eu sabia que ele a amava em parte porque — ao contrário de mim, que todo mundo sabia que era impetuosa — Lissa sempre passou uma imagem de calma e racional. Aí, ela fazia algo totalmente inesperado. Aqueles momentos o deleitavam, mas, às vezes, o assustavam, porque ele nunca sabia o quanto o espírito interferia nas ações dela. Agora era um desses momentos. Ele sabia que as eleições a estressavam e, como eu, que isso poderia desencadear o pior.

— Vou levar essas provas a sério — disse ela. — É... É vergonhoso não fazer isso. Um insulto à nossa sociedade. Meu principal objetivo é descobrir quem incriminou Rose, mas, nesse meio-tempo... Vou fazer as provas como alguém que pretende ser rainha.

Christian hesitou antes de falar, o que, vindo dele, era uma raridade.

— Você *quer* ser rainha?

Aquilo arrancou Lissa de sua filosofia serena sobre tradição e honra.

— Não! Claro que não. Tenho 18 anos. Ainda não posso nem beber.

— Isso nunca impediu você de beber — argumentou ele, com uma observação que era bem mais a cara dele.

— É sério! Quero ir para a faculdade. Quero Rose de volta. *Não* quero governar a nação Moroi.

Uma expressão de quem sabia de um segredo iluminou os olhos azuis de Christian.

— Sabe, a tia Tasha faz brincadeiras sobre como, na verdade, você seria uma rainha melhor do que os outros, mas, às vezes... acho que ela não está brincando.

Lissa gemeu e se esticou na cama.

— Adoro sua tia, mas temos que mantê-la sob controle. Se alguém pudesse realmente mudar aquela lei, seria Tasha e os amigos ativistas dela.

— Bem, não se preocupe. O que acontece com os "amigos ativistas dela" é que eles têm tanto a protestar que não costumam se empenhar em uma única coisa ao mesmo tempo. — Christian se esticou ao lado de Lissa e a puxou para perto. — Mas, de todo jeito, também acho que você seria uma ótima rainha, princesa Dragomir.

— Você vai acabar se sujando — avisou ela.

— Já estou... Por causa de suas roupas? — Ele a envolveu com os braços, sem se importar por Lissa estar molhada e enlameada. — Passei grande parte da infância me escondendo num sótão empoeirado e tendo apenas uma camisa social. Você acha mesmo que ligo para esta camiseta?

Ela deu uma gargalhada e, então, o beijou, permitindo que sua mente se libertasse das preocupações por um instante e apenas saboreasse o toque dos lábios dele. Levando-se em conta que os dois estavam numa cama, eu me perguntei se era hora de me retirar. Depois de vários segundos, ela se afastou e suspirou, contente.

— Sabe, às vezes, acho que amo você.

— Às vezes? — perguntou ele, fingindo estar indignado.

Ela bagunçou o cabelo dele.

— O tempo todo, mas tenho que manter você com os pés no chão.

— Pode considerar que estão mantidos.

Ele aproximou os lábios dos dela de novo, mas parou no momento em que ouviram alguém bater à porta. Lissa se afastou do beijo que estava por vir, mas nenhum dos dois deixou o abraço.

— Não atenda — disse Christian.

Lissa franziu a testa, olhando em direção à sala. Deslizou para fora dos braços de Christian, se levantou e foi até lá. Quando estava a vários passos dali, disse, como quem sabia de alguma coisa.

— É Adrian.

— Mais um motivo para não atender — retrucou Christian.

Lissa o ignorou e abriu a porta e, como era de se esperar, meu namorado, com uma postura de "que se dane", estava ali. Por trás de Lissa, ouvi Christian dizer:

— Pior. Hora. Possível.

Adrian estudou Lissa e então olhou para Christian esparramado na cama, na parte mais distante dos aposentos.

— Ah — disse, entrando. — Então é assim que vocês vão resolver o problema da família. Dragomirzinhos. Boa ideia.

Christian se sentou e foi andando devagar até eles.

— É exatamente isso. Você está interrompendo negócios oficiais do Conselho.

Adrian se vestia de um jeito que considerava casual, com jeans e uma camiseta preta, mas fazia tudo aquilo parecer roupa de marca. Na verdade, deviam ser. Meu Deus, como eu sentia saudade dele. Como eu sentia saudade de todos eles.

— O que está acontecendo? — perguntou Lissa. Enquanto Christian parecia considerar a chegada de Adrian uma ofensa pessoal, Lissa sabia que Adrian não estaria ali sem um bom motivo, ainda mais tão cedo no dia dos Moroi. Embora ele estivesse com aquele seu sorriso preguiçoso, havia um brilho entusiasmado e ávido na sua aura. Ele tinha novidades.

— Estou com ele — anunciou Adrian. — Peguei o cara.

— Quem? — perguntou Lissa, surpresa.

— O idiota do Blake Lazar.

— O que você quer dizer com "peguei"? — perguntou Christian, tão perplexo quanto Lissa. — Você pôs uma armadilha para ursos nas quadras de tênis ou alguma coisa do tipo?

— Quem me dera. Blake está no Flecha em Chamas. Acabei de pagar mais uma rodada, então, conseguiremos falar com ele se nos apressarmos. Ele acha que saí para fumar um cigarro.

A julgar pelo cheiro que envolvia Adrian, Lissa tinha a impressão de que ele havia mesmo saído para fumar um cigarro. E que devia ter tomado umas.

— Não acha que estava muito cedo para estar num bar?

Adrian deu de ombros.

— Não está cedo para os humanos.

— Mas você não é...

— *Venha,* prima. — A aura de Adrian não tinha as cores fracas da de alguém completamente bêbado, mas, de fato, ele havia bebido um pouco. — Se o belo Ambrose tiver razão sobre tia Tatiana, então esse cara pode nos dar os nomes de outras mulheres ciumentas.

— Por que você mesmo não perguntou a ele? — quis saber Christian.

— Porque eu perguntar sobre a vida sexual da minha tia seria nojento e errado — respondeu Adrian. — Mas Blake vai ficar mais do que feliz em conversar com nossa charmosa princesa aqui.

Lissa queria muito ir para a cama, mas descobrir qualquer coisa para me ajudar gerou uma nova onda de energia dentro dela.

— Está bem, me deixe pelo menos mudar de roupa e pentear o cabelo.

Enquanto ela se trocava no banheiro, ouviu Adrian dizer a Christian:

— Sabe, sua camisa está meio suja. Acho que você deveria se esforçar um pouco mais, já que namora uma princesa.

Cerca de 15 minutos depois, os três saíram pela Corte a caminho de um bar isolado, dentro de um prédio administrativo. Eu já havia estado lá e, no começo, achei o lugar estranho para abrigar um bar. No entanto, depois do período que passei às voltas com arquivos, concluí que, se tivesse que ganhar a vida trabalhando num escritório, com certeza ia precisar ter uma bebida qualquer sempre à mão.

A luz do lugar era fraca, tanto para criar um clima quanto para o conforto dos Moroi. Deixando a brincadeira de Adrian de lado, estava mesmo cedo para os Moroi, e havia apenas alguns fregueses ali. Adrian fez um pequeno gesto para a garçonete, o que presumi ser algum tipo de sinal para pedir, porque a mulher se virou no mesmo instante e começou a servir uma bebida.

— Ei, Ivashkov! Onde você foi?

Uma voz chegou até eles e, depois de alguns momentos, ela avistou um cara sozinho numa mesa do canto. Enquanto Adrian os levava para mais perto, Lissa viu que o cara era jovem — mais ou menos da idade de Adrian, com cabelo preto cacheado e brilhantes olhos azuis-esverdeados, parecendo com o tom da última gravata usada por Abe. Era como se alguém tivesse pegado as cores estonteantes dos olhos de Adrian e Christian e as misturado. Ele tinha um corpo esbelto e musculoso — tão sarado quanto um Moroi conseguiria ser — e, apesar de ter namorado, Lissa o achou bem gostoso.

— Fui buscar uma companhia mais bonita — respondeu Adrian, puxando uma cadeira.

Então, o Moroi notou os companheiros de Adrian e se levantou no mesmo instante. Segurou a mão de Lissa, se inclinou e a beijou.

— Princesa Dragomir. É uma honra conhecê-la, enfim. De longe, já era bela. De perto? Divina.

— Este aqui — apresentou Adrian em grande estilo — é Blake Lazar.

— É um prazer conhecê-lo — disse ela.

Blake sorriu, radiante.

— Posso chamá-la de Vasilisa?

— Pode me chamar de Lissa.

— Você também pode — acrescentou Christian — largar a mão dela agora.

Blake olhou para Christian, levando mais alguns instantes para soltar a mão de Lissa, parecendo se orgulhar muito daqueles segundos a mais.

— Já vi você também, Ozera. Crispin, não é?

— Christian — corrigiu Lissa.

— Claro. — Blake puxou uma cadeira, ainda bancando exageradamente o cavalheiro. — Por favor, junte-se a nós. — Ele não fez o mesmo convite a Christian, que se esforçou para se sentar perto de Lissa. — O que você gostaria de tomar? É por minha conta.

— Nada — disse Lissa.

Foi então que a garçonete apareceu, trazendo a bebida de Adrian e mais uma para Blake.

— Nunca é cedo demais. Pergunte a Ivashkov. Você bebe logo que rola para fora da cama, não é?

— Tem uma garrafa de uísque bem na minha mesa de cabeceira agora — disse Adrian, ainda mantendo um tom leve. Lissa observou a aura dele: ela abrigava o dourado reluzente que todos os usuários do espírito possuíam, embora estivesse um pouco confusa por causa do álcool. Também tinha um suave toque de vermelho; não uma raiva de fato, mas com certeza uma irritação. Lissa se lembrou de que nem Adrian nem Ambrose tinham uma boa opinião sobre aquele tal de Blake.

— Então... o que traz você e Christopher aqui? — perguntou Blake. Ele tinha acabado de tomar uma coisa cor de âmbar e pôs o copo ao lado da nova bebida.

— *Christian* — disse Christian.

— Estávamos conversando sobre minha tia mais cedo — principiou Adrian. Mais uma vez, ele conseguia soar muito coloquial, mas não importava o quanto quisesse limpar meu nome, era óbvio que revirar os detalhes do assassinato de Tatiana o aborrecia.

O sorriso de Blake se desfez um pouco.

— Que deprimente. Para vocês dois. — Isso foi dirigido para Adrian e Lissa. Christian poderia muito bem não existir. — Lamento por Hathaway também — acrescentou ele apenas para Lissa. — Eu soube o quanto você anda chateada. Quem iria prever uma coisa dessas?

Lissa se deu conta de que ele se referia a como ela andava fingindo estar brava comigo e ter sido magoada por mim.

— Bem... — disse ela com amargura. — Acho que simplesmente não conhecemos as pessoas. Tive um milhão de pistas antes disso. Só que não prestei atenção.

— Você deve estar chateado também — acrescentou Christian. — Soubemos que você e a rainha eram meio íntimos.

O sorriso largo de Blake voltou.

— É... Nos conhecíamos muito bem. Vou sentir falta de Tatiana. Ela podia parecer fria para alguns, mas, acreditem, sabia como se divertir. — Blake olhou para Adrian. — Você deve saber disso.

— Não como você. — Adrian fez uma pausa para tomar um gole da bebida. Ele precisava conter quaisquer comentários ríspidos e, para ser sincera, eu não o invejava por isso. Na verdade, admirava seu autocontrole. Se estivesse no seu lugar, já teria dado um soco em Blake há muito tempo. — Ou como Ambrose.

O belo sorriso de Blake se transformou numa carranca completa.

— Esse cara? Aquele prostituto de sangue? Ele não merecia estar na presença dela. Nem acredito que o deixaram ficar na Corte.

— Na verdade, ele acha que *você* matou a rainha. — Então, Lissa acrescentou depressa: — O que é ridículo, já que todas as provas mostram que Rose fez isso. — Aquelas não eram as palavras exatas de Ambrose, mas ela queria ver se conseguiria despertar uma reação. E conseguiu.

— Ele acha *o quê*? — É. Definitivamente, nenhum sorriso agora. Sem isso, Blake de repente não parecia tão bonito quanto antes. — Aquele babaca mentiroso! Tenho um álibi, e Ambrose sabe disso. Ele só está puto porque ela gostava mais de mim.

— Então, por que ela o manteria por perto? — perguntou Christian com uma cara quase angelical. — Você não era o bastante?

Blake o encarou enquanto terminava a nova bebida praticamente num só gole. Quase que num passe de mágica, a garçonete apareceu com outra. Blake assentiu com a cabeça, agradecendo, antes de continuar.

— Ah, eu era mais do que o bastante. Mais do que o bastante para uma dúzia de mulheres, mas *eu* não andava por aí com outras, como ele fazia.

A expressão de dor no rosto de Adrian se tornava mais intensa a cada menção à vida sexual de Tatiana. Ainda assim, ele fez seu papel.

— Imagino que você esteja falando das outras garotas de Ambrose.

— É. Mas "garotas" é meio que um exagero. Eram todas mais velhas e, para ser sincero, acho que elas pagavam a ele. Não que sua mãe precisasse pagar alguém — acrescentou Blake. — Quero dizer, na verdade, ela é bem gostosa. Mas, você sabe, ela não podia ficar com ele para valer de jeito nenhum.

Todos os três precisaram de um tempo para compreender a que Blake se referia. Adrian captou primeiro.

— *O que* você acabou de falar?

— Ah. — A surpresa de Blake parecia legítima, mas era difícil dizer se era fingimento. — Pensei que você soubesse. Sua mãe e Ambrose... Bem, quem poderia culpá-la? Com o pai que você tem... Mas, cá entre nós, acho que ela podia ter feito melhor. — O tom de Blake sugeria exatamente com quem ele achava que Daniella podia ter feito melhor.

Na visão de Lissa, a aura de Adrian ardia, vermelha.

— Seu filho da puta! — Adrian não era do tipo brigão, mas havia uma primeira vez para tudo... e Blake tinha passado muito dos limites. — Minha mãe *não* estava traindo meu pai. E mesmo que estivesse, com toda certeza não teria que pagar por isso.

Blake não parecia abalado, mas talvez as coisas tivessem sido diferentes se Adrian tivesse batido nele de verdade. Lissa pôs a mão no braço de Adrian e o apertou com delicadeza.

— Calma — murmurou ela. Senti o mais leve formigamento de compulsão tranquilizante passar dela para ele. Adrian reconheceu aquilo no mesmo instante e puxou o braço de volta, lançando um olhar para ela que dizia que ele não apreciava sua "ajuda".

— Pensei que você não gostasse do seu pai — observou Blake, sem fazer a menor ideia de que a novidade *pudesse* aborrecer Adrian. — E não fique todo puto comigo. *Eu* não estava dormindo com ela. Só estou contando o que ouvi. Como falei, se você quiser começar a acusar os outros ao acaso, vá atrás de alguém como Ambrose.

Lissa se intrometeu para impedir que Adrian dissesse qualquer coisa.

— Quantas mulheres? Você sabe com quem mais ele estava envolvido?

— Com outras três. — Blake contou os nomes nos dedos. — Marta Drozdov e Mirabel Conta. Esperem. São duas. Eu estava considerando Daniella também. Aí são três. Então, são quatro com a rainha. É, quatro.

Lissa não se preocupou com a falta de habilidade matemática de Blake, apesar de aquilo sustentar mesmo as alegações de "idiota" que Adrian havia feito antes. Marta Drozdov era um tanto conhecida na Corte, e se dedicava a viajar pelo mundo, mesmo estando na meia-idade. Pelos cálculos de Lissa, Marta estava longe de passar grande parte do ano nos Estados Unidos, muito menos na Corte. Ela não parecia interessada o bastante em matar Tatiana. Quanto a Mirabel Conta... Ela era conhecida de um jeito diferente. Notória por dormir com metade dos caras da Corte, casados ou não. Lissa não a conhecia bem, mas Mirabel nunca havia parecido interessada demais num cara em especial.

— Dormir com outras mulheres, na verdade, não daria a Ambrose motivos para matar a rainha — argumentou Lissa.

— Não — concordou Blake. — Como falei, é óbvio que foi aquela garota, a tal Hathaway. — Ele fez uma pausa. — Uma maldita pena também. Ela é muito gostosa. Meu Deus, que corpo. De todo jeito, se Ambrose tivesse matado Tatiana, ele teria feito isso por ciúmes, porque ela gostava mais de mim. Não por causa de todas as outras mulheres que andava pegando.

— E por que Ambrose simplesmente não mataria você? — perguntou Christian. — Faz mais sentido.

Blake não teve chance de responder porque Adrian ainda estava no tópico anterior, com os olhos ardendo de raiva.

— Minha mãe não estava dormindo com ninguém. Nem com o meu pai ela dorme.

Blake continuou daquele seu jeito meio distraído.

— Ei, vi os dois juntos. Estavam se pegando. Já comentei o quanto sua mãe é gos...

— Pare com isso — avisou Lissa. — Não está ajudando.

Adrian apertou o copo.

— Nada disso está ajudando! — Estava claro que as coisas não correram como ele esperava quando convocou Lissa e Christian no quarto dela. — E não vou ficar aqui sentado, ouvindo esse monte de merda. — Adrian terminou a bebida em um gole só e se levantou da cadeira num pulo, se virando de maneira ab-rupta para a saída. Jogou um dinheiro no bar antes de passar pela porta.

— Coitado desse cara — disse Blake. Tinha voltado a seu jeito calmo e arrogante de ser. — Ele tem passado por muita coisa por causa da tia, da mãe e da namorada assassina. É por isso que, na verdade, no fim das contas, não dá para confiar nas mulheres. — Ele piscou para Lissa. — Com exceção da que me faz companhia, é claro.

Lissa se sentiu tão desagradada quanto Adrian, e uma rápida olhada na cara tempestuosa de Christian mostrou que ele se sentia do mesmo jeito. Estava na hora de ir, antes que alguém batesse mesmo em Blake.

— Bem, foi ótimo conversar com você, mas temos que ir.

Blake lançou um olhar de filhote de cachorro para ela.

— Mas você acabou de chegar! Eu esperava poder conhecê-la melhor. — Nem precisava comentar o que ele queria dizer com aquilo. — Ah. E Kreskin também.

Christian nem se deu ao trabalho de corrigir dessa vez. Apenas pegou na mão de Lissa.

— Temos que ir.

— É — concordou Lissa.

Blake deu de ombros e acenou, pedindo mais uma bebida.

— Bem, qualquer hora que você quiser experimentar o mundo de verdade, venha me procurar.

Christian e Lissa seguiram em direção à porta, com Christian murmurando:

— Eu realmente espero que essa última parte tenha sido para você e não para mim.

— Não quero experimentar mundo nenhum — disse Lissa, fazendo uma careta. Os dois pisaram do lado de fora e ela olhou ao redor, para o caso de Adrian ter ficado por ali. Não. Ele tinha ido embora e ela não o culpava por isso. — Agora dá para entender por que Ambrose e Adrian não gostam de Blake. Ele é tão...

— Babaca? — completou Christian. Eles se viraram em direção ao prédio dela.

— É.

— O bastante para cometer um assassinato?

— Sinceramente? Não. — Lissa suspirou. — Meio que concordo com Ambrose... Acho que Blake não é esperto o bastante para matar alguém. Nem que o motivo seja mesmo esse. Com base nas auras, não sei dizer se os outros estão mentindo ou não, mas a dele não revelou nada de muito desonesto. Você estava brincando quando falou, mas se alguém estivesse prestes a cometer um assassinato por ciúmes, por que esses caras não iriam querer matar um ao outro? Seria muito mais fácil.

— Os dois tinham fácil acesso a Tatiana — Christian lembrou a Lissa.

— Eu sei. Mas se *tem* amor e sexo envolvidos aí... Parece que seria alguém com ciúmes da rainha. Uma mulher.

Uma pausa longa e significativa pairou entre eles, e nenhum dos dois queria dizer o que estava pensando. Por fim, Christian acabou com o silêncio:

— Como Daniella Ivashkov?

Lissa balançou a cabeça.

— Não consigo acreditar nisso. Ela não me parece ser desse tipo.

— Assassinos nunca parecem ser desse tipo. É por isso que conseguem matar.

— Você anda estudando criminologia ou alguma coisa assim?

— Não. — Os dois chegaram à porta da frente do prédio de Lissa e ele a abriu para ela. — Só estou expondo alguns fatos. Sabemos que a mãe de Adrian nunca gostou de Tatiana por uma questão de personalidade. Agora descobrimos que elas dividiam o mesmo cara.

— Ela tem um álibi — disse Lissa com dureza.

— Todo mundo tem um álibi — lembrou ele. — E, como aprendemos, álibis podem ser comprados. Na verdade, Daniella já pagou por um.

— Ainda não consigo acreditar nisso. Não sem mais provas. Ambrose jurou que isso era mais político do que pessoal.

— Ambrose também não está fora da lista.

Os dois chegaram ao quarto de Lissa.

— Isso é mais difícil do que pensei que seria. — Eles entraram e Christian a envolveu nos seus braços.

— Eu sei. Mas vamos fazer isso juntos. Vamos resolver essa situação. Só que... podemos optar por manter parte disso apenas entre nós. Talvez eu esteja exagerando, mas acho melhor nunca dizer a Adrian que a mãe dele tinha um excelente motivo para matar a tia dele.

— Ah, você acha? — Lissa descansou a cabeça no peito de Christian e bocejou.

— Hora da soneca — disse ele, levando-a para a cama.

— Ainda preciso de um banho.

— Dormir primeiro. Banho depois. — Ele puxou as cobertas. — Vou dormir com você.

— Dormir ou *dormir*? — perguntou ela diretamente, deslizando, agradecida, para a cama.

— Dormir de verdade. Você precisa disso. — Ele se acomodou de lado, a abraçando por trás e apoiando o rosto no ombro dela. — É claro que, mais tarde, se você quiser tratar de negócios oficiais do Conselho...

— Juro que, se você falar em "Dragomirzinhos", vai dormir no corredor.

Tenho certeza de que uma resposta típica de Christian estava por vir, mas outra batida à porta o interrompeu. Ele olhou para cima, irritado.

— Não atenda. É sério dessa vez.

Lissa, porém, não conseguiu evitar. Deixou o abraço de Christian e saiu da cama.

— Não é Adrian.

— Então, não deve ser importante — disse Christian.

— Não sabemos. — Ela se levantou e abriu a porta, se deparando com... minha mãe.

Janine Hathaway entrou nos aposentos de um jeito tão casual quanto o de Adrian, com um olhar aguçado, estudando cada detalhe à sua volta e procurando ameaças.

— Me desculpe pela ausência — disse ela a Lissa. — Eddie e eu queríamos estabelecer um sistema de alternância, mas nós dois fomos convocados para trabalhar mais cedo. — Ela olhou para a cama meio desfeita e viu Christian deitado ali, mas, sendo quem era, chegou a uma conclusão pragmática e não romântica.

— Bem na hora. Imaginei que você fosse querer dormir depois da prova. Não se preocupe. Vou manter tudo sob vigília e garantir que nada aconteça.

Christian e Lissa trocaram olhares arrependidos.

— Obrigada — disse Lissa.

Vinte

— Você devia dormir.

A voz suave de Sydney quase me fez dar um pulo, provando que mesmo no tempo que passava na mente de Lissa, eu ainda conseguia permanecer alerta. Voltei para a sala escura de Sonya. Com exceção de Sydney, tudo estava quieto e em paz.

— Você está parecendo um zumbi — continuou ela. — E não estou exagerando.

— Tenho que vigiar — disse eu.

— Eu vigio. Você dorme.

— Você não é treinada como eu — argumentei. — Pode deixar de notar alguma coisa.

— Nem mesmo eu deixaria de notar um Strigoi derrubando a porta — respondeu ela. — Escute, sei que vocês são durões. Não precisam me convencer disso. Mas sinto que as coisas vão ficar mais difíceis, e não quero que você desmaie num momento crucial. Se você dormir agora, poderá aliviar a barra para Dimitri mais tarde.

Apenas a menção a Dimitri fez com que eu me rendesse. *Acabaríamos* precisando dar cobertura um para o outro. Então, relutante, me arrastei até a cama de Sydney no chão, lhe dando vários tipos de instruções, para as quais acho que ela revirou os olhos. Adormeci quase no mesmo instante e, então, acordei tão rápido quanto havia dormido ao ouvir o barulho de uma porta se fechando.

Eu me sentei ereta de imediato, esperando ver uns Strigoi entrando de repente pela porta. Em vez disso, me deparei com a luz do sol penetrando através das janelas e Sydney me olhando, se divertindo. Na sala, Robert estava sentado no sofá, esfregando os olhos. Victor não estava ali. Me virei para Sydney, alarmada.

— Ele está no banheiro — disse ela, prevendo minha pergunta.

Esse foi o barulho que eu tinha ouvido. Suspirei, aliviada, e levantei, surpresa por estar com mais energia por causa de algumas horas de sono. Se eu ao menos tivesse comida, estaria pronta para qualquer coisa. Sonya não tinha nenhuma, é claro, mas fui buscar um copo de água na cozinha. Enquanto bebia ali, de pé, notei que os irmãos Dashkov já se sentiam em casa: casacos pendurados nos cabides, chaves do carro sobre a bancada. Sem fazer barulho, peguei as chaves e chamei Sydney.

Entreguei as chaves a ela às escondidas, tentando não fazer barulho.

— Você ainda entende de carros? — murmurei.

Com um olhar intenso, ela me mostrou que achava aquela pergunta ridícula, um verdadeiro insulto.

— Está bem. Você pode ir até o mercado? Vamos precisar de comida. E já que vai sair, talvez possa, humm, garantir que o carro deles tenha problemas na ignição ou algo do tipo. Qualquer coisa que os mantenha aqui. Mas nada óbvio, como pneus cortados.

Ela pôs as chaves no bolso.

— É fácil. Quer alguma comida em especial?

Pensei.

— Alguma coisa com açúcar. E café para Dimitri.

— Café é básico — disse ela.

Victor veio até a cozinha, com sua expressão típica e despreocupada me levando a acreditar que ele não tinha me ouvido dar instruções a Sydney para sabotar seu carro.

— Sydney vai ao mercado — disse eu, esperando distraí-lo antes que ele pudesse dar por falta das chaves. — Precisa de alguma coisa?

— Um fornecedor de sangue seria bom, mas, na falta disso, Robert adora cereais. O de maçã com canela. — Ele sorriu para Sydney. — Nunca pensei que veria o dia em que uma alquimista se incumbiria desse tipo de coisa. É encantador.

Sydney abriu a boca, sem dúvida para fazer algum comentário ríspido, e balancei a cabeça depressa.

— Vá logo — pedi.

Ela foi, e Victor voltou rapidamente para perto de Robert. Convencida de que os irmãos não iriam a lugar nenhum em plena luz do dia sem carro, concluí que estava na hora de dar uma olhada em Dimitri. Para a minha surpresa, Sonya estava acordada. Ela se sentava com as pernas cruzadas sobre a cama, e os dois conversavam em sussurros. Seu cabelo estava desajeitado por ter acabado de acordar e pela luta, mas, além disso, ela não exibia cortes nem hematomas do combate. Com Dimitri aconteceu o mesmo depois de sua transformação, e ele escapou de queimaduras horríveis. O poder da recuperação de um Strigoi curava todos os ferimentos. Com as pernas raladas e a pseudoconcussão, eu meio que desejava que alguém tivesse me transformado também.

Sonya se virou de Dimitri para mim quando entrei. Uma sequência de sentimentos cruzou seu rosto. Medo. Espanto. Reconhecimento.

— Rose? — Havia hesitação na palavra, como se ela se perguntasse se eu era uma alucinação.

Forcei um sorriso.

— É bom vê-la de novo. — Decidi não acrescentar "agora que você não está tentando acabar com a minha vida".

Ela desviou os olhos para as mãos, estudando os dedos como se fossem mágicos e maravilhosos. É claro que, depois de ter sido um monstro, talvez ter as "velhas mãos" de volta fosse mesmo surpreendente. No dia seguinte à transformação, Dimitri não me pareceu tão frágil, mas com certeza estava em choque. Também foi quando ficou deprimido. Será que ela estava assim? Ou queria voltar a ser Strigoi, como Victor havia sugerido?

Eu não sabia o que dizer. Tudo era tão estranho e embaraçoso.

— Sydney foi ao mercado — comentei com Dimitri, sem demonstrar convicção. — Ela também ficou acordada para eu poder dormir na noite passada.

— Eu sei — disse ele com um pequeno sorriso. — Eu me levantei uma vez para dar uma olhada em você.

Me senti enrubescer, de algum jeito envergonhada por ter sido pega num momento de fraqueza.

— Você pode descansar também — disse a ele. — Tome café da manhã e depois fico de olho em tudo. Eu soube de fonte segura que Victor vai ter problemas com o carro. E também que Robert gosta muito de cereais. Então, se quiser um pouco, está sem sorte. Ele não me parece ser do tipo que divide.

O sorriso de Dimitri aumentou. Sonya de repente levantou a cabeça.

— Tem outro usuário do espírito aqui — disse ela com uma voz frenética. — Posso sentir isso. Me lembro dele. — Ela olhava ora para Dimitri, ora para mim. — Não é seguro. Não estamos seguros. Vocês não deviam nos ter por perto.

— Tudo bem — disse Dimitri, com uma voz muito, muito delicada. Esse tom era raro nele, mas eu já o tinha ouvido antes. Ele o usou comigo em alguns dos meus momentos mais desesperadores. — Não se preocupe.

Sonya balançou a cabeça.

— Não. Você não está entendendo. Nós... Nós somos capazes de coisas horríveis. Para nós mesmos, para os outros. Foi por isso que me transformei, para acabar com a loucura. E ela acabou, só que... era pior. Daquele jeito. As coisas que fiz...

Ali estava, o mesmo remorso que Dimitri havia sentido. Com um certo receio de ele começar a dizer a Sonya que não havia redenção para ela também, falei:

— Não foi você. Você era controlada por outra coisa.

Ela enterrou o rosto nas mãos.

— Mas escolhi isso. *Eu*. Fiz isso acontecer.

— Foi o espírito — disse eu. — É difícil lutar contra ele. Como você disse, ele pode levá-la a fazer coisas horríveis. Você não estava pensando com clareza. Lissa também luta contra isso o tempo todo.

— Vasilisa? — Sonya levantou os olhos e encarou o nada. Acho que desencavava suas lembranças. Na verdade, apesar de ela falar de um jeito confuso agora, eu não acreditava que estivesse tão instável quanto era antes de se tornar Strigoi. Já tínhamos ouvido que as curas podiam diminuir a loucura do espírito, e acho que a transformação feita por Robert havia iluminado parte da escuridão dentro dela por enquanto. — Sim, claro. Vasilisa tem isso também. — Ela se virou para mim em pânico. — Você a ajudou? Você a tirou de lá?

— Tirei — respondi, tentando imitar a delicadeza de Dimitri. Lissa e eu fugimos da São Vladimir por um tempo, em parte devido aos alertas de Sonya. — Saímos de lá e depois voltamos e, humm, conseguimos deter o que a assombrava. — Não achei uma boa ideia Sonya saber que a coisa ou, mais propriamente, que a pessoa que assombrava Lissa agora estava sentada ali fora, na sala. Dei um passo à frente. — E você pode ajudar Lissa também. Precisamos saber se...

— Não — disse Dimitri. Não havia nenhuma delicadeza agora no olhar repreendedor que ele lançou para mim. — Ainda não.

— Mas...

— *Ainda não.*

Retribuí, lançando um olhar para ele também, mas não falei mais nada. Eu era totalmente a favor de dar a Sonya um tempo para se recuperar, mas não tínhamos a eternidade. O tempo estava passando e precisávamos descobrir o que Sonya sabia. Tive a sensação de que Dimitri teria sido capaz de nos dar essa informação logo depois de ser transformado de volta. É claro que ele não era instável antes disso, então, meio que estava em vantagem. Mesmo assim, não dava para brincar de casinha em Kentucky para sempre.

— Posso ver as minhas flores? — perguntou Sonya. — Posso ir lá fora para ver as minhas flores?

Dimitri e eu trocamos olhares.

— Claro — respondeu ele.

Todos nós seguimos em direção à porta e foi quando tive que perguntar:

— Por que você cultivou flores enquanto era... como era?

Ela fez uma pausa.

— Sempre cultivei flores.

— Eu sei. Me lembro disso. Elas eram lindas. As daqui são lindas também. É por isso... Quero dizer, você só queria um jardim bonito, até mesmo sendo Strigoi?

A pergunta era inesperada e pareceu tê-la distraído. Eu estava prestes a desistir de uma resposta quando ela, por fim, disse:

— Não. Nunca pensei em *beleza*. As flores eram... Não sei. Alguma coisa para fazer. Sempre cultivei flores. Precisava ver se ainda conseguia. Era como... testar minhas habilidades, eu acho.

Meus olhos encontraram os de Dimitri de novo. Então, beleza não fazia parte do mundo de Sonya. Era exatamente como eu havia dito a ele. Os Strigoi eram de uma arrogância notória e, ao que parecia, as flores tinham sido apenas uma demonstração de proeza. Cultivá-las era um hábito de Sonya, e me lembrei de que Dimitri continuou lendo romances de faroeste enquanto era um Strigoi. Ser Strigoi podia custar a alguém seu senso de bondade e moralidade, mas os velhos hábitos e passatempos eram mantidos.

Levamos Sonya para a sala, interrompendo uma conversa entre Victor e Robert. Tanto Sonya quanto Robert paralisaram, avaliando um ao outro. Victor deu um de seus sorrisos de quem sabe o que está acontecendo.

— De pé e por aí. Já descobrimos o que precisamos saber?

Dimitri lançou um olhar para ele parecido com o que eu havia recebido quando perguntei sobre o interrogatório.

— Ainda não.

Sonya desviou os olhos de Robert e foi depressa até a porta de vidro, detendo-se ao ver os remendos lamentáveis que tínhamos feito.

— Vocês quebraram minha porta — disse ela.

— São estragos colaterais — observei. Por minha visão periférica, acho que Dimitri revirou os olhos.

Sem precisar ser guiada por nós, Sonya abriu a porta e pisou lá fora. Ofegando, parou e olhou para cima. O céu era de um azul perfeito e sem nuvens, e o sol havia acabado de cruzar o horizonte, iluminando tudo com uma luz dourada. Fui lá fora também, sentindo o calor daquela luz na pele. Parte da frieza da noite permanecia, mas teríamos um dia quente pela frente.

Todos os outros saíram também, mas Sonya estava alheia a isso. Ela ergueu as mãos, como se talvez pudesse agarrar o sol e envolvê-lo nos braços.

— É tão bonito. — Por fim, ela se virou e fitou meus olhos. — Não é? Você já viu uma coisa tão bonita?

— É lindo — reiterei. Por alguma razão, fiquei feliz e triste ao mesmo tempo.

Ela andou pelo jardim, examinando cada planta, cada flor. Tocou nas pétalas e inalou suas fragrâncias. — Tão diferentes... — ela dizia a si mesma. — São tão diferentes no sol... — Várias em especial chamaram sua atenção. — Essas não abrem à noite! Está vendo? Está vendo as cores? Consegue sentir esse cheiro?

As perguntas não pareciam ser para ninguém em particular. Observamos, todos meio que hipnotizados. Por fim, ela se acomodou na cadeira do quintal, olhando ao redor, feliz, perdida em meio à sobrecarga sensorial — naquela beleza que lhe havia sido negada enquanto Strigoi. Quando se tornou óbvio que ela não sairia dali por um tempo, me virei para Dimitri e repeti o conselho de Sydney sobre ele dormir um pouco enquanto esperávamos que Sonya se recuperasse. Para a minha surpresa, ele concordou.

— Bem-pensado. Quando Sonya estiver pronta para falar, teremos que ser rápidos. — Ele sorriu. — Sydney está se transformando na mentora da batalha.

— Ei, ela não está no comando aqui — provoquei. — É só um soldado.

— Certo. — Ele deslizou os dedos por meu rosto, me acariciando com delicadeza. — Me desculpe, capitã.

— General — corrigi, recuperando o fôlego diante daquele breve toque.

Dimitri deu um tipo de adeus a Sonya antes de desaparecer para dentro da casa. Ela assentiu, mas não sei se realmente ouviu. Victor e Robert trouxeram duas cadeiras de madeira da cozinha e as acomodaram à sombra. Escolhi um lugar no chão. Ninguém falava. Não foi a coisa mais estranha que já vivenciei, mas, com certeza, foi estranho.

Sydney voltou mais tarde com as compras e deixei o grupo por um instante para checar tudo com ela. As chaves de Victor estavam de volta na bancada, o que interpretei como um bom sinal. Sydney descarregou vários alimentos e me entregou uma caixa com uma dúzia de rosquinhas.

— Espero que seja o bastante para você — comentou ela.

Fiz uma careta diante da presunção de Sydney, mas peguei as rosquinhas mesmo assim.

— Venha aqui para fora quando terminar — pedi. — É como o churrasco dos condenados. Só que... não tem grelha.

Ela me olhou intrigada, mas, quando se juntou a nós mais tarde, parecia entender o que eu havia dito. Robert levou uma tigela de cereais lá para fora, mas Sydney e Victor não comeram. Dei uma rosquinha a Sonya e foi a primeira coisa que desviou sua atenção do jardim. Ela a segurou, virando-a de um lado para outro.

— Não sei se posso... Não sei se posso comer isso.

— Claro que pode. — Me lembrei de como Dimitri havia olhado para a comida, incerto também. — Tem cobertura de chocolate. Das boas.

Ela deu uma mordida hesitante, do tamanho da de um coelho. Mastigou um bilhão de vezes e, por fim, engoliu. Fechou os olhos por um instante e suspirou.

— Quanta doçura. — Devagar, ela continuou dando mordidas minúsculas. Levou uma eternidade para chegar à metade da rosquinha e, nesse ponto, parou, por fim. Eu já tinha devorado três rosquinhas àquela altura, e minha impaciência para conseguir alguma informação aumentava. Parte dela era resultado da irritabilidade do espírito e a outra era apenas minha contínua avidez para ajudar Lissa.

— Sonya — principiei de um jeito agradável, com plena consciência do quanto Dimitri se irritaria por eu ter desobedecido às suas instruções. — Queríamos conversar com você sobre uma coisa.

— Mm-hmm — fez ela, hipnotizada pelas abelhas que pairavam sobre algumas madressilvas.

— Existe uma parente sua... Alguém que, humm, teve um bebê há algum tempo?

— Claro — respondeu ela. Uma das abelhas voou da madressilva para uma rosa, e Sonya sequer chegou a tirar os olhos dela. — Várias.

— Seja mais clara, Rosemarie — comentou Victor. — Muito mais clara.

Mordi o lábio, sabendo que uma explosão de raiva aborreceria Sonya. E, provavelmente, Robert também.

— Me refiro a um bebê secreto — prossegui. — E você era a beneficiária de uma conta bancária que cuidava do bebê... Uma conta mantida por Eric Dragomir.

A cabeça de Sonya virou na minha direção e não havia nenhum ar sonhador ou ausente nos seus olhos azuis agora. Alguns segundos se passaram até ela falar. Sua voz era fria e dura — não como a de um Strigoi, mas, com certeza, uma voz de "recue". — Não. Não sei nada sobre isso.

— Ela está mentindo — disse Robert.

— Não precisei de poder algum para descobrir isso — disse Sydney, rindo com escárnio.

Ignorei os dois.

— Sonya, sabemos que você sabe, e é muito importante encontrar esse bebê... Quer dizer, essa criança. Essa pessoa. — Havíamos feito suposições quanto à idade, mas não tínhamos 100% de certeza.

— Você disse que se preocupava com Lissa mais cedo. Isso vai ajudá-la. Ela *precisa* saber. Ela precisa saber que tem outro membro na família.

Sonya voltou sua atenção para as abelhas, mas percebi que ela não as observava mais.

— Não sei de nada. — Havia tremor na sua voz e algo me disse que talvez eu não devesse forçar a barra, afinal. Não dava para dizer se ela estava com medo ou prestes a se enfurecer.

— Então, por que seu nome está na conta? — Isso veio de Victor.

— Não sei de nada — repetiu ela. Sua voz poderia ter formado camadas de gelo nas árvores ornamentais. — Nada.

— Pare de mentir — disse Victor com rispidez. — Você sabe de alguma coisa e vai nos contar.

— Ei! — exclamei. — Fique quieto. Você não tem direito a perguntas aqui.

— Você não parecia estar fazendo um trabalho muito bom.

— Só cale a boca, está bem? — Olhei de novo para Sonya, dando-lhe um sorriso. — Por favor — implorei. — Lissa está com problemas. Isso vai ajudá-la. Pensei que você tinha dito antes que queria ajudá-la.

— Eu prometi... — disse Sonya. Sua voz era tão baixa que mal pude ouvi-la.

— Prometeu o quê? — perguntei. *Paciência, paciência.* Eu precisava permanecer calma. Não podia correr o risco de um colapso.

Ela fechou os olhos com força e passou as mãos pelos cabelos com violência, quase que como uma criança prestes a fazer pirraça.

— Prometi não contar. Prometi não contar a ninguém...

Tive vontade de correr até ela e sacudi-la. *Paciência, paciência,* eu repetia para mim mesma. *Não aborreça Sonya.*

— Não lhe pediríamos para quebrar sua promessa se não fosse importante. Talvez... Talvez você possa entrar em contato com essa pessoa... — Para quem ela teria prometido? A amante de Eric? — E ver se teria algum problema se você nos dissesse.

— Ah, pelo amor de Deus — exclamou Victor, irritado. — Isso é ridículo e não vai nos levar a lugar nenhum. — Ele olhou para o irmão. — Robert?

Até então, naquele dia, Robert não tinha feito muito, mas, ao ouvir o comando de Victor, se inclinou para a frente.

— Sonya?

Ainda obviamente abalada, ela se virou para olhar para ele... e seu rosto ficou imóvel.

— Nos conte o que precisamos saber — disse Robert. Sua voz não era tranquilizadora e embalante, tinha um leve toque sinistro. — Nos conte quem é esse filho e onde ele está. Nos conte quem é a mãe.

Dessa vez, eu me levantei num pulo. Robert estava usando compulsão em Sonya para obter respostas. Os olhos de Sonya se mantiveram fixos nele, mas o corpo dela começou a tremer. Seus lábios se separaram, apesar de nenhum som sair. Um emaranhado de pensamentos girava na minha mente. A compulsão nos daria o que precisávamos saber, mas algo me dizia que não estava certo...

Sonya me impediu de continuar refletindo. Se levantou quase tão depressa quanto eu. Ainda encarava Robert, mas não mais daquele jeito paralisado e hipnotizado. Ela havia quebrado a compulsão e agora... Agora estava furiosa. As feições, antes assustadas e frágeis, agora eram tomadas de ira. Eu não tinha sentidos mágicos, mas, depois de passar um tempo com Lissa, reconhecia um espírito enfurecido quando via um. Sonya era uma bomba prestes a explodir.

— Como você se atreve... — sibilou ela. — Como você se *atreve* a tentar usar a compulsão em mim?

Plantas e trepadeiras perto de Robert, de repente, ganharam vida, chegando a alturas impossíveis. Elas se estenderam, se embolaram em torno dos pés da cadeira de Robert e a puxaram. A cadeira tombou e caiu, levando Robert junto. Victor se mexeu para ajudar o irmão, mas Robert já resolvia o problema com as próprias mãos. Se recuperando numa rapidez notável, ele estreitou os olhos para Sonya, e ela voou para trás, se chocando contra a cerca de madeira. Os usuários do ar conseguiam fazer esse truque às vezes, mas não era o ar que a jogava para trás. Eram habilidades telecinéticas induzidas por espírito. Ao que parecia, ele tinha essas habilidades fora dos sonhos também. Que maravilha.

Eu já tinha visto usuários do espírito numa luta antes, quando Avery Lazar e Lissa se enfrentaram. Não foi uma bela cena, em particular porque havia acontecido algo mais do que aqueles fenômenos psíquicos externos. Avery entrou de fato na mente de Lissa — e na minha. Eu não conhecia todo o conjunto de habilidades de Sonya nem de Robert, mas aquilo não poderia acabar bem.

— Dimitri! — gritei, correndo em direção a Sonya. Não sabia ao certo o que iria fazer, mas derrubá-la me parecia um plano sensato. Pelo que eu havia observado, grande parte do poder do espírito envolvia o contato visual com o alvo.

E, como era de se esperar, quando consegui jogá-la no chão, ela resistiu sem se esforçar muito e lutou em grande parte para manter os olhos fixos em Robert. Ele gritou, alarmado de repente, olhando para baixo, para o próprio corpo, apavorado. Sonya plantava visões na mente dele. A expressão de Robert enrijeceu. Ele devia saber que era uma ilusão e, alguns momentos depois, olhou para cima, quebrando o encanto de Sonya como ela havia quebrado a compulsão que veio dele antes.

Dimitri passou com agilidade pela porta naquele instante, justo quando Robert usou a própria mente para atirar uma das cadeiras em direção a Sonya. É claro que eu estava por cima dela. Então, a cadeira bateu em *mim*, nas costas. Dimitri percebeu bem depressa o que estava acontecendo e correu em direção a Robert, tentando a mesma tática que eu. Victor, que deve ter pensado que o irmão corria riscos físicos, tentou manter Dimitri afastado, o que foi em vão. Mais trepadeiras começaram a alcançar Robert, e me dei conta de que render Sonya não adiantaria tanto assim.

— Leve-o lá para dentro! — gritei para Dimitri. — Leve-o para longe dela.

Dimitri já tinha imaginado isso e começado a arrastar Robert para a porta. Mesmo com a interferência de Victor, a força de Dimitri bastou para tirar Robert dali e levá-lo de volta para dentro da casa. Logo que o alvo de Sonya se foi, toda a sua energia pareceu se esvair. Ela não se esforçou mais para lutar e relaxou no chão. Fiquei aliviada, pois temia que ela se voltasse contra mim quando Robert não estivesse mais ali. Hesitante, ainda em guarda, ajudei Sonya a se sentar. Ela se apoiou em mim, fraca como uma boneca de pano, e chorou no meu ombro. Mais uma crise.

Depois disso, foi questão de controlar os danos. Para manter os usuários do espírito separados, Dimitri tinha levado Robert para o quarto e deixado Victor com ele. Robert parecia tão desgastado quanto Sonya, e Dimitri considerou que seria seguro o bastante deixar os irmãos sozinhos. Sonya se jogou no sofá e depois de Dimitri e eu tentarmos acalmá-la, nos afastamos, enquanto Sydney segurava a sua mão.

Recapitulei de maneira resumida o que havia acontecido. O rosto de Dimitri se tornava cada vez mais incrédulo à medida que eu fazia isso.

— Eu falei que não era hora! — exclamou ele. — Onde é que você estava com a cabeça? Ela está fraca demais!

— Você chama aquilo de fraca? E ei, eu estava indo bem. Só quando Victor e Robert se envolveram é que as coisas se tornaram um inferno.

Dimitri deu um passo na minha direção e uma raiva irradiava dele.

— Esses dois nunca deveriam ter se envolvido. Isso é você, agindo de um jeito irracional de novo, pulando de cabeça, tola, sem pensar nas consequências.

Uma indignação me percorreu.

— Ei, eu estava tentando fazer algum progresso aqui. Se ser racional é ficar de braços cruzados, fazendo terapia, então, fico feliz em passar dos limites. Não tenho medo de entrar no jogo.

— Você não faz a menor ideia do que está dizendo — vociferou ele. Estávamos de pé, quase colados um no outro, travando uma batalha de vontades. — Isso pode ter nos atrasado.

— Isso nos *adiantou*. Descobrimos que ela sabe de Eric Dragomir. O problema é que prometeu não contar a ninguém sobre o bebê.

— É, eu prometi — disse Sonya, de repente. Dimitri e eu nos viramos juntos, percebendo que Sonya e Sydney podiam ver e ouvir nossa discussão na íntegra. — Eu prometi. — Sua voz era muito baixa e fraca, quase uma súplica.

Sydney apertou a mão dela.

— Sabemos disso. Tudo bem. Tudo bem manter suas promessas. Eu entendo.

Sonya olhou para ela, agradecida.

— Obrigada. Obrigada.

— Mas — prosseguiu Sydney com cuidado — ouvi dizer que você se importa com Lissa Dragomir.

— Não posso — interrompeu Sonya, temerosa de novo.

— Eu sei. Eu sei. E se houver um jeito de ajudá-la sem quebrar sua promessa?

Sonya encarou Sydney. Dimitri olhou para mim, intrigado. Dei de ombros e então encarei Sydney também. Se alguém tivesse perguntado quem faria a melhor intervenção com uma louca que havia sido um monstro morto-vivo, Sydney Sage teria sido minha última suposição.

Sonya franziu a testa e todas as atenções se voltaram para Sydney.

— O... O que você quer dizer com isso?

— Bem... O que você prometeu exatamente? Não contar a ninguém que Eric Dragomir tinha uma amante e um bebê?

Sonya assentiu.

— E não contar quem são eles?

Sonya assentiu de novo.

Sydney deu para Sonya o sorriso mais caloroso e amigável que já vi na alquimista.

— Você prometeu não contar a ninguém onde eles estão? — Sonya assentiu, e o sorriso de Sydney se desfez um pouco. Então, seus olhos se iluminaram. — Você prometeu não *levar* ninguém até onde eles estão?

Sonya hesitou, sem dúvida, refletindo sobre cada palavra na sua mente. Devagar, balançou a cabeça.

— Não.

— Então... você podia nos levar até eles. Mas sem nos contar onde estão. Você não quebraria a promessa desse jeito.

Era a lógica mais ridícula e complicada que ouvi durante um bom tempo. Era algo que eu inventaria.

— Talvez... — disse Sonya, ainda incerta.

— Você não quebraria a promessa — repetiu Sydney. — E isso ajudaria muito, muito Lissa.

Dei um passo à frente.

— Isso ajudaria Mikhail também.

Sonya ficou boquiaberta diante da menção a seu antigo amante.

— Mikhail? Você o conhece?

— Ele é meu amigo. E amigo de Lissa. — Quase falei que, se encontrássemos o Dragomir desaparecido, poderíamos levar Sonya até Mikhail. Lembrei que Dimitri tinha se sentido indigno após sua transformação, então decidi evitar essa abordagem naquele momento. Não sabia como Sonya reagiria a um reencontro com seu amado. — Ele quer ajudar Lissa. Mas não pode. Nenhum de nós pode. Não temos informações suficientes.

— Mikhail... — Sonya olhou para baixo, para suas mãos, de novo, e pequenas lágrimas escorreram por seu rosto.

— Você não vai quebrar sua promessa. — Sydney era tão persuasiva quanto uma usuária do espírito. — É só nos levar até lá. É o que Mikhail e Lissa iriam querer. É a coisa certa a se fazer.

Não sei que argumento foi mais convincente para Sonya. Pode ter sido a parte sobre Mikhail. Ou pode ter sido a ideia de fazer "a coisa certa". Talvez, como Dimitri, Sonya quisesse a redenção pelos crimes que cometeu como Strigoi e visse aquilo como uma oportunidade. Olhando para a frente, ela engoliu em seco e fitou meus olhos.

— Vou levar vocês até lá — sussurrou ela.

— Vamos fazer outra viagem — declarou Sydney. — Aprontem-se.

Dimitri e eu ainda estávamos de pé, um ao lado do outro, e a raiva entre nós começava a se dissipar. Sydney parecia orgulhosa e tentava de tudo para acalmar Sonya.

Dimitri olhou para baixo, para mim, com um pequeno sorriso que mudou um pouco quando ele pareceu se tornar consciente do quanto estávamos perto um do outro. No entanto, não dava para afirmar com certeza. Seu rosto revelava pouco. Quanto a mim, eu estava muito consciente da nossa proximidade e me sentia inebriada por seu corpo e seu cheiro. Maldição. Por que brigar com Dimitri sempre aumentava a atração que eu sentia por ele? Seu sorriso voltou quando ele inclinou a cabeça na direção de Sydney.

— Você estava enganada. Ela é mesmo a nova general do pedaço.

Retribuí o sorriso, na esperança de ele não se dar conta das reações do meu corpo ao fato de estarmos tão perto.

— Talvez, mas tudo bem. Você ainda pode ser o coronel.

Ele arqueou uma sobrancelha.

— Hã? Você se rebaixou? O coronel vem logo abaixo do general. E o que você vai ser?

Enfiei a mão no bolso e, triunfante, mostrei as chaves do carro que havia pegado quando voltamos lá para dentro.

— A motorista — respondi.

Vinte e um

Não consegui dirigir.

A "general" Sydney também não, sentindo-se muito indignada, apesar de Dimitri ter explicado logo o porquê.

Tudo começou quando Victor descobriu que seu carro estava com "problemas na ignição". Ele não ficou muito feliz com isso. Não fez acusações, mas acho que todos ali — até mesmo Sonya e Robert — podiam imaginar que o defeito não fosse coincidência. Isso significou que todos nós tivemos que nos amontoar no carro de Sydney, que não havia sido projetado para acomodar tanta gente — e foi por isso que Dimitri veio com um plano criativo de distribuição de lugares. É claro que um desses "lugares" acabou sendo o porta-malas, que era até de um bom tamanho. Mas, quando Sydney soube que ela é que ia ficar *ali,* acusou Dimitri de insultá-la, como se já não bastasse ele ter cometido o crime de pegar as chaves de seu carro.

Eu não iria lhe dizer isso, mas pô-la no porta-malas foi uma escolha sensata. O quadro de assentos de Dimitri foi elaborado para minimizar ameaças dentro do carro. Dimitri dirigia com Robert ao seu lado e comigo entre Victor e Sonya no banco de trás. Isso deixava um guardião em cada fileira, separava os irmãos e mantinha os usuários do espírito longe um do outro também. Quando argumentei que ele e eu podíamos trocar de lugar e ainda preservar a mesma segurança, Dimitri justificou que me ter no volante não seria seguro se eu tivesse que entrar na mente de Lissa de repente. Fazia sentido. Quanto a Sydney... Bem, ela não era uma ameaça nem parte da força de batalha, portanto, foi depositada lá atrás. E por falar em peso morto...

— *Temos* que nos livrar de Victor e Robert agora — murmurei para Dimitri, enquanto carregávamos o carro com alimentos e nossa escassa bagagem (reduzindo o espaço de Sydney, o que a deixou ainda mais revoltada). — Já fizeram o que precisávamos. Ficar com eles é perigoso. Está na hora de entregá-los aos guardiões. — Os dois queriam continuar conosco para encontrar o irmão de Lissa. Permitimos isso, mas não por generosidade. Simplesmente não podíamos perdê-los de vista ainda.

— Concordo — disse Dimitri, franzindo um pouco a testa. — Só que não existe uma boa maneira de fazer isso. Ainda não. Não podemos deixá-los amarrados nas margens da estrada. Não duvido de que iriam escapar e pegar carona. Também não podemos entregá-los por conta própria, por motivos óbvios.

Pus uma bolsa dentro do carro e me inclinei contra o para-choque.

— Sydney poderia entregá-los.

Dimitri assentiu com a cabeça.

— É provável que essa seja nossa melhor saída, mas não quero me separar de Sydney até chegarmos a... Bem, aonde quer que estejamos indo. Devemos precisar da ajuda dela.

Suspirei.

— E então... carregamos os dois junto conosco.

— Receio que sim — disse Dimitri. Ele olhou para mim, cauteloso. — Você sabe que, quando estiverem sob custódia, existe uma boa chance de terem uma história e tanto para contar às autoridades sobre nós.

— É. — Eu andava pensando naquilo também. — Acho que esse é um problema para mais tarde. Temos que resolver os problemas imediatos primeiro.

Para a minha surpresa, Dimitri sorriu para mim. Eu teria esperado algum comentário prudente e sábio.

— Bem, essa sempre foi a nossa estratégia, não é? — perguntou ele.

Retribuí o sorriso, mas durou pouco, até pegarmos a estrada. Por sorte, Victor não estava irritante e falante como de costume — e desconfiei de que fosse por estar enfraquecendo cada vez mais pela falta de sangue. Sonya e Robert deviam estar se sentindo do mesmo jeito. Isso seria um problema se não arranjássemos um fornecedor de sangue logo, mas eu não sabia como conseguiríamos uma coisa dessas. Eu tinha a impressão de que Sydney ainda não havia percebido nada daquilo, o que era bom. Ser uma humana num grupo de vampiros famintos com certeza me deixaria nervosa. Na verdade, ela devia estar mais segura lá atrás, longe de todos.

As indicações de Sonya eram vagas e absolutamente restritas. Ela só nos dava informações em curto prazo e não costumava nos alertar sobre uma entrada até estarmos bem próximos dela. Não fazíamos ideia de aonde estávamos indo nem de quanto tempo levaria. Ela observou um mapa e disse a Dimitri para seguir na direção norte, pela I-75. Quando perguntamos quanto tempo nossa viagem levaria, sua resposta foi:

— Não muito. Algumas horas. Talvez mais.

E com essa misteriosa explicação, ela se acomodou no seu lugar e não disse mais nada. Havia uma expressão assombrada e pensativa no seu rosto, e tentei imaginar como ela se sentia. No dia anterior, ainda era uma Strigoi. Será que ainda processava o que havia acontecido? Estava vendo os rostos de suas vítimas, como Dimitri? Atormentava a si mesma com culpa? Desejava se transformar em Strigoi de novo?

Deixei Sonya em paz. Agora não era hora de terapia. Me recostei, me preparando para ser paciente.

Uma onda de consciência trepidou de repente pelo laço, voltando minha atenção para dentro. Lissa estava acordada. Pisquei e olhei para o relógio do painel. Tarde para os humanos. Os Moroi da Corte provavelmente já estariam dormindo. Mas não, algo a tinha despertado.

Dois guardiões estavam na sua porta, impassíveis.

— A srt.ª tem que vir conosco — disse um deles. — Está na hora da próxima prova.

Um espanto tomou conta de Lissa. Ela sabia que a prova seguinte seria "em breve", mas não tinha ouvido nenhum detalhe desde que voltou da prova de resistência. A primeira viagem também aconteceu durante a noite dos Moroi, mas, pelo menos, ela havia sido devidamente avisada. Eddie estava de pé, ali perto, no quarto, tendo substituído minha mãe algumas horas antes para fazer a proteção de Lissa. Christian se sentou na cama, bocejando. Os dois não tinham feito nada excitante nem intenso, mas ela gostava de tê-lo por perto. Se aconchegar com o namorado enquanto Eddie estava ali no quarto lhe parecia tão estranho quanto na presença da minha mãe. Eu não a culpava por isso.

— Posso me trocar? — perguntou Lissa.

— Seja rápida — respondeu o guardião.

Ela pegou a primeira roupa que viu pela frente e correu para o banheiro se sentindo confusa e nervosa. Quando saiu, Christian já tinha vestido os jeans e estava pegando a camiseta. Enquanto isso, Eddie avaliava os guardiões, e pude adivinhar seus pensamentos, pois teria os mesmos. A chamada para despertar parecia oficial, mas ele não conhecia aqueles guardiões e não confiava totalmente neles.

— Posso escoltá-la? — perguntou Eddie.

— Apenas até a área da prova — disse o segundo guardião.

— E eu? — perguntou Christian.

— Apenas até a área da prova.

As respostas dos guardiões me surpreenderam, mas, então, eu me dei conta de que devia ser comum os candidatos a monarca irem para as provas com comitivas, mesmo para provas inesperadas no meio da noite. Ou talvez nem tão inesperadas. A Corte estava completamente deserta, mas quando o grupo de Lissa chegou ao destino — uma pequena parte fora de mão de uma velha construção de tijolos —, ela teve que passar por vários Moroi enfileirados nos corredores. Ao que parecia, a informação havia vazado.

Os que se reuniam ali deram um passo para o lado, respeitosos. Uns — que deviam ser defensores de outras famílias — fecharam a cara para ela. Vários outros, porém, sorriram para ela e clamavam sobre o "retorno do dragão". Alguns até passaram as mãos nos braços de Lissa, como se pegassem sorte ou poder dela. A multidão era bem menor do que a que a havia saudado depois da primeira prova. Aquilo diminuiu sua ansiedade, mas não acabou com sua decisão, tomada mais cedo, de levar as provas a sério. Os rostos dos espectadores brilhavam com admiração e curiosidade, se perguntando se ela seria a próxima a governá-los.

Uma entrada no fim do corredor marcava o término de sua jornada. Não precisaram dizer a Christian ou a Eddie que eles só podiam ir até ali. Lissa olhou para os dois por cima do ombro antes de acompanhar um dos guardiões lá para dentro, se reconfortando com as expressões de apoio de seus entes queridos.

Depois da aventura épica da primeira prova, Lissa esperava algo igualmente intimidador. O que ela encontrou, em vez disso, foi uma velha Moroi sentada com conforto numa poltrona num cômodo quase vazio. Suas mãos estavam cruzadas sobre o colo, segurando algo enrolado num pano. A mulher cantarolava, parecendo muito contente. E com velha, quero dizer que ela era *velha*. Os Moroi podiam viver até pouco mais de cem anos, e era claro que aquela mulher tinha cruzado essa marca. Sua pele pálida era um labirinto de rugas, e seu cabelo grisalho, ralo e fino. Ela sorriu ao ver Lissa e acenou com a cabeça, indicando uma cadeira desocupada. Uma pequena mesa estava ao lado da cadeira com uma jarra de água feita de vidro. Os guardiões deixaram as mulheres sozinhas.

Lissa olhou ao redor. Não havia nenhuma outra mobília, embora houvesse uma porta simples oposta àquela por onde a princesa tinha entrado. Lissa se sentou e depois se virou para a velha.

— Olá — disse ela, tentando manter a voz forte. — Sou Vasilisa Dragomir.

O pequeno sorriso da mulher aumentou, mostrando seus dentes amarelados. Faltava uma de suas presas.

— Sua família sempre teve esses modos — disse a velha, com uma voz rouca. — A maioria das pessoas entra aqui e exige que se vá direto ao ponto. Mas me lembro de seu avô. Também foi educado durante a prova dele.

— A senhora conheceu o meu avô? — perguntou Lissa, surpresa. Ele havia morrido quando ela era muito, muito jovem. Em seguida, ela percebeu outro significado nas palavras da mulher. — Ele se candidatou a rei?

A mulher assentiu.

— Passou em todas as provas. Acho que teria ganhado as eleições, se não tivesse renunciado à candidatura na última hora. Depois disso, foi cara ou coroa, entre Tatiana Ivashkov e Jacob Tarus. Chegou muito perto, esse aí. Os Tarus ainda guardam ressentimento.

Lissa nunca tinha ouvido nada sobre aquilo.

— Por que meu avô renunciou?

— Porque seu irmão tinha acabado de nascer. Frederick concluiu que precisava dedicar sua energia aos mais jovens da família e não à nação.

Lissa entendia aquilo. Quantos Dragomir existiam naquela época? Seu avô, seu pai e Andre — e sua mãe, mas apenas por ter se casado com seu pai. Eric Dragomir não tinha irmãos nem irmãs. Lissa sabia pouco sobre o avô, mas, no lugar dele, concluiu que também preferiria passar mais tempo com o filho e o neto em vez de ouvir os discursos sem fim com os quais Tatiana teve que lidar.

A mente de Lissa vagava, e a velha a observava com cuidado.

— Esta... é a prova? — perguntou Lissa, quando o silêncio se prolongou demais. — É um tipo de entrevista?

A velha balançou a cabeça.

— Não. É isto. — Ela desembrulhou o objeto que tinha no colo. Era um copo, um cálice ou uma taça. Não sei bem o quê. No entanto, era bonito, feito de prata, e parecia brilhar com a própria luz. Rubis vermelhos como sangue se espalhavam ao longo das laterais, reluzindo a cada virada do copo. A mulher olhou para ele com apreço.

— Mais de mil anos e ainda brilha. — Ela pegou a jarra e encheu o cálice de água enquanto Lissa e eu refletíamos sobre aquelas palavras. Mil anos? Eu não era nenhuma especialista em metais, mas sabia que a prata deveria ter embaçado depois de todo esse tempo. A mulher entregou o copo a Lissa.

— Beba desse copo. E quando quiser parar, diga "pare".

Lissa alcançou o copo, mais confusa do que nunca com aquelas instruções estranhas. O que ela deveria parar? De beber? Logo que seus dedos tocaram o metal, ela compreendeu. Bem, mais ou menos. Um formigamento percorreu seu corpo, um formigamento que ela conhecia bem.

— Isto está encantado — comentou.

A velha assentiu.

— Infundido com os quatro elementos e uma magia esquecida há muito tempo.

Encantado com espírito também, pensou Lissa. Aquilo também deve ter sido esquecido e a deixou nervosa. Encantamentos elementais tinham efeitos diferentes. Encantamentos da terra — como a tatuagem que fizeram em Lissa — costumavam ser aliados a pequenos feitiços com compulsão. A combinação dos quatro numa estaca ou escudo proporcionava uma explosão de vida unificada que bloqueava os mortos-vivos. O espírito, porém... Bom, ela aprendia depressa que os encantamentos feitos com espírito abrangiam uma variedade de efeitos imprevisíveis. A água, sem dúvida, ativava o encantamento, mas Lissa tinha a impressão de que o espírito seria o fator-chave. Muito embora fosse o poder que ardia no seu sangue, ele ainda a assustava. O encantamento tramado naquele copo era complexo, muito além de suas habilidades, e ela temia o que aquilo provocaria. A velha a encarava, sem piscar.

Lissa hesitou só por mais um momento. Bebeu.

O mundo se esvaiu e então se rematerializou em algo completamente diferente. Nós duas reconhecemos o que era: um sonho induzido por espírito.

Lissa não estava mais no cômodo simples. Ela estava lá fora, e o vento agitava seus cabelos, empurrando-os para o rosto. Ela os puxava para o lado o máximo que podia. Outras pessoas estavam de pé ao seu redor, todos de preto, e ela logo reconheceu a igreja e o cemitério da Corte. A própria Lissa usava preto, junto com um comprido casaco de lã para protegê-la do frio. Estavam todos reunidos em volta de um túmulo, e um padre estava de pé, ali perto, com seus trajes de ofício, que eram as únicas cores naquele dia cinzento.

Lissa deu alguns passos para se aproximar, tentando ver de quem era o nome na lápide. O que descobriu chocou mais a mim do que a ela: Rosemarie Hathaway.

Meu nome estava cravado no granito numa fonte elaborada e majestosa. Abaixo dele havia a estrela de batalha, significando que eu tinha matado mais Strigoi do que poderia ser contado. Muito bem para mim. Mais abaixo, havia três linhas de texto em russo, romeno e inglês. Não precisei da tradução em inglês para saber o que cada linha dizia porque era padrão no túmulo de um guardião: "Serviço eterno."

O padre falou as palavras costumeiras de um enterro, me dando as bênçãos de uma religião em que eu não sabia ao certo se acreditava. Isso era a coisa menos estranha ali, já que eu assistia a meu próprio enterro. Quando ele terminou, Alberta tomou seu lugar. Elogiar as conquistas do falecido também era normal no enterro de um guardião — e Alberta tinha muito a dizer sobre as minhas. Se eu estivesse ali, teria chorado de emoção. Ela concluiu descrevendo minha última batalha, como eu havia morrido defendendo Lissa.

Isso, na verdade, não me causou tanta estranheza. Quero dizer, não me entenda mal. Tudo o que acontecia ali era completamente insano. Sendo racional, porém, se eu estava mesmo assistindo a meu próprio enterro, fazia sentido ter morrido protegendo minha amiga.

Lissa não compartilhava dos meus sentimentos. A notícia foi como um tapa na cara para ela. De repente, ela se deu conta de um horrível sentimento de vazio no peito, como se uma parte sua tivesse morrido. O laço funcionava apenas numa via, apesar de Robert ter jurado que perder seu companheiro de laço o havia deixado em agonia. Lissa compreendia isso agora, aquela dor horrível e solitária. Ela sentia falta de algo que nunca sequer soube que tinha. Lágrimas escorriam de seus olhos.

É um sonho, disse ela a si mesma. *Só isso.* No entanto, ela nunca teve um sonho induzido por espírito como aquele. Suas experiências sempre foram com Adrian, e os sonhos pareciam telefonemas.

Quando os enlutados se dispersaram do cemitério, Lissa sentiu uma mão tocar seu ombro. Christian. Ela se jogou, agradecida, nos braços dele, se esforçando muito para conter os soluços. Ele parecia real e sólido. Seguro.

— Como isso aconteceu? — perguntou ela. — Como pode ter acontecido?

Christian a soltou, e seus olhos azuis como cristal estavam mais sérios e pesarosos do que eu já vira um dia.

— Você sabe como. Aqueles Strigoi estavam tentando matar você. Ela se sacrificou para salvar você.

Lissa não tinha lembrança alguma disso, mas não importava.

— Não consigo... Não consigo acreditar que isso esteja acontecendo. — Aquele vazio agonizante crescia dentro dela.

— Tenho mais uma má notícia — disse Christian.

Ela o encarou com espanto.

— Como é que isso ainda pode piorar?

— Estou deixando...

— Deixando... o quê? A Corte?

— É. Deixando tudo. — A tristeza no rosto dele aumentou. — Deixando você.

O queixo de Lissa quase caiu.

— O que... O que aconteceu? O que foi que eu fiz?

— Nada. — Ele apertou sua mão e a soltou. — Amo você. Sempre amarei. Mas você é quem é. A última Dragomir. Sempre haverá alguma coisa levando você... Eu só ficaria no seu caminho. Você precisa reconstruir sua família. Não é de mim que você precisa.

— Claro que é! Você é o *único*! É o único com quem quero construir meu futuro.

— Você diz isso agora, mas é só esperar. Existem escolhas melhores. Você ouviu a brincadeira de Adrian. "Dragomirzinhos?" Quando você estiver pronta para ter filhos, daqui a uns anos, vai ter um monte. Os Dragomir precisam ser uma família sólida de novo. E eu? Não sou responsável o bastante para lidar com isso.

— Você seria um ótimo pai — argumentou ela.

— É. — Ele deu uma risadinha debochada. — E seria de grande valia para você também... A princesa que se casou com o cara da família de Strigoi.

— Não me importo com nenhuma dessas coisas e você sabe disso! — Lissa agarrou a camisa dele, forçando-o a olhar para ela. — Amo você. Quero que você faça parte da minha vida. Nada disso faz sentido. Você está com medo? É isso? Está com medo do peso do nome da minha família?

Ele revirou os olhos.

— Digamos apenas que não é um nome fácil de se carregar.

Ela o sacudiu.

— Não acredito em você! Você não tem medo de nada! Nunca recua.

— Estou recuando agora. — Ele se soltou dela com delicadeza. — Eu realmente amo você. É por isso que estou fazendo isso. É melhor.

— Mas você não pode... — Lissa gesticulou em direção ao meu túmulo, mas ele já estava indo embora. — Você não pode! Ela se foi! Se você for também, não sobra ninguém...

Christian, porém, *foi embora,* desaparecendo em meio à neblina que não estava ali até poucos minutos antes. Lissa ficou apenas com minha lápide para lhe fazer companhia. E, pela primeira vez na vida, estava realmente e verdadeiramente sozinha. Ela havia se sentido sozinha quando sua família morreu, mas eu fui sua âncora, sempre na retaguarda, protegendo-a. Quando Christian se juntou a nós, também manteve a solidão distante, preenchendo o coração dela com amor.

Agora, porém... Agora nós dois tínhamos ido embora. A família dela tinha ido embora. O buraco no seu coração ameaçava consumi-la, e era mais do que apenas a perda do laço. Ficar sozinho é algo horrível. Não existe ninguém a quem recorrer, ninguém em quem confiar, ninguém que se importe com o que acontece com você. Ela havia ficado sozinha na mata, mas isso não era nada, se comparado àquilo. Nada mesmo.

Encarando tudo à sua volta, ela desejou poder se afundar no meu túmulo e acabar com sua tormenta. Não... espere aí. Ela podia mesmo acabar com aquilo. *Diga "pare"*, havia instruído a velha. Era preciso apenas isso para acabar com a dor. Aquele era um sonho induzido por espírito, certo? É verdade que era mais realista e desgastante do que qualquer outro que ela já tivesse tido, mas, no fim das contas, todos os sonhadores acordaram. Uma palavra, e aquele pesadelo chegaria ao fim.

Encarando os arredores da Corte vazia, Lissa quase pronunciou a palavra. No entanto... queria que as coisas acabassem? Ela havia jurado lutar naquelas provas. Desistiria por causa de um sonho? Um sonho sobre estar sozinha? Parecia algo tão pequeno, mas aquela verdade dura a atingiu de novo: *nunca fiquei sozinha*. Ela não sabia se conseguiria prosseguir por conta própria, mas, então, percebeu que, se aquilo não fosse um sonho — e meu bom Deus, como parecia real —, não existia um "pare" mágico na vida real. Se ela não fosse capaz de lidar com a solidão num sonho, nunca seria capaz disso acordada. E por mais que aquilo a assustasse, ela concluiu que não voltaria atrás. Algo a atraiu para a neblina e ela caminhou naquela direção... sozinha.

A neblina deveria tê-la levado para o jardim da igreja. Em vez disso, o mundo se rematerializou e ela se viu numa sessão do Conselho. Era uma sessão aberta, com vários Moroi assistindo a tudo. Como sempre,

Lissa não se sentou com o público. Ela estava na mesa do Conselho, com as 13 cadeiras. Ocupava o lugar dos Dragomir. Na cadeira do meio, a do monarca, estava Ariana Szelsky. *É mesmo um sonho,* pensou uma parte irônica de Lissa. Ela ocupava um lugar no Conselho e Ariana era rainha. Bom demais para ser verdade.

Como sempre, o Conselho estava num debate acalorado, e o assunto era conhecido: a lei da idade. Alguns membros argumentavam que aquilo era imoral. Outros defendiam que a ameaça dos Strigoi era grande demais. Tempos desesperados requerem medidas desesperadas, diziam aquelas pessoas.

Ariana olhou para Lissa na ponta da mesa.

— O que a família Dragomir acha? — Ariana não era tão gentil quanto havia sido na van nem tão hostil quanto Tatiana. Era neutra, uma rainha comandando um Conselho e reunindo as informações de que precisava. Cada par de olhos do salão se voltou para Lissa.

Por alguma razão, todas as ideias coerentes tinham deixado sua mente. Sua língua parecia espessa dentro da boca. O que ela achava? Qual era sua opinião sobre a lei da idade? Desesperada, ela tentou dar uma resposta.

— Eu... Eu acho isso ruim.

Lee Szelsky, que devia ter ocupado o lugar da família quando Ariana se tornou rainha, bufou, desgostoso.

— A princesa poderia elaborar?

Lissa engoliu em seco.

— Reduzir a idade para se tornar um guardião não é um jeito de nos proteger. Precisamos... Precisamos aprender a nos proteger também.

Suas palavras foram recebidas com mais desprezo e choque.

— E seria possível nos dizer — perguntou Howard Zeklos — como a princesa planeja fazer isso? Qual é a sua proposta? Treinamento obrigatório para todas as idades? Começar um programa nas escolas?

De novo, Lissa buscava as palavras. Qual *era* o plano? Ela e Tasha tinham discutido isso várias vezes, definindo estratégias específicas para essa questão, sobre como implementar o treinamento. Tasha tinha quase martelado esses detalhes na cabeça de Lissa, na esperança de que ela pudesse se fazer ouvir. E ali estava Lissa agora, representando sua família no Conselho, diante da chance de mudar as coisas e melhorar a vida dos Moroi. Tudo o que precisava fazer era se explicar. Tantos contavam com ela, tantos esperavam para ouvir as palavras sobre o que ela sentia com tanta intensidade. Mas quais eram essas palavras? Por que Lissa não conseguia se lembrar? Ela deve ter demorado demais para responder, porque Howard ergueu as mãos, desgostoso.

— Eu sabia. Fomos idiotas ao aceitar uma garotinha neste Conselho. Ela não tem nada de útil a oferecer. Os Dragomir já eram. Morreram com ela e precisamos aceitar isso.

Morreram com ela. A pressão de ser a última de sua linhagem pesava em Lissa desde o momento em que um médico lhe contou que seus pais e seu irmão tinham morrido. Era a última de uma linhagem que fortalecia os Moroi e que gerou alguns dos maiores reis e rainhas. Ela prometia a si mesma, repetidas vezes, que não decepcionaria sua linhagem, que veria o orgulho da família restabelecido. Agora tudo isso desabava.

Até mesmo Ariana, que Lissa considerava uma aliada, parecia desapontada. O público começou a zombar, clamando pela retirada daquela criança com a língua travada do Conselho. Gritavam para ela sair. E, em seguida, veio algo ainda pior: "O dragão está morto! O dragão está morto!"

Lissa quase tentou fazer seu discurso de novo, mas, então, alguma coisa a fez olhar para trás. Ali, havia os 12 brasões das famílias pendurados na parede. Um homem tinha surgido do nada e tirava o símbolo dos Dragomir, com o dragão e a inscrição em romeno. O coração de Lissa se afundou enquanto os gritos no salão se tornaram mais altos e sua humilhação aumentava. Ela se levantou, querendo correr dali e se esconder da desgraça. Em vez disso, seus pés a levaram até a parede com os brasões. Com mais força do que pensava ser capaz de possuir, tomou o símbolo do dragão daquele homem.

— Não! — gritou. Voltou os olhos para o público e ergueu o brasão, desafiando qualquer um a tomá-lo dela ou a negar seu lugar de direito no Conselho.

— Isto. É. Meu. Estão me ouvindo? *Isto é meu!*

Lissa nunca saberia se eles ouviram, porque desapareceram, exatamente como o cemitério. Um silêncio chegou. Agora, ela se sentava em um dos consultórios médicos na época da São Vladimir. Os detalhes familiares eram estranhamente reconfortantes: a pia com o sabonete alaranjado para as mãos, as gavetas e os armários etiquetados com capricho e até mesmo os pôsteres informativos sobre saúde nas paredes: ALUNOS: PRATIQUEM SEXO SEGURO!

Igualmente bem-vinda era a médica residente da escola: dra. Olendzki. A médica não estava sozinha. De pé, ao redor de Lissa — que se sentava na ponta da maca de exames — estava uma terapeuta chamada Deirdre e... eu. Me ver ali era bem excêntrico, mas, depois do enterro, eu começava a me deixar levar por tudo aquilo.

Uma surpreendente mistura de sentimentos percorreu Lissa, sentimentos que fugiam a seu controle. Felicidade por nos ver. Desespero pela vida. Confusão. Desconfiança. Ela parecia não conseguir dominar nenhum sentimento ou pensamento. Era uma emoção muito diferente da que sentiu no Conselho, quando ela simplesmente não havia sido capaz de se explicar. Lá, sua mente estava em ordem — ela apenas tinha perdido a linha de raciocínio de seus argumentos. Ali, não havia nenhum raciocínio a ser mantido. Ela era uma confusão mental.

— Você entendeu? — perguntou a dra. Olendzki. Lissa desconfiava de que a médica já tivesse feito aquela pergunta. — Está além do que podemos controlar. A medicação não funciona mais.

— Acredite, não queremos que você se machuque. Mas agora os outros correm riscos... Bem, você entende por que temos que tomar uma atitude. — Aquela era Deirdre. Sempre a achei presunçosa, ainda mais por seu método terapêutico envolver responder perguntas com outras. Não havia nenhum humor negro agora. Deirdre era de uma seriedade letal.

Nenhuma daquelas palavras fazia sentido para Lissa, mas a parte sobre *se machucar* desencadeou alguma coisa dentro dela. Ela olhou para baixo, para seus braços. Estavam expostos... e marcados por cortes. Os cortes que ela costumava fazer quando a pressão do espírito era intensa demais. Eles eram seu único escape, um jeito horrível de se libertar. Ao estudá-los agora, Lissa via que estavam maiores e mais profundos do que antes. O tipo de corte que parecia flertar com o suicídio. Ela olhou para a frente de novo.

— Quem... Quem foi que machuquei?

— Você não se lembra? — perguntou a dra. Olendzki.

Lissa balançou a cabeça, olhando, desesperada, de um rosto para o outro, procurando respostas. Seus olhos pararam em mim, e meu rosto estava tão obscuro e sombrio quanto o de Deirdre.

— Tudo bem, Liss — disse eu. — Tudo vai ficar bem.

Não fiquei surpresa com aquilo. Naturalmente, era o que eu diria. Sempre confortaria Lissa. Sempre cuidaria dela.

— Não importa — respondeu Deirdre com uma voz delicada e tranquilizadora. — O que importa é que ninguém mais se machuque. Você não quer machucar ninguém, quer?

É claro que Lissa não queria, mas sua mente perturbada passou para outro lugar.

— Não fale comigo como se eu fosse uma criança! — A altura de sua voz tomou o consultório.

— Não foi a minha intenção — disse Deirdre, o exemplo de paciência. — Só queremos ajudá-la. Queremos a sua segurança.

Uma paranoia dominou as emoções de Lissa. Nenhum lugar era seguro. Ela estava certa disso... e de mais nada. A não ser, talvez, de algo sobre um sonho. Um sonho, um sonho...

— Serão capazes de cuidar de você em Tarasov — explicou a dra. Olendzki. — Vão garantir que você se sinta confortável.

— Tarasov? — Lissa e eu falamos ao mesmo tempo. Essa outra Rose cerrou os punhos, com um olhar bravo. Mais uma vez, uma típica reação minha.

— Ela *não* vai para esse lugar — vociferou Rose.

— Você acha que queremos fazer isso? — perguntou Deirdre. Foi a primeira vez que vi de fato aquela fachada tranquila se despedaçar. — Não queremos. Mas o espírito... O que ele está fazendo... Não temos escolha...

Imagens da nossa viagem para Tarasov lampejavam na mente de Lissa. Os corredores frios. Os gemidos. As celas minúsculas. Ela se lembrou de ter visto a ala da psiquiatria, a parte em que outros usuários do espírito eram trancados. Trancados por tempo indefinido.

— Não! — gritou ela, pulando da maca. — Não me mande para Tarasov! — Ela olhou ao redor, querendo fugir. As duas mulheres pararam entre ela e a porta. Lissa não podia correr. Que magia poderia usar? Com certeza havia alguma coisa. Sua mente tocou o espírito enquanto ela procurava, apressada, um feitiço.

A outra Rose pegou na sua mão, provavelmente porque havia sentido o espírito se retorcendo e queria deter Lissa.

— Tem outro jeito — disse meu alter ego a Deirdre e à dra. Olendzki. — Posso sugar isso dela. Posso sugar tudo isso dela, como Anna fez por São Vladimir. Posso puxar toda a escuridão e instabilidade. Lissa voltará a ficar sã.

Todas me encararam... Bem, encararam a outra Rose.

— Mas aí isso ficará em você, não é? — perguntou a dra. Olendzki. — Não vai desaparecer.

— Não me importo — respondi para as duas, teimosa. — Vou para Tarasov. Não mandem Lissa. Posso fazer isso pelo tempo que ela precisar de mim.

Lissa me observava, mal acreditando no que tinha ouvido. Seus pensamentos caóticos se tornaram alegres. *Isso! Fugir.* Ela não enlouqueceria. Não iria para Tarasov. Então, em algum lugar de seu emaranhado de lembranças...

— Anna cometeu suicídio — murmurou Lissa. Seu alcance da realidade ainda era tênue, mas aquele pensamento sóbrio bastou para acalmar sua mente acelerada por um momento. — Ela ficou louca por ter ajudado São Vladimir.

A outra eu se recusou a olhar para Lissa.

— É só uma história. Vou puxar a escuridão. Mande-a para mim.

Lissa não sabia o que fazer nem pensar. Não queria ir para Tarasov. Aquela prisão lhe dava pesadelos. E ali estava eu, lhe oferecendo uma fuga, me oferecendo para salvá-la, como sempre fiz. Ela queria isso. Queria ser salva. Não queria enlouquecer como todos os outros usuários do espírito. Se aceitasse minha oferta, estaria livre.

No entanto... nervosa ou não, Lissa se importava demais comigo. Eu já tinha feito sacrifícios demais por ela. Como ela poderia me deixar fazer aquilo? Que tipo de amiga seria para me condenar àquela vida? Tarasov assustava Lissa. Uma vida numa jaula assustava Lissa. Mas eu passar por isso a assustava ainda mais.

Não existia um bom desfecho ali. Ela desejava que tudo simplesmente passasse. Talvez se fechasse os olhos... Espere aí. Ela se lembrou de novo. O sonho. Ela estava num sonho induzido por espírito. Tudo o que precisava fazer era acordar.

Diga "pare".

Era mais fácil dessa vez. Pronunciar a palavra era a saída simples, a solução perfeita. Nada de Tarasov para nenhuma das duas, certo? Então, ela sentiu um lampejo da pressão na mente, um enfraquecimento daqueles sentimentos caóticos. Seus olhos se arregalaram enquanto ela se dava conta de que eu já tinha começado a sugar a escuridão. O *"pare"* foi esquecido.

— Não! — O espírito ardia dentro de Lissa e ela ergueu uma barreira no laço, me bloqueando.

— O que você está fazendo? — perguntou a outra Rose.

— Salvando você — respondeu Lissa. — Me salvando. — Ela se virou para a dra. Olendzki e para Deirdre. — Entendo o que vocês precisam fazer. Tudo bem. Me levem para Tarasov. Me levem para onde não vou machucar mais ninguém. — Tarasov. Um lugar onde pesadelos reais andavam pelos corredores. Ela se preparou enquanto o consultório desaparecia. Estava pronta para a parte seguinte do sonho: uma cela de pedra fria, com correntes nas paredes e pessoas se lamentando pelos corredores...

No entanto, quando o mundo se refez de novo, não havia Tarasov alguma. Havia um cômodo vazio com uma velha e um cálice de prata. Lissa olhou ao redor. Seu coração estava acelerado, e sua noção de tempo, desativada. As coisas que ela havia visto tinham durado uma eternidade. No entanto, ao mesmo tempo, era como se apenas alguns segundos tivessem se passado desde que ela e a velha conversaram.

— O que... O que foi isso? — perguntou Lissa. Sua boca estava seca e a água lhe cairia bem agora... mas o cálice estava vazio.

— Seu medo — disse a velha, com alegria nos olhos. — Todos os seus medos, dispostos em fila.

Lissa pôs o cálice sobre a mesa com as mãos trêmulas.

— Foi horrível. Era espírito, mas... nada que eu tivesse visto antes. Invadiu minha mente, revirando tudo. Era tão real. Em alguns momentos, acreditei que fosse real.

— Mas você não parou o sonho.

Lissa franziu a testa, pensando no quanto havia chegado perto de fazer isso.

— Não.

A velha sorriu e não deu uma palavra.

— Já... Já acabou? — perguntou Lissa, confusa. — Posso ir?

A mulher assentiu. Lissa se levantou e olhou para uma porta e para outra, para aquela por onde havia entrado e para a simples, dos fundos. Ainda em choque, automaticamente, ela se virou para a porta por onde tinha entrado. Na verdade, não queria ver toda aquela gente enfileirada no corredor de novo, mas jurou que faria uma boa cara de princesa. Além do mais, não haveria tanta gente ali, se comparada ao grupo que a saudou depois da última prova. Seus passos foram interrompidos quando a velha falou de novo e apontou para os fundos do cômodo.

— Não. Aquela é para os que fracassam. Você sai por essa porta.

Lissa se virou e se aproximou da porta simples. Ao que parecia, dava para o lado de fora, o que devia ser bom. Paz e tranquilidade. Ela sentiu que deveria dizer alguma coisa para a velha, mas não sabia o quê. Então, apenas girou a maçaneta e pisou lá fora...

Em meio a uma multidão que torcia pelo dragão.

Vinte e dois

— Você está radiante.

Pisquei e me deparei com Sonya me encarando. O carro e o trecho tranquilo da I-75 zuniam ao nosso redor, e o lado de fora revelava pouco, apenas árvores e planícies do Meio-Oeste. Sonya não parecia tão louca e horripilante quanto na época da escola ou na sua casa. Em geral, parecia apenas dispersa e confusa, o que era de se esperar. Hesitei antes de responder, mas, por fim, concluí que não havia nenhuma razão para me conter.

— Lissa passou na segunda prova para monarca.

— Claro que passou — disse Victor. Ele olhava fixamente pela janela, e não para mim. O tom de sua voz sugeria que eu havia apenas desperdiçado seu tempo ao dizer algo que já era dado por certo.

— Ela está bem? — perguntou Dimitri. — Ferida?

Em outro momento, aquilo teria despertado ciúmes em mim. Agora, era só um sinal da preocupação com Lissa, algo de que compartilhávamos.

— Ela está bem — respondi, me perguntando se aquilo era uma verdade absoluta. Lissa não estava fisicamente ferida, mas depois do que tinha visto... Bom, aquilo devia deixar cicatrizes de um tipo diferente. A porta dos fundos também havia sido uma surpresa e tanto.

Quando ela viu uma pequena multidão perto da primeira porta, pensou que isso significava que apenas alguns ficaram acordados até tão tarde para ver os candidatos. Não. Acabou que todos estavam esperando nos fundos para ver os vitoriosos. Cumprindo sua promessa, Lissa não se deixou abalar por aquilo. Saiu de cabeça erguida, sorrindo para os espectadores e fãs, como se já fosse dela a coroa.

Eu começava a ficar com sono, mas o triunfo de Lissa me manteve sorrindo por um bom tempo. Trechos desconhecidos de estrada que não parecem ter fim são um tanto cansativos. Victor tinha fechado os olhos e se apoiava no vidro. Não consegui ver Sydney quando me virei para dar uma olhada nela, o que significava que ela também havia decidido tirar um cochilo ou apenas se deitar. Bocejei, me perguntando se me atreveria a correr o risco de dormir. Dimitri tinha me dito para fazer isso quando deixamos a casa de Sonya, pois sabia que umas horas a mais do que aquelas poucas que Sydney havia me proporcionado não seriam nada mal para mim.

Encostei a cabeça no assento e fechei os olhos, adormecendo no mesmo instante. A escuridão daquele sono deu lugar à sensação de sonho induzido por espírito, e meu coração disparou de pânico e alegria. Depois de atravessar as provas de Lissa, os sonhos induzidos por espírito de repente passaram a ter um toque sinistro. Ao mesmo tempo, poderia ser uma oportunidade de ver Adrian. E... era.

Só que aparecemos num lugar totalmente inesperado: o jardim de Sonya. Olhei admirada para o céu azul e claro, para as flores brilhantes, quase não notando Adrian no processo. Ele usava um suéter de caxemira verde-escuro que o fazia se misturar à paisagem. Para mim, ele era mais bonito do que qualquer uma das outras maravilhas do jardim.

— Adrian!

Corri até Adrian, e ele me levantou com facilidade, me girando. Quando me pôs de volta no chão, estudou o jardim e assentiu com a cabeça, aprovando.

— Eu devia deixar você escolher o lugar mais vezes. Você tem bom gosto. É claro que, como é minha namorada, já sabíamos disso.

— O que você quer dizer com "escolher o lugar"? — perguntei, entrelaçando os dedos atrás de sua nuca.

Ele deu de ombros.

— Quando tentei alcançá-la e senti que você estava dormindo, invoquei o sonho, mas não estava a fim de escolher um lugar. Então, deixei isso para o seu subconsciente. — Meio a contragosto, ele tirou a caxemira. — Só que não estou vestido para a ocasião. — O suéter tremeluziu e logo foi substituído por uma leve camiseta cinza com um desenho abstrato na frente. — Está melhor?

— Muito.

Ele sorriu e beijou minha testa.

— Estou com saudade, dampirinha. Você pode espionar Lissa e todos nós o tempo inteiro, mas o melhor que consigo são esses sonhos. E, para ser sincero, não consigo descobrir em que fuso horário você está.

Percebi que, com a minha "espionagem", sabia mais sobre o que acabava de acontecer na Corte do que ele.

— Lissa fez a segunda prova — contei.

É. Sua expressão confirmou isso. Ele não sabia da prova, provavelmente porque estava dormindo.

— Quando?

— Agora mesmo. Foi difícil, mas ela passou.

— Para felicidade dela, sem dúvida. Bom... isso continua nos ajudando a ganhar mais tempo para limpar seu nome e trazê-la de volta para casa. Só que, se eu fosse você, não sei bem se gostaria de voltar para casa. — Ele olhou ao redor do jardim de novo. — A Virgínia Ocidental é muito melhor do que eu pensava.

Dei uma gargalhada.

— Não é a Virgínia Ocidental... que não é tão ruim assim, diga-se de passagem. É onde Sonya Karp...

Paralisei, incapaz de acreditar no que quase disse. Estava tão feliz em vê-lo, tão à vontade que me permiti estragar as coisas.

O rosto de Adrian ficou muito, muito sério.

— Você disse Sonya Karp?

Várias opções passaram por minha cabeça. Mentir era a mais fácil. Eu podia alegar que aquele era um lugar onde estive muito tempo atrás, talvez uma casa de campo onde Sonya tivesse nos levado. No entanto, isso era bem inconsistente. Além do mais, eu supunha que a expressão no meu rosto gritasse culpa. Tinha sido pega. Uma mentira bonita não enganaria Adrian.

— Disse — respondi, por fim.

— Rose. Sonya Karp é Strigoi.

— Não mais.

Adrian suspirou.

— Eu sabia que o fato de você ficar longe dos problemas seria bom demais para ser verdade. O que aconteceu?

— Humm, Robert Doru a recuperou.

— Robert. — Os lábios de Adrian se curvaram com desdém. Os dois usuários do espírito não tinham se dado bem. — E só porque sinto como se estivéssemos marchando rumo a um território completamente louco, o que, vindo de mim, significa alguma coisa, o meu palpite é que Victor Dashkov também está com você.

Assenti, torcendo, desesperada, para que alguém me acordasse e me livrasse do interrogatório de Adrian. Merda. Como fui escorregar daquele jeito?

Adrian me soltou e começou a andar em pequenos círculos.

— Está bem. Então, você, Belikov, a alquimista, Sonya Karp, Victor Dashkov e Robert Doru estão todos juntos, passeando pela Virgínia Ocidental.

— Não — respondi.

— Não?

— Não estamos, humm, na Virgínia Ocidental.

— Rose! — Adrian parou de andar de um lado para o outro e se aproximou de mim. — Onde é que você está? O seu velho, Lissa... Todo mundo acha que você está sã e a salvo.

— E estou — disse eu com arrogância. — Só que não na Virgínia Ocidental.

— Então, onde?

— Não posso... Não posso lhe contar. — Odiei lhe dizer aquelas palavras e ver o olhar que elas despertaram. — Em parte, por segurança. Em parte porque... Bem, humm, na verdade, não sei.

Ele pegou nas minhas mãos.

— Você não pode fazer isso. Não pode sair por aí por causa de um capricho maluco dessa vez. Você não entende? Vão matá-la se encontrarem você.

— Não é um capricho maluco! Estamos fazendo uma coisa importante. Uma coisa que irá ajudar todos nós.

— Uma coisa que você não pode me contar — adivinhou ele.

— É melhor você não se envolver — disse-lhe, apertando suas mãos com força. — É melhor você não saber os detalhes.

— E enquanto isso, posso descansar sossegado, sabendo que tem uma tropa de elite atrás de você.

— Adrian, por favor! Por favor, confie em mim. Acredite que tenho um bom motivo — implorei.

Ele soltou as minhas mãos.

— Acredito que você *pense* que tem um bom motivo. Simplesmente não consigo imaginar um que justifique você arriscar sua vida.

— É o que faço — observei, surpresa diante do quanto soei séria. — Algumas coisas valem a pena.

Pedaços de estática tremeluziram através da minha visão, como um sinal de TV que fica ruim. O mundo começou a se desfazer.

— O que está acontecendo? — perguntei.

Ele fez uma cara feia.

— Alguém ou alguma coisa está me acordando. Deve ser minha mãe vindo dar uma olhada em mim pela centésima vez.

Tentei alcançá-lo, mas ele desaparecia.

— Adrian! Por favor, não conte a ninguém! *Ninguém*.

Não sei se ele ouviu meu apelo, porque o sonho desapareceu por completo. Acordei no carro. Minha reação imediata foi xingar, mas eu não queria entregar a idiotice que tinha feito. Ao olhar ao redor, quase pulei do assento quando vi Sonya me observando com atenção.

— Você estava tendo um sonho induzido por espírito — disse ela.

— Como você sabe?

— Sua aura.

Fiz uma careta.

— Auras costumavam ser legais, mas agora estão começando a ficar irritantes.

Ela deu uma leve risada. Era a primeira vez que eu a ouvia fazer isso desde que foi restaurada.

— Elas são muito informativas se você souber como interpretá-las. Você estava com Vasilisa?

— Não. Com o meu namorado. Ele é usuário do espírito também.

Os olhos dela se arregalaram de surpresa.

— É com ele que você estava?

— É. Por quê? O que tem de errado?

Ela franziu a testa, parecendo intrigada. Alguns momentos depois, olhou para o banco da frente, onde Dimitri e Robert estavam sentados, e, em seguida, ficou me examinando de um jeito que me fez ter calafrios na espinha.

— Nada — disse ela. — Nada de errado.

Tive que rir com escárnio daquilo.

— Me diga. É claro que parecia...

— Por ali! — Sonya deixou de olhar para mim de maneira ab-rupta, se inclinou para a frente e apontou. — Pegue aquela saída.

Estávamos quase passando "daquela saída" e Dimitri teve que fazer uma manobra radical — parecida com a que fizemos na nossa fuga, na Pensilvânia — para conseguir pegá-la. O carro sacudiu e rodou, e ouvi Sydney gritar atrás de mim.

— Um pequeno aviso na próxima vez seria útil — observou Dimitri.

Sonya não escutava. Seu olhar estava fixo na estrada que tínhamos pegado. Paramos num sinal vermelho, onde avistei uma placa animadora: Bem-vindo a Ann Arbor, Michigan. A centelha de vida que eu tinha visto em Sonya momentos antes já havia sumido. Aquele ar tenso e quase robótico estava de volta. Apesar da negociação inteligente de Sydney, Sonya ainda parecia desconfortável com a viagem. Ainda se sentia culpada e uma traidora.

— Chegamos? — perguntei, ávida. — Quanto tempo passamos na estrada? — Eu mal tinha notado a viagem. Havia permanecido acordada na primeira parte, mas o resto foi um borrão de Lissa e Adrian.

— Seis horas — respondeu Dimitri.

— Vire à esquerda naquele segundo semáforo — instruiu Sonya. — Agora à direita na esquina.

Uma tensão tomou conta do carro. Todos estavam acordados agora, e meu coração disparava enquanto adentrávamos cada vez mais nos arredores. Que casa? Estávamos perto? Era uma daquelas? A viagem tinha sido rápida, mas parecia se estender pela eternidade. Todos nós suspiramos juntos quando Sonya apontou de repente.

— Ali.

Dimitri parou na entrada de uma charmosa casa de tijolos com um gramado aparado com perfeição.

— Você sabe se seus parentes ainda moram aqui? — perguntei a Sonya.

Ela não disse nada, e me dei conta de que estávamos de volta ao território da promessa. Boca fechada.

E lá se vai o progresso.

— Acho que só tem um jeito de descobrir — comentei, destravando o cinto de segurança. — Mesmo plano?

Mais cedo, Dimitri e eu tínhamos discutido quem iria e quem ficaria para trás se Sonya nos levasse ao lugar certo. Deixar os irmãos para trás foi uma decisão fácil de ser tomada. A questão era quem vigiaria os dois, e concluímos que Dimitri faria isso enquanto Sydney e eu íamos com Sonya ver seus parentes — que, sem dúvida, estavam em casa e receberiam uma visita chocante.

— Mesmo plano — concordou Dimitri. — Você vai até a casa. Você parece menos ameaçadora.

— Ei!

Ele sorriu.

— Eu disse "parece".

No entanto, seu raciocínio fazia sentido. Mesmo quando Dimitri estava tranquilo, havia algo de poderoso e intimidador nele. Três mulheres batendo à porta assustariam menos aquelas pessoas — ainda mais se os parentes de Sonya tivessem se mudado. Que inferno. Eu sabia que ela poderia ter nos levado à casa errada de propósito.

— Tome cuidado — pediu Dimitri enquanto saíamos do carro.

— Você também — respondi. Aquilo me rendeu outro sorriso, um sorriso um pouco mais caloroso e profundo.

Os sentimentos que se agitaram dentro de mim desapareceram enquanto Sonya, Sydney e eu andávamos pela calçada. Senti um aperto no peito. Era ali. Ou era lá? Estávamos prestes a chegar ao fim da nossa jornada? Tínhamos mesmo encontrado o último Dragomir, contrariando todas as probabilidades? Ou eu teria sido enganada desde o começo?

Não era só eu que estava nervosa. Pude sentir Sydney e Sonya trepidando de tensão também. Chegamos ao degrau da frente. Respirei fundo e toquei a campainha.

Vários segundos depois, um homem atendeu — e era um Moroi. Um sinal promissor.

Ele olhou para o rosto de cada uma de nós, sem dúvida se perguntando o que uma Moroi, uma dampira e uma humana faziam ali. Parecia o começo de uma piada de mau gosto.

— Em que posso ajudá-las? — indagou ele.

De repente, fiquei perdida. Nosso plano cobria as coisas grandes: encontrar a amante e o filho bastardo de Eric. O que diríamos quando de fato chegássemos lá não estava claro. Esperei que uma das minhas companheiras falasse, mas não foi preciso. O Moroi de repente se virou para meu lado quando olhou pela segunda vez.

— Sonya? — Ele arquejou. — É você?

Então, ouvi a voz de uma jovem perguntar lá de trás:

— Ei, quem está aí?

Alguém apareceu ao lado dele, uma pessoa alta e esbelta — uma pessoa que eu conhecia. Perdi o fôlego ao olhar fixamente para aquelas ondas de cabelo castanho-claro rebelde e aqueles olhos verde-claros — olhos que deviam ter chamado minha atenção há muito tempo. Não consegui falar.

— Rose! — exclamou Jill Mastrano. — O que está fazendo aqui?

Vinte e três

Os poucos segundos de silêncio que vieram em seguida pareciam se prolongar pela eternidade. Todos estavam confusos, cada um por razões totalmente diferentes. A surpresa inicial de Jill continha empolgação, porém, à medida que ela olhava fixamente de um rosto para o outro, seu sorriso sumia, até ela parecer tão perplexa quanto nós três.

— O que está acontecendo? — perguntou uma nova voz. Momentos depois, Emily Mastrano surgiu ao lado da filha. Emily olhou para mim e para Sydney com curiosidade e, então, arquejou ao ver o terceiro membro do nosso grupo. — Sonya! — Ela puxou Jill para trás com o rosto tomado de pânico. Não era rápida como um guardião, mas admirei sua capacidade de reação.

— Emily...? — A voz de Sonya estava muito baixa, prestes a falhar. — Sou... Sou eu... Eu *mesma*...

Emily tentou puxar o homem para dentro também, mas parou quando deu uma boa olhada em Sonya. Como todos os outros, tinha que reconhecer o óbvio. Sonya não possuía nenhuma característica de Strigoi. Além do mais, estava ao ar livre em plena luz do dia. Emily hesitou e abriu a boca para falar, mas não conseguiu. Por fim, se virou para mim.

— Rose... o que está acontecendo?

Fiquei surpresa por ela me considerar uma autoridade, tanto por só termos nos visto apenas uma vez quanto porque, para ser sincera, eu também não sabia ao certo o que estava acontecendo. Precisei fazer algumas tentativas até encontrar a voz.

— Acho... Acho que devíamos entrar...

O olhar de Emily se voltou para Sonya. Jill tentava forçar passagem, querendo entender o que era todo aquele drama, mas Emily continuava bloqueando a porta, não convencida por completo de que aquilo fosse seguro. Eu não podia culpá-la. Por fim, ela fez um leve aceno com a cabeça e deu um passo para o lado, permitindo que entrássemos.

Os olhos de Sydney se voltaram por um instante para o carro, onde Victor, Robert e Dimitri esperavam.

— E quanto a eles? — ela me perguntou.

Hesitei. Queria que Dimitri estivesse comigo para dar a notícia bombástica, mas Emily não precisava lidar com mais de uma coisa de cada vez. Os Moroi não precisavam frequentar a realeza para saber quem ou como era Victor Dashkov. Nossa viagem para Las Vegas havia provado isso. Balancei a cabeça para Sydney.

— Eles podem esperar.

Nos acomodamos na sala da família e descobrimos que o cara que havia atendido a porta era marido de Emily, John Mastrano. Emily seguiu os costumes e nos ofereceu bebidas, como se aquela fosse uma visita perfeitamente normal, mas a expressão que tinha no rosto confirmava que ela ainda estava em choque. Ela nos entregou os copos de água como um robô; estava tão pálida que poderia ser uma Strigoi.

John pôs a mão sobre a de Emily quando a mulher se sentou. Ele nos olhava com desconfiança, ao passo que com ela era afetuoso e preocupado.

— O que está acontecendo?

Os olhos de Emily ainda estavam pasmos.

— Eu... não sei. Minha prima está aqui... mas não entendo como... — Ela olhava de um lado para o outro, para mim, Sydney e Sonya. — Como isso é possível? — Sua voz tremia.

— Foi Lissa, não foi? — perguntou Jill, que, sem dúvida, conhecia a história sórdida de Sonya. Ela estava chocada, o que era compreensível, e um pouco nervosa, mas a empolgação começava a se misturar com esses sentimentos. — Eu soube do que aconteceu com Dimitri. É verdade, não é? Lissa pode curar um Strigoi. Ela o salvou. Ela salvou... — Jill se virou para Sonya e seu entusiasmo vacilou um pouco. Fiquei me perguntando que tipo de histórias ela tinha ouvido sobre a prima. — Ela salvou você.

— Não foi Lissa quem fez isso — disse eu. — Foi outro, humm, usuário do espírito.

O rosto de Jill se iluminou.

— Adrian? — Eu já tinha me esquecido da queda que a menina tinha por ele.

— Não... outra pessoa. Não é importante — acrescentei depressa. — Sonya... Bom, ela é Moroi de novo. Só que está confusa. Não é bem ela mesma.

Sonya bebia sob o olhar da prima, mas agora se virou para mim com um sorriso irônico e compreensivo.

— Posso responder por mim mesma, Rose.

— Me desculpe — falei.

Emily se virou para Sydney e franziu a testa. As duas haviam sido apresentadas, nada mais.

— Por que você está aqui? — Emily nem precisou dizer o que de fato aquela pergunta significava. Ela queria saber por que uma *humana* estava ali. — Você é uma fornecedora de sangue?

— Não! — exclamou Sydney, pulando de seu lugar ao meu lado no sofá para duas pessoas. Eu nunca a tinha visto tão tomada de indignação e desgosto. — Se você repetir isso, saio daqui imediatamente! Sou alquimista.

Aquela reação foi recebida com olhares vagos, e a puxei de volta para o sofá.

— Calma, garota. Acho que não sabem quem são os alquimistas. — No fundo, fiquei satisfeita. Quando descobri os alquimistas, eu me senti como se fosse a última pessoa do mundo a saber de sua existência. Era legal ver que outros também estavam por fora. A fim de simplificar a situação, expliquei a Emily:

— Sydney tem nos ajudado.

Lágrimas contornaram os olhos azuis de Emily quando ela se virou de novo para a prima. Emily Mastrano era uma das mulheres mais estonteantes que já conheci. Até as lágrimas ficavam bonitas nela.

— É você mesmo, não é? Trouxeram você de volta para mim. Meu Deus.

— Emily se levantou e foi até a prima para abraçá-la com intensidade. — Senti tanto a sua falta. Não consigo acreditar nisso.

Quase tive vontade de chorar também, mas lembrei a mim mesma com severidade que havíamos ido até ali numa missão. Sabia o quanto tudo aquilo era impressionante. Acabávamos de virar o mundo da família Mastrano de cabeça para baixo... e eu estava prestes a complicar as coisas ainda mais. Odiava fazer aquilo. Queria que pudessem dispor do tempo de que precisavam para se adaptar, para celebrar o milagre de ter Sonya de volta. Mas o relógio da Corte — e o da minha vida — estava correndo.

— Trouxemos Sonya... — disse eu, por fim. — Mas existe outra razão para estarmos aqui.

Não sei que tom minha voz transmitiu, mas Emily se enrijeceu e se afastou de Sonya, indo se sentar ao lado do marido. De alguma maneira, naquele momento, acho que ela soube por que estávamos ali. Pude ver nos seus olhos que ela sentia medo — como se receasse esse tipo de visita há anos, como se tivesse imaginado aquela situação centenas de vezes.

Forcei a barra.

— Sabemos... sabemos sobre Eric Dragomir.

— Não — disse Emily. Sua voz era uma mistura estranha de dureza e desespero. Era notável o quanto seu jeito obstinado se assemelhava à recusa inicial de Sonya em nos ajudar. — Não. Não vamos fazer isso.

No instante em que vi Jill, no instante em que reconheci aqueles olhos, soube que estávamos no lugar certo. As palavras de Emily — e o que era mais importante, o fato de ela não ter negado — confirmavam isso.

— Precisamos — disse eu. — Isso é sério.

Emily se virou para Sonya.

— Você prometeu! Você prometeu que não contaria!

— E não contei — disse Sonya, mas seu rosto abrigava a dúvida de antes.

— Ela não contou — insisti com firmeza, esperando tranquilizar as duas. — É difícil explicar... mas ela cumpriu a promessa.

— Não — repetiu Emily. — Não vai acontecer. Não podemos conversar sobre isso.

— O que... O que está acontecendo? — perguntou John. A raiva ardia nos seus olhos. Ele não gostava de ver estranhos aborrecerem sua mulher.

Dirigi minhas palavras a Emily:

— *Temos* que falar sobre isso. Por favor. Precisamos da sua ajuda. Precisamos da ajuda *dela*. — Apontei para Jill.

— O que você quer dizer? — perguntou Jill. Aquela centelha ávida de antes já era, extinta pela reação da mãe.

— É sobre sua... — Parei. Eu havia me apressado, pronta para encontrar o irmão de Lissa... a irmã, como agora sabíamos... e pouco pensei nas implicações. Já devia saber que aquilo era um segredo escondido de todos, inclusive da criança em questão. Não tinha me dado conta do choque que seria para ela. E não era uma estranha qualquer. Era *Jill*. Jill. Minha amiga. A menina que sempre foi como uma irmãzinha para todos nós, a menina de quem cuidávamos. O que eu estava para fazer com ela? Ao olhar para John, percebi que as coisas eram ainda piores. Será que Jill pensava que ele fosse seu pai? Aquela família estava prestes a ser sacudida até o cerne... e eu era responsável por isso.

— Não! — gritou Emily, me interrompendo de novo. — Para fora! Todas vocês! Não quero vocês aqui.

— Sr.ª Mastrano... — comecei. — A senhora não pode fingir que isso não é a realidade. Precisa enfrentá-la.

— *Não*! — Ela apontou para a porta. — Saiam daqui! Saiam ou vou... vou chamar a polícia! Ou os guardiões! Você... — Um lampejo de percepção a tomou agora que o choque inicial de ver Sonya tinha desaparecido. Victor não era o único criminoso que punha os Moroi em alerta. — Você é uma fugitiva! Uma assassina!

— Não é, não! — disse Jill, se inclinando para a frente. — Já disse para você, mãe. Já disse antes que isso foi um engano...

— Saiam — repetiu Emily.

— Nos mandar embora não vai mudar a verdade — prossegui, me forçando a manter a calma.

— Alguém quer fazer o favor de me explicar o que *é* que está acontecendo? — O rosto de John ficou vermelho, nervoso e na defensiva. — Se não me derem uma resposta em trinta segundos, vou chamar os guardiões *e* a polícia.

Olhei para Jill e não consegui falar. Não sabia como dizer o que precisava, pelo menos não com tato. Sydney, porém, não teve esse problema.

— Ele não é seu pai — disse ela, objetiva, apontando para John.

Houve uma leve pausa na sala. Jill pareceu um pouco desapontada, como se esperasse por notícias mais empolgantes.

— Sei disso. Ele é meu padrasto. Quer dizer, eu o considero meu pai.

Emily se jogou de volta no sofá, enterrando o rosto entre as mãos. Ela parecia chorar, mas eu tinha certeza de que poderia se levantar a qualquer momento e chamar as autoridades. Precisávamos acabar logo com aquilo, não importando o quanto fosse doloroso.

— Certo. Seu pai biológico não é ele — observei, olhando com firmeza para Jill. *Os olhos. Como eu nunca tinha reparado naqueles olhos?* — E sim Eric Dragomir.

Emily fez um barulho baixo e agudo.

— Não — implorou ela. — Por favor, não faça isso.

A fúria de John deu lugar à confusão de antes, que parecia estar tão em voga naquela sala.

— *O quê?*

— Isso... não. — Jill balançou a cabeça devagar. — Isso é impossível. Meu pai era só... só um cara qualquer que nos abandonou.

De certa maneira, aquilo não estava longe da verdade, supus.

— Era Eric Dragomir — repeti. — Você faz parte da família deles. É irmã de Lissa. Você é... — Fiquei impressionada, percebendo que teria que olhar para Jill de um jeito completamente novo. — Você pertence à realeza.

Jill sempre foi cheia de energia e otimismo, transitando no mundo com charme e uma esperança ingênua. Agora, porém, seu rosto estava preocupado e sóbrio, o que fazia com que parecesse ter mais de 15 anos.

— Não. Isso é uma brincadeira. Meu pai era bandido. Eu não... Não. Rose, pare.

— Emily. — Estremeci diante do som da voz de Sonya, surpresa por ouvi-la falar. Fiquei ainda mais surpresa por sua expressão. Autoritária. Séria. Determinada. Sonya era mais jovem que Emily uns... O quê? Dez anos, se eu tivesse que chutar. Sonya, porém, encarava a prima de um jeito que fazia Emily parecer uma criança malcriada.

— Emily, está na hora de acabar com isso. Você tem que contar a ela. Pelo amor de Deus, você tem que contar a John. Não pode mais manter isso enterrado.

Emily olhou para cima e fitou os olhos de Sonya.

— Não posso contar. Você sabe o que irá acontecer... Não posso fazer isso com ela.

— Nenhum de nós sabe o que vai acontecer — disse Sonya. — Mas as coisas irão piorar se você não assumir o controle agora.

Depois de um longo momento, Emily, por fim, desviou o olhar e encarou o chão. A expressão tristíssima no seu rosto partiu meu coração. E não só o meu.

— Mãe? — perguntou Jill, com uma voz trêmula. — O que está acontecendo? Isso tudo é uma grande confusão, não é?

Emily suspirou e olhou para a filha.

— Não. Você é filha de Eric Dragomir. Rose tem razão. — John fez um pequeno barulho sufocado, mas não interrompeu a mulher. Ela apertou a mão dele de novo. — O que contei a vocês dois ao longo desses anos... é verdade. Quase tudo. Tivemos apenas um... relacionamento breve. Não um relacionamento vulgar, exatamente. Mas breve. — Ela fez uma pausa, olhando para John dessa vez, e sua expressão amoleceu. — Eu falei para você...

Ele assentiu.

— E eu falei para *você* que o passado não me importava. Nunca afetou o que sinto por você, por Jill. Mas nunca imaginei...

— Nem eu — concordou ela. — Eu nem sabia quem ele era quando nos conhecemos. Foi no tempo que morei em Las Vegas e tive meu primeiro emprego como dançarina num espetáculo no Witching Hour.

Meus olhos se arregalaram. Ninguém pareceu notar. O Witching Hour. Meus amigos e eu estivemos naquele cassino quando fomos caçar Robert e um homem de lá fez uma piada sobre o pai de Lissa se interessar por dançarinas. Eu sabia que Emily trabalhava numa companhia de balé de Detroit agora. Era por isso que viviam em Michigan. Eu nunca teria imaginado que ela havia começado como uma dançarina vestindo plumas e paetês num espetáculo em Las Vegas. Mas por que não? Ela só podia ter começado em algum lugar, e seu porte alto e gracioso era apropriado para qualquer tipo de dança.

— Eric era tão doce... e estava tão triste — continuou Emily. — Seu pai tinha acabado de morrer e ele tinha ido até lá para afogar as mágoas. Na época, compreendi que essa morte tinha o deixado devastado, mas agora... Bem, *realmente* compreendo. Foi mais uma perda para a família dele. Os números estavam diminuindo. — Ela franziu a testa, pensativa, e então deu de ombros. — Eric era um homem bom e acho que amava a mulher de verdade. Mas estava num lugar escuro e baixo nível. Não acho que tenha me usado. Ele se importava comigo, apesar de eu duvidar que o que aconteceu entre nós aconteceria em outras circunstâncias. De todo jeito, fiquei bem da maneira como as coisas acabaram e contente em tocar minha vida... até Jill chegar.

Entrei em contato com Eric porque achei que ele deveria saber, apesar de ter deixado claro que não esperava nada dele. E, àquela altura, sabendo quem ele era, eu não *queria* nada. Se eu tivesse deixado, acho que ele teria reconhecido você e participado da sua vida. — Os olhos de Emily estavam em Jill agora. — Mas vi como é aquele mundo. A vida na Corte se resume a política, a mentiras e a punhaladas pelas costas. No fim das contas, a única coisa que aceitei dele foi dinheiro. Mesmo assim, não queria isso. Não queria me sentir como se o estivesse chantageando, mas *queria* garantir um futuro seguro para você.

Falei meio sem pensar:

— Você realmente não vive como se usasse esse dinheiro. — Me arrependi dessas palavras logo que elas saíram da minha boca. A casa era perfeita e legal, não tinha nem um pouco cara de casa pobre. No entanto, também não era compatível com os fundos que eu havia visto que eram movimentados naquelas contas bancárias.

— Não mesmo — disse Emily. — Está guardado para emergências, é claro, mas é quase tudo para Jill e o futuro dela. Para ela fazer o que quiser.

— O que você quer dizer com isso? — perguntou Jill, perplexa. — De que dinheiro está falando?

— Você é herdeira — expliquei. — *E* membro da realeza.

— Não sou nada dessas coisas — disse a menina. Ela estava exaltada agora, olhando ao redor e para todos nós. Parecia um veado, pronto para fugir. — Foi um engano. Vocês todos se enganaram.

Emily se levantou e andou até a cadeira de Jill, se ajoelhando no chão, diante dela. Apertou a mão da filha.

— Tudo isso *é* verdade. E lamento por você ter descoberto assim. Mas isso não muda nada. Nossas vidas não vão mudar. Vamos continuar exatamente como antes.

Uma variedade de emoções percorreu as feições de Jill — principalmente medo e confusão —, mas ela se inclinou para a frente e enterrou o rosto no ombro da mãe, aceitando.

— Está bem.

Foi um momento tocante e, de novo, quase tive vontade de chorar. Também já havia vivido dramas familiares e problemas paternos. Como antes, queria que os Mastrano tivessem esse momento só para eles, mas não dava.

— Vocês não podem — exclamei. — Não podem continuar como antes. Jill... Jill tem que ir para a Corte.

Emily se virou de Jill para mim. Apenas um segundo antes, estava cheia de pesar e tristeza. Agora, vi ferocidade e uma raiva intensa. Seus olhos azuis eram tempestuosos e se fixaram em mim de forma penetrante.

— *Não*. Ela não vai para lá. Ela nunca irá para lá.

Jill já tinha visitado a Corte antes, mas tanto Emily quanto eu sabíamos que não me referia a um passeio qualquer pelos pontos turísticos. Jill tinha que ir para lá com sua verdadeira identidade. Bem — talvez *verdadeira* não fosse a palavra certa. Realeza ilícita não fazia parte de sua natureza, pelo menos ainda não. Ela era quem sempre foi, mas seu nome havia mudado. Essa mudança precisava se tornar conhecida, e a Corte dos Moroi seria abalada.

— Ela tem que ir — insisti. — A Corte está se corrompendo, e a família Dragomir tem que fazer o papel dela para ajudar a consertar as coisas. Lissa não tem poder nenhum sozinha, não sem um quorum familiar. Todos os outros membros da realeza a esmagam. Vão forçar a aprovação de leis que não ajudarão nenhum de nós em nada.

Emily ainda estava ajoelhada perto da cadeira, como se protegesse Jill das minhas palavras.

— E é exatamente por isso que Jill não pode ir. Foi por isso que não deixei Eric reconhecê-la. Não quero Jill envolvida nessas coisas. Aquele lugar é venenoso. O assassinato de Tatiana é prova disso. — Emily fez uma pausa e me lançou um olhar pungente, me lembrando que eu era a maior suspeita. Ao que parecia, ainda não tínhamos superado isso. — Todos os membros da realeza... Eles são cruéis. Não quero que Jill se transforme num deles. *Não vou* permitir que ela se transforme num deles.

— Nem todos os membros da realeza são assim — argumentei. — Lissa não é. Ela está tentando mudar o sistema.

Emily deu um sorriso amargo para mim.

— E como você acha que os outros se sentem quanto à reforma que ela propõe? Tenho certeza de que existem membros da realeza felizes por vê-la calada... Pessoas que não gostarão de ver a família dela reemergir. Já falei: Eric era um homem bom. Às vezes, acho que não foi coincidência a família dele ir morrendo.

Fiquei boquiaberta.

— Isso é ridículo. — Mas, de repente, eu já não tinha mais tanta certeza.

— É mesmo? — Os olhos de Emily estavam em mim, como se enxergassem minhas dúvidas. — O que você acha que iriam fazer se outro Dragomir aparecesse, os que se opõem a Vasilisa? O que você acha que iriam fazer se houvesse apenas uma pessoa entre eles e o poder da família dela?

Aquelas implicações eram chocantes... No entanto, eu sabia que não eram impossíveis. Ao olhar para Jill, tive uma sensação ruim, de vazio no estômago. A que eu estaria sujeitando a menina? A doce e inocente Jill. Ela queria aventura na vida e ainda mal conseguia conversar com uns caras sem enrubescer. Seu desejo de aprender a lutar era metade por impulso da juventude, metade por instinto, para defender seu povo. Entrar para o mundo da realeza poderia, em teoria, ajudar seu povo também — embora não de uma maneira que ela esperou um dia. E isso significaria se envolver com a natureza obscura e sinistra que às vezes tomava a Corte.

Emily parecia interpretar meu silêncio como um acordo. Uma mistura de triunfo e alívio cruzou seu rosto. Tudo isso desapareceu quando Jill falou de repente:

— Vou fazer isso.

Todos nós nos viramos para encará-la. Até então, eu a via com pena e a considerava uma vítima. Agora, estava impressionada por vê-la tão corajosa e resolvida. Sua expressão ainda era marcada por um pouco de medo e choque, mas havia algo forte como aço em Jill, algo que eu nunca tinha visto antes.

— O quê? — perguntou Emily.

— Vou fazer isso — respondeu Jill, com uma voz mais estável. — Vou ajudar Lissa e... os Dragomir. Vou voltar com Rose para a Corte.

Concluí que mencionar as diversas dificuldades de eu me aproximar da Corte não era importante naquele momento. Para ser sincera, tinha chegado a um ponto em que dançava conforme a música, embora fosse um alívio ver a fúria de Emily se desviar de mim.

— Não vai, não! Não vou deixar você chegar nem perto de lá.

— Você não pode fazer essa escolha por mim! — gritou Jill. — Não sou uma criança.

— E com certeza não é adulta — retrucou Emily.

As duas começaram a discutir de um lado para o outro, e logo John se intrometeu para apoiar a mulher. Em meio ao debate familiar, Sydney se inclinou em direção a mim e murmurou:

— Aposto que você nunca imaginou que a parte mais difícil de encontrar nossa "salvadora" seria fazer com que a mãe dela a deixasse ficar fora depois da hora de ir para a cama.

O lado triste da brincadeira de Sydney é que ela tinha um fundo de verdade. Precisávamos de Jill e, com certeza, eu não tinha previsto aquela complicação. E se Emily não permitisse? Estava claro que manter a hereditariedade secreta de Jill era algo quanto a que ela vinha sendo muito determinada por um tempo — uns 15 anos, digamos assim. Tive a impressão de que Jill não teria problemas em fugir para a Corte se a situação chegasse a esse ponto. E eu não teria problemas em ajudá-la.

Mais uma vez, Sonya entrou na conversa de maneira inesperada.

— Emily, você não ouviu o que eu disse? Tudo isso vai acabar acontecendo, com ou sem o seu consentimento. Se você não deixar Jill ir agora, ela vai na semana que vem. Ou no ano que vem. Ou daqui a cinco anos. A questão é que isso *irá* acontecer.

Emily se recostou de novo na poltrona, com cara de choro.

— Não. Não quero isso.

O belo rosto de Sonya se tornou amargo.

— A vida, infelizmente, não parece ligar para o que queremos. Aja agora enquanto você realmente pode impedir que seja um desastre.

— Por favor, mãe — implorou Jill. — Seus olhos de Dragomir cor de jade se voltavam para Emily com afeto. Eu sabia que Jill provavelmente desobedeceria e fugiria, mas ela não queria fazer isso, não se não fosse preciso.

Emily encarou o nada, com seus olhos de cílios longos vagos e derrotados. E apesar de ela estar no caminho, atrapalhando meus planos, eu sabia que era por preocupação e amor legítimo — características que deviam ter atraído Eric.

— Está bem — disse Emily, por fim. Ela suspirou. — Jill pode ir... mas vou também. Você não vai enfrentar aquele lugar sem mim.

— Nem sem mim — disse John. Ele ainda parecia confuso, só que estava determinado a apoiar a mulher e a enteada. Jill olhou para os dois com gratidão, me lembrando mais uma vez que eu acabava de fazer uma confusão numa família até agora perfeita. Emily e John irem conosco não fazia parte dos meus planos, mas eu não podia culpá-los, e não via que danos poderiam causar. De todo jeito, precisaríamos de Emily para contar a todo mundo sobre Eric.

— Obrigada — disse eu. — Muito obrigada.

John olhou para mim.

— Ainda não lidamos com o fato de que tem uma fugitiva na nossa casa.

— Rose não fez aquilo! — Aquela ferocidade ainda estava em Jill. — Foi uma armação.

— Foi mesmo. — Hesitei em dizer as palavras seguintes. — Provavelmente tramada pelos que se opõem a Lissa.

Emily empalideceu, mas senti que era preciso ser honesta, ainda que isso reafirmasse seus medos. Ela suspirou, tentando se acalmar.

— Acredito em você. Acredito que você não tenha feito aquilo. Não sei por quê mas acredito. — Ela quase sorriu. — Não, sei por quê, sim. Por causa do que eu disse antes, sobre essas víboras da Corte. São eles que fazem esse tipo de coisa. E não você.

— Tem certeza? — perguntou John, incomodado. — Essa confusão com Jill já é ruim o bastante sem hospedarmos uma criminosa.

— Tenho — respondeu Emily. — Sonya e Jill confiam em Rose. Então, também confio. Vocês todas são bem-vindas para passar a noite aqui, já que não podemos partir para a Corte agora.

Abri a boca para dizer que era quase certo que poderíamos partir naquele instante, mas Sydney me deu uma baita cotovelada.

— Obrigada, sr.ª Mastrano — disse ela, invocando sua diplomacia alquimista. — Isso será ótimo.

Reprimi uma cara feia. O tempo ainda me pressionava, mas eu sabia que os Mastrano tinham o direito de se preparar um pouco. Também devia ser melhor viajar sob a luz do dia. Uma checada superficial no mapa que eu possuía na mente me fez pensar que poderíamos fazer a viagem inteira de volta para a Corte num dia. Assenti, concordando com Sydney, me rendendo a uma noite na casa dos Mastrano.

— Obrigada. Muito obrigada mesmo. — De repente, algo me ocorreu quando lembrei das palavras de John. *Essa confusão com Jill já é ruim o bastante sem hospedarmos uma criminosa.* Dei a Emily o sorriso mais convincente e tranquilizador que consegui.

— Nós, humm, também temos uns amigos conosco, esperando lá fora, no carro...

Vinte e quatro

Considerando-se o antagonismo que existia entre os dois, fiquei um pouco surpresa ao ver Sonya e Robert combinarem seus poderes para criar uma ilusão para os irmãos Dashkov. Essa ilusão obscureceu suas aparências e, aliada a nomes falsos, fez com que a família Mastrano apenas supusesse que os caras faziam parte da nossa comitiva cada vez mais bizarra. Levando-se em conta a tristeza e a reviravolta que já acontecia na casa, abrigar mais algumas pessoas parecia a menor das preocupações dos Mastrano.

No papel de bons anfitriões Moroi, não bastava apenas preparar o jantar. Emily também conseguiu arranjar um fornecedor de sangue para ir até lá — um tipo de "serviço de entrega de sangue". Os Moroi que viviam fora de áreas protegidas e se misturavam aos humanos costumavam ter acesso a fornecedores de sangue secretos que moravam por perto. Em geral, esses fornecedores tinham uma espécie de chefe, um Moroi que ganhava dinheiro com o serviço. Era comum para os Moroi simplesmente aparecer na casa do "dono" do fornecedor, mas, naquele caso, Emily havia conseguido que o fornecedor fosse levado até sua casa.

Ela fazia aquilo como uma cortesia, do tipo que faria para quaisquer hóspedes Moroi — até mesmo para os que tinham dado as notícias que ela havia passado grande parte da vida temendo receber. Mal sabia o quanto aquele sangue era bem-vindo para os Moroi que estavam conosco. Eu não me importava de os irmãos sofrerem um pouco e sentirem fraqueza, mas Sonya com certeza precisava de sangue para continuar se recuperando.

De fato, quando a fornecedora e seu chefe apareceram, Sonya foi a primeira a beber. Dimitri e eu tivemos que nos esconder no andar de cima. Sonya e Robert não conseguiriam criar tanta ilusão induzida por espírito, e esconder as identidades de Robert e Victor do Moroi, dono do fornecedor, era prioridade. Disfarçar Dimitri e a mim teria sido demais e, levando-se em conta nossa posição de "procuradíssimos", era essencial não correr nenhum risco.

Largar os irmãos sem supervisão nos deixou nervosos, mas eles pareciam desesperados demais para beber sangue a ponto de tentar alguma coisa. Dimitri e eu queríamos tomar um banho de todo jeito, já que não havíamos tido tempo para isso pela manhã. Tiramos a sorte com uma moeda para ver quem iria primeiro e ganhei. Só que, quando terminei e fui revirar minhas roupas, descobri que já tinha usado todo o meu suprimento de "trajes casuais" limpos e a única opção era o vestido que Sydney havia posto na mochila. Fiz uma careta, mas imaginei que não doeria tanto assim usar o vestido por uma noite. Não faríamos muito mais do que esperar para partir no dia seguinte, e talvez Emily me permitisse lavar minha roupa antes de sairmos. Depois de deixar o cabelo decente e arrumado com um secador, por fim, estava me sentindo civilizada de novo.

Sydney e eu compartilharíamos um quarto de hóspedes, e os irmãos ocupariam o outro. Sonya ficaria com Jill, e Dimitri, no sofá. Não duvidei por um segundo sequer que ele vigiaria os corredores enquanto os donos da casa dormiam nem que alternaríamos turnos. Por enquanto, ele ainda tomava banho, e fui às escondidas até o corredor, no parapeito da escada, para espiar lá embaixo. Os Mastrano, Sonya e os irmãos se reuniam todos com a fornecedora e seu chefe. Nada parecia errado. Aliviada, voltei para meu quarto e usei o tempo ocioso para dar uma olhada em Lissa.

Depois do entusiasmo inicial de ter passado na prova, senti que ela havia se acalmado, e presumi que estivesse dormindo, como tanto precisava. Mas não. Lissa não tinha ido para a cama. Tinha levado Eddie e Christian para a casa de Adrian, e percebi que foi ela quem o havia acordado do sonho que compartilhei com ele enquanto estava no carro. Uma rápida passada pelas lembranças recentes na mente de Lissa me deu um resumo do que havia acontecido desde a hora em que ele me deixou e cambaleou para atender a porta.

— O que está acontecendo? — perguntou Adrian, olhando de um rosto para o outro. — Eu estava tendo um sonho bom.

— Preciso de você — disse Lissa.

— Ouço muito isso das mulheres — respondeu Adrian. Christian fez um som de vômito, mas um leve esboço de um sorriso cruzou os lábios de Eddie, apesar de sua postura de guardião durão.

— É sério — disse ela. — Acabo de receber um recado de Ambrose. Ele tem uma coisa importante para nos contar e... Não sei. Ainda não tenho certeza do papel dele em tudo isso. Quero outro par de olhos nele. Quero sua opinião.

— Isso — comentou Adrian — *não* é uma coisa que ouço muito.

— Então ande logo e se vista, está bem? — mandou Christian.

Para ser sincera, era de se admirar que ninguém mais dormisse, levando-se em conta a frequência com que éramos todos tirados do sono. Adrian, porém, de fato se vestiu depressa, pois, apesar de seus comentários sarcásticos, eu sabia que ele se interessava por qualquer coisa que pudesse limpar meu nome. O que eu não sabia ao certo era se ele iria contar a alguém sobre a confusão em que eu havia me metido, agora que eu tinha escorregado e revelado algumas das minhas verdadeiras atividades.

Meus amigos correram para o prédio que já haviam visitado antes, onde Ambrose vivia e trabalhava. A Corte tinha despertado e as pessoas já circulavam, muitos, sem dúvida, querendo notícias da segunda prova para monarca. De fato, as que avistaram Lissa gritaram saudações animadas.

— Tive outra prova esta noite — contou Lissa a Adrian. — Alguém acabava de cumprimentá-la. — Uma prova inesperada.

Adrian hesitou, e eu esperava que ele dissesse que já sabia disso por mim. Também esperava que ele desse a chocante notícia sobre meu paradeiro e minhas companhias no momento.

— E como foi? — perguntou ele, em vez disso.

— Passei — respondeu ela. — É só o que importa.

Lissa não conseguiu contar a ele sobre a torcida, aqueles que a apoiavam não apenas por causa da lei e sim porque de fato acreditavam nela. Tasha, Mia e alguns amigos da escola fizeram uma surpresa e estavam entre os espectadores, sorrindo para ela. Até Daniella, que estava ali para esperar pela vez de Rufus, tinha, contrariada, parabenizado Lissa, parecendo espantada por ela ter passado. A experiência como um todo havia sido surreal e Lissa só queria sair dali.

Eddie tinha sido arrastado para ajudar outros guardiões, apesar de ter reclamado e alegado ser a escolta de Lissa. Portanto, Christian e Tasha acabaram tendo que levar Lissa para casa sozinhos. Bem, quase sozinhos. Um guardião chamado Ethan Moore se juntou aos dois, o mesmo que Abe havia mencionado para provocar Tasha. Abe exagerava em algumas coisas, mas tinha razão dessa vez. Ethan parecia tão durão quanto qualquer guardião, mas sua postura de valentão falhava sempre que ele olhava para Tasha. Ele a adorava. Era claro que ela também gostava dele, e os dois flertaram ao longo do caminho — para o desconforto de Christian. Achei aquilo fofo. Alguns caras não deviam nem chegar perto de Tasha por causa de suas cicatrizes. Era legal ver alguém que gostava dela por seu caráter, não importando o quanto Christian estava desagradado pela ideia de *qualquer um* namorando sua tia. E, na verdade, eu meio que gostava de ver Christian se mostrando tão atormentado. Era bom para ele.

Ethan e Tasha foram embora, uma vez que Lissa estava segura e de volta a seu quarto. Dentro de alguns minutos, Eddie apareceu de novo, reclamando por ter perdido tempo com uma "merda de tarefa" quando sabiam que ele tinha coisas melhores para fazer. Ao que parecia, ele havia criado tanta confusão que, por fim, resolveram liberá-lo, de modo que ele pudesse voltar para perto de Lissa. Eddie conseguiu chegar lá apenas dez minutos antes de ela receber o recado de Ambrose, uma sorte e tanto. Eddie teria surtado se tivesse ido até o quarto de Lissa e descoberto que ela não estava ali. Teria pensado que ela havia sido sequestrada pelos Strigoi na sua ausência.

Essa foi a série de acontecimentos que os levou ao que ocorria agora: Lissa e os três caras indo para a reunião secreta de Ambrose.

— Vocês estão adiantados — disse ele, deixando todos entrarem antes que Lissa pudesse bater à porta pela segunda vez. Estavam dentro do quarto de Ambrose agora e não numa sala elegante para clientes. O lugar lembrava um dormitório — um dormitório muito legal. Muito mais legal do que qualquer coisa que eu tivesse suportado. A atenção de Lissa se voltava inteiramente para Ambrose e, portanto, ela não notou, pelo canto do olho, Eddie dando uma rápida examinada no cômodo. Fiquei satisfeita por ele cumprir seu papel e imaginei que não confiasse em Ambrose nem em ninguém do nosso círculo mais imediato.

— O que está acontecendo? — perguntou Lissa logo que Ambrose fechou a porta. — Por que nos chamou com tanta urgência?

— Porque tenho que lhes mostrar uma coisa — respondeu ele. Sobre a cama, havia uma pilha de papéis, dos quais ele pegou o de cima. — Lembram quando falei que estavam trancando os pertences de Tatiana? Bem, agora estão inventariando e removendo tudo. — Adrian se mexeu, desconfortável... Mais uma vez, isso é só algo que notei. — Tatiana tinha um cofre onde mantinha documentos importantes, documentos secretos, obviamente. E...

— E? — incitou Lissa.

— E eu não queria que ninguém os encontrasse — prosseguiu Ambrose. — Não sabia o que era grande parte deles, mas, se ela queria mantê-los em segredo... Só senti que deveriam continuar assim. Eu sabia o segredo do cofre, então... os roubei. — Uma culpa brilhou no seu rosto, mas não era a culpa de um assassino. Era culpa pelo roubo.

Lissa olhou com avidez para a pilha organizada.

— E?

— Nenhum deles tem a ver com o que vocês estão procurando... a não ser, talvez, este. — Ele lhe entregou uma folha de papel. Adrian e Christian se amontoaram ao redor de Lissa.

Querida Tatiana,

Me surpreende um pouco ver o desfecho desses últimos acontecimentos. Pensei que tivéssemos acordado que a segurança de nosso povo requer mais do que apenas trazer uma safra mais jovem de guardiões. Deixamos que muitos deles fossem desperdiçados, em particular as mulheres. Se você tomasse providências para forçá-los a voltar — e sabe do que estou falando —, o número de guardiões aumentaria. Essa lei atual é completamente inadequada, em particular agora, depois que sua experiência "de treinamento" fracassou.

Igualmente, me choca saber que você está considerando a hipótese de libertar Dimitri Belikov de seus guardas. Não entendo com exatidão o que aconteceu, mas você não pode confiar em meras aparências. Você pode estar soltando um monstro — ou, no mínimo, um espião — em nosso meio e ele precisa estar sob uma guarda muito mais rígida do que a de agora. De fato, seu apoio contínuo ao estudo do espírito é um transtorno absoluto e, sem dúvida, levou a essa situação estranha. Acredito que exista uma razão para termos perdido esse elemento por tanto tempo: nossos ancestrais perceberam seu perigo e acabaram com ele. Avery Lazar é uma prova disso, e seu prodígio, Vasilisa Dragomir, com certeza irá pelo mesmo caminho. Ao encorajar Vasilisa, você encoraja a degradação da linhagem dos Dragomir, uma linhagem que deveríamos deixar desaparecer na história com honra e não na desgraça da insanidade. O fato de você apoiá-la também pode pôr seu sobrinho-neto em risco, algo que nem você nem eu gostaríamos de ver acontecer.

Lamento sobrecarregá-la com tantas condenações. Tenho uma grande consideração por você e nada além de respeito pela maneira tão habilidosa como você tem governado nosso povo durante esses longos anos. Tenho certeza de que em breve você tomará as decisões apropriadas — embora eu me preocupe com a possibilidade de outros não compartilharem da confiança que deposito em você. Tais pessoas podem tentar resolver os problemas com as próprias mãos e temo pelo que pode suceder.

A carta estava digitada, sem assinatura. Por um momento, Lissa não conseguiu processá-la como um todo. Ela estava completamente consumida com a parte que dizia que a linhagem dos Dragomir estava desaparecendo na desgraça. Aquilo chegava muito perto da visão que ela havia tido na prova.

Foi Christian quem a trouxe de volta.

— Bem. Parece que Tatiana tinha inimigos. Mas acho que isso é meio óbvio a essa altura do campeonato.

— De quem é essa carta? — perguntou Adrian. Seu rosto estava obscuro e furioso diante daquela pequena ameaça velada à sua tia.

— Não sei — respondeu Ambrose. — Foi exatamente assim que a encontrei. Talvez ela nem soubesse quem era o remetente.

Lissa assentiu.

— Com certeza, tem um ar de anonimato nisso, mas, ao mesmo tempo, sinto como se fosse de alguém que Tatiana conhecesse bem.

Adrian lançou um olhar desconfiado para Ambrose.

— Como vamos saber que você mesmo não digitou essa carta para se livrar de nós?

— Adrian — repreendeu Lissa. Ela não disse, mas esperava contar com Adrian para sentir a aura de Ambrose em busca de alguma coisa que ela pudesse não ser capaz de detectar.

— Isso é loucura — disse Christian, dando um tapinha na folha de papel. — A parte sobre reunir dampiros e forçá-los a serem guardiões... O que vocês acham que isso significa? Tatiana sabia de que "providências"?

Eu sabia porque tinha tomado conhecimento daquilo muito antes. Compulsão, como dizia o bilhete de Tatiana.

— Não tenho certeza — disse Lissa. Ela releu a carta para si mesma. — E quanto à parte das "experiências"? Vocês acham que eram as sessões de treinamento que Grant fazia com os Moroi?

— Foi o que pensei — respondeu Ambrose. — Mas não sei bem.

— Podemos ver o resto? — perguntou Adrian, apontando para a pilha de papéis. Eu não conseguia dizer se sua suspeita era uma legítima desconfiança com relação a Ambrose ou apenas consequência do seu aborrecimento com o assassinato de sua tia.

Ambrose entregou os papéis, mas depois de folhear as páginas, Lissa concordou: não havia nada de útil ali. Os documentos consistiam, em grande parte, em correspondências pessoais e termos jurídicos. Ocorreu a Lissa — como a mim — que Ambrose poderia não estar mostrando tudo o que tinha encontrado. Não havia como provar isso agora. Reprimindo um bocejo, ela agradeceu a ele e partiu com os outros.

Lissa esperava dormir, mas sua mente não conseguia evitar uma análise das possibilidades da carta. Se é que era legítima.

— A carta é prova de que alguém tinha muito mais razões para estar irritado com Tatiana do que Rose — observou Christian enquanto viravam aqui e ali em direção à saída do prédio. — Tia Tasha certa vez disse que a raiva baseada em razões calculadas é mais perigosa do que a raiva baseada no ódio cego.

— Sua tia é uma verdadeira filósofa — disse Adrian, desgastado. — Mas tudo o que temos ainda é circunstancial.

Ambrose tinha deixado Lissa ficar com a carta, que ela dobrou e guardou no bolso da calça.

— Estou curiosa para saber o que Tasha terá a dizer sobre a carta. E Abe também. — Ela suspirou. — Queria que Grant ainda estivesse vivo. Ele era um homem bom, e talvez conseguisse esclarecer.

Os quatro chegaram a uma saída lateral no andar principal, e Eddie empurrou a porta, abrindo-a para os outros. Christian olhava para Lissa quando pisaram lá fora.

— Qual o nível de intimidade entre Grant e Serena...

Eddie se mexeu numa fração de segundo antes de Lissa ver o problema, porém, é claro, ele já estava atento a isso. Um homem — um Moroi, na verdade — andava esperando entre as árvores no pátio que separava o prédio de Ambrose do vizinho. Não era exatamente um lugar reservado, mas longe o bastante dos caminhos principais para ficar deserto com frequência.

O homem se projetou à frente e ficou surpreso ao ver Eddie correndo na sua direção. Eu era capaz de analisar a luta de um jeito que Lissa não era. A julgar pelo movimento e a angulação daquele homem, seu alvo era Lissa — e ele tinha uma faca na mão. Ela paralisou de medo, uma reação esperável de alguém não treinado para aquela situação. No entanto, quando Christian a virou de costas, ela voltou a si e logo se retirou com ele e Adrian.

O agressor e Eddie permaneceram num impasse por um momento, um tentando derrubar o outro. Ouvi Lissa gritar por socorro, mas minha atenção estava toda nos lutadores. O cara era forte para um Moroi, e suas manobras sugeriam que ele havia sido treinado para lutar. Duvidei, porém, que tivesse sido treinado desde a escola primária e que tivesse a musculatura de um dampiro.

Como era de se esperar, Eddie conseguiu se desvencilhar e derrubou o homem no chão. Estendeu o braço para prender a mão direita do oponente e pegar a faca. Moroi ou não, o homem era mesmo bem habilidoso com a lâmina, e notei (e Eddie deve ter notado também) as cicatrizes e o que parecia um dedo torto na sua mão esquerda. Era provável que o cara tivesse se empenhado para aprimorar seus reflexos com a faca. Apesar de dominado, ele ainda foi capaz de serpentear com a lâmina, mirando, sem hesitar, no pescoço de Eddie. Mas este era rápido demais para deixar aquilo acontecer e bloqueou o golpe com o braço, que recebeu o corte da lâmina.

O bloqueio deu ao Moroi um pouco mais de espaço para se mexer, e ele deu um coice, arremessando Eddie longe. Sem perder um segundo sequer — realmente, esse cara era impressionante —, o Moroi se virou para Eddie de novo. Não restavam dúvidas quanto às intenções do sujeito. Ele não parava. Estava ali para matar. Aquela arma foi sacada para atacar. Os guardiões sabiam como render as pessoas e fazer prisioneiros, mas também tínhamos sido treinados para, quando as coisas acontecessem rápido demais, quando o caso fosse ou eles ou nós... bem, fazer de tudo para que fossem eles. Eddie era mais ágil que seu oponente e se guiava por instintos de que havíamos sido impregnados durante anos: detenha o que tenta matar você. Eddie não tinha nenhuma arma nem faca, não na Corte. Quando o homem veio para cima dele pela segunda vez, de novo com a faca apontada direto para seu pescoço, Eddie usou a única arma que lhe restava e garantia que ele salvasse a própria vida.

Cravou uma estaca no Moroi.

Certa vez, Dimitri comentou de brincadeira que não é preciso ser um Strigoi para ser ferido por uma estaca atravessando o coração. E, sejamos sinceros, uma estaca atravessando o coração, na verdade, não fere. Mata. Tatiana era prova disso. A faca do homem de fato encostou no pescoço de Eddie — e então caiu, antes de perfurar a pele. Os olhos do homem se arregalaram de choque e dor e, em seguida, não viram mais nada. Ele estava morto. Eddie se levantou, olhando fixamente para a vítima com a adrenalina a toda por causa da batalha, algo que acompanhava qualquer situação como aquela. Uma gritaria de repente chamou sua atenção e ele ficou de pé num pulo, pronto para a ameaça seguinte.

O que encontrou foi um grupo de guardiões, que tinham atendido aos pedidos de socorro de Lissa mais cedo. Deram uma olhada na cena e de imediato agiram de acordo com as conclusões que o treinamento os levava a tirar. Havia um Moroi morto e alguém segurando uma arma ensaguentada. Os guardiões partiram para cima de Eddie, jogando-o contra a parede e tomando sua estaca. Lissa gritou para os guardiões que eles tinham entendido tudo errado, que Eddie havia salvado sua vida e...

— Rose!

A voz frenética de Dimitri me deixou em choque e me fez voltar para a casa dos Mastrano. Eu estava sentada na cama e ele se ajoelhou diante de mim e segurou meus ombros, com o rosto repleto de medo.

— Rose, o que aconteceu? Você está bem?

— Não!

Empurrei Dimitri para o lado e fui até a porta.

— Tenho que... Tenho que voltar para a Corte. Agora. Lissa corre perigo. Ela precisa de mim.

— Rose. *Roza*. Calma. — Ele segurava meu braço e eu não tinha como escapar de suas mãos. Me virou para que eu ficasse de frente para ele. Seu cabelo ainda estava molhado por causa do banho e o perfume fresco do sabonete e de sua pele molhada nos cercava. — Me conte o que aconteceu.

Depressa, repeti o que tinha visto.

— Alguém tentou matar Lissa, Dimitri! E eu não estava lá!

— Mas Eddie estava — disse Dimitri em voz baixa. — Ela está bem. Ela está viva. — Ele me soltou e me apoiei, desgastada, na parede. Meu coração disparava e muito embora meus amigos estivessem a salvo, eu não conseguia me livrar do pânico.

— E agora ele está encrencado. Aqueles guardiões ficaram furiosos...

— Apenas porque não sabem da história toda. Viram o corpo de um morto e uma arma. Só isso. Assim que ouvirem os fatos e as testemunhas, tudo ficará bem. Eddie salvou uma Moroi. É o trabalho dele.

— Mas ele matou outro Moroi para fazer isso — argumentei. — Não devemos agir dessa maneira. — Soava como um comentário óbvio, e até mesmo idiota, mas eu sabia que Dimitri entendia o que eu queria dizer. O propósito dos guardiões era proteger os Moroi. *Eles vêm primeiro*. Matar um era inimaginável. Só que um tentando matar o outro também era.

— Não foi uma situação normal — afirmou Dimitri.

Tombei a cabeça para trás.

— Eu sei, eu seu. É que não suporto deixá-la sem defesa. Quero tanto voltar e mantê-la a salvo. Agora mesmo. — O dia seguinte parecia a anos de distância. — E se acontecer de novo?

— Outros estão lá para protegê-la. — Dimitri se aproximou de mim e fiquei surpresa ao ver um sorriso nos seus lábios, diante dos acontecimentos tristes. — Acredite, quero protegê-la também, mas arriscaríamos nossas vidas por nada se partíssemos agora. Espere um pouco mais e pelo menos arrisque sua vida por alguma coisa importante.

Um pouco do pânico se foi.

— E Jill é importante, não é?

— Muito.

Eu me endireitei. Parte do meu cérebro insistia em tentar me acalmar por causa do ataque de Lissa enquanto a outra ficava processando o que tínhamos conquistado ali.

— Conseguimos — observei, sentindo um sorriso se espalhar aos poucos por meus lábios. — Contrariando todas as probabilidades, de algum jeito, encontramos a irmã desaparecida de Lissa. Você se dá conta do que isso significa? Lissa pode ter tudo a que tem direito agora. Não podem lhe negar nada. Caramba, ela *poderia* ser rainha se quisesse. E Jill... — Hesitei. — Bem, ela pertence a uma antiga família da realeza. Isso só pode ser bom, não é?

— Acho que depende de Jill — disse Dimitri. — E de quais serão as consequências de tudo isso.

A culpa pela possibilidade de estragar a vida de Jill voltou e olhei fixamente para baixo, para meus pés.

— Ei, tudo bem — disse ele, levantando meu queixo. Seus olhos castanhos transmitiam calor e afeto. — Você fez a coisa certa. Ninguém mais teria tentado uma coisa tão impossível quanto essa. Só Rose Hathaway. Foi uma aposta. Você arriscou sua vida ao desobedecer às ordens de Abe... e deu certo. Valeu a pena.

— Espero que Adrian pense assim — refleti. — Ele acha que eu ter abandonado nosso "abrigo seguro" foi a maior idiotice de todos os tempos.

A mão de Dimitri se abaixou.

— Você contou a ele sobre tudo isso?

— Não sobre Jill. Mas lhe contei por acidente que não estávamos mais na Virgínia Ocidental. Só que ele manteve o segredo — acrescentei depressa. — Ninguém mais sabe.

— Acredito nisso — disse Dimitri, apesar de ter perdido parte do calor de antes. Era algo tão passageiro. — Ele... Ele me parece muito leal a você.

— E é mesmo. Confio inteiramente em Adrian.

— E ele faz você feliz? — O tom de Dimitri não foi ríspido, mas havia uma intensidade nessa pergunta que igualava aquela interação a um interrogatório policial.

Pensei no tempo que passei com Adrian: nas conversas divertidas, nas festas, nas brincadeiras e, é claro, nos beijos.

— É. Faz, sim. Me divirto com ele. Quero dizer, às vezes, ele é irritante... Está bem, numa boa parte do tempo. Mas não se deixe enganar por esse tipo de coisa. Adrian não é má pessoa.

— Sei que não — assentiu Dimitri. — Ele é um cara legal. Não é fácil para todo mundo ver isso, mas eu vejo. Ele ainda está se encontrando, mas está no caminho. Vi isso na fuga. E depois... — As palavras ficaram presas na boca de Dimitri. — Depois da Sibéria, ele ficou do seu lado? Ajudou você?

Assenti, intrigada por todas aquelas perguntas, que acabaram sendo apenas um aquecimento para a maior delas:

— Você o ama?

Havia apenas algumas pessoas no mundo que poderiam me fazer perguntas tão insanamente íntimas sem levar um soco. Dimitri era uma delas. Entre nós não existiam barreiras, mas nosso relacionamento complicado tornava aquele assunto surreal. Como eu poderia descrever o amor que sentia por alguém para um homem que já tinha amado? *Um homem que você ainda ama*, sussurrou uma voz na minha cabeça. Talvez. Era provável. Mais uma vez, lembrei a mim mesma que era natural ter sentimentos remanescentes por Dimitri. Eles desapareceriam. *Tinham* que desaparecer, como os dele haviam desaparecido. Dimitri era passado. Adrian era o meu futuro.

— É — respondi, demorando mais do que devia. — Eu... Eu o amo, sim.

— Que bom. Fico feliz em saber disso. — Acontece que o rosto de Dimitri não parecia tão feliz assim, e seus olhos me pareceram vagos, fitando a janela. Minha confusão aumentou. Por que ele estava chateado? Suas atitudes e palavras não pareciam mais serem compatíveis nos últimos tempos.

Eu me aproximei dele.

— O que foi?

— Nada. Só quero me certificar de que você está bem. De que você está feliz. — Ele se virou de novo para mim, forçando um sorriso. Tinha dito a verdade, mas não a verdade completa. — As coisas têm mudado. Só isso. Isso tem me feito refletir muito. Desde Donovan... E depois Sonya... É estranho. Pensei que tudo tivesse mudado na noite em que Lissa me salvou. Mas não mudou. Existe muito mais, muito mais na cura do que me dava conta. — Ele começou a ficar pensativo, mas se segurou. — Todos os dias descubro uma coisa nova. Uma nova emoção que tinha me esquecido de sentir. Uma revelação que me escapava totalmente. Uma beleza que não via.

— Ei, o meu cabelo no beco *não* entra nessa lista, está bem? — provoquei. — Você estava em choque.

O sorriso forçado ficou natural.

— Não, Roza. *Estava* bonito. Está bonito agora.

— O vestido é que está confundindo você — disse eu, tentando fazer uma brincadeira. Na realidade, me sentia tonta sob seu olhar.

Aqueles olhos tão escuros olharam para mim — *realmente* olharam para mim, acho eu, desde que ele botou os pés no quarto. Ele foi tomado por uma mistura de expressões que não fazia sentido para mim. Dava para perceber as emoções que elas continham, mas não o que as despertava. Respeito. Admiração. Tristeza. Remorso.

— O que foi? — perguntei, incomodada. — Por que você está me olhando desse jeito?

Ele balançou a cabeça com um sorriso arrependido agora.

— Porque, às vezes, alguém pode se ater tanto aos detalhes que deixa de enxergar o todo. Não é só o vestido nem o cabelo. É *você*. Você é bonita. Tão linda que chega a doer em mim.

Senti uma estranha palpitação no peito. Um frio na barriga, meu coração parou... Era difícil dizer o que era exatamente. No entanto, naquele momento, eu não estava mais no quarto de hóspedes dos Mastrano. Ele havia dito aquelas palavras antes, ou algo muito parecido com aquilo. *Tão linda que chega a doer em mim*. Foi na cabana na São Vladimir, na única vez que transamos. Ele olhou para mim de um jeito muito parecido, só que havia menos tristeza. No entanto, quando ouvi aquelas palavras de novo, uma porta que eu mantinha trancada no meu coração de repente se abriu, e com ela vieram todos os sentimentos, as experiências e a sensação de unidade de que sempre compartilhamos. Ao olhar para ele, num breve espaço de tempo de uma batida do coração, uma sensação surreal me percorreu inteira, como se o conhecesse pela eternidade. Como se tivéssemos um laço — não como o que eu tinha com Lissa, que nos havia sido forçado.

— Ei, vocês, já... ah. — Sydney parou na porta entreaberta e logo deu dois passos para trás. — Me desculpem. Eu... Quero dizer...

Dimitri e eu nos afastamos um do outro no mesmo instante. Eu estava quente e trêmula e só então notei o quanto estávamos perto um do outro. Nem me lembrava de ter me mexido, mas apenas um suspiro nos separava. O que tinha acontecido? Era como um transe. Um sonho.

Engoli em seco e tentei desacelerar minha pulsação.

— Não tem problema. O que foi?

Sydney olhava para um e para o outro, ainda parecendo desconfortável. Sua experiência com namoros podia ser inexistente, mas até ela sabia o que havia interrompido. Fiquei feliz por uma de nós ter feito isso.

— Eu... Quero dizer... Só queria ficar aqui com vocês. Não consigo lidar com *aquilo* lá embaixo.

Tentei dar um sorriso, ainda completamente confusa com meus sentimentos. *Por que Dimitri olhou para mim daquele jeito? Por que ele disse aquilo? Ele não pode me querer ainda. Disse que não queria. Me mandou deixá-lo em paz.*

— Claro. Só estávamos... conversando — disse eu. É óbvio que ela não acreditou em mim. Me esforcei mais para convencê-la... e a mim mesma. — Estávamos conversando sobre Jill. Você tem ideia de como levá-la para a Corte, já que somos todos foras da lei?

Sydney podia não ser especialista em relacionamentos, mas enigmas eram seu território. Ela relaxou, voltando a atenção para tentar resolver o problema.

— Bem, você pode fazer com que a mãe dela...

Um barulho alto vindo lá de baixo a interrompeu de maneira ab-rupta. Juntos, Dimitri e eu corremos para a porta, prontos para combater qualquer confusão que Victor e Robert tivessem causado. Nós dois saímos gritando e paramos no topo da escada quando ouvimos vários berros para todos se abaixarem.

— Guardiões — disse Dimitri. — Guardiões estão invadindo a casa.

Vinte e cinco

Já podíamos ouvir passos ressoando pela casa e sabíamos que faltavam segundos para o exército lá de baixo se dirigir ao andar de cima. Nós três recuamos e, para a minha surpresa, foi Sydney quem reagiu primeiro.

— Saiam daqui. Vou distraí-los.

Distraí-los devia significar apenas bloquear a passagem por um momento, até que a empurrassem para o lado, mas aqueles segundos a mais poderiam fazer uma enorme diferença. Ainda assim, eu não suportava a ideia de abandoná-la. Dimitri não teve esse tipo de problema, muito menos quando ouviu passos na escada.

— Vamos! — gritou ele, agarrando meu braço.

Passamos rapidamente pelo corredor até o quarto mais distante, o de Victor e Robert. Logo antes de entrar, gritei para Sydney: — Leve Jill para a Corte! — Não sei se ela me ouviu porque, ao que parecia, os guardiões tinham chegado até ela. De imediato, Dimitri abriu a enorme janela do quarto e olhou para mim como quem sabia de alguma coisa. Como sempre, não precisamos nos comunicar verbalmente.

Ele pulou primeiro, sem dúvida pretendendo receber o maior impacto de qualquer que fosse o perigo que nos esperava lá embaixo. Pulei em seguida. Caí no telhado do primeiro andar, deslizei e depois dei um salto mais longo até o chão. Dimitri pegou no meu braço, estabilizando meu pouso, mas não antes de eu torcer levemente um dos tornozelos. Era o mesmo que havia absorvido o impacto da queda perto da loja de Donovan, e estremeci quando a dor me percorreu, uma dor que logo ignorei.

Figuras escuras se mexiam na nossa direção, surgindo de sombras da noite e lugares escondidos ao redor do quintal. É claro. Os guardiões não entraram apenas por uma porta. Também cercaram a área. Num ritmo natural para nós, Dimitri e eu lutamos um de costas para o outro contra os que nos atacavam. Como sempre, era difícil incapacitar nossos adversários sem matá-los. Difícil, mas necessário, se conseguíssemos. Eu não queria matar meu povo, pessoas que apenas cumpriam seu dever de capturar fugitivos. O vestido longo também não me ajudava em nada. Minhas pernas se embolavam no tecido o tempo todo.

— Os outros vão sair a qualquer momento — grunhiu Dimitri, jogando um guardião no chão. — Precisamos ir... Por ali. Aquele portão.

Não consegui responder, mas o acompanhei, e abrimos caminho até uma passagem na cerca enquanto ainda nos defendíamos. Tínhamos acabado de derrotar o pelotão do quintal quando outros vieram da casa. Passamos pelo portão, saindo numa rua paralela tranquila que flanqueava a casa dos Mastrano, e corremos. Logo ficou claro, porém, que eu não era capaz de acompanhar Dimitri. Minha mente podia ignorar a dor, mas meu corpo não conseguia fazer meu tornozelo ferido funcionar direito.

Sem perder um segundo sequer, Dimitri me envolveu com um dos braços, me ajudando a correr e a tirar o peso do tornozelo. Saímos daquela rua, pegando atalhos por jardins que tornariam mais difícil — mas não impossível — que nos rastreassem.

— Não conseguimos correr mais do que eles — observei. — Estou nos atrasando. Você precisa...

— *Não* diga para eu deixar você para trás — interrompeu ele. — Vamos fazer isso juntos.

Pow, Pow. Um vaso de flores perto de nós de repente explodiu e virou um monte de terra e argila.

— Estão atirando em nós — exclamei, incrédula. — Estão mesmo atirando em nós! — Com tanto treinamento corpo a corpo, sempre achei que usar armas era trapacear. No entanto, quando o assunto era a assassina da rainha e seu cúmplice, não era uma questão de honra, e sim de resultados.

Outra bala passou zunindo numa proximidade perigosa.

— Com um silenciador — disse Dimitri. — Mesmo assim, serão cuidadosos. Não querem que a vizinhança pense que está sendo atacada. Precisamos nos esconder. Depressa. — Podíamos estar desviando das balas, mas meu tornozelo não aguentaria muito mais.

Ele fez outra curva acentuada, nos submergindo por completo nos quintais dos arredores da cidade. Eu não podia olhar para trás, mas ouvia gritos que me informavam que ainda não estávamos livres.

— Por ali — indicou Dimitri.

À nossa frente havia uma casa escura com uma enorme área cercada de vidro que me lembrava a de Sonya. A porta de vidro estava aberta, apesar de uma tela bloquear a entrada. Dimitri mexeu no ferrolho. Trancada. Uma tela, porém, estava longe de nos deter. Pobre família confiante. Ele pegou a estaca e rasgou uma longa linha vertical por onde passamos depressa. De imediato, me empurrou para o lado, me tirando da vista. Levou um dos dedos aos lábios, me puxando para bem perto de seu corpo e me abrigando no seu calor.

Segundos depois, vimos guardiões chegando e procurando pelos quintais. Alguns seguiram adiante para o caso de termos ido mais longe. Outros permaneceram ali, investigando lugares que poderiam ser bons esconderijos enquanto a noite escurecia cada vez mais. Dei uma olhada na tela. O corte tinha sido bem-feito, não era um buraco óbvio, mas ainda era algo que nossos perseguidores poderiam notar.

Percebendo isso também, Dimitri passou com cuidado para a sala, se esforçando ao máximo para evitar as janelas e se manter fora do campo de visão. Atravessamos a cozinha e encontramos uma porta que levava à garagem. Na garagem havia um Ford Mustang vermelho.

— Uma família que tem dois carros — murmurou ele. — Eu estava torcendo por isso.

— Ou saíram para dar um passeio a pé e estavam prestes a voltar para casa quando viram uma equipe da SWAT na vizinhança — sussurrei.

— Os guardiões não irão permitir que os vejam. — Começamos a procurar por lugares óbvios em que podiam ter guardado as chaves. Por fim, encontrei um chaveiro pendurado ao lado de um armário e o peguei.

— Achei — exclamei. — Como eu estava com as chaves, pensei que, na verdade, Dimitri fosse me deixar sentar no banco do motorista. Graças a meu tornozelo direito, porém, tive que lhe dar a vez. O universo tinha um senso de humor doentio.

— Vão nos descobrir num desses? — perguntei, enquanto Dimitri abria a porta da garagem e a empurrava. — É, humm, um pouco mais chamativo que o perfil de carro que costumamos roubar. — Era bem maneiro. Sydney, chegada a carros como era, iria amar aquele. Mordi o lábio, ainda culpada por a termos deixado para trás. Tentei expulsar esse pensamento da cabeça naquele momento.

— É mesmo — concordou Dimitri. — Mas outros carros estarão passando pela rua. Alguns guardiões ainda estarão procurando nos quintais, e outros, vigiando os Mastrano. Eles não são infinitos. Não podem observar tudo ao mesmo tempo, mas, com certeza, vão tentar.

De todo jeito, prendi a respiração enquanto saíamos do bairro. Duas vezes pensei ter visto figuras disfarçadas nas calçadas, mas Dimitri tinha razão: eles não conseguiam checar todos os carros num bairro movimentado dos arredores da cidade. A escuridão ajudava a encobrir nosso rosto.

Dimitri se lembrava do caminho por onde tínhamos chegado, pois, algumas curvas depois, estávamos misturados aos carros da rodovia. Eu sabia que ele não tinha nenhum destino em mente, a não ser *longe dali.* Sem nenhuma indicação óbvia de que éramos seguidos, mudei de posição e estiquei minha perna latejante. Meu peito tinha aquela leve sensação nebulosa de quando adrenalina demais nos percorre.

— Nos entregaram, não foi? — perguntei. — Victor e Robert nos denunciaram e deram o fora. Eu devia ter ficado de olho.

— Não sei — disse Dimitri. — É possível. Vi os dois um pouco antes de conversar com você e tudo parecia correr bem. Queriam ir conosco procurar Jill, mas sabiam que seria apenas uma questão de tempo até os entregarmos para as autoridades. Não me surpreende terem aparecido com um plano de fuga. Podem ter usado o fornecimento de sangue para distrair os outros e chamar os guardiões para se livrarem de nós.

— Merda. — Suspirei e puxei o cabelo para trás, desejando estar com um prendedor para fazer um rabo-de-cavalo. — Devíamos ter nos livrado *deles* quando tivemos a oportunidade. O que vai acontecer agora?

Dimitri passou alguns segundos em silêncio.

— Os Mastrano serão interrogados... exaustivamente. Bem, todos eles, na verdade. Vão trancafiar Sonya para investigá-la, como fizeram comigo, e Sydney será mandada de volta para os alquimistas.

— E o que vão fazer com ela?

— Não sei. Mas acho que Sydney ter ajudado vampiros fugitivos não pegará muito bem com os superiores dela.

— Merda — repeti. Tudo havia desmoronado. — E o que *nós* vamos fazer?

— Estabelecer uma distância entre nós e aqueles guardiões. Vamos nos esconder em algum lugar. E enfaixar seu tornozelo.

Olhei para ele de esguelha.

— Uau. Você tem tudo planejado.

— Na verdade, não — disse ele, franzindo um pouco a testa. — Isso é fácil. O que vai acontecer *depois* é que vai ser a parte difícil.

Meu coração se afundou. Ele tinha razão. Mesmo que os Mastrano não fossem indiciados pelas autoridades Moroi por ajudar criminosos, agora Emily não tinha ninguém para obrigá-la a reconhecer a hereditariedade de Jill. Se Sydney estivesse sendo devolvida a solavancos para seu povo... Bem, ela também não poderia ajudar. Percebi que teria que contar a mais alguém. Na próxima vez que fizesse contato com Adrian, teria que divulgar a verdade, para que meus amigos pudessem fazer alguma coisa a respeito de Jill. Não dava mais para manter esse segredo.

Dimitri pegou a saída seguinte e voltei para o mundo.

— Hotel? — perguntei.

— Não exatamente — respondeu ele. Estávamos numa área comercial movimentada, não muito longe de Ann Arbor, pensei, um dos bairros mais afastados de Detroit. Restaurantes e lojas se enfileiravam na rua, e Dimitri nos levou até uma superloja aberta 24 horas que prometia vender "de tudo". Ele estacionou e abriu a porta.

— Fique aqui.

— Mas...

Dimitri lançou um olhar significativo para mim e olhei para baixo. Tinha saído da nossa luta mais marcada do que havia percebido, e o vestido estava rasgado. Minha aparência esfarrapada chamaria a atenção, assim como o fato de eu estar mancando. Assenti e ele foi.

Passei o tempo remoendo nossos problemas, me xingando por não der dado um jeito de entregar os irmãos logo que Robert recuperou Sonya. Vinha me preparando para a traição em forma de algum ataque de magia. Não esperava por algo tão simples quanto um telefonema para os guardiões.

Dimitri, sempre um comprador eficiente, voltou logo com duas sacolas enormes e algo apoiado no ombro. Ele jogou tudo no banco de trás e espiei, curiosa.

— O que é isso? — Era uma coisa longa e cilíndrica, coberta de lona.

— Uma barraca.

— Por que estamos... — grunhi. — Nada de hotel, não é?

— Será mais difícil nos encontrarem numa área para acampamentos. E também será mais difícil encontrarem principalmente o carro. Ainda não podemos nos livrar dele, não com seu pé desse jeito.

— Coitadas dessas pessoas — disse eu. — Espero que o seguro do carro delas cubra roubos.

De volta à rodovia, logo deixamos o perímetro urbano e não demorou muito para vermos anúncios de áreas para acampamento com estacionamento para veículos. Dimitri encostou num lugar chamado Pinheiros Pacíficos. Ele negociou com o homem que trabalhava no escritório do local e pegou várias notas novas. Percebi que essa era outra razão por que não podíamos ir para um hotel. Grande parte exigia cartões de crédito, e Sydney estava com todos (com nomes falsos, é claro). Vivíamos com dinheiro agora.

O recepcionista nos deu indicações ao longo de uma rua de cascalho que levava à outra ponta do acampamento. O lugar estava cheio, com famílias de férias, mas ninguém prestou muita atenção em nós. Dimitri tratou de estacionar o mais perto possível de um amontoado de árvores para esconder o carro e a placa. Apesar de meus protestos, ele não me deixou ajudar com a barraca. Alegou que conseguiria fazer aquilo mais depressa sem mim e que eu devia pôr a perna para cima. Só parei de discutir quando ele começou a montar a barraca. Meu queixo caiu um pouco ao ver a rapidez com que ele fazia aquilo. Nem precisou das instruções. Devia ser algum tipo de recorde.

A barraca era pequena e resistente, e nós dois tínhamos espaço para sentar e deitar, embora ele tivesse que se curvar um pouquinho quando estávamos sentados. Lá dentro, pude ver o resto das compras. Grande parte era de primeiros socorros. Tinha também uma lanterna, que ele pendurou, como um tipo de lâmpada improvisada.

— Me deixe ver seu tornozelo — pediu ele.

Estiquei a perna, e Dimitri levantou a saia do vestido até o joelho, tocando minha pele levemente com os dedos. Fiquei arrepiada ao ser tomada por uma sensação de *déjà-vu*. Isso parecia acontecer muito comigo nos últimos tempos. Relembrei todas as vezes que ele havia me ajudado com outros ferimentos. Era como estar de volta à academia da São Vladimir. Com delicadeza, ele testou a mobilidade do tornozelo e o cutucou e apalpou um pouco. Seus dedos não paravam de me impressionar. Eram capazes de quebrar o pescoço de um homem, fazer um curativo e deslizar com sensualidade por minha pele nua.

— Acho que não está quebrado — disse Dimitri, por fim. Ele levantou as mãos e notei o quanto eu estava quente enquanto ele me tocava. — Só torcido.

— Esse tipo de coisa acontece quando ficamos pulando de telhados — observei. As brincadeiras eram meu velho recurso para esconder o desconforto. — Você sabe que nunca praticamos isso no nosso treinamento.

Ele sorriu e pegou o material para o curativo, enfaixando o tornozelo até lhe dar apoio e estabilidade. Depois disso, pegou...

— Um pacote de ervilhas congeladas?

Dimitri deu de ombros e pôs o pacote sobre meu tornozelo. O frio fez com que eu me sentisse melhor no mesmo instante.

— Mais fácil do que comprar um saco cheio de gelo.

— Você é bem despachado, Belikov. O que mais tem escondido aí?

O resto das sacolas acabou revelando cobertores e um pouco de comida. Dei um grande sorriso para Dimitri quando vi que ele tinha comprado batata chips com creme e uma barra de chocolate para mim. Eu adorava o fato de ele se lembrar de detalhes tão pequenos sobre mim. Meu sorriso se desfez quando outro detalhe veio à tona de repente.

— Você não comprou roupas, não é?

— Roupas? — perguntou ele, como se fosse uma palavra estrangeira.

Gesticulei para meu vestido rasgado.

— Não posso usar isso por muito tempo. O que vou fazer? Uma toga de cobertor? Você é mesmo homem, nunca pensa nesse tipo de coisa.

— Pensei em ferimento e sobrevivência. Roupas limpas são um luxo, e não uma necessidade.

— Nem mesmo seu sobretudo? — perguntei, maliciosa.

Dimitri paralisou por um instante e então xingou. Ele não precisou usar o casaco dentro da casa dos Mastrano — e, para ser sincera, também não precisou dele do lado de fora — e o havia deixado lá em meio à batalha que se seguiu.

— Não se preocupe, camarada — provoquei. — Existem muitos outros no lugar de onde aquele veio.

Ele estendeu os cobertores no chão da barraca e se deitou. Tinha um olhar de tristeza no rosto que era quase cômico. Ataques, balas, criminosos... Sem problema. Um sobretudo desaparecido? Crise.

— Vamos arranjar outro para você — prometi. — Você sabe, depois de encontrar Jill, limpar meu nome e salvar o mundo.

— Só isso? — perguntou ele, nos fazendo rir. No entanto, quando me estiquei ao lado dele, nós dois ficamos sérios.

— O que faremos? — perguntei. Aquela era a pergunta mais recorrente naquela noite.

— Dormir — respondeu ele, apagando a lanterna. — Amanhã entramos em contato com Abe ou Tasha ou... alguém. Vamos deixá-los cuidar disso e levar Jill para onde ela deve ficar.

Fiquei surpresa com o volume baixíssimo da minha voz quando falei.

— Sinto que fracassamos. Eu estava tão feliz antes. Achei que tivéssemos feito o impossível, mas não adiantou nada. Todo esse trabalho por nada.

— Nada? — perguntou ele, espantado. — O que fizemos... Isso é enorme. Você encontrou a irmã de Lissa. Outra Dragomir. Acho que ainda não entendeu o quanto isso pesa. Não tínhamos quase nada que nos ajudasse a prosseguir, mas você seguiu em frente e fez isso acontecer.

— E perdi Victor Dashkov. De novo.

— Só que ele não ficará escondido por muito tempo. É do tipo que sempre precisa estar no controle. Terá que acabar fazendo alguma manobra e, quando fizer, o pegaremos.

O sorriso voltou a meus lábios, apesar de eu saber que ele não poderia vê-lo.

— E pensei que *eu* fosse a otimista aqui.

— É contagioso — disse ele. Aí, para a minha surpresa, sua mão encontrou a minha no escuro. Ele entrelaçou os dedos nos meus. — Você fez bem, Roza. Muito bem. Agora durma.

Não nos tocamos de nenhum outro jeito, mas sua mão continha todo o calor do mundo. Aquele estava longe de ser um momento perfeito, como na biblioteca, mas nossa conhecida ligação e a compreensão entre nós emitiam uma chama mais forte do que nunca, e a sensação era boa. Certa. Natural. Eu não queria dormir. Só queria ficar ali e desfrutar da companhia dele. Não era traição, concluí, pensando em Adrian. Eu só estava curtindo aquela proximidade.

Ainda assim, dormir era essencial. Estabelecemos uma escala em que cada um vigiava num turno. Ele ficaria acordado agora enquanto eu dormia, e tive a impressão de que, se eu não dormisse, ele também não dormiria quando viesse a troca de turnos. Fechei os olhos e não foi meu coração que precisei desacelerar dessa vez. Foi minha mente, a roda do hamster que não levava a lugar nenhum, tentando descobrir o que fazer em seguida. *É só levar Jill para a Corte. É só levar Jill para a Corte.* Isso era tudo o que importava. Iríamos entrar em contato com alguém que pudesse alcançar Jill. Dimitri e eu nos manteríamos escondidos. Logo tudo se resolveria...

— Graças a Deus.

Me virei, sem sequer me dar conta de que tinha caído num sonho induzido por espírito. Eu estava de volta ao jardim de Sonya com toda a sua cor e luz do sol, e ela se recostava numa cadeira, demonstrando expectativa.

— Tive receio de que você passasse a noite inteira acordada, alerta — continuou ela.

— Eu passaria se tivesse escolha — respondi, me aproximando. Ela não era bem quem eu esperava ver nos meus sonhos, mas, pelo menos tinha feito um contato com o mundo lá fora. Eu usava o vestido preto e branco ali, mas, ao contrário da realidade, ele estava limpo e intacto. — Dimitri acha que estamos num lugar seguro, apesar de estar acordado, é claro.

— É claro. — Havia um brilho de diversão nos seus olhos, mas foi breve.

— Onde você está? — perguntei. — Os guardiões prenderam você?

— Não me pegaram — disse ela, satisfeita consigo mesma. — Vocês eram a prioridade deles e um pouco de compulsão garantiu que não me vissem. Dei o fora dali... Só que odiei ter que abandonar Emily.

Aquilo me sensibilizou, mas estava empolgada demais com a fuga de Sonya. Uma boa notícia, por fim.

— Então você pode levar Jill para a Corte, já que está livre.

Sonya olhou para mim como se eu tivesse acabado de falar francês.

— Não consigo chegar até Jill.

Franzi a testa.

— Ela está sob tanta segurança assim?

— Rose — disse Sonya. — Jill não está com nenhum guardião. Victor e Robert a levaram.

Vinte e seis

— O quê? — exclamei. Os pássaros que cantavam no jardim do sonho se calaram. — Com *eles*? Foi por isso que chamaram os guardiões?

A calma de Sonya continuou, mas ela franziu um pouco a testa.

— Victor e Robert não chamaram os guardiões. Por que fariam isso?

— Porque... Porque queriam se livrar de Dimitri e de mim...

— Talvez — disse Sonya. — Mas não enquanto ainda estivessem na casa. Victor é tão procurado quanto você. Só a magia de Robert os tiraria dali.

— Então quem... — a resposta me atingiu. Grunhi. — John e Emily. Eu já devia saber que não seria tão fácil. Os dois aceitaram fugitivos rápido demais na casa deles.

— Na verdade, acho que foi apenas John. Emily parecia mesmo acreditar que você é inocente, apesar de não gostar de seus motivos para estar ali. Também desconfio de que ela se preocuparia com a possibilidade de chamar os guardiões e com isso atrair mais atenção para a identidade de Jill. Não me surpreenderia se John sequer a tivesse alertado quanto a chamá-los. Ele deve ter pensado que estava fazendo um favor a todos.

— E, em vez disso, perdeu a enteada — observei. — Mas por que Victor e Robert a levariam? E, de todo jeito, como foi que dois velhos dominaram uma adolescente?

Sonya deu de ombros.

— Eles devem ser mais fortes do que parecem. Também é provável que a compulsão tenha feito seu papel. Quanto ao porquê... É difícil dizer. Mas Victor quer poder e controle. Manter a Dragomir desaparecida com ele é um bom jeito de conseguir isso.

Bati numa árvore.

— Nunca iremos levar Jill para a Corte.

— Só temos que encontrá-la — disse Sonya. — O que devo conseguir fazer logo que ela dormir.

— Mais sonhos induzidos por espírito — comentei. Minha esperança começou a voltar. — Você devia ir até ela agora. Descubra...

— Já tentei. Ela não está dormindo. E aposto que os dois estão mantendo Jill acordada exatamente por isso, para poderem ganhar uma distância de nós. Só que vou continuar tentando.

Não era o ideal, mas o melhor que poderíamos esperar no momento.

— E quanto a Sydney e os Mastrano?

— Estão enfrentando muitas perguntas. — O rosto de Sonya se entristeceu. Eu sabia que ela ainda se sentia mal por abandonar a prima, exatamente como eu me sentia mal por Sydney.

Toquei no braço de Sonya com delicadeza.

— Tudo bem. Eles vão ficar bem. O que você fez vai ajudar Jill.

Ela assentiu.

— Como vamos manter contato? Não posso ficar esperando você dormir para que isso aconteça.

Silêncio. Boa pergunta.

— Talvez possamos arranjar um celular hoje... Deus sabe que precisamos de um. E, bem... por que você simplesmente não vem até nós? Onde é que você está mesmo?

Fiquei me perguntando se cometia um erro ao convidá-la para se juntar a nós. Dimitri e eu tínhamos passado o maior aperto para manter nossa localização em segredo, e aquela briga com os guardiões já havia sido um pouco mais de perto do que eu gostaria. Além dos problemas óbvios — prisão, execução etc. —, a captura nos tiraria de cena, e não poderíamos ajudar Lissa. No entanto, eu tinha quase certeza de que Sonya era uma das nossas aliadas e, àquela altura, poderia ser nosso único elo com Jill.

Eu havia feito uma aposta parecida ao revelar nosso paradeiro a Victor. E apesar de, em teoria, ele ter nos ajudado, essa ajuda tinha, obviamente, saído pela culatra. No entanto, dei a Sonya o nome do nosso acampamento e as melhores indicações que pude. Ela disse que iria até lá — eu não sabia como ela conseguiria, mas desconfiava de que fosse despachada — e que continuaria tentando alcançar Jill.

— Sonya... — Hesitei para falar, sabendo que deveria deixá-la terminar o sonho logo. Tínhamos problemas importantes, mais sérios do que o que eu estava prestes a perguntar. Além do mais, aquele território era pessoal. — O que você quis dizer no carro... quando contei que tinha compartilhado um sonho com meu namorado? Você me pareceu surpresa.

Ela me estudou por um longo momento, com aqueles olhos azuis se aprofundando mais em mim do que eu gostaria. Às vezes, ela passava mais segurança quando parecia louca.

— As auras dizem muito, Rose, e sou muito boa em interpretá-las. Muito melhor do que seus amigos devem ser. Um sonho induzido por espírito envolve sua aura em dourado, e é por isso que eu sabia. Sua aura pessoal é única para você, apesar de flutuar com seus sentimentos e sua alma. Quando as pessoas estão apaixonadas, isso aparece. As auras delas brilham. Quando você estava sonhando, a sua aura estava clara. As cores eram claras, mas não o que eu esperava de um namorado. É claro que nem todo relacionamento é igual. As pessoas estão em estágios diferentes. Eu teria deixado isso para lá, só que...

— Só que o quê?

— Só que, quando você está com Dimitri, sua aura é como o sol. E a dele também. — Ela sorriu quando, em choque e em silêncio, simplesmente a encarei. — Você está surpresa com isso?

— Eu... Quero dizer, está tudo acabado entre nós. Já passamos um tempo juntos, mas, depois da transformação de Dimitri, ele não me quis mais. Segui em frente. — Seguir em frente, ao que parecia, significava dar as mãos e ter momentos calorosos de intimidade. — É por isso que estou com Adrian. Sou feliz com ele. — Essa última frase soou quase como uma defesa. A quem eu tentava convencer? Sonya ou a mim mesma?

— É raro comportamentos e sentimentos se alinharem — disse ela, soando zen de um jeito muito parecido com o de Dimitri. — Não me leve a mal, mas você tem umas questões para resolver.

Que ótimo. Terapia com uma louca.

— Está bem, vamos supor que exista alguma coisa aí. Só desisti de Dimitri há algumas semanas. É *possível* que eu ainda me agarre a alguns sentimentos. — Possível? Pensei no quanto sempre me sentia consciente de sua presença física no carro, na harmonia despreocupada na biblioteca, no quanto era bom trabalhar com ele daquele nosso jeito, em nós dois tão determinados e quase nunca criticando um ao outro. E poucas horas antes, no quarto de hóspedes...

Sonya teve a audácia de dar uma gargalhada.

— Possível? Depois de apenas duas semanas? Rose, você é tão sábia em alguns momentos... e tão jovem em outros.

Eu odiava ser julgada por minha idade, mas não tinha tempo para pirraças temperamentais.

— Está bem. Que seja. Ainda tenho sentimentos. Mas Dimitri, não. Você não o viu depois de transformado. Foi horrível. Ele ficou deprimido. Disse que queria me evitar a todo custo, que não era capaz de amar ninguém de novo. Só agora, nessa loucura de fuga, que ele tem começado a agir como antes.

— Dimitri e eu conversamos sobre isso — disse ela, com seriedade no rosto de novo. — Sobre a depressão. Eu entendo. Depois de ser um

Strigoi... de fazer o que fizemos... não nos sentimos dignos da vida. Existem apenas culpa e escuridão, e as lembranças esmagadoras daquele mal. — Ela sentiu um calafrio.

— Você... Você tem agido de um jeito diferente do dele. Quero dizer, às vezes, você me parece tão triste, mas, em outras... é como se nada tivesse acontecido. Você já voltou a ser o que era. Quase. Por que essa diferença entre vocês dois?

— Ah, ainda sinto a culpa, acredite. Depois que Robert me transformou... — Havia ódio quando ela pronunciou aquele nome. — Bem, eu não queria sair da minha casa, da minha cama. Eu me detestei pelo que tinha feito. Desejei ser perfurada por uma estaca até a morte. Aí, Dimitri conversou comigo... Disse que essa culpa é inevitável. Que o fato de eu poder senti-la prova que não sou um Strigoi, e que não posso deixar isso me impedir de abraçar a vida de novo. Que recebemos uma segunda chance, ele e eu. E não podemos desperdiçá-la. Ele também disse que levou um tempo para perceber isso e que não queria que eu cometesse os mesmos erros. Me disse para abraçar a vida e sua beleza e as pessoas que amo antes que fosse tarde demais... mas que seria difícil. Me livrar do passado de Strigoi... É como um peso, sempre me pressionando. Ele jurou que não iria mais deixar que isso o controlasse, o que, acredite, soa nobre, mas é muito difícil de se fazer, e que não deixaria que a vida dele perdesse sentido. Que já tinha perdido algumas coisas para sempre, mas se recusava a abrir mão do resto.

— Dimitri disse tudo isso? Eu... Nem sei com certeza o que metade dessas coisas significa. — *Me disse para abraçar a vida e sua beleza e as pessoas que amo antes que fosse tarde demais.*

— Às vezes, nem eu. Como disse, é muito mais fácil falar do que fazer. Ainda assim, acho que ele me ajudou a me recuperar mais depressa do que eu teria me recuperado sozinha. Estou agradecida. E quanto a vocês e a suas auras... — Aquele pequeno sorriso voltou. — Bem, você precisa resolver isso. Não acredito em almas gêmeas, não exatamente. Acho ridículo pensar que existe apenas uma pessoa por aí para nós. E se a sua "alma gêmea" viver no Zimbábue? E se ela morrer jovem? Também acho ridículo "duas almas se tornarem uma". Precisamos nos agarrar a nós mesmos. Mas acredito em almas em sintonia, em almas que espelham uma a outra. Vejo essa sintonia em auras. Posso ver o amor também. E vejo tudo isso na aura dele e na sua. Só você pode escolher o que fazer com essa informação... se é que acredita nisso.

— Sem pressão — sussurrei.

Ela parecia prestes a terminar o sonho, mas, então, lançou um olhar penetrante para mim.

— É preciso tomar cuidado com uma coisa, Rose. Suas auras são compatíveis, mas não são idênticas. Dimitri está contaminado por pedaços de escuridão, consequentes do trauma dele. Essa escuridão desaparece um pouco a cada dia. Você carrega escuridão também... mas ela não está desaparecendo.

Senti um calafrio.

— Lissa. É a escuridão que estou sugando dela, não é?

— É. Não sei muito sobre laços, mas o que você está fazendo, mesmo que esteja ajudando Lissa, é muito perigoso. O espírito nos destrói, sem dúvida, mas, de alguma maneira, acho que nós, usuários do espírito, somos um pouco mais preparados para isso. Não que isso seja sempre fácil — acrescentou ela, com ironia. — Mas você? Não. E se você sugar muito, não sei o que pode acontecer. Tenho receio de isso se acumular cada vez mais. Tenho receio de ser preciso apenas uma centelha, um catalisador, para fazer isso explodir dentro de você.

— E o que acontece depois? — sussurrei.

Ela balançou a cabeça devagar.

— Não sei.

Com isso, o sonho desapareceu.

Caí de volta num sono sem sonhos, apesar de meu corpo estar sempre alerta. A escuridão da noite me cercava mais uma vez. Eu podia ouvir a respiração estável de Dimitri ao meu lado e sentir seu calor.

Tudo o que tinha acabado de discutir com Sonya me vinha à mente de novo. Coisas demais, coisas demais. Eu não sabia por onde começar a processar aquilo. E não, não sabia se conseguiria acreditar naquilo, não depois do que presenciei na vida real. *É raro comportamentos e sentimentos se alinharem.* Dei um suspiro profundo e me forcei a ser uma guardiã, não uma garota emocionalmente perturbada.

— É a sua vez de dormir, camarada — disse eu.

Sua voz veio até mim como luz na escuridão, suave e baixa:

— Você pode descansar mais se precisar.

— Não, estou bem — disse eu. — E lembre-se: você não é...

— Eu sei, eu sei. — Ele deu uma risadinha. — Não sou o general.

Meu Deus. Terminávamos as piadas um do outro. *Acredito em almas em sintonia.* Severa, lembrando a mim mesma que a visita de Sonya, na verdade, não tinha sido sobre a minha vida amorosa, contei o resto do sonho para Dimitri, descrevendo a traição de John e o sequestro de Jill.

— Fiz... Fiz a coisa certa ao dizer a Sonya onde estamos?

Vários momentos passaram até ele responder.

— Fez. Você tem razão. Precisamos da ajuda de Sonya. E ela pode encontrar Jill. O problema é que Victor e Robert devem saber disso também. — Ele suspirou. — E você também tem razão sobre outra coisa. É melhor eu descansar para o que está por vir.

Então, daquele seu jeito eficiente, Dimitri não disse mais nada. Sua respiração mudou logo, quando ele caiu no sono. Era impressionante como ele podia fazer aquilo com tão pouco esforço. É claro que isso era algo que aprendêramos como guardiões: durma enquanto pode porque você não sabe quando será capaz de fazer isso de novo. Era um truque que nunca consegui aprender. Encarando a escuridão, mantive meus sentidos aguçados, tentando ouvir qualquer som que indicasse perigo.

Eu podia não ter talento para adormecer no mesmo instante, mas *conseguia* manter meu corpo desperto em alerta e ainda dar uma olhada em Lissa. Jill e nossa fuga tinham me mantido ocupada naquele dia, mas os acontecimentos na Corte ainda pesavam muito sobre mim. Alguém havia tentado *matar* Lissa, e um grupo de guardiões acabava de arrastar Eddie dali.

Quando olhei através dos olhos dela, não foi surpresa alguma ter encontrado quase todos os meus amigos juntos. Eles estavam numa sala intimidadora e nada hospitaleira, parecida com o lugar onde Lissa havia sido interrogada sobre minha fuga — só que maior. E por um bom motivo. A sala estava repleta de todo tipo de gente. Adrian e Christian estavam ao lado de Lissa, e eu não precisava interpretar aura nenhuma para saber que os dois se sentiam tão desassossegados quanto ela. Hans estava de pé, atrás de uma mesa, com as mãos pressionando a superfície, com o corpo inclinado para a frente e encarando todos. Do lado oposto ao de Lissa, na parede mais distante, com um ar indiferente, Eddie se sentava numa cadeira com um guardião de cada lado. Os dois guardas estavam tensos, preparados para agir a qualquer momento. Percebi que consideravam Eddie uma ameaça, o que era ridículo. No entanto, Hans parecia compartilhar dessa opinião.

Ele bateu com o dedo numa fotografia sobre a mesa. Dando um passo à frente, Lissa viu que a foto era do cara que a havia atacado — uma foto tirada depois da morte dele. Seus olhos estavam fechados e sua pele tinha empalidecido, mas dava para fazer uma análise detalhada de suas expressões faciais, por mais que fossem brandas.

— Você matou um Moroi! — exclamou Hans. Ao que parecia, eu tinha chegado no meio da conversa. — Como isso pode não ser um problema? Você foi treinado para protegê-los!

— E protegi — disse Eddie. Ele estava tão calmo, tão sério que a parte de mim que ainda conseguia ter senso de humor o viu como um Dimitri Júnior. — Protegi Lissa. Que diferença faz se a ameaça vem de um Moroi ou de um Strigoi?

— Não temos prova alguma desse ataque — resmungou Hans.

— Vocês têm três testemunhas! — exclamou Christian com rispidez. — Você está dizendo que nossos relatos não valem nada?

— Estou dizendo que vocês são amigos dele, o que torna seus relatos questionáveis. Eu gostaria de ter tido um guardião por ali para verificar isso.

Agora o temperamento de Lissa se incendiou.

— E você tinha! Eddie estava lá.

— E você não conseguiu de maneira alguma protegê-la sem matá-lo? — perguntou Hans.

Eddie não respondeu, e eu sabia que ele refletia sobre a pergunta com seriedade, pensando se poderia, de fato, ter cometido um erro. Por fim, balançou a cabeça.

— Se eu não tivesse matado esse homem, ele teria me matado.

Hans suspirou, com os olhos desgastados. Para mim, era fácil ficar brava com ele agora e tive que lembrar a mim mesma que Hans estava apenas fazendo seu trabalho. Ele segurou a fotografia.

— E nenhum de vocês... *nenhum* de vocês... já viu esse homem antes?

Lissa estudou o rosto mais uma vez, reprimindo um calafrio. Não, ela não o tinha reconhecido durante o ataque e não o reconhecia agora. Não havia nada que chamasse a atenção naquele homem — nenhuma característica marcante que pudesse ser apontada. Nossos outros amigos balançaram a cabeça, mas Lissa se pegou franzindo a testa.

— O que foi? — perguntou Hans, percebendo aquele gesto sutil no mesmo instante.

— Não o conheço — disse ela, devagar. A conversa com Joe, o zelador, lhe veio à mente.

— *Como ele era?* — Lissa havia perguntado a Joe.

— *Simples. Comum. A não ser pela mão.*

Lissa encarou por mais um instante a fotografia, que parcamente mostrava a mão marcada por uma cicatriz e alguns dedos tortos. Eu também tinha notado isso durante a luta. Ela voltou os olhos para Hans.

— Não o conheço — repetiu ela. — Mas acho que conheço alguém que o conhece. Tem um zelador... Bem, um ex-zelador. O que testemunhou sobre Rose. Acho que ele já viu esse cara antes. Os dois mantinham negócios interessantes. Mikhail ia cuidar para que ele não deixasse a Corte.

Adrian não parecia nada feliz por Joe ter sido mencionado, já que isso comprometia sua mãe por suborno.

— Vai ser difícil fazê-lo falar.

Hans estreitou os olhos.

— Ah, se ele souber de alguma coisa, vamos fazê-lo falar. — Hans fez um gesto acentuado com a cabeça em direção à porta, e um dos guardiões ao lado de Eddie foi até lá. — Encontre esse cara. E mande nossos "convidados" entrarem. — O guardião assentiu e deixou a sala.

— Que convidados? — perguntou Lissa.

— Bem — respondeu Hans —, é engraçado você mencionar Hathaway. Porque acabamos de vê-la.

Lissa se enrijeceu e sentiu centelhas de pânico percorrerem seu corpo. *Encontraram Rose. E agora?* Abe tinha lhe garantido que eu estava a salvo numa cidadezinha da Virgínia Ocidental.

— Ela e Belikov foram vistos nos arredores de Detroit, onde sequestraram uma garota.

— Eles nunca... — Lissa parou. — Você disse Detroit? — Lissa precisou se conter muito para não lançar olhares questionadores para Christian e Adrian.

Hans assentiu e, apesar de dar a impressão de estar apenas passando a informação, eu sabia que ele observava, em busca de alguma reação reveladora da parte de meus amigos.

— Os dois estavam com outras pessoas. Algumas escaparam, mas pegamos uma.

— Quem eles sequestraram? — perguntou Christian. Seu espanto também não era fingido. Ele era mais um dos que pensavam que estávamos escondidos, a salvo.

— Mastrano — disse Hans. — Alguma coisa Mastrano.

— *Jill* Mastrano? — perguntou Lissa.

— A chave de cadeia? — perguntou Adrian.

É claro que Hans não sabia daquele apelido, mas não teve a oportunidade de interrogá-los sobre isso porque, naquele instante, a porta se abriu. Três guardiões entraram, e com eles estava... Sydney.

Vinte e sete

Eu teria ficado boquiaberta se estivesse ali, chocada tanto por ver Sydney quanto pela presença de uma humana no território da Corte. De humanos, na verdade, porque havia dois outros com ela, um homem e uma mulher. O homem era jovem, só um pouco mais velho do que Sydney, com olhos e cabelos castanho-escuros. A mulher era mais velha e tinha um olhar experiente e durão que associei ao de Alberta. Sua pele era escura, mas pude ver a tatuagem dourada que ela e os outros humanos possuíam. Todos alquimistas.

E era óbvio que aqueles alquimistas não estavam felizes. A mulher mais velha demonstrava estar bem, mas seus olhos penetrantes deixavam claro que ela queria estar em outro lugar — em qualquer outro lugar. Sydney e o cara não escondiam nem um pouco seu medo. Sydney podia ter se acostumado comigo e com Dimitri, mas ela e seus companheiros tinham acabado de entrar na toca do mal, como deviam pensar.

Os alquimistas não estavam sozinhos no seu desconforto. Logo que chegaram, os guardiões deixaram de considerar Eddie a ameaça da sala. Seus olhos se voltaram todos para os humanos, examinando-os como se fossem Strigoi. Meus amigos pareciam mais curiosos do que amedrontados. Lissa e eu vivêramos entre os humanos, mas Christian e Adrian pouco tinham se exposto ao contato com eles, a não ser pelos fornecedores de sangue. Ver os alquimistas em "nosso território" os deixava ainda mais intrigados.

Com certeza fiquei impressionada ao ver Sydney ali tão depressa. Será que foi depressa mesmo? Horas tinham se passado desde que fugimos da casa de Jill. Não era tempo o suficiente para dirigir até a Corte, mas, sem dúvida, o bastante para ir de avião. Sydney não tinha trocado de roupa desde que a vi pela última vez e estava com olheiras. Tive a impressão de que ela vinha sendo interrogada de maneira exaustiva desde a captura. O mistério era: por que levar os alquimistas para a reunião sobre Eddie ter matado um Moroi desconhecido? Havia duas questões completamente diferentes em jogo.

Lissa pensava na mesma coisa.

— Quem são esses? — perguntou ela, apesar de fazer uma boa ideia de quem fosse Sydney. Tinha ouvido descrições suficientes de mim. Sydney deu uma rápida olhada na minha amiga e desconfiei de que tivesse adivinhado a identidade de Lissa também.

— Alquimistas — disse Hans, com rispidez. — Vocês sabem o que isso significa?

Lissa e meus amigos assentiram.

— E o que eles têm a ver com Eddie e o cara que me atacou? — perguntou ela.

— Talvez alguma coisa. Talvez nada. — Hans deu de ombros. — Mas sei que alguma coisa estranha está acontecendo, alguma coisa em que todos vocês estão envolvidos, e preciso descobrir o que é. Ela — Hans apontou para Sydney — estava com Hathaway em Detroit e ainda não consigo acreditar que *nenhum* de vocês saiba nada sobre isso.

Adrian cruzou os braços e se apoiou na parede — a perfeita imagem da indiferença.

— Pode continuar acreditando nisso, mas não conheço *nenhuma* dessas pessoas. Os alquimistas não nos odeiam? Por que eles estão aqui? — Adrian, por ironia, era o único de meus amigos que sabia que eu não estava na Virgínia Ocidental, mas, a julgar por sua postura, nunca perceberiam isso.

— Porque temos que lidar com uma assassina fugitiva e precisávamos interrogar sua cúmplice pessoalmente — foi a resposta dura de Hans.

Uma negação da minha culpa estava na ponta da língua de Lissa, mas a alquimista mais velha se intrometeu primeiro.

— O senhor não tem prova alguma de que a srt.ª Sage era "cúmplice" da sua criminosa. E ainda acho ridículo o senhor não nos deixar fazer o *nosso* interrogatório e deixar por isso mesmo.

— Em qualquer outra situação, deixaríamos, srt.ª Stanton — respondeu Hans. Uma geleira se formava entre os dois. — Mas esta, como a senhorita pode imaginar, é um pouco mais séria do que a maioria. Nossa rainha foi assassinada.

A tensão aumentou ainda mais entre os guardiões e os alquimistas. Percebi que suas relações de trabalho não eram felizes. Também me ocorreu que mesmo que os superiores de Sydney acreditassem que ela tivesse cometido algum crime, nunca admitiriam isso perante meu povo — o que significava que a paranoia de Hans não era inteiramente infundada. Como nenhum dos alquimistas respondeu, Hans pareceu interpretar isso como um consentimento para começar a interrogar Sydney.

— A senhorita conhece esses três? — Ele apontou para os meus amigos, e Sydney balançou a cabeça. — Já se comunicou com eles alguma vez?

— Não.

Hans fez uma pausa, como se esperasse que ela mudasse a resposta. Ela não mudou.

— Então, como se envolveu com Hathaway?

Ela o estudou com atenção e cuidado, mostrando medo nos seus olhos castanhos. Eu não sabia ao certo se era por causa de Hans. Na verdade, eram muitas as coisas que poderiam deixá-la nervosa agora, como o fato de estar ali em si e a punição que acabaria recebendo dos alquimistas. Além do mais, é claro, havia Abe. Em teoria, ele era a razão para ela ter se metido nessa confusão. Tudo o que precisava fazer era entregá-lo, afirmando que tinha sido chantageada por ele. Isso a livraria daquela situação, mas despertaria a fúria dele. Sydney engoliu em seco e se forçou a lançar um olhar desafiador.

— Conheci Rose na Sibéria.

— Sim, sim — disse Hans. — Mas como a senhorita acabou ajudando Hathaway a fugir daqui?

— Não tive nada a ver com a fuga dela deste lugar! — respondeu Sydney. Supus que fosse meio verdade. — Ela entrou em contato comigo poucos dias atrás e me pediu ajuda para chegar a uma casa perto de Detroit. Alegou que era inocente e que aquilo lhe ajudaria a provar isso.

— A essa altura, os alquimistas já sabiam que ela era uma fugitiva — argumentou Hans. — Todos tinham ordens de procurá-la. A senhorita poderia tê-la entregado.

— Quando conheci Rose, ela não me pareceu ser do tipo assassina... Quero dizer, além de matar Strigoi. O que não é assassinato de jeito nenhum, na verdade. — Sydney acrescentou um pouco de desdém alquimista. Foi um belo toque. — Então, quando ela disse que era inocente e capaz de provar isso, decidi ajudá-la, e lhe dei uma carona.

— Já interrogamos a srt.ª Sage a respeito disso — disse Stanton, irritada. — E já lhe dissemos isso. O que ela fez foi uma tolice... Cometeu uma ingênua falha de julgamento. É algo que nós temos que resolver e não o senhor. Preocupe-se com a sua assassina. — Suas palavras eram leves, como se ele fosse levar Sydney para casa e castigar uma garota malcriada. Duvidei de que seria tão simples assim.

— Quem eram as pessoas que estavam com ela? — perguntou Hans, ignorando Stanton.

O desprezo de Sydney aumentou.

— Uma era aquele cara... Dimitri Belikov. O que vocês acham que foi "curado". Não sei quem eram os outros. Dois homens e uma mulher. Nunca fomos apresentados. — Era uma mentira bem-planejada, com seu fingido desgosto por Dimitri mascarando o fato de ela conhecer nossos outros comparsas.

Lissa se inclinou para a frente com avidez, falando logo, antes que Hans pudesse fazer isso.

— O que tinha em Detroit? Como Rose iria limpar o nome dela? Ainda mais com Jill?

Hans não parecia feliz com a interrupção, mas eu sabia que ele devia estar curioso sobre Jill e Detroit também. Ele não disse nada, talvez na esperança de alguém escorregar e revelar alguma informação-chave. Sydney, entretanto, continuou bancando a distante e fria.

— Não faço a menor ideia. Aquela garota, Jill, também não parecia saber. Rose só disse que tínhamos que ir até ela, e então a ajudei.

— Cegamente? — perguntou Hans. — Espera mesmo que eu acredite que a senhorita confiou nela assim?

— Rose é minha... — Sydney mordeu o lábio e não disse o termo que desconfiei ser "amiga". Seu lado profissional veio à tona de novo. — Era possível acreditar nela e imaginei que seria um desperdício de recursos se os alquimistas estivessem ajudando o senhor a caçar o assassino errado. Se eu concluísse que ela era culpada, poderia entregá-la a qualquer momento. E pensei... Pensei que por conseguir resolver isso, ganharia crédito e uma promoção.

— Aquela foi uma boa, boa mentira. Uma garota ambiciosa tentando melhorar sua carreira na espionagem? Muito bom. Bem, não para todo mundo.

Hans balançou a cabeça.

— Não acredito em nenhum de vocês.

O alquimista deu um passo à frente que deixou todos os guardiões tensos, prontos para partir para cima dele.

— Se ela disse que foi assim que tudo aconteceu é porque foi assim que tudo aconteceu. — Ele tinha a mesma ferocidade e desconfiança de Stanton, mas parecia haver mais. Uma espécie de proteção com relação a Sydney tanto pessoal quanto profissional. Lissa percebeu isso também.

— Calma, Ian — disse Stanton, ainda de olho em Hans. Sua compostura me fazia lembrar de Alberta cada vez mais. Ela não se sentia tranquila numa sala cheia de guardiões, mas não demonstrava isso. — Não importa se o senhor acredita nela ou não. A questão permanece: a srt.ª Sage respondeu suas perguntas. Já basta.

— Os pais de Jill sabem de alguma coisa? — perguntou Lissa. Ela ainda estava em choque diante de todos aqueles desfechos, sem contar o quanto se preocupava comigo, por eu não estar na minha cidadezinha segura nas montanhas, mas aquela tentativa misteriosa de limpar meu nome era poderosa. Ela não conseguia deixar isso para lá.

Sydney se virou para Lissa e quase li os pensamentos da alquimista. Ela sabia o quanto Lissa e eu éramos amigas, e queria reconfortá-la de alguma maneira. Não tinha, porém, como fazer isso com todas aquelas pessoas na sala. Ela também devia estar ciente de que eu mesma ainda não havia contado nada sobre Jill a Lissa.

— Não — respondeu Sydney. — Fomos até lá e Rose disse que Jill tinha que ir com ela. Os Mastrano não sabem por quê. E depois... Depois Rose a levou mesmo. Ou Jill foi com ela. Não sei bem o que aconteceu. Tudo virou um caos.

Nem os alquimistas nem os guardiões discutiram sobre eu ter levado Jill, o que me levou a pensar que era uma história que tinham ouvido — e acreditado — tanto dos pais de Jill quanto de Sydney. Essa história continha verdade o bastante para ser plausível e explicar o desaparecimento de Jill. Não revelava o segredo dos Dragomir, porém, e Emily devia estar mais do que feliz em se manter calada por enquanto.

— Pronto — disse Stanton. — É exatamente o que afirmamos antes. Precisamos ir agora. — Ela se virou em direção à porta, mas os guardiões bloquearam o caminho.

— Impossível — disse Hans. — Esse é um assunto sério, e a srt.ª Sage é a única ligação que temos com um assassinato... O assassinato de um monarca. E um sequestro.

Stanton deu um riso de escárnio e me lembrei de Sydney me contar certa vez que os alquimistas achavam tolo o sistema da realeza dos Moroi.

— Ela realmente não parece lhe ser de muita utilidade. Mas não se preocupe, a manteremos sob vigília. Entre em contato conosco se tiver mais perguntas.

— Inaceitável — disse Hans. — Ela fica aqui.

Ian, o alquimista, se juntou à discussão, passando à frente de Sydney para protegê-la.

— Não vamos deixar um dos nossos aqui! — De novo, tive aquela estranha impressão dele. Uma queda, era isso. O alquimista tinha uma queda por ela e tratava aquilo como mais do que apenas negócios. Stanton olhou para ele como quem dizia que resolveria o problema. Ele ficou em silêncio.

— Então, vocês todos podem ficar aqui — disse Hans. — Não faz a menor diferença para mim. Vou providenciar acomodações para vocês.

— *Isso* é inaceitável. — A partir daí, Stanton e Hans começaram uma discussão feroz. Eu não achava que fosse chegar a socos, mas os outros guardiões haviam se aproximado um pouco, por precaução.

Os olhos de Ian apontavam ora para Stanton, ora para Sydney, mas ele não entrou na briga. Num determinado momento, viu num duplo relance a fotografia sobre a mesa em que Hans se apoiava. Foi apenas uma pausa breve, um leve arregalar de olhos... mas Lissa percebeu.

Ela deu um passo em direção a Ian e Sydney. Um dos guardiões percebeu o movimento, considerou Lissa a salvo, e voltou sua atenção para Stanton.

— Você o conhece — murmurou Lissa, mantendo a voz bem baixa, encoberta pelos gritos. Na verdade, era um pouco baixa demais, porque recebeu olhares vagos de Sydney e Ian. Seus ouvidos não conseguiam escutar o que um Moroi ou um dampiro teria conseguido.

Lissa olhou ao redor, inquieta, sem querer chamar a atenção. Ela aumentou o volume de leve.

— Você o conhece. O cara da fotografia.

Ian encarou Lissa, com admiração e cautela no rosto. Sem dúvida, mantinha a mesma postura reservada com relação aos vampiros, mas aquelas palavras o pegaram desprevenido. Além disso, apesar de ela ser uma criatura maligna da noite, era muito bonita.

— Ian — perguntou Sydney, em voz baixa. — O que foi? — Havia um tom de urgência na sua voz, um tom que, sem querer, explorava a queda que ele tinha por ela, acho eu. Ian abriu a boca para responder, mas, aí, a "conversa" entre os outros acabou. Mais uma vez, Sydney se tornou o centro das atenções, e Ian deixou de ficar de frente para Lissa.

O acordo a que Stanton e Hans tinham chegado era exatamente isso, um acordo. Nenhum dos dois estava feliz. Havia uma cidadezinha a menos de 45 minutos da Corte, e os alquimistas ficariam ali — com vários guardiões por perto. Para mim, aquilo era como uma prisão domiciliar, e a expressão de Stanton mostrava que ela também pensava o mesmo. Acho que só aceitou porque era uma cidadezinha de humanos. Antes de liberar todos, Hans interrogou meus amigos pela última vez, seus olhos estudando cada rosto com cuidado.

— E nenhum de vocês... *nenhum* de vocês... conhece essa garota alquimista nem esteve em contato com ela? Nem sabe do envolvimento dela com Hathaway?

Mais uma vez, Lissa e os outros negaram e, mais uma vez, Hans não teve escolha, a não ser aceitar as respostas, muito contrariado. Todos seguiram em direção à porta, mas Hans não deixou Eddie partir.

— Você, não, Castile. Você fica aqui até os outros problemas serem resolvidos.

Lissa suspirou fundo.

— O quê? Mas ele...

— Não se preocupe com isso — disse Eddie, dando um pequeno sorriso. — Tudo vai ficar bem. É só você se cuidar.

Lissa hesitou, mesmo com Christian puxando seu braço para ir embora. Apesar de tudo indicar que Eddie havia defendido a vida de Lissa, ele ainda tinha matado um Moroi. Isso não seria tratado com leveza. Os guardiões precisariam ter absoluta certeza de que ele não havia tido nenhuma escolha antes de o soltarem. Vendo o olhar determinado e calmo no rosto de Eddie, Lissa soube que ele estava preparado para lidar com o que viesse.

— Obrigada — disse ela, passando por ele. — Obrigada por ter me salvado.

Sua resposta foi um discreto aceno com a cabeça, e Lissa saiu pelo corredor — se deparando com mais caos.

— Onde estão eles? Eu insisto... Ah.

Meus amigos e os alquimistas seguiam em direção à saída, e um grupo de guardiões os escoltava. Nesse meio-tempo, alguém tinha entrado ali e agora estava sendo detido e desafiado pelos guardiões. Era Abe.

Ele assimilou cada parte daquela cena bizarra em menos de um segundo, passando os olhos por Sydney e os alquimistas como se nunca os tivesse visto antes. Através dos olhos de Lissa, vi Sydney empalidecer, mas ninguém mais notou. Abe sorriu para Lissa e se aproximou para sair dali com ela.

— Aí está você. Estão atrás de você para fazer a última prova para monarca.

— E mandaram você? — perguntou Christian, cético.

— Bem, eu me ofereci como voluntário — respondeu Abe. — Ouvi dizer que houve, humm, uma agitação. Assassinato, humanos religiosos fanáticos, interrogatórios. Tudo o que me interessa, vocês sabem.

Lissa revirou os olhos, mas não disse nada até o grupo inteiro sair do prédio. Os alquimistas e sua escolta indesejada seguiram por uma direção, enquanto Lissa e nossos amigos seguiram por outra. Lissa queria muito olhar para Sydney e Ian — e eu também —, mas sabia que era melhor seguir em frente e acompanhar Abe, ainda mais que alguns daqueles guardiões vigiavam mais do que apenas os alquimistas.

Logo que o grupo de Lissa se afastou o suficiente das autoridades, o sorriso amigável de Abe desapareceu, e ele se virou para meus amigos.

— O que foi que aconteceu? Ouvi todo tipo de história louca. Me disseram que você estava morta.

— Quase — disse Lissa. Ela lhe contou sobre o ataque, expressando seus temores por Eddie.

— Eddie vai ficar bem — disse Abe, sem dar muita importância àquilo. — Os guardiões não têm motivos para mantê-lo preso. O pior que vai acontecer a ele é uma mancha no histórico.

Lissa se sentiu aliviada pela tranquilidade e garantia de Abe, mas eu ainda me sentia culpada. Graças a mim, o histórico de Eddie já era manchado. Sua brilhante reputação caía a cada dia.

— Aquela era Sydney Sage — disse Lissa. — Pensei que estivessem todos na Virgínia Ocidental. Por que ela não está com Rose?

— Essa — disse Abe, obscuro — é uma excelente pergunta.

— Porque, ao que parece, estavam sequestrando Jill Mastrano em Detroit — respondeu Christian. — E isso é estranho. Mas não a coisa mais louca que consigo imaginar Rose fazendo. — Fiquei muito agradecida pelo apoio.

Abe ouviu um resumo desse novo desfecho também, pelo menos tanto quanto meus amigos sabiam — o que era apenas uma parte da história toda. Percebeu de imediato que havia sido enganado e ficou óbvio por sua expressão de braveza que ele não gostava de ser mantido no escuro. *Bem-vindo ao clube, velho,* pensei com uma pequena satisfação. Não tinha me esquecido de que ninguém havia me contado sobre o plano de fuga. Minha arrogância durou pouco porque eu me preocupava com o que aconteceria com Sydney agora que Abe acertaria as contas com ela.

— Aquela garota estava mentindo para mim — resmungou ele. — Todo dia, todos aqueles relatórios sobre o quanto estava quieto e chato na Virgínia Ocidental. Me pergunto se sequer chegaram àquela cidadezinha. *Tenho* que ir falar com ela.

— Boa sorte — disse Adrian, pegando um cigarro e o acendendo. Ao que parecia, na minha ausência, o contrato de namoro que ele tinha inventado de brincadeira em que dizia que iria "maneirar" nos vícios não era cumprido. — Acho que os companheiros de Sydney e os guardiões não irão deixar você chegar perto dela.

— Ah, vou chegar, sim, até Sydney — disse Abe. — Ela tem muitas respostas. Se as escondeu daqueles outros idiotas, bom para ela. Mas vai *me* contar.

Um pensamento repentino lampejou na mente de Lissa.

— Você precisa conversar com Ian. Aquele cara que está com os alquimistas. Ele conhece o homem da fotografia... Quero dizer, o cara que Eddie matou.

— Você tem certeza? — perguntou Abe.

— Sim — respondeu Adrian, surpreendendo todos. — Ian teve mesmo uma reação. Ele também tem uma queda por aquela garota, Sydney.

— Percebi isso também — comentou Lissa.

— Ela me pareceu meio tensa. — Adrian franziu a testa. — Mas talvez a raça deles goste disso.

— Na verdade, essa queda pode ser útil — refletiu Abe. — Vocês, mulheres, não sabem o poder que possuem. Já viu aquele guardião que sua tia está namorando? Ethan Moore?

— Já — grunhiu Christian. — Nem me lembre.

— Só que Tasha *é* bem gostosa — observou Adrian.

— Isso não é legal — disse Christian.

— Não fique tão ressentido — retrucou Abe. — Ethan é guarda do palácio. Estava lá na noite do assassinato, o que poderia ser muito útil para nós se ela conseguir mantê-lo interessado.

Christian balançou a cabeça.

— Esses guardas já testemunharam. Você não vai conseguir nada. Ethan já contou o que sabe.

— Não sei, não — prosseguiu Abe. — Sempre existem coisas que acontecem fora do registro oficial, e tenho certeza de que os guardas foram todos interrogados com ordens estritas sobre o que revelar e o que não revelar. Sua tia deve ser charmosa o suficiente para descobrir alguma coisa para nós. — Abe suspirou, ainda se mostrando muito infeliz diante da mudança repentina de seus planos antigos. — Se ao menos Sydney tivesse sido charmosa o bastante para dar um jeito de se livrar daquele interrogatório para que *eu* pudesse interrogá-la... Agora tenho que passar por aqueles alquimistas e os guardiões para chegar até ela e descobrir onde Rose está. Ah, e você tem mesmo que ir para a sua prova, princesa.

— Pensei que fosse só uma desculpa que você usou para ir me encontrar — disse Lissa.

— Não, estão procurando você. — Ele lhe deu o endereço da prova. Era no prédio em que ela havia feito a segunda prova. — Vão todos vocês juntos e depois arranjem um guardião para acompanhá-los na volta. Não saia de seu quarto até Janine ou Tad aparecer. — Tad era um dos capangas de Abe. — Chega de ataques surpresa.

Lissa quis argumentar que com certeza não se poria em prisão domiciliar, mas concluiu que era melhor simplesmente deixar Abe ir naquele instante. Ele se apressou, ainda irradiando agitação, e ela e os garotos se viraram em direção ao local da prova.

— Nossa, como ele está puto — disse Adrian.

— Você o culpa por isso? — perguntou Christian. — Abe acabou de perder a filiação ao clube dos mentores do mal. O plano brilhante dele desmoronou e agora sua filha está desaparecida quando ele pensou que ela estivesse num lugar seguro.

Adrian ficou visivelmente em silêncio.

— Espero que ela esteja bem — suspirou Lissa, com um embrulho no estômago. — E o que é que Jill tem a ver com isso tudo?

Ninguém tinha uma resposta para aquela pergunta. Quando chegaram ao lugar da prova, Lissa se viu numa situação quase idêntica à de antes. Muitos espectadores se enfileirando no corredor. Guardiões bloqueando a porta. Mais pessoas do que nunca clamavam seu nome enquanto ela se aproximava. Algumas eram Moroi "comuns", e outras, membros da realeza cujos candidatos estavam fora da competição. Vários nomeados não tinham passado na prova do medo, então, essas famílias haviam transferido suas lealdades.

Mais uma vez, Lissa foi conduzida para dentro da sala sozinha. Seu coração começou a disparar quando ela viu a mesma mulher velha da prova anterior. Mais imagens terríveis estariam por vir? Lissa não conseguia ver o cálice, mas isso não era garantia alguma de segurança. Não havia nenhuma cadeira extra, então, Lissa simplesmente ficou de pé diante da mulher.

— Olá — disse Lissa, respeitosa. — É bom vê-la de novo.

A mulher deu um sorriso largo, expondo aquela falta de dentes.

— Duvido, mas você falou de um jeito muito convincente. Tem a política no sangue.

— Muito... obrigada... — disse Lissa, sem saber ao certo se tinha sido elogiada ou não. — O que a senhora gostaria que eu fizesse nesta prova?

— Apenas escute. Só isso. Essa é fácil.

Uma centelha nos olhos da mulher fez Lissa acreditar que aquilo não seria fácil.

— Tudo o que você precisa fazer é responder uma pergunta para mim. Responda corretamente e estará apta a continuar como candidata à votação. Você verá como será divertido... — A velha parecia dizer aquelas últimas palavras mais para si mesma do que para Lissa.

— Está bem — disse Lissa, inquieta. — Estou pronta.

A mulher avaliou a garota e parecia gostar do que via.

— Então, lá vai: o que uma rainha precisa ter para realmente governar seu povo?

A mente de Lissa se esvaziou por um momento e, então, uma mistura de palavras surgiu na sua cabeça. *Integridade? Sabedoria? Sanidade?*

— Não, não, não responda — disse a velha, observando Lissa com cuidado. — Ainda não. Você tem até amanhã, no mesmo horário, para pensar nisso. Volte com a resposta certa e você terá passado em todas as provas. E... — Ela piscou. — Nem é preciso dizer que você não irá conversar com ninguém sobre isso.

Lissa assentiu, esfregando o pequeno ponto tatuado no seu braço. Ela não conseguiria ajuda de ninguém para dar a resposta. Deixou a sala, revirando a pergunta na mente repetidas vezes. Pensava que havia respostas demais para uma pergunta como aquela. Qualquer uma poderia...

Um movimento na minha realidade me tirou da cabeça de Lissa no mesmo instante. Eu meio que esperava que Sonya aparecesse de repente na nossa barraca, mas não, não foi isso o que chamou minha atenção. Foi um movimento muito menor... e algo infinitamente mais intenso.

Dimitri estava em meus braços.

Vinte e oito

Parei de respirar. Cada um possuía seu cobertor, mas, apesar de estarmos em pleno verão, a temperatura tinha caído durante a noite. Dimitri, enquanto dormia, havia se virado para mim, misturando nossos cobertores e apoiando a cabeça no meu peito. Seu corpo tocava o meu de forma terna e íntima, e ele até chegou um pouco mais perto, se aconchegando.

Para fazer aquilo durante o sono, Dimitri estava mais cansado do que eu imaginava. Afinal, aquele era o cara que dormia com um olho aberto. Mas sua guarda estava baixa agora, e seu corpo, inconsciente, procurando... O quê? Apenas calor? *A mim*? Merda. Por que eu tinha feito aquela pergunta a Sonya? Por que não conseguia continuar com meu papel tranquilo de namorada de Adrian e amiga de Dimitri? Porque, para ser sincera, não estava me saindo muito bem em nenhum dos dois naquele momento.

Hesitante, assustada, eu me mexi um pouco para poder envolver Dimitri com um dos braços e trazê-lo para mais perto. Sabia que corria um risco, o de acordá-lo e quebrar aquele encanto. Mas isso não aconteceu. Ele até pareceu ter relaxado mais. Senti-lo daquele jeito... abraçá-lo... remexeu num enxame de emoções dentro de mim. A dor que eu sentia desde quando o perdi me queimava internamente. Ao mesmo tempo, abraçá-lo daquele jeito também parecia preencher o vazio daquela dor, como se uma parte de mim houvesse se perdido e agora tivesse sido recuperada. Eu sequer tinha me dado conta de que aquela parte faltava. Havia bloqueado tudo até as palavras de Sonya sacudirem minha nova frágil aceitação da vida.

Não sei quanto tempo fiquei assim com Dimitri. Foi por tempo o bastante para que o sol que nascia começasse a iluminar o tecido translúcido da barraca. Era toda a luz de que meus olhos precisavam agora para ver Dimitri, para ver os traços bem-esculpidos de seu rosto e a maciez de seu cabelo, para vê-lo deitado ali comigo. Eu queria tanto tocar naquele cabelo, para ver se continuava como antes. Esse era um sentimento tolo, é claro. Seu cabelo não teria mudado. Ainda assim... aquela urgência estava ali e, por fim, me entreguei, deslizando os dedos com delicadeza por umas mechas. Eram macias e sedosas, e o mais leve dos toques me deu arrepios no corpo inteiro. E o acordou.

Seus olhos se abriram em alerta no mesmo instante. Eu esperava que Dimitri desse um pulo, se afastando de mim, mas, em vez disso, ele apenas avaliou a situação — e não se mexeu. Mantive minha mão onde estava, ao lado de seu rosto, ainda acariciando seu cabelo. Nossos olhos se detiveram uns nos outros, transmitindo tantas coisas entre nós. Naquele momento, eu não estava numa barraca com Dimitri, fugindo dos que nos consideravam vilões. Não existia assassino a ser descoberto nem trauma de Strigoi a ser superado. Existiam apenas Dimitri, eu e os sentimentos que ardiam entre nós fazia tanto tempo.

Quando Dimitri se mexeu, não foi para se afastar. Ele levantou a cabeça para olhar para mim. Apenas alguns centímetros nos separavam e seus olhos o traíram. Ele queria me beijar — e eu queria que ele fizesse isso. Dimitri se inclinou sobre mim, com uma das mãos tocando meu rosto. Me preparei para seus lábios — eu precisava deles — e, então, ele paralisou. Se afastou e sentou, suspirando, frustrado, desviando o olhar de mim. Eu me sentei também, com a respiração acelerada e curta.

— O-o que foi? — perguntei.

Dimitri olhou de novo para mim.

— Pode escolher. Existem muitas opções.

Deslizei um dos dedos por meus lábios. Tão perto. Tão, tão perto.

— Eu sei... Eu sei que as coisas mudaram. Sei que você estava enganado. Sei que você pode amar de novo.

Seu rosto reassumiu a máscara habitual enquanto ele pensava na resposta que ia dar.

— Não tem a ver com amor.

O último minuto passou de novo na minha cabeça, aquela ligação perfeita, o jeito como ele olhou para mim e fez meu coração disparar. Caramba, Sonya afirmava que tínhamos até um tipo de ligação mística.

— Se não tem a ver com amor, então, tem a ver com o quê? — perguntei.

— Com fazer a coisa certa — respondeu ele em voz baixa.

A coisa certa? Certo e errado haviam sido temas recorrentes na São Vladimir. Eu ainda não tinha 18 anos. Ele era meu professor. Fomos designados como os guardiões de Lissa e precisávamos lhe dar toda a nossa atenção. Todas as discussões sobre por que ficarmos separados tinham sido necessárias naquela época. No entanto, já fazia muito tempo que haviam acabado.

Eu o teria questionado mais — se alguém não tivesse batido à nossa porta.

Nós dois nos levantamos, nos afastando para alcançar as estacas perto das quais tínhamos dormido. Agarrei minha estaca por instinto, pois sabia que não havia nenhum Strigoi ali fora. Os Strigoi, porém, eram a menor das nossas preocupações nos últimos tempos.

— Rose? Dimitri?

A voz mal podia ser ouvida — mas era conhecida. Relaxando um pouco, abri o fecho da entrada da barraca e me deparei com Sonya ajoelhada à nossa frente. Como nós, ela usava as mesmas roupas de antes e seu cabelo castanho-avermelhado estava bagunçado. Tirando isso, parecia ter escapado ilesa de seus perseguidores. Cheguei para o lado depressa para Sonya poder entrar.

— Aconchegante — disse ela, olhando ao redor. — Vocês estão na vaga mais afastada da área de acampamento. Levei uma eternidade para encontrar o carro que você descreveu.

— Como chegou aqui? — perguntei.

Ela piscou.

— Vocês não são os únicos capazes de roubar carros. Ou, no meu caso, fazer com que me emprestem "por vontade própria".

— Você foi seguida? — perguntou Dimitri. Ele estava sério de novo, sem o menor sinal do que havia acontecido momentos antes.

— Não que eu tenha notado — respondeu ela, mudando de posição para cruzar as pernas. — Alguns guardiões me seguiram lá na vizinhança, mas já faz tempo que escapei deles. A maioria me parecia mais interessada em vocês dois.

— Veja só isso — resmunguei. — Que pena que já faz tempo que Victor desapareceu. Ele deveria ter sido a prioridade.

— Victor não matou uma rainha — disse ela, lamentando. Teríamos que acabar contando a Sonya por que Victor era procurado e que era ele quem Sonya sentira que perseguia Lissa na época da São Vladimir. — Mas a boa notícia é que sei onde eles estão agora.

— Onde? — perguntamos ao mesmo tempo.

Um pequeno sorriso, de quem sabe um segredo, surgiu nos lábios dela diante da pergunta.

— No oeste de Michigan — respondeu Sonya. — Seguiram na direção oposta à Corte.

— Merda — resmunguei. Dimitri e eu tínhamos ido para o sudeste de Ann Arbor, cortando os arredores de Detroit e indo em direção a Ohio. Havíamos escolhido a direção errada. — Mas você viu Jill? Ela está bem?

Sonya assentiu.

— Está. Assustada, mas está bem. Jill descreveu muitos cenários, então, acredito que possamos localizar o hotel deles. Me encontrei com ela num sonho, há algumas horas. Precisavam descansar. Victor não estava passando bem. Ainda devem estar lá.

— Então, temos que sair agora — disse Dimitri, agindo no mesmo instante. — Enquanto estiverem se deslocando, Jill ficará acordada e não poderemos entrar em contato com ela.

Desfizemos nosso acampamento numa velocidade impressionante. Meu tornozelo estava melhor, mas ainda doía. Ao notar que eu mancava, Sonya nos pediu para parar logo antes de entrarmos no carro.

— Esperem.

Ela se ajoelhou diante de mim, examinando o tornozelo inchado, que ficava exposto com facilidade por causa do meu vestido rasgado. Respirando fundo, pôs suas mãos em mim e uma descarga elétrica percorreu minha perna, seguida de ondas de calor e frio. Quando acabou, ela se levantou, e a dor e o inchaço tinham desaparecido, assim como as escoriações em minhas pernas. Provavelmente, os cortes na minha cabeça também. Os usuários do espírito vinham me curando com tanta frequência que o mais normal seria eu me acostumar com isso, mas ainda achava aquilo um pouco impressionante.

— Obrigada — disse eu. — Mas você não devia ter feito isso... Não devia ter usado a magia...

— Você precisa estar em plena forma — argumentou ela. Seu olhar se desviou de mim, se fixando nas árvores. — E quanto à magia... Bem, é difícil ficar longe dela.

Era mesmo, e me senti culpada por ela a estar usando em mim — e chegando mais perto da insanidade. A restauração de Robert tinha curado um pouco sua mente, e ela precisava tirar proveito disso. Não havia tempo para um sermão, porém, e a expressão de Dimitri me disse que ele também achava melhor eu voltar à boa forma.

Partimos na direção indicada por Sonya e, dessa vez, suas instruções eram as mais específicas possíveis. Nada de vagueza nem de promessas restritivas. Paramos uma vez para "adquirir" outro carro e arranjar um mapa. A informação que Sonya havia se esforçado para conseguir com Jill nos levou a uma cidadezinha chamada Sturgis. Apesar de ficar na região oeste de Michigan, também era ao sul — o que significava que não era tão longe quanto imaginávamos. No entanto, Dimitri passou o tempo todo dirigindo a pelo menos 25 km/h acima do limite de velocidade.

— Ali — disse Sonya, enquanto rodávamos pelo centro de Sturgis, que não era grande coisa. Estávamos perto de um hotel de aparência modesta, numa rua paralela à principal. — Foi o que ela descreveu. Hotel Luz do Sol.

Dimitri parou no estacionamento atrás do prédio e nós todos permanecemos ali, olhando fixamente para o hotel, que não parecia tão animador quanto seu nome. Como eu, presumi que meus companheiros tentassem descobrir de que jeito agir. A informação do sonho de Jill tinha nos levado até lá, mas Sonya não sabia de mais nada que nos ajudasse a encontrar o quarto deles — se é que ainda estavam ali. Com certeza, não haviam feito o check-in com nomes verdadeiros. Eu iria sugerir que simplesmente passássemos pelas portas e torcêssemos para que Sonya sentisse Robert, quando, de repente, ela apontou.

— É o carro deles — disse ela. — Estão aqui.

Como era de se esperar. Ali estava o carro em que tínhamos ido até a casa de Jill. Isso é que é carma. Eu havia roubado as chaves de Victor, e ele retribuiu o favor pegando as nossas. Nenhum de nós tinha pensado muito no veículo de sua fuga em meio ao caos que veio em seguida.

— Que descuido — murmurou Dimitri, estreitando os olhos, pensativo. — Eles deviam ter trocado de carro.

— Este é de Sydney — argumentei. — Teoricamente, não é roubado. Então, não está nas listas da polícia. Além do mais, alguma coisa me diz que Victor e Robert não são especialistas em ligação direta, como *alguns*. — Tínhamos deixado uma leva de carros roubados ao longo do Meio-Oeste.

Dimitri assentiu, como se eu tivesse mesmo lhe feito um elogio.

— Qualquer que seja a razão, isso nos ajuda.

— Como os encontramos? — perguntou Sonya.

Eu estava prestes a sugerir o plano da aura, mas descartei a hipótese. Robert sentiria Sonya no mesmo instante, recebendo um breve aviso. Além do mais, quando encontrássemos os irmãos, era provável que houvesse uma luta. Fazer isso no hotel chamaria a atenção. Aquele estacionamento ficava nos fundos, afastado da rua principal.

— Vamos esperar — decidi. — Já é impressionante o suficiente eles terem parado a essa distância. Se tiverem um pouco de bom senso, partirão logo.

— Concordo — disse Dimitri, fitando meus olhos. *Almas em sintonia*. A lembrança daquele quase-beijo voltou e olhei em outra direção, temendo o que meu rosto revelaria. — Também é mais fácil para nós aqui no estacionamento. Não existem muitas possibilidades de fuga. — Era verdade. De um lado ficava o hotel, do outro, um muro de concreto. Não havia muitos prédios perto dali.

Dimitri passou nosso carro para a vaga mais distante que pôde dentro do estacionamento, nos dando uma boa visão do lugar e da saída do hotel — mas nos mantendo meio escondidos. Pensamos em ficar no carro, mas Dimitri e eu concluímos que devíamos esperar do lado de fora para termos mais mobilidade. Deixamos Sonya lá dentro. Essa luta não era dela.

De pé, atrás do carro com Dimitri, à sombra de uma árvore frondosa, me tornei precisamente ciente de sua proximidade e postura de guerreiro feroz. Ele podia sentir falta de seu sobretudo, mas eu precisava admitir que gostava da visão que tinha de seu corpo sem o casaco.

— Suponho — principiei numa voz suave — que não vamos conversar sobre o que aconteceu hoje mais cedo.

Os olhos de Dimitri se fixavam tanto no carro de Sydney que parecia que ele faria Jill e os irmãos se materializarem ali dentro. Ele não me enganou. Só estava evitando olhar para mim.

— Não temos sobre o que conversar.

— Eu sabia que você iria dizer isso. Na verdade, era uma questão de cara ou coroa entre isso ou "Não sei do que você está falando".

Dimitri suspirou.

— Mas — continuei — *temos* sobre o que conversar, sim. Como sobre quando você quase me beijou. E sobre o que você queria dizer com "a coisa certa".

Silêncio.

— Você queria me beijar! — Era difícil manter minha voz baixa. — Eu vi.

— Só porque queremos uma coisa não significa que esteja certo.

— O que falei... é verdade, não é? Você *é capaz* de amar, não é? Agora me dou conta de que, logo depois da transformação, você realmente acreditava que não fosse. E não devia ser mesmo. Mas as coisas mudaram. Você está voltando a ser o que era.

Dimitri me olhou de soslaio.

— É. Algumas coisas mudaram... e outras não.

— Está bem, sr. Enigma. Isso não ajuda a explicar o comentário sobre "a coisa certa".

Uma frustração tomou suas feições.

— Rose, já fiz várias coisas ruins. Nunca conseguirei me redimir nem consertar grande parte delas. Minha única escolha agora, se eu quiser retomar minha vida, é seguir em frente, detendo o mal e fazendo o que é certo. E o que *não* é certo é tomar a mulher de outro homem, um homem que respeito e de quem gosto. Roubo carros. Invado casas. Mas existem limites que não *irei* cruzar, não importa o que eu...

A porta dos fundos do hotel se abrindo nos chamou a atenção. Não era de se admirar que minha vida amorosa estivesse tão bagunçada, já que os momentos mais profundos e íntimos sempre eram interrompidos por situações extremas. Tudo bem, porque eu nunca, jamais, imaginei ouvir aquela frase: *E o que* não *é certo é tomar a mulher de outro homem, um homem que respeito e de quem gosto.*

Um novo drama tinha prioridade. Victor pôs os pés do lado de fora, com Robert e Jill caminhando lado a lado, atrás dele. Eu meio que esperava vê-la amarrada e me surpreendi por ela os acompanhar tão calma. Calma demais, como logo me dei conta. Não era natural. Havia um toque quase robótico nos seus movimentos: ela estava sendo compelida a agir de maneira dócil.

— Compulsão — disse Dimitri em voz baixa, reconhecendo aquilo também. — Pegue Victor. Deixe Robert comigo.

Assenti.

— Jill irá correr logo que a compulsão for quebrada. Eu espero. — Não duvidava que ela se juntaria a nós na luta, o que poderia atrapalhar mais do que ajudar. Descobriríamos isso logo.

Por sorte, não havia mais ninguém por ali. Ainda era muito cedo. Dimitri e eu saímos depressa do nosso esconderijo, chegando ao outro lado do estacionamento numa questão de instantes. Dois dampiros saudáveis eram capazes de correr mais do que dois Moroi velhos em qualquer situação. E por mais astutos que pudessem ser, os irmãos não esperavam por nós.

Através da minha visão periférica, vi, por pouco, Dimitri se transformando num deus guerreiro feroz e impossível de ser detido. Então, me concentrei por completo em Victor, jogando todo o meu peso nele e o derrubando no chão. Ele se chocou com força contra o asfalto, e o prendi ali, batendo com o punho no seu rosto e fazendo seu nariz sangrar.

— Muito bem — disse ele, ofegante.

— Já quero fazer isso há muito tempo — resmunguei.

Victor sorriu em meio à dor e ao sangue.

— Claro que sim. Eu costumava pensar que Belikov era o selvagem, mas, na verdade, é você, não é? Você é o animal sem controle algum, incapaz de um raciocínio mais elevado, que só quer lutar e matar.

Agarrei sua camisa e o tombei sobre si mesmo.

— Eu? Não fui eu quem torturou Lissa para o próprio benefício. Não fui eu quem transformou a filha numa Strigoi. E, com toda certeza, não fui eu quem usou compulsão para sequestrar uma menina de 15 anos!

Para o meu desgosto, ele mantinha aquele sorriso de enlouquecer no rosto.

— Ela é valiosa, Rose. Tão, tão valiosa. Você não faz ideia do quanto.

— Jill não é um objeto para você manipular! — gritei. — Ela é uma-ahh!

O solo de repente formou um tubo sob meus pés, criando um pequeno terremoto ao nosso redor. O asfalto se ergueu, dando a Victor um nivelamento para me empurrar. Não foi um empurrão forte e eu poderia ter recuperado o equilíbrio com facilidade se não fosse pelo chão formando ondas e me cercando, se movendo como um oceano para me derrubar. Victor usava a magia da terra para controlar a área onde eu estava de pé. Leves gritos de surpresa me disseram que os outros também sentiam um pouco daquilo, mas estava claro que a magia era focada em mim.

Não sem custo algum, porém. Victor era um homem velho, um homem velho que eu tinha acabado de derrubar no asfalto e espancar. Dor e fadiga o percorriam inteiro, e sua dificuldade para respirar revelava que manejar uma magia tão poderosa — algo que eu nunca tinha visto um usuário da terra fazer — sugava cada pedaço de força que ainda lhe restava.

Um bom golpe. Era só o que eu precisava. Um bom golpe o derrubaria e o tiraria daquela luta. Acontece que *eu* estava sendo derrubada. Literalmente. Por mais que tentasse, meu terremoto particular arrancava o melhor de mim, me fazendo cair de joelhos. E eu ainda estava com aquele vestido idiota, o que significava que minhas pernas recém-curadas tinham se esfolado de novo. E logo que caí no chão, o asfalto se ergueu ao meu redor novamente. Percebi que Victor iria me prender, criando uma prisão de pedra. Eu não podia deixar isso acontecer.

— Tanto músculo para nada — disse Victor, ainda ofegante e com suor escorrendo do rosto. — No fim das contas, isso não faz bem algum a você. O verdadeiro poder está na mente. Na astúcia. Ao controlar Jillian, controlo Vasilisa. Com Vasilisa, controlo os Dragomir e, então... os Moroi. Isso é poder. *Isso é* força.

Grande parte de seu discurso presunçoso entrou por uma orelha e saiu pela outra. Mas um trecho ficou na minha mente: *Ao controlar Jillian, controlo Vasilisa.* Lissa. Eu não podia permitir que ele a machucasse. Não podia permitir que ele a usasse. Na verdade, também não podia permitir que usasse Jill. Lissa me dera um *chotki,* que era meio que uma mistura de bracelete com rosário. Uma relíquia dos Dragomir oferecida àqueles que protegiam a família. Este era meu dever:

proteger todos os Dragomir. O velho mantra dos guardiões ressoou na minha mente: *Eles vêm primeiro.*

Com uma habilidade que eu não sabia que possuía, avaliei o solo trêmulo e tentei ficar de pé de novo. Consegui, quase dançando naquele estacionamento. E enquanto encarava Victor, senti algo sobre o que Sonya havia me alertado: o catalisador. A centelha que ativaria a escuridão que eu havia sugado mais e mais de Lissa. Ao olhar para ele, vi todos os males da minha vida num só homem. Era isso mesmo? Não, não absolutamente. No entanto, ele havia ferido minha melhor amiga — e quase a matou. Brincou com Dimitri e comigo, complicando o que já era um relacionamento tumultuado. Agora, tentava controlar os outros. Quando isso iria parar? Quando aquele mal iria acabar? Vermelho e preto tingiram minha visão. Ouvi uma voz chamar meu nome. A de Sonya, acho. Naquele momento, porém, não existia mais nada no mundo, só Victor e meu ódio por ele.

Corri para cima dele, abastecida de fúria e adrenalina, pulando para fora do epicentro do solo trêmulo que ameaçava me prender. Mais uma vez, me joguei nele, mas não caímos no chão. Tínhamos mudado um pouco de posição e, em vez disso, nos chocamos contra o muro de concreto — com a mesma força que eu poderia ter empurrado um Strigoi. Sua cabeça tombou para trás diante do impacto. Ouvi um barulho de rachadura estranho e Victor despencou no chão. No mesmo instante, eu me abaixei, agarrando seus braços e o sacudindo.

— Levante! — gritei. — Levante e lute contra mim! — No entanto, não importava o quanto eu o sacudisse e gritasse, Victor não se ergueria. Ele não se mexeria por conta própria.

Mãos me agarraram, tentando, em vão, me puxar dali.

— Rose... Rose! Pare. *Pare com isso.*

Ignorei a voz, ignorei as mãos. Era só raiva e intensidade, querendo — não, *precisando* — que Victor me encarasse de uma vez por todas. De repente, uma estranha sensação me invadiu, como pontas de dedos percorrendo minha pele. *Solte-o.* Eu não queria fazer isso, mas, por meio segundo, aquela me pareceu uma ideia razoável. Afrouxei as mãos um pouco, apenas o bastante para me virarem. Assim, fui arrancada daquela névoa e me dei conta do que havia acontecido. A pessoa que tinha me puxado era Sonya, e ela havia usado uma porção mínima de compulsão para conseguir me fazer largar Victor e me afastar. Seu poder era tão forte que ela nem precisou do contato visual. Sonya me segurou, muito embora devesse saber que o esforço era em vão.

— Tenho que detê-lo — disse-lhe, me virando e me soltando de suas mãos. — Ele tem que pagar. — Tentei alcançá-lo de novo.

Sonya desistiu de me conter fisicamente, apelando agora para as palavras:

— Rose, ele já pagou! Está *morto*. Você não consegue enxergar isso? Morto. Victor está morto!

Não, eu não enxergava isso — não num primeiro momento. Tudo o que eu enxergava era uma obsessão cega, minha necessidade de pegar Victor. Mas, aí, as palavras de Sonya me atingiram. Quando agarrei Victor, senti fraqueza no seu corpo. Vi aqueles olhos que miravam, vagos... o nada. Aquele sentimento louco e retorcido dentro de mim desapareceu, se transformando em choque. Minhas mãos se soltaram e fiquei olhando fixamente para ele, percebendo o que de fato ela havia dito.

Compreendia o que eu havia feito.

Então, ouvi um estrondo terrível. Um lamento baixo penetrou no horror paralisado na minha mente. Olhei para trás, alarmada, e vi Dimitri de pé com Robert. Os braços de Robert estavam presos para trás, e Dimitri o segurava sem se esforçar, mas o Moroi fazia de tudo que estivesse ao seu alcance — e fracassava — para se libertar. Jill estava ali perto, olhando inquieta para todos nós, confusa e amedrontada.

— Victor! Victor!

Os apelos de Robert eram encobertos por soluços tão inúteis quanto meus esforços para fazer Victor se levantar. Olhei de novo para baixo, para o corpo diante de mim, mal acreditando no que acabava de fazer. Tinha achado que os guardiões estavam loucos por reagirem daquela forma ao fato de Eddie ter matado um Moroi, mas, agora, eu começava a compreender. Um monstro como um Strigoi era uma coisa. Mas a vida de uma pessoa, até mesmo a de uma pessoa que...

— Tire-o daqui!

Sonya estava tão perto de mim que a exclamação inesperada me fez estremecer. Ela se encontrava ajoelhada também, mas agora ficou de pé num pulo, se virando para Dimitri.

— Tire-o daqui! Leve-o para o mais longe que você puder!

Dimitri parecia surpreso, mas o poderoso comando na voz de Sonya o fez agir no mesmo instante. Ele começou a arrastar Robert para longe. Depois de alguns momentos, optou por simplesmente jogar o homem sobre o ombro e carregá-lo. Eu teria esperado gritos de protesto, mas Robert havia ficado em silêncio. Seus olhos estavam no corpo de Victor — olhos tão penetrantes, tão concentrados que pareciam capazes de abrir um buraco através de alguém. Sonya, que não teve a mesma impressão que eu imaginava, se enfiou entre os irmãos e se jogou no chão de novo, cobrindo o corpo de Victor com o próprio.

— Tire-o daqui! — gritou ela de novo. — Ele está tentando trazer Victor de volta! Ele será tocado pelas sombras!

Eu ainda estava confusa e aborrecida, ainda abalada diante do que havia feito, mas o perigo do que ela disse me atingiu com força. Não podíamos permitir que Robert trouxesse Victor de volta. Os irmãos já eram perigosos o bastante sem terem um laço. Não podíamos permitir que Victor invocasse fantasmas como eu. Victor precisava continuar morto.

— Ele não tem que tocar no corpo? — perguntei.

— Para concluir o laço, sim. Mas estava manejando toneladas de espíritos agora mesmo, chamando a alma de Victor de volta e a mantendo por perto — explicou ela.

Quando Dimitri e Robert saíram, Sonya me pediu ajuda para mexer no corpo. Havíamos feito tanto barulho que era de se admirar que ninguém tivesse aparecido ainda. Jill se juntou a nós e me movimentei sem de fato ter consciência do que fazia. Sonya achou as chaves do carro no bolso de Victor e deitou o banco de trás para aumentar o espaço do porta-malas. Entramos no carro, nós três tendo que nos curvar para permanecermos fora do campo de visão. Logo ouvimos vozes, pessoas vindo para ver o que havia acontecido. Não sei quanto tempo passaram no estacionamento, só que, por sorte, não revistaram os carros. Para ser sincera, tive poucos pensamentos coerentes. A fúria havia passado, mas minha mente estava uma bagunça. Não conseguia pensar em nada de concreto. Eu me sentia mal e apenas obedecia às ordens de Sonya, me abaixando e tentando não olhar para o corpo de Victor.

Mesmo depois de as vozes irem embora, ela nos manteve no carro. Por fim, exalou, respirando fundo, e se concentrou em mim.

— Rose? — Não respondi logo de cara. — Rose?

— Oi? — disse eu, com a voz falha.

A voz de Sonya me tranquilizava e persuadia. Senti aquela adulação na pele e uma necessidade de agradá-la.

— Preciso que você dê uma olhada nos mortos. Abra os olhos para eles.

Nos mortos? Não. Minha mente estava fora de controle, e eu tinha bom senso o suficiente para saber que levar fantasmas até ali seria má ideia.

— Não posso.

— Pode, sim — disse ela. — Vou ajudar você. Por favor.

Não consegui recusar sua compulsão. Expandindo meus sentidos, baixei as barreiras que mantinha ao meu redor. Eram barreiras que me bloqueavam do mundo dos mortos e dos fantasmas que me seguiam por aí. Dentro de instantes, rostos translúcidos apareceram diante de mim: alguns, como os de pessoas normais, e outros, terríveis e pálidos. Suas bocas se abriam, querendo falar, mas não conseguiam.

— O que você está vendo? — perguntou Sonya.

— Espíritos — sussurrei.

— Está vendo Victor?

Espiei o enxame de rostos, procurando algum conhecido.

— Não.

— Empurre-os de volta — disse ela. — Levante suas barreiras de novo.

Tentei fazer o que ela pediu, mas era difícil. Não tinha força de vontade. Senti um encorajamento exterior e percebi que Sonya ainda usava compulsão em mim. Ela não conseguiu fazer os fantasmas desaparecerem, mas a sensação de apoio e determinação me fortalecia. Expulsei os mortos que não tinham descanso.

— Então, ele se foi — disse Sonya. — Deve estar completamente consumido pelo mundo dos mortos ou vagando como uma alma penada. De todo jeito, quaisquer fios que o ligassem à vida já eram. Ele não pode voltar à vida. — Ela se virou para Jill. — Vá buscar Dimitri.

— Não sei onde ele está — disse Jill, impressionada.

Sonya sorriu, mas isso não atingiu seus olhos.

— Por perto, tenho certeza. E observando. Ande ao redor do hotel, pelo quarteirão, tanto faz. Ele vai encontrar você.

Jill saiu sem precisar de compulsão alguma. Quando se foi, enterrei o rosto nas mãos.

— Meu Deus. Meu Deus. Passei esse tempo todo negando, mas é verdade: *sou* uma assassina.

— Não pense nisso ainda — pediu Sonya. Sua postura de comando era quase reconfortante. Quase. Era mais fácil receber ordens do que me virar sozinha. — Enfrente sua culpa depois. Agora temos que nos livrar do corpo.

Destapei os olhos e me forcei a olhar para Victor. Uma náusea se acumulou em mim, e aqueles sentimentos loucos se retorceram ainda mais fora de controle. Dei uma gargalhada áspera.

— É. O corpo. Queria que Sydney estivesse aqui. Mas não temos nenhuma poção mágica. O sol não irá destruí-lo. Estranho, não é? Os Strigoi são mais difíceis de matar... mais difíceis de matar, mais fáceis de limpar. — Dei outra gargalhada porque havia algo de conhecido em meus devaneios... Era como Adrian em um de seus momentos esquisitos. Ou Lissa quando o espírito a levava ao limite.

— É isso, não é? — perguntei a Sonya. — A inundação... A inundação sobre a qual você me alertou. Lissa escapou do espírito, mas, por fim, ele me derrotou... Exatamente como com Anna, exatamente como no sonho... Meu Deus. Isso é o sonho, não é? Mas não vou acordar...

Sonya me encarava, com os olhos azuis arregalados que revelavam... medo? Zombaria? Alerta? Ela esticou o braço e pegou na minha mão.

— Fique comigo, Rose. Vamos empurrá-lo de volta.

Uma batida na janela nos assustou, e Sonya deixou Jill e Dimitri entrarem.

— Onde está Robert? — perguntou Sonya.

Dimitri olhou para baixo, para Victor, e então desviou o olhar no mesmo instante.

— Inconsciente, escondido nuns arbustos, virando a esquina.

— Encantador — disse Sonya. — Você acha isso prudente? Deixá-lo para trás?

Ele deu de ombros.

— Imaginei que não deveria ser visto carregando um cara inconsciente nos braços. Na verdade... sim, acho que devemos apenas deixá-lo ali. Ele vai acordar. Não é um fugitivo. E sem Victor, é... Bem, eu nao diria inofensivo. Mas menos prejudicial. De todo jeito, não podemos arrastá-lo conosco.

Dei outra gargalhada, uma gargalhada que parecia desequilibrada e histérica até mesmo para mim.

— Ele está inconsciente. É claro. É claro. Você pode fazer isso. Você pode fazer a coisa certa. Eu não. — Olhei para baixo, para Victor. — "Um animal", disse ele. Tinha razão. Incapaz de um raciocínio mais elevado... — Eu me envolvi em meus próprios braços, cravando as unhas na pele com tanta força que chegou a arrancar sangue. *Dor física para fazer a dor mental passar.* Não era isso o que Lissa sempre dizia?

Dimitri me encarou e, então, se virou para Sonya.

— O que há de errado? — perguntou ele. Eu já o tinha visto arriscar a vida várias vezes, mas nunca, até aquele momento, ele havia demonstrado medo de verdade.

— Espírito — respondeu Sonya. — Ela tem sugado e sugado por tanto tempo, e vinha conseguindo manter isso sob controle. Só que ele andava esperando. Sempre esperando... — Ela franziu um pouco a testa, talvez se dando conta de que começava a falar como eu. Se virou para Jill. — Isso é prata?

Jill olhou para baixo, para o pingente em forma de coração pendurado no seu pescoço.

— Acho que sim.

— Posso pegá-lo emprestado?

Jill o tirou e o deu para Sonya. Ela o segurou entre as palmas das mãos e fechou os olhos por um momento, fazendo um biquinho. Alguns segundos depois, seus olhos se abriram e ela me entregou o pingente.

— Ponha no pescoço.

Só de tocá-lo senti um formigamento estranho na pele.

— O coração... — Olhei para Dimitri ao abotoar o fecho. — Você se lembra disso? "Onde fica o coração?", você perguntou. E aqui está ele. Aqui...

Parei. O mundo de repente ficou mais nítido. Meus pensamentos emaranhados, aos poucos, começaram a se desembolar, formando um esboço de racionalidade. Olhei fixamente para os que me acompanhavam — os vivos —, os enxergando de verdade agora. Toquei no pingente.

— É um encanto curativo.

Sonya assentiu.

— Eu não sabia se funcionaria na mente. Acho que não é um conserto permanente... mas entre ele e sua força de vontade, você ficará bem por um tempo.

Tentei não me concentrar naquelas últimas palavras. *Por um tempo.* Em vez disso, procurei dar sentido ao mundo à minha volta. Ao corpo diante de mim.

— O que foi que eu fiz? — suspirei.

Jill me abraçou, mas foi Dimitri quem falou:

— O que você teve que fazer.

Vinte e nove

Os acontecimentos que vieram em seguida foram como um borrão. Sonya podia ter reduzido o alcance do espírito, mas não importava. Eu ainda estava chocada, incapaz de pensar. Me puseram no banco da frente, o mais longe de Victor possível. Dimitri dirigiu até um lugar qualquer — não prestei muita atenção —, onde ele e Sonya se livraram do corpo. Não me contaram o que fizeram, disseram apenas que tinham "resolvido tudo". Não pedi detalhes.

Depois disso, seguimos de volta para a Corte. Sonya e Dimitri tiveram algumas ideias sobre o que fazer quando chegássemos lá. Como ninguém tinha limpado meu nome ainda, o plano era Sonya escoltar Jill até a Corte. Jill perguntou se poderia telefonar para os pais e avisar que estava bem, mas Dimitri achou que isso poria nossa segurança em risco. Sonya disse que tentaria entrar em contato com Emily num sonho, o que fez Jill se sentir um pouco melhor.

Dar uma olhada em Lissa me ajudou a enfrentar a viagem. Me concentrar nela me afastava do vazio e da culpa horrível que eu sentia, do horror diante do que eu havia feito com Victor. Quando estava com Lissa, não era eu e, naquele instante, esse era meu maior desejo. Eu não queria ser eu.

No entanto, as coisas não estavam perfeitas para ela também. Como sempre, várias questões pesavam sobre minha amiga. Lissa se sentia perto — mas tão perto — de desvendar quem havia matado Tatiana. A resposta parecia estar a seu alcance, se ela ao menos pudesse avançar um pouco mais. Os guardiões haviam arrastado Joe, o zelador, para lá e, depois de uma boa dose de coerção — tinham métodos que não requeriam compulsão por magia —, ele admitiu ter visto o Moroi de mão torta no meu prédio na noite do assassinato. Nenhuma pressão, por maior que fosse, parecia fazer com que Joe admitisse ter aceitado suborno — nem do homem nem de Daniella. O máximo que estava disposto a admitir era que talvez estivesse "um pouco por fora" dos horários naquela noite. Aquilo não era de jeito nenhum uma prova concreta que pudesse me salvar.

Lissa tinha a carta de Ambrose também, com aquela ameaça sutil a Tatiana. O autor se opunha à lei da idade por ser branda, desaprovava o endosso de Tatiana ao espírito e lamentava as sessões de treinamento secretas. A carta podia perfeitamente ser educada, mas quem quer que a tenha escrito estava muito ressentido com a rainha. Isso sustentava as teorias de motivação política.

É claro que ainda existiam diversas razões pessoais para o assassinato. A confusão sórdida com Ambrose, Blake e as mulheres envolvidas apontava qualquer um deles como o assassino. Daniella Ivashkov figurar nessa lista era um constante fator de estresse para Lissa, e ela não se atrevia a dar uma palavra sobre isso com Adrian. O que salvava ali era que Daniella havia subornado alguém para tirar o filho da encrenca — e não para concretizar minha culpa. O Moroi desconhecido tinha financiado esse suborno. Com certeza, se tivesse matado Tatiana, Daniella teria pagado pelas duas mentiras de Joe.

E, é claro, havia a última prova pressionando a mente de Lissa. O enigma. O enigma que parecia ter tantas respostas — e, no entanto, nenhuma. *O que uma rainha precisa ter para realmente governar seu povo?* De alguma maneira, aquela prova era a mais difícil. As outras haviam sido práticas, por assim dizer. Aquela? Aquela dependia de seu intelecto. Nenhuma fogueira para acender. Nenhum medo para encarar.

Lissa odiava ter levado o enigma tão a sério. Não precisava daquela preocupação, não com tudo mais acontecendo. A vida teria sido mais simples se ela tivesse continuado tratando as provas apenas como um esquema para ganharmos tempo. A Corte seguia inchando com os que chegavam para ver as eleições, e cada vez mais — em grande parte, para a descrença da minha amiga — as pessoas demonstravam seu apoio a ela. Lissa mal podia ir a algum lugar sem que alguém gritasse algo sobre "o Dragão" ou "o renascimento de Alexandra". A notícia de seu ataque havia se espalhado também, o que parecia incentivar ainda mais seus defensores.

No entanto, é claro, Lissa ainda tinha muitos opositores. O maior argumento contra ela era o jurídico de sempre: ela não poderia ser votada quando a hora chegasse. Outro ponto contra ela era sua idade. Lissa era jovem demais, diziam seus oponentes. Quem iria querer uma criança no trono? Os admiradores de Lissa, porém, não davam ouvidos a nada disso. Perseveravam, citando o governo da jovem Alexandra e os milagres que Lissa havia feito com seu poder de cura. A idade era irrelevante. Os Moroi precisavam de sangue jovem, clamavam. Também exigiam que as leis de votação fossem mudadas.

O que não surpreende é que seus oponentes também insistiam em apontar o fato de que ela era ligada à assassina da rainha. Eu tinha pensado que esse seria o maior problema na sua candidatura, mas ela havia sido tão convincente sobre o quanto eu a tinha chocado e traído que muitos achavam que o fato de ela ser rainha, na verdade, corrigiria os erros que cometi. Lissa usava um pouco de compulsão sempre que o assunto surgia, o que também contribuía muito para levar os outros a acreditar que agora ela havia se desvinculado de mim por completo.

— Estou tão cansada disso — disse Lissa a Christian, de volta ao quarto. Ela havia buscado refúgio ali e se deitava na cama, nos braços dele. Minha mãe estava lá, em guarda. — Essa coisa de rainha foi uma péssima ideia.

Christian acariciou o cabelo dela.

— Não foi, não. Abe disse que a eleição vai ser adiada por causa do alvoroço. E não importa o quanto você reclama, sei que se sente orgulhosa por ter chegado até aqui.

Era verdade. A prova do cálice havia cortado o número de nomeados pela metade. Apenas cinco permaneciam. Ariana Szelsky era um deles, assim como o primo de Daniella, Rufus Tarus. Lissa era a terceira, com Marcus Lazar e Marie Conta completando o grupo. Ronald Ozera não tinha conseguido.

Minha mãe falou:

— Nunca vi nada desse tipo. É inacreditável o quanto você tem sido apoiada. O Conselho e outros membros da realeza não têm obrigação alguma de mudar a lei. Mas o motim é barulhento, e ganhar a simpatia dos "plebeus" poderia beneficiar determinados membros da realeza. Apoiar a sua reivindicação de concorrer com certeza traria bons frutos para algumas famílias que estão desfavorecidas. O que as contêm é pensar que você pode mesmo vencer. Então, vão apenas continuar discutindo e discutindo.

Lissa se enrijeceu.

— Vencer... Isso não é mesmo possível, é? Ariana já ganhou... certo?
— Vencer nunca fez parte daquele plano louco e, agora, com tão poucos candidatos, a pressão para pôr Ariana no trono era ainda maior. Na opinião de Lissa, os outros candidatos não apresentavam promessa alguma de melhorar a vida dos Moroi. Ariana *tinha* que vencer.

— Eu diria que sim — respondeu Janine. Havia orgulho na sua voz, tendo em vista o quanto ela era próxima da família Szelsky. — Ariana é brilhante e competente, e a maioria sabe disso. Ela trataria os dampiros de maneira justa, mais do que alguns dos outros candidatos. Até já comentou sobre reverter a lei da idade.

Pensar em leis horrendas oprimindo os dampiros revirou o estômago de Lissa.

— Meu Deus, tomara que ela ganhe. Mais nada pode dar errado para nós.

Uma batida à porta fez com que minha mãe assumisse a postura de guarda até Lissa dizer:

— É Adrian.

— Bem — murmurou Christian —, pelo menos o horário dele está melhor do que o de costume.

Como era de se esperar, meu namorado entrou, impregnado de seu novo e usual aroma de cigarro e bebida. É verdade que seus vícios eram a menor das minhas preocupações, mas me irritava muito ele precisar de *mim* ali pessoalmente para reforçar seu bom comportamento. Isso me lembrava de quando ele disse que eu era sua força.

— Levantem-se, vocês dois. — Ele parecia muito satisfeito consigo mesmo. — Temos uma visita para fazer.

Lissa se sentou, intrigada.

— Do que você está falando?

— *Não* vou mais andar com Blake Lazar — avisou Christian.

— Nem você nem eu — disse Adrian. — Arranjei alguém melhor. E mais atraente. Vocês se lembram que estavam se perguntando o grau de intimidade entre Serena e Grant? Bem, acho que vocês mesmos podem perguntar isso a ela. Encontrei Serena. De nada, viu?

A testa da minha mãe se franziu.

— A última notícia que tive de Serena é a de que ela foi designada para dar aula numa escola. Uma escola na Costa Leste, eu acho. — Depois do ataque de Strigoi ter matado Grant e vários outros, os guardiões decidiram afastar Serena do serviço de guarda-costas ativo por um tempo. Ela foi a única guardiã que sobreviveu.

— Isso mesmo, mas, como é verão, a trouxeram de volta para ajudar no controle da multidão nas eleições. Ela está trabalhando nos portões da frente.

Lissa e Christian trocaram olhares.

— Temos que conversar com Serena — disse Lissa, empolgada. — Ela deve saber a quem Grant ensinava em segredo.

— Isso não significa que um deles tenha matado Tatiana — alertou minha mãe.

Lissa assentiu.

— Não, mas existe uma ligação, se a carta de Ambrose estiver certa. Serena está lá agora? Nos portões?

— Está — respondeu Adrian. — E nem vamos precisar pagar uma bebida para ela.

— Então, vamos. — Lissa se levantou e pegou os sapatos.

— Tem certeza? — perguntou Christian. — Você sabe o que nos espera lá fora.

Lissa hesitou. Era tarde da "noite" para os Moroi, mas isso não queria dizer que todos estivessem na cama — ainda mais nos portões, que estavam sempre repletos de gente nos últimos tempos. Lissa concluiu que limpar meu nome era mais importante.

— É. Vamos lá.

Com minha mãe à frente, meus amigos seguiram pelo caminho até a entrada da Corte. (O "portão" que Abe havia feito tinha sido remendado.) A Corte estava cercada de muros de pedra altos e multicoloridos que ajudavam a difundir para os humanos que aquela era de fato uma escola de elite. Os portões esculpidos em ferro da entrada permaneciam abertos, mas um grupo de guardiões bloqueava a estrada que levava aos terrenos da Corte. Normalmente, apenas dois guardiões trabalhavam na guarita do portão. Os extras eram tanto para interrogar os carros quanto para o controle da multidão. Os espectadores se amontoavam nas margens da estrada, observando a chegada de carros, como se estivessem diante da estreia de um filme com tapete vermelho. Janine conhecia um retorno que evitava muitas pessoas — mas nem todas.

— Não se encolha — disse Christian a Lissa enquanto passavam por um grupo que se fazia ouvir em especial e que a havia notado. — Você é uma candidata a rainha. Aja como tal. Você merece isso. É a última Dragomir. Filha da realeza.

Lissa lançou um olhar breve e impressionado para Christian, surpresa por ouvir ferocidade na sua voz — e por estar claro que ele acreditava nas suas palavras. Se ajeitando, ela se virou em direção aos fãs, sorrindo e acenando, o que os entusiasmou ainda mais. *Leve isso a sério,* lembrou a si mesma. *Não desgrace nossa história.*

Atravessar em meio à multidão até o portão acabou se mostrando mais fácil do que conseguir um tempo a sós com Serena. Os guardiões estavam atolados e insistiam em mantê-la nas averiguações, mas minha mãe teve uma conversa rápida com o guardião no comando. Ela lembrou a ele da importância de Lissa e se ofereceu para substituir Serena por alguns minutos.

Já fazia tempo que Serena tinha se curado do ataque dos Strigoi. Ela era da minha idade, loura e bonita. Estava claramente surpresa em ver sua missão anterior.

— Princesa — disse ela, mantendo as formalidades. — Como posso ajudá-la?

Lissa puxou Serena para longe do grupo de guardiões que abordava os motoristas Moroi enfileirados no portão.

Você pode me chamar de Lissa. Sabe disso. Você me ensinou a apunhalar almofadas, afinal de contas.

Serena deu um pequeno sorriso para ela.

— As coisas mudaram. Você pode ser nossa próxima rainha.

Lissa fez uma careta.

— Improvável. — *Ainda mais que não faço a menor ideia de como resolver aquele enigma,* pensou ela. — Mas preciso mesmo da sua ajuda. Você e Grant passavam muito tempo juntos... Alguma vez ele comentou sobre treinar Moroi para Tatiana? Algo como sessões secretas de combate?

O rosto de Serena entregou a resposta e ela desviou os olhos.

— Não devo falar sobre isso. Ele não devia nem ter me contado.

Lissa agarrou o braço da jovem guardiã, enérgica, fazendo Serena recuar.

— Você tem que me contar o que sabe. Qualquer coisa. Quem ele estava treinando... Como se sentiam a respeito disso... Quem se saía bem. *Qualquer coisa.*

Serena empalideceu.

— *Não posso* — sussurrou ela. — Isso era feito em segredo. Sob ordens da rainha.

— Minha tia está morta — disse Adrian, direto. — E você mesma disse que pode estar conversando com a futura rainha. — Isso lhe rendeu uma encarada brava de Lissa.

Serena hesitou e, então, respirou fundo.

— Posso fazer uma lista de nomes. Mas não devo me lembrar de todos. E não faço a menor ideia de quem se saía bem. Só sei que vários lamentavam isso. Grant se sentia como se a rainha tivesse escolhido de propósito os menos dispostos.

Lissa apertou sua mão.

— Obrigada. Muito obrigada.

Serena ainda parecia sofrer ao revelar a informação secreta. *Eles são prioridade* nem sempre funciona quando suas lealdades estão divididas.

— Mas terei que levá-la para você depois. Precisam de mim aqui.

Serena voltou a seu posto, trazendo minha mãe de volta para Lissa. Quanto a mim, voltei para minha realidade no carro, que tinha parado. Pisquei para clarear os olhos e assimilar nossos arredores. Outro hotel. Já devíamos ser hóspedes cinco estrelas.

— O que está acontecendo?

— Estamos parando — disse Dimitri. — Você precisa descansar.

— Não preciso, não. Precisamos continuar indo para a Corte. Precisamos levar Jill até lá antes das eleições. — Nossa meta inicial ao encontrar Jill havia sido dar a Lissa o poder de ser votada. Depois disso, nos ocorreu que se a candidatura de Lissa atrapalhava as eleições, o aparecimento surpresa de sua irmã devia gerar tanto alvoroço e descrença quanto isso. Um exame de DNA esclareceria quaisquer dúvidas, e daria a Lissa o poder de voto, mas a confusão inicial nos ajudaria a ganhar mais do tempo de que tanto precisávamos para encontrar o assassino. Apesar das evidências aleatórias que meus amigos continuavam descobrindo, eles ainda não tinham teorias concretas sobre um culpado.

Dimitri me olhou com cara de *não minta para mim.*

— Você estava na mente de Lissa agora. As eleições já estão de fato acontecendo?

— Não — admiti.

— Então você vai descansar um pouco.

— Estou *bem* — disse eu com rispidez.

Aqueles tolos, porém, não estavam dispostos a me ouvir. Fazer o check-in foi complicado porque nenhum de nós tinha cartão de crédito e não fazia parte da política do hotel aceitar depósitos em dinheiro. Sonya usou compulsão na recepcionista, obrigando-a a pensar que aquela *era* sua política, e não demorou muito para que tivéssemos reservado dois quartos, um ao lado do outro.

— Me deixe conversar com ela sozinho — murmurou Dimitri para Sonya. — Posso resolver isso.

— Tome cuidado — alertou Sonya. — Ela está frágil.

— Ei, vocês, estou bem aqui! — exclamei.

Sonya pegou no braço de Jill e a guiou até um dos quartos.

— Venha, vamos pedir serviço de quarto.

Dimitri abriu a outra porta e olhou para mim com expectativa. Suspirando, eu o segui e me sentei na cama de braços cruzados. O quarto era cem vezes mais legal do que o da Virgínia Ocidental.

— *Nós* podemos pedir serviço de quarto?

Ele puxou uma cadeira e se sentou de frente para mim, a apenas um metro de distância.

— Precisamos conversar sobre o que aconteceu com Victor.

— Não há nada para se conversar — disse eu, desanimada. Os sentimentos sombrios que eu vinha empurrando de volta durante a viagem de repente despencaram sobre mim. Eles me esmagavam. Eu me sentia mais claustrofóbica do que quando estava na cela. A culpa era a minha prisão. — Sou mesmo a assassina que todos dizem que sou. Não importa que tenha sido Victor. Eu o matei a sangue frio.

— Aquilo está longe de ser a sangue frio.

— Longe o caramba! — gritei, sentindo lágrimas brotarem em meus olhos. — O plano era render Victor e Robert para podermos libertar Jill. *Render.* Victor não era uma ameaça para mim. Ele era um homem velho, pelo amor de Deus.

— Victor me parecia uma ameaça — disse Dimitri. Sua calma combatia minha histeria cada vez maior, como sempre. — Ele estava usando magia.

Balancei a cabeça, enterrando o rosto nas mãos.

— Isso não ia me matar. Victor não devia nem conseguir mantê-la por mais muito tempo. Eu podia ter esperado ou fugido. Caramba, eu fugi, sim! Só que, em vez de capturá-lo, eu o bati contra um muro de concreto! Ele não era páreo para mim. Um homem velho. Matei um *homem velho.* É, talvez fosse um homem velho corrupto e maquinador, mas eu não queria que ele morresse. Queria que fosse trancafiado de novo. Queria que Victor passasse o resto da vida na prisão, vivendo com os crimes dele. *Vivendo,* Dimitri.

Parecia estranho eu me sentir desse jeito, levando-se em conta o quanto odiava Victor. Mas era verdade: não tinha sido uma luta justa. Eu havia agido sem pensar. Meu treinamento sempre se voltou para a defesa e o ataque a monstros. A honra nunca tinha sido uma questão para mim, mas, de repente, passou a significar muito.

— Não houve nenhuma honra no que fiz com ele.

— Sonya disse que não foi sua culpa. — A voz de Dimitri ainda era gentil, o que, de algum jeito, fez com que eu me sentisse pior. Queria que ele tivesse me repreendido, confirmando a culpa que eu sentia. Queria que ele fosse meu instrutor crítico. — Ela disse que foi uma reação do espírito.

— Foi... — fiz uma pausa, relembrando o máximo que conseguia daquela luta confusa. — Nunca tinha entendido de verdade o que Lissa passou nos seus piores momentos até então. Só olhei para Victor... e vi todo o mal do mundo... Um mal que eu precisava deter. Ele era ruim, mas não merecia isso. Nunca chegou a ter nem chance. — *Honra,* eu insistia em pensar. *Que honra há nisso?*

— Você não está escutando, Rose. Não foi culpa sua. O espírito é uma magia poderosa que mal compreendemos. E seu extremo obscuro... Bem, sabemos que é capaz de coisas horríveis. De coisas que não podem ser controladas.

Ergui meus olhos e os voltei para os dele.

— Eu devia ter sido mais forte do que isso. — Ali estava. O pensamento por trás de toda a minha culpa, todos aqueles sentimentos horríveis. — Eu devia ter sido mais forte do que isso. Fui fraca.

As palavras tranquilizadoras de Dimitri não vieram depressa:

— Você não é invencível — disse ele, por fim. — Ninguém espera que você seja.

— *Eu* espero. O que fiz... — Engoli em seco. — O que fiz é imperdoável.

Seus olhos se arregalaram, em choque.

— Isso... Isso é loucura, Rose. Você não pode se condenar por uma coisa que não dominava.

— Ah, é? Então por que você ainda...

Parei, porque estava prestes a acusar Dimitri de continuar condenando a si mesmo. Só que... ele não se condenava mais. Dimitri se sentia culpado pelo que havia feito quando era Strigoi? Eu tinha certeza disso. Sonya havia admitido o mesmo. No entanto, em algum momento daquela viagem, ele tinha retomado o controle da própria vida, parte por parte. Ela havia me contado isso, mas só agora eu entendia de verdade.

— Quando? — perguntei. — Quando foi que isso mudou? Quando você percebeu que conseguiria continuar vivendo... mesmo depois de toda aquela culpa?

— Não sei bem. — Se a pergunta o surpreendeu, ele escondeu. Seus olhos se prendiam aos meus, mas não se focavam exatamente em mim. O enigma o intrigava. — Por partes, na verdade. Quando Lissa e Abe me procuraram pela primeira vez para conversar sobre libertar você, eu estava pronto para fazer isso por ser um pedido dela. Aí, quanto mais eu pensava nisso, mais me dava conta de que era pessoal também. Não conseguia suportar a ideia de você trancada numa cela, sendo privada do mundo. Não estava certo. Ninguém deveria viver daquele jeito, e me ocorreu que eu estava fazendo a mesma coisa... por escolha própria. Me privava do mundo com culpa e autopunição. Tinha uma segunda chance de viver e a estava desperdiçando.

Eu ainda estava perturbada, ainda enfurecida e tomada de pesar, mas a história de Dimitri me manteve quieta e imóvel. Ouvi-lo abrir seu coração era uma oportunidade rara.

— Você já me ouviu falar sobre isso antes — continuou ele. — Sobre a minha meta de apreciar os pequenos detalhes da vida. E quanto mais seguimos na nossa viagem, mais me lembrei quem era. Não só um lutador. Lutar é fácil. É *por que* lutamos o que importa, e no beco naquela noite com Donovan... — Ele estremeceu. — Foi o instante em que eu poderia ter me tornado alguém que luta apenas para matar sem sentido, mas você me puxou de volta, Rose. Esse foi o momento da transformação. Você me salvou... exatamente como Lissa me salvou com a estaca. Então, percebi que, para deixar meu lado Strigoi para trás, eu tinha que lutar para ser o que eles *não são*. Tinha que abraçar o que eles rejeitam: beleza, amor, honra.

Naquele instante, eu era duas. Uma estava cheia de alegria. Ouvir Dimitri falar daquele jeito, perceber que ele estava lutando contra seus demônios e perto da vitória... Bem, quase chorei de alegria. Era o que passei tanto tempo desejando a ele. Por outro lado, suas palavras inspiradoras só me lembravam do quanto eu havia caído. Minha tristeza e autopiedade me dominaram de novo.

— Então você deveria entender — comentei com amargura. — Você acabou de dizer: honra. Isso importa. Nós dois sabemos que sim. Perdi a minha. Perdi a minha ali no estacionamento quando matei um inocente.

— E eu matei centenas — disse ele, objetivo. — Pessoas muito mais inocentes do que Victor Dashkov.

— Não é a mesma coisa! Você não conseguia evitar! — Meus sentimentos afloraram de novo. — Por que você fica repetindo as mesmas coisas?

— Porque elas não estão fazendo efeito! *Você* também não conseguia evitar. — Sua paciência estava acabando. — Sinta a culpa. Lamente por isso. Mas siga em frente. Não deixe isso destruir você. Perdoe a si mesma.

Fiquei de pé num pulo, pegando Dimitri de surpresa. Me abaixei, ficando cara a cara com ele.

— Perdoar a mim mesma? É isso o que você quer? *Você* dentre todas as pessoas?

As palavras pareciam fugir de Dimitri. Acho que tinha a ver com o quanto eu estava perto. Ele conseguiu assentir com a cabeça.

— Então me responda isso. Você diz que superou a culpa, que decidiu aproveitar a vida e tudo mais. Já entendi. Mas você, no seu coração, perdoou a *si mesmo* de verdade? Eu falei há muito tempo que perdoava você por tudo o que aconteceu na Sibéria, mas e você? Fez isso?

— Acabei de dizer...

— Não. Não é a mesma coisa. Você está me falando para eu me perdoar e seguir em frente. Mas você mesmo não faz isso. Você é um hipócrita, camarada. Nós dois somos culpados ou nós dois somos inocentes. Escolha.

Ele também se levantou, olhando para baixo, para mim, daquela altura impressionante.

— Não é tão simples.

Cruzei os braços sobre o peito, me recusando a ser intimidada.

— *É* tão simples, sim. Somos iguais! Até Sonya disse que somos. Sempre fomos iguais e estamos agindo com a mesma estupidez agora. Procuramos nos manter num padrão mais elevado do que todos os demais.

Dimitri franziu a testa.

— Eu... Sonya? O que ela tem a ver com isso?

— Ela disse que nossas auras são compatíveis. Que nos iluminamos perto um do outro. Que isso significa que você ainda me ama e que estamos em sintonia e... — Suspirei e me virei, vagando pelo quarto. — Sei lá. Eu não devia ter comentado isso. Não devíamos acreditar nessa coisa de aura, se isso vem de usuários de magia que já estão meio insanos.

Fui até a janela e apoiei a testa no vidro frio, tentando decidir o que fazer. *Perdoar a mim mesma.* Será que conseguiria? Uma cidade pequena se espalhava diante de mim, apesar de eu já não saber mais onde estávamos. Carros e pessoas se movimentavam lá embaixo, almas vivendo a própria vida. Respirei fundo. A imagem de Victor no asfalto permaneceria comigo por muito, muito tempo. Eu havia feito uma coisa horrível, embora minhas intenções fossem boas, mas todos tinham razão: não era eu mesma. Isso mudava o que havia acontecido? Traria Victor de volta? Não. E, para ser sincera, eu não sabia como iria superar o que tinha feito, como me livraria das imagens sangrentas na minha mente. Só sabia que precisava seguir em frente.

— Se eu deixar isso me deter — murmurei —, se eu não fizer nada... Aí, esse vai ser o mal maior. Farei melhor se sobreviver. Se continuar lutando e protegendo os outros.

— O que você está dizendo? — perguntou Dimitri.

— Estou dizendo... Que perdoo a mim mesma. Isso não torna tudo perfeito, mas já é um começo. — A ponta de meu dedo contornou o traço de um trincado minúsculo na superfície do vidro. — Quem sabe? Talvez aquela explosão no estacionamento tenha expulsado parte da escuridão que Sonya disse que existe na minha aura. Apesar de ser cética, tenho que dar alguns pontos a ela. Sonya tinha razão quando disse que eu estava prestes a desmoronar, que eu só precisava de uma centelha.

— Sonya tinha razão quando disse outra coisa também — acrescentou Dimitri depois de uma longa pausa. Eu estava de costas para ele, mas havia um jeito estranho na sua voz que me fez virar.

— E o que é? — perguntei.

— Que eu ainda amo você.

Diante dessa única frase, tudo no universo mudou.

O tempo desacelerou para o de um batimento cardíaco. O mundo se tornou seus olhos, sua voz. Aquilo não estava acontecendo. Não era real. Nada daquilo poderia ser real. Parecia um sonho induzido por espírito. Resisti à necessidade de fechar os olhos e ver se acordaria instantes depois. Não. Não importava o quanto tudo aquilo parecia inacreditável, não era um sonho. Era a realidade. A vida. Carne e osso.

— Desde... Desde quando? — Consegui perguntar, por fim.

— Desde... sempre. — Seu tom sugeria que a resposta era óbvia. — Neguei isso quando fui recuperado. Não existia espaço para nada no meu coração, só para a culpa. Me sentia ainda mais culpado por você... pelo o que eu tinha feito... e afastei você de mim. Ergui uma barreira para manter você a salvo. Funcionou por um tempo, até meu coração finalmente começar a aceitar outros sentimentos. E tudo voltou. Tudo o que eu sentia por você. Isso nunca deixou de existir. Só estava escondido de mim até eu estar pronto. E, de novo, aquele beco foi o momento da transformação. Olhei para você... Vi sua bondade, sua esperança, sua fé. Essas coisas são o que faz você ser bonita. Tão, tão bonita.

— Então, não foi o meu cabelo — disse eu, sem saber ao certo como podia sequer ser capaz de fazer uma brincadeira num momento daqueles.

— Não — disse ele com delicadeza. — Seu cabelo estava bonito também. Tudo em você. Você era maravilhosa quando nos conhecemos e, de alguma maneira, de um jeito inexplicável, ficou ainda mais. Você sempre foi pura energia e agora controla isso. Você é a mulher mais maravilhosa que já conheci e fico feliz por ter esse amor por você na minha vida. Lamento por ter perdido isso. — Ele ficou pensativo. — Eu daria qualquer coisa, qualquer coisa no mundo para voltar e mudar a história. Para correr para seus braços depois que Lissa me trouxe de volta. Para ter uma vida com você. É tarde demais, claro, mas já aceitei isso.

— Por que... Por que é tarde demais?

Os olhos de Dimitri se entristeceram.

— Por causa de Adrian. Porque você seguiu em frente. Não, escute — disse ele, cortando meus protestos. — Você estava certa ao fazer isso depois de como a tratei. E mais do que qualquer outra coisa, quero que você seja feliz depois de limparmos seu nome e fazer com que Jill seja reconhecida. Você mesma disse que Adrian a faz feliz. Você disse que o ama.

— Mas... você acabou de dizer que me ama. Que quer ficar comigo. — Minhas palavras pareciam atrapalhadas, indignas de sua eloquência.

— E eu já disse: não vou perseguir a namorada de outro homem. Você quer falar de honra? Aí está ela na sua mais pura forma.

Dei alguns passos na sua direção e cada um aumentava a tensão ao nosso redor. Dimitri insistia em dizer que o beco foi seu momento de transformação. Para mim? Era *agora*. Eu estava no precipício de algo que mudaria minha vida. Na semana anterior, tinha me saído muito bem ao me dissociar de qualquer coisa romântica com Dimitri. E, no entanto... será que fiz isso mesmo? O que *é* amor, na verdade? Flores, chocolate e poesia? Ou algo mais? É ser capaz de terminar as piadas de alguém? É confiar inteiramente que alguém está ali, lhe dando cobertura? É conhecer alguém tão bem que ele compreende no mesmo instante por que você fez o que fez... e compartilha das mesmas convicções?

Eu tinha passado a semana toda afirmando que meu amor por Dimitri havia se esvaído. Na realidade, ele vinha crescendo cada vez mais. Eu sequer havia me dado conta de que isso estava acontecendo. Vinha restabelecendo nosso velho relacionamento, fortalecendo a ligação. Reafirmando que, dentre todas as pessoas no mundo — inclusive Lissa —, Dimitri era o único que me *compreendia* de verdade.

Eu tinha falado sério: amava Adrian. Era difícil imaginar minha vida sem ele, mas minhas outras palavras na casa dos Mastrano haviam me traído: *Me divirto com ele*. Claro, devemos nos divertir com quem amamos, mas isso não deve ser a primeira coisa que nos vem à mente. Eu deveria ter dito: *fortalecemos um ao outro*. Ou: *ele me faz querer ser uma pessoa melhor*. E talvez o mais importante: *ele me compreende perfeitamente*.

No entanto, não era assim que eu me sentia com ele e, por esse motivo, eu não disse essas coisas. Tinha procurado Adrian para me reconfortar. Sua familiaridade e seu humor eram uma parte importante de meu mundo. E se Adrian corresse perigo? Eu arriscaria minha vida por ele, exatamente como faria por Lissa. Ainda assim, eu não o inspirava, não na verdade. Ele tentava. Queria mesmo ser uma pessoa melhor, mas, naquele momento da vida, suas motivações tinham mais a ver com impressionar os outros — com me impressionar. Não era por si próprio. Isso não o tornava ruim nem fraco, mas fazia de mim sua muleta. Adrian superaria isso, eu tinha certeza. Ele acabaria se encontrando e sendo um homem maravilhoso, mas não estava nesse momento de autodescoberta ainda. Eu estava.

Eu estava diante de Dimitri agora, fitando aqueles olhos escuros de novo, os olhos que eu amava tanto. Pus as mãos no seu peito, sentindo seu coração bater forte e estável — e talvez um pouco mais acelerado do que o normal. Um calor se espalhou pelas pontas de meus dedos. Ele mexeu os braços e segurou meus punhos, mas não me afastou. Os traços daquele lindo rosto pareciam tensos enquanto ele travava algum conflito interno, mas, agora que eu sabia — agora que eu sabia com certeza —, podia ver seu amor por mim. Uma mistura de amor e desejo. Era tão, tão óbvio.

— Você já devia ter me contado — disse eu. — Você já devia ter me contado isso há muito tempo. Amo você. Nunca deixei de amar você. Você tem que saber disso.

Sua respiração falhou quando eu disse *Amo você,* e pude ver sua luta interna pelo controle se tornar uma verdadeira guerra.

— Isso não teria feito diferença alguma. Não com Adrian envolvido — disse ele. Os dedos que prendiam minha mão a apertaram um pouco, como se Dimitri fosse mesmo me afastar dessa vez. Mas não me afastou. — Estou falando sério. Não vou ser esse cara, Rose. Não vou ser esse tipo de homem que toma a mulher de alguém. Agora, por favor. Pare. Não torne isso ainda mais difícil.

Ignorei o pedido. Se ele quisesse se afastar de mim, poderia ter feito isso. Abri os dedos, tocando uma parte maior de seu peito, assimilando a sensação daquele contato quente de que senti falta durante tanto tempo.

— Não pertenço a Adrian — disse eu numa voz baixa, me aproximando de Dimitri e tombando a cabeça um pouco para trás para poder ver seu rosto com clareza. Tanta emoção, tanto conflito enquanto seu coração tentava distinguir o certo do errado. Pressionar parte do meu corpo contra o dele era como... completude. Sonya tinha dito que nenhum casal podia compartilhar uma aura ou uma alma, mas as nossas não haviam sido feitas para ficarem separadas. Elas se encaixavam como num quebra-cabeça, dois indivíduos fazendo algo maior do que si mesmos.

— Não pertenço a ninguém. Faço minhas escolhas.

— E você está com Adrian — disse Dimitri.

— Mas era para eu estar com você.

E isso resolveu tudo. Qualquer controle fingido ou razão que algum de nós possuía se desfez. As barreiras se despedaçaram e tudo o que vínhamos escondendo um do outro veio à tona depressa. Estendi os braços e o puxei para mais perto, para lhe dar um beijo — um beijo que ele não evitou dessa vez. Um beijo em que não acabei batendo nele. Seus braços me envolveram. Ele me ergueu e me pôs sobre a cama, com uma das mãos logo deslizando por meu quadril e descendo até minha perna, já meio exposta, graças àquele pobre vestido esfarrapado.

Cada nervo no meu corpo se iluminou e senti aquele desejo voltar dentro dele — e então em mim. Depois de um mundo de morte, ele parecia apreciar mais o amor. E não era só isso, ele *precisava* daquilo. Precisava de vida. Precisava de mim — não apenas fisicamente, mas do mesmo jeito que meu coração e minha alma sempre o desejaram. O que fizemos, então, quando tiramos nossas roupas e juntamos nossos corpos, foi mais do que luxúria — embora houvesse muito disso também.

Estar com ele depois de tanto tempo, depois de tudo o que passamos... era como voltar para casa. Estar finalmente num lugar — e com pessoas — que tinham a ver comigo. Meu mundo, meu coração se despedaçaram quando o perdi. Mas quando ele olhou para mim, quando seus lábios disseram meu nome e percorreram minha pele, eu soube que aqueles pedaços poderiam se juntar de novo. E soube, com absoluta certeza, que esperar por aquilo — pela minha segunda vez — havia sido a coisa certa a ser feita. Com qualquer outro, em qualquer outro momento, teria sido errado.

Quando acabamos, foi como se ainda não tivéssemos conseguido ficar perto o bastante. Nós nos abraçávamos com força, com os braços e pernas entrelaçados, como se, talvez, encurtar a distância agora compensasse toda a distância que havia existido entre nós durante tanto tempo.

Fechei os olhos, com meus sentidos inundados por ele, e suspirei, sonhadora.

— Estou feliz por você ter se entregado. Estou feliz por seu autocontrole não ser tão forte quanto o meu.

Aquilo fez Dimitri dar uma gargalhada e a senti ressoar no seu peito.

— Roza, meu autocontrole é dez vezes mais forte do que o seu.

Abri os olhos, mudando de posição para fitar os dele. Acariciei seu cabelo, pondo-o para trás e sorri, certa de que meu coração iria se expandir até não restar nada de mim.

— Ah, é? Não foi essa a impressão que tive.

— Espere até a próxima vez — avisou ele. — Vou fazer coisas que vão fazer você perder o controle em poucos segundos.

Aquele comentário pedia apenas uma resposta graciosa e esperta, típica de Rose Hathaway. Ele também fez meu sangue arder. E foi por isso que nós dois ficamos surpresos quando, de repente, falei:

— Pode não haver uma próxima vez.

A mão de Dimitri, que contornava o formato de meu ombro, paralisou.

— O quê? Por quê?

— Temos algumas coisas para fazer antes de isso acontecer de novo.

— Adrian — adivinhou ele.

Assenti.

— E isso é problema *meu*, então, deixe seus pensamentos honrosos de lado. Tenho que encará-lo e responder por isso. E vou. Quanto a você... — Não conseguia acreditar no que estava prestes a dizer. Não conseguia acreditar que falava sério. — Você ainda tem que perdoar a si mesmo, se vamos ficar juntos.

Sua expressão intrigada deu lugar à dor.

— Rose...

— É sério. — Fitei os olhos dele, determinada. — *Você* tem que perdoar a si mesmo. De verdade. Todos os outros têm. Se você não conseguir, então, também não poderá continuar. *Nós* não poderemos.

Era uma das maiores apostas da minha vida. Antes, eu teria corrido para Dimitri sem questionar nada, ignorando nossos problemas, alegre demais só por estar com ele. Agora... depois de tudo o que tinha passado, havia mudado. Eu o amava. Eu o amava tanto e o queria. Mas era por causa da força desse amor que precisava fazer aquilo. Se fôssemos ficar juntos, tínhamos que fazer isso do jeito certo. O sexo havia sido maravilhoso, mas não era uma cura mágica para tudo. Merda. Em algum lugar ao longo do caminho, eu tinha adquirido bom senso. Ainda pretendia enfrentar Adrian. E se Dimitri não estivesse disposto a fazer o que pedi, eu iria mesmo deixá-lo. Perderia os dois, mas seria melhor ficar sozinha com meu amor-próprio do que no relacionamento errado.

— Não sei — disse Dimitri, por fim. — Não sei se consigo... se estou pronto.

— Então, decida logo — mandei. — Você não precisa fazer isso exatamente neste segundo, mas um dia...

Não insisti mais no assunto. Por enquanto, deixaria aquilo de lado, apesar de saber que ele iria se agarrar a isso e compreender sua importância. Também sabia que estava certa por me prender àquilo. Ele não poderia ser feliz comigo se não fosse feliz consigo mesmo. Foi então que me ocorreu, ao ter defendido a mim mesma e fazer o que precisava ser feito, que nossos papéis de professor e aluna haviam acabado para sempre. Agora, éramos mesmo iguais.

Apoiei a cabeça no seu peito e o senti relaxar. Curtiríamos aquele momento, pelo menos mais um pouco. Sonya tinha dito que precisávamos "descansar", me levando a acreditar que ainda dispúnhamos de algum tempo ali antes que o relógio que não parava de correr nos fizesse voltar para a Corte. Enquanto Dimitri e eu nos mantínhamos perto um do outro, me peguei de fato querendo dormir. Estava exausta por conta da luta — que, como percebi, havia tido um desfecho muito inesperado. Minha culpa e meu desespero por causa de Victor e a explosão do espírito tinham feito seus estragos também, ainda que o pingente curativo estivesse pendurado no meu pescoço. E, sim, pensei, dando um pequeno sorriso, estava simplesmente exausta pelo que Dimitri e eu havíamos feito. Até que era legal usar meu corpo para algo que não acabasse em ferimentos graves, para variar.

Adormeci nos seus braços deixando a escuridão do quarto me envolver, tão acolhedora quanto o corpo dele. Deveria ter sido simples assim. Deveria ter sido um descanso tranquilo e feliz. Mas, como sempre, não tive essa sorte.

Um sonho induzido por espírito me puxou das envolventes profundezas do sono e, por meio segundo, pensei que talvez Robert Doru tivesse vindo atrás de mim para se vingar pela morte do irmão.

Mas não. Nada de Dashkov vingativo. Em vez disso, eu me peguei fitando um par de olhos verde-esmeralda.

Adrian.

Trinta

Não corri para os braços dele como costumava fazer. Como poderia? Depois do que eu tinha feito? Não. Não podia mais fingir. Ainda não sabia ao certo o que o futuro reservava para Dimitri e para mim, não até ele atender meu ultimato. Sabia, porém, que precisava liberar Adrian. Meus sentimentos por ele ainda eram fortes, e me perguntei se seria sequer remotamente possível que ficássemos amigos. De todo jeito, não podia iludi-lo depois de ter dormido com Dimitri. Não havia sido um assassinato, não, mas com certeza tinha sido desonroso.

No entanto... Me dei conta de que não podia dizer nada daquilo para Adrian agora. Não podia terminar com ele num sonho. Isso era quase tão ruim quanto terminar por mensagem de texto. Além do mais, tinha a sensação de que... Bem, de que precisaria de sua ajuda. E lá se vai a honra. *Em breve*, jurei. *Em breve contarei a ele.*

Adrian não parecia dar falta do meu abraço. Mas de fato notou algo mais.

— Uau.

Entre todos os lugares, estávamos justo na biblioteca da São Vladimir, e lancei um olhar intrigado para ele sobre as mesas de estudo que se estendiam diante de nós.

— Uau o quê?

— Sua... Sua aura. Está... maravilhosa. Está brilhando. Quero dizer, sempre brilha, mas hoje... Bem, nunca vi nada assim. Não esperava isso depois de tudo o que aconteceu.

Eu me mexi, incomodada. Se me iluminava perto de Dimitri normalmente, o que será que acontecia com minha aura depois do sexo?

— Depois do que aconteceu? — perguntei, me esquivando do comentário.

Ele deu uma risadinha e se aproximou de mim. Inconsciente, sua mão procurou os cigarros, fez uma pausa e, então, pendeu ao lado do tronco.

— Ah, qual é? Todo mundo está falando sobre isso. Sobre como você e Belikov sequestraram a chave de cadeia. O que foi isso? E ainda coagiram aquela alquimista. São as notícias mais quentes por aqui. Bem, depois das eleições. A última prova está chegando.

— É mesmo... — murmurei. Já fazia quase 24 horas que Lissa havia recebido o enigma. Restava muito pouco tempo e, pelo que eu sabia, ela não tinha resposta alguma.

— E por que você está dormindo no meio do dia? — perguntou ele. — Na verdade, não esperava encontrá-la. Imaginei que você estivesse seguindo os horários dos humanos.

— Foi... Foi meio que uma noite difícil, fugindo de uma legião de guardiões e tudo mais.

Adrian pegou na minha mão e franziu um pouco a testa quando não apertei a dele. Mas aquele cenho franzido logo se atenuou e deu lugar a um sorriso tranquilo.

— Bem, eu me preocuparia mais com seu velho do que com eles. Abe está *puto* por você não ter ficado na cidadezinha. E não consegue chegar até os alquimistas. Acredite, ele tem tentado.

Aquilo quase me fez dar uma gargalhada, só que não era o desfecho que eu queria também.

— Então, ele não é todo-poderoso no fim das contas. — Suspirei. — É disso que precisamos. Sydney. Ou, bem, daquele cara que está com ela. O que supostamente sabe de alguma coisa. — Revivi uma lembrança, de novo notando o reconhecimento no rosto de Ian. *Ele conhece o homem que atacou Lissa e subornou Joe.* — Precisamos dele.

— Pelo que percebi — disse Adrian —, os guardiões estão só meio que permanecendo em volta do hotel, muito preocupados com a possibilidade de os alquimistas irem embora. Mas estão controlando quem entra. Não estão dispostos a permitir que nenhum de nós, nem outros alquimistas, passe. Há vários outros hóspedes humanos. Acho que Abe tentou se disfarçar... e falhou.

Pobre Zmey.

— Ele deveria ter acreditado mais na capacidade dos guardiões. Não vão deixar ninguém, a não ser um deles, entrar e sair. — Minhas palavras me fizeram parar. — É isso...

Adrian me olhou desconfiado.

— Ah, não. Conheço esse olhar. Uma loucura está para acontecer.

Peguei na sua mão, agora mais por empolgação do que por amor.

— Vá até Mikhail. Consiga que ele nos encontre... — Então me deu um branco. Já tinha visto a cidadezinha em que os alquimistas estavam. Como era a mais próxima da Corte, costumávamos cruzá-la de carro. Quebrei a cabeça, tentando pensar em algum detalhe. — Naquele restaurante com o letreiro vermelho. Fica na ponta mais distante. Sempre anunciando bufês.

— É mais fácil falar do que fazer, dampirinha. Estão usando todos os guardiões da Corte para manter as eleições sob controle. Se Lissa não tivesse sido atacada, não teriam deixado sua mãe ficar com ela. Acho que Mikhail não vai conseguir sair.

— Ele vai dar um jeito — disse eu, confiante. — Diga que isso é... Que isso é a chave do assassinato. A resposta. Ele é despachado.

Adrian parecia cético, mas era difícil para ele me recusar qualquer coisa.

— Quando?

Quando mesmo? Era quase meio-dia e eu não tinha prestado muita atenção em onde havíamos parado. Quanto tempo levaríamos para chegar à Corte? Pelo que sabia sobre as eleições, os que passassem nessa última prova fariam discursos quando o dia dos Moroi começasse. Na teoria, depois disso, iriam direto para a votação — só que, se nosso plano funcionasse, o envolvimento de Lissa atrasaria as coisas por alguns dias. Isso se ela passasse.

— Meia-noite — respondi. Se minhas suposições estivessem corretas, a Corte estaria completamente envolvida com o drama das eleições, o que facilitaria a saída de Mikhail. Era o que eu esperava. — Você vai dizer a ele?

— Qualquer coisa por você. — Adrian fez uma reverência galante para mim. — Apesar de eu ainda achar que é perigoso você se envolver diretamente nisso.

— Tenho que fazer isso por conta própria — concluí. — Não posso me esconder.

Ele assentiu, como se compreendesse. Eu não sabia ao certo se compreendia.

— Obrigada — disse a ele. — Muito obrigada por tudo. Agora vá.

Adrian deu um sorriso retorcido para mim.

— Caramba, você não perde tempo para expulsar um cara da cama, não é?

Fiquei envergonhada. A brincadeira chegava perto demais da verdade.

— Quero que Mikhail se prepare. E também preciso assistir a última prova de Lissa.

Isso deixou Adrian sério.

— Ela tem chance? Vai passar?

— Não sei — admiti. — Essa é bem difícil.

— Está bem. Vamos ver o que podemos fazer. — Ele me deu um beijinho. Meus lábios reagiram de um jeito automático, mas meu coração não estava ali. — Rose? É sério. Tome cuidado. Você vai estar perto demais da Corte. E um bando de guardiões tem você na lista dos mais procurados e provavelmente vai tentar matá-la.

— Eu sei — assenti, preferindo não comentar que não havia “provavelmente” naquilo.

Com isso, ele desapareceu e acordei. O estranho é que o que encontrei no meu mundo se parecia mais com um sonho do que o que havia vivenciado com Adrian. Dimitri e eu ainda estávamos na cama, aconchegados sob as cobertas, com nossos corpos, pernas e braços ainda entrelaçados. Ele dormia com aquele seu semblante raro e pacífico e *quase* parecia sorrir. Por meio segundo, pensei em acordá-lo e lhe dizer que precisávamos pegar a estrada. Uma olhada no relógio logo me fez descartar essa ideia. Ainda tínhamos tempo. Além do mais, estava chegando a hora da prova. Eu precisava ir até Lissa e confiava que Sonya passaria para nos chamar se dormíssemos demais.

Como era de se esperar, meus cálculos estavam corretos. Lissa atravessava os gramados da Corte, andando como alguém indo para um velório. O sol, as flores e os pássaros eram ignorados por ela. Mesmo seus acompanhantes não conseguiam animá-la: Christian, minha mãe e Tasha.

— Não posso fazer isso — disse ela, encarando o prédio que abrigava seu destino à frente. — Não posso fazer essa prova. — A tatuagem a impedia de dar mais alguma informação.

— Você é esperta. Brilhante. — O braço de Christian envolvia sua cintura e, naquele momento, o amei por sua confiança nela. — Você consegue.

— Você não entende — disse Lissa, suspirando. Ela não havia arranjado uma resposta para o enigma, o que significava que o plano corria riscos... e seu desejo de provar algo a si mesma também.

— Pelo menos dessa vez, ele entende — disse Tasha, com um leve tom de provocação na voz. — Você consegue. Você *tem* que conseguir. Tanta coisa depende disso...

A confiança de Tasha não fez Lissa se sentir melhor. Na melhor das hipóteses, aumentou a pressão. Ela iria fracassar, como no sonho com o Conselho que o cálice havia lhe mostrado. Lá, ela também não tinha dado uma resposta.

— Lissa!

Uma voz os fez parar. Lissa se virou e viu Serena correndo na sua direção, com aquelas pernas compridas e atléticas percorrendo depressa a distância entre elas.

— Oi, Serena — cumprimentou Lissa. — Não podemos parar. A prova...

— Eu sei, eu sei. — Serena estava corada, não pelo esforço e sim pela ansiedade. Ela lhe ofereceu uma folha de papel. — Fiz sua lista. O máximo de que consegui me lembrar.

— Que lista? — perguntou Tasha.

— Dos Moroi que a rainha cuidou para que fossem treinados, para ver se eram capazes de aprender a lutar bem.

As sobrancelhas de Tasha arquearam diante da surpresa. Ela não estava por perto quando isso esteve em pauta da última vez.

— Tatiana treinava lutadores? Nunca ouvi falar de nada disso. — Tive a impressão de que ela teria gostado de ser uma das treinadoras.

— Quase ninguém ouviu — explicou Lissa, desdobrando a folha de papel. — Era um grande segredo.

O grupo se amontoou para ler os nomes listados com a letra caprichosa de Serena. Christian deu um assobio baixo.

— Tatiana podia ser aberta à ideia de defesa, mas só para certas pessoas.

— É — concordou Tasha. — Definitivamente, essa é *a* lista.

Todos os nomes eram de membros da realeza. Tatiana não envolveu "plebeus" na experiência. Aquela era a elite da elite, apesar de, como Ambrose havia observado, ela ter se esforçado para abranger uma variedade de idades e gêneros.

— Camille Conta? — perguntou Lissa, surpresa. — Jamais poderia imaginar isso. Ela sempre se saía tão mal na educação física.

— E tem mais um dos nossos primos — acrescentou Christian, apontando para *Lia Ozera*. Ele olhou para Tasha, que ainda estava descrente. — Você sabia disso?

— Não. Eu também não teria imaginado a participação dela.

— Metade dos nomeados também — refletiu Lissa. Rufus Tarus, Ava Drozdov e Ellis Badica. — Que pena que eles... Ah, meu Deus. A mãe de Adrian? — Não deu outra: Daniella Ivashkov.

— Calma — disse Christian. Aquilo despertou uma reação em mim também. — Tenho quase certeza de que Adrian não sabe disso.

— Ela é a favor de os Moroi lutarem? — perguntou minha mãe, também surpresa.

Lissa balançou a cabeça.

— Não. Pelo que sei, ela é totalmente a favor de deixar a defesa para os dampiros. — Nenhum de nós conseguia imaginar a bela e distinta Daniella Ivashkov numa luta.

— Ela já odiava Tatiana — observou Tasha. — Tenho certeza de que isso fez maravilhas pelo relacionamento das duas. Elas discutiam o tempo todo entre quatro paredes.

Houve um silêncio desconfortável.

Lissa olhou para Serena.

— Essas pessoas viam a rainha com muita frequência? Tinham acesso a ela?

— Tinham — respondeu Serena, desassossegada. — De acordo com Grant, Tatiana assistia a todas as sessões de treinamento. Depois que ele morreu, ela começou a arguir os alunos individualmente, para ver o quanto tinham aprendido. — A guardiã fez uma pausa. — Acho... Acho que ela pode ter se reunido com alguns na noite em que morreu.

— Eles já haviam progredido o bastante para aprender a usar uma estaca? — perguntou Lissa.

Serena fez uma careta.

— Sim. Alguns fizeram mais progresso do que outros.

Lissa olhou de novo para a lista, se sentindo mal. Tanta oportunidade. Tanta motivação. A resposta estaria ali, naquela folha de papel? Será que o assassino estava bem diante dela? Serena havia dito mais cedo que Tatiana escolheu de propósito pessoas resistentes ao treinamento, provavelmente para ver se os irredutíveis ainda conseguiriam aprender. Será que ela chegou a passar dos limites com alguém? Um nome em especial insistia em circular pela mente de Lissa.

— Detesto interromper — disse minha mãe. Seu tom e sua postura indicavam que o momento detetive tinha acabado. Era hora de voltar aos negócios. — Temos que ir ou você vai se atrasar.

Lissa percebeu que minha mãe tinha razão e enfiou a folha de papel no bolso. Chegar atrasada na prova significava ser reprovada. Lissa agradeceu a Serena, lhe garantindo que aquela havia sido a coisa certa a ser feita. Então, meus amigos seguiram depressa, sentindo a pressão do tempo enquanto se apressavam rumo ao prédio da prova.

— Merda — xingou Lissa, coisa que raramente fazia. — Acho que aquela senhora não vai tolerar nenhum atraso.

— Senhora? — Minha mãe deu uma gargalhada, surpreendendo a todos nós. Ela conseguia andar mais depressa que os outros e era óbvio que desacelerava o passo por causa deles. — A que aplica grande parte das provas? Você não sabe quem ela é?

— E como eu saberia? — perguntou Lissa. — Imaginei que fosse apenas alguém que recrutaram.

— Não é um alguém qualquer. Aquela é Ekaterina Zeklos.

— *O quê*? — Lissa quase parou, mas sabia que estava com o tempo apertado. — Ela foi... Ela foi rainha antes de Tatiana, não é?

— Pensei que ela tivesse se isolado numa ilha — disse Christian, tão surpreso quanto Lissa.

— Não sei bem se era uma ilha — explicou Tasha —, mas ela se aposentou quando achou que estava velha demais, abrindo mão do luxo e da política, uma vez que Tatiana estava no trono.

Velha demais? Isso havia acontecido vinte anos antes. Não era de se admirar que parecesse uma anciã.

— Se ela ficou feliz em deixar a política, por que está de volta? — perguntou Lissa.

Minha mãe abriu a porta para todos eles quando chegaram ao prédio, depois de espiar lá dentro primeiro, procurando possíveis ameaças. Era tão instintivo para ela que continuou a conversa sem perder nada.

— Porque é um costume o último monarca avaliar o novo, se possível. Nesse caso, é óbvio que não era, então, Ekaterina deixou a aposentadoria para cumprir seu dever.

Lissa mal conseguia acreditar que vinha tendo conversas casuais com a penúltima rainha dos Moroi, uma rainha muito poderosa e amada. Logo que seu grupo entrou no corredor, Lissa foi escoltada por guardiões e se apressou até a sala da prova. Seus rostos mostravam que tinham pensado que ela não conseguiria chegar. Vários espectadores, também, aparentemente, preocupados, se animaram diante de seu aparecimento, dando os gritos de costume sobre Alexandra e os dragões. Lissa não teve a chance de reagir nem de se despedir dos amigos antes de ser praticamente empurrada para dentro da sala. Os guardiões se mostravam aliviados.

A porta se fechou e Lissa se viu mais uma vez olhando fixamente para Ekaterina Zeklos. Ver a velha a havia intimidado antes, mas agora... a ansiedade de Lissa tinha dobrado. Ekaterina deu um sorriso retorcido para ela.

— Tive receio de você não vir — disse ela. — Já devia saber. Você não é do tipo que recua.

Lissa ainda estava fascinada e quase sentiu necessidade de dar uma resposta com devaneios, explicando sobre a lista de Serena. Mas não. Ekaterina não se importava com isso agora e, de todo jeito, não se dá desculpas para alguém como ela, concluiu Lissa. Se você falha, pede desculpas.

— Sinto muito — desculpou-se Lissa.

— Não precisa — disse Ekaterina. — Você conseguiu chegar. Sabe a resposta? O que uma rainha precisa ter para realmente governar seu povo?

A língua de Lissa parecia espessa dentro da boca. Ela não sabia a resposta. Era mesmo como no sonho com o Conselho. Investigar o assassinato de Tatiana tinha tomado tanto tempo... Por um estranho momento, o coração de Lissa ardeu de simpatia por aquela rainha espinhosa, dura na queda. Tatiana fez o que acreditou ser melhor para os Moroi e morreu por isso. Lissa até se sentia mal agora, olhando fixamente para Ekaterina. Aquela antiga rainha nunca devia ter imaginado que seria tirada de sua... ilha? — aposentadoria e obrigada a voltar à vida na Corte. No entanto, estava presente quando foi preciso.

E assim, de repente, Lissa soube a resposta:

— Nada — respondeu ela com delicadeza. — Uma rainha não precisa ter nada para governar porque precisa dar tudo o que tem para seu povo. Até mesmo a própria vida.

Aquele sorriso em que se notava a falta de um dente se abriu no rosto de Ekaterina, mostrando a Lissa que ela havia respondido corretamente.

— Parabéns, minha querida. Você conseguiu chegar à votação de amanhã. Espero que tenha um discurso preparado para conquistar o Conselho. Você terá que fazê-lo pela manhã.

Lissa se virou um pouco, sem saber ao certo o que dizer naquele momento, muito menos num discurso formal. Ekaterina parecia perceber o quanto Lissa estava chocada, e o sorriso que sempre pareceu tão brincalhão se tornou gentil.

— Você ficará bem. Já chegou até aqui. O discurso é a parte fácil. Seu pai ficaria orgulhoso. Todos os Dragomir que vieram antes de você ficariam orgulhosos.

Aquilo quase trouxe lágrimas aos olhos de Lissa, e ela balançou a cabeça.

— Não sei sobre o que falar. Todos nós sabemos que não sou uma candidata de verdade. Isso foi apenas... Bem, meio que um teatro. — De alguma maneira, ela não se sentiu mal ao admitir isso perante Ekaterina. — É Ariana quem merece a coroa.

Os olhos anciãos de Ekaterina penetraram em Lissa e aquele sorriso desapareceu.

— Então, você não soube. Não, é claro que não saberia, já que tudo isso tem acontecido tão depressa.

— Soube o quê?

Uma compaixão tomou o rosto de Ekaterina e, depois, eu me perguntaria se esse sentimento era por causa do recado que ela deu ou da reação de Lissa.

— Ariana Szelsky não passou nesta prova... Ela não conseguiu desvendar o enigma.

— Rose, Rose.

Dimitri me sacudia e levei vários segundos para deixar de ser Lissa chocada e passar para Rose assustada.

— Temos que... — começou ele.

— Ah, meu Deus — interrompi. — Você não vai *acreditar* no que acabei de ver.

Ele se enrijeceu.

— Lissa está bem?

— Sim, está, mas...

— Então nos preocupamos com isso depois. Agora, temos que ir.

Notei que ele já estava todo vestido, e eu, ainda nua.

— O que está acontecendo?

— Sonya passou aqui... Não se preocupe. — O choque que meu rosto deve ter mostrado o fez sorrir. — Eu me vesti e não a deixei entrar. Mas ela disse que ligaram da recepção. Estão começando a se dar conta de que fizemos um check-in incomum. Precisamos sair daqui.

Meia-noite. Tínhamos que nos encontrar com Mikhail à meia-noite para obter a última parte do mistério que nos consumia.

— Sem problemas — assenti, me livrando das cobertas. Ao fazer isso, notei os olhos de Dimitri em mim e fiquei um tanto surpresa diante da admiração e da avidez que vi ali. De algum jeito, até mesmo depois do sexo, eu meio que esperava que ele estivesse mais distante e com sua cara de guardião, ainda mais levando-se em conta nossa urgência para partir.

— Você está vendo alguma coisa de que gosta? — perguntei, repetindo algo que lhe disse muito tempo antes, quando ele me pegou numa posição comprometedora na escola.

— Várias — respondeu ele.

O sentimento que ardia naqueles olhos era demais para mim. Desviei os meus dos dele com o coração disparado no peito enquanto me vestia depressa.

— Não se esqueça — disse-lhe com delicadeza. — Não se esqueça... — Não consegui terminar, mas não era preciso.

— Eu sei, Roza. Não me esqueci.

Calcei os sapatos, desejando ser mais fraca e deixar meu ultimato de lado. No entanto, não conseguia. Não importava o que havia acontecido entre nós verbal e fisicamente, não importava o quanto estávamos perto do nosso final de conto de fadas... não havia futuro até ele ser capaz de perdoar a si mesmo.

Sonya e Jill estavam prontas e esperando quando saímos do quarto. Algo me disse que Sonya sabia o que havia acontecido entre mim e Dimitri. Malditas auras. Ou talvez não fossem preciso poderes mágicos para ver esse tipo de coisa. Talvez aquela experiência ainda reluzisse no nosso rosto.

— Preciso que você faça um encanto — pedi a Sonya quando pegamos a estrada. — E precisamos parar em Greenston.

— Greenston? — perguntou Dimitri. — Para quê?

— É lá que os alquimistas estão sendo mantidos. — Eu já tinha começado a juntar as peças. Quem odiava Tatiana, tanto por causa de sua personalidade quanto por ter Ambrose? Quem lamentava ela querer que os Moroi lutassem contra Strigoi? Quem temia que ela endossasse o espírito e seus perigosos efeitos sobre as pessoas, como, por exemplo, Adrian? Quem queria ver uma família diferente no trono para apoiar novas convicções? E quem ficaria feliz em me ver trancafiada e fora de cena? Respirei fundo, mal acreditando no que estava prestes a dizer.

— É lá que vamos encontrar provas de que Daniella Ivashkov matou Tatiana.

Trinta e um

Eu não era a única que tinha chegado a essa conclusão assustadora. Quando a Corte dos Moroi acordou, várias horas depois da nossa viagem ter começado, Lissa também juntava todas as peças nos seus aposentos enquanto se preparava para fazer o discurso pré-eleição. Ela havia pensado nos mesmos argumentos que eu e em mais alguns — como a inquietação de Daniella diante da possibilidade de Adrian ser envolvido no assassinato junto comigo, o que, sem dúvida, desvendaria um plano elaborado com cuidado. Ela também ofereceu seu primo advogado, Damon Tarus, para me defender. Isso teria mesmo ajudado? Ou será que Damon teria trabalhado com sutileza para enfraquecer minha defesa? O envolvimento tosco de Abe deve ter sido uma bênção.

O coração de Lissa batia depressa enquanto ela prendia o cabelo num coque. Ela o preferia solto, mas achou que, para o evento que estava por vir, deveria assumir uma aparência mais respeitável. Seu vestido era de seda e marfim fosco, de mangas compridas e com pregas, e ia mais ou menos até o joelho. Alguns podem ter pensado que usar aquela cor lhe daria um ar de noiva, mas, quando a vi no espelho, soube que ninguém cometeria esse engano. Ela estava luminosa. Radiante. Como uma rainha.

— Isso não pode ser verdade — disse ela, completando o visual com brincos de pérola que pertenceram à sua mãe. Lissa tinha compartilhado sua teoria com Christian e Janine, que estavam com ela agora, e meio que esperado que lhe dissessem que ela havia enlouquecido. Não disseram.

— Faz sentido — concordou Christian sem seu típico sarcasmo.

— Só que ainda não temos provas — disse minha mãe, sempre prática. — Só várias informações circunstanciais.

— Tia Tasha está checando com Ethan se Daniella esteve lá na noite do assassinato — contou Christian. Ele fez uma leve careta, ainda insatisfeito por sua tia ter um namorado. — Daniella não constava nas listas oficiais, mas tia Tasha está preocupada porque algumas coisas podem ter sido alteradas.

— Isso não me surpreenderia. Mesmo assim, inserir Daniella ali, no horário certo, constrói uma tese, mas não é uma prova substancial. — Minha mãe deveria ter sido advogada. Ela e Abe poderiam ter aberto um escritório de advocacia juntos.

— Esses fatos provam tanto quanto os que conseguiram contra Rose! — exclamou Lissa.

— Com exceção da estaca — lembrou Janine. — E os outros estão mais dispostos a acreditar em indícios falhos sobre Rose do que sobre lady Daniella Ivashkov.

Lissa suspirou, sabendo que tudo aquilo era verdade.

— Se ao menos Abe conseguisse conversar com os alquimistas. Precisamos do que eles sabem.

— Ele vai fazer isso — disse minha mãe, confiante. — Só levará tempo.

— Não temos tempo! — A dramática reviravolta nos acontecimentos dava ao espírito uma boa oportunidade de erguer sua cabeça feia e, como sempre, tentei sugar a escuridão de Lissa. Eu deveria ter aprendido a lição depois do que houve com Victor, mas, bem... É difícil acabar com velhos hábitos. *Eles vêm primeiro.* — Marie Conta e Rufus Tarus são os únicos candidatos que restaram! Se ele vencer,

Daniella terá muita influência. Aí, nunca provaremos que Rose é inocente.

Ariana ter sido reprovada na última prova havia vindo como um grande golpe para todos, esmagando um futuro que Lissa já dava por certo. Sem Ariana, o desfecho não parecia bom. Marie Conta não era a preferida de Lissa, mas esta sentia que aquela governaria muito melhor do que Rufus. Infelizmente, a família Conta andava quieta na política nos últimos anos, o que rendia menos aliados e amigos. Os números se inclinavam, perigosos, em direção a Rufus. Era frustrante. Se conseguíssemos levar Jill até lá, Lissa poderia votar e, num Conselho de 12, até mesmo um voto seria poderoso.

— Temos tempo — disse minha mãe com calma. — Não haverá votação hoje, não com a controvérsia que você irá causar. E para cada dia que as eleições são adiadas, temos mais uma oportunidade de construir nossa tese. Estamos perto. Vamos conseguir.

— Não podemos contar isso a Adrian — alertou Lissa, seguindo em direção à porta. Estava na hora de ir.

Aquele sorriso típico de Christian voltou.

— A respeito disso — disse ele — todos nós concordamos.

O salão de baile elaborado — mais uma vez transformado em sala do Conselho por questões de tamanho — parecia um show de rock. As pessoas brigavam por um lugar lá dentro. Algumas, percebendo que isso era inútil, tinham acampado do lado de fora do prédio, estilo piquenique. Ainda bem que alguém havia tido a brilhante ideia de instalar um sistema com caixas de som lá fora para que os que não conseguissem entrar ainda pudessem ouvir os procedimentos. Guardiões circulavam pela multidão, tentando conter o caos — ainda mais quando os candidatos chegaram.

Marie Conta havia aparecido pouco antes de Lissa e, apesar de ela ser a candidata menos provável, ainda houve urros e ondas de empolgação na multidão. Os guardiões, apressados — e durões, se necessário —, contiveram o motim para ela poder passar. Aquela atenção toda devia ser assustadora, mas Marie não demonstrava sentir isso. Caminhava com orgulho, sorrindo tanto para os que a apoiavam quanto para os que não a apoiavam. Lissa e eu nos lembramos das palavras de Christian: *Você é uma candidata à rainha. Aja como tal. Você merece isso. É a última Dragomir. Filha da realeza.*

E foi exatamente assim que ela se comportou. Era mais do que a veemência de Christian também. Agora que ela havia passado nas três provas, a gravidade do procedimento de que participava continuava a crescer. Lissa entrou de cabeça erguida. Eu não conseguia ver seu corpo todo, mas pude sentir que ela andava de forma graciosa, estável. A multidão adorava aquilo, e me ocorreu que aquele grupo tinha uma voz especial porque, em grande parte, não era da realeza. Os reunidos lá fora eram Moroi comuns, os que passaram a amá-la de verdade. "Herdeira de Alexandra!", "Traga o dragão de volta!". Para alguns, bastava apenas gritar seu nome, acrescentando o título de uma heroína de alguma antiga lenda russa que tinha o mesmo nome: "Vasilisa, a corajosa! Vasilisa, a bela!"

Eu sabia que ninguém imaginava o medo que Lissa sentia por dentro. Ela era boa a esse ponto. Christian e minha mãe, que no início a ladeavam, recuaram juntos, permitindo que Lissa caminhasse alguns passos à frente. Não havia como questionar a posição e a autoridade de Lissa. Ela dava cada passo com confiança, se lembrando de que seu avô também tinha passado por aquele caminho. Tentava dar um sorriso para a multidão que fosse sereno e genuíno ao mesmo tempo. Deve ter funcionado, porque as pessoas ficaram ainda mais agitadas. E quando Lissa fez uma pausa para comentar sobre o dragão num cartaz que um homem havia pintado para apoiá-la, o artista quase desmaiou por alguém como ela ter notado aquilo e o elogiado.

— Isso não tem precedentes — observou minha mãe, depois de conseguirem entrar com segurança. — Nunca houve esse tipo de desfecho. Com certeza, não na última eleição.

— Por que é tão grandioso desta vez? — perguntou Lissa, que tentava manter a respiração sob controle.

— Porque há muita agitação com o assassinato, e você ainda provocou essa confusão nas leis. Por isso e... Bem, pelo jeito que você vem conquistando o coração de cada um que não pertence à realeza por aí. O dos dampiros também. Tem um pôster com um dragão em uma das nossas cafeterias, sabe? Até acho que alguns membros da realeza apoiam você, apesar de talvez ser apenas para irritar alguma família com que estejam brigando. Mas falando sério, se isso dependesse de todos e não só do Conselho... E, bem, se você fosse elegível por votos... Acho que venceria.

Lissa fez uma careta, mas, em seguida, acrescentou, relutante:

— Para ser sincera, acho que *devíamos* eleger nossos líderes por voto popular. Todos os Moroi deviam votar e não só um punhado de famílias da elite.

— Cuidado com isso, princesa — provocou Christian, lhe dando o braço. — Esse é o tipo de conversa que irá começar outra revolução. Uma de cada vez, está bem?

A multidão do salão não estava tão enlouquecida quanto a do lado de fora, mas chegava perto. Os guardiões estavam prontos para aquela quantidade de gente dessa vez e haviam tratado de manter um controle rígido desde o começo. Conservavam cálculos precisos de quantos eram permitidos ali dentro e acabavam com qualquer discussão que envolvesse a realeza ou não. Ainda assim, era intimidador, e Lissa lembrou a si mesma repetidas vezes que fazer aquele papel me ajudava. Por mim, ela suportaria tudo, até esse alarde todo. Dessa vez, por sorte, Lissa foi conduzida bem depressa à frente do salão, onde três cadeiras de frente para a multidão haviam sido dispostas para os candidatos. Rufus e Marie já estavam sentados, conversando em voz baixa com alguns membros de famílias seletas. Havia guardiões de pé ao redor deles. Lissa se sentou sozinha, é claro, mas acenou com a cabeça para os guardas perto dali quando Tasha se aproximou.

Tasha se agachou ao lado de Lissa, falando baixo e mantendo o olhar atento em Rufus, que conversava com alguém.

— Más notícias. Na verdade, depende de como você as vê. Ethan disse que Daniella esteve lá naquela noite. Ela e Tatiana ficaram a sós. Ele não tinha se dado conta de que isso não havia sido posto nos registros. Alguém fez esses registros em nome de todos os guardas em serviço, com base nas anotações deles, mas Ethan jura que viu Daniella.

Lissa estremeceu. No fundo, esperava — até rezava — para ter cometido um erro, esperava que a mãe de Adrian não tivesse sido capaz de fazer aquilo. Ela deu um breve aceno com a cabeça para mostrar que havia entendido.

— Sinto muito — disse Tasha. — Sei que você gostava dela.

— Acho que estou mais preocupada com Adrian. Não sei como ele lidará com isso.

— Será difícil — concluiu Tasha, objetiva. Depois do que tinha passado com os pais de Christian, sabia melhor do que ninguém como é ser traída pela família. — Mas ele vai superar. E logo que pudermos levar todos esses indícios adiante, teremos Dimitri e Rose de volta.

Aquelas palavras encheram Lissa de esperança, lhe dando mais forças.

— Sinto tanta falta de Rose — disse minha amiga. — Queria que ela já estivesse aqui.

Tasha lhe deu um sorriso de compaixão e um tapinha no ombro.

— Em breve. Eles voltarão em breve. Agora, você precisa enfrentar isso. Você consegue. Pode mudar tudo.

Lissa não tinha tanta certeza disso, mas Tasha se apressou para se juntar a seus "amigos ativistas" e foi substituída por... Daniella.

Ela havia ido falar com Rufus, lhe oferecendo o apoio e o amor da família. Lissa não suportava olhar para Daniella e se sentiu ainda pior quando esta falou com ela.

— Não sei bem como você se envolveu nisso, querida, mas boa sorte. — O sorriso de Daniella parecia sincero, mas não havia como questionar que candidato ela apoiava. Seu semblante gentil deu lugar à preocupação. — Você viu Adrian? Pensei que ele estaria aqui com certeza. Sei que os guardiões o deixariam entrar.

Excelente pergunta. Lissa não o via há mais ou menos um dia.

— Não. Talvez só esteja atrasado. Ajeitando o cabelo ou alguma coisa do tipo. — *Tomara que não esteja desmaiado em algum lugar.*

Daniella suspirou.

— Espero que sim.

Ela saiu dali e pegou um lugar na plateia. Mais uma vez, o pai de Adrian presidia a sessão e, depois de várias tentativas de iniciá-la, o salão se acalmou.

— Na semana passada — começou Nathan, falando num microfone —, muitos candidatos dignos fizeram as provas requeridas para governar nosso povo. Diante de nós, estão os três finalistas: Rufus Tarus, Marie Conta e Vasilisa Dragomir. — O tom de Nathan indicou que ele estava insatisfeito com o último nome, mas, àquela altura, a lei permitiria que ela fizesse seu discurso. Depois disso, a inconsistência da lei viria à tona e o inferno inteiro estaria à solta.

— Esses três demonstraram habilidade para governar e, como seu último gesto antes de votarmos, cada um irá falar sobre seus planos para o nosso povo.

Rufus se levantou primeiro e fez exatamente o tipo de discurso que eu esperava. Apelou para os medos dos Moroi, prometendo formas extremas de proteção — que em grande parte envolviam dampiros, mas não apresentou muitos detalhes.

— Nossa segurança deve ser nossa prioridade máxima — declarou ele. — Custe o que custar. Isso será difícil? Sim. Exigirá sacrifícios? Sim. Mas nossos filhos não merecem isso? Não nos importamos com eles? — Concluí que envolver os filhos naquilo era golpe baixo. Pelo menos ele tinha deixado os filhotinhos de cachorro de fora.

Rufus também usou truques políticos sujos, caluniando os rivais. Marie foi criticada pela falta de atividade de sua família. Lissa, porém, era um belo alvo. Ele forçou a barra, falando de sua idade, do perigo do espírito e do fato de ela estar lá em si já ser uma violação da lei.

O discurso de Marie foi muito mais elaborado e minucioso. Ela expôs vários planos concretos sobre todos os tipos de problemas, que, em grande parte, eram razoáveis. Não concordei com tudo o que Maria disse, mas ficou claro que ela era competente, e não se rebaixou, zombando de seus companheiros. Infelizmente, não chegava nem perto de ser tão carismática quanto Rufus, e era uma triste verdade a possibilidade de isso fazer uma grande diferença. Seu encerramento monótono resumia não só seu discurso, mas também sua personalidade.

— É por essas razões que devo ser a rainha. Espero que vocês tenham gostado desse discurso e que votem em mim quando a hora chegar. Obrigada. — Então se sentou de maneira ab-rupta.

A vez de Lissa chegou, por fim. De pé, diante do microfone, ela de repente viu o sonho do cálice em que titubeava perante o Conselho. Mas não, aquilo era a realidade. Ela não fracassaria. Seguiria em frente.

— Somos um povo em guerra — começou ela, numa voz alta e clara. — Somos constantemente atacados... mas não só por Strigoi. Um pelo outro. Estamos divididos. Lutamos uns contra os outros. Família contra família. Realeza contra os que não pertencem à realeza. Moroi contra dampiros. *É claro* que os Strigoi estão mirando em nós. Pelo menos, eles se unem por trás de um objetivo: matar.

Se eu estivesse sentada ali, naquela plateia, estaria inclinada para a frente, boquiaberta. Como era de se esperar, havia muita gente ali para fazer isso por mim. As palavras de Lissa eram voláteis. Chocantes. E extremamente cativantes.

— Somos um só povo — continuou ela. — Moroi e dampiros. — É, isso provocou alguns suspiros também. — E além de ser impossível cada um fazer as coisas do próprio jeito, ninguém vai conseguir fazer nada se não nos unirmos e encontrarmos uma maneira de chegar ao meio-termo, mesmo que isso signifique fazer escolhas difíceis.

Então, de um modo extraordinário, ela explicou como aquilo poderia ser feito. É verdade que não dispunha de tempo para dar os mínimos detalhes de cada problema, mas tratou de várias questões importantes. E conseguiu fazer isso sem ofender *demais* a ninguém. Afinal, tinha razão ao dizer que nem todos poderiam conseguir o que queriam. Ela ainda falou sobre como os dampiros eram nossos melhores guerreiros — e seriam ainda melhores com uma voz mais forte. Falou de como os que não pertenciam à realeza precisavam de mais voz também, mas sem que isso custasse a perda das exaltadas linhagens reais que definiam nosso povo. Por fim, ao abordar a polêmica sobre treinar os Moroi para se defenderem, ela enfatizou a importância dessa prática, só que não como algo obrigatório nem como o único método a ser explorado.

Sim, Lissa ofereceu alternativas a todos os grupos e fez isso com beleza e carisma. Foi o tipo de discurso capaz de levar as pessoas a seguirem-na a qualquer lugar. Ela concluiu com:

— Sempre misturamos o antigo e o moderno. Mantemos a magia ao lado da tecnologia. Conduzimos essas sessões com pergaminhos e... com isto aqui. — Ela sorriu e deu um tapinha no microfone. — É assim que temos sobrevivido. Nos agarramos a nosso passado e abraçamos nosso presente. Pegamos o melhor de tudo e nos fortalecemos. É assim que temos sobrevivido. É assim que *vamos* sobreviver.

Sua conclusão foi recebida por um silêncio — e então a torcida começou. Ouvi de fato o clamor vindo do gramado lá fora antes de ele começar ali dentro. Pessoas que eu teria jurado que apoiavam outros estavam quase aos prantos, e não tinha me esquecido de que grande parte dos que eu conseguia enxergar naquele salão era da realeza. A própria Lissa queria se derramar em lágrimas, mas, em vez disso, desempenhou seu papel com bravura. Quando, por fim, se sentou e a multidão fez silêncio, Nathan retomou.

— Bem — disse ele. — Foi um discurso muito bonito, um discurso que todos nós apreciamos. Agora, porém, chegou a hora de o Conselho votar no nosso próximo líder e, por lei, apenas dois candidatos preenchem os requisitos para ocupar essa posição: Rufus Tarus e Marie Conta. — Dois Moroi, um da família Tarus e outro da família Conta, se aproximaram para se juntar a seus respectivos candidatos. O olhar de Nathan pairou sobre Lissa, que havia se levantado, como os outros, mas permanecia sozinha. — De acordo com as leis da eleição, leis estabelecidas desde o começo dos tempos, cada candidato deve se apresentar ao Conselho acompanhado por alguém de sua linhagem para demonstrar a união e a força da família. Você tem alguém que preencha esses requisitos?

Os olhos de Lissa encontraram os dele, impávidos.

— Não, lorde Ivashkov.

— Então, receio que sua participação nessa competição esteja encerrada, princesa Dragomir. — Ele sorriu. — Pode se sentar agora.

É. Foi então que o inferno inteiro foi posto à solta.

Sempre ouvi a expressão "E a multidão vai à loucura!". Agora, via isso ao vivo. Passei metade do tempo sem sequer conseguir acompanhar quem gritava ou apoiava o quê. As pessoas discutiam em grupos e umas com as outras. Um casal de Moroi que usava jeans desafiava todos os bem-vestidos que encontrava, agindo sob as irracionais suposições de que todos em trajes elegantes só podiam pertencer à realeza e de que todos da realeza odiavam Lissa. Sua devoção por ela era admirável. De dar medo, mas admirável. Um grupo da família Tarus ficou cara a cara com um grupo dos Conta, parecendo prontos para uma briga de gangue ou para uma dança. Era um duelo dos mais bizarros, já que aquelas duas famílias deveriam ser as únicas a concordar plenamente em qualquer coisa.

E aquilo continuou. As pessoas discutiam sobre se Lissa deveria ser elegível. Discutiam sobre ter uma sessão para mudar os livros das leis bem naquele momento. Alguns discutiam por coisas que eu sequer havia ouvido antes. Uns guardiões que se apressaram até a porta me levaram a acreditar que a multidão do lado de fora tentava invadir o salão. Minha mãe fazia parte da defesa, e eu sabia que ela estava certa: não haveria votação nesse dia, não com aquela anarquia. Teriam que encerrar a sessão e tentar de novo no dia seguinte.

Lissa encarava a multidão, se sentindo anestesiada e incapaz de acompanhar toda aquela agitação. Suas entranhas se retorceram quando ela se deu conta de uma coisa. Durante todo aquele tempo, ela havia jurado que respeitaria a dignidade da tradição das eleições. No entanto, por sua causa, agora aquela situação era qualquer coisa, menos digna. Era tudo culpa sua. Então, seus olhos se depararam com alguém sentado no canto dos fundos, longe do pandemônio. Ekaterina Zeklos. A antiga rainha fitou os olhos de Lissa — e piscou.

Saí daquele salão, pois não precisava ver nem mais um pouco de discussão. Voltei para a viagem de carro com uma nova ideia na cabeça. As palavras de Lissa queimaram na minha alma. Haviam mexido com meu coração. E, apesar de ela ter feito o discurso como parte da farsa, existia paixão ali — uma convicção ardente. Se ela fosse elegível para se tornar rainha, teria mantido aquelas palavras.

E foi quando percebi. Ela *seria* rainha.

Concluí ali, naquele instante, que faria isso acontecer. Não levaríamos Jill apenas para dar a Lissa seu voto no Conselho. Jill daria a Lissa a posição que permitiria que os Moroi votassem *nela*. E Lissa venceria.

Naturalmente, mantive essas ideias só para mim.

— Essa cara é perigosa — disse Dimitri, me olhando por um instante antes de se voltar para a estrada.

— Que cara? — perguntei, inocente.

— Essa que diz que você acabou de ter uma ideia.

— Não tive só uma ideia. Tive uma *ótima* ideia.

Brincadeiras como aquela costumavam fazer Jill dar uma gargalhada, mas, ao me virar para olhar para a menina no banco de trás, vi que ela não achou aquilo nem um pouco engraçado.

— Ei, você está bem? — perguntei.

Aqueles olhos cor de jade focaram em mim.

— Não tenho certeza. É que muita coisa aconteceu. E, na verdade, não sei o que vai acontecer agora. Me sinto como... Como algum tipo de objeto que será usado na jogada de mestre de alguém. Como um peão.

Um pouco de culpa me atingiu. Victor sempre usou os outros como peças de um jogo. Será que eu era igual? Não. Eu me importava com Jill.

— Você não é um objeto nem um peão — disse a ela. — Mas é muito, muito importante e, por sua causa, várias coisas boas vão acontecer.

— Só que não vai ser tão simples assim, não é? — Ela parecia mais sábia do que a maioria dos adolescentes de sua idade. — As coisas vão piorar antes de melhorarem, não é?

Eu não podia mentir para ela.

— É. Mas você vai poder entrar em contato com sua mãe... E, bem, como eu disse, coisas boas vão acontecer. Os guardiões sempre dizem "Eles vêm primeiro" quando falamos sobre os Moroi. Não é exatamente a mesma coisa para você, mas, fazendo isso... Bem...

Ela deu um sorriso para mim que não parecia muito feliz.

— É. Entendi. É para um bem maior, certo?

Sonya havia passado boa parte da viagem trabalhando num encanto para mim, usando uma pulseira de prata que tínhamos comprado numa loja de presentes às margens da estrada. Era brega, mas feita de prata verdadeira e era isso o que importava. Quando estávamos a cerca de meia hora de Greenston, ela considerou o encanto pronto e me entregou a pulseira. Eu a pus no braço e, em seguida, olhei para os outros.

— E então?

— Não estou vendo nada — disse Sonya —, mas, também, eu não veria.

Jill estreitou os olhos.

— Você me parece um pouco embaçada, como se eu precisasse piscar algumas vezes para enxergar.

— Também estou achando isso — concordou Dimitri.

Sonya ficou satisfeita.

— É como Rose deve parecer para quem sabe que ela está sob o efeito de um encanto. Espero que, para os outros guardiões, ela esteja com um rosto diferente. — Era uma variação do que Lissa havia feito quando tiramos Victor da prisão. Só que o encanto de agora requeria menos magia porque Sonya tinha apenas que alterar meus traços um pouco e não precisava disfarçar minha raça. E ela era mais experiente do que Lissa.

O restaurante que eu havia escolhido em Greenston já tinha fechado fazia tempo quando chegamos, às 23h30. O estacionamento estava quase escuro, mas consegui avistar um carro no canto dos fundos. Torci para que fosse Mikhail — para que ele tivesse aparecido mais cedo —, e não um grupo de atiradores de elite dos guardiões.

No entanto, quando estacionamos ali perto, vi que foi mesmo Mikhail quem saiu do carro — junto com Adrian.

Ele sorriu quando me viu, satisfeito com a surpresa. Na verdade, eu devia ter previsto isso quando lhe pedi para dar o recado a Mikhail. Adrian encontraria um jeito de ir junto. Meu estômago se revirou. Não, não. Isso não. Eu não tinha tempo para lidar com minha vida amorosa. Agora não. Sequer sabia o que dizer a Adrian. Por sorte, não tive chance de falar.

Mikhail havia vindo até nós a passos largos e rápidos, com a eficiência de um guardião, pronto para descobrir que missão eu tinha em mente. Ele parou, dando um berro contido ao ver Sonya sair do carro. Ela também. Os dois permaneceram de pé, paralisados, com os olhos mais arregalados do que o que parecia fisicamente possível. Percebi, então, que o resto de nós havia deixado de existir, assim como toda a nossa trama, as missões e... Bem, o mundo. Naquele momento, só os dois existiam.

Sonya deu um grito sufocado e então correu para a frente. Isso despertou Mikhail a tempo de envolvê-la nos braços enquanto ela se jogava nele. Ela começou a chorar e pude ver lágrimas no rosto dele também. Mikhail pôs o cabelo de Sonya para trás com carinho e tocou seu rosto, olhando fixamente para ela, e repetindo:

— É você... É você... É você...

Sonya tentava enxugar os olhos, mas não adiantava muito.

— Mikhail... Sinto muito... Sinto tanto...

— Não importa. — Ele a beijou e se afastou apenas o bastante para fitar seus olhos. — Não importa. Nada importa, a não ser estarmos juntos de novo.

Isso fez Sonya chorar ainda mais. Ela enterrou a cabeça no peito de Mikhail e os braços dele a envolveram com ainda mais intensidade. O resto de nós permanecia tão paralisado quanto os amantes estiveram no começo. Eu me senti mal testemunhando aquilo. Era pessoal demais. Não devíamos estar ali. No entanto... ao mesmo tempo, ficava pensando que era assim que havia imaginado que meu reencontro com Dimitri seria quando Lissa o recuperou. Amor. Perdão. Aceitação.

Meus olhos se fixaram aos de Dimitri por um instante e uma sensação misteriosa me disse que ele relembrava minhas palavras: *Você tem que perdoar a si mesmo. Se você não conseguir, então, também não pode continuar. Nós não podemos.* Desviei meu olhar de Dimitri, me virando de novo para o casal feliz, de modo que ele não pudesse ver minhas lágrimas. Meu Deus, como eu queria o que Mikhail e Sonya tinham. Um final feliz. Perdão pelo passado. Um brilhante futuro pela frente.

Jill fungou ao meu lado e a envolvi com um dos braços. Esse pequeno barulho pareceu ter atraído Mikhail de volta para nosso mundo. Ainda abraçando Sonya, ele olhou para mim.

— Obrigado. Obrigado por isso. Qualquer coisa que você precisar. Qualquer coisa mesmo...

— Pare, pare com isso — disse eu com receio de me engasgar. Mal consegui piscar e expulsar umas lágrimas traidoras. — Estou contente... Contente por ter feito isso, e bem... Não fui eu de jeito nenhum.

— Mesmo assim... — Mikhail olhou para Sonya, que sorria para ele em meio às lágrimas. — Você trouxe meu mundo de volta para mim.

— Estou tão feliz por vocês... e quero que vocês tenham isso, que possam aproveitar isso agora. Mas tenho um favor para lhes pedir. Mais um favor.

Sonya e Mikhail trocaram olhares como se um soubesse o que o outro pensava. Não dava sequer para imaginar que os dois tinham passado três anos separados. Ela assentiu, e ele voltou seus olhos para mim.

— Acho que foi para isso que ele me trouxe aqui. — Mikhail inclinou a cabeça em direção a Adrian.

— Preciso que você me ajude a entrar no hotel onde os alquimistas estão ficando.

O pequeno sorriso no rosto de Mikhail desapareceu.

— Rose, não posso ajudar você a entrar em lugar nenhum. Você estar tão perto da Corte já é perigoso demais.

Tirei a pulseira do bolso.

— Estarei disfarçada. Não saberão que sou eu. Existe algum motivo para você ter que ir até os alquimistas?

Sonya permanecia nos braços de Mikhail, mas os olhos dele estavam obscuros, pensativos.

— Há guardiões perto dos quartos dos alquimistas. Podemos nos passar por revezadores.

Dimitri assentiu, concordando.

— Se o horário for muito diferente do que está agendado para a mudança de turnos, isso fará com que fiquem de orelha em pé, mas tomara que vocês tenham tempo o suficiente para entrar e descobrir o que precisam. Os guardiões devem estar mais preocupados com a saída dos alquimistas do que com a chegada de outros guardiões.

— É verdade — concordou Mikhail. — Então, vamos você e eu, Rose?

— É — falei. — Quanto menos, melhor. Só o suficiente para fazer umas perguntas a Sydney e Ian. Acho que o resto pode nos esperar aqui.

Sonya beijou o rosto de Mikhail.

— Não vou a lugar algum.

Adrian se aproximou e deu um leve soco, como o de um irmão, no braço de Jill.

— E eu vou ficar aqui para saber como foi que você se meteu nisso, chave de cadeia.

Jill conseguiu dar um sorriso para Adrian. Tinha uma queda muito forte por ele e foi um sinal do quanto ela estava estressada o fato de não ter enrubescido nem ficado com as pernas bambas. Os dois começaram a conversar, e Dimitri gesticulou para eu acompanhá-lo até atrás do carro, fora do campo de visão.

— Isso é perigoso — disse ele em voz baixa. — Se o encanto falhar, você não vai sair daquele hotel. — Havia um *viva* que não tinha sido pronunciado logo depois de *sair*.

— Não vai falhar. Sonya é boa. Além do mais, se formos pegos, talvez me levem de volta para a Corte em vez de me matarem. Imagine o quanto *isso* irá atrasar as eleições.

— Rose, é sério.

Peguei na mão dele.

— Eu sei, eu sei. Vai ser fácil. Devemos entrar e sair em menos de uma hora, mas, se isso não acontecer... — Cara, odeio possibilidades infelizes. — Se isso não acontecer, mande Adrian para a Corte com Jill e se esconda com Sonya em algum lugar até... Sei lá.

— Não se preocupe conosco — disse ele. — Só tome cuidado. — Ele se abaixou e me deu um beijo na testa.

— Dampirinha, você está...

Adrian veio caminhando relaxado para trás do carro, bem a tempo de ver aquele pequeno beijo. Soltei a mão de Dimitri. Nenhum de nós disse nada, mas, naquele momento, os olhos de Adrian... Bem, vi seu mundo inteiro se desmoronando. Senti mais náusea do que se um bando de Strigoi estivesse por perto. Eu me senti pior do que um Strigoi. *Honra*, pensei. É sério: os guardiões deviam ter ensinado isso. Porque eu ainda não havia aprendido.

— Vamos depressa — disse Mikhail, se aproximando, alheio ao drama que acabava de explodir ao seu lado. — Sonya me disse que vocês têm uma contagem regressiva na Corte também.

Engoli em seco, desviando meus olhos de Adrian. Meu coração se retorceu no peito.

— É...

— Vá — disse Dimitri.

— Lembre-se — murmurei para ele —: conversar com Adrian é minha responsabilidade, e não sua.

Acompanhei Mikhail até o carro, pondo a pulseira encantada no braço. Antes de entrar, dei uma rápida olhada para trás. Jill e Sonya estavam juntas, conversando; Dimitri estava de pé, sozinho; e Adrian pegava um cigarro, de costas para todos eles.

— Sou uma idiota! — exclamei, chateada, enquanto Mikhail ligava o carro. Não foi nada eloquente, mas resumia muito bem meus sentimentos.

Ele não reagiu, talvez porque isso não fosse relevante para a nossa tarefa. Ou isso ou ele ainda estava envolvido demais com o recomeço de sua vida amorosa. Sortudo filho da mãe.

Não demoramos muito para chegar ao hotel. Havia guardiões por ali, escondidos para não chamar a atenção dos humanos. Nenhum deles nos parou enquanto entrávamos. Um acenou para Mikhail com a cabeça, demonstrando que o reconhecia. Todos olhavam para mim como... Bem, como se não me reconhecessem. O que era bom. Com tantos guardiões ajudando na Corte, rostos novos eram esperados, e o meu não se parecia com o de Rose Hathaway. Ninguém se importou.

— Em que quartos eles estão? — Mikhail perguntou a um guardião que estava no lobby. — Viemos para a troca de turnos. — Os modos de Mikhail eram perfeitos e confiantes, bastando para que o guardião, apesar de um pouco surpreso, pensasse que devia estar tudo bem.

— Só vocês dois? São quatro lá em cima.

Nos salvei nessa:

— Querem mais guardiões na Corte. As coisas estão fugindo do controle. Então, apenas dois estão designados para cá agora.

— Provavelmente não precisamos de mais que isso lá em cima — concordou o guardião. — Terceiro andar.

— Que raciocínio rápido — me disse Mikhail no elevador.

— Isso não foi nada. Já falei coisas piores para me livrar de certas situações.

Era fácil identificar os quartos porque havia um guardião do lado de fora de cada. *O resto está lá dentro,* percebi, me perguntando se isso seria um problema. No entanto, com aquela mesma postura autoritária, Mikhail disse ao cara que ele e os outros tinham sido chamados na Corte. O guardião convocou os colegas — um de cada quarto dos alquimistas, apesar de não sabermos que quarto era de quem — e eles nos deram um pequeno relatório das condições antes de partir, incluindo nele a informação de quem estava em cada quarto.

Quando se foram, Mikhail olhou para mim.

— Sydney — disse eu.

Tínhamos recebido cartões que funcionavam como chaves e entramos no quarto de Sydney. Ela estava sentada com as pernas cruzadas sobre a cama, lendo um livro e com uma cara horrível. Suspirou quando nos viu.

— Bem, o que foi agora?

Tirei o bracelete, deixando minha ilusão desaparecer.

Não houve queixo caído nem sobrancelha arqueada da parte de Sydney. Só um olhar de quem sabia de alguma coisa.

— Eu devia ter adivinhado. Você está aqui para me libertar? — Havia um tom de esperança na sua voz.

— Humm, não exatamente. — Eu odiava saber que Sydney seria punida, mas tirá-la dali às escondidas não fazia parte do plano agora. — Temos que conversar com Ian e vai ser melhor se você for junto. Ele sabe de uma coisa importante. Uma coisa de que precisamos.

Isso a fez arquear a sobrancelha. Ela apontou para a porta.

— Não nos deixam conversar uns com os outros.

— Não estão lá fora — informei, orgulhosa de mim mesma.

Sydney balançou a cabeça, como se lamentasse.

— Rose, você realmente me assusta às vezes. Só que não pelas razões que no início pensei que me assustaria. Vamos lá. Ele está aqui ao lado, mas você vai ter dificuldade para fazê-lo falar.

— É aí que você vai me ajudar — acrescentei, enquanto íamos para o corredor. Pus a pulseira no braço. — Ele está muito a fim de você. Vai ajudar, se você pedir.

Como eu imaginava, Sydney não tinha a menor noção da queda de Ian por ela.

— O quê? Ele não...

Ela se calou quando entramos no quarto de Ian. Ele assistia à TV, mas se levantou num pulo ao nos ver.

— Sydney! Você está bem?

Lancei um olhar significativo para ela.

Ela me retribui com um sofrido e, então, voltou a atenção para Ian.

— Eles precisam da sua ajuda com uma coisa. Uma informação.

Ian se virou para nós, e seus olhos ficaram frios no mesmo instante.

— Já respondemos suas perguntas centenas de vezes.

— Nem todas — disse eu. — Quando você esteve na Corte, viu uma fotografia sobre a mesa. De um homem morto. Quem era ele?

Os lábios de Ian formaram uma linha reta.

— Não sei.

— Eu vi... Quero dizer, sabemos que você o reconheceu — argumentei. — Você esboçou uma reação.

— Na verdade, percebi isso também — admitiu Sydney.

O tom de Ian se tornou suplicante.

— Qual *é*? Não precisamos ajudá-los mais. Essa coisa toda de prisão em hotel já é ruim o bastante. Estou cansado dos jogos deles.

Eu realmente não o culpava, mas precisávamos demais dele. Lancei um olhar de apelo para Sydney, dando a entender que só ela conseguiria aquilo.

Ela se virou de novo para Ian.

— O que tem esse cara da fotografia? É... muito ruim? Algum segredo?

Ele deu de ombros.

— Não. Só não quero mais ajudá-los. Não importa.

— Você faria isso por mim? — perguntou ela com doçura. — Por favor? Isso vai me ajudar a me livrar de problemas. — Sydney não era nenhuma especialista em flerte, mas acho que o simples fato de ela chegar perto disso o impressionou. Ele hesitou por vários momentos, olhou para nós e depois para Sydney. Ela sorriu para ele.

Ian cedeu.

— O que eu disse é verdade. Não sei quem é esse cara. Ele estava com uma Moroi na unidade de St. Louis um dia.

— Espere aí — disse eu, desnorteada. — Os Moroi vão até as instalações de vocês?

— Às vezes — respondeu Sydney. — Do mesmo jeito que viemos até as suas. Algumas reuniões acontecem pessoalmente. Só que não mantemos seu povo como prisioneiro.

— Acho que esse cara era uma espécie de guarda-costas dela ou alguma coisa assim — disse Ian. — Ela é que tinha ido até lá tratar de negócios. Ele só a acompanhou e ficou quieto.

— Um guarda-costas Moroi?

— Não é incomum para aqueles que não conseguem um guardião — disse Mikhail. — Abe Mazur é prova disso. Ele tem o próprio exército.

— Penso neles mais como uma máfia. — Deixando minha brincadeira de lado, eu começava a ficar confusa. Apesar do desdém que se espalhava por toda parte sobre aprender a lutar, alguns Moroi tinham mesmo que contratar seguranças da própria raça porque não conseguiam arranjar um guardião. Alguém como Daniella Ivashkov não teria esse problema. Na verdade, eu estava bem certa de que Daniella teria direito a dois guardiões se pisasse fora das fronteiras de proteção — e ela havia deixado claro que achava que os Moroi não deviam lutar. Por que ela viajaria sob a proteção de um Moroi se podia ter guardiões mais bem-treinados? Não fazia sentido. No entanto... se tivesse matado uma rainha, era provável que tivesse feito todo tipo de coisa inortodoxa. Aquilo não precisava fazer sentido. — Quem era ela? — perguntei. — A mulher?

— Eu não a conhecia também — disse Ian. — Só passei pelos dois quando estavam a caminho de alguma coisa. Uma reunião, talvez.

— Você se lembra de como ela era? — De alguma coisa. Precisamos de *alguma coisa*. Aquilo estava prestes a desmoronar, mas se Ian fosse capaz de identificar Daniella, podíamos nos dar bem.

— Claro — disse ele. — É fácil lembrar dela.

O silêncio que veio em seguida me irritou.

— E então? — perguntei. — Como ela era?

Ele me contou.

A descrição não era a que eu esperava.

Trinta e dois

Sydney e seus amigos não estavam felizes por não os levarmos conosco.

— Eu faria isso — disse a ela, ainda confusa pelo que tinha ouvido de Ian. — Mas entrar aqui e sair já está sendo muito difícil para nós! Se pusermos os pés lá fora com vocês, todos nós seremos pegos. E logo, logo isso não vai importar. Quando contarmos a todos da Corte o que sabemos e limparmos meu nome, os guardiões não vão mais precisar de vocês.

— Não é com os guardiões que estou preocupada — disse Sydney. Ela usou aquele seu tom entediado, mas pude ver um lampejo de medo legítimo nos seus olhos. E me perguntei a quem ela se referia. Aos alquimistas? Ou a outra pessoa?

— Sydney — principiei, hesitando, apesar de saber que Mikhail e eu precisávamos sair dali. — O que Abe fez de verdade por você? Tem que ser mais do que só a transferência.

Ela deu um sorrisinho triste para mim.

— Não importa, Rose. Vou enfrentar o que vier. Agora vá, está bem? Vá ajudar seus amigos.

Eu queria dizer mais... descobrir mais. No entanto, o semblante de Mikhail mostrava que ele concordava com ela e, então, depois de uma breve despedida, partimos. Quando voltamos para onde os outros esperavam no estacionamento, vi que a situação não tinha mudado muito. Dimitri andava de um lado para o outro, sem dúvida inquieto por estar fora da ação. Jill estava de pé perto de Sonya, como se procurasse a proteção da mulher mais velha. Adrian permanecia distante de todos e mal olhou quando o carro de Mikhail parou.

Quando contamos ao grupo o que descobrimos, porém, uma reação foi provocada em Adrian.

— Impossível. Não posso acreditar. — Ele pisou num cigarro. — Seus amigos alquimistas estão enganados.

Eu mal podia acreditar naquilo também. No entanto, não tinha razão alguma para achar que Ian mentiria. E, para ser sincera, se isso já estava sendo difícil para Adrian, não daria nem para dizer o que ele teria achado se tivéssemos lhe contado de quem suspeitávamos antes. Encarei a noite, tentando aceitar quem havia matado Tatiana e me incriminado. Acreditar naquilo era difícil até para mim. Traição é dureza.

— As motivações estão aí... — disse eu, relutante. Depois de Ian ter descrito quem viu, uma dúzia de motivos para o assassinato fez todo o sentido. — E *são* políticas. Ambrose tinha razão.

— O reconhecimento de Ian é uma prova concreta — disse Dimitri, tão chocado quanto o resto de nós. — Mas existem várias outras lacunas, várias peças que não se encaixam.

— É. — Uma em especial vinha me incomodando. — Como por que tramaram para *me* derrubar.

Ninguém tinha uma resposta para aquilo.

— Precisamos voltar para a Corte — disse Mikhail, por fim. — Ou vão notar minha ausência

Dei para Jill o que esperava ser um sorriso encorajador.

— E você precisa debutar.

— Não sei o que é mais louco — comentou Adrian. — A identidade do assassino ou a chave de cadeia ser uma Dragomir. — Suas palavras para mim eram frias, mas o olhar que ele deu para ela foi gentil. Por mais loucas que as notícias fossem, Adrian não havia tido tanta dificuldade para acreditar na paternidade de Jill. Era calejado o bastante para acreditar na infidelidade de Eric, e aqueles olhos de conto de fadas encerravam o assunto. Acho que ouvir o que Ian tinha nos contado magoava Adrian mais do que ele demonstrava. Descobrir que o responsável pelo assassinato de sua tia era alguém que ele conhecia só devia aumentar a dor. Descobrir sobre mim e Dimitri também não ajudava em nada.

Para grande tristeza de Mikhail, Sonya se ofereceu para ficar enquanto o resto de nós seguia para a Corte. Não podíamos levar os dois carros, e no dele só cabiam cinco. Ela se considerava a menos útil naquela diligência. Com muitos abraços, beijos e lágrimas, ela prometeu a Mikhail que se veriam de novo, logo que aquela confusão fosse resolvida. Torci para que ela tivesse razão.

Meu encanto encobriria meu rosto o bastante para me fazer atravessar os portões. Jill, porém, era o problema mais complicado. Seu sequestro era a notícia mais comentada entre os Moroi, e se ela fosse reconhecida por qualquer um dos guardiões do portão, seríamos detidos ali mesmo. Apostávamos que os guardas estariam atormentados demais para notá-la como notariam Dimitri e a mim. Isso significava que Dimitri tinha prioridade para se disfarçar — o que requereria a ajuda de Adrian. Este não era tão adepto à ilusão quanto Sonya, mas entendia disso o bastante para alterar a aparência de Dimitri aos olhos dos outros. Era parecido com quando ele havia usado o espírito durante minha fuga. A pergunta era se ele iria mesmo fazer aquilo por nós. Ele não tinha dado uma palavra com ninguém sobre o que havia visto entre mim e Dimitri, mas os outros deviam ter notado o repentino aumento na tensão.

— Temos que ajudar Lissa — argumentei, quando Adrian não respondeu ao pedido. — O tempo está passando. Por favor. Por favor, nos ajude. — Eu não me recusaria a rastejar, se fosse disso que ele precisava.

Felizmente, não era. Adrian respirou fundo e fechou os olhos por um instante. Tive certeza de que ele desejava ter algo mais forte do que os cigarros. Por fim, assentiu.

— Vamos lá.

Deixamos Sonya com as chaves do segundo carro e ela ficou ali, com um brilho nos olhos, observando enquanto partíamos. Dimitri, Mikhail e eu passamos grande parte do trajeto analisando os dados que tínhamos coletado. A mulher que Ian havia descrito não podia ter feito tudo o que atribuíamos ao assassino.

Eu estava no banco de trás com Adrian e Jill, me inclinando para a frente e checando as coisas nas pontas dos dedos.

— Motivação? Sim. Capacidade? Sim. Ter subornado Joe? Sim. Acesso aos aposentos de Tatiana... — Franzi a testa, de repente pensando no que tinha ouvido enquanto estava na mente de Lissa. — Sim.

Aquilo me rendeu um olhar surpreso de Dimitri.

— É mesmo? Essa era uma parte que não consegui entender.

— Tenho certeza de que sei como ela fez isso — comentei. — Mas a carta anônima para Tatiana não faz o menor sentido. Isso sem contar a tentativa de encobrir a família de Lissa... e a de matá-la. — *Nem a de me incriminar.*

— Devemos estar lidando com mais de uma pessoa — pressupôs Dimitri.

— Tipo uma conspiração? — perguntei, impressionada.

Ele balançou a cabeça.

— Não, quero dizer, mais *alguém* estava ressentido com a rainha. Mas não alguém que fosse tão longe, a ponto de matá-la. Duas pessoas, duas motivações. Uma nem devia saber da outra. Estamos misturando os indícios.

Fiquei em silêncio, refletindo sobre aquelas palavras. Fazia sentido e notei na nuance com que ele pronunciou *alguém* para se referir a Daniella. Tínhamos razão quanto aos motivos para ela não gostar de Tatiana — os treinamentos, a lei da idade não ser dura o bastante, o encorajamento do uso do espírito... Isso, porém, não bastava para assassinar. Uma carta carregada de raiva, um suborno para garantir a segurança do filho? Isso era o tipo de atitude que lady Daniella Ivashkov tomava. Cravar uma estaca, não.

No silêncio que veio em seguida, ouvi palavras doces entre Jill e Adrian, que estavam conversando enquanto o resto de nós elaborava uma estratégia.

— O que eu faço? — Jill perguntou a ele em voz baixa.

Sua resposta foi rápida e confiante.

— Aja como se merecesse estar ali. Não deixe que intimidem você.

— E quanto a Lissa? O que ela vai achar de mim?

Adrian hesitou por apenas um instante.

— Não importa. É só agir como falei.

Meu estômago se afundou quando ouvi Adrian lhe dar um conselho tão sincero e gentil. Provocativo, presunçoso e atrevido... Ele era tudo isso. Seu coração, porém, era bom. O coração que eu acabava de partir. Eu sabia que tinha razão quanto a seu potencial. Adrian era ótimo. Capaz de fazer coisas ótimas. Eu só esperava não tê-lo empurrado para trás. Pelo menos não precisei lhe dizer que sua mãe era uma assassina, mas mesmo assim...

Todos nós ficamos quietos quando chegamos ao portão. A fila de carros ainda estava lá, e ficamos cada vez mais nervosos à medida que avançávamos. Uma olhada na mente de Lissa me mostrou que não perdíamos nada no Conselho. A situação caótica era quase a mesma de antes, embora o olhar irritado no rosto de Nathan me fizesse acreditar que ele concluiria os procedimentos em breve e continuaria no dia seguinte. Eu não sabia ao certo se isso era bom ou ruim.

Os guardiões reconheceram Mikhail, é claro, e, apesar de ainda vigilantes, seus instintos iniciais não desconfiaram de que ele fosse capaz de feitos indizíveis. Ele explicou de um jeito vago que tinha sido mandado para buscar umas pessoas. O guardião que olhou dentro do carro examinou Dimitri, a mim e — ainda bem — Jill. Adrian, uma figura conhecida, nos trouxe mais respeito. Depois de uma averiguada obrigatória no porta-malas, nos deixaram passar.

— Meu Deus. Funcionou. — Suspirei enquanto Mikhail dirigia até o estacionamento dos guardiões.

— E agora? — perguntou Jill.

— Agora restabelecemos a linhagem Dragomir e acusamos um assassino — disse eu.

— Ah, só isso? — O sarcasmo de Adrian era palpável.

— Vocês sabem — observou Mikhail — que no instante em que suas ilusões se desfizerem, os guardiões partirão para cima dos dois e os jogarão de volta na cadeia. Ou farão coisa pior.

Dimitri e eu trocamos olhares.

— Sabemos disso — respondi, tentando ignorar as lembranças daquela experiência horrível e claustrofóbica. — Mas, se tudo der certo, não teremos que passar muito tempo lá. Vão usar o que descobrimos e acabarão nos libertando. — Soei mais otimista do que me sentia.

Depois de estacionar, nosso grupo seguiu rumo ao prédio do salão, que podia ser avistado a quilômetros de distância com todas aquelas pessoas ao redor. Que estranho. Não fazia muito tempo que eu havia percorrido aquele mesmo trajeto, com quase as mesmas pessoas, nos apressando para *sair* da Corte. Também tínhamos usado disfarces induzidos por espírito na época e tentávamos fugir. Agora, caminhávamos rumo ao perigo, conscientes. Eu estava convencida de que, se conseguisse fazer isso sem ser detectada e pudesse dar minhas notícias, tudo se resolveria. O encanto de Sonya havia funcionado com perfeição quando estive com os alquimistas. Eu não tinha razão alguma para duvidar dele, mas o medo ainda pairava no fundo da minha mente: e se o encanto parasse de funcionar? E se o disfarce falhasse e eu fosse vista antes de entrar no prédio? Me prenderiam? Ou simplesmente atirariam primeiro?

As portas estavam fechadas para os espectadores, mas os guardiões tinham acesso permitido, então, mais uma vez, Mikhail conseguiu que entrássemos — usando um Adrian emburrado como motivo. O sobrinho da última rainha dificilmente poderia ser recusado e, com o caos lá dentro, mais guardiões — que Dimitri e eu aparentávamos ser — eram bem-vindos. Adrian manteve um dos braços ao redor de Jill enquanto os dois entravam e os guardiões a deixaram passar.

Chegamos ao salão às escondidas, sem sermos notados por ninguém. Eu tinha visto a discussão através dos olhos de Lissa, mas era totalmente diferente ao vivo. Mais alta. Mais barulhenta. Meus amigos e eu trocamos olhares. Eu havia me preparado para um grande confronto com o público — caramba, e não seria a primeira vez —, mas aquela era uma prova até para as minhas habilidades.

— Precisamos de alguém para chamar a atenção do salão — disse eu. — Alguém que não tenha medo de dar um espetáculo, quero dizer, além de mim, é claro.

— Mikhail? Por onde você andou?

Nós nos viramos e vimos Abe diante de nós.

— E por falar no diabo... — prossegui. — É exatamente do que precisamos.

Abe deu uma olhada em mim e franziu a testa. Era possível enxergar um encanto se soubesse que ele estava sendo usado. Os encantos também faziam menos efeito se os outros conhecessem bem seu portador. Foi como Victor me reconheceu em Tarasov. O de Sonya era forte demais para Abe conseguir atravessá-lo por completo, mas ele percebeu que algo não estava certo.

— O que está acontecendo? — perguntou ele.

— O velho de sempre — respondi, animada. — Perigo, planos insanos... Você sabe, o tipo de coisa que corre no nosso sangue.

Ele estreitou os olhos de novo, ainda incapaz de enxergar por completo através do encanto. Eu devia estar como um borrão.

— Rose? É você? Por onde você andou?

— Precisamos da atenção do salão — expliquei. Fiquei me perguntando se era aquela a sensação quando os pais pegavam os filhos descumprindo a hora de ir para a cama. Ele parecia desaprovar o que eu estava fazendo. — Temos um jeito de acabar com essa discussão toda.

— Bem — observou Adrian, seco —, pelo menos temos um jeito de começar outra.

— Confiei em você na minha audiência — disse a Abe. — Você não pode confiar em mim agora?

O semblante de Abe se tornou irônico.

— Parece que você não confiou em mim o bastante para ficar na Virgínia Ocidental.

— Detalhes técnicos — retruquei. — Por favor. Precisamos disso.

— E temos pouco tempo — acrescentou Dimitri.

Abe o observou também.

— Me deixe adivinhar. Belikov? — Havia incerteza na voz de meu pai. Adrian fazia um bom trabalho ao manter a ilusão sobre Dimitri. Abe, porém, era esperto o bastante para deduzir quem estaria comigo.

— Pai, precisamos ir logo. Temos o assassino... E Lissa... — Como eu poderia explicar? — Uma oportunidade de mudar a vida de Lissa.

Abe não era de se impressionar com qualquer coisa, mas acho que meu sincero uso da palavra “pai” fez isso. Examinando o salão, seus olhos pousaram em alguém e ele deu um leve aceno com a cabeça. Vários segundos depois, minha mãe abriu caminho para chegar até nós. Ótimo. Ele chamou. Ela veio. Os dois andavam numa amizade medonha. Torci para que Lissa continuasse sendo a única a ter um irmão-surpresa.

— Quem são essas pessoas? — perguntou minha mãe.

— Adivinhe — respondeu Abe, direto. — Quem seria tola o bastante para invadir a Corte depois de fugir daqui?

Os olhos da minha mãe se arregalaram.

— Como...

— Não dá tempo — disse Abe. O olhar penetrante que ele recebeu em seguida mostrou que ela não gostava de ser interrompida. Talvez não tivesse outros irmãos mesmo. — Tenho a sensação de que metade dos guardiões deste salão virão para cima de nós. Vocês estão prontos para isso?

Minha pobre mãe cumpridora das leis parecia em pânico ao se dar conta do que lhe pedíamos.

— Estou — disse ela.

— Eu também — acrescentou Mikhail.

Abe estudou todos nós.

— Acho que existem chances de coisas piores acontecerem.

Ele se dirigiu ao pódio sobre o qual Nathan Ivashkov se inclinava. Este parecia exausto, derrotado — e totalmente perdido quanto ao que fazer com a confusão à sua frente. Ao nos aproximarmos, os candidatos a monarca olharam, curiosos, e senti uma repentina onda de surpresa através do laço. Lissa podia enxergar através dos encantos induzidos por espírito. Senti sua respiração falhar quando ela nos viu. Medo, choque e um alívio a percorreram. E confusão, é claro. Ficou tão feliz em nos ver que se esqueceu por completo das eleições e começou a se levantar quando nos aproximamos. Balancei a cabeça depressa para Lissa, lhe pedindo com urgência para manter nosso disfarce e, depois de hesitar por um momento, ela se sentou de novo. Estava preocupada e intrigada, mas confiava em mim.

Nathan ganhou vida ao nos ver, ainda mais quando Abe simplesmente o empurrou dali e agarrou o microfone.

— Ei, o que vocês...

Eu esperava que Abe gritasse para todo mundo se calar ou algo do tipo. É claro que Nathan vinha tentando essa abordagem por um tempo, sem resultado algum. Então, fiquei um tanto chocada — como todos os outros — quando Abe levou os dedos aos lábios e deu o assobio mais estridente que já ouvi. Um assobio daqueles num microfone? É. Feriu meus ouvidos. Só podia ser pior para os Moroi, e o retorno agudo das caixas de som não ajudou.

O salão se acalmou o bastante para que ele fosse ouvido.

— Agora que vocês tiveram o bom senso de se calarem — principiou Abe —, temos... algumas coisas a dizer. — Abe tinha a voz confiante, de quem controlava o mundo, mas eu sabia que ele precisava de muita fé ali. — Ajam depressa — murmurou ele, passando o microfone para nós.

Eu o peguei e limpei a garganta.

— Estamos aqui para acabar com esse debate de uma vez por todas. — Aquilo provocou resmungos e prossegui depressa, em voz alta, antes que o salão entrasse em erupção de novo. — As leis podem continuar como estão. Vasilisa Dragomir tem direito a seu voto no Conselho e é elegível, pode ser uma plena candidata ao trono. Existe outro membro na sua família. Ela não é a última Dragomir.

Murmúrios e suspiros eclodiram, apesar de não parecerem em nada com os gritos de antes — o mais provável era que fosse porque os Moroi adoravam intrigas e precisassem saber como aquilo terminaria. Por minha visão periférica, avistei os guardiões formando um círculo bem amplo ao nosso redor. Eles se preocupavam com a segurança e não com um escândalo.

Gesticulei para Jill passar à frente. Por um instante, ela paralisou. Então, me perguntei se ela se lembrava das palavras de Adrian no carro. Jill parou ao meu lado, tão pálida que me preocupei com a possibilidade de ela desmaiar. Quase senti que eu também poderia. A tensão e a pressão eram esmagadoras. Não. Eu já tinha ido longe demais.

— Esta é Jillian Mastrano Dragomir. Ela é filha bastarda de Eric Dragomir... mas *é* filha dele e pertence oficialmente à linhagem. — Eu odiava usar *bastarda*, porém, naquele caso, era necessário.

No silêncio que veio em seguida e que durou um batimento cardíaco, Jill se inclinou depressa na minha direção e na do microfone.

— *Sou* uma Dragomir — disse ela, com clareza, apesar das mãos trêmulas. — Nossa família tem seu quorum e minha ir...irmã tem todos os seus direitos.

Pude ver outra explosão prestes a acontecer, e Abe pulou entre mim e Jill, agarrando o microfone.

— Para os que não acreditam nisso, um exame de DNA esclarecerá quaisquer dúvidas quanto à linhagem dela. — Eu só podia admirar a audácia de Abe. Ele acabava de receber aquela informação, sessenta segundos antes, e já a defendia com certeza, como se ele mesmo tivesse realizado os exames necessários no laboratório de genética que tinha em casa. Quanta fé... e uma vantagem que ele não poderia deixar passar. Meu velho adorava segredos.

A notícia desencadeou a reação que eu esperava. Depois que o público digeriu a informação, uma tempestade de comentários gritados começou:

— Eric Dragomir não tinha nenhum outro filho, bastardo ou não!

— Isso é uma armação!

— Nos mostrem a prova! Onde estão os exames?

— Bem... Ele era meio dado a flertes...

— Ele tinha *mesmo* outra filha.

Este último calou a multidão, tanto por ser pronunciado com autoridade tanto por ter vindo de Daniella Ivashkov. Ela havia se levantado e, mesmo sem um microfone, tinha uma voz que era capaz de se propagar num salão. Também era alguém importante o suficiente na nossa sociedade para chamar a atenção. Muitos dentre os membros da realeza estavam quase condicionados a ouvi-la. No salão agora quieto, Daniella continuou falando.

— Eric Dragomir teve uma filha bastarda com uma mulher chamada Emily Mastrano... Uma dançarina, se me lembro bem. Ele queria que isso fosse mantido em segredo e precisava que algumas coisas fossem feitas, coisas que não podia fazer por conta própria, para que isso fosse possível. Fui um dos poucos que ajudaram. — Um sorriso amargo atípico apareceu nos seus lábios. — E, para ser sincera, não teria me incomodado se isso permanecesse em segredo também.

As peças se encaixaram na minha cabeça. Agora eu sabia quem tinha invadido os registros dos alquimistas. E por quê. No silêncio do salão, também não precisei de um microfone para falar.

— O suficiente para você ter feito certos papéis desaparecerem.

Daniella voltou aquele sorriso para mim.

— Sim.

— Porque se os Dragomir desaparecessem, o espírito também poderia desaparecer. E Adrian estaria a salvo. O espírito vinha recebendo atenção demais e rápido demais, e você precisava se livrar de qualquer prova sobre Jill para acabar com a credibilidade de Vasilisa. — O semblante de Daniella confirmou tudo. Eu devia ter parado ali, mas minha curiosidade não permitiria isso. — Então, por que admitir isso agora?

Daniella deu de ombros.

— Porque vocês têm razão. Um exame de DNA vai mostrar a verdade. — Houve suspiros de admiração daqueles que consideravam a palavra de Daniella sagrada e se perguntavam o que isso significava. Outros se recusavam a acreditar e adotaram olhares de escárnio. Daniella, apesar de decepcionada por a verdade ter vazado, parecia conformada e disposta a aceitar a situação. No entanto, seu sorriso logo desapareceu quando me analisou mais de perto.

— O que eu gostaria de saber é: quem é *você*?

Uma boa parte do público parecia querer saber isso também. Hesitei. O disfarce encantado de Sonya tinha me levado bem longe àquela altura. Tínhamos uma frágil aceitação de Jill e da linhagem dos Dragomir. Se permitíssemos que o sistema seguisse seu curso e Lissa vencesse — como agora eu queria —, eu teria uma defensora rainha para ajudar no caso e limpar meu nome.

No entanto, ao encarar a multidão — repleta de pessoas que eu conhecia e respeitava e que tinham me condenado sem hesitar —, senti uma raiva arder dentro de mim. Induzida por espírito ou não, não importava. Eu ainda estava indignada com a facilidade com que havia sido acusada e desprezada. Não queria esperar para que aquilo fosse resolvido num escritório tranquilo dos guardiões. Queria enfrentá-los. Queria que soubessem que eu era inocente — sobre ter matado a rainha, pelo menos.

E, então, superando meus próprios recordes de comportamento perigoso e inconsequente, arranquei a pulseira de Sonya.

— Sou Rose Hathaway.

Trinta e três

Os gritos e berros do público me disseram que meu disfarce tinha desaparecido.

Muitos olhos também se voltaram para Dimitri. Adrian havia acabado com essa ilusão também, depois de eu ter desfeito a minha. E, como esperávamos, os guardiões que vinham aos poucos se posicionando ao nosso redor se aproximaram, com armas nas mãos. Eu ainda acho que aquilo foi golpe baixo. Por sorte, minha mãe e Mikhail se mexeram depressa para bloquear os que nos atacavam e deter quaisquer tiros.

— Não — disse com dureza a Dimitri, pois sabia que ele estava prestes a se juntar a nossos dois defensores. Era crucial que ele e eu permanecêssemos perfeitamente imóveis para não sermos considerados ameaças. Até cheguei ao ponto de pôr as mãos para cima e, relutante, como eu desconfiava, Dimitri fez o mesmo. — Esperem. Por favor, nos escutem primeiro.

O cerco de guardiões estava fechado, sem aberturas. Eu tinha certeza de que minha mãe e Mikhail eram as únicas coisas que os impediam de atirar em nós ali mesmo. Os guardiões evitavam lutar contra outros guardiões sempre que possível. No entanto, era fácil derrotar dois bloqueios, e aqueles guardiões não esperariam para sempre. Jill e Abe, de repente, passaram à frente, se posicionando perto de nós. Mais escudos. Vi um dos guardiões que nos ameaçava fazer uma careta. Os civis complicavam as coisas. Adrian não havia se mexido, mas o fato de estar preso dentro do cerco em si já fazia dele um obstáculo.

— Nos arrastem daqui depois se quiserem — disse eu. — Não vamos oferecer resistência. Mas vocês precisam nos deixar falar primeiro. Sabemos quem matou a rainha.

— Nós também — disse um dos guardiões. — Agora, os demais... recuem antes que sejam feridos. Esses dois são fugitivos perigosos.

— Eles precisam falar — disse Abe. — Têm provas.

Mais uma vez, ele impôs seu argumento, agindo com confiança sobre coisas de que não fazia a menor ideia. Apostava tudo em mim. Eu começava a gostar dele. Era meio que um azar nossas provas não serem completamente concretas como eu esperava, mas, como tinha comentado antes... eram só detalhes técnicos.

— Deixem os dois falarem.

Era uma voz diferente, mas uma voz que eu conhecia de cor. Lissa forçou a passagem por entre dois guardiões. Eles se mantiveram posicionados com firmeza, pois sua preocupação imediata era a de que não escapássemos. Isso permitiu que ela atravessasse a barreira, mas apenas até alguém conseguir agarrar seu braço e impedi-la de nos alcançar.

— Os dois chegaram até aqui. Tinham razão quanto a... Jill. — Caramba, não era fácil para ela dizer aquilo com serenidade no rosto, já que ainda não havia aceitado a questão por completo. Minha morte iminente devia ser a única coisa que desviava sua atenção daquela experiência de sentir o chão se abrir de repente ao descobrir que, provavelmente, tinha uma irmã. Ela também depositava muita fé naquilo, confiando que eu dizia a verdade. — Vocês já os pegaram. Eles não podem ir a lugar algum. Deixem os dois falarem. Tenho evidências para sustentar a tese deles também.

— Não sei se é uma boa ideia você falar isso, Liss — lhe disse em voz baixa. Ela ainda acreditava que Daniella fosse a assassina, e não gostaria de ouvir a verdade. Lançou um olhar confuso para mim, mas não protestou.

— Vamos ouvi-los — disse um dos guardiões. E não era qualquer um: Hans. — Depois da fuga que tramaram, eu realmente gostaria de saber o que os trouxe de volta.

Hans estava nos ajudando?

— Mas — prosseguiu ele — tenho certeza de que vocês dois entendem que precisaremos imobilizá-los antes que façam sua grande revelação.

Olhei para Dimitri, que já tinha se virado para mim. Nós dois sabíamos no que havíamos nos metido e, para ser sincera, aquela situação era melhor do que eu previa.

— Está bem — concordou Dimitri. Ele olhou para nossos nobres protetores. — Tudo bem. Podem deixá-los passar.

Minha mãe e os outros não se mexeram de imediato.

— Façam o que ele pediu — ordenei. — Não acabem como nossos companheiros de cela.

Eu tinha certeza de que aqueles tolos adoráveis não me escutariam. Mikhail, porém, recuou primeiro e, então, os outros o imitaram, quase sincronizados. Num piscar de olhos, os guardiões agarraram todos e os arrastaram dali. Dimitri e eu permanecemos parados, e quatro guardiões vieram: dois para ele e dois para mim. Adrian havia se retirado com os outros, mas Lissa ainda estava a alguns centímetros de nós, com toda a sua confiança em mim.

— Continue — disse Hans. Ele agarrou meu braço com força.

Meus olhos encontraram os de Lissa, e eu odiava o que tinha a dizer. Mas não. Não era com ela que me preocupava mais por ter de magoar. Observando o público, encontrei Christian, que, como podemos compreender, acompanhava o drama com atenção e avidez. Tive que me virar e encarar a multidão como um todo, me recusando a ver rostos individuais. Só um borrão.

— Não matei Tatiana Ivashkov — principiei. Várias pessoas resmungaram, duvidando. — Eu não gostava dela. Mas não a matei.

— Olhei para Hans. — Você interrogou o zelador que testemunhou sobre meu paradeiro na hora do assassinato, não foi? E ele identificou o homem que atacou Lissa como o que o subornou para mentir sobre onde eu estava, não é? — Eu havia descoberto, através de Mikhail, que Joe tinha acabado admitindo ter aceitado dinheiro do Moroi misterioso depois de os guardiões o encurralarem com a fotografia.

Hans franziu a testa, hesitou e então assentiu para que eu prosseguisse.

— Não existe nenhum registro da existência desse homem... Pelo menos não entre os guardiões. Mas os alquimistas sabem quem ele é. Já o viram em uma de suas unidades, agindo como o guarda-costas de alguém. — Meus olhos voltaram-se para Ethan Moore, que estava de pé com os guardiões perto da porta. — Um guarda-costas de alguém que deixaram entrar para ver Tatiana na noite em que ela morreu: Tasha Ozera.

Não houve necessidade alguma de alvoroço por parte do público dessa vez, porque Tasha mais do que compensou isso por conta própria. Ela estava sentada ao lado de Christian e deu um pulo da cadeira.

— O que é que você está dizendo, Rose? — exclamou ela. — Você perdeu a cabeça?

Quando surgi ali, desafiadora, pronta para encarar a multidão e exigir justiça, estava cheia de uma sensação de triunfo e poder. Agora... Agora estava apenas triste ao encarar alguém em que sempre confiei, alguém que me encarava também tão chocada e magoada.

— Eu queria ter perdido... mas é a verdade. Nós duas sabemos que é. Você matou Tatiana.

A descrença de Tasha aumentou, marcada agora por um pouco de raiva, apesar de ela ainda parecer me dar o benefício da dúvida.

— Eu nunca, *nunca* acreditei que você tivesse matado Tatiana... e lutei por você. Por que está fazendo isso? Está se aproveitando da nossa família ser manchada por Strigoi? Pensei que você estivesse acima desse tipo de preconceito.

Engoli em seco. Tinha pensado que conseguir provas seria a parte mais difícil. Não era nada, se comparado a revelá-las.

— O que estou dizendo não tem nada a ver com os Strigoi. Quase chego a querer que sim. Você odiava Tatiana por causa da lei da idade e por ela se recusar a permitir que os Moroi lutassem. — Outra lembrança me veio à mente, de quando Tasha soube das sessões de treinamento secretas. Ela havia ficado chocada, e agora eu desconfiava de que fosse por culpa de ter julgado mal a rainha.

A multidão estava atenta e pasma, mas uma pessoa ganhou vida: um Ozera que eu não conhecia, e que, ao que parecia, tinha a solidariedade à família em mente. Ele se levantou, cruzando os braços, desafiador.

— Metade desta Corte odiava Tatiana por causa dessa lei. E você está nesse meio.

— Não mandei meu guarda-costas subornar uma testemunha nem atacar Lis... a princesa Dragomir. E não finja que não conhecia esse cara — avisei a ela. — Ele era seu guarda-costas. Vocês foram vistos juntos. — A descrição que Ian havia feito de Tasha quando ela visitou St. Louis tinha sido perfeitamente clara: cabelo comprido e preto, olhos azul-claros e uma cicatriz em um dos lados do rosto.

— Rose, nem consigo acreditar que isso esteja acontecendo, mas se James... Esse era o nome dele... Fez algo do tipo, agiu por conta própria. Ele sempre teve ideias radicais. Eu sabia disso quando o contratei para me proteger fora da Corte, mas nunca pensei que ele fosse capaz de matar. — Ela olhou ao redor, procurando por alguma autoridade e, por fim, se voltou para o Conselho. — Sempre acreditei que Rose fosse inocente. Se James é o responsável por isso, então, fico mais do que feliz em lhes contar qualquer coisa que eu possa saber para limpar o nome dela.

Tão, tão fácil. O Moroi misterioso — James — passou por quase todos os lugares onde Tasha esteve. Também havia sido visto em situações suspeitas em que ela não estava, como no suborno de Joe e no ataque a Lissa. Eu podia salvar Tasha e pôr a culpa toda naquele homem. Ele já estava morto. Tasha e eu podíamos continuar amigas. Ela agiu por princípios, certo? O que havia de errado com isso?

Christian se levantou ao lado dela, olhando para mim como se eu fosse uma estranha.

— Rose, como você pode dizer uma coisa dessas? Você *conhece* tia Tasha. Sabe que ela não faria isso. Pare com essa cena e nos deixe descobrir como esse tal de James matou a rainha.

Tão, tão fácil. Culpem o homem morto.

— James não poderia ter cravado uma estaca em Tatiana — prossegui. — Ele tinha um problema em uma das mãos. Um Moroi precisa usar as duas mãos para cravar uma estaca em alguém. Já vi isso acontecer duas vezes. E aposto que se vocês conseguirem arrancar uma resposta objetiva de Ethan Moore... — Olhei para o guardião, que havia empalidecido. Ele podia ser capaz de partir para a luta e matar sem hesitar. Mas aquele tipo de escrutinação? E um eventual interrogatório feito por seus colegas? Eu achava que ele não aguentaria. E essa devia ser a razão para Tasha conseguir manipulá-lo. — James não esteve lá na noite em que Tatiana morreu, esteve? E não acho que Daniella Ivashkov tenha estado também, apesar do que disseram à princesa Dragomir mais cedo. Mas Tasha esteve. Ela esteve nos aposentos da rainha... e você não reportou isso.

Ethan parecia querer sair correndo dali bem depressa, mas suas chances de escapar eram quase tão boas quanto as minhas e as de Dimitri. Ele balançou a cabeça devagar.

— Tasha não mataria ninguém. — Não era exatamente a confirmação do envolvimento de Tasha que eu queria, mas chegou perto. Os guardiões arrancariam mais dele depois.

— Rose! — Christian estava furioso agora. Vê-lo olhando para mim tão indignado me magoava ainda mais do que o semblante de Tasha. — Pare com isso!

Lissa deu alguns passos hesitantes à frente. Pude sentir na sua mente que ela também não queria acreditar no que eu estava dizendo... No entanto, ainda confiava em mim. Pensou numa solução controversa:

— Sei que é errado... mas se usássemos compulsão nos suspeitos...

— Nem sugira uma coisa dessas! — exclamou Tasha, voltando seus olhos penetrantes para Lissa. — Fique fora disso. O seu futuro está na mira aqui. Um futuro em que você poderia ser grandiosa e conquistar as coisas de que nosso povo precisa.

— Um futuro que você poderia manipular — observei, entendendo tudo. — Lissa acredita em muitas das reformas que você propõe, e você acha que conseguiria convencê-la a acreditar nas que ela não acredita. Ainda mais por ela estar com seu sobrinho. É por isso que você lutou tanto para mudar a lei do quorum. Você queria que ela fosse rainha.

Christian começou a dar passos para a frente, mas Tasha pôs a mão no seu ombro para detê-lo. Isso não o impediu de falar.

— Que idiotice. Se ela quisesse que Lissa fosse rainha, por que mandaria o tal James atacá-la?

Aquilo era um mistério para mim também, uma das lacunas que eu não tinha conseguido preencher. Mas Dimitri, sim. Consciente de seus dois guardas, ele chegou um pouco mais perto de mim.

— Porque não era para ninguém morrer. — A voz grave e ressoante de Dimitri ecoava perfeitamente na acústica do salão. Ele não precisou de microfone algum para se dirigir a Tasha. — Você não esperava que um guardião estivesse com ela. — Ele tinha razão, como me dei conta. Eddie havia sido convocado naquela noite sob circunstâncias estranhas e quase não conseguiu voltar a tempo de ir com Lissa até Ambrose. — James provavelmente iria fingir um ataque e fugir. Isso já seria o bastante para despertar mais solidariedade por Vasilisa e para ela receber mais apoio. O que com certeza aconteceu... só que de um jeito um pouco mais severo.

A indignação no rosto de Tasha se transformou em algo que não consegui interpretar logo de cara. Ela havia se mostrado ofendida por minhas acusações, mas pelo que vinha de Dimitri... era mais. Ela parecia genuinamente magoada. Arrasada. Eu conhecia aquele olhar. Eu o tinha visto no rosto de Adrian algumas horas antes.

— Dimka, não faça isso também — disse ela.

Através dos olhos de Lissa, vi as cores da aura de Tasha mudarem, arderem um pouco mais vívidas enquanto ela olhava para Dimitri. Pude ver exatamente o que Sonya tinha me explicado, como a aura mostrava afeto.

— E é por isso que fui incriminada — murmurei em voz baixa. Ninguém me ouviu, a não ser Dimitri e nossos guardiões.

— Hã? — perguntou Dimitri.

Apenas balancei a cabeça. Durante todo aquele tempo, Tasha ainda amava Dimitri. Eu sabia que ela o amava no ano anterior, quando propôs a ele que se juntassem e tivessem filhos — não era algo que muitos homens dampiros tinham chance de conseguir. Ele recusou, e achei que ela tivesse aceitado ser apenas sua amiga. Não tinha. Ela ainda o amava. Quando Lissa revelou meu relacionamento com Dimitri para Hans, Tasha já sabia. Mas desde quando? Eu não tinha certeza. É óbvio que ela sabia do relacionamento antes de matar Tatiana, e me culpar pelo assassinato a deixava livre e desimpedida e aumentava suas chances com Dimitri.

Não fazia sentido trazer à tona seus motivos pessoais para me culpar. O assassinato de Tatiana era a verdadeira questão ali. Só olhei para Hans.

— Você pode me levar sob custódia. É sério. Mas não acha que tem motivos suficientes para levar Tasha... e Ethan... também?

Era impossível interpretar o rosto de Hans. Seus sentimentos por mim sempre tiveram altos e baixos, desde o dia em que nos conhecemos. Às vezes, eu era uma causadora de problemas sem futuro. Em outras, tinha o potencial para ser uma líder. Ele havia acreditado que eu era uma assassina e, no entanto, deixou que eu falasse para a multidão. E, na verdade, também não gostava dos meus amigos. O que faria agora?

Hans tirou os olhos de meu rosto e se voltou para o público, onde vários guardiões se posicionavam, prontos para agir. Deu um brusco aceno com a cabeça.

— Levem lady Ozera. E Moore. Vamos interrogá-los.

Como Tasha estava sentada entre outras pessoas, houve um pouco de medo e pânico quando quatro guardiões seguiram em direção a ela. Tentaram evitar ferir outros membros do público ao máximo, mas, ainda assim, aconteceram muitos empurrões e solavancos. O que veio como uma total surpresa foi a ferocidade com que Tasha reagiu. Me lembrei de que ela era treinada. Não do mesmo jeito que os guardiões, mas o bastante para dificultar que a pegassem. Ela sabia dar chutes e socos — e cravar estacas em rainhas —, conseguindo até derrubar um guardião.

Eu me dei conta de que Tasha talvez tentasse mesmo lutar para sair dali — apesar de eu não acreditar nem por um segundo que ela conseguiria. Estava cheio e caótico demais. Guardiões seguiam em direção à confusão. Moroi apavorados tentavam *se afastar* da luta. Todos pareciam se enfiar no caminho um do outro. De repente, um barulho alto ecoou pelo salão. Um tiro. Grande parte dos Moroi se jogou no chão, apesar de os guardiões continuarem chegando. Segurando uma pistola que deve ter tomado do guardião que havia derrubado, Tasha agarrou a primeira Moroi que conseguiu com a mão livre. Minha nossa, era Mia Rinaldi. Ela estava sentada perto de Christian. Acho que Tasha nem reparou na refém que tinha escolhido.

— Não se mexam! — gritou Tasha para os guardiões que ganhavam espaço. A arma estava na cabeça de Mia e senti meu coração parar de bater. Como as coisas tinham chegado àquele ponto? Nunca previ aquilo. Era para a minha missão ter sido limpa e organizada. Denunciar Tasha. Mandá-la para a prisão. Pronto.

Os guardiões paralisaram, nem tanto pelo comando dela, mas porque tentavam avaliar como lidar com tal ameaça. Enquanto isso, Tasha começou devagar — bem devagar — a seguir em direção à saída, arrastando Mia junto. Ela avançava lenta e desajeitadamente, graças a todas as cadeiras e pessoas no caminho. A demora deu aos guardiões tempo para resolver aquele dilema terrível. *Eles vêm primeiro.* A vida de Mia — a vida de uma Moroi — corria risco. Os guardiões não queriam que Mia fosse morta, mas também não poderiam permitir que uma Moroi lutadora empunhando uma arma saísse dali em liberdade.

Acontece que Tasha não era a única Moroi lutadora no salão. Ela deve ter escolhido a pior refém possível, e pude notar, pelo lampejo nos olhos de Mia, que ela não ficaria tão quieta. Lissa percebeu isso também. Uma das duas ou as duas seriam mortas, e ela não podia deixar isso acontecer. Se conseguisse fazer com que Tasha olhasse para ela, poderia usar a compulsão para obrigá-la a se render.

Não, não, não, pensei. Eu não precisava de mais uma amiga envolvida naquilo.

Tanto Lissa quanto eu vimos Mia se enrijecer para se livrar das mãos de Tasha. Lissa se deu conta de que tinha que agir naquele instante. Pude sentir isso pelo laço. Pude sentir seus pensamentos, a decisão e até como os músculos e nervos de seu corpo se mexeram para a frente para chamar a atenção de Tasha. Senti aquilo com muita clareza, como se dividíssemos o mesmo corpo. Eu sabia para onde Lissa iria antes mesmo de ela ir.

— Tasha, por favor, não...

Lissa correu para a frente e seu grito lamentoso foi interrompido quando Mia deu um chute para trás em Tasha e se soltou, se abaixando e fugindo do alcance da arma. Tasha, impressionada diante das duas frentes, ainda empunhava a arma. Com Mia fora do alcance e tudo acontecendo tão depressa, Tasha, frenética, fez alguns disparos na primeira ameaça que se mexeu na sua direção — e não eram os guardiões se aproximando depressa. Era uma figura esbelta de branco que gritava com ela.

Ou, bem, teria sido. Como falei, eu sabia exatamente onde Lissa iria pisar e o que ela faria. E naqueles precisos segundos antes de ela agir, me libertei das mãos de meus captores e me joguei na frente dela. Alguém veio atrás de mim num pulo, mas chegou tarde demais. A arma de Tasha havia disparado. Senti uma picada e uma queimadura no peito e, então, mais nada além de dor — uma dor tão completa e tão intensa que quase fugia à compreensão.

Percebi que estava caindo, senti Lissa me pegar e gritar alguma coisa — talvez para mim, talvez para mais alguém. Havia tanto tumulto no salão que eu não sabia o que tinha acontecido com Tasha. Existia apenas eu e a dor que minha mente tentava bloquear. O mundo parecia ficar cada vez mais quieto. Vi Lissa olhando para baixo, para mim, gritando algo que eu não conseguia ouvir. Ela estava bonita. Radiante. Coroada em luz... mas havia uma escuridão fechando o cerco ao redor dela. E naquela escuridão, vi rostos... Os fantasmas e espíritos que sempre me seguiram. Estavam mais nítidos, chegando mais perto. Acenando.

Uma arma. Eu havia sido abatida por uma arma. Era quase cômico. *Trapaceiros*, pensei. Passei a vida inteira me concentrando no combate corpo a corpo, aprendendo a me esquivar de presas e de mãos poderosas que poderiam quebrar meu pescoço. Uma arma? Era tão... Bem, fácil. Devia me sentir insultada? Não sabia. Isso importava? Também não sabia. Naquele momento, só sabia que, de todo jeito, iria morrer.

Minha visão enfraquecia cada vez mais, a escuridão e os fantasmas fechavam o cerco e juro que era como se pudesse ouvir Robert sussurrando no meu ouvido: *O mundo dos mortos não desistirá de você pela segunda vez.*

Pouco antes de a luz desaparecer por completo, vi o rosto de Dimitri se juntar ao de Lissa. Eu queria sorrir. Então, concluí que se as duas pessoas que mais amava estavam a salvo, eu poderia deixar este mundo. Os mortos poderiam finalmente me levar. E eu tinha cumprido meu propósito, não é? O de proteger? Eu tinha feito isso. Tinha salvado Lissa, exatamente como jurei que sempre faria. Estava morrendo em combate. Nada de calendários para mim.

O rosto de Lissa brilhava com lágrimas, e eu esperava que o meu mostrasse o quanto eu a amava. Com a última centelha de vida que me restava, tentei falar, tentei dizer a Dimitri que o amava também e que agora ele tinha que protegê-la. Acho que ele não entendeu, mas as palavras do mantra dos guardiões foram meu último pensamento consciente.

Eles vêm primeiro.

Trinta e quatro

Não acordei no mundo dos mortos.

Também não acordei num hospital ou em algum outro tipo de centro médico — o que, acredite, já havia acontecido muitas vezes. Não, acordei no luxo, num quarto enorme com mobília dourada. No céu? Provavelmente não com o meu comportamento. Minha cama com dossel tinha um edredom vermelho e dourado, espesso o bastante para servir de colchão. Velas tremeluziam numa mesinha perto da parede mais distante e preenchiam o quarto com aroma de jasmim. Eu não fazia ideia de onde estava nem de como havia parado ali, mas, depois das últimas lembranças de dor e escuridão terem passado por minha mente, concluí que o fato de eu estar mesmo respirando já era bom o bastante.

— A Bela Adormecida acordou.

Aquela voz... Aquela voz maravilhosa e doce com seu leve sotaque. Ela me envolveu e revelou uma verdade impossível e todo o seu impacto: eu estava viva. Eu estava viva. E Dimitri estava ali.

Não consegui vê-lo, mas senti um sorriso chegar a meus lábios.

— Você é o meu enfermeiro?

Ouvi Dimitri se levantar de uma cadeira e se aproximar. Vê-lo de pé ao meu lado daquele jeito me fez lembrar do quanto ele era alto. Ele olhou para mim, também dando um sorriso — um daqueles sorrisos plenos e raros. Havia tomado banho desde a última vez que o vi e tinha o cabelo castanho preso com esmero para trás do pescoço, apesar de já estar há alguns dias sem se barbear. Tentei me sentar, mas ele me fez voltar.

— Não, não, você precisa ficar deitada. — A dor no peito me mostrou que Dimitri tinha razão. Minha mente podia estar desperta, mas o resto de mim estava exausto. Eu não fazia a menor ideia de quanto tempo havia se passado, mas algo me dizia que meu corpo vinha travando uma batalha, não com um Strigoi nem nada parecido, mas consigo mesmo. Uma batalha para continuar vivo.

— Então chegue mais perto — pedi. — Quero ver você.

Ele pensou por um instante e então tirou os sapatos. Me virando de lado — o que me fez estremecer —, consegui me afastar um pouco para abrir espaço na beirada da cama. Ele se acomodou ao meu lado. Nossos rostos se apoiavam no mesmo travesseiro, a apenas alguns centímetros de distância, e ficamos olhando um para o outro.

— Assim está melhor? — perguntou ele.

— Muito.

Com seus dedos compridos e graciosos, ele se esticou e tirou uma mecha de cabelo do meu rosto antes de acariciar minha bochecha.

— Como você está?

— Com fome.

Ele deu uma gargalhada baixa e, com cuidado, deslizou uma das mãos para baixo, até minha lombar, num tipo de meio abraço.

— É claro que está. Acho que só conseguiram lhe dar sopa até agora. Bem, isso e soro na veia mais cedo. Você deve estar com abstinência de açúcar.

Eu me encolhi. Não gostava de agulhas nem de tubos e fiquei satisfeita por não estar acordada para vê-los. (Agulhas de tatuagem eram diferentes).

— Quanto tempo passei apagada?

— Alguns dias.

— Alguns dias... — Tremi, e ele puxou o edredom para me cobrir um pouco mais, pensando que eu sentia frio. — Eu não devia estar viva — sussurrei. Tiros como aqueles... Eles foram rápidos demais e chegaram bem perto do meu coração. Ou dentro do meu coração...? Levei a mão ao peito. Não sabia exatamente onde havia sido atingida. Tudo doía. — Meu Deus. Lissa me curou, não é? — Teria sido preciso muito espírito. Ela não devia ter feito isso. Não podia se dar ao luxo. Só que... por que eu ainda sentia dor? Se ela tivesse me curado, teria ido até o fim.

— Não, ela não curou você.

— Não? — franzi a testa, incapaz de compreender aquilo. De que outra maneira eu teria sobrevivido? Uma resposta surpreendente me veio à mente.

— Então... foi Adrian? Ele nunca... depois do jeito como o tratei... não. Ele não poderia ter...

— O que, você acha que ele deixaria você morrer?

Não respondi. As balas podiam não estar mais ali havia muito tempo, mas pensar em Adrian ainda fazia meu coração — no sentido figurado — doer.

— Não importa como ele se sente... — disse Dimitri, hesitante. Aquele era um assunto delicado, no fim das contas. — Bem, ele não teria deixado você morrer. Queria curá-la. Mas também não foi ele.

Me senti mal por ter pensado isso de Adrian. Dimitri tinha razão. Adrian nunca teria me abandonado por despeito, mas meus palpites estavam acabando.

— Então, quem? Sonya?

— Ninguém — disse ele, apenas. — Bem, você, acho.

— Eu... o quê?

— As pessoas podem se curar sem magia, às vezes, Rose. — Havia um tom de divertimento na sua voz, apesar de seu rosto permanecer sóbrio. — E os seus ferimentos... Eles foram graves. Ninguém achou que você iria sobreviver. Você foi para a cirurgia e então todos nós simplesmente esperamos.

— Mas por que... — Me senti muito arrogante ao fazer a pergunta seguinte. — Por que Adrian e Lissa *não* me curaram?

— Ah, eles queriam fazer isso, acredite. Só que, logo depois, naquele caos... a Corte foi toda isolada. Os dois foram tirados dali e postos sob proteção pesada antes que pudessem agir. Ninguém os deixava chegar perto de você, não quando ainda pensavam que você poderia ser uma assassina. Precisavam ter certeza sobre Tasha primeiro, apesar de as próprias atitudes dela terem sido bem condenatórias.

Levei um momento para digerir a ideia de que a medicina moderna e a resistência de meu corpo haviam me curado. Tinha me acostumado demais ao espírito. Aquilo não parecia possível. Enquanto tentava envolver minha mente naquele conceito, o resto do que Dimitri disse me atingiu.

— Tasha... ainda está viva?

Seu rosto ficou mais sério.

— Está. Eles a pegaram logo depois que ela atirou em você, antes que mais alguém fosse ferido. Ela foi detida e mais evidências têm aparecido.

— Denunciá-la foi uma das coisas mais difíceis que já fiz — disse eu. — Lutar contra Strigoi foi mais fácil.

— Eu sei. Para mim, foi difícil ver, foi difícil acreditar. — Havia um olhar distante no seu rosto, o que me fez lembrar que Dimitri a conhecia desde muito antes de me conhecer. — Mas Tasha fez as escolhas dela, e todas as acusações contra você foram retiradas. Você é uma mulher livre agora. Mais do que isso. Uma heroína. Abe está se gabando, dizendo que foi ele quem fez tudo.

Aquilo trouxe meu sorriso de volta.

— É claro que está. Devo receber uma conta dele em breve. — Me senti tonta de alegria e espanto. *Uma mulher livre.* Vinha carregando um fardo de acusações e uma sentença de morte durante o que pareciam anos, e agora... Agora tudo isso tinha desaparecido.

Dimitri deu uma gargalhada e eu queria ficar daquele jeito para sempre, só nós dois, tranquilos e despreocupados. Bem — talvez não exatamente daquele jeito. Eu podia estar sem a dor e os curativos espessos que sentia no peito. Ele e eu havíamos tido tão pouco tempo a sós, momentos em que pudéssemos de fato relaxar e admitir abertamente estarmos apaixonados. As coisas só tinham começado a se ajeitar entre nós no fim... e quase foi tarde demais. Ainda podia ser.

— E agora? — perguntei.

— Não sei bem. — Ele encostou a bochecha na minha testa. — Só estou muito feliz... Muito feliz por você estar viva. Já estive tão perto de perdê-la tantas vezes. Quando vi você no chão e com todo aquele tumulto e toda aquela confusão... me senti muito inútil. Me dei conta de que você tinha razão. Desperdiçamos nossas vidas com culpa e autorrejeição. Quando você olhou para mim ali, no fim, vi que me amava de verdade.

— Você duvidava disso? — perguntei meio que de brincadeira, mas soou como se tivesse me ofendido. Talvez tivesse, um pouco. Eu já havia lhe dito que o amava várias vezes.

— Não. Quero dizer, foi então que eu soube que você não só me amava. Percebi que você tinha me perdoado de verdade.

— Não existia nada a ser perdoado, não mesmo. — Eu já tinha dito isso a ele também.

— Sempre acreditei que existisse. — Dimitri se afastou um pouco e olhou para mim de novo. — E era isso o que estava me travando. Não importava o que você dizia, eu simplesmente não conseguia acreditar. Não conseguia acreditar que você perdoaria todas as coisas que fiz com você na Sibéria e depois que Lissa me curou. Pensei que você estivesse se iludindo.

— Bem. Não seria a primeira vez que eu faria isso. Mas, não, dessa vez, não estava.

— Eu sei e, diante dessa revelação, naquele meio segundo em que eu soube que você tinha me perdoado e que eu tinha mesmo o seu amor, finalmente fui capaz de me perdoar também. Todos aqueles fardos, aqueles vínculos com o passado... Eles foram embora. Foi como...

— Estar livre? Voar?

— É. Só que... essa revelação veio tarde demais. Parece loucura, mas enquanto eu olhava para baixo, para você, com todos esses pensamentos na cabeça, foi como... Como se eu pudesse ver a mão da morte se estendendo para pegá-la. E não existia nada que eu pudesse fazer. Eu era impotente. Não pude ajudar.

— Você ajudou, sim — disse eu. — As últimas coisas que vi antes de apagar foram você e Lissa. — Bem, além dos rostos esqueléticos, mas mencionar isso teria acabado com aquele momento romântico. — Não sei como sobrevivi aos tiros, como contrariei as probabilidades, mas tenho certeza de que o seu amor, o de vocês dois, me deu forças para lutar. Eu precisava voltar para vocês. Só Deus sabe as encrencas em que vocês se meteriam sem mim.

Dimitri não tinha palavras para aquilo e respondeu trazendo sua boca à minha. Nos beijamos, com delicadeza no começo, e a doçura do momento se sobrepôs a qualquer dor que eu sentia. A intensidade mal havia aumentado quando ele se afastou.

— Ei, o que foi? — perguntei.

— Você ainda está se recuperando — repreendeu ele. — Pode achar que já voltou ao normal, mas não voltou.

— Isso *é* normal para mim. E, sabe, pensei que com toda essa liberdade, autodescoberta e essa coisa de expressar nosso amor podíamos finalmente parar com essa besteira de conselhos práticos e sabedoria de mestre zen.

Aquilo me rendeu um belo sorriso.

— Roza, não vai acontecer. É pegar ou largar.

Beijei seus lábios.

— Se isso significar pegar você, aceito. — Eu queria beijá-lo de novo e provar quem de fato tinha mais autocontrole, mas aquela maldita coisa chamada realidade veio à tona. — Dimitri, é sério, o que vai acontecer com nós dois agora?

— A vida — respondeu ele, tranquilo. — Ela continua. Nós continuamos. Somos guardiões. Protegemos e talvez mudemos nosso mundo.

— Sem pressão — comentei. — Mas como é a parte do "nós" e dos "guardiões"? Eu tinha certeza de que estávamos fora dessa carreira.

— Humm. — Dimitri tocou meu rosto com as duas mãos e pensei que ele pudesse tentar outro beijo. Eu queria que tentasse. — Junto com o perdão, recebemos a posição de guardiões de novo.

— Até você? Acreditam que você não é um Strigoi? — perguntei, animada.

Ele assentiu.

— Ah. Mesmo que conseguisse limpar meu nome, meu futuro ideal era arranjarmos trabalhos nos arquivos, um perto do outro.

Dimitri chegou mais perto de mim, seus olhos ardendo com um segredo.

— É ainda melhor: você é a guardiã de Lissa.

— O quê? — Quase recuei. — Isso é impossível. Eles nunca...

— Fizeram isso, sim. Ela terá outros, então, devem ter imaginado que tudo bem deixar você por perto se mais alguém conseguisse mantê-la na linha — provocou ele.

— Você não... — Um bolo se formou no meu estômago, me lembrando de um problema que havia nos perturbado por tanto tempo. — Você não é um dos guardiões dela também, é? — Isso havia sido uma preocupação constante, esse conflito de interesses. Eu o queria perto de mim. Sempre. Mas como poderíamos vigiar Lissa e pôr a segurança dela em primeiro lugar se estivéssemos preocupados um com o outro? O passado voltava para nos atormentar.

— Não, recebi uma designação diferente.

— Ah. — Por alguma razão, aquilo me deixou um pouco triste também, muito embora eu soubesse que era a escolha mais inteligente.

— Sou o guardião de Christian.

Dessa vez me sentei para valer, com ou sem ordens médicas. Os pontos repuxaram no meu peito, mas ignorei o desconforto intenso. — Mas isso... Isso é praticamente a mesma coisa!

Dimitri se sentou também e parecia curtir meu choque, o que, na verdade, era meio cruel, já que eu tinha quase morrido e tudo mais.

— Um pouco. Mas os dois não vão passar todos os momentos juntos, ainda mais que Lissa vai para Lehigh. Christian não vai, mas eles vão se encontrar o tempo todo. E quando se encontrarem, nós também nos encontraremos. É uma boa mistura. Além do mais... — Dimitri ficou sério de novo. — Acho que você provou para todo mundo que está disposta a pôr a vida de Lissa em primeiro lugar.

Balancei a cabeça.

— É, mas ninguém estava atirando em você. Só nela. — Falei com leveza, mas aquilo de fato fazia com que me perguntasse: o que eu faria se os dois corressem perigo? *Confie nele*, disse uma voz na minha cabeça. *Confie nele para cuidar de si próprio. Ele fará o mesmo por você.* Olhei para Dimitri, me lembrando de uma sombra na minha visão periférica no salão. — Você me seguiu quando pulei na frente de Lissa, não foi? Quem você ia proteger? A mim ou a ela?

Ele ficou me olhando por vários longos segundos. Podia ter mentido. Podia ter dado a resposta fácil, dizendo que pretendia empurrar nós duas do caminho — se é que isso era possível, do que eu não me lembrava. Ele, porém, não mentiu.

— Não sei, Roza. Não sei.

Suspirei.

— Isso não vai ser fácil.

— Nunca é — disse ele, me puxando para seus braços. Me deitei no seu peito e fechei os olhos. Não, não seria fácil, mas valeria a pena. Desde que estivéssemos juntos, valeria a pena.

Ficamos daquele jeito por um bom tempo, até que uma batida discreta à porta entreaberta nos separou. Lissa estava na entrada.

— Me desculpem — disse ela, com o rosto brilhando de alegria quando me viu. — Vocês deviam ter posto uma meia na porta. Não imaginei que as coisas estivessem ficando quentes e intensas por aqui.

— Não tem como evitar isso — disse eu com leveza, entrelaçando meus dedos nos de Dimitri. — As coisas sempre ficam quentes com ele por perto.

Dimitri parecia escandalizado. Ele nunca hesitava quando estávamos juntos na cama, mas sua natureza reservada não lhe permitiria sequer insinuar esse tipo de coisa para os outros. Foi maldade da minha parte, mas dei uma gargalhada e beijei seu rosto.

— Ah, isso vai ser divertido — comentei. — Agora que tudo foi esclarecido.

— É — disse ele. — Seu pai olhou para mim de um jeito muito "divertido" outro dia. — Ele olhou para Lissa por um instante, como quem se dá conta de alguma coisa, e, então, ficou de pé. Se abaixando, beijou o topo da minha cabeça. — É melhor eu ir e deixar vocês duas conversarem.

— Você vai voltar? — perguntei ao vê-lo seguir em direção à porta.

Dimitri parou, sorriu para mim e aqueles olhos escuros responderam minhas perguntas e muito mais.

— É claro.

Lissa pegou o lugar dele, se sentando à beira da cama. Ela me abraçou com cuidado, sem dúvida preocupada com meus ferimentos. Depois me deu uma bronca por eu ter me sentado, mas não liguei. Uma felicidade me percorreu. Fiquei tão contente por ela estar bem, tão aliviada e...

E não fazia ideia de como ela se sentia.

O laço tinha desaparecido. E não como durante a fuga da cadeia, quando ela ergueu uma barreira. Não havia nada ali entre nós. Eu estava comigo mesma, completamente e absolutamente sozinha, como estivera anos antes. Meus olhos se arregalaram e ela deu uma gargalhada.

— Estava me perguntando quando você iria notar — disse ela.

— Como... Como isso é possível? — Eu estava paralisada e anestesiada. O laço. O laço *já era*. Eu me senti como se meu braço tivesse sido amputado. — E como você sabe?

Ela franziu a testa.

— Em parte, por instinto... só que Adrian viu. Viu que nossas auras não estavam mais ligadas.

— Mas como? Como isso pôde acontecer? — Eu soava louca e desesperada. O laço não podia ter desaparecido. Não podia.

— Não sei bem — admitiu ela, franzindo ainda mais a testa. — Conversei muito sobre isso com Sonya e, humm, Adrian. Achamos que quando eu trouxe você de volta pela primeira vez, foi só o espírito que a fez voltar da terra dos mortos e que a manteve ligada a mim. Dessa vez, você quase morreu de novo. Ou talvez tenha morrido por um momento. Só que você e seu corpo lutaram para voltar. Foi *você* quem saiu, sem nenhuma ajuda do espírito. E quando isso aconteceu... — Ela deu de ombros. — Como falei, é só uma suposição. Mas Sonya acha que quando a sua força a libertou, você não precisou de ajuda para ser puxada de volta do mundo dos mortos. Fez isso sozinha. E, ao se libertar do espírito, se libertou de mim. Você não precisou de um laço para mantê-la entre os vivos.

Era loucura. Impossível.

— Mas se... Se você está dizendo que escapei da terra dos mortos, não sou, tipo, imortal nem nada, sou?

Lissa deu outra gargalhada.

— Não, temos certeza disso. Sonya explicou que tudo o que está vivo pode morrer e, enquanto você tiver uma aura, está viva. Os Strigoi são imortais, mas não estão vivos, então, não têm auras e...

O mundo girou.

— Quanto a isso, vou acreditar na sua palavra. Acho que estou mesmo precisando me deitar.

— Deve ser uma boa ideia.

Com cuidado, me recostei. Desesperada, precisando me distrair do que acabava de descobrir — porque ainda era surreal demais, ainda impossível de se digerir —, olhei ao redor. O quarto luxuoso era maior do que eu tinha percebido antes. Se estendia mais e mais, se ramificando em outros cômodos. Era uma suíte. Talvez um apartamento. Eu podia avistar por pouco uma sala com mobília de couro e uma TV de tela plana.

— Onde estamos?

— Num dos aposentos do palácio — respondeu ela.

— Aposentos do *palácio*? Como viemos parar aqui?

— Como você acha? — perguntou ela, se divertindo, mas fingindo estar séria.

— Eu... — Não consegui mexer a boca por um momento. Não precisei de nenhum laço para perceber o que havia acontecido. Outra impossibilidade tinha ocorrido enquanto estive inconsciente. — Merda. Levaram a eleição adiante, não é? Elegeram você como rainha, já que Jill estava ali para representar sua família.

Ela balançou a cabeça e quase deu uma gargalhada.

— Minha reação foi um pouco mais forte do que "merda", Rose. Você tem ideia do que fez?

Ela parecia ansiosa, estressada e totalmente esgotada. Eu queria ficar séria e reconfortá-la, para seu bem, mas pude sentir um sorriso bobo se espalhar por meu rosto. Ela gemeu.

— Você está feliz.

— Liss, você nasceu para isso! É melhor do que qualquer um dos outros candidatos.

— Rose! — gritou ela. — Concorrer a rainha era para ganharmos tempo. Tenho só *18* anos.

— Alexandra também tinha.

Lissa balançou a cabeça, irritada.

— Estou tão cansada de ouvir falar sobre Alexandra! Ela viveu séculos atrás, você sabe. Acho que as pessoas morriam quando tinham trinta anos naquela época. Então ela era praticamente uma mulher de meia-idade.

Peguei na mão de Lissa.

— Você será ótima. Não importa quantos anos tem. E não precisará convocar reuniões nem analisar livros de leis sozinha, sabe? Quero dizer, *eu* com certeza não vou fazer nada disso, mas existem outras pessoas espertas. Ariana Szelsky não conseguiu passar na última prova, mas você sabe que ela vai ajudar se você pedir. Ela ainda está no Conselho e existem outros com os quais você pode contar. Só precisamos encontrá-los. Acredito em você.

Lissa suspirou e olhou para baixo, com o cabelo pendendo para a frente, formando uma cortina.

— Eu sei. E uma parte de mim está empolgada, já que isso vai restaurar a honra da minha família. Acho que isso foi o que me salvou de um colapso total. Eu não queria ser rainha, mas tenho que ser... Então, vou fazer isso direito. Sinto que... Que tenho o mundo na ponta dos dedos, que posso fazer tanto bem. Mas também estou com tanto medo de falhar. — Ela olhou para a frente com firmeza. — E também não vou desistir do resto da minha vida. Acho que serei a primeira rainha na faculdade.

— Legal — exclamei. — Você pode mandar mensagens do campus para o Conselho. Talvez você possa mandar alguém fazer o seu dever de casa.

Lissa não parecia achar a brincadeira tão engraçada quanto eu.

— Voltando à minha *família*. Rose, quanto tempo fazia que você sabia sobre Jill?

Merda. Eu já sabia que essa parte da conversa acabaria chegando. Revirei os olhos.

— Na verdade, não fazia tanto tempo assim. Não queríamos estressar você até confirmarmos tudo — acrescentei depressa.

— Não consigo acreditar... — Ela balançou a cabeça. — Simplesmente não consigo acreditar nisso.

Eu tinha que me basear no seu tom e não no laço. Era tão estranho, como perder um dos meus sentidos essenciais. Visão. Audição.

— Você está chateada?

— Claro que estou! Como você pode se surpreender com isso?

— Imaginei que você ficaria feliz...

— Feliz por meu pai ter traído minha mãe? Feliz por ter uma irmã que mal conheço? Tentei conversar com ela, mas... — Lissa suspirou de novo. — É tão estranho. Talvez mais estranho do que me tornar rainha de repente. Não sei o que fazer. Não sei o que pensar do meu pai. E com toda certeza não sei o que fazer com ela.

— Ame os dois — sugeri com delicadeza. — Eles são sua família. Jill é ótima. Comece a conhecê-la. Anime-se.

— Não sei se consigo. Acho que você é mais minha irmã do que ela será um dia. — Lissa encarou o nada. — E, com tanta gente neste mundo... passei tanto tempo convencida de que existia alguma coisa entre ela e Christian.

— Bem, dentre todas as preocupações no mundo, essa é uma que você pode deixar para lá, porque não é verdade. — Mas no seu comentário havia algo obscuro e triste. — Como *está* Christian?

Ela se virou para mim com os olhos repletos de dor.

— Tem sido duro para ele. Para mim também. Ele a visita. Tasha. Odeia o que ela fez, mas... Bem, ela ainda é a família dele. Isso o machuca, mas ele tenta esconder. Você sabe como ele é.

— Sei. — Christian passou boa parte da vida mascarando sentimentos obscuros com ironia e sarcasmo. Era especialista em enganar os outros sobre como realmente se sentia.

— Sei que ele vai melhorar com o tempo... Só espero poder lhe dar apoio suficiente. Tem tanta coisa acontecendo. Faculdade, ser rainha... e sempre, sempre o espírito, ali, me pressionando. Me sufocando.

Um alerta me percorreu. E pânico. Pânico por algo muito pior do que não saber o que Lissa sentia ou onde ela estava. O espírito. Tive medo do espírito — e do fato de não poder combatê-lo para ela.

— A escuridão... Não posso mais absorvê-la. O que vamos fazer?

Um sorriso retorcido cruzou seus lábios.

— Você quer dizer, o que *eu* vou fazer? Isso é problema meu agora, Rose. Como sempre deveria ter sido.

— Mas não... Você não pode. São Vladimir...

— E eu somos diferentes. E você pode me proteger de algumas coisas, mas não de tudo.

Balancei a cabeça.

— Não, não. Não posso deixar você enfrentar o espírito sozinha.

— Não estou exatamente sozinha. Conversei com Sonya. Ela é muito boa em encantos curativos e acha que existe um jeito de me manter equilibrada.

— Oksana disse a mesma coisa — me lembrei, longe de me sentir tranquila.

— E... sempre existirão os antidepressivos. Não gosto deles, mas sou rainha agora. Tenho responsabilidades. Farei o que for preciso. Uma rainha abre mão de tudo, certo?

— Acho que sim. — Eu não conseguia deixar de me sentir assustada. Inútil. — É que estou tão preocupada com você e não sei mais como ajudá-la.

— Já falei: você não precisa fazer isso. Vou proteger minha mente. O seu trabalho é proteger o meu corpo, certo? E Dimitri vai estar por perto também. Tudo vai ficar bem.

A conversa com Dimitri voltou à minha mente. *Quem você ia proteger? A mim ou a ela?*

Dei o melhor sorriso que pude para Lissa.

— É. Tudo vai ficar bem.

Sua mão apertou a minha.

— Estou feliz por você estar de volta, Rose. Você sempre será uma parte de mim, não importa o que aconteça. E, para ser sincera, estou meio que contente por você não poder mais ver minha vida sexual.

— Então somos duas. — Dei uma gargalhada. Nada de laço. Nada de elo mágico. Ia ser tão estranho, mas... será que eu precisava mesmo disso? Na vida real, as pessoas formavam laços de outra natureza. Laços de amor e lealdade. Nós conseguiríamos vencer aquilo. — Sempre estarei ao seu lado, você sabe. Para qualquer coisa que você precisar.

— Eu sei — disse ela. — E, na verdade, preciso de você para uma coisa agora...

— É só falar

Ela falou.

Trinta e cinco

Eu desejava que Lissa tivesse "precisado" de mim para escapar de um exército de Strigoi. Teria me sentido mais confortável com isso do que com o que ela precisava agora: se encontrar com Jill para conversar sobre a coroação. Lissa me queria ali para dar apoio, como um tipo de mediadora. Eu ainda não conseguia caminhar com muita facilidade, então, resolvemos esperar mais um dia. Ela parecia feliz com o atraso.

Jill esperava por nós num pequeno cômodo que nunca esperei ver de novo: o gabinete onde Tatiana me repreendeu por eu influenciar Adrian. Tinha sido uma experiência um tanto bizarra, já que, na verdade, ele e eu não estávamos envolvidos na época. Agora, depois de tudo o que havia ocorrido entre nós dois, era apenas... estranho. Confuso. Eu ainda não sabia o que tinha acontecido com ele após a prisão de Tasha.

Ao entrar ali, me senti péssima e... sozinha. Não. Sozinha, não. Desinformada. Vulnerável. Jill estava sentada numa cadeira com as mãos sobre o colo. Olhava para a frente com firmeza e um semblante impossível de ser interpretado. Ao meu lado, Lissa tinha as feições tão vagas quanto as da irmã. Ela se sentia... Bem, o problema era esse. Eu não sabia. *Eu não sabia*. Quero dizer, pude notar que ela estava desconfortável, mas não havia pensamento algum na minha cabeça para me dar uma dica. Eu não sabia de nenhum detalhe. Mais uma vez, lembrei a mim mesma de que o resto do mundo funcionava daquele jeito. Funcionamos sozinhos. Nos esforçamos ao máximo para conseguir lidar com situações estranhas sem o esclarecimento mágico dos sentimentos de outra pessoa. Eu nunca havia percebido o quanto contava com os pensamentos de outra pessoa, mesmo que fossem de uma só.

A única coisa de que eu tinha certeza era que tanto Lissa quanto Jill estavam assustadas uma com a outra — não comigo. Era por isso que eu estava ali.

— Ei, Jill — disse eu, sorrindo. — Como você está?

Ela foi arrancada de quaisquer reflexões que ocupassem sua mente e deu um pulo da poltrona. Achei aquilo estranho, mas depois fez sentido. Lissa. Devemos nos levantar quando uma rainha entra num cômodo.

— Tudo bem — disse Lissa, tropeçando um pouco nas palavras. — Sente-se. — Ela tomou um lugar de frente para Jill. Era a maior poltrona do cômodo, aquela em que Tatiana sempre se sentava.

Jill hesitou por um momento e em seguida olhou de novo para mim. Devo ter lhe oferecido algum encorajamento, porque ela voltou a se sentar. Eu me acomodei em uma poltrona ao lado de Lissa, me retraindo enquanto uma leve dor apertava meu peito. A preocupação comigo fez Jill deixar de se concentrar em Lissa por um momento.

— Como você está se sentindo? Está bem? Já podia sair da cama? — Aquela natureza fofa e tagarela. Fiquei feliz em ver isso de novo.

— Estou bem — menti. — Novinha em folha.

— Fiquei preocupada. Quando vi o que aconteceu... Quero dizer, tinha tanto sangue e tanta loucura e ninguém sabia se você sobreviveria... — Jill franziu a testa. — Sei lá. Tudo foi tão assustador. Estou tão feliz por você estar bem.

Continuei sorrindo, esperando tranquilizá-la. Então, houve um silêncio. O cômodo ficou mais tenso. Em situações políticas, Lissa era a especialista, sempre capaz de resolver tudo com as palavras certas. Era eu quem falava em ocasiões desconfortáveis, dizendo coisas que chocavam os outros. O que ninguém queria ouvir. Aquela situação parecia requerer sua diplomacia, mas eu sabia que cabia a mim assumir o controle.

— Jill — comecei —, queríamos saber se você estaria disposta a, bem, participar da cerimônia de coroação.

Os olhos de Jill se viraram por um instante para Lissa — ainda com dureza no rosto — e, em seguida, de volta para mim.

— O que "participar" significa exatamente? O que eu terei que fazer?

— Nada difícil — garanti. — São só algumas formalidades que costumam ser feitas por membros da família. Coisas de cerimônias. Como você fez na votação. — Eu não havia testemunhado aquilo, mas, ao que parecia, Jill só precisou ficar ao lado de Lissa para mostrar a força da família. Algo pequeno demais para uma lei se prender a isso. — Em grande parte, tem a ver com se expor e fazer uma cara boa.

— Bem — refletiu Jill —, venho fazendo isso quase a semana inteira.

— Venho fazendo isso quase a minha vida inteira — disse Lissa.

Jill parecia impressionada. Mais uma vez, eu me senti perdida sem o laço. O tom de Lissa não havia deixado sua intenção clara. Seria um desafio a Jill — como se dissesse que a menina estava longe de ter encarado tanto quanto Lissa? Ou era para ser solidariedade pela falta de experiência da garota?

— Você... Você vai se acostumar a isso — comentei. — Com o tempo.

Jill balançou a cabeça com um sorrisinho amargo no rosto.

— Não sei, não.

Eu também não sabia. Não estava certa de como alguém lidava com o tipo de situação em que ela havia sido posta. Minha mente percorreu uma lista de coisas sem sentido e gentis que eu poderia dizer, mas Lissa, por fim, assumiu o comando.

— Sei o quanto isso é estranho — disse ela. Seus olhos, que concluí serem o único traço que as irmãs tinham em comum, encontraram os de Jill com determinação. Jill possuía as características de uma futura

Emily. Era uma mistura das feições dos pais. — Isso é estranho para mim também. Não sei o que fazer.

— O que você deseja? — perguntou Jill em voz baixa.

Ouvi a verdadeira pergunta. Jill queria saber se Lissa desejava *ela*. Lissa ficou arrasada com a morte do irmão, mas uma irmã bastarda surpresa não substituía Andre de jeito nenhum. Tentei imaginar como seria estar no lugar de uma ou da outra. Tentei e falhei.

— Não sei — admitiu Lissa. — Não sei o que quero.

Jill assentiu com a cabeça, olhando para baixo, mas não antes de eu perceber o sentimento que atravessava seu rosto. Decepção — no entanto, a resposta de Lissa não havia sido tão inesperada.

Jill perguntou a segunda melhor coisa.

— Você quer... Você *quer* que eu participe da cerimônia?

A pergunta pairou no ar. Era boa, e a razão por que estávamos ali, mas Lissa queria mesmo aquilo? Depois de estudá-la, eu ainda não sabia ao certo. Não sabia se ela apenas seguia o protocolo, tentando fazer com que Jill desempenhasse um papel em meio à realeza. Nesse caso, não havia lei alguma que dissesse que Jill precisaria fazer alguma coisa. Ela apenas tinha que existir.

— Quero — respondeu Lissa, por fim. Vi que suas palavras eram verdadeiras e algo dentro de mim se atenuou. Ela não queria Jill apenas para manter as aparências. Uma parte de Lissa queria Jill na sua vida, mas lidar com aquilo seria difícil. Ainda assim, era um começo, e Jill parecia reconhecer isso.

— Está bem — disse ela. — É só me dizer o que tenho que fazer. — Me ocorreu que a juventude e o nervosismo de Jill eram ilusórios. Havia centelhas de coragem e ousadia nela, centelhas que eu tinha certeza de que aumentariam. Ela era mesmo uma Dragomir.

Lissa parecia aliviada, mas acho que foi porque acabava de dar um minúsculo passo para progredir no relacionamento com a irmã. Não tinha nada a ver com a coroação.

— Outra pessoa vai explicar tudo. Não sei bem o que fazer, para ser sincera. Mas Rose tem razão. Não será difícil.

Jill apenas assentiu.

— Obrigada — disse Lissa. Ela ficou de pé, e tanto Jill quanto eu nos levantamos também. — Eu... Eu fico muito agradecida.

A estranheza voltou com nós três paradas ali. Teria sido um bom momento para as irmãs se abraçarem, mas apesar de as duas parecerem satisfeitas com seu progresso, nenhuma delas estava pronta para isso. Quando Lissa olhava para Jill, ainda via seu pai com outra mulher. Quando Jill olhava para Lissa, via a própria vida completamente virada de cabeça para baixo — uma vida antes tímida e reservada, e agora ali exposta, deixando o mundo inteiro pasmo. Eu não conseguia mudar seu destino, mas lhe dar um abraço, sim. Sem me importar com os pontos, envolvi a garota com os braços.

— Obrigada — disse eu, repetindo o que Lissa havia dito. — Tudo isso vai acabar bem. Você vai ver.

Jill assentiu mais uma vez e, sem nenhum outro assunto para discutir, Lissa e eu seguimos em direção à porta. A voz de Jill nos fez parar.

— Ei... O que acontece depois da coroação? Comigo? Com nós duas?

Olhei para Lissa. Mais uma boa pergunta. Ela se virou em direção a Jill, mas sem estabelecer um contato visual direto.

— Vamos... Vamos começar a nos conhecer. As coisas vão melhorar.

O sorriso que apareceu no rosto de Jill era genuíno — pequeno, mas genuíno.

— Está bem — disse ela. Havia esperança naquele sorriso também. Esperança e alívio. — Eu gostaria disso.

Quanto a mim, tive que esconder um franzido na testa. Ao que parecia, conseguia funcionar sem o laço porque poderia afirmar, com absoluta confiança, que Lissa não dizia a verdade por completo. O que ela não contava a Jill? Eu tinha certeza de que ela queria *mesmo* que as coisas melhorassem, ainda que não soubesse ao certo como. No entanto, havia alguma coisa... Alguma coisa pequena que Lissa não revelava para nenhuma de nós, alguma coisa que me fez pensar que, na verdade, ela não acreditava que a situação fosse melhorar.

Do nada, um estranho eco do que Victor Dashkov disse sobre Jill ressoou na minha mente. *Se tiver bom senso, Vasilisa vai mandá-la embora.*

Eu não sabia por que havia me lembrado daquilo, mas isso me deu calafrios no corpo inteiro. As duas irmãs se esforçavam para sorrir e logo fiz o mesmo, sem querer que nenhuma delas percebesse minhas preocupações. Lissa e eu partimos depois disso, seguindo de volta para meu quarto. Minha pequena saída havia sido mais cansativa do que eu imaginava e, por mais que odiasse admitir, mal podia esperar para me deitar de novo.

Quando cheguei ao quarto, ainda não tinha concluído se deveria perguntar a Lissa sobre Jill ou aguardar para saber a opinião de Dimitri. A decisão me foi tirada quando nos deparamos com um visitante inesperado: Adrian.

Ele estava sentado na minha cama com a cabeça tombada para trás como se estivesse totalmente absorto, estudando o teto. Só que eu tinha consciência de uma coisa. Ele soube que nos aproximávamos no mesmo instante — ou pelo menos que Lissa se aproximava.

Paramos na entrada, e Adrian, por fim, se virou na nossa direção. Parecia já estar sem dormir havia algum tempo. Viam-se baitas olheiras sob seus olhos e seu belo rosto se endurecia com linhas de cansaço. Se o cansaço era mental ou físico, eu não sabia dizer. No entanto, seu sorriso preguiçoso era o mesmo de sempre.

— Vossa Majestade — disse ele, pomposo.

— Pare com isso. — Lissa deu uma risada, achando aquilo uma bobagem. — Você já devia saber.

— Eu nunca soube — contestou ele. — *Você* devia saber disso.

Vi Lissa começar a sorrir. Então, ela olhou para mim e ficou séria, percebendo que aquele momento estava longe de ser um do tipo "vamos nos divertir com Adrian".

— Bem — declarou ela, incomodada, sem se parecer em nada com uma rainha. — Tenho algumas coisas para fazer. — Eu me dei conta de que Lissa ia fugir. Eu havia ido com ela numa conversa de família, mas ela ia me abandonar agora. Mas tudo bem. Aquela conversa com Adrian era inevitável e eu mesma tinha me posto naquela situação. Precisava acabar com aquilo sozinha, como havia dito a Dimitri.

— Tenho certeza de que sim — falei. Ela ficou meio hesitante, como se de repente reconsiderasse. Se sentia culpada. Se preocupava comigo e queria ficar ao meu lado. Toquei seu braço com leveza. — Tudo bem, Liss. Vou ficar bem. Vá.

Ela retribuiu, apertando minha mão e me desejando boa sorte com os olhos. Se despediu de Adrian e saiu, fechando a porta depois de passar.

Éramos apenas eu e ele agora.

Ele continuou na minha cama, me observando com cuidado. Ainda estava com aquele sorriso que tinha dado para Lissa, como se aquilo não fosse grande coisa. Eu sabia que era o contrário e não fiz tentativa alguma de esconder os meus sentimentos. Ficar de pé ainda me deixava cansada, então, me sentei numa poltrona ali perto, nervosa, me perguntado o que dizer.

— Adrian...

— Vamos começar com isso, dampirinha — disse ele, cordial. — Já estava acontecendo antes de você sair da Corte?

Levei um instante para acompanhar aquele formato de conversa ab-rupta de Adrian. Ele queria saber se Dimitri e eu tínhamos voltado um para o outro antes de eu ser presa. Balancei a cabeça devagar.

— Não. Eu estava com você. Só você. — Verdade, eu era uma confusão de sentimentos, mas minhas intenções eram firmes.

— Bem. Já é alguma coisa — disse ele. Parte de seu jeito agradável começava a desaparecer. Foi então que senti o cheiro, muito leve: álcool e cigarro. — É melhor umas faíscas reacendendo no calor da batalha, ou de uma missão, ou seja lá do que for, do que você me traindo bem na minha cara.

Balancei a cabeça com mais urgência agora.

— Não, eu juro. Eu não... Não estava acontecendo nada naquela época... não até... — Fiquei em dúvida sobre como me expressar.

— Depois? — adivinhou ele. — O que faz tudo ficar bem?

— Não! Claro que não. Eu...

Merda. Eu tinha estragado as coisas. Só porque não havia traído Adrian na Corte não queria dizer que *não* o havia traído depois. Podemos nos expressar como quisermos, mas vamos encarar: dormir com outro cara num quarto de hotel é trair, sim, se você tiver um namorado. Não importa se esse cara é o amor da sua vida ou não.

— Sinto muito — falei. Era a coisa mais simples e apropriada que eu poderia dizer. — Sinto muito. O que fiz foi errado. Não pretendia que isso acontecesse. Pensei... Eu realmente pensei que tudo tinha acabado entre mim e ele. Eu estava com você. Queria ficar com você. E, então, percebi que...

— Não, não... pare. — Adrian ergueu uma das mãos. Sua voz era firme agora, e sua fachada tranquila continuava desabando. — *Não* quero mesmo ouvir sobre a grande revelação que você teve sobre como vocês dois foram feitos para ficar juntos desde sempre ou algo do tipo.

Fiquei em silêncio porque, bem, aquela meio que havia sido a revelação.

Adrian passou a mão no cabelo.

— Na verdade, a culpa é minha. Estava ali. Centenas de vezes. Quantas vezes vi isso? Eu sabia. Acontecia o tempo todo. Várias vezes você disse que já não queria mais nada com ele, e várias vezes acreditei nisso, não importando o que meus olhos me mostravam. Não importando o que o meu coração me dizia. Minha. Culpa.

Aquele jeito meio confuso de ficar falando sem parar — não por nervosismo, como era o caso de Jill, mas de um jeito instável — me deixava preocupada, me levando a pensar que ele estava à beira da loucura. E eu poderia muito bem estar empurrando Adrian para esse destino. Eu queria ir até ele, mas tive o bom senso de permanecer sentada.

— Adrian, eu...

— Eu amava você! — gritou ele. Pulou de onde estava tão depressa que não previ isso. — Amava você e você me destruiu. Pegou meu coração e o despedaçou. Seria melhor ter cravado uma estaca em mim! — A mudança nos seus traços também me pegou de surpresa. Sua voz preencheu o quarto. Tanto pesar, tanta raiva. Tão diferente do que Adrian costumava ser. Ele deu passos largos e apressados na minha direção, com os braços cruzados sobre o peito.

— Eu. Amava. Você. E você me usou o tempo todo.

— Não, não. Isso não é verdade. — Eu não tinha medo de Adrian, mas, diante daquele sentimento, eu me peguei recuando. — Não usei você. Eu amava você. Ainda amo, mas...

Ele parecia enojado.

— Rose, qual *é*?

— É verdade! Amo você, sim. — Agora me levantei, com dor ou não, tentando olhar nos olhos dele. — E sempre vou amar, mas não somos... Acho que não damos certo como casal.

— Essa é uma merda de frase de término de namoro e você sabe disso.

Ele meio que tinha razão, mas relembrei os momentos com Dimitri... Como trabalhávamos bem em sintonia, como ele sempre parecia entender exatamente o que eu sentia. Estava falando sério: amava mesmo Adrian. Ele era maravilhoso, apesar de todos os seus defeitos. Porque, na verdade, quem não tem defeitos? Ele e eu nos divertíamos juntos. Existia afeto, mas não éramos ligados do jeito que Dimitri e eu éramos.

— Não sou... Não sou a pessoa certa para você — lhe disse debilmente.

— Porque você está com outro cara?

— Não, Adrian. Porque... Eu não... Eu não sei. Eu não... — Eu titubeava, e muito. Não sabia como explicar o que sentia, explicar como podemos nos importar com alguém e adorar passar um tempo com esse alguém, mas, mesmo assim, não dar certo como casal. — Não consigo dar a você o equilíbrio de que precisa.

— O que é que isso significa? — perguntou ele, exaltado.

Meu coração doía por ele e eu sentia muito pelo que havia feito... mas essa era a verdade.

— O fato de você ter que perguntar já diz tudo. Quando você encontrar essa pessoa... vai saber. — Não acrescentei que, com aquele histórico, ele devia ter inúmeros começos falsos até encontrá-la. — E sei que soa como mais uma merda de frase de término de namoro, mas eu gostaria muito de ser sua amiga.

Ele me encarou por vários segundos pesados e, então, deu uma gargalhada — apesar de não haver muito humor naquilo.

— Sabe o que é ótimo? Você está falando *sério*. Olhe para a sua cara. — Ele gesticulou como se eu pudesse de fato me olhar. — Você acha mesmo que é tão fácil assim, que posso sentar aqui e assistir ao seu final feliz? Que posso assistir você conseguir tudo o que quer enquanto leva sua vida encantada?

— Encantada! — A culpa e a solidariedade em guerra dentro de mim sofreram um pequeno golpe de fúria. — Longe disso. Você sabe o que passei de um ano para cá? — Eu tinha visto Mason morrer, lutado no ataque à São Vladimir, sido capturada por Strigoi na Rússia e depois vivido como fugitiva e procurada por assassinato. Aquilo não soava nada encantado.

— E, ainda assim, aqui está você, triunfante depois de tudo. Você sobreviveu à morte e se libertou do laço. Lissa é rainha. Conseguiu o cara e seu final feliz de conto de fadas.

Eu me virei de costas para ele e me afastei a passos largos.

— Adrian, o que você quer que eu diga? Posso lhe pedir desculpas para sempre, mas não existe mais nada que eu possa fazer. Nunca quis magoar você. Não me canso de repetir isso. Mas o resto? Você espera mesmo que eu fique triste por todo o resto ter dado certo? Devia desejar ainda ser acusada de assassinato?

— Não — disse ele. — Não quero que você sofra. Muito. Mas na próxima vez que você estiver na cama com Belikov, pare por um momento e se lembre de que nem todo mundo se deu tão bem quanto você.

Me virei de novo para encará-lo.

— Adrian, eu nunca...

— Não só eu, dampirinha — acrescentou ele, quieto. — Houve muitos estragos colaterais ao longo do caminho enquanto você lutava contra o mundo. Fui uma vítima, é óbvio. Mas e Jill? O que acontece com ela agora que você a abandonou com os lobos da realeza? E Eddie? Já pensou nele? E onde está sua alquimista?

Cada palavra que ele atirava em mim era uma flecha, perfurando meu coração mais do que as balas tinham perfurado. O fato de ele ter se referido a Jill por seu nome em vez de "chave de cadeia" machucava ainda mais. Eu já carregava muita culpa por ela, mas os outros... Bem, eles eram um mistério. Eu tinha ouvido rumores sobre Eddie, mas não o havia visto desde a minha volta. Ele estava livre da acusação da morte de James, mas matar um Moroi — quando outros ainda achavam que ele poderia ter sido capturado vivo — era um estigma pesado. A insubordinação que Eddie havia demonstrado antes — graças a mim — também o condenava, ainda que tudo tivesse sido por "um bem maior". Como rainha, Lissa não podia fazer muito. Os guardiões serviam aos Moroi, mas era costume os Moroi recuarem e permitirem que os guardiões lidassem com os próprios membros. Eddie não seria dispensado nem preso... mas que missão lhe dariam? Difícil dizer.

Sydney era um mistério ainda maior. *E onde está sua alquimista?* As ações daquele grupo fugiam ao meu alcance, ao alcance do meu mundo. Me lembrei de seu rosto na última vez que a vi, lá no hotel — forte, mas triste. Eu sabia que ela e os outros alquimistas já tinham sido soltos, mas seu semblante mostrava que ela ainda não estava livre dos transtornos.

E Victor Dashkov? Onde ele se encaixava? Eu não sabia ao certo. Cruel ou não, ele ainda era alguém que tinha sofrido como consequência das minhas atitudes, e os acontecimentos em torno de sua morte permaneceriam comigo para sempre.

Estragos colaterais. Eu tinha arrastado muita gente comigo, com ou sem intenção. No entanto, enquanto as palavras de Adrian continuavam se afundando em mim, uma delas, de repente, me fez parar.

— Vítima — murmurei devagar. — Essa é a diferença entre mim e você.

— Hã? — Ele vinha me observando de perto enquanto eu refletia sobre os destinos de meus amigos e foi pego desprevenido. — Do que você está falando?

— Você disse que é uma vítima. É por isso... É por isso que, no fim das contas, você e eu não somos feitos um para o outro. Apesar de tudo o que aconteceu, nunca me vi assim. Ser vítima significa que você é incapaz. Que você não vai agir. Sempre... Sempre fiz alguma coisa para lutar por mim mesma, pelos outros. Não importava o que acontecesse.

Eu nunca tinha visto tanta indignação no rosto de Adrian.

— É isso o que você acha de mim? Que sou preguiçoso? Incapaz?

Não exatamente. No entanto, eu tinha a sensação de que depois daquela conversa ele fugiria para o conforto dos cigarros e do álcool e talvez para o de qualquer companhia feminina que conseguisse arranjar.

— Não — respondi. — Acho você maravilhoso. Acho você forte. Mas acho que você ainda não percebeu, nem aprendeu como usar isso a seu favor. — E, como fiz questão de acrescentar, eu não era a pessoa capaz de inspirar aquela mudança nele.

— Isso — disse Adrian, seguindo em direção à porta — era a última coisa que eu esperava. Você destrói minha vida e depois me vem com essa filosofia motivacional.

Fiquei péssima. Foi um daqueles momentos em que desejei que minha boca não deixasse escapar a primeira coisa que me vinha à cabeça. Eu havia aprendido muito sobre me controlar — mas ainda não o bastante.

— Só estou dizendo a verdade. Você é melhor do que isso... Melhor do que seja lá qual for seu objetivo agora.

Adrian pôs a mão na maçaneta e me olhou, arrependido.

— Rose, sou um viciado, sem nenhuma ética no trabalho e que deve enlouquecer. Não sou como você. Não sou um super-herói.

— Ainda não — disse eu.

Ele deu um riso de escárnio, balançou a cabeça e abriu a porta. Logo antes de sair, se virou para trás e olhou mais uma vez para mim.

— E por falar nisso, o contrato foi anulado.

Eu me senti como se tivesse levado um tapa na cara. E num desses raros momentos, Rose Hathaway se rendeu, sem palavras. Não tinha respostas espertinhas e engraçadas, nenhuma explicação elaborada e nenhum esclarecimento profundo.

Adrian foi embora e me perguntei se um dia o veria de novo.

Trinta e seis

Eu sempre sonhei em acordar com Dimitri, em acordar de um jeito... comum. Doce. E não porque estávamos tentando dormir depressa antes de lutar contra nosso inimigo seguinte. Não porque nos recuperávamos de uma transa que tivemos que esconder, de uma transa sobrecarregada de bagagens e várias complicações. Eu só queria acordar junto com ele, nos seus braços, e ter um bom dia.

Hoje era esse dia.

— Há quanto tempo está acordado? — perguntei, sonolenta. Minha cabeça estava sobre seu peito, e meu corpo, entrelaçado nele o máximo que conseguia. Meus ferimentos cicatrizavam depressa, mas ainda precisavam de cuidado. Tínhamos descoberto algumas alternativas criativas na noite anterior. A luz do sol agora entrava pelas janelas, deixando o quarto dourado.

Ele me olhava daquele seu jeito quieto e sério, com os olhos escuros nos quais era tão fácil se perder.

— Já faz um tempo — admitiu ele, erguendo os olhos para a janela repleta de luz do sol. — Acho que ainda estou no horário dos humanos. Ou isso ou meu corpo só quer se levantar quando o sol se levanta também. Ver isso ainda é impressionante para mim.

Interrompi um bocejo.

— Você devia ter se levantado.

— Não queria incomodar você.

Deslizei os dedos por seu peito, suspirando, contente.

— Isso é perfeito — observei. — Todos os dias serão assim?

Dimitri pôs a mão no meu rosto e em seguida a desceu um pouco, puxando meu queixo para cima.

— Todos os dias, não, mas quase todos.

Nossos lábios se encontraram, e senti que o calor e a luz do quarto eram fracos, se comparados ao que ardia dentro de mim.

— Me enganei — murmurei, quando, por fim, terminamos aquele beijo longo e excitante. — *Isso* é perfeito.

Ele sorriu, algo que vinha fazendo muito ultimamente. Eu adorava isso. As coisas deviam mudar quando voltássemos para o mundo lá fora. Apesar de estarmos juntos agora, o lado guardião de Dimitri sempre estaria ali, preparado e alerta. Mas não agora. Não naquele momento.

— O que foi? — perguntou ele.

Num movimento repentino, eu me dei conta de que tinha começado a franzir a testa. Tentei relaxar o rosto. Sem terem sido invocadas, as palavras de Adrian haviam voltado, dizendo que na próxima vez que eu estivesse na cama com Dimitri eu deveria pensar nos outros que não haviam tido tanta sorte.

— Você acha que estrago vidas? — perguntei.

— O quê? Claro que não. — Aquele sorriso se transformou em choque. — De onde você tirou essa ideia?

Dei de ombros.

— É que a vida de muita gente ainda está meio bagunçada. Quero dizer, dos meus amigos...

— É verdade — disse ele. — E me deixe adivinhar. Você quer resolver os problemas de todo mundo.

Não respondi.

Dimitri me beijou de novo.

— Roza — disse ele —, é normal querer ajudar quem você ama. Mas você não pode resolver tudo.

— É o que faço — argumentei, sentindo um pouco de irritação. — Protejo as pessoas.

— Eu sei, e essa é uma das razões por que amo você. Mas, por enquanto, você só precisa se preocupar em proteger uma pessoa: Lissa.

Me estiquei encostando nele, notando que meus ferimentos estavam mesmo melhorando. Meu corpo logo seria capaz de fazer todo tipo de coisa.

— Então, isso quer dizer que não podemos passar o dia inteiro na cama? — perguntei, esperançosa.

— Receio que não — disse ele, deslizando a ponta dos dedos com leveza ao longo da curva do meu quadril. Parecia nunca se cansar de estudar meu corpo. — Eles vêm primeiro.

Levei minha boca de volta para perto da dele.

— Mas não por um tempo.

— Não — concordou ele. — Sua mão deslizou para cima, até minha nuca, se emaranhando em meus cabelos enquanto ele me puxava para mais perto. — Não por um tempo.

Eu nunca tinha ido à coroação de um monarca e, para ser sincera, esperava nunca ir de novo. Queria que apenas aquela rainha governasse durante toda a minha vida.

Misteriosamente, a coroação foi meio que o reverso do enterro de Tatiana. Como é o velho ditado? *A rainha está morta. Vida longa à rainha.*

O costume ditava que o futuro monarca passasse a primeira parte do dia da coroação na igreja, supostamente para rezar por orientação, força e todas aquelas coisas espirituais. Eu não sabia ao certo o que o costume dizia no caso de monarcas ateus. Eles deviam fingir. Com Lissa, que era muito devota, eu sabia que isso não seria um problema, e que ela devia mesmo estar rezando para fazer um bom trabalho como rainha.

Depois da vigília, Lissa e uma enorme procissão caminharam de volta, atravessando a Corte até o palácio, onde a coroação aconteceu.

Representantes de todas as famílias reais se juntaram a ela, além dos músicos que tocavam canções muito mais animadas do que na procissão de Tatiana. Os guardiões de Lissa — que tinha uma frota agora — seguiam com ela. Eu estava entre eles, usando meu melhor uniforme preto e branco, incluindo o colarinho vermelho que me marcava como uma guardiã da realeza. Ali, pelo menos, havia uma diferença notável entre aquela cerimônia e o enterro. Tatiana estava morta. Seus guardiões eram uma exibição. Lissa estava muito viva e, apesar de ter ganhado a votação do Conselho, ainda tinha inimigos. Meus colegas e eu estávamos muito alerta.

Não havia motivos aparentes para estar, não diante do ânimo com que os espectadores se manifestavam. Todos os que tinham acampado ali durante as provas e a eleição haviam ficado para aquela cerimônia, e ainda mais gente apareceu. Eu não sabia ao certo quando foi que tantos Moroi se reuniram num só lugar.

Depois da longa e sinuosa caminhada, Lissa conseguiu chegar ao palácio e, então, esperou numa pequena antecâmara adjacente à sala do trono dos Moroi. O espaço quase nunca era usado para tratar de questões atuais, mas, às vezes — como quando uma nova rainha fazia o juramento oficial —, os Moroi gostavam de recorrer às tradições antigas. O cômodo era pequeno e não comportava todas as testemunhas que estavam lá fora. Não abrigava nem a procissão inteira. No entanto, o Conselho e os membros da realeza dos mais elevados postos estavam ali, junto com alguns seletos convidados de Lissa.

Eu permanecia em uma das laterais, assistindo ao glamour se desdobrar. Lissa ainda não tinha feito sua grande entrada, então havia um murmurinho de pessoas conversando em voz baixa. O cômodo era todo verde e dourado, tendo passado por uma reforma rápida e completa nos dias anteriores, já que o costume ditava que as cores da família governante deveriam dominar o local. O trono em si estava no alto, perto da parede mais distante e, para chegar até lá, havia degraus. Entalhado numa madeira que eu já não conseguia mais identificar, o trono tinha sido carregado pelo mundo por monarcas Moroi durante séculos. As pessoas se posicionavam em lugares estipulados cuidadosamente, se preparando para quando Lissa finalmente entrasse. Eu fitava um dos lustres novos, admirando o quanto as "velas" pareciam reais. Sabia que eram elétricas, mas os artesãos haviam feito um trabalho impressionante. Tecnologia mascarada na glória do velho mundo, como os Moroi gostavam. Uma pequena cutucada atraiu minha atenção.

— Ora, ora, ora — falei. — Se não são os responsáveis por soltar Rose Hathaway no mundo. Vocês têm muito pelo que responder.

Meus pais estavam diante de mim nas suas roupas típicas e de um contraste selvagem. Minha mãe usava o mesmo traje de guardiã que eu: uma camisa branca com calça e casaco pretos. Abe estava... Bem, como Abe. Usava um terno risca de giz preto com uma camisa social preta por baixo. Atirada contra a escuridão, havia uma reluzente gravata amarelo-limão estampada. Um lenço combinando se projetava para fora de um dos bolsos do paletó. Com seus brincos e correntes de ouro, ele também usava um chapéu fedora preto, a mais nova aquisição de seu guarda-roupa exótico. Acho que ele quis caprichar ao máximo para um evento como aquele e, pelo menos, não era um chapéu de pirata.

— Não nos culpe — disse minha mãe. — Não explodimos metade da Corte, roubamos uma dúzia de carros, denunciamos um assassinado no meio de uma multidão nem conseguimos que nossa amiga adolescente fosse coroada rainha.

— Na verdade — disse Abe —, *realmente* explodi metade da Corte.

Minha mãe o ignorou, e sua expressão se atenuou quando ela me estudou com seus olhos de guardiã.

— Falando sério... Como você está se sentindo? — Eu tinha visto os dois apenas por breves períodos desde que acordei, só o suficiente para um saber como o outro estava. — Você está passando muito tempo de pé hoje. E eu já disse a Hans para não pôr você em serviços ativos por um tempo.

Foi uma das coisas mais maternais que eu já a tinha ouvido falar.

— Eu... Eu estou bem. Muito melhor. Posso partir para um serviço ativo agora mesmo.

— Você não vai fazer uma coisa dessas — disse ela, no tom exato que usaria para dar ordens a uma tropa de guardiões.

— Pare de mimar nossa filha, Janine.

— Não estou mimando nossa filha! Estou cuidando dela. Você é que está estragando Rose.

Olhei de um para o outro, impressionada. Não sabia se testemunhava uma luta ou preliminares. Não me empolguei muito com nenhuma das opções.

— Está bem, está bem, agora parem com isso, vocês dois. Sobrevivi, não foi? É o que importa.

— É mesmo — disse Abe. De repente, ele passou a parecer muito paternal, o que eu estranhava ainda mais do que o comportamento da minha mãe. — E apesar dos danos materiais e da quantidade de leis desrespeitadas que deixou para trás, estou orgulhoso de você. — Eu desconfiava de que, no fundo, ele se orgulhava de mim *por causa* dessas coisas. Meu cético comentário interno foi interrompido quando minha mãe concordou:

— Também estou orgulhosa. Seus métodos foram... não ideais, mas você fez uma coisa ótima. *Coisas* ótimas, na verdade. Descobriu tanto a assassina quanto Jill. — Notei que ela usou a palavra "assassina" com cuidado. Acho que ainda era difícil para todos nós aceitar a verdade sobre Tasha. — Muita coisa vai mudar por causa de Jill.

Todos nós olhamos para os pés do trono. Ekaterina estava de um lado, preparada com o livro de votos da realeza. O outro lado era onde os membros da família do monarca ficavam, mas apenas uma única pessoa estava ali. Jill. Alguém havia feito um belo trabalho ao arrumá-la. Seu cabelo anelado tinha sido preso e modelado com estilo, e ela usava um vestido justo até o joelho com uma gola larga, que exibia um pouco dos ombros. O corte do vestido favorecia ao máximo seu porte esbelto e o cetim verde-escuro combinava perfeitamente com seus traços. Jill estava de pé, ereta, com o queixo erguido, mas tomada de ansiedade, que se evidenciava por ela estar tão explicitamente sozinha.

Olhei de novo para Abe, que se voltou para mim com expectativa. Tinha muitas perguntas para lhe fazer, e ele era um dos poucos que poderiam me contar a verdade. A decisão era: que pergunta fazer? Era como ter um gênio. Eu não conseguiria realizar tantos desejos.

— O que vai acontecer com Jill? — perguntei, por fim. — Ela vai simplesmente voltar para a escola? Vão treiná-la para ser uma princesa? — Lissa não podia ser princesa e rainha ao mesmo tempo, então, seu antigo título ia para o segundo membro mais velho da família.

Abe não respondeu por vários momentos.

— Até Lissa conseguir mudar a lei... e tomara que ela consiga, Jill é tudo o que lhe permite se manter no trono. Se alguma coisa acontecer a ela, Lissa não será mais rainha. Então... O que você faria?

— Eu a manteria a salvo.

— Aí está sua resposta.

— É uma resposta meio vaga — observei. — "A salvo" pode significar muitas coisas.

— Ibrahim — avisou minha mãe. — Já chega. Não é hora nem lugar para isso.

Abe manteve os olhos nos meus por mais um tempo e, em seguida, deu um sorriso tranquilo.

— Claro, claro. Esta é uma reunião de família. Uma celebração. E veja: aí está o mais novo membro da nossa.

Dimitri tinha se juntado a nós e usava preto e branco, como minha mãe e eu. Estava ao meu lado, nitidamente evitando tocar em mim.

— Sr. Mazur — disse ele, formal, assentindo com a cabeça para cumprimentar os dois. — Guardiã Hathaway. — Dimitri era sete anos mais velho do que eu, mas, bem ali, diante de meus pais, era como se tivesse 16, indo me buscar para um encontro.

— Ah, Belikov — disse Abe, apertando a mão de Dimitri. — Eu vinha esperando que nos encontrássemos em algum momento. Gostaria muito de conhecê-lo melhor. Talvez consigamos arranjar um tempo para conversar, falar mais sobre a vida, o amor etc. Você gosta de caçar? Parece um caçador. É isso o que devíamos fazer qualquer hora dessas. Conheço um lugar ótimo na mata. Longe, muito longe. Podíamos tirar um dia para isso. Com certeza tenho muitas perguntas que gostaria de lhe fazer. E muitas coisas que gostaria de lhe dizer também.

Lancei um olhar de pânico para a minha mãe, implorando a ela em silêncio para acabar com aquilo. Abe havia passado um bom tempo conversando com Adrian quando namoramos, explicando em detalhes vívidos e medonhos como esperava que sua filha fosse tratada. Eu não queria saber de Abe levando Dimitri sozinho para a floresta, muito menos se armas de fogo estivessem envolvidas.

— Na verdade — disse minha mãe, de um jeito casual, eu gostaria de ir junto. Também tenho várias perguntas... em especial sobre quando vocês dois estavam na São Vladimir.

— Vocês não deviam estar nos seus lugares? — perguntei, apressada. — Vai começar logo.

Isso, pelo menos, era verdade. Quase todos já estavam nas suas posições e a multidão se acalmava.

— Claro — disse Abe. Para o meu espanto, ele me deu um beijo na testa antes de se afastar. — Estou feliz por você ter voltado. — Então, piscando, disse a Dimitri: — Estou ansioso para a nossa conversa.

— Corra — disse eu, depois que os dois tinham saído. — Se você fugir agora, talvez eles não notem. Volte para a Sibéria.

— Na verdade — respondeu Dimitri —, tenho quase certeza de que Abe *notaria*. Não se preocupe, Roza. Não tenho medo. Vou suportar toda a pressão que fizerem em mim por eu estar com você. Vale a pena.

— Você é mesmo o homem mais corajoso que conheço — elogiei.

Ele sorriu e seus olhos foram parar numa pequena movimentação na entrada da sala.

— Parece que ela está pronta — murmurou.

— Espero que eu esteja — sussurrei.

Num verdadeiro estilo grandioso, um arauto chamou a atenção do salão. Um silêncio perfeito tomou conta do cômodo. Não se ouvia nem respiração.

O arauto deu alguns passos para o lado, saindo do caminho.

— Princesa Vasilisa Sabina Rhea Dragomir.

Lissa entrou e, muito embora eu a tivesse visto menos de meia hora antes, prendi a respiração. Ela usava um vestido longo formal, mas, mais uma vez, evitava mangas. Sem dúvida, quem fez o vestido havia tido um ataque. O vestido ia até o chão, com uma saia de seda e camadas de chiffon que flutuavam ao redor de Lissa quando ela caminhava. O tecido era do mesmo tom de jade de seus olhos. Já a parte de cima do vestido era uma frente única coberta de esmeraldas, parecendo até um colar. Esmeraldas que combinavam com aquelas cobriam o cinto do vestido e pulseiras completavam o visual. Estava com o cabelo solto, que, de tão escovado, tinha uma perfeição platinada, reluzente, parecendo uma aura.

Christian caminhava ao seu lado, criando um forte contraste com o cabelo preto e o terno escuro. Os costumes eram modificados de maneira significativa naquele dia, já que, normalmente, um membro da família teria acompanhado Lissa, mas... Bem, ela meio que estava em falta nesse quesito. Até eu tinha que admitir que ele estava lindo, com o orgulho e o amor que sentia por ela brilhando no seu rosto, não importando os sentimentos perturbadores que se retorciam dentro dele por Tasha. *Lorde Ozera*, me lembrei. Tive a impressão de que esse título se tornaria cada vez mais importante agora. Ele conduziu Lissa até a base do trono e, em seguida, se juntou à delegação dos Ozera na multidão.

Ekaterina fez um pequeno gesto, apontando uma enorme almofada de cetim no chão, diante dos degraus.

— Ajoelhe-se.

Houve uma breve hesitação por parte de Lissa, uma hesitação que acho que só eu notei. Mesmo sem o laço, estava tão acostumada a seu humor e aos menores gestos que conseguia perceber essas coisas. Seus olhos tinham se voltado para Jill. A expressão de Lissa não se alterou e era muito estranho não saber o que ela estava sentindo. Dava para fazer umas suposições com base na observação. Incerteza. Confusão.

Mais uma vez, a pausa durou apenas um instante. Lissa se ajoelhou, ajeitando as saias com habilidade ao seu redor. Ekaterina sempre pareceu muito frágil, miúda e enrugada na sala de provas, mas, de pé ali com o antigo livro de coroação dos Moroi, pude perceber o poder que existia ainda dentro da ex-rainha.

O livro estava em romeno, mas Ekaterina o traduzia sem o menor esforço, lendo-o em voz alta. Ela começou com um discurso sobre o que era esperado de um monarca e então passando para os votos que Lissa tinha que fazer.

— Você jura servir?

— Você jura proteger seu povo?

— Você jura ser justa?

Eram 12 no total, e Lissa precisava responder "Eu juro" três vezes para cada um: em inglês, em russo e em romeno. Não ter o laço para confirmar seus sentimentos ainda era muito estranho, mas pude ver no seu rosto que ela levava a sério cada palavra que dizia. Quando essa parte terminou, Ekaterina fez sinal para Jill se aproximar. Depois da última vez que eu havia olhado para a menina, alguém tinha lhe dado a coroa para segurar. Ela havia sido feita sob medida para Lissa, uma obra de arte em ouro branco e dourado entremeada com esmeraldas e diamantes. A coroa completava seus trajes lindamente e, como notei num movimento repentino, Jill também.

Outra tradição era a de que o monarca fosse coroado por um membro da família, e era para isso que Jill estava ali. Pude ver suas mãos tremerem no momento em que pôs aquele adorno maravilhoso sobre a cabeça da irmã, e os olhos de uma e de outra se encontraram por um instante. Um lampejo de preocupações se retorceu nos olhos de Lissa mais uma vez e desapareceu depressa quando Jill se afastou e o peso da cerimônia passou a ser prioridade.

Ekaterina estendeu a mão para Lissa.

— Levante-se — disse ela. — Você nunca mais irá se ajoelhar para ninguém de novo. — Segurando a mão de Lissa, Ekaterina se virou para que as duas ficassem de frente para o resto de nós na sala. Com uma voz impressionante para seu corpo miúdo, Ekaterina declarou:

— Rainha Vasilisa Sabina Rhea Dragomir, a primeira com esse nome.

Todos na sala — menos Ekaterina — se ajoelharam, abaixando a cabeça. Passaram apenas alguns segundos até Lissa dizer:

— Levantem-se. — Me disseram que isso ficava a critério do monarca. Alguns novos reis e novas rainhas gostavam de fazer os outros passarem um bom tempo ajoelhados.

Uma papelada veio em seguida e todos nós assistimos àquela parte também, cumprindo nosso dever. Basicamente, Lissa assinava para dizer que tinha se tornado rainha enquanto Ekaterina e algumas testemunhas assinavam dizendo terem visto Lissa se tornar rainha. Três cópias estavam no papel ornamentado que a realeza dos Moroi tanto adorava. Uma era timbrada, simples e branca, que iria para os alquimistas.

Quando as assinaturas terminaram, Lissa tomou seu lugar no trono, e vê-la subindo aqueles degraus era de tirar o fôlego, uma imagem que eu levaria comigo pelo resto da vida. O cômodo se derramou em saudações e aplausos quando ela se acomodou na poltrona ornamentada. Até mesmo os guardiões, que sempre ostentavam uma seriedade enorme, se juntaram aos aplausos e à celebração. Lissa sorriu para todos, escondendo qualquer ansiedade que sentisse.

Ela examinou o cômodo e seu sorriso aumentou quando viu Christian. Em seguida, procurou por mim. Seu sorriso para ele revelava afeto, já o meu, um pouco de humor. Retribuí o sorriso, me perguntando o que ela me diria se pudesse.

— O que é tão engraçado? — perguntou Dimitri, olhando para mim, se divertindo.

— Só estou pensando no que Lissa diria se ainda tivéssemos o laço.

Numa grave quebra de protocolo dos guardiões, ele pegou na minha mão e me puxou na sua direção.

— E? — perguntou, me envolvendo num abraço.

— Acho que ela diria "No que fomos nos meter?"

— Qual é a resposta? — Seu calor me envolvia por completo, assim como seu amor, e, mais uma vez, senti aquela completude. Tinha de volta aquela parte do meu mundo que faltava. A alma que completava a minha. Meu par. Meu semelhante. E não só isso, tinha minha vida de volta... minha *própria* vida. Eu iria proteger Lissa, iria servir, mas, por fim, era dona de mim mesma.

— Não sei — respondi, me apoiando no seu peito. — Mas acho que vai ser bom.

Agradecimentos

Antes de mais nada, obrigada a todos vocês, leitores entusiasmados e leais do mundo inteiro, que acompanharam Rose e a mim ao longo da série. Eu não poderia ter feito essa jornada sem vocês, e espero que continuem curtindo as várias aventuras de Moroi e dampiros que estão por vir.

Obrigada também a todos os amigos e familiares que me apoiaram — em especial a meu marido, que constantemente me impressiona com sua paciência, seu amor e sua habilidade para conviver com os altos e baixos de um "tipo criativo". Um agradecimento especial também a Jesse McGatha por criar o enigma da floresta, algo que eu nunca teria inventado, muito menos solucionado.

E, como sempre, agradeço ao pessoal responsável pela publicação, que trabalha nos bastidores para fazer esses livros acontecerem: Jim McCarthy — meu agente, eventual terapeuta e defensor incondicional; Lauren Abramo, que segue descobrindo mais países de que nunca ouvi falar para enviar Rose; Jessica Rothenberg e Ben Schrank, editores extraordinários que com certeza abrem mão da comida e do sono para aperfeiçoar esses livros; e o publicitário Casey McIntyre, que organiza minhas turnês e entrevistas tomando o maior cuidado para marcá-las de acordo com meus horários no cabeleleiro.

Um último agradecimento a todos os outros que trabalharam nesta série na Penguin Books, na Dystel & Goderich Literary Management e a meus editores internacionais. Há muitos de vocês para serem listados, mas todos foram essenciais para contar a história de Rose. Obrigada.

Produção
Adriana Torres
Ana Carla Sousa
Thalita Ramalho

Produção editorial
Luana Luz
Thiago Braz

Revisão de tradução
Janaína Senna

Revisão
Rachel Rimas

Diagramação
Lúcio Nöthlich Pimentel

Este livro foi impresso no Rio de Janeiro, em 2013,
pela Edigráfica, para a Agir.
A fonte usada no miolo é Arno Pro, corpo 13,5/16,5.
O papel do miolo é chambril avena 70g/m², e o da capa é cartão 250g/m².